Jean-Christophe Grangé
DER URSPRUNG DES BÖSEN

Weitere Titel des Autors:

Der Flug der Störche
Die purpurnen Flüsse
Der steinerne Kreis
Das Imperium der Wölfe
Das schwarze Blut
Das Herz der Hölle
Choral des Todes
Im Wald der stummen Schreie

Titel in der Regel auch als E-Book erhältlich

Jean-Christophe Grangé
DER URSPRUNG DES BÖSEN

Thriller

Aus dem Französischen von
Ulrike Werner-Richter

Lübbe Ehrenwirth

Dieser Titel ist auch als Hörbuch und E-Book erschienen

Titel der französischen Originalausgabe:
»Le Passager«

Für die Originalausgabe:
Copyright © 2011 by Éditions Albin Michel, Paris
Published by arrangement with
Éditions Albin Michel, Paris

Für die deutschsprachige Ausgabe:
Copyright © 2012 by Bastei Lübbe GmbH & Co. KG, Köln
Textredaktion: Boris Heczko, München
Umschlaggestaltung: Kirstin Osenau
Umschlagmotiv: © shutterstock/nikuz; © shutterstock
Satz: Dörlemann Satz, Lemförde
Gesetzt aus der Goudy Oldstyle
Druck und Einband: CPI – Ebner & Spiegel, Ulm

Printed in Germany
ISBN 978-3-431-03852-1
5 4 3 2

Sie finden uns im Internet unter: www.luebbe.de
Bitte beachten Sie auch: www.lesejury.de

Für Michèle Roca-Phelippot

1. Mathias Freire

D as Klingeln bohrte sich wie eine glühende Nadel in sein Bewusstsein.
Im Traum war er an einer sonnenbeschienenen Mauer entlanggelaufen. Es war eine strahlend weiße Wand, die weder Anfang noch Ende hatte, und er folgte seinem Schatten. Die Mauer war wie ein eigenes Universum, glatt, blendend, teilnahmslos ...
Wieder klingelte es.
Er öffnete die Augen und warf einen Blick auf die Leuchtziffern des Weckers neben sich. Zwei Minuten nach vier. Mühsam stützte er sich auf einen Ellbogen und tastete nach dem Telefonhörer, griff aber ins Leere. Erst in diesem Moment fiel ihm ein, dass er sich im Ruheraum befand. Er suchte die Taschen seines Kittels ab, bis er das Handy fand. Die Nummer auf dem Display war ihm nicht bekannt. Er nahm das Gespräch an, ohne sich zu melden.
»Doktor Freire?«
Er antwortete nicht.
»Sie sind doch Doktor Mathias Freire, Psychiater im Bereitschaftsdienst, oder?«
Die Stimme schien von ganz weit her zu kommen. Immer noch war der Traum in seinem Kopf. Die Mauer, das weiße Licht, der Schatten ...
»Das ist richtig«, antwortete er schließlich.
»Ich bin Doktor Fillon und habe heute Nacht Notdienst im Viertel Saint-Jean-Belcier.«
»Wieso rufen Sie mich unter dieser Nummer an?«
»Weil es die ist, die man mir gegeben hat. Störe ich gerade?«
Langsam gewöhnten sich Freires Augen an die Dunkelheit. Er erkannte die Leuchtplatte für Röntgenbilder, den Schreib-

tisch aus Metall und den doppelt verschlossenen Medikamentenschrank. Der Ruheraum war einfach nur sein Sprechzimmer. Er hatte das Licht gelöscht und auf dem Untersuchungstisch geschlafen.

»Was ist los?«, grunzte er und richtete sich auf.

»Ein merkwürdiger Vorfall am Bahnhof Saint-Jean. Gegen Mitternacht haben Wachleute einen Mann aufgefunden. Einen Penner, der sich in einem stillgelegten Bahnwärterhäuschen zwischen den Gleisen versteckt hatte.«

Die Stimme des Arztes klang angespannt. Freires Blick streifte den Wecker erneut. Fünf nach vier.

»Sie haben ihn zur Sanitätsstation gebracht und die nächstgelegene Polizeiwache kontaktiert. Die Bullen haben ihn mitgenommen und mich angerufen. Ich habe ihn auf der Wache untersucht.«

»Ist er verletzt?«

»Das nicht, aber er hat das Gedächtnis verloren. Und zwar vollständig. Ziemlich beeindruckend!«

Freire gähnte.

»Simuliert er vielleicht?«

»Sie sind der Spezialist. Aber ich glaube es eher nicht. Er scheint irgendwie ganz weit weg zu sein. Oder – wie soll ich sagen? – er schwimmt sozusagen im Nichts.«

»Ruft die Polizei auch noch bei mir an?«

»Nein, der Patient wird Ihnen gerade in einem Streifenwagen überstellt.«

»Na, herzlichen Dank«, grummelte Freire ironisch.

»Ich meine es ernst. Sie können ihm sicher helfen, da bin ich ganz sicher.«

»Haben Sie einen Untersuchungsbericht erstellt?«

»Der Patient bringt ihn mit. Viel Glück.«

Eilig legte der Arzt auf. Mathias Freire blieb reglos in der Dunkelheit stehen. Das Freizeichen bohrte sich in sein Trommelfell. Diese Nacht meinte es wirklich nicht gut mit ihm.

Schon gegen neun Uhr abends hatte der Zirkus angefangen. Auf der Station der zwangseingewiesenen Patienten hatte ein Neuzugang zunächst seinen Darm mitten ins Zimmer entleert, dann seine Exkremente verzehrt und dem herbeigeeilten Pfleger das Handgelenk gebrochen. Eine halbe Stunde später hatte sich eine Schizophrene auf einer anderen Station mit einem Stück Linoleum die Pulsadern durchgeschnitten. Freire kümmerte sich um die ersten Hilfsmaßnahmen und überstellte sie anschließend in die Universitätsklinik Pellegrin.

Gegen Mitternacht konnte er sich endlich hinlegen. Aber nur kurz. Eine Stunde später irrte ein Patient splitterfasernackt mit einer Plastiktrompete durch das Klinikgelände. Erst nach drei Spritzen gab er einigermaßen Ruhe. Anschließend mussten andere Patienten beschwichtigt werden, die er mit seinem Lärm geweckt hatte. Gleichzeitig bekam einer der Jungs auf der Station für Drogenabhängige einen epileptischen Anfall. Bis Freire bei ihm war, hatte der Kerl sich schon die Zunge durchgebissen, und das Blut sprudelte nur so aus seinem Mund. Man brauchte vier Männer, um seine Zuckungen unter Kontrolle zu bekommen. Im allgemeinen Durcheinander schaffte es der Mann trotz allem noch, sich Freires Handy zu schnappen. Der Psychiater musste warten, bis die Medikamente wirkten, ehe er die Finger des Kranken auseinanderbiegen und sein blutverschmiertes Telefon wieder an sich nehmen konnte.

Erst um halb vier fand er Zeit, sich wieder hinzulegen. Die Verschnaufpause hatte gerade einmal eine halbe Stunde gedauert, ehe dieser dämliche Anruf kam. *Scheiße.*

Reglos blieb er im Dunkeln sitzen. Immer noch tönte das Freizeichen durch den nächtlichen Raum.

Schließlich steckte er das Handy in die Tasche und stand auf. Wieder tauchte die weiße Mauer aus dem Traum vor seinen Augen auf. Eine Frauenstimme murmelte: »*Feliz* ...« Es war das spanische Wort für »glücklich«. Wieso spanisch? Und wieso eine Frau? Hinter seinem linken Auge spürte er den vertrauten, stechenden Schmerz, der ihn bei jedem Aufwachen begleitete. Er rieb sich die Augen und trank einen Schluck Wasser direkt aus der Leitung.

Ohne Licht zu machen, tastete er sich zur Tür und öffnete sie mit seiner Chipkarte.

Er hatte sich in seinem Sprechzimmer eingeschlossen, weil der Medikamentenschrank behütet werden musste wie der Heilige Gral.

Fünf Minuten später betrat er die vor Nässe glänzende Auffahrt zu seiner Station. Seit dem Abend war Bordeaux in einen ungewöhnlich dichten, weißlichen Nebel gehüllt. Freire schlug den Kragen des Regenmantels hoch, den er über seinen Kittel gezogen hatte. Der Geruch des Meeres kribbelte in seiner Nase.

Freire schlenderte durch die Anlage. Man konnte kaum drei Meter weit sehen, doch er kannte das Gelände in- und auswendig. Niedrige, grau verputzte Pavillons mit gewölbten Dächern wechselten sich mit rechteckigen Rasenflächen ab. Natürlich hätte er auch einen Pfleger schicken können, doch er legte Wert darauf, seine »Kunden« selbst in Empfang zu nehmen.

Er überquerte den zentralen, von einigen Palmen gesäumten Innenhof. Normalerweise erfüllten ihn die von den Antillen importierten Bäume mit einem gewissen Optimismus, doch in dieser Nacht funktionierte es nicht. Die Dunstglocke aus Kälte und Feuchtigkeit war stärker. Freire erreichte das Eingangstor, grüßte den Wachmann mit einer Handbewegung und trat auf die Straße hinaus. Der Streifenwagen war bereits da. Stumm zeichnete das Blaulicht eine hektisch blinkende Spur in den Nebel.

Freire schloss die Augen. Der Schmerz pulsierte nach wie vor unter seinen Lidern, doch er maß ihm keine Bedeutung bei, weil er ihn für psychosomatisch hielt. Es war sein Beruf, psychische Erkrankungen zu versorgen, die den Körper in Mitleidenschaft zogen. Warum sollte sein eigener Organismus anders reagieren?

Als er die Augen wieder öffnete, stieg gerade ein Polizist aus dem Streifenwagen. Ein Mann in Zivil folgte ihm. Und jetzt verstand Freire auch, warum der Arzt am Telefon so irritiert gewirkt hatte. Der Patient, der sein Gedächtnis verloren hatte, erwies sich als wahrer Koloss. Er maß eins neunzig und würde gut und gern seine hundertdreißig Kilo auf die Waage bringen. Auf dem Kopf trug er einen echten texanischen Stetson, seine Füße steckten in Westernstiefeln aus Echsenleder. In seinem dunkelgrauen Mantel wirkte er unglaublich wuchtig. Er hatte eine Plastiktüte und einen prall mit Papieren gefüllten Umschlag bei sich.

Der Polizist wollte seinen Passagier begleiten, doch Freire machte ihm ein Zeichen, stehen zu bleiben. Langsam ging er auf den Cowboy zu. Der Schmerz hinter seinem Auge verstärkte sich mit jedem Schritt; ein Muskel im Augenwinkel begann zu zucken.

»Guten Abend«, grüßte er freundlich.

Der Mann antwortete nicht. Bewegungslos stand er im dunstigen Lichtkreis einer Laterne. Freire wandte sich an den Polizisten, der einsatzbereit mit der Hand in der Nähe des Pistolenhalfters wartete.

»Schon gut. Wir kommen klar.«

»Brauchen Sie keine Informationen über ihn?«

»Schicken Sie mir gleich morgen früh den amtlichen Bericht.«

Der Beamte nickte, drehte sich um und stieg in den Streifenwagen, der rasch vom Nebel verschluckt wurde.

Die beiden Männer standen einander nur durch ein paar Dunstfetzen getrennt gegenüber.

»Mein Name ist Mathias Freire«, stellte der Arzt sich schließlich vor. »Ich habe heute hier in der Klinik Nachtdienst.«

»Werden Sie sich um mich kümmern?«

Die tiefe Stimme klang wie erloschen. Freire konnte die unter dem Stetson verborgenen Züge des Mannes kaum erkennen. Der Patient schien einem der Riesen zu ähneln, wie man sie aus Zeichentrickfilmen kennt – Himmelfahrtsnase, breiter Mund, schweres Kinn.

»Wie fühlen Sie sich?«

»Ich brauche Hilfe.«

»Würden Sie mir bitte folgen?«

Der Mann bewegte sich nicht.

»Kommen Sie mit«, sagte Freire und streckte den Arm aus. »Wir werden Ihnen helfen.«

Der Mann wich reflexartig zurück und geriet dabei in den Lichtstrahl einer Laterne. Freire erkannte, dass er ihn richtig eingeschätzt hatte. Sein Gesicht wirkte gleichzeitig kindlich und unproportioniert. Er mochte etwa fünfzig Jahre alt sein; silberne Haarsträhnen quollen unter dem Hut hervor.

»Kommen Sie. Alles wird gut.«

Freire bemühte sich um seinen überzeugendsten Tonfall. Psychisch kranke Menschen besitzen oft eine besonders ausgeprägte Sensibilität und spüren sofort, wenn man sie zu manipulieren versucht. Es ist fast unmöglich, sie zu täuschen; man muss die Karten offen auf den Tisch legen.

Der Mann ohne Gedächtnis setzte sich langsam in Bewegung. Freire steckte die Hände in die Taschen, drehte sich um und schlenderte betont lässig auf die Klinik zu. Er musste sich zwingen, nicht über die Schulter zurückzublicken, doch er wollte seinem Patienten zeigen, dass er Vertrauen zu ihm hatte.

Sie erreichten das Hauptportal. Mathias atmete durch den Mund und sog die kalte, feuchte Luft ein. Er fühlte sich unendlich müde. Es lag wohl nicht nur am Schlafmangel – auch der trostlose Nebel war schuld. Und vor allem das Gefühl seiner Ohnmacht gegenüber den Geisteskrankheiten, die ihr Gesicht mit jedem Tag zu vervielfältigen schienen.

Wie würde dieser Neue sich verhalten? Was konnte er für ihn tun? Freire wusste nur zu genau, dass die Chance, mehr über die

Vergangenheit dieses Patienten zu erfahren, ziemlich gering war. Und die Chance, ihn zu heilen, tendierte gegen null.

Aber so war nun einmal das Schicksal von Psychiatern: Man bemühte sich Tag für Tag aufs Neue, ein untergehendes Schiff mit einem Fingerhut leerzuschöpfen.

Es war neun Uhr morgens, als er in sein Auto stieg – einen zerbeulten Volvo Kombi, den er vor anderthalb Monaten bei seiner Ankunft in Bordeaux gebraucht gekauft hatte. Er hätte auch zu Fuß nach Hause gehen können, denn er wohnte nicht einmal einen Kilometer entfernt, doch er hatte sich angewöhnt, das alte Vehikel zu benutzen.

Die psychiatrische Klinik Pierre-Janet lag im Südwesten der Stadt, nicht weit von der Universitätsklinik Pellegrin entfernt. Freire wohnte im Viertel Fleming zwischen der Uniklinik und der Universität. Fleming war ein anonymes Neubauviertel mit endlosen Reihen identischer rosa Häuser, roten Ziegeldächern, gestutzten Hecken und kleinen Gärten.

Freire fuhr im Schritttempo durch den Nebel, der sich beharrlich hielt. Er konnte kaum etwas erkennen, doch die Stadt interessierte ihn ohnehin nicht. Man hatte ihm erklärt, Bordeaux sei eine Art kleines Paris, sehr ansehnlich und die Hauptstadt des Weins. Man hatte ihm überhaupt sehr viel erzählt, aber gesehen hatte er bisher nichts. Er fand Bordeaux spießig, hochnäsig und todlangweilig; ein unpersönliches Ballungsgebiet, wo man an jeder Straßenecke die miefige Atmosphäre einer herrschaftlichen Provinzvilla spürte.

Das andere Gesicht von Bordeaux, die legendäre gutbürgerliche Gesellschaft, hatte er bisher noch nicht kennengelernt. Viele seiner Kollegen in der Klinik fühlten sich zu den linken Parteien hingezogen, die seit jeher den bourgeoisen Traditionen den Kampf angesagt hatten. Aber genau diese Leute waren die ewigen Miesmacher, die gar nicht merkten, dass sie selbst einen wesentlichen Teil der von ihnen verabscheuten Klasse darstellten. Freire beschränkte den Kontakt zu ihnen auf die leichte

Konversation beim Mittagessen – lustige Geschichten von Verrückten, die Gabeln verschluckten, Tiraden gegen das psychiatrische System in Frankreich, Pläne für den Urlaub und den Ruhestand.

Hätte Freire Anstalten gemacht, sich in die bessere Gesellschaft von Bordeaux einführen zu lassen, wäre er vermutlich kläglich gescheitert. Er litt nämlich unter einem maßgeblichen Handicap: Er trank keinen Wein. In der Gegend von Bordeaux findet man so etwas schlimmer, als blind, taub oder lahm zu sein. Natürlich machte ihm niemand Vorwürfe wegen dieses Mankos, doch seine Einsamkeit sprach für sich. Wer in Bordeaux keinen Wein trank, hatte keine Freunde. So einfach war das. Freire wurde nie privat angerufen und bekam weder Mails noch SMS. Seine Kommunikation beschränkte sich auf den beruflichen Austausch mit Kollegen und das Intranet der Klinik.

Trotz der langsamen Fahrweise war er schnell zu Hause.

Jedes Haus im Viertel trug den Namen eines Edelsteins. *Topas. Diamant. Türkis.* Die Namen waren die einzige Möglichkeit, die Häuser voneinander zu unterscheiden.

Freire wohnte im Haus *Opal*. Bei seiner Ankunft in Bordeaux hatte er geglaubt, er hätte sich für dieses Haus entschieden, weil es in der Nähe seines Arbeitsplatzes lag. Doch das stimmte nicht. Er hatte das Viertel ausgesucht, weil es neutral und unpersönlich war. Ein idealer Ort, um allem zu entfliehen, sich zu verbergen und in der Masse unterzutauchen.

Er war nach Bordeaux gekommen, um einen Schlussstrich unter seine Pariser Vergangenheit zu ziehen. Nie wieder würde und wollte er der Mann sein, der er früher gewesen war: ein renommierter, kultivierter, von Gleichgesinnten hofierter Arzt.

Er parkte wenige Meter von seinem Haus entfernt. Der Nebel war so dicht, dass die Stadtverwaltung sich entschlossen hatte, die Straßenlaternen auch am Tag nicht zu löschen.

Seine Garage benutzte Freire nie. Als er aus dem Auto stieg, hatte er den Eindruck, in einen Pool aus Milch einzutauchen.

Milliarden winziger Tröpfchen schwebten in der Luft. Der Anblick erinnerte ihn an ein pointillistisches Gemälde.

Freire steckte die Hände in die Taschen seines Regenmantels und ging schneller. Trotz des hochgeklappten Kragens spürte er das eisige Prickeln des Nebels an seinem Hals. Er fühlte sich wie ein Privatdetektiv in einem alten Hollywoodstreifen: der einsame Held auf der Suche nach Licht.

Er öffnete das Gartentor, überquerte die wenigen Meter feucht glänzenden Rasens und steckte den Schlüssel ins Schloss.

Das Innere des Hauses war genauso austauschbar wie das Äußere. Die Aufteilung war immer gleich: Windfang, Wohnzimmer und Küche im Erdgeschoss, in der Etage darüber die Schlafzimmer. Alle Häuser waren mit den gleichen Materialien ausgestattet – Laminatböden, weiß verputzte Wände, furnierte Türen. Die Bewohner drückten ihre Individualität einzig durch das Mobiliar aus.

Freire zog seinen Mantel aus und ging in die Küche, ohne Licht zu machen. Die Originalität seiner Wohnung bestand darin, dass er keine oder fast keine Möbel besaß. Der einzige Schmuck hier waren ungeöffnete Umzugskartons, die an den Wänden aufgereiht standen. Freire wohnte in einer Musterwohnung.

Im Licht der Straßenlaternen brühte er sich einen Tee auf. An Schlaf war voraussichtlich nicht zu denken: Um 13.00 Uhr begann seine nächste Bereitschaft. Bis dahin würde er Krankenakten durcharbeiten. Wenn er schließlich gegen 22.00 Uhr Feierabend machen konnte, würde er sich vermutlich ohne Abendbrot hinter dem Fernseher verschanzen und dort auch den ganzen Sonntag verbringen. Nach einer hoffentlich gut durchgeschlafenen Nacht würde er am Montag seinen Dienst zu einer einigermaßen vernünftigen Uhrzeit wieder aufnehmen.

Er beobachtete die Teeblätter, die sich auf dem Boden der Glaskanne entfalteten, und sagte sich, dass er möglichst bald etwas ändern müsse. Nicht mehr ständig Bereitschaftsdienste übernehmen. Einen gewissen Rhythmus in sein Leben bringen. Sport treiben. Zu festen Zeiten essen. Aber auch diese Art von Überlegung gehörte zu seinem unübersichtlichen Tagesablauf, der sich ziellos immer wiederholte.

Er nahm das Sieb aus der Kanne und beobachtete, wie die braune Farbe sich verstärkte. Genauso sah es in seinem Kopf aus – seine Gedanken wurden immer düsterer. Es stimmt, dachte er, während er das Teesieb noch einmal eintauchte, ich habe mich in die psychischen Störungen anderer geflüchtet, um meine eigenen besser vergessen zu können.

Vor zwei Jahren – damals war er dreiundvierzig – hatte Mathias Freire den schwersten Verstoß gegen sein Berufsethos begangen, den man sich vorstellen konnte: Er hatte in der psychiatrischen Klinik von Villejuif mit einer Patientin geschlafen. Anne-Marie Straub war eine schizophrene und manisch-depressive junge Frau, deren Prognosen nicht darauf schließen ließen, dass sie die Klinik je wieder verlassen konnte. Wenn er über den Vorfall nachdachte, konnte Freire es noch immer nicht fassen. Er hatte das Tabu aller Tabus gebrochen.

Dabei war seine eigene Vorgeschichte alles andere als krank oder pervers. Auch wenn er Anne-Marie außerhalb der Klinik kennengelernt hätte, wäre er ihr Hals über Kopf verfallen. Er hätte das gleiche wilde, unüberlegte Verlangen gespürt, das ihn gleich beim ersten Anblick der jungen Frau in seinem Sprechzimmer überfiel. Weder Isolierzellen noch Medikamente oder die Schreie der anderen Patienten konnten seine Leidenschaft bremsen. Es war einfach Liebe auf den ersten Blick gewesen.

In Villejuif wohnte Freire am Rand des Klinikgeländes. Jede Nacht suchte er den Trakt auf, in dem Anne-Marie untergebracht war. Noch immer sah er jedes Detail vor sich: den Linoleumboden, die Türen mit den Gucklöchern, seine Chipkarte, die es ihm ermöglichte, jeden Bereich zu betreten. Als Schatten im Schatten wurde Mathias von seinem Verlangen geleitet.

Oder eigentlich eher vorwärtskatapultiert. Jede Nacht durchquerte er den Saal, in dem Kunsttherapie angeboten wurde. Immer senkte er den Blick, um Anne-Maries Bilder nicht sehen zu müssen. Sie malte schwarze, verzerrte, obszöne Wunden auf rotem Untergrund. Manchmal zerschnitt sie auch die Leinwand mit dem Spachtel, wie Lucio Fontana. Wenn Mathias Anne-Maries Werke bei Tageslicht betrachtete, wusste er, dass die junge Frau eine der gefährlichsten Patientinnen der Klinik war. Bei Nacht aber wandte er den Blick ab und stahl sich in ihre Zelle.

Diese Nächte hatten ihn für immer gezeichnet. Leidenschaftliche Umarmungen hinter verschlossenen Türen. Geheimnisvolle, fesselnde, inspirierende Zärtlichkeiten. Verrückte, geflüsterte Worte. »Achte nicht auf sie, mein Liebling ... Sie sind nicht böse ...« Sie sprach von den Geistern, von denen sie sich in der Dunkelheit umgeben glaubte. Mathias antwortete nicht, sondern starrte in die Finsternis. *Unglück*, dachte er. *Ich renne geradewegs in mein Unglück.*

Eines Tages war er nach der Liebe eingeschlafen. Nur eine Stunde, vielleicht sogar weniger. Als er wach wurde – es musste gegen drei Uhr morgens gewesen sein –, baumelte Anne-Maries nackter Körper über dem Bett. Sie hatte sich erhängt. Mit seinem Gürtel.

In der ersten Sekunde hatte er nichts begriffen. Er glaubte, noch zu träumen, und bewunderte die Gestalt mit den schweren Brüsten, die ihn bereits wieder erregte. Doch dann explodierte die Panik in seinem Kopf. Ihm wurde entsetzlich klar, dass alles vorbei war. Für sie. Aber auch für ihn. Er kleidete sich an, ließ die Leiche am Fensterkreuz hängen, flüchtete durch die Flure, ging den Pflegern aus dem Weg und vergrub sich in seiner Wohnung wie eine Ratte in ihrem Loch.

Außer Atem und innerlich aufgewühlt spritzte er sich ein Beruhigungsmittel und verkroch sich mit über den Kopf gezogenem Laken in seinem Bett.

Als er zwölf Stunden später erwachte, hatte die Nachricht längst die Runde gemacht. Niemand wunderte sich, denn Anne-Marie hatte schon mehrfach versucht, ihrem Leben ein Ende zu setzen.

Allerdings stellte man Nachforschungen nach dem Männergürtel an. Seine Herkunft wurde nie geklärt. Mathias Freire wurde nie behelligt. Nicht einmal befragt. Anne-Marie Straub war schon länger als ein Jahr nicht mehr seine Patientin. Eine Familie besaß sie nicht. Niemand erhob Anklage; man legte den Fall zu den Akten.

Von diesem Tag an erledigte Freire seine Arbeit wie ein Automat und nahm abwechselnd Antidepressiva und Angstlöser, die ihn einigermaßen aufrecht hielten. Er hatte nicht die geringste Erinnerung an jene Zeit. Seine Sprechstunden hielt er wie ferngesteuert und stellte konfuse Diagnosen. Nachts träumte er nie. Eines Tages erhielt er das Angebot einer Klinik in Bordeaux. Er ergriff die Gelegenheit beim Schopf, setzte die Medikamente ab, packte seine Koffer und stieg in den Zug, ohne sich noch einmal umzuschauen.

Seit er in der Klinik in Bordeaux arbeitete, legte er eine neue Berufsauffassung an den Tag. Er vermied jedes persönliche Engagement. Seine Patienten waren für ihn keine Fälle mehr, sondern wie leere Felder eines Formulars, das er auszufüllen hatte: Schizophrenie, Depression, Hysterie, Zwangsstörungen, Paranoia, Autismus. Er untersuchte, verschrieb die entsprechende Behandlungsmethode und blieb auf Distanz. Man nahm ihn als kalt, abgehoben und roboterhaft wahr. Umso besser. Nie wieder würde er sich einem Patienten nähern. Und nie wieder würde er sein Ich in seine Arbeit einbringen.

Langsam kehrte er in die Gegenwart zurück. Er stand immer noch am Küchenfenster und blickte auf die leere, nebelverhangene Straße hinaus. Sein Tee war inzwischen so schwarz wie Kaffee. Draußen wurde es immer noch nicht richtig hell. Die Häuser hinter den Hecken sahen alle gleich aus. Hinter identischen Fenstern lagen immer gleich gepolte Menschen und schliefen. Es war Samstagmorgen, da blieb man lange im Bett.

Eine Kleinigkeit jedoch passte nicht.

Etwa fünfzig Meter entfernt stand ein schwarzes Geländefahrzeug mit eingeschalteten Scheinwerfern am Straßenrand.

Freire wischte die beschlagene Scheibe frei. In diesem Augenblick stiegen zwei Männer in schwarzen Mänteln aus dem Auto. Freire kniff die Augen zusammen. Die beiden waren im Nebel nur schwer zu erkennen, doch in Gestalt und Auftreten erinnerten sie ihn an FBI-Agenten in einem Film. Oder auch an die beiden witzigen Hauptfiguren aus *Men in Black*. Was mochten sie hier wollen?

Freire überlegte, ob es sich um Mitglieder einer von den Bewohnern des Viertels engagierten Privatmiliz handeln könnte, doch weder das Auto noch die Eleganz der Männer passten in dieses Bild. Inzwischen lehnten beide an der Motorhaube des Geländewagens. Der Nebel schien ihnen nichts auszumachen. Sie fixierten einen bestimmten Punkt. Erneut verspürte Mathias den Schmerz hinter seinem linken Auge.

Das, was die beiden Männer im Nebel beobachteten, war sein eigenes Haus. Und mit ziemlicher Sicherheit auch seine Gestalt, die sich am Fenster abzeichnete.

Gegen 13.00 Uhr kehrte Freire in die Klinik zurück. Er hatte eine Weile auf dem Sofa gedöst und sich dabei in Ermangelung einer Decke mit mehreren Patientenakten zugedeckt. Die Notaufnahme war menschenleer. Weder verzweifelte Patienten noch betrunkene Penner oder auch nur auf der Straße aufgegriffene Irre. Ein wahrer Glücksfall. Er begrüßte die Krankenschwestern. Man überreichte ihm seine Post und die Krankenblätter der Fälle vom Vortag, mit denen er sein Büro aufsuchte, das ihm auch als Sprechzimmer und Ruheraum diente.

Als Erstes nahm er sich den Bericht über den Mann vom Bahnhof Saint-Jean vor, der offenbar das Gedächtnis verloren hatte. Das Dokument war von einem gewissen Nicolas Pailhas erstellt worden, der auf der Polizeiwache an der Place des Capucins Dienst tat. Am Abend zuvor hatte Freire kein Aufnahmegespräch mehr mit dem Cowboy geführt. Er hatte ihn lediglich abgehorcht, ihm ein Schmerzmittel verabreicht und ihn zu Bett geschickt. Alles andere konnte man getrost verschieben.

Gleich die ersten Zeilen des Berichts weckten Freires Interesse.

Der Unbekannte war gegen Mitternacht von Bahnbeamten in einem ehemaligen Bahnwärterhäuschen neben dem Gleis 1 aufgefunden worden. Der Mann hatte das Schloss der Hütte aufgebrochen und sich drinnen versteckt. Als man ihn fragte, was er dort zu suchen habe, konnte er weder eine Antwort geben noch seinen Namen nennen. Außer seinem Stetson und seinen Stiefeln aus Echsenleder trug der Eindringling einen grauen Wollmantel, eine abgewetzte Samtjacke, ein Sweatshirt mit der Aufschrift »Champion« und durchlöcherte Jeans. Er hatte weder einen Ausweis noch irgendein anderes Dokument bei sich, mit dem man ihn hätte identifizieren können. Er schien unter Schock zu stehen, hatte Schwierigkeiten, sich auszudrücken, und verstand häufig die Fragen nicht, die man ihm stellte.

Viel beunruhigender aber waren die beiden Dinge, die aus der Hand zu geben er sich standhaft weigerte. Es handelte sich um einen fünfundvierzig Zentimeter langen verstellbaren Schraubenschlüssel – einen sogenannten Engländer – und ein Telefonbuch der Region Aquitaine aus dem Jahr 1996 mit einem Umfang von mehreren Tausend Dünndruckseiten. Sowohl der Engländer als auch das Telefonbuch waren blutbefleckt. Der Möchtegern-Texaner konnte nicht erklären, woher die beiden Dinge stammten, und wusste auch nichts über das Blut.

Die Eisenbahner hatten ihn zunächst zur Sanitätsstation des Bahnhofs gebracht, weil sie glaubten, er wäre verletzt. Trotz einer eingehenden Untersuchung konnte jedoch keinerlei Wunde festgestellt werden. Das Blut auf dem Engländer und dem Telefonbuch stammte nicht von ihm selbst. Man rief die Polizei. Pailhas und sein Team erschienen fünfzehn Minuten später. Sie nahmen den Unbekannten mit und brachten ihn zu dem Bereitschaftsarzt des Viertels – demjenigen, der Freire angerufen hatte.

Die Vernehmung auf der Wache ergab keine neuen Erkenntnisse. Man fotografierte den Mann, nahm seine Fingerabdrücke, und die Techniker von der Spurensicherung entnahmen ihm Speichel- und Haarproben, um seine DNA mit der nationalen Kartei zu vergleichen. Auf seinen Händen und unter den Nägeln fanden sich Staubspuren; auf das Resultat der Analyse wartete man noch. Natürlich waren der Engländer und das Telefonbuch als Beweismaterial konfisziert worden. Aber als Beweis wofür?

Freires Pager meldete sich. Er blickte auf die Uhr – es war drei. Der Trubel ging los. Die in die Ambulanz eingelieferten Kranken und die stationären Patienten ließen ihm nicht viel Zeit für andere Dinge. Hinweisen auf seinem Bildschirm entnahm er, dass es Probleme in der Isolierzelle West gab. Mit der Tasche in der Hand rannte er los. Der Weg durch den Park lag noch immer im dichten Nebel. Die Klinik bestand aus einem Dutzend Pavillons, die man entweder mit der Himmelsrichtung der Region Aquitaine bezeichnete, aus der die Patienten stammten, oder einem Krankheitsbild zugeordnet hatte: Drogenabhängigkeit, Sexualkriminalität, Autismus.

Der Pavillon West war der dritte auf der linken Seite. Freire stürzte in den Flur. Weiße Wände, beigefarbenes Linoleum, über Putz verlegte Rohre – jedes Gebäude sah gleich aus. Man wunderte sich nicht, dass manche Patienten sich verirrten, wenn sie in ihre Räume zurückkehren wollten.

»Was ist passiert?«

Der Pfleger grinste übellaunig.

»Scheiße, sehen Sie denn nicht, was hier los ist?«

Freire ging nicht auf seinen aggressiven Tonfall ein. Er warf einen Blick durch das Guckloch der Zelle. Eine nackte Frau, deren weißer Körper mit Kot und Urin beschmiert war, kauerte am Boden. Ihre Finger bluteten. Es war ihr gelungen, ganze Placken Farbe von den Wänden zu kratzen, die sie wütend zerkaute.

»Spritzen Sie ihr drei Einheiten Loxapac«, sagte Freire mit sachlicher Stimme.

Er kannte die Frau, konnte sich aber nicht an ihren Namen erinnern. Sie war Stammkundin in der Klinik und vermutlich am Morgen wieder einmal eingeliefert worden. Ihre Haut war so weiß wie Papier, ihre Züge spiegelten Angst wider. Ihr Körper bestand nur aus Haut und Knochen. Mit beiden Händen stopfte sie sich Farbbrocken in den Mund wie Cornflakes. Auf ihren Fingern war Blut, ebenso auf den Farbstücken und auf ihren Lippen.

»Vier Einheiten«, verbesserte sich Freire. »Nehmen Sie lieber gleich vier Einheiten.«

Er hatte schon lange aufgehört, sich Gedanken über die Ohnmacht der Psychiater zu machen. Für chronisch Kranke gab es nur eine Lösung – man pumpte sie mit Beruhigungsmitteln voll und wartete, bis der Anfall vorüber war. Das war zwar nicht viel, aber es half einigermaßen.

Auf dem Rückweg ging er bei dem ihm selbst unterstellten Pavillon Henri-Ey vorbei. Hier waren achtundzwanzig Patienten aus dem Osten der Region untergebracht. Schizophrene, Depressive, Paranoiker, aber auch ein paar weniger klare Fälle.

Am Empfang ließ er sich die Berichte über die Vorfälle des Vormittags aushändigen. Ein Weinkrampf. Rabatz in der Küche. Ein kleiner Junkie hatte irgendwo – niemand wusste, woher – ein Stück Schnur aufgetrieben und sich damit den Penis abgeschnürt. Alles Routinefälle.

Freire ging durch den Speisesaal, in dem es nach kaltem Tabak roch. Bei den Verrückten war das Rauchen noch gestattet. Er entriegelte eine weitere Tür. Der Geruch nach hochprozentigem Desinfektionsalkohol verriet die Krankenstation. Unterwegs begrüßte er ein paar Stammkunden. Da war zum Beispiel ein dicker Mann in weißem Anzug, der sich für den Klinikdirektor hielt. Ein anderer Mann mit afrikanischen Wurzeln ging immer auf haargenau dem gleichen Weg im Flur auf und ab. Wiederum ein anderer, ein Patient, dessen Augen tief in den Höhlen lagen, schaukelte ununterbrochen auf der Stelle wie ein Stehaufmännchen.

Auf der Krankenstation erkundigte sich Freire nach dem Mann ohne Gedächtnis. Der Pfleger blätterte im Register. Eine ruhige Nacht, ein ganz normaler Vormittag. Um zehn Uhr hatte man den Cowboy für ein neurobiologisches Gutachten in die Universitätsklinik gebracht, aber er hatte jede Art von Röntgenaufnahme strikt verweigert. An seinem Körper wurde keinerlei Verletzung gefunden; man ging daher von einer dissoziativen Amnesie aufgrund einer gefühlsmäßigen Traumatisierung aus. Das bedeutete, dass sich der Möchtegern-Texaner durch ein Erlebnis oder etwas, das er vielleicht nur mit angesehen hatte, plötzlich an nichts mehr erinnern konnte. Aber weshalb?

»Wo ist er jetzt? In seinem Zimmer?«
»Im Saal Camille Claudel.«

Es ist eine der Macken der modernen Psychiatrie, ihre Abteilungen, Wege und Dienste nach berühmten Geisteskranken zu benennen. Sogar der Wahnsinn hat seine Meister. Claudel war der Name des Kunsttherapiebereichs. Freire machte sich auf den Weg, passierte einige verschlossene Türen und erreichte schließlich die Räume, in denen die Patienten malen und bildhauern konnten oder mit Peddigrohr und Papier bastelten.

Er ging an Tischen vorbei, an denen getöpfert und gemalt wurde, und erreichte den Bereich der Flechtarbeiten. Mit konzentrierter Miene flochten Patienten hier Körbchen und Serviettenringe aus Peddigrohr. Biegsame Stängel vibrierten vor verbissenen, versteinerten Gesichtern. Fast wirkte es so, als ob die Pflanzenfasern ein bewegtes Eigenleben führten, während die Menschen Wurzeln geschlagen hatten.

Der Cowboy saß am Ende des Tisches. Selbst im Sitzen überragte er die anderen um gute zwanzig Zentimeter. Immer noch beschattete der Hut seine von tiefen Falten durchzogene Haut. Die großen blauen Augen leuchteten aus seinem ledrigen Gesicht.

Freire trat näher. Der Riese arbeitete an einem Korb in Form eines Schiffsrumpfs. Seine Hände waren schwielig. *Die Hände eines Arbeiters oder eines Bauern*, dachte der Psychiater.

»Guten Tag.«

Der Mann hob den Kopf. Er blinzelte sehr häufig, aber nicht hektisch. Sobald die Augen unter den Lidern hervorkamen, verblüfften sie durch ihre feuchte, perlmuttartige Klarheit.

»Hallo«, grüßte er zurück und hob den Hut mit der Zeigefingerspitze kurz an, wie es vielleicht ein Rodeoreiter getan hätte.

»Was soll das werden? Ein Schiff? Oder vielleicht ein baskischer Pelota-Handschuh?«

»Ich weiß noch nicht.«

»Kennen Sie das Baskenland?«

»Keine Ahnung.«

Freire zog sich einen Stuhl heran und setzte sich halb darauf. Die klaren blauen Augen hefteten sich auf ihn.

»Bist du Spychiater?«

Freire fiel der Buchstabendreher sofort auf. *Vielleicht ein Legastheniker.* Auch das Duzen registrierte er, hielt es aber für ein eher positives Zeichen. Er entschloss sich, ebenfalls zum vertraulichen »Du« überzugehen.

»Mein Name ist Mathias Freire. Ich bin der Chef dieser Station. Gestern Abend habe ich dich hierherbringen lassen. Hast du gut geschlafen?«

»Ich habe immer den gleichen Traum.«

Der Mann flocht weiter. Der Dunst von Moor und feuchtem Schilf hing im Raum. Außer seinem großen Hut trug der Koloss ein T-Shirt und eine Hose aus den Beständen der Klinik. Seine riesigen, muskelbepackten Arme waren mit rötlich grauen Haaren bedeckt.

»Erzähl ihn mir.«

»Zuerst ist es immer sehr warm. Und dann wird alles weiß...«

»Wieso weiß?«

»Es ist die Sonne. Eine stechende Sonne, die alles zermalmt.«

»Weißt du, wo der Traum spielt?«

Der Cowboy zuckte die Schultern, ohne von seiner Arbeit aufzublicken. Sein Hantieren mit den langen Stängeln sah aus, als stricke er. Freire fand die Vorstellung komisch.

»Ich gehe durch ein Dorf mit weißen Mauern. Ein spanisches Dorf. Vielleicht auch griechisch – ich habe keine Ahnung. Ich sehe meinen Schatten, der vor mir herläuft. Über die Mauern, über den Boden. Er ist sehr kurz, es muss also Mittag sein.«

Unbehaglich rutschte Freire auf seinem Stuhl hin und her. Ehe der Riese in die Klinik kam, hatte er exakt den gleichen Traum gehabt. Ein Warnsignal?

Zwar glaubte er nicht wirklich an C.G. Jungs Theorie des

synchronistischen Prinzips, aber zumindest gefiel sie ihm. Das berühmte Beispiel des Traums vom goldenen Skarabäus fiel ihm ein: Eine Patientin berichtete Jung, dass sie von einem solchen Tier geträumt hatte, während gleichzeitig ein goldfarbener Rosenkäfer gegen die Scheibe des Behandlungszimmers flog.

»Und was passiert dann?«, erkundigte er sich.

»Plötzlich gibt es einen noch viel grelleren Blitz und eine Explosion, die aber keinen Lärm verursacht. Ich kann nichts mehr sehen, weil ich so geblendet bin.«

Rechts von ihnen lachte jemand laut auf. Freire fuhr zusammen. Ein kleiner Mann mit dem grotesken Gesicht eines Wasserspeiers kauerte unter dem Tisch und beobachtete sie. Antoine, genannt Toto. Ein harmloser Irrer.

»Versuche, dich weiter zu erinnern.«

»Ich renne davon. Laufe ziellos durch die weißen Straßen.«

»Ist das alles?«

»Schon. Oder nein. Als ich weglaufe, bewegt sich mein Schatten nicht mehr. Er bleibt auf der Mauer. Wie in Hiroshima.«

»Hiroshima?«

»Nach der Bombe zeichneten sich die Umrisse verbrannter Menschen wie Schatten auf den Mauern ab. Wusstest du das nicht?«

»Doch«, entgegnete Freire. Er erinnerte sich dieses Phänomens nur dunkel.

Sie verstummten. Der Mann ohne Gedächtnis flocht weiter. Plötzlich hob er den Kopf. Seine Augen funkelten im Schatten des Stetsons.

»Was hältst du davon, Doc? Was hat der Traum zu bedeuten?«

»Ich denke, es handelt sich um eine symbolische Verarbeitung deines Unfalls«, improvisierte Freire. »Der weiße Blitz könnte eine Metapher für deinen Gedächtnisverlust sein. Im Grunde hat der Schock, den du erlitten hast, deine Erinnerung mit einem großen weißen Blatt überdeckt.«

Psychiater-Geschwafel. Es klang zwar gut, aber er hatte es sich aus den Fingern gesogen. Allerdings waren einem geschädigten Gehirn schöne Worte und logische Konstrukte ziemlich egal.

»Da gibt es allerdings ein Problem«, murmelte der Koloss. »Diesen Traum träume ich schon sehr lang.«

»Nein, du hast nur diesen Eindruck. Es ist unwahrscheinlich, dass du dich deiner Träume vor dem Unfall erinnerst. Solche Dinge gehören zu deinen intimen, den persönlichen Erinnerungen, und genau die sind ja betroffen – verstehst du?«

»Hat man denn mehrere Arten von Erinnerung?«

»Es gibt so etwas wie eine kulturelle Erinnerung, die allgemeiner ist – wie zum Beispiel deine Erinnerung an Hiroshima –, und eine autobiografische Erinnerung, die dein Leben betrifft. Deinen Namen. Deine Familie. Deinen Beruf. Und eben auch deine Träume.«

Der Riese schüttelte langsam den Kopf.

»Ich weiß nicht, was aus mir werden soll. Mein Kopf ist wie leer gefegt.«

»Mach dir nichts draus. Alles ist noch irgendwo erhalten. Manchmal sind solche Amnesien nur von kurzer Dauer. Sollten sie aber länger anhalten, kennen wir Möglichkeiten, mit denen wir deine Erinnerung stimulieren können – bestimmte Tests und Übungen. Wir werden dein Gedächtnis schon wieder aufwecken.«

Der Unbekannte fixierte Freire mit seinen großen Augen, die jetzt ins Graue spielten.

»Du hast heute Morgen im Krankenhaus abgelehnt, dich röntgen zu lassen. Warum?«

»Ich mag das nicht.«

»Hast du so etwas denn schon einmal gemacht?«

Der Mann antwortete nicht, und Freire ließ es dabei bewenden.

»Kannst du dich vielleicht heute an ein paar Dinge von gestern erinnern?«

»Meinst du, warum ich in dieser Hütte auf dem Bahngelände war?«
»Zum Beispiel.«
»Leider nein.«
»Und der Engländer? Das Telefonbuch?«
Der Mann runzelte die Stirn.
»Sie waren voller Blut, richtig?«
»Ja, voller Blut. Wo kam es her?«
Freire hatte seiner Stimme Autorität verliehen. Das Gesicht des Riesen schien zunächst zu versteinern, dann zeichnete sich Verzweiflung darauf ab.
»Ich ... Ich weiß es nicht.«
»Und dein Name? Dein Vorname? Wo kommst du her?«
Sofort bereute Freire die Fragen. Sie waren zu barsch und zu rasch gekommen. Die Angst des Mannes schien sich zu verstärken. Seine Lippen zitterten.
»Wärst du einverstanden, es mit Hypnose zu probieren?«, fügte Freire mit sanfterer Stimme hinzu.
»Jetzt gleich?«
»Nein, morgen. Heute solltest du dich noch ausruhen.«
»Hilft Hypnose?«
»Ich kann dir nichts versprechen. Aber zumindest können wir es versuchen ...«
Der Pager an Freires Gürtel piepste. Er warf einen kurzen Blick auf das Display und stand auf.
»Ich muss leider gehen. Ein Notfall. Ich möchte dich bitten, noch einmal über meinen Vorschlag nachzudenken.«
Langsam entfaltete der Cowboy seine ein Meter neunzig und streckte Freire die Hand entgegen. Die Geste war freundlich gemeint, wirkte aber fast beängstigend.
»Nicht nötig, Doc. Ich mache es. Ich vertraue dir. Bis morgen.«

E in Mann hatte sich in die Toiletten neben der Notaufnahme eingeschlossen und weigerte sich seit einer halben Stunde, wieder herauszukommen. Freire und ein Techniker mit Werkzeugkasten standen vor der Kabine. Nach mehreren vergeblichen Aufforderungen ließ Freire die Tür aufbrechen. Ein bestialischer Gestank schlug ihnen entgegen. Im Halbdunkel der Kabine kauerte ein Mann auf dem Boden neben der Toilettenschüssel, hielt seine Knie umschlungen und hatte den Kopf auf die Arme gelegt.

»Ich bin Psychiater«, sagte Freire und schob die Tür mit der Schulter zu. »Brauchen Sie Hilfe?«

»Hauen Sie ab.«

Freire kniete sich auf den Boden, wobei er den Urinpfützen auswich.

»Wie heißen Sie?«

Keine Antwort. Der Mann hielt immer noch den Kopf in den Armen verborgen.

»Kommen Sie mit in mein Büro«, sagte Freire und legte ihm eine Hand auf die Schulter.

»Ich habe doch gesagt, Sie sollen verschwinden.«

Der Mann hatte einen Sprachfehler. Er verschluckte manche Silben und speichelte übermäßig. Von der Berührung überrascht hatte er den Kopf gehoben. Im Zwielicht konnte Freire sein missgebildetes Gesicht erkennen. Es wirkte gleichzeitig ausgehöhlt und aufgedunsen und so asymmetrisch, als wäre es aus mehreren Stücken zusammengesetzt.

»Stehen Sie auf!«, befahl Freire.

Der Kerl reckte den Hals. Freires erster Eindruck bestätigte sich. Das Gesicht bestand aus einer Ansammlung von geschrumpftem Fleisch, straff gespannter Haut und glänzenden Striemen. Es war entsetzlich anzusehen.

»Vertrauen Sie mir«, sagte Freire. Er kämpfte gegen den Ekel an.

Mehr noch als an Verbrennungen erinnerten die Verheerungen dieses Gesichts an eine Lepraerkrankung. An eine Krankheit, die das Aussehen nach und nach verstümmelte.

Bei genauerem Hinsehen allerdings erkannte Freire, dass der Fall ganz anders lag: Das Narbengewebe war nicht echt. Der Mann hatte sein Gesicht mit einem synthetischen Klebstoff verunstaltet. Er hatte sich selbst entstellt, um Mitleid zu erregen und vielleicht eingewiesen zu werden. *Münchhausen-Syndrom*, dachte der Psychiater.

»Kommen Sie«, wiederholte er.

Schließlich stand der Mann auf. Freire öffnete die Tür und trat dankbar in Helligkeit und eine einigermaßen frische Luft hinaus. Sie verließen die Toiletten und damit die Kloake, nicht aber den Albtraum. Eine ganze Stunde lang unterhielt sich Freire mit dem Klebstoff-Mann und sah seine erste Annahme bestätigt: Der Besucher war zu allem bereit, um eingewiesen und therapiert zu werden. Doch zunächst überwies Freire ihn in die Universitätsklinik. Das Gesicht des Mannes musste dringend behandelt werden, denn der Klebstoff begann das Gewebe zu verätzen.

17.30 Uhr.

Freire ließ sich in der Notaufnahme ablösen und kehrte zurück auf seine eigene Station. Niemand war mehr da. Er setzte sich an seinen Schreibtisch, aß ein Sandwich und versuchte, sich von dem letzten Zwischenfall zu erholen. Auf der Universität hatte man die jungen Mediziner damit beruhigt, dass man sich an alles gewöhnen könne. Doch bei ihm hatte es nicht funktioniert. Im Gegenteil – es wurde immer schlimmer. Dank der ständigen Konfrontation mit Geisteskrankheiten war seine Sensibilität zu einer dünnen, ständig gereizten Membran geworden, die sich vielleicht sogar schon teilweise infiziert hatte.

18.00 Uhr.
Freire kehrte in die Notaufnahme zurück.
Es war ruhiger geworden. Lediglich einige Patienten warteten noch vor der Ambulanz. Er kannte sie fast alle. Nach anderthalb Monaten an dieser Klinik war er mit den Patienten vertraut, die in regelmäßigen Abständen wiederkamen. Es waren die Kranken, die in der Klinik behandelt wurden, irgendwann in stabilem Zustand nach Hause entlassen werden konnten, ihre Neuroleptika nicht mehr einnahmen und prompt einen Rückfall erlitten. »Da bin ich wieder, Herr Doktor.«
19.00 Uhr.
Er musste nur noch ein paar Stunden durchhalten. Die Müdigkeit hämmerte in seinen Augenhöhlen, als wollte sie seine Lider mit Gewalt schließen. Er dachte an den Mann ohne Gedächtnis. Den ganzen Tag lang war ihm der Patient nicht aus dem Kopf gegangen. Der Fall machte ihn neugierig. Er verschanzte sich in seinem Büro, suchte die Nummer der Polizeiwache an der Place des Capucins und fragte nach Nicolas Pailhas – dem Beamten, der den Fall aufgenommen hatte. Der Polizist hatte an diesem Samstag frei. Nachdem Freire seine Position erläutert hatte, gab man ihm die Handynummer des Kommissars.
Schon beim zweiten Läuten nahm Pailhas ab. Mathias stellte sich vor.
»Ja bitte?« Sein Gesprächspartner wirkte nicht gerade begeistert über die Störung am Wochenende.
»Ich wollte wissen, ob Sie in Ihren Ermittlungen weitergekommen sind.«
»Ich bin zu Hause bei meinen Kindern.«
»Aber Sie haben doch ein paar Anfragen losgeschickt. Sicher liegt Ihnen inzwischen die eine oder andere Antwort vor.«
»Ich wüsste nicht, was Sie das angeht.«
Freire zwang sich, ruhig zu bleiben.
»Ich bin für diesen Patienten verantwortlich, und es ist meine Aufgabe, ihn zu therapieren. Das bedeutet unter ande-

rem, dass ich wissen muss, wer er ist, damit ich ihm helfen kann, sein Gedächtnis wiederzufinden. In diesem Fall sind wir Partner, verstehen Sie?«

»Nein.«

Freire änderte die Taktik.

»Ist in der Region jemand vermisst gemeldet?«

»Nein.«

»Haben Sie die Organisationen benachrichtigt, die sich um Obdachlose kümmern?«

»Ist alles in die Wege geleitet.«

»Haben Sie auch an die Bahnhöfe gedacht, die sich in der Nähe von Bordeaux befinden? Gab es in den Zügen vielleicht irgendwelche Zeugen?«

»Wir kümmern uns darum.«

»Haben Sie eine Suchanzeige mit einer kostenlosen Rufnummer ins Internet gestellt? Sie ...«

»Wenn uns die Ideen ausgehen, rufen wir Sie an.«

Freire ging nicht auf den sarkastischen Tonfall ein.

»Was hat die Analyse des Blutes auf dem Werkzeug und dem Telefonbuch ergeben?«

»Null positiv. Es könnte also von ungefähr fünfzig Prozent der französischen Bevölkerung stammen.«

»Wurde in dieser Nacht irgendeine Gewalttat angezeigt?«

»Nein.«

»Was ist mit dem Telefonbuch? Wurde eine Seite oder ein Name markiert?«

»Könnte es sein, dass Sie sich für einen Bullen halten?«

Mathias biss die Zähne zusammen.

»Ich versuche doch nur, den Mann zu identifizieren. Noch einmal: Wir beide ziehen am gleichen Strang. Morgen werde ich es mit Hypnose versuchen. Wenn Sie also auch nur den kleinsten Hinweis oder irgendeine Information besitzen, die meine Fragen in eine bestimmte Richtung lenken können, dann sollten Sie sie mir jetzt geben.«

»Da gibt es nichts«, knurrte der Polizist. »Wie oft soll ich es Ihnen noch sagen?«

»Ich habe auf der Wache angerufen. Anscheinend arbeitet heute niemand an dem Fall.«

»Morgen früh bin ich wieder im Dienst«, sagte der Polizist übellaunig. »Der Fall gehört zu meinen vorrangigen Aufgaben.«

»Was haben Sie mit dem Werkzeug und dem Telefonbuch gemacht?«

»Wir haben ein Eilverfahren eingeleitet, um die entsprechende Erfassung zu beschleunigen.«

»Bitte das Ganze noch mal so, dass es auch ein Normalsterblicher versteht.«

Der Polizist lachte. Seine Stimmung besserte sich zusehends.

»Die Sachen sind bei der Spurensicherung. Montag bekommen wir die Resultate. War das jetzt besser?«

»Darf ich auf Sie zählen? Auch der kleinste Hinweis wäre mir wichtig.«

»Gut«, sagte Pailhas deutlich verbindlicher. »Aber die Sache funktioniert nur auf Gegenseitigkeit. Sollten Sie mit Ihrer Hypnose etwas herausfinden, rufen Sie mich an.«

Er machte eine kurze Pause und fügte dann hinzu:

»Es liegt in Ihrem eigenen Interesse.«

Mathias musste lächeln. Reflexartige Drohung. Eigentlich müsste jeder Bulle eine Psychoanalyse über sich ergehen lassen, damit man wüsste, warum er ausgerechnet diesen Beruf gewählt hat. Freire versprach, sich zu melden, und gab Pailhas seine Telefonnummer. Keiner der beiden glaubte an ein Feedback. Das Motto lautete: Jeder für sich, und möge der Bessere gewinnen.

Freire kehrte in die Notaufnahme zurück. Er musste nur noch zwei Stunden durchhalten und durfte dann vor dem üblichen Samstagabend-Chaos nach Hause gehen. Er kümmerte sich nacheinander um mehrere Patienten, verschrieb Antidepressiva und Anxiolytika und schickte die Leute wieder nach Hause.

22.00 Uhr.

Mathias begrüßte den Arzt, der ihn ablöste und sein Büro aufsuchte. Der Nebel hatte sich noch immer nicht aufgelöst. Im Gegenteil, mit Einbruch der Dunkelheit schien er sich verdichtet zu haben. Freire fiel auf, dass der dichte Dunst seinen ganzen Tag verdüstert hatte. Als wäre in der dampfigen Luft nichts wirklich real.

Er legte den Kittel ab, suchte seine Sachen zusammen und schlüpfte in den Regenmantel. Ehe er ging, wollte er noch einmal kurz bei dem Mann mit dem Stetson vorbeischauen. Er betrat die erste Etage seiner Station. Im Flur roch es nach Essen, Urin, Äther und Medikamenten. Er hörte das Schlurfen von Pantoffeln auf dem Linoleum, laufende Fernseher und das klackende Geräusch eines Aschenbechers.

Plötzlich sprang eine Frau auf Freire zu. Unwillkürlich zuckte er zurück, doch dann erkannte er sie. Jeder nannte sie nur Mistinguett; auch er hatte ihren wirklichen Namen vergessen. Sie war sechzig Jahre alt, von denen sie vierzig in der Anstalt verbracht hatte. Bösartig war sie nicht, aber ihr Äußeres sprach nicht unbedingt für sie. Weißes, wirres Haar. Graue Haut, schlaffe Züge. Ihre fiebrigen Augen glitzerten grausam. Sie klammerte sich an den Kragen von Freires Trenchcoat.

»Immer mit der Ruhe, Mistinguett«, sagte er und löste ihre klauenartigen Hände von seinem Revers. »Gehen Sie schlafen.«

Die Frau lachte höhnisch auf, ehe ihr Lachen sich in ein hasserfülltes Pfeifen und schließlich in ein verzweifeltes Keuchen verwandelte.

Freire griff nach ihrem Arm. Sie roch unangenehm nach einem Einreibemittel und abgestandenem Urin.

»Haben Sie Ihre Tabletten genommen?«

Wie oft am Tag wiederholte er diese Worte? Schon längst war es keine Frage mehr. Eher ein Gebet, eine Litanei, eine Beschwörung. Es gelang ihm, Mistinguett in ihr Zimmer zurückzubringen. Ehe sie noch irgendetwas sagen konnte, verschloss er die Tür.

Ihm fiel auf, dass er aus einem Reflex heraus nach seiner magnetischen Chipkarte gegriffen hatte, mit der er Alarm auslösen konnte. Man brauchte bloß damit über einen Heizkörper oder ein Stahlrohr zu streichen, dann kamen Pfleger in hellen Scharen angerannt. Mit einem unbehaglichen Gefühl steckte er die Karte wieder in die Tasche seines Kittels. Gab es eigentlich einen Unterschied zwischen seinem Job und dem eines Gefängniswärters?

Freire erreichte das Zimmer des Cowboys und klopfte vorsichtig. Niemand antwortete. Er drückte die Klinke und betrat das abgedunkelte Zimmer. Der Koloss lag unbeweglich auf seiner Pritsche. Der Stetson und die Stiefel waren neben dem Bett aufgereiht wie brave Haustiere.

Leise trat Freire neben ihn, um ihn nicht zu erschrecken.

»Ich heiße Mischell«, murmelte der Riese.

Jetzt war es Freire, der erschrak.

»Ich heiße Mischell«, wiederholte der Mann. »Ich habe ein oder zwei Stunden geschlafen, und das ist dabei herausgekommen.« Er wandte dem Psychiater den Kopf zu. »Nicht schlecht, oder?«

Mathias öffnete seine Aktentasche und wühlte nach einem Stift und einem Heft. Langsam gewöhnten seine Augen sich an den Halbschatten.

»Ist das dein Vorname?«

»Nein, mein Nachname.«

»Wie wird es geschrieben?«

»M.I.S.C.H.E.L.L.«

Freire schrieb es auf, ohne daran zu glauben. Die Erinnerung kam zu schnell. Zweifellos verzerrt oder einfach nur ausgedacht.

»Ist dir im Schlaf vielleicht noch etwas eingefallen?«

»Nein.«

»Hast du geträumt?«

»Ich glaube schon.«

»Wovon?«

»Immer das Gleiche, Doc. Das weiße Dorf. Die Explosion. Mein Schatten, der an der Mauer klebte ...«

Er sprach mit schläfriger, belegter Stimme. Mathias schrieb mit. *Traumbücher konsultieren. Legenden über Schatten überprüfen.* Er wusste längst, womit er sich an diesem Abend beschäftigen würde. Als er den Kopf von seinen Aufzeichnungen hob, atmete der Mann ganz regelmäßig. Er war wieder eingeschlafen. Freire zog sich leise zurück. Immerhin ein ermutigendes Anzeichen. Die Hypnose morgen würde vielleicht einen gewissen Erfolg bringen.

Er verließ den Pavillon. Die Deckenbeleuchtung war ausgeschaltet worden – Schlafenszeit für die Patienten.

Draußen verhüllte der Nebel Palmen und Laternen im Hof wie mit großen Segeln eines Geisterschiffs. Freire musste an Christo denken, der den Pont-Neuf und den Berliner Reichstag verpackt hatte. Ihm kam eine merkwürdige Idee. Wenn es nun der nebelhafte Geist des Mannes ohne Gedächtnis war, der die Klinik und die ganze Stadt einhüllte? Bordeaux befand sich vielleicht unter der Dunstglocke dieses Reisenden im Nebel ...

Auf dem Weg zum Parkplatz änderte Freire seine Absichten.

Er hatte weder Hunger noch die geringste Lust, nach Hause zu fahren.

Eigentlich konnte er ebenso gut jetzt gleich die ersten Informationen überprüfen.

Er kehrte in sein Büro zurück, setzte sich noch im Mantel vor seinen PC und rief die landesweite Zentralmeldestelle für verschreibungspflichtige Medikamente auf.

Der Name Mischell war nicht zu finden.

Freire benutzte dieses Programm so gut wie nie, daher wusste er nicht, ob die Meldestelle möglicherweise einem strengen Datenschutz unterlag.

Angesichts dieses Fehlschlags bekam er erst recht Lust weiterzuforschen. Der Mann mit dem Engländer hatte keine Papiere bei sich gehabt, als er auf dem Bahngelände aufgegriffen worden war. Seine Kleidung war abgetragen. Außerdem wies er Merkmale eines Lebens im Freien auf: Seine Haut war gebräunt, die Hände von der Sonne verbrannt.

Mathias griff zum Telefon und rief die örtliche Obdachlosenhilfe an, die rund um die Uhr besetzt war. Kein Mischell bekannt. Auch bei dem Rehabilitationszentrum und dem Sozialdienst, die beide über eine nächtliche Rufbereitschaft verfügten, wurde er nicht fündig. In keinem der Archive gab es einen Mischell.

Eine Suche in den Online-Telefonbüchern ergab das gleiche Resultat. Weder in der Region Aquitaine noch im benachbarten Midi-Pyrénées fand er den Namen Mischell. Doch das verwunderte ihn nicht. Er hatte bereits vermutet, dass der Mann, ohne sich dessen bewusst zu sein, seinen Namen verballhornte. Das kurze Aufblitzen von Erinnerungen konnte in diesem frühen Stadium noch nicht anders als unvollkommen sein.

Da kam Mathias eine neue Idee. Laut Polizeibericht stammte das Telefonbuch, das der Mann bei sich gehabt hatte, aus dem Jahr 1996.

Nach langem Suchen im Internet fand er ein Programm, das die Einsicht in alte Telefonbücher ermöglichte. Er wählte das Jahr 1996 und fahndete nach dem Namen Mischell. Doch alle Mühe war vergebens. In keinem der fünf Departements der Region Aquitaine tauchte der Name auf. Kam der Cowboy etwa von weiter her?

Freire rief Google auf und tippte einfach den Namen »Mischell« ein. Doch auch hier erhielt er nur ein mageres Ergebnis: unter anderem ein Profil auf MySpace.com, in dem ein gewisser Mischell eine Videomontage mit den Helden aus *Akte X*, Mulder und Scully, eingestellt hatte, die musikalischen Ergüsse einer Sängerin namens Tommi Mischell und die Seite einer Hellseherin, die Patricia Mischell hieß und in den USA im Bundesstaat Missouri beheimatet war. Die Suchmaschine legte ihm außerdem nahe, es mit der Schreibweise »Mitchell« zu probieren.

Mitternacht. Nun war es aber wirklich Zeit, nach Hause zu fahren. Mathias schaltete den Computer aus und suchte seine Unterlagen zusammen. Auf dem Weg zum Tor überlegte er, dass er vielleicht der Obdachlosenhilfe in Bordeaux und im Umland ein Foto des Cowboys zukommen lassen sollte. Am besten auch den medizinisch-psychologischen Zentren und den Einrichtungen für psychiatrische Teilzeitbetreuung. Er kannte sie alle und würde sie selbst aufsuchen, denn er war ziemlich sicher, dass sein Patient nicht zum ersten Mal unter psychischen Problemen litt.

Der Nebel zwang ihn zu Schrittgeschwindigkeit, und er brauchte fast eine Viertelstunde bis zu seinem Haus. Entlang der Gärten parkte eine ungewöhnlich große Zahl Autos: die üblichen Samstagabend-Einladungen. Da er keinen Parkplatz fand, stellte er sein Auto hundert Meter entfernt ab und tastete sich zu Fuß durch den weißlichen Dunst. Die Straße schien keine Konturen mehr zu haben, die Laternen schwebten im Nebel. Alles wirkte leicht und körperlos. Als Freire sich dieses Eindrucks bewusst wurde, stellte er fest, dass er sich verlaufen hatte. Er ging an den feucht beperlten Hecken und geparkten Autos entlang. Ab und zu stellte er sich auf die Zehenspitzen, um die Namen der einzelnen Häuser entziffern zu können.

Endlich entdeckte er die vertrauten Buchstaben: *Opal*.

Behutsam öffnete er das Gartentor. Sechs Schritte. Einmal den Schlüssel drehen. Mit einer gewissen Erleichterung schloss er die Tür hinter sich, trat in den Windfang, stellte seine Aktentasche ab, legte den Regenmantel auf einen der Kartons und ging in die Küche, ohne Licht zu machen. Die standardisierten Abläufe seines einsamen Lebens entsprachen dem Standardgrundriss seines Hauses.

Nur Minuten später stand er am Küchenfenster und ließ seinen Tee ziehen. Im Haus war es ganz still; trotzdem hatte er den Eindruck, immer noch die Geräuschkulisse der Klinik zu hören. Alle Psychiater kennen dieses Phänomen und nennen es die »Musik der Verrückten«. Verballhornte Sprache. Schlurfende Schritte. Krisen. Freires Kopf summte von diesen Geräuschen wie eine Meermuschel. Seine Patienten verließen ihn niemals ganz. Oder anders ausgedrückt: Er war es, der die Station Henri-Ey nie ganz verließ.

Plötzlich stutzte er.

Der Geländewagen vom Vortag tauchte aus dem Nebel auf. Langsam, sehr langsam fuhr er die Straße entlang und blieb vor Freires Haus stehen. Mathias spürte, dass sein Herzschlag sich beschleunigte. Die beiden Männer in Schwarz stiegen gleichzeitig aus und postierten sich vor seinem Fenster.

Freire versuchte zu schlucken, doch es ging nicht. Er beobachtete die Männer, ohne sich um ein Versteck zu bemühen. Beide maßen mindestens einen Meter achtzig und trugen unter ihren Mänteln hochgeschlossene dunkle Anzüge, deren Stoff im Licht der Straßenlaternen schimmerte. Dazu weiße Hemden und schwarze Krawatten. Beide wirkten in ihrer rigiden, aufrechten Haltung wie Absolventen eines militärischen Elitekollegs, doch gleichzeitig haftete ihnen auch etwas Gewalttätiges, Geheimnisvolles an.

Mathias stand wie versteinert. Fast erwartete er, dass sie gleich das Gartentor öffnen und an seiner Haustür klingeln würden. Aber nein – die beiden Männer rührten sich nicht vom Fleck. Sie blieben unter der Laterne stehen, ohne auch nur zu versuchen, sich zu verstecken. Ihre Gesichter passten ausgezeichnet zu ihrem Erscheinungsbild. Der erste hatte eine hohe Stirn, trug eine Schildpattbrille, und sein silbernes Haar war aus dem Gesicht gekämmt. Der andere wirkte noch grimmiger. Sein langer brauner Schopf wurde bereits schütter. Sein Gesichtsausdruck unter den dichten Augenbrauen war unstet.

Beide Gesichter zeigten regelmäßige Züge – zwei Playboys in den Vierzigern, die sich in ihren italienischen Maßanzügen wohlfühlten.

Wer waren sie? Und was wollten sie?

Der Schmerz in der linken Augenhöhle kehrte zurück. Freire schloss die Augen und massierte sich vorsichtig die Lider. Als er die Augen wieder öffnete, waren die beiden Gestalten verschwunden.

Anaïs Chatelet konnte es kaum fassen.
Was für ein verdammter Glücksfall!
Ein Bereitschaftsdienst am Samstagabend, und es gab tatsächlich eine Leiche. Ein waschechter Mord, einschließlich eines Rituals und diverser Verstümmelungen. Kaum hatte sie die Benachrichtigung erhalten, als sie sich auch schon in ihren Privatwagen setzte und an den Fundort der Leiche fuhr – den Bahnhof Saint-Jean. Unterwegs rief sie sich die Informationen ins Gedächtnis, die man ihr gegeben hatte. Ein junger Mann. Nackt. Keine sichtbaren Verletzungen, aber eine aberwitzige Inszenierung. Genaueres wusste sie noch nicht, doch das Ganze roch geradezu nach dem Werk eines Verrückten, nach Grausamkeit und Finsternis. Nicht einfach nur ein blöder Streit, der ausgeartet war, oder ein banaler Raubmord. *Etwas richtig Ernsthaftes!*

Als sie die Polizeiwagen sah, die mit eingeschaltetem Blaulicht im Nebel vor dem Bahnhof standen, und die Polizisten in ihren Regenmänteln, die wie glänzende Gespenster geschäftig umhereilten, begriff sie, dass es wirklich wahr war. Ihr erster Mord seit der Ernennung zur Hauptkommissarin. Sie würde ein Ermittlungsteam zusammenstellen, den Fall lösen, den Mörder einbuchten und auf den Titelseiten der Gazetten landen. Und das mit neunundzwanzig Jahren!

Sie stieg aus und atmete die feuchte Atmosphäre ein. Seit mittlerweile sechsunddreißig Stunden lag Bordeaux unter diesem weißlichen Nebel. Man hatte den Eindruck, sich in einem Sumpf samt seinen Ausdünstungen, seinem schuppigen Getier und seinen feuchten Gerüchen zu befinden. Dies fügte dem Ereignis eine zusätzliche Dimension hinzu: ein Mord im Nebel. Anaïs zitterte vor Erregung.

Ein Polizist von der Wache an der Place des Capucins kam auf sie zu.

Die Leiche war vom Führer einer Rangierlok entdeckt worden, der Zugteile zwischen dem Betriebshof und dem eigentlichen Bahnhof hin und her manövrierte. Der Mann hatte seinen Dienst gegen 23.00 Uhr angetreten und seinen Wagen auf dem Dienstparkplatz abgestellt. Seinen Arbeitsplatz erreichte er von dort aus durch einen seitlichen Verbindungsgang. Die Leiche lag in einer stillgelegten Reparaturgrube zwischen dem Gleis 1 und dem ehemaligen Bahnbetriebswerk. Natürlich hatte der Lokführer sofort die Bahnpolizei und den privaten Sicherheitsdienst benachrichtigt, der auf dem Bahngelände Dienst tat. Anschließend wurde die nächstgelegene Polizeiwache an der Place des Capucins verständigt.

Der weitere Verlauf war Anaïs bekannt. Um ein Uhr morgens hatte man den Oberstaatsanwalt aus dem Bett geholt, der seinerseits die Kriminalpolizei einschaltete. Und die Hauptkommissarin vom Dienst war sie. Die meisten anderen Polizisten waren mit Banalitäten beschäftigt, die der penetrante Nebel nach sich zog: Autounfälle, Plünderungen, Vermisstenanzeigen ... Und so war es dazu gekommen, dass sie, Anaïs Chatelet, mit ihren zwei Jahren Berufserfahrung in Bordeaux das Sahnehäubchen dieser Nacht zugedacht bekam.

Gemeinsam mit dem Kollegen durchquerte sie die Bahnhofshalle. Ein Bahnbeamter reichte ihnen fluoreszierende Warnwesten. Während Anaïs mit den Klettverschlüssen herumhantierte, nahm sie sich eine Sekunde Zeit, die fast dreißig Meter hohe Stahlkonstruktion zu bewundern, die sich nach oben hin im Nebel verlor. Sie gingen den Bahnsteig entlang bis zu den äußeren Gleisen. Der Bahnbeamte redete ununterbrochen. So etwas habe man noch nie gesehen. Der gesamte Bahnverkehr sei auf Anordnung des Oberstaatsanwalts für zwei Stunden unterbrochen worden. Der Tote in der Grube sei eine Monstrosität. Alle seien völlig schockiert ...

Anaïs hörte kaum zu. Sie spürte, wie die Feuchtigkeit ihren Nacken hinunterlief. Ihr wurde kalt. Im Dunst formten die sämtlich auf Rot stehenden Signale des Bahnhofs ein verschwommenes, blutiges Gebilde. Die elektrischen Oberleitungen trieften. Die nassen Gleise glitzerten, verloren sich aber bald in den wabernden Nebelschwaden.

Anaïs knickte auf den Schwellen und im Schotter um.

»Könnten Sie bitte auf den Boden leuchten?«

Der Bahnbeamte senkte den Lichtstrahl seiner Lampe und fuhr mit seinem Bericht fort. Anaïs schnappte ein paar technische Details auf. Die Gleise mit den geraden Nummern führten nach Paris, die mit den ungeraden Bezeichnungen hinunter in den Süden. Die Metallkonstruktionen auf den Dächern der Lokomotiven hießen »Stromabnehmer«. Zwar nützte ihr dieses Wissen im Augenblick gar nichts, trotzdem hatte sie den seltsamen Eindruck, sich auf diese Weise mit dem Verbrechen vertraut zu machen.

»Wir sind da.«

Die Projektoren der Spurensicherung sahen aus wie ferne, kalte Monde in der Nacht. Die Strahlen der Taschenlampen zeichneten weiße Lichtbänder in die Dunkelheit. In einiger Entfernung konnte man das Bahnbetriebswerk erahnen, in dem Lokomotiven und Draisinen unter einer silbrig feuchten Patina schimmerten. Auch Rangierloks, die Gegenstücke zu den Lotsenschiffen im Hafen, waren dort abgestellt. Die wuchtigen schwarzen Maschinen wirkten wie schweigsame Titanen.

Sie krochen unter den Absperrbändern hindurch und erreichten den Fundort der Leiche. Am Rand der Reparaturgrube standen die verchromten Stative der Projektoren. Techniker der Spurensicherung in weißen Overalls mit blauen Schriftzügen machten sich unten zu schaffen. Anaïs wunderte sich, dass sie bereits zur Stelle waren, denn das nächstgelegene Labor befand sich in Toulouse.

»Möchten Sie die Leiche sehen?«

Vor ihr stand ein Polizist in einer Regenjacke, über die er die Sicherheitsweste gezogen hatte. Mit entschlossener Miene nickte sie. Innerlich kämpfte sie gegen den Nebel, ihre Ungeduld und eine gewisse Erregung an. Auf der Universität hatte ein Juraprofessor sie eines Tages im Flur angehalten und ihr zugeflüstert: »Sie sind wie die Alice im Wunderland von Lewis Carroll. Ihre Aufgabe besteht darin, eine Welt zu finden, die Ihrer würdig ist.« Seither waren acht Jahre vergangen, und sie lief auf dem Weg zu einer Leiche zwischen Bahngleisen hindurch. *Eine Welt, die Ihrer würdig ist …*

Auf dem Grund der Grube, die etwa fünf Meter lang und zwei Meter breit war, herrschte das rege Treiben, das an Leichenfundorten üblich war, allerdings in einer gedrängten Version. Die Techniker benutzten ihre Ellbogen, um sich Platz zu schaffen, fotografierten, suchten jeden Millimeter des Bodens mit Speziallampen ab – Leuchten mit einem begrenzten Spektralbereich von Infrarot bis Ultraviolett – und versiegelten jedes noch so kleine Fundstück in besonderen Plastiktüten.

Schließlich entdeckte Anaïs im Gewimmel auch die Leiche. Es handelte sich um einen jungen Mann von etwa zwanzig Jahren. Er war nackt, sehr mager und fast am ganzen Körper tätowiert. Seine Knochen traten spitz hervor, und da, wo die Haut nicht mit Tattoos bedeckt war, schimmerte sie in einem fast phosphoreszierenden Weiß. Die Schienenstränge, die rechts und links an der Grube vorbeiführten, verliehen dem Ganzen eine Art Rahmen. Anaïs musste an ein Renaissancegemälde denken. Ein Märtyrer mit blassem Fleisch, der sich in schmerzlicher Haltung in der Tiefe einer Kirche krümmt.

Der wirkliche Schock jedoch war der Kopf.

Der Kopf war nicht menschlich, sondern gehörte zu einem Stier.

Mächtig, tiefschwarz und mindestens fünfzig Kilo schwer, war er am unteren Ende des Nackens abgetrennt worden.

Erst nach und nach wurde Anaïs klar, was sie da sah. Und es

war kein Traum! Sie spürte, wie die Knie unter ihr nachgaben. Trotzdem bückte sie sich und musterte den Toten. Um nicht umzukippen, klammerte sie sich an ihre ersten Erkenntnisse. Es gab nur zwei Lösungen. Entweder hatte der Mörder sein Opfer geköpft und ihm stattdessen den Stierkopf auf die Schultern gesetzt, oder er hatte die Trophäe über den Schädel des jungen Mannes gestülpt.

In beiden Fällen lag das Symbol klar zutage: Man hatte den Minotaurus getötet. Einen modernen Minotaurus, verloren im Labyrinth der Gleise. *Das Labyrinth.*

»Kann ich hinuntersteigen?«

Jemand reichte ihr Überschuhe und eine Papierhaube. Sie stieg die Eisenleiter hinunter in die Grube. Die Männer von der Spurensicherung traten beiseite. Anaïs kauerte nieder und untersuchte das, was sie am meisten interessierte: den monströsen Stierkopf, der auf dem Körper eines Menschen saß.

Die zweite Möglichkeit stellte sich als die richtige heraus. Der Rinderkopf war mit voller Wucht über den Kopf des Opfers gestülpt worden. Der Schädel des jungen Mannes musste ziemlich zerquetscht sein.

»Ich glaube, er hat den Hals des Stiers von innen ausgehöhlt.«

Anaïs drehte sich zu der Stimme um, die sie angesprochen hatte. Michel Longo, der Gerichtsmediziner. Weil er wie alle anderen als Kapuzengespenst verkleidet war, hatte sie ihn nicht gleich erkannt.

»Seit wann ist er tot?«, fragte sie und erhob sich.

»Ganz genau kann ich es noch nicht sagen. Aber seit mindestens vierundzwanzig Stunden. Die Kälte und der Nebel machen die Sache allerdings komplizierter.«

»Glauben Sie, dass er schon die ganze Zeit hier liegt?«

Der Arzt zuckte die Schultern. Unter seiner Kapuze trug er eine Brille von Persol.

»Vielleicht hat der Mörder ihn auch heute Abend erst hier abgelegt. Wir wissen es nicht.«

Anaïs dachte an den Nebel, der seit vielen Stunden über der Stadt lag. In dieser Suppe hatte der Mörder tätig werden können, wann immer es ihm gefiel.

»Hallo!«

Anaïs hob den Kopf und schützte ihre Augen unter vorgehaltener Hand. Am Rand der Grube hob sich die Gestalt einer Frau gegen den weißen Lichthof der Projektoren ab. Selbst im Gegenlicht erkannte Anaïs sie. Es war Véronique Roy, die Stellvertreterin des Oberstaatsanwalts und eine Art Double von Anaïs. Eine höhere Tochter aus dem Großbürgertum von Bordeaux, knapp dreißig Jahre alt, die fast die gleiche Ausbildung genossen hatte wie Anaïs. Sie kannten sich von den teuren Privatschulen, hatten beide die Universität Montesquieu besucht und sich immer wieder mal auf den Toiletten der angesagtesten Discos der Stadt getroffen. Nie waren sie Freundinnen gewesen, aber einander auch nicht feindlich gesinnt. Inzwischen war es meistens die Arbeit, die sie zusammenführte. Einmal bei einem Mann, der sich erhängt hatte, einmal bei einer Frau, der das halbe Gesicht weggerissen worden war, weil ihr Mann eine Mikrowelle nach ihr geworfen hatte; das letzte Mal war es ein junges Mädchen mit durchschnittener Kehle gewesen. Alles keine Grundlagen für echte Freundschaft.

»Hallo«, murmelte Anaïs.

Die Vertreterin der Staatsanwaltschaft stand hoch über ihr am Rand der Grube und strahlte im Licht. Sie trug ein Lederblouson von Zadig & Voltaire, um das Anaïs schon seit einiger Zeit begehrlich herumschlich.

»Das ist ja grausig«, murmelte die Staatsanwältin, die den Blick nicht von der Leiche wenden konnte.

Anaïs war ihr dankbar für den dümmlichen Satz, der die Situation haargenau wiedergab. Sie war sicher, dass Véronique dasselbe empfand wie sie selbst – Entsetzen und Erregung gleichzeitig. Genau das hatten sie immer erhofft, aber auch gefürchtet: die Ermittlung in einem einzigartigen Mordfall mit einem wahnsinnigen Mörder. Alle jungen Frauen ihres Alters in diesem Metier träumten davon, wie Clarice Starling in *Das Schweigen der Lämmer* zu werden.

»Kannst du schon etwas über die Todesursache sagen?«, fragte Anaïs den Gerichtsmediziner.

Longo machte eine unbestimmte Geste.

»Er hat keine offenkundigen Verletzungen. Vielleicht wurde er mit dem Stierkopf erstickt. Oder erwürgt. Oder vergiftet. Wir müssen die Autopsie abwarten. Auch eine Überdosis kann ich nicht ganz ausschließen.«

»Wieso?«

Der Mediziner bückte sich und griff nach dem linken Arm des Opfers. Die Venen in der Armbeuge waren hart wie Holz und mit Narben, Verhärtungen und bläulichen Hämatomen übersät.

»Abhängig bis zum Anschlag. Der Junge war insgesamt in einem ziemlich schlechten Zustand – zu seinen Lebzeiten, meine ich. Verdreckt und unterernährt. An seinem Körper finden sich schlecht verheilte Wunden. Ich schätze, wir haben es hier mit einem Junkie von etwa zwanzig Jahren zu tun. Möglicherweise obdachlos. Vielleicht ein Aussteiger. Irgendetwas in dieser Art.«

Anaïs blickte den Polizisten an, der neben der Staatsanwältin stand.

»Wurden seine Kleider gefunden?«

»Weder Kleidung noch Ausweispapiere.«

Der Mann war also irgendwo anders getötet und dann hergebracht worden. War die Grube als Versteck gedacht, oder sollte die Leiche im Gegenteil zur Schau gestellt werden? Vermutlich war die zweite Vermutung die richtige. Die Grube schien bei dem Ritual des Mörders eine Rolle zu spielen.

Anaïs kletterte die Leiter hoch und warf einen letzten Blick auf die Leiche. Bedeckt mit Nebeltröpfchen wirkte sie wie eine Stahlskulptur. Die nach Öl und Metall riechende Grube bildete eine geradezu perfekte Grabstätte für dieses abstruse Mischwesen.

Oben angekommen streifte Anaïs die Überschuhe und die Papierhaube ab. Véronique Roy erging sich in offiziellen Floskeln.

»Hiermit beauftrage ich dich offiziell mit ...«

»Schick mir den Papierkram ins Büro.«

Verärgert erkundigte sich die Staatsanwältin nach den Spuren, denen Anaïs nachgehen wolle. Anaïs zählte fast automatisch die Routineaufgaben auf. Gleichzeitig versuchte sie sich über das Profil des Mörders klar zu werden. Er kannte die Örtlichkeiten. Vermutlich auch die Rangierzeiten. Vielleicht war es ein Bahnbeamter. Oder jemand, der seine Tat sehr sorgfältig vorbereitet hatte.

Eine Vision verschlug ihr plötzlich den Atem. Der Mörder trug den Körper des Opfers in einer braunen Plastikhülle auf dem Rücken. Tief gebeugt ging er durch den Nebel. Sofort kamen ihr Bedenken. Die Leiche samt Tierkopf wog gut und gern hundert Kilo. Der Mörder musste also ein wahrer Koloss sein. Oder hatte er dem Jungen den Stierkopf erst an Ort und Stelle aufgesetzt? Dann aber hätte er zweimal von seinem Auto zur Grube gehen müssen. Und wo hatte er geparkt? Auf dem offiziellen Parkplatz?

»Bitte?«

»Ich wollte wissen, ob du dein Ermittlerteam schon zusammengestellt hast«, wiederholte Véronique Roy.

»Mein Team? Da kommt es gerade.«

Le Coz tappte mit vorsichtigen Schritten über den Schotter auf sie zu. Er trug die vorschriftsmäßige Sicherheitsweste. Die Staatsanwältin sah ihn erstaunt an. Sie hatte helle Augen unter fein geschwungenen Brauen. Anaïs musste zugeben, dass sie wirklich hübsch war.

»Das war ein Scherz«, lächelte sie. »Darf ich dir Kommissar Hervé Le Coz vorstellen? Er ist mein Stellvertreter und hat heute Nacht mit mir zusammen Bereitschaftsdienst. Mein restliches Team steht in einer Stunde.«

Unter der Sicherheitsweste trug Le Coz einen schwarzen Kaschmirmantel. In seinem ebenfalls pechschwarzen, mit Gel frisierten Haar glitzerten winzige Wassertröpfchen. Sein Atem stieg als Dunstwölkchen zwischen seinen sinnlichen Lippen empor. Sein ganzes Wesen verströmte eine verführerische Raffinesse, die bei Véronique Roy eine Art Verteidigungsreflex hervorrief, der sich als unmerkliche Erstarrung äußerte. Anaïs grinste. Ganz offensichtlich war Véronique Single, genau wie sie selbst. Jeder Kranke erkennt die Anzeichen seiner eigenen Krankheit problemlos auch bei anderen.

Kurz schilderte sie Le Coz die Situation, ehe sie in einen Befehlston verfiel. Dieses Mal jedoch meinte sie es ernst.

»Als Erstes muss das Opfer identifiziert werden, ehe wir uns seiner unmittelbaren Umgebung zuwenden.«

»Glaubst du, dass der Tote seinen Mörder gekannt hat?«, fragte Véronique Roy.

»Zunächst einmal glaube ich gar nichts. Als Erstes müssen wir in Erfahrung bringen, wer der Tote überhaupt ist. Danach gehen wir ganz systematisch vor – von seinen engeren Bekanntschaften zu den weiter entfernten. Erst die Freunde, die er schon seit seiner Kindheit hatte, dann die Leute, die er zufällig eines Abends getroffen hat.«

Anaïs wandte sich an den Kommissar:

»Ruf die anderen an. Wir müssen sämtliche Bänder der Videoüberwachung des Bahnhofs überprüfen, und zwar nicht nur die von den letzten vierundzwanzig Stunden.«

Sie wies auf den Parkplatz.

»Unser Kandidat ist sicher nicht durch die Schalterhalle gekommen, sondern vermutlich über den Personalparkplatz auf die Gleise gelangt. Du konzentrierst dich auf die entsprechenden Bänder. Schreib dir alle Autokennzeichen auf, suche nach den Haltern und stelle ihnen die entsprechenden Fragen. Besuche die Führungskräfte, die Angestellten und die Techniker des Bahnhofs. Sie sollen sich mal den Kopf zerbrechen – vielleicht fällt ihnen ja irgendetwas Verdächtiges ein.«

»Wann sollen wir anfangen?«

»Wir haben schon angefangen.«

»Aber es ist drei Uhr morgens.«

»Dann hol die Leute eben aus dem Bett. Das ehemalige Bahnbetriebswerk muss durchsucht werden, weil sich in solchen Gebäuden immer Tippelbrüder herumtreiben. Vielleicht haben sie etwas gesehen. Und was den Lokführer angeht …«

»Welchen Lokführer?«

»Der die Rangierlok gefahren und die Leiche entdeckt hat. Ich will seinen ausführlichen Vernehmungsbericht morgen früh auf dem Schreibtisch haben. In den nächsten Stunden wird jeder von uns, der abkömmlich ist, an der Überwachung des Geländes teilnehmen und sowohl Reisende als auch Stammkunden befragen.«

»Aber es ist Sonntag.«

»Willst du vielleicht bis Montag warten? Bitte die Schutzpolizei und meinetwegen auch die Verkehrspolizei um Mithilfe.«

Le Coz schrieb sich alles auf, ohne weiter darauf einzugehen. Sein Notizblock triefte vor Nässe.

»Jemand muss sich auch um den tierischen Aspekt kümmern.«

Le Coz blickte Anaïs an. Er verstand nicht, was sie meinte.

»Der Stierkopf kommt schließlich irgendwoher. Nimm Kontakt zu den Gendarmen aus dem Aquitaine, dem Departement Landes und dem Baskenland auf.«

»Warum so weit weg?«

»Weil es sich um einen Kampfstier handelt. Einen *toro bravo*.«

»Woher weißt du das?«

»Ich weiß es eben. Die nächstgelegenen Zuchten befinden sich in der Nähe von Mont-de-Marsan. Dann gehst du weiter in Richtung Dax.«

Le Coz schrieb immer noch und ärgerte sich über den nässenden Nebel, der seine Schrift verlaufen ließ.

»Dir ist hoffentlich klar, dass ich hier keinen Journalisten sehen will.«

»Wie willst du das denn anstellen?«, mischte sich die Staatsanwältin ein.

Da ihr die Kommunikation mit den Medien oblag, hatte sie insgeheim bereits über den Ablauf ihrer Pressekonferenz nachgedacht und auch schon überlegt, was sie zu diesem Termin anziehen sollte. Anaïs jedoch hatte ihre eigenen Vorstellungen.

»Wir warten erst einmal ab und sagen nichts. Mit ein bisschen Glück ist der Kerl tatsächlich ein Obdachloser.«

»Kapier ich nicht.«

»Dann vermisst ihn niemand, und wir können seinen Tod noch eine Zeitlang verschweigen. Sagen wir vierundzwanzig Stunden. Und selbst dann vergessen wir zunächst einmal die Sache mit dem Stierkopf. Wir erzählen etwas von einem Obdachlosen, der vermutlich an Unterkühlung gestorben ist. Punktum.«

»Und wenn er kein Assi ist?«

»Wir brauchen diese Frist, um in aller Ruhe arbeiten zu können.«

Le Coz verabschiedete sich mit einem Kopfnicken von den beiden Damen und verschwand im Nebel. Zu einem anderen Zeitpunkt und unter anderen Umständen hätte er sicher seinen Charme spielen lassen, aber er hatte begriffen, dass hier und jetzt Not am Mann war. In den kommenden Stunden würden sie alle auf Schlaf, Essen und Familienleben verzichten müssen; nur die Ermittlungen zählten.

Anaïs wandte sich an den Beamten der Schutzpolizei, der im Hintergrund geblieben war, aber genau zugehört hatte.

»Suchen Sie mir bitte den Einsatzleiter der Spurensicherung.«

»Glaubst du, es handelt sich um den Beginn einer Serie?«, fragte Véronique Roy leise.

Ihre Stimme verriet noch immer die gleiche zwiespältige Gemütsregung. Halb Lust, halb Ekel. Anaïs lächelte.

»Dazu kann ich noch nichts sagen, Süße. Wir müssen erst den Obduktionsbericht abwarten. Sobald wir wissen, wie der Mörder vorgegangen ist, können wir uns vielleicht ein Bild von ihm machen. Wir müssen natürlich auch in Erfahrung bringen, ob nicht irgendein Bekloppter kürzlich aus Cadillac ausgebüxt ist.«

Jeder in der Region kannte diesen Namen. Cadillac war eine Klinik für psychisch Kranke, wo gemeingefährliche Irre und Schwerverbrecher in Sicherungsverwahrung lebten – fast schon eine örtliche Sehenswürdigkeit zwischen den Weinbergen und der Düne von Pilat.

»Im Übrigen werde ich mir einmal die nationalen Datenbanken anschauen. Wir müssen wissen, ob es einen Mord dieser Art schon einmal hier im Aquitaine oder irgendwo anders in Frankreich gegeben hat.«

Anaïs saugte sich alles Mögliche aus den Fingern, um ihrer Rivalin zu imponieren. Die einzige nationale Datenbank in Frankreich, die sich mit Verbrechen beschäftigte, war ein von völlig unmotivierten Polizisten aktualisiertes Programm.

Plötzlich zerriss die Nebelwand vor ihnen. Zum Vorschein kam ein Techniker der Spurensicherung, der wie ein Astronaut im Schutzanzug aussah.

»Mein Name ist Abdellatif Dimoun«, stellte die Erscheinung sich vor und streifte die Kapuze ab. »Ich bin der Einsatzleiter der Spurensicherung in diesem Fall.«

»Sie kommen aus Toulouse?«

»Ja, von der Technischen Abteilung 31.«

»Wie konnten Sie so schnell hier sein?«

»Ein reiner Glücksfall, wenn ich mich so ausdrücken darf.«

Der Mann lächelte sie strahlend an. Dank seiner gebräunten Haut wirkte das Weiß seiner Zähne noch leuchtender. Er war etwa dreißig Jahre alt und wirkte auf Anaïs ungestüm und sehr erotisch.

»Wir waren aus einem anderen Grund bereits hier in Bordeaux. Wir untersuchen die Verseuchung des Industriegebiets von Lormont.«

Anaïs hatte davon gehört. Man verdächtigte einen ehemaligen Angestellten einer Chemiefabrik, aus Rache die Produktion sabotiert zu haben. Die Hauptkommissarin und die Staatsanwältin stellten sich nun ebenfalls vor. Der Techniker streifte die Handschuhe ab und schüttelte ihnen die Hand.

»Schon irgendwelche verwertbaren Spuren gefunden?«, erkundigte sich Anaïs in einem bewusst lässigen Tonfall.

»Leider nein. Alles ist klatschnass. Die Leiche dümpelt seit mindestens zehn Stunden sozusagen im eigenen Saft. Bisher war es uns unmöglich, auch nur die kleinste Papillarlinie sicherzustellen.«

»Die kleinste was?«, fragte die Staatsanwältin.

Höchst zufrieden, dass sie mit ihrem Wissen punkten konnte, drehte sich Anaïs zu Véronique Roy um.

»Er meint Fingerabdrücke.«

Véronique verzog das Gesicht.

»Wir haben auch weder organisches Material noch Körperflüssigkeiten gefunden«, fuhr Dimoun fort. »Kein Blut, kein Sperma, rein gar nichts. Aber durch diesen vermaledeiten Nebel ... Nur eines wissen wir sicher: Die Grube ist nicht der Tatort. Der Mörder hat die Leiche hier nur entsorgt. Getötet wurde der Mann woanders.«

»Können Sie uns Ihre Ergebnisse bitte so schnell wie möglich zukommen lassen?«

»Na klar. Wir arbeiten mit einem Privatlabor hier in Bordeaux zusammen.«

»Sollte ich Rückfragen haben, rufe ich Sie an.«

»Kein Problem.«

Der Techniker schrieb seine Handynummer auf die Rückseite einer Visitenkarte.

»Ich gebe Ihnen auch meine Nummer«, sagte Anaïs und kritzelte sie auf eine Seite ihres Notizblocks. »Sie können mich zu jeder Tages- und Nachtzeit anrufen. Ich lebe allein.«

Verblüfft über diese plumpe Vertraulichkeit hob der Techniker die Augenbrauen. Anaïs spürte, wie sie errötete. Véronique Roy beobachtete sie mit spöttischer Miene. Der Schutzpolizist half Anaïs aus der Patsche.

»Dürfte ich Sie für einen Augenblick stören? Der Bahnhofsvorsteher möchte Sie sprechen. Es scheint wichtig zu sein.«

»Worum geht es?«

»Ich weiß es nicht genau. Offenbar hat die Bahnpolizei hier gestern einen ziemlich merkwürdigen Typ aufgegabelt. Hatte wohl das Gedächtnis verloren. Ich war leider nicht dabei.«

»Und wo wurde er gefunden?«

»Auf den Gleisen, nicht allzu weit von der Reparaturgrube entfernt.«

Anaïs verabschiedete sich von Roy und Dimoun, drückte dem Techniker ihre Handynummer in die Hand und folgte dem Polizisten über die Schienen. Dabei bemerkte sie drei Gestalten in weißen Overalls, die vom Parkplatz her zwischen den verlassenen Gebäuden des Bahnbetriebswerks auftauchten. Sie würden den Toten ins Leichenschauhaus bringen. Der Gabelstapler, der ihnen folgte, wurde gebraucht, um die Leiche samt dem enormen Tierkopf zu transportieren.

Anaïs, die hinter dem Polizisten herging, warf einen Blick über die Schulter zurück. Die Vertreterin der Staatsanwaltschaft und der Techniker von der Spurensicherung standen ein Stück von der Sicherheitsabsperrung entfernt und unterhielten sich angeregt. Sie hatten sich sogar eine Zigarette angesteckt. Véronique Roy gluckste wie ein Hühnchen. Wütend zurrte Anaïs das Palästinensertuch zusammen, das sie anstelle eines Schals trug. Hier zeigte sich wieder, was sie immer schon gedacht hatte. Ob mit Leiche oder ohne und solidarisch oder nicht, es war immer das gleiche Lied – der Wettbewerb, wer von ihnen beiden die Bessere war.

Im Stadtzentrum war der Nebel noch dichter. Weiße Schwaden lagen über dem Asphalt, waberten vor Hauswänden und drangen aus Kanaldeckeln. Man konnte kaum fünf Meter weit sehen. Doch das machte nichts. Anaïs hätte auch mit geschlossenen Augen zu ihrer Dienststelle zurückgefunden. Nach den etwas verwirrenden Aussagen des Bahnhofsvorstehers – man habe am Vorabend einen Cowboy ohne Gedächtnis auf dem Bahngelände ganz in der Nähe des Leichenfundortes entdeckt – hatte sie noch einige Anweisungen erteilt und sich anschließend in ihr Auto gesetzt.

Über den Cours Victor Hugo fuhr sie in Richtung der Kathedrale Saint-André. Die anfängliche Erregung wich einer gewissen Skepsis. Hatte sie alles richtig gemacht? Würde man ihr den Fall überlassen? In einigen Stunden würde die Nachricht die Honoratioren der Stadt erreichen. Präfekt, Bürgermeister und Stadtverordnete würden ihren obersten Vorgesetzten, Kriminaloberrat Jean-Pierre Deversat, anrufen. Eine Leiche mit einem Stierkopf – das brachte Unordnung in die Hauptstadt des Weins. Und alle wären sich darin einig, dass die Ermittlungen so rasch wie möglich zum Abschluss gebracht werden müssten. Natürlich käme die Frage auf, welcher Kriminalbeamte mit der Untersuchung betraut war, und man würde sich Gedanken über Alter, Erfahrung und Geschlecht machen. Aber vor allem über den Namen. Und den Skandal, der mit diesem Namen verbunden war. Mit dem Namen von Anaïs' Vater. Diese Geschichte kennzeichnete Anaïs wie ein Muttermal – sie war unauslöschlich mit ihr verbunden.

Würde Deversat sie decken? Eher nicht. Er kannte sie kaum. Er wusste von ihr nur das, was alle anderen auch wussten: dass sie eine überqualifizierte, herausragende, ehrgeizige Polizistin war. Für eine ausgewachsene Ermittlung jedoch machten diese Qualitäten keinen Sinn. Hier ging nichts über die Erfahrung eines alten Hasen. Anaïs tröstete sich damit, dass ihr die gesetzliche Frist noch ein wenig Zeit ließ. Und außerdem war sie im Dienst gewesen, als der Tote gefunden wurde.

Ihr blieben acht Tage, in denen sie ohne Ermittlungsrichter und Rechtshilfeersuchen handeln konnte. Sie konnte fragen, wen sie wollte, herumschnüffeln, wo sie wollte, und sie konnte nach eigenem Gutdünken sowohl Mitarbeiter als auch das benötigte Material anfordern. Doch wenn sie ehrlich war, hatte sie gewaltigen Schiss davor. War sie tatsächlich fähig, eine solche Macht richtig zu nutzen?

Sie schaltete zurück und bog nach rechts in den Cours Pasteur ab. Das Bild des Einsatzleiters der Spurensicherung tauchte vor ihr auf und verwirrte sie. Der Araber mit dem verführerischen Lächeln. Sie dachte an ihren Schnitzer. Dass sie aber auch so versessen darauf gewesen war, ihm ihre Handynummer zu überlassen! So ein Blödsinn! Ob sie sich lächerlich gemacht hatte? Nur allzu deutlich klang ihr noch Véroniques Glucksen bei ihrem Aufbruch im Ohr. Es war Antwort genug.

Vor der roten Ampel, die wie ein Feuerball im Dunst strahlte, wurde sie zunächst langsamer, dann aber überquerte sie die Kreuzung, ohne auf Grün zu warten. Sie hatte ihr Blaulicht auf das Autodach gesetzt, das wie ein stummes blaues Fanal in der düsteren Nebelsuppe blinkte.

Anaïs versuchte sich auf die Ermittlung zu konzentrieren, brachte es aber nicht fertig. Wut stieg in ihr auf. Wut auf sich selbst. Warum warf sie sich immer wieder irgendwelchen Typen an den Hals? Immer wieder diese Entzugserscheinungen, immer wieder dieser Wunsch, Begierden zu wecken ... Wieso nur war sie derart süchtig nach Liebe? Ihre Einsamkeit war zu einer Krankheit geworden. Zu einer Überempfindlichkeit gegenüber Gefühlen.

Wenn sie auf der Straße ein Liebespaar sah, verspürte sie einen Kloß in der Kehle. Wenn sich Liebende in einem Film küssten, kamen ihr die Tränen. Wenn jemand aus ihrer Bekanntschaft heiratete, nahm sie eine Lexomil ein. Sie ertrug es einfach nicht zuzuschauen, wenn andere sich liebten. Ihr Herz war zu einer Art Abszess geworden, der auf den geringsten Reiz reagierte. Natürlich kannte Anaïs den Namen dieser Krankheit längst. Sie wusste, dass sie unter einer Neurose litt und eigentlich einen Psychiater konsultieren musste. Seit ihrer Teenagerzeit jedoch war sie durch die Hände unzähliger Psychiater gegangen. Ohne das geringste Resultat.

Sie parkte ihren Golf neben der Kathedrale, legte die Arme auf das Lenkrad und brach in hemmungsloses Schluchzen aus. Minutenlang ließ sie ihren Tränen freien Lauf, ehe sie eine Art schmerzliche Erleichterung verspürte. Sie wischte sich die Augen, schnäuzte sich und versuchte auf andere Gedanken zu kommen. Keinesfalls konnte sie in diesem Zustand auf ihrer Dienststelle ankommen. Dort erwartete man einen Chef, keine Heulsuse.

Sie schaltete den Funk ab, nahm eine Lexomil ein, griff nach ihrem iPod und setzte die Kopfhörer auf, um ein wenig Musik zu hören, während sie darauf wartete, dass der Angstlöser wirkte. *Rise* von Gabrielle. Ein melancholischer Song aus dem Jahr 1999, der auf einer Melodie von Bob Dylan basierte. Während die Chemie langsam den Kampf gegen die Angst gewann, beschwor das Lied Erinnerungen herauf.

Anaïs hatte nicht immer diese instabile Neigung zu Nervosität und Depression gezeigt. Irgendwann war sie ein sehr anziehendes und entschlossenes junges Mädchen gewesen, das seine gesellschaftliche Stellung, seine Beliebtheit und seine Zukunft sicher vor Augen hatte. Mit ihrem Vater, einem Önologen, der sich der Wertschätzung der größten und bekanntesten Weingüter erfreute, bewohnte sie ein hübsches Landgut im Médoc. Sie war ausgesprochen gut in der Schule und absolvierte das

Gymnasium ohne Zwischenfälle. Nach dem Abitur begann sie, Jura zu studieren, um nach bestandenem Examen noch einen Studiengang in Önologie dranzuhängen und sich auf rechtliche Fragen im Zusammenhang mit Weinbau zu spezialisieren. Ihr Leben war völlig geradlinig verlaufen.

Bis zum Alter von zwanzig Jahren hatte Anaïs sich immer den geltenden Regeln gefügt, kleine Ausnahmen inbegriffen. Aber schließlich war man ja jung. Es gab steife Rallyes, wo die Söhne und Töchter der besseren Gesellschaft von Bordeaux sich kennenlernten, aber auch Abende, an denen man sich gemeinsam mit Spitzenweinen betrank, die man sich ganz einfach aus der familieneigenen Kellerei besorgte. Natürlich schlug man sich auch ab und zu die Nächte in Clubs um die Ohren – aber selbstverständlich nur im VIP-Bereich und mit Promis wie den Fußballern von Girondin Bordeaux.

Die Generation, der Anaïs angehörte, glänzte nicht gerade durch unkonventionelle Verhaltensweisen. Wer sich nicht betrank, befand sich auf dem Cola-Trip und umgekehrt. Wertvorstellungen und Hoffnungen waren so flach wie ein Dancefloor. Kein einziges der Muttersöhnchen in ihrer Umgebung hatte den Ehrgeiz, selbst Geld zu verdienen, denn schließlich besaß man ja längst welches. Manchmal dachte Anaïs, dass sie gern arm gewesen wäre, eine Nutte vielleicht, die den reichen Bubis ohne Gewissensbisse die Scheine aus den Taschen geleiert hätte. Aber eigentlich unterschied sie sich in nichts von ihren Altersgenossen. Sie folgte den Vorgaben, die ihr Vater festgelegt hatte.

Anaïs' Mutter war eine waschechte Chilenin gewesen. Wenige Monate nach der Entbindung in Santiago hatte sich bei ihr eine mentale Störung gezeigt. Jean-Claude Chatelet arbeitete damals an der Entwicklung der Carmenere, einer Rebsorte, die in Frankreich selten geworden war, am Fuß der Anden aber ausgezeichnet gedieh. Um seiner Frau die bestmögliche Pflege zukommen zu lassen, hatte der Weinwissenschaftler beschlossen, nach Bordeaux zurückzukehren, wo er mit Leichtigkeit sofort wieder Arbeit fand.

In Anaïs' Leben waren die geistesgestörte Mutter und die wöchentlichen Besuche in der Klinik in Tauriac, wo sie untergebracht war, die einzigen dunklen Punkte. Sie selbst erinnerte sich kaum noch an diese Zeit – nur daran, dass sie im Park Butterblumen pflückte, während ihr Vater mit einer schweigsamen Frau spazieren ging, die ihre Tochter nicht einmal erkannte. Die Frau starb, als Anaïs acht Jahre alt war, ohne je ihre geistige Klarheit wiederzuerlangen.

Danach wurde die Harmonie durch nichts mehr getrübt. Neben seiner beruflichen Arbeit widmete Anaïs' Vater sich hingebungsvoll der Erziehung seiner geliebten Tochter, die im Gegenzug alles tat, um seine Erwartungen zu erfüllen. In gewisser Weise lebten sie wie ein Paar, doch Anaïs konnte sich weder an frustrierende Erfahrungen noch an ungute oder beängstigende Vorfälle erinnern. Ihr Vater wollte nur, dass sie glücklich war, und sie kannte kein anderes Glück als jenes, das den herrschenden Normen entsprach. Sie war Klassenbeste und heimste Preise in Reitwettbewerben ein.

Doch dann kam 2002, das Jahr des Skandals.

Anaïs war einundzwanzig, und mit einem Mal veränderte sich ihre Welt. Zeitungsartikel erschienen, Gerüchte kursierten, kritische Blicke waren an der Tagesordnung. Man beobachtete sie. Man stellte ihr Fragen. Doch sie konnte nicht antworten. Es war ihr tatsächlich *physisch* nicht möglich, denn sie verlor ihre Stimme. Drei Monate lang konnte sie nicht ein Wort sprechen, laut dem Urteil ihrer Ärzte eine rein psychosomatische Störung.

Als erste Maßnahme verließ sie das Landgut ihres Vaters. Sie verbrannte ihre Kleider und verabschiedete sich von ihrem Pferd, einem Geschenk ihres Vaters. Wäre es ihr irgend möglich gewesen, hätte sie das Tier sogar erschossen. Sie wandte sich von allen Freunden ab und zeigte ihrer behüteten Jugend den Stinkefinger. Nie wieder wollte sie sich Konventionen beugen und vor allem nie wieder Kontakt zu ihrem Vater aufnehmen.

2003 legte sie ihr juristisches Staatsexamen ab. Sie begann, Kampfsportarten wie Krav Maga und Kickboxen zu trainieren, und wurde Sportschützin. Sie hatte sich zum Ziel gesetzt, zur Polizei zu gehen, sich ganz der Wahrheitsfindung zu widmen und die Jahre der Lügen auszumerzen, die ihr Leben, ihre Seele und ihr Blut seit ihrer Geburt beschmutzt hatten.

2004 bewarb sie sich an der Polizeischule in Cannes-Écluse. Die Ausbildung dauerte achtzehn Monate und umfasste Verfahrensabläufe, Verhörmethoden und Sozialkunde. Als Jahrgangsbeste konnte sie sich das Dezernat aussuchen, wo sie eingesetzt werden wollte. Sie entschied sich zunächst für eine ganz normale Wache in Orléans, um das Metier des Streifenpolizisten kennenzulernen. Anschließend ließ sie sich nach Bordeaux versetzen – in die Stadt, wo der Skandal ausgebrochen und ihr Name in den Schmutz gezogen worden war. Niemand verstand ihren Entschluss.

Dabei lag die Lösung auf der Hand.

Sie wollte ihren Peinigern beweisen, dass sie sich nicht vor ihnen fürchtete.

Und ihm – *vor allem ihm* – wollte sie zeigen, dass sie sich auf die Seite der Wahrheit und Gerechtigkeit geschlagen hatte.

Auch äußerlich hatte Anaïs sich verändert. Sie trug die Haare jetzt kurz geschnitten und kleidete sich ausschließlich in Jeans, Arbeitshosen und Lederblousons. Ihr zierlicher Körper war der einer Athletin – muskulös und drahtig. Ihre Sprechweise, ihre Wortwahl und ihre Intonation hatten sich verhärtet. Trotz aller Anstrengung jedoch blieb sie ein hübsches junges Mädchen mit sehr weißer, fast kristallklarer Haut und großen, erstaunt dreinblickenden Augen, das geradewegs einem Märchen entstiegen schien.

Umso besser.

Wer würde schon einer Kriminalkommissarin misstrauen, die wie eine Puppe aussah?

Was ihr Liebesleben anging, so hatte sie sich seit ihrer Rückkehr nach Bordeaux in eine anscheinend ausweglose Suche gestürzt. Obwohl sie sich den Anschein einer kleinen Draufgängerin gab, sehnte sie sich nach einer starken Schulter zum Anlehnen und einem muskulösen Körper, der sie wärmen konnte. Doch auch nach zwei Jahren war sie noch nicht fündig geworden. Zu Zeiten des schicken Clubbings war sie eine kühle Verführerin gewesen, doch die Masche der unerreichbaren »Jewish Princess« zog heutzutage keinen Mann mehr in ihren Bann. Und wenn sich doch einmal ein Kandidat in ihren Netzen verfing, konnte sie ihn nicht halten.

Lag es an ihrem Auftreten? An ihren Neurosen, die sie trotz aller Eloquenz nicht ganz verbergen konnte? Ihren allzu nervösen Bewegungen? Ihrem fortwährenden Blinzeln? Oder an ihrem Job, vor dem viele Menschen Angst hatten? Sobald sie sich diese Fragen stellte, zuckte sie mit den Schultern. Jetzt war es ohnehin zu spät, sich noch einmal zu ändern. Sie hatte ihre Weiblichkeit verloren wie andere Frauen ihre Jungfräulichkeit – ohne Aussicht auf Wiederherstellung.

Inzwischen versuchte sie ihr Glück im Internet auf Meetic.

Seit drei Monaten gab sie sich mit beschissenen Verabredungen, langweiligen Unterhaltungen und unglaublichen Spinnern ab, doch die Resultate waren nach wie vor gleich null und eigentlich immer demütigend. Aus jedem Versuch kam sie ein wenig verbrauchter heraus; die Grausamkeit der Männer war doch allzu niederschmetternd. Sie suchte nach Freunden, aber sie traf nur potenzielle Feinde. Sie suchte nach der großen Liebe, geriet aber nur an Widerlinge.

Anaïs hob den Kopf. Ihre Tränen waren getrocknet. Inzwischen hörte sie *Right where it belongs* von den Nine Inch Nails. Die Wasserspeier der Kathedrale schienen sie durch den Nebel hindurch zu beobachten. Die steinernen Fratzen erinnerten sie wieder an die hinter ihren Computerbildschirmen versteckten Männer, die ihr auflauerten, um sie mit ihren Lügen zu verführen. Medizinstudenten, die in Wirklichkeit bei einem Pizzaservice arbeiteten. Unternehmer, die von Arbeitslosenunterstützung lebten. Singles auf der Suche nach einer verwandten Seele, deren Ehefrau gerade das dritte Kind erwartete.

Fratzen.

Teufel.

Verräter.

Anaïs drehte den Zündschlüssel. Die Lexomil hatte ihre Wirkung entfaltet. Endlich kehrte die Wut zurück, und mit der Wut auch der Hass. Beides waren Gefühle, die sie besser stimulierten als jedes Medikament.

Als sie schließlich losfuhr, wanderten ihre Gedanken zurück zu dem einschneidenden Ereignis dieser Nacht. Ein Mensch hatte einen anderen Menschen getötet und ihm einen Stierkopf auf den Schädel gesetzt. Plötzlich fühlte sie sich mit ihren Kleinmädchensorgen lächerlich. Verrückt, an solche Dinge zu denken, während ein Mörder frei in Bordeaux herumlief.

Mit zusammengepressten Zähnen fuhr sie weiter in die Rue François de Sourdis. Wenigstens dieses Mal war die nächtliche Bereitschaft nicht umsonst gewesen.

Sie hatte eine Leiche.

Und das war immerhin besser als ein lebendiger Spinner.

G estern hast du mir erzählt, du heißt Mischell.«
»Richtig. Pascal Mischell.«
Freire schrieb sich den Vornamen auf. Ob er nun stimmte oder nicht – es war ein neuer Aspekt. Es war sehr einfach gewesen, den Cowboy in Hypnose zu versetzen. Sein Gedächtnisverlust machte es ihm leicht, sich von der Außenwelt zu lösen. Außerdem spielte noch ein anderer Faktor eine wichtige Rolle: Der Mann hatte Vertrauen zu seinem Psychiater. Ohne Vertrauen ist es unmöglich, sich zu entspannen, ohne Entspannung aber funktioniert keine Hypnose.
»Weißt du, wo du wohnst?«
»Nein.«
»Denk nach.«
Der Koloss hielt sich sehr gerade auf seinem Stuhl. Seine Hände lagen auf seinen Oberschenkeln, und er trug seinen unvermeidlichen Hut. Freire hatte sich entschieden, die Sitzung in seinem Büro durchzuführen, wo er an einem Sonntagmorgen vermutlich am ungestörtesten bleiben würde. Er hatte die Rollläden heruntergelassen und die Tür abgesperrt. Dämmerlicht und Ruhe.
Es war neun Uhr morgens.
»Ich glaube ... Ja, das Dorf heißt Audenge.«
»Wo liegt es?«
»In der Nähe von Arcachon.«
Freire schrieb mit.
»Was machst du beruflich?«
Mischell antwortete nicht sofort. Seine Stirn unter dem Stetson legte sich in nachdenkliche Falten.
»Ich sehe Ziegelsteine.«

»Steine zum Bauen?«

»Ja. Ich nehme sie in die Hand und setze sie.«

Mit geschlossenen Augen stellte er die Bewegung dar wie ein Blinder. Freire dachte an die Staubpartikel, die man unter seinen Fingernägeln gefunden hatte. *Ziegelstaub.*

»Arbeitest du auf dem Bau?«

»Ich bin Maurer.«

»Wo arbeitest du?«

»Ich bin … Ich glaube, im Augenblick arbeite ich auf einer Baustelle bei Cap-Ferret.«

Freire schrieb jedes Wort mit. Er hielt die Aussagen seines Patienten nicht unbedingt für wahr. Es war durchaus möglich, dass sich die Wirklichkeit in Mischells Erinnerung veränderte oder sogar völlig umgestaltete. Die Informationen waren eher Hinweise, die der Suche eine Richtung gaben. Jedem einzelnen würde er nachgehen müssen.

Mit gezücktem Stift wartete er. *Nicht noch mehr Fragen stellen. Die Atmosphäre des Büros wirken lassen.* Auch er selbst wurde allmählich schläfrig. Der Riese schwieg.

»Weißt du noch, wie dein Chef heißt?«, fragte Mathias schließlich.

»Thibaudier.«

»Kannst du mir das buchstabieren?«

Mischell kam der Bitte ohne Zögern nach.

»Und sonst erinnerst du dich an nichts?«

Der Cowboy dachte kurz nach, ehe er sagte:

»Die Düne. Von der Baustelle aus sieht man die Düne von Pilat.«

Jede Antwort trug zur Vervollständigung des Bildes bei.

»Bist du verheiratet?«

Wieder legte der Mann eine Pause ein.

»Ich glaube nicht … Ich habe eine Freundin.«

»Wie heißt sie?«

»Hélène. Hélène Auffert.«

Nachdem er sich auch diesen Namen hatte buchstabieren lassen, schaltete Freire einen Gang höher.

»Was macht sie?«

»Sie ist Angestellte im Rathaus.«

»Im Rathaus deines Dorfes? Im Rathaus von Audenge?«

Mischell fuhr sich mit der Hand übers Gesicht. Sie zitterte.

»Ich ... Ich weiß nicht mehr.«

Freire zog es vor, die Sitzung zu beenden. Am nächsten Tag würde er es noch einmal versuchen. Man musste den Rhythmus der Erinnerung respektieren, die sich nach und nach ihren Weg ans Licht bahnte.

Mit wenigen Worten holte er Mischell aus seinem hypnotischen Zustand und öffnete die Läden. Strahlendes Sonnenlicht blendete ihn und verursachte ihm erneute Schmerzen in der Augenhöhle. Der Nebel war endlich verschwunden; eine klare Wintersonne, weiß und kalt wie ein Schneeball, lag über der Stadt. Freire sah darin ein gutes Vorzeichen für seine Arbeit mit dem Mann ohne Gedächtnis.

»Wie fühlst du dich?«

Der Cowboy rührte sich nicht. Er trug eine Tuchjacke in der gleichen Farbe wie seine Hose. Die Kleidung war Eigentum der Klinik und sah wie ein Mittelding zwischen Pyjama und Sträflingsanzug aus. Freire schüttelte den Kopf. Er war gegen Anstaltskleidung bei den Patienten.

»Gut«, sagte Mischell.

»Erinnerst du dich an unser Gespräch?«

»Nur sehr ungenau. Habe ich irgendetwas Wichtiges gesagt?«

Der Psychiater antwortete sehr vorsichtig. Er verwendete die üblichen Formulierungen, ließ seinen Patienten jedoch über die von ihm selbst gegebenen Informationen im Unklaren. Die wollte er zunächst eine nach der anderen überprüfen.

Freire setzte sich an seinen Schreibtisch und blickte Mischell gerade in die Augen. Nach einigen beruhigenden Worten fragte er den Cowboy, wie er geschlafen habe.

»Ich habe wieder dasselbe geträumt.«
»Von der Sonne?«
»Von der Sonne und dem Schatten.«
Wovon hatte er selbst geträumt? Nach dem Zwischenfall mit den Männern in Schwarz waren ihm sofort die Augen zugefallen, und er hatte die ganze Nacht hindurch geschlafen wie ein Stein. Und zwar vollständig angezogen auf dem Sofa im Wohnzimmer. Allmählich schien er zu einer Art Clochard zu werden.

Er stand auf und ging um den noch immer sitzenden Riesen herum.

»Hast du versucht, dich an die Nacht im Bahnhof zu erinnern?«

»Versucht schon, aber da kommt nichts.«

Freire ging jetzt hinter dem Rücken des Mannes auf und ab. Als ihm klar wurde, dass seine Schritte etwas Drohendes, Bedrückendes hatten – wie ein Polizist, der einen Sträfling verhört –, näherte er sich seinem Patienten von rechts.

»Nicht einmal ein kleines Detail?«

»Nichts.«

»Und der Engländer? Das Telefonbuch?«

Nervöse Ticks zuckten über Mischells Gesicht.

»Nichts. Darüber weiß ich gar nichts.«

Der Psychiater setzte sich wieder an seinen Schreibtisch. Dieses Mal hatte er eine Art Widerstand bei dem Mann gespürt. Er schien Angst zu haben. *Angst, sich zu erinnern.* Freire lächelte ihm freundschaftlich zu, sozusagen als Zeichen, dass es vorbei war und dass er sich beruhigen könne. Das Erinnerungsvermögen des Cowboys war wie ein zerknülltes Blatt Papier, das schnell zerreißen konnte, wenn man sich zu sehr bemühte, es glatt zu streichen.

»Für heute machen wir Schluss.«

»Nein. Ich möchte dir noch von meinem Vater erzählen.«

Die Erinnerungsmaschinerie hatte sich in Bewegung gesetzt. Mit oder ohne Hypnose. Freire griff nach seinem Notizblock.

»Ich höre dir zu.«
»Er ist gestorben. Vor zwei Jahren. Er war Maurer, genau wie ich. Habe ich dir gesagt, dass ich Maurer bin?«
»Hast du.«
»Ich hatte ihn sehr lieb.«
»Wo hat er gewohnt?«
»In Marsac. In der Nähe von Arcachon.«
»Und deine Mutter?«
Der Mann antwortete nicht sofort und wandte den Kopf ab. Seine Augen schienen die Antwort im gleißend kalten Licht des Fensters zu suchen.
»Sie hatte eine kleine Bar mit Zigarettenverkauf in der Hauptstraße von Marsac«, erklärte er schließlich. »Sie ist letztes Jahr ebenfalls gestorben. Kurz nach meinem Vater.«
»Kannst du dich an die Umstände erinnern?«
»Nein.«
»Hast du Geschwister?«
»Ich ...« Mischell zögerte. »Ich weiß es nicht mehr.«
Freire stand auf. Nun war es wirklich an der Zeit, die Sitzung zu beenden. Er rief einen Pfleger und gab ihm ein Beruhigungsmittel für Mischell mit. Ruhe war jetzt das Allerwichtigste.

Als er wieder allein war, blickte er auf die Uhr. Fast zehn. Seine Bereitschaft begann um eins. Zwar hätte er Zeit genug gehabt, nach Hause zu fahren, aber wozu? Stattdessen entschloss er sich, auf seiner Station nach dem Rechten zu sehen. Anschließend würde er Pascal Mischells Informationen überprüfen.

Als er auf den Flur hinaustrat, kam ihm eine Erkenntnis.

Er war dabei, sein ganzes Leben auf die Klinik zu konzentrieren. Sie bot ihm Sicherheit. Genau wie seinen Patienten.

Ich habe alles Menschenmögliche versucht, um den Kopf wieder einigermaßen ansehnlich hinzukriegen.«

»Das sehe ich.«

Es war zehn Uhr morgens. Anaïs Chatelet hatte nur zwei Stunden geschlafen – auf der Couch in ihrem Büro. Sie klemmte den Telefonhörer zwischen Ohr und Schulter und betrachtete das, was vom Gesicht des Mordopfers vom Bahnhof Saint-Jean übriggeblieben war. Zermalmte Nase. Gebrochene Augenbrauenbögen. Das rechte Auge eingedrückt und in der Achse verschoben. Zerschundene Lippen, die abgebrochene Zähne entblößten. Ein Gesicht wie eine zusammengestoppelte, asymmetrische Maske.

Longo, der Gerichtsmediziner, hatte ihr das Foto eben erst geschickt – es sollte zur Identifikation des Opfers verwendet werden – und gleich danach angerufen.

»Die Brüche der Gesichtsknochen wurden zweifelsfrei durch den Stierkopf verursacht. Der Täter hat den Hals des Kadavers ausgehöhlt, bis zum Gehirn geleert und das Ding dann wie eine Kappe über den Kopf des Opfers gezwängt. Die Verletzungen im Gesicht des Jungen stammen von den Wirbelknochen und den übriggebliebenen Muskeln und Gewebeteilen.«

Der Junge. Das war das richtige Wort. Das Opfer war höchstens zwanzig Jahre alt. Rabenschwarz gefärbtes, unregelmäßig stufig geschnittenes Haar. Vermutlich ein *Goth*. Ein landesweiter Abgleich seiner Fingerabdrücke hatte kein Resultat ergeben. Der Junge war nie im Gefängnis gewesen und auch nie vorübergehend verhaftet worden. Was die DNA-Proben anging, so würde die Überprüfung noch eine Weile dauern.

»Ist er an diesen Verletzungen gestorben?«

»Nein, er war schon tot.«

»Todesursache?«

»Mein Gefühl hat mich nicht getrogen: eine Überdosis. Die Analysen liegen mir bereits vor. Unser Freund hatte fast zwei Gramm Heroin im Blut.«

»Und du bist ganz sicher, dass er daran gestorben ist?«

»Eine solche Dosis hält kein Mensch aus. Zumal es sich um fast reines Heroin gehandelt hat. Außerdem hat er keine anderen Verletzungen.«

Anaïs, die mitgeschrieben hatte, hielt inne.

»Was nennst du ›fast rein‹?«

»Sagen wir mal: ein Reinheitsgrad von ungefähr achtzig Prozent.«

In der Welt der Drogen kannte Anaïs sich aus. Ihr Wissen stammte aus ihrer Zeit in Orléans, das als Hauptumschlagplatz für alle Arten von Drogen in Île-de-France galt. Ihr war bekannt, dass derart reines Heroin niemals verkauft wurde – schon gar nicht in Bordeaux.

»Hat die Analyse noch irgendetwas anderes ergeben?«

»Was meinst du? Vielleicht Name und Adresse des Dealers?«

Anaïs ging nicht auf diese Stichelei ein.

»Eins ist jedenfalls sicher«, fuhr Longo fort, »unser Opfer war ein Junkie. Seine Arme habe ich dir ja schon gezeigt, und auch auf den Händen hat er Einstiche. Die Nasenlöcher konnte ich wegen des Zustandes seiner Knochen und Knorpel nicht untersuchen, aber ich glaube, mehr Bestätigung brauchen wir gar nicht. Der Junge kannte sich mit Heroin aus. Nie im Leben hätte er sich diesen Schuss gesetzt, wenn er gewusst hätte, was drin war.«

Eine Überdosis ist immer ein Unfall. Zwar flirten Drogensüchtige ständig mit dem Tod, doch ihr Überlebensinstinkt hindert sie daran, die Grenze bewusst zu überschreiten. Jemand musste dem Opfer den Stoff also verkauft oder gegeben haben, ohne auf die Risiken hinzuweisen.

»Der Junge ist erstickt«, fuhr der Gerichtsmediziner fort. »Er zeigt die typischen Anzeichen einer Atemdepression.«

»Nämlich?«

»Seine Pupillen sind durch das Heroin und den Sauerstoffmangel verengt. Außerdem habe ich rötlichen Schaum in der Mundhöhle gefunden. Bronchialsekret, das er herausgewürgt hat, als er keine Luft mehr bekam. Und das Herz war fast bis zum Platzen aufgebläht.«

»Kannst du schon etwas zum Todeszeitpunkt sagen?«

»Er ist nicht gestern Nacht, sondern in der Nacht davor gestorben. Die genaue Zeit weiß ich nicht.«

»Und wieso in der Nacht?«

»Wieso nicht?«

Anaïs dachte an den Nebel, der vierundzwanzig Stunden zuvor begonnen und den ganzen Tag lang angedauert hatte. Der Mörder hätte jederzeit tätig werden können, doch die Leiche bei Nacht zu transportieren war aus seiner Sicht wahrscheinlich die sicherere Variante. Der Film von Alain Resnais fiel ihr ein, *Nacht und Nebel*, einer der erschreckendsten Dokumentarfilme über deutsche Konzentrationslager. *Diese Tore, gebaut, um nur einmal durchschritten zu werden.* Jedes Mal, wenn sie den Film anschaute – also relativ oft –, musste sie an ihren Vater denken.

»Mir ist noch etwas ziemlich Merkwürdiges aufgefallen«, fügte Longo hinzu.

»Und das wäre?«

»Ich habe den Eindruck, dass ihm Blut fehlt. Der Leichnam ist ungewöhnlich blass. Daraufhin habe ich die Augenschleimhaut, die Lippen und die Fingernägel genauer untersucht. Überall das gleiche Bild: Blutarmut.«

»Hast du nicht eben gesagt, dass er keine Verletzungsspuren aufweist?«

»Richtig. Trotzdem glaube ich, dass sein Mörder ihm ein oder zwei Liter frisches Blut abgezapft hat. Unter seinen Einsti-

chen könnten einige von dem goldenen Schuss als auch von einer medizinisch korrekten Blutabnahme stammen.«
»Die noch zu seinen Lebzeiten stattgefunden hätte?«
»Auf jeden Fall. Einem Toten kann man kein Blut abnehmen.«
Anaïs notierte das Detail. *Ein Vampir?*
»Sonst noch Auffälligkeiten an der Leiche?«
»Alte, zum Teil schlecht verheilte Wunden. Beim Röntgen habe ich Spuren von Knochenbrüchen festgestellt, die noch aus seiner Kinderzeit stammen müssen. Ich habe dir ja schon gesagt: Der Kerl war bestimmt ein Tippelbruder. Als Kind wurde er vermutlich geprügelt und ist später auf die schiefe Bahn geraten.«
Anaïs dachte an den viel zu mageren, mit Tattoos bedeckten Körper und konnte Longo nur beipflichten. Auch noch etwas anderes sprach für diese Hypothese: Der Junge war nicht als vermisst gemeldet. Entweder stammte er aus einer anderen Gegend, oder niemand vermisste ihn.
»Hast du irgendwelche Anhaltspunkte für diese Folgerung?«
»Mehrere. Zunächst war der Junge ausgesprochen schmutzig.«
»Das sagtest du bereits am Fundort.«
»Ich meine damit eine Art Dauerdreck. Um die Haut einigermaßen sauber zu bekommen, mussten wir mit einer Chlorlauge arbeiten. Außerdem waren seine Hände sehr rau. Seine rote Gesichtshaut spricht für ein Leben unter freiem Himmel. Flöhe, Läuse und Filzläuse hatte der Knabe übrigens auch. So viele, dass es fast schien, als ob die Leiche sich auf dem Seziertisch noch bewegte.«
Anaïs wusste nicht recht, ob sie über Longos Art von Humor lachen sollte. Sie stellte ihn sich im Obduktionsraum unter den OP-Lampen vor, wie er mit dem Diktafon in der Hand um die Leiche herumging. Longo war ein früh ergrauter, unauffälliger, unergründlicher Mittfünfziger.

»Innen bot sich das gleiche Bild«, fuhr er fort. »Die Leber stand kurz vor der Zirrhose. Schlimm für einen so jungen Kerl.«

»Meinst du, er war auch Alkoholiker?«

»Ich glaube eher, dass er sich eine Hepatitis C eingefangen hatte. Aber das werden wir anhand der Analysen noch feststellen. Und mit Sicherheit finden wir noch weitere chronische Krankheiten. So, wie es aussieht, wäre der Junge nicht älter als vierzig geworden.«

Anaïs zog bereits Rückschlüsse auf den Mörder. *Einer, der Penner umbringt.* Ein Killer mit Hang zu Ritualen, der es auf den Abschaum der Gesellschaft abgesehen hat. Sie spürte, wie es in ihren Gliedern kribbelte. Sie war zu voreilig. Nichts wies darauf hin, dass es sich um einen Wiederholungstäter handelte. Trotzdem war sie sich fast sicher: Falls der Minotaurus sein erstes Opfer war, dann blieb er sicher nicht das letzte.

»Gibt es Hinweise auf ein Sexualverbrechen? Wurde der Junge vergewaltigt?«

»Nichts. Weder Spermaspuren noch Analverletzungen.«

»Was kann man über seine letzten Lebensstunden vor dem Mord sagen?«

»Er hat gegessen, und zwar Krabbensurimi und Frühlingsrollen mit Hähnchenfleisch. Auch ein paar Hamburgerreste waren im Magen. Im Prinzip alles durcheinander. Vermutlich ernährte er sich von Abfällen. Eins ist aber sicher: Seine letzte Mahlzeit hat er gebührend begossen. Er hatte 2,4 Promille im Blut. Vor seinem goldenen Schuss war er sturzbesoffen.«

Anaïs versuchte sich eine Mahlzeit zu zweit vorzustellen. Mörder und Opfer schlugen sich den Bauch voll und tranken jede Menge Bier, ehe sie zu den ernsteren Dingen übergingen – zur Injektion des Heroins. *Nein.* Sie probierte eine andere Variante. Der Mörder hatte den jungen Mann nach seinem Festmahl getroffen und ihn überzeugt, sich »mit dem besten Heroin der Welt einen absolut geilen Schuss zu setzen« …

»Kannst du mir etwas über den Mörder sagen?«, fragte sie.

»Nicht viel. Er hat dem Jungen keine offensichtliche Verletzung zugefügt, sondern ihm nur diesen Riesenschädel auf den Kopf gedrückt. Meines Erachtens ein ganz eiskalter Killer, der sehr methodisch vorgeht. Er widmet sich seinem Wahn mit unerbittlicher Konsequenz.«

»Wie kommst du auf ›methodisch‹?«

»Mir ist da eine Kleinigkeit aufgefallen. Der Junge hatte winzige Löcher auf den Nasenflügeln, in den Mundwinkeln, über dem rechten Schlüsselbein und auf beiden Seiten des Nabels.«

»Und was war das?«

»Die Stellen, an denen er gepierct war. Der Mörder hat die Piercings entfernt. Ich habe keine Ahnung, was das zu bedeuten hat, aber der Killer wollte offenbar kein Metall an seinem Opfer sehen. Noch einmal: Ich halte ihn für einen Psychopathen. Eiskalt wie eine Hundeschnauze.«

»Kannst du dir vorstellen, wie er vorgegangen ist?«

»Du kennst doch die Vorschriften. Der Gerichtsmediziner darf keine Hypothese aufstellen.«

Anaïs seufzte. Sie wusste genau, dass Longo darauf brannte, ihr seine Folgerungen mitzuteilen.

»Vor mir brauchst du nicht die Diva zu geben.«

Der Arzt atmete tief durch.

»Also, meiner Meinung nach hat sich die Sache vorgestern so abgespielt. Gegen Abend hat der Mörder sich seinem Opfer genähert. Entweder hatte er sich den Jungen schon vorher ausgesucht, oder er ist ihm erst zu diesem Zeitpunkt aufgefallen – in einer Kneipe, einem besetzten Haus oder einfach auf der Straße. Jedenfalls wusste er, dass sein Opfer ein Junkie war. Wahrscheinlich hat er ihm einen total abgefahrenen Schuss versprochen, ihn an einen ruhigen Ort geführt und die tödliche Dosis vorbereitet. Kurz davor oder unmittelbar danach hat er ihm Blut abgenommen. Wenn ich genau darüber nachdenke, muss es eigentlich vorher gewesen sein, wenn er nicht gerade scharf auf drogengesättigtes Hämoglobin war. Aber wir wissen ja nicht, was er damit anfangen wollte ...«

In Gedanken fügte Anaïs noch einen weiteren Umstand hinzu. Das Opfer musste seinen Mörder gekannt haben. Selbst bei Entzugserscheinungen lässt sich ein Abhängiger keinen Schuss von einem Fremden andrehen. Der Minotaurus hatte Vertrauen zu seinem Schlächter. *Dealer überprüfen. Und die Kumpels, mit denen er in seinen letzten Lebenstagen zu tun hatte.*

Im Übrigen war Anaïs überzeugt, dass man dem Jungen den Stoff geschenkt hatte. Das Opfer verfügte nicht über die Mittel, sich Heroin im Marktwert von über hundertfünfzig Euro pro Gramm zu leisten.

»Vielen Dank, Michel. Wann bekomme ich deinen Bericht?«

»Morgen Vormittag.«

»Wie bitte?«

»Heute ist Sonntag. Ich habe die ganze Nacht mit dieser Leiche verbracht und hoffe, du hast nichts dagegen, wenn ich jetzt erst einmal gemütlich mit meinen Kindern frühstücke.«

Anaïs betrachtete das zusammengeflickte Gesicht des Opfers. Sie würde den Sonntag in Gesellschaft dieses Monsters verbringen, das aussah, als wäre es einem Horrorfilm entstiegen, und vermutlich Penner und Dealer verhören. Tränen stiegen ihr in die Augen. *Leg auf.*

»Dann schick mir wenigstens schon mal die Fotos von der Leiche.«

»Und der Kopf? Was soll ich damit machen?«

»Welcher Kopf?«

»Der von dem Stier. Wer bekommt ihn?«

»Schreib mir bitte einen Vorabbericht darüber, wie der Mörder ihn abgetrennt und ausgehöhlt hat.«

»Tiere sind nicht mein Aufgabenbereich«, entgegnete Longo abschätzig. »Da müssen wir einen Tierarzt fragen. Oder meinetwegen die Berufsschule für Metzger in Paris.«

»Dann such dir eben einen Tierarzt«, schnauzte Anaïs. »Der Kopf ist ein Teil deiner Leiche und gehört in deinen Bericht.«

»Heute? Am Sonntag? Das kann Stunden dauern!«

Anaïs wusste, dass der Traum des Mediziners vom gemütlichen Familienfrühstück gerade zerplatzt war. Nicht ohne eine gewisse Grausamkeit erwiderte sie:

»Lass dir etwas einfallen. Wir sitzen schließlich alle im gleichen Boot.«

Anaïs bestellte Le Coz und die anderen Mitglieder ihres Teams in ihr Büro. Während sie wartete, blickte sie sich um. Der ihr zugeteilte Raum war recht groß und lag im ersten Stock des Kommissariats. Ein Fenster, das bis zum Boden reichte, öffnete sich auf die Rue François de Sourdis, ein zweites ging auf den Flur hinaus. Das nach innen liegende Fenster hatte ein Rollo, mit dem sie sich bei Bedarf vor neugierigen Blicken schützen konnte. Doch Anaïs ließ es niemals hinunter. Sie genoss es, dem regen Treiben im Kommissariat zuzuschauen.

Im Augenblick herrschte eine geradezu außergewöhnliche Ruhe. Die Ruhe eines Sonntagmorgens. Das Einzige, was Anaïs hören konnte, waren die leisen Geräusche aus dem Erdgeschoss, wo gerade die Zecher der vergangenen Nacht aus den Ausnüchterungszellen entlassen wurden. Auf Anordnung der Staatsanwaltschaft durften auch diejenigen nach Hause gehen, die in der Nacht vorläufig festgenommen worden waren: Fahrer ohne Führerschein, Jugendliche, die man mit ein paar Gramm Shit oder Koks aufgegriffen hatte, und Diskothekenschläger. Die Ernte eines Samstagabends, die sich im Aquarium drängte.

Anaïs warf einen Blick in ihre Mails. Longo hatte ihr seine Fotos im PDF-Format bereits übermittelt. Sie schickte die Dateien zum Drucker und ging in den Flur zum Kaffeeautomaten. Bei ihrer Rückkehr wartete ein ganzer Stapel makabrer Bilder auf sie.

Aufmerksam betrachtete sie die Tattoos des Opfers. Ein keltisches Kreuz, ein Maori-Bild, eine Schlange mit einer Krone aus Rosen: Der Junge hatte keinen besonders kreativen Geschmack. Das letzte Bild zeigte den Stierkopf, der auf dem Obduktionstisch ausgestellt war wie in der Auslage eines Metzgerladens. Eigentlich fehlten nur die Petersilienstraüße in der Nase. Anaïs wusste nicht, ob Longo sich wieder einmal nur einen Scherz erlaubt hatte oder ob er provozieren wollte. Trotzdem freute sie sich über das Bild, das sie als untrüglichen Beweis für die Wahnhaftigkeit des Mörders ansah. Der Kopf wirkte wie ein animalisches Symbol für seinen gestörten Geist und seine Gewaltbereitschaft.

Das Tier hatte große Nüstern, weit geschwungene Hörner und ein glänzend schwarzes Fell. Die Augen wirkten wie aus dunklem Lack und glänzten noch immer, obwohl das Tier schon lange tot war und stundenlang in der Kälte der Reparaturgrube gelegen hatte.

Anaïs legte die Bilder zur Seite und trank einige Schluck Kaffee. Ihr Magen rumorte. Wie lange hatte sie schon nichts mehr gegessen? Stunden? Tage? Den verbliebenen Teil der letzten Nacht hatte sie damit verbracht, Gefängnisse und psychiatrische Kliniken anzurufen. Sie suchte nach einem kürzlich entlassenen Geistesgestörten, der entweder einen Hang zu griechischer Mythologie hatte oder irgendwann einmal als Tierschänder aufgefallen war. Leider hatte sie nur ein paar verschlafene Wärter erreicht und würde es später noch einmal probieren müssen.

Anschließend hatte sie Kontakt zu der Behörde aufgenommen, bei der alle in Frankreich begangenen Straftaten dokumentiert werden. Doch auch hier war das Ergebnis gleich null. An einem Sonntag um fünf Uhr morgens war buchstäblich niemand zu sprechen.

Also hatte sie im Internet noch einmal den Mythos um den Minotaurus nachgelesen. Sie kannte ihn zwar in groben Zügen, hatte aber längst nicht mehr alle Details im Kopf.

Alles fing mit der Geschichte von Minos, dem Vater des Ungetüms, an. Minos war ein Sohn der Sterblichen Europa und des Göttervaters Zeus. Er wurde vom König von Kreta an Kindes statt angenommen und folgte ihm auf den Thron der Insel.

Um seine Verbindung zu den Göttern zu beweisen, bat Minos den Meeresgott Poseidon, ihm einen schönen Stier zu schicken. Poseidon war einverstanden, allerdings unter der Bedingung, dass ihm der Stier anschließend geopfert würde. Minos hielt sein Versprechen nicht, denn der Stier, der dem Meer entstieg, war so schön, dass er ihn behalten wollte. Poseidon wurde wütend und löste in Minos' Gemahlin Pasiphae das Verlangen aus, sich mit dem Stier zu vereinen. Sie gebar ein Ungeheuer mit einem Stierkopf und dem Körper eines Menschen: den Minotaurus. Um den illegitimen Sohn zu verstecken, ließ Minos von Daidalos ein Labyrinth bauen, in dem er das Ungeheuer einschloss. Als Tribut für einen verlorenen Krieg mussten die Athener alle neun Jahre sieben Jungfrauen und Jünglinge zum Verzehr für den Minotaurus liefern, bis der Königssohn Theseus sie davon befreite. Mit Hilfe einer Tochter des Minos namens Ariadne drang er in das Labyrinth ein, tötete den Minotaurus und fand mit Hilfe eines Fadens wieder aus dem Labyrinth heraus.

Bei der Lektüre fiel Anaïs etwas auf: Das Opfer erinnerte nicht nur an das Ungeheuer aus der griechischen Mythologie, sondern auch an seine Opfer – die jungen Menschen, die ihm geopfert wurden. Der junge Mann mit dem von einem Stierkopf zerquetschten Gesicht war symbolisch vom Minotaurus getötet worden.

Sie setzte sich an ihren Schreibtisch, streckte sich und wandte sich von der Mythologie – der Theorie – wieder konkreteren Problemen zu. *Fast reines Heroin mit einem Reinheitsgrad von achtzig Prozent.* Das war eine ganz besondere Spur. Erinnerungen meldeten sich. Als sie sich nach Orléans beworben und festgestellt hatte, dass ihr Haupteinsatzgebiet die Drogenkriminalität war, beschloss sie einen kleinen Selbstversuch. Sie nahm eine Woche Urlaub, schloss ihren Dienstausweis und ihre Waffe in eine Schublade ein und fuhr in die Niederlande.

In den Außenbezirken von Amsterdam traf sie sich mit

Dealern, die leere Wohnungen vermieteten, in denen lediglich ein niedriger Glastisch stand, auf dem man sich bequem eine *Line* legen konnte. Vor ihren Augen hatte sie zum ersten Mal geschnupft und sie anschließend gebeten, ihr hundert Gramm des in Plastik eingesiegelten Stoffs zu verkaufen. Mit dem Päckchen ging sie zur Toilette und stopfte es sich tief in den After, so, wie es alle machten, die zurück nach Frankreich fuhren.

Auch sie war so gereist und hatte dabei das Gift in den Tiefen ihres Körpers gespürt. Danach fühlte sie sich ihrem Job im wahrsten Sinn des Wortes körperlich verbunden. Nicht sie drang in das Milieu ein – es war das Milieu, das in sie eingedrungen war. Sie hatte niemanden verhaftet, weil sie im Ausland keine Befugnis dazu hatte. Aber sie hatte genauso gelebt wie die Junkies und diese Entscheidung bewusst getroffen. Seither übte sie ihren Beruf immer auf diese Weise aus. Involviert bis zum Letzten. Ohne ein anderes, ein privates Leben.

Es klopfte.

Vier Kollegen betraten ihr Büro. Da war Le Coz, wie aus dem Ei gepellt und mit Krawatte, als wäre er auf dem Weg zur Kirche. Amar, der von allen nur Jaffar gerufen wurde, war das genaue Gegenstück: unrasiert, wirres Haar und gekleidet wie ein Penner. Conante sah mit seinem Blazer und seiner beginnenden Glatze derart unauffällig aus, dass es fast schon ein Markenzeichen darstellte. Zakraoui, genannt Zak, wirkte mit seinem kleinen Hut eigentlich wie ein trauriger Clown, wäre da nicht die Narbe im Mundwinkel gewesen – sein berühmtes tunesisches Lächeln –, die seinem Gesicht etwas Beängstigendes verlieh. Ihre vier Musketiere. *Einer für alle, alle für sie ...*

Anaïs verteilte Kopien vom Porträt des Toten und wartete auf Reaktionen. Le Coz verzog das Gesicht. Jaffar lächelte. Conante nickte dümmlich. Zak befingerte misstrauisch den Rand seines Hutes. Anaïs erklärte ihre Strategie. Da man den Mörder nicht identifizieren konnte, würde man zunächst versuchen, etwas über die Leiche zu erfahren.

»Mit dem Ding hier?«, fragte Jaffar und schwenkte den Abzug.

Sie berichtete von ihrem Gespräch mit dem Gerichtsmediziner. Der goldene Schuss. Die außergewöhnliche Reinheit des Stoffs. Die Vermutung, dass es sich bei dem Opfer um einen Obdachlosen handelte. Die Fakten begrenzten die Bandbreite der Spurensuche.

»Jaffar, du kümmerst dich um die Penner. Wir kennen doch die entsprechenden Viertel, oder?«

»Da gibt es einige.«

»Nach seinem Alter und Aussehen zu schließen gehörte unser Klient eher zu einer Randgruppe. Ein durchgeknallter Partytyp, der wahrscheinlich auf allen möglichen Raves und Musikfestivals zu finden war.«

»Gut, dann konzentrieren wir uns auf den Cours Victor Hugo, die Rue Sainte-Catherine, die Place du Général Sarrail, die Place Gambetta und die Place Saint-Projet.«

»Nicht zu vergessen der Bahnhof. Der ist am wichtigsten.«

Jaffar nickte.

»Wenn du überall gewesen bist, gehst du zu den Kirchen, an die Geldautomaten und in die besetzten Häuser und zeigst das Bild allen Bettlern, Punks und Pennern, deren du habhaft werden kannst. Statte auch den Obdachlosenasylen, Krankenhäusern und der Fürsorge einen Besuch ab. Allen, die sich um solche Leute kümmern.«

Jaffar kratzte sich den Bart und betrachtete das zerstörte Gesicht auf dem Foto. Er war vierzig Jahre alt und selbst nicht allzu weit vom Status eines Obdachlosen entfernt. Nach seiner Scheidung hatte er sich hartnäckig geweigert, seiner Frau Unterhalt zu zahlen. Seither war ihm ein Familienrichter auf den Fersen, und er floh von einer winzigen Absteige in die nächste. Er trank, er prügelte sich und verwettete sein Geld beim Pferderennen und beim Poker. Man munkelte sogar, dass er sich gegen Monatsende von einem Mädchen aushalten ließ, das für ihn in der Rue des Étables auf den Strich ging. Er war nicht gerade der beste Umgang, aber unersetzlich, wenn es darum ging, die sozialen Abgründe der Stadt zu durchforsten.

»Du«, sagte Anaïs zu Le Coz, »kümmerst dich um die Dealer.«

»Und wo finde ich die?«

»Frag Zak. Wenn weißes Heroin auf dem Markt ist, dürfte das nicht unbemerkt geblieben sein.«

»Ist Heroin nicht immer weiß?«

Le Coz, in allen Verfahrensfragen unschlagbar, hatte wenig Ahnung auf diesem Gebiet.

»Heroin ist niemals weiß, sondern eher bräunlich. Junkies kaufen ihren Hongkong Rocker als Pulver oder gepresst. Das Zeug enthält etwa zehn bis dreißig Prozent Heroin. Der Stoff, mit dem unser Klient umgebracht wurde, hat einen Reinheitsgrad von achtzig Prozent – also nicht gerade Allerweltsdope.«

Le Coz schrieb sich alles auf wie ein folgsamer Schüler.

»Du solltest die Gendarmerie anrufen. Die haben alle möglichen Akten darüber und verfügen über Namen und Adressen.«

»Das könnte ins Auge gehen.«

»Nein, die Zuständigkeitsstreitigkeiten innerhalb der Polizei sind beigelegt. Wenn du ihnen erklärst, worum es geht, werden sie dir helfen. Wende dich auch ans Gefängnis und überprüfe die Typen, die wegen Rauschgiftvergehen einsitzen.«

»Ja, aber wenn sie doch schon im Gefängnis sind ...«

»Die wissen Bescheid, glaub mir. Und zeige immer das Foto.«

Le Coz notierte alles mit seinem funkelnden Montblanc-Füller. Er hatte eine hübsch gebräunte Haut, die gebogenen Wimpern einer Frau, einen sehr schlanken Hals und gegeltes Haar. Als Anaïs ihn so betrachtete, schick gestylt wie ein Stummfilmstar, überlegte sie, ob es eine gute Idee war, ihn ins offene Messer laufen zu lassen.

»Wende dich auch an die Apotheken«, schlug sie vor. »Junkies sind ihre beste Kundschaft.«

»Heute ist Sonntag.«

»Dann fang mit den Bereitschaftsdiensten an. Die Adressen der anderen findest du dort.«

Anaïs wandte sich an Conante. Seine Augen waren gerötet, weil er die Nacht damit verbracht hatte, die Überwachungsvideos aus dem Bahnhof zu überprüfen.

»Hast du irgendetwas feststellen können?«

»Absolut nichts. Außerdem befindet sich die Reparaturgrube in einem toten Winkel.«

»Und der Parkplatz?«

»Auch nichts Auffälliges. Ich habe zwei Praktikanten aus dem Bett geholt, um die Kennzeichen zu überprüfen und die Autobesitzer vorzuladen, die in den letzten achtundvierzig Stunden dort geparkt haben.«

»Was ist mit den Befragungen der Anwohner? Dem Bahnpersonal? Und den Pennern, die in den verlassenen Häusern der Umgebung schlafen?«

»Wir bleiben am Ball. Die Schutzpolizei hilft uns. Aber bisher haben wir noch keine Ergebnisse.«

Natürlich erwartete Anaïs keine Wunder.

»Geh noch einmal hin und nimm das Foto mit. Zeig es den Leuten vom Sicherheitsdienst, der Bahnpolizei und den Pennern, die in der Nähe herumlungern. Unser Freund hat sich vielleicht auch dort herumgetrieben.«

Conante nickte in den hochgeschlagenen Kragen seines Blazers. Anaïs wandte sich an Zak, einen echten Gauner, ehemaligen Junkie und früheren Autodieb, der zur Polizei gekommen war, wie andere in die Fremdenlegion eintreten. Man schließt mit der Vergangenheit ab und fängt wieder bei null an. Sie hatte ihn beauftragt, die Spur des getöteten Stiers zu verfolgen.

An die Wand gelehnt und mit den Händen in den Hosentaschen, begann er mit eintöniger Stimme zu sprechen.

»Ich habe damit angefangen, die Züchter aus den Betten zu holen. Allein in der näheren Umgebung von Bordeaux gibt es zehn Stierzuchten. Wenn wir auch noch die Camargue und die Alpilles in die Suche einbeziehen, kommen wir bestimmt auf vierzig. Aber bisher bin ich noch nicht fündig geworden.«

»Hast du dich auch schon um die Tierärzte gekümmert?« Zakraoui zwinkerte ihr zu, doch daran störte Anaïs sich nicht.

»Gleich nach dem Aufstehen, Chefin.«

»Schlachthöfe? Großmetzgereien?«

»Bin dabei.«

Er stieß sich von der Wand ab.

»Eine Frage, Chefin. Reine Neugier.«

»Schieß los.«

»Woher willst du wissen, dass es der Kopf eines Kampfstiers ist?«

»Mein Vater war ganz wild auf *corridas*. Ich habe sozusagen meine Kindheit in Stierkampfarenen verbracht. Die Hörner der *toros bravos* sehen ganz anders aus als die von normalen Rindern. Es gibt auch noch andere Unterschiede, aber ich werde hier jetzt keinen Kurs abhalten.«

Anaïs war sehr zufrieden mit sich. Sie hatte es fertiggebracht, ihren Vater zu erwähnen, ohne die geringste Gefühlsregung zu zeigen. Ihre Stimme hatte weder gezittert noch sich überschlagen. Trotzdem gab sie sich keiner Illusion hin: Ihre Souveränität heute Morgen kam vom Adrenalin und von der Aufregung.

»Wir reden die ganze Zeit nur von unserem Opfer«, mischte Jaffar sich ein. »Aber was ist mit dem Mörder? Wen genau suchen wir eigentlich?«

»Einen kalten, grausamen Menschen, der andere zu manipulieren versucht.«

»Dann kann ich nur hoffen, dass meine Ex ein gutes Alibi hat«, grinste er und schüttelte den Kopf.

Die anderen lachten.

»Schluss mit dem Blödsinn«, schimpfte Anaïs. »Angesichts der Inszenierung können wir Totschlag oder Mord aus Leidenschaft von vornherein ausschließen. Der Kerl hat nichts dem Zufall überlassen und jedes Detail vorbereitet. Auch ein Rachemotiv kommt meiner Ansicht nach nicht infrage. Was bleibt, ist eigentlich nur Wahnsinn. Kalter, unerbittlicher Wahnsinn mit einem deutlichen Hang zu griechischer Mythologie.«

Sie stand auf. Die Besprechung war beendet – jetzt ging es an die Arbeit. Die drei Kommissare wandten sich zur Tür.

Auf der Schwelle wandte sich Le Coz noch einmal zu Anaïs um.

»Beinahe hätte ich es vergessen: Wir wissen jetzt, wo der Mann mit der Amnesie ist, der im Bahnhof aufgegriffen wurde.«

»Nämlich?«

»Gar nicht weit von hier. In der Klinik Pierre-Janet. Bei den Irren.«

Nachdem er in seiner Abteilung Visite gemacht und sich um die Notfälle gekümmert hatte, setzte sich Mathias Freire mittags vor seinen Computer und begann, die von Pascal Mischell gelieferten Informationen zu überprüfen.
Wie schon am Vortag durchforstete er zunächst das Telefonbuch. In Audenge bei Arcachon gab es keinen Pascal Mischell. Auch in der medizinischen Datenbank existierte der Name nicht – weder im Aquitaine noch im restlichen Frankreich. Er rief die Krankenhausverwaltung an und bat den Wochenenddienst, den Namen zu recherchieren. Aber auch bei der Sozialversicherung kannte man keinen Pascal Mischell.
Freire legte auf. Draußen im Park fand ein Boule-Wettbewerb statt. Er hörte das metallische Klacken der Kugeln und das Lachen der Patienten. An den Stimmen konnte Freire erkennen, wer bei dem Spiel mitmachte.
Erneut griff er zum Telefon und rief die Ortsverwaltung von Audenge an. Niemand meldete sich. Natürlich – es war ja Sonntag! Er wählte die Nummer der Gendarmerie und beschrieb den Beamten seinen Fall mit ruhiger Stimme. Der Gendarm am Telefon konnte Freire sofort versichern, dass im Rathaus keine Hélène Auffert arbeitete.
Der Psychiater bedankte sich. Seine Intuition hatte ihn nicht getäuscht. Ohne Vorsatz veränderte der Cowboy seine Erinnerungen oder erfand sie völlig neu. Die Diagnose wurde klarer.
Freire loggte sich ins Internet ein und rief die Liegenschaftskarte von Cap Ferret auf, in der alle derzeitigen Bauvorhaben in der Stadt verzeichnet waren. Er notierte die Namen der Bauunternehmen und suchte die Namen der Inhaber und der jeweiligen Baustellenleiter heraus. Ein Thibaudier war nicht dabei.

Draußen klackten immer noch die Boulekugeln. Rufe, Schimpfen und hemmungsloses Lachen waren zu hören. Der Form halber überprüfte Freire auch noch die letzten Aussagen Mischells. Der Vater, der angeblich in Marsac »in der Nähe von Arcachon« geboren war, die Mutter, die eine kleine Bar mit Zigarettenverkauf in der Hauptstraße geführt hatte. Freire holte sich eine detaillierte Karte der Region auf den Bildschirm. Nicht einmal den Namen des Dorfes konnte er finden.

Erneut überprüfte er die Namen auf der Karte. Er fand das Becken von Arcachon, die Île aux Oiseaux, die Landspitze von Cap Ferret, die Düne von Pilat ... Der Unbekannte hatte zwar fantasiert, aber irgendwo in dieser Gegend musste der Schlüssel zu seinem Geheimnis liegen.

Sein Telefon klingelte. Es war die Stationsschwester aus der Notaufnahme.

»Entschuldigen Sie, Herr Doktor, ich habe versucht, Sie auf Ihrem Handy zu erreichen, aber ...«

Freire warf einen Blick auf seine Uhr. Viertel nach zwölf.

»Mein Bereitschaftsdienst beginnt erst um eins.«

»Selbstverständlich. Aber hier ist Besuch für Sie.«

»Wo?«

»Hier in der Notaufnahme.«

»Und wer?«

Die Krankenschwester zögerte einen Augenblick.

»Die Polizei.«

Die Kommissarin ging in der Eingangshalle der Notaufnahme auf und ab. Sie war klein, hatte kurz geschnittenes Haar und trug eine Lederjacke, Jeans und Motorradstiefel. Wahrhaftig ein verhinderter Junge. Aber ihr Gesicht war von einer berückenden Schönheit, und ihre schwarzen Haarsträhnen zeichneten ein Muster wie von feuchten Algen auf ihre Wangen. Ein altmodisches Wort kam Mathias in den Sinn: Herrenwinker.

Freire stellte sich vor. Die Frau erwiderte heiter:

»Guten Tag. Ich bin Hauptkommissarin Anaïs Chatelet.«

Mathias hatte Mühe, seine Überraschung zu verbergen. Diese junge Frau besaß eine unwiderstehliche Anziehungskraft, eine ganz besondere Präsenz. Sie war es, die der Welt ihren Stempel aufdrückte – nicht umgekehrt. Freire schätzte sie innerhalb weniger Sekunden ein.

Ihr Gesicht erinnerte an das einer Puppe aus einem verflossenen Jahrhundert – flächig, rund, sehr hell und wie in einem einzigen Zug gemalt. Ihr kleiner, roter Mund sah aus wie eine Frucht in einer Zuckerschale. Wieder fielen ihm zwei Worte ein, die eigentlich nichts miteinander zu tun hatten: »Schrei« und »Milch«.

»Gehen wir in mein Büro«, sagte er in seinem galantesten Ton. »Es befindet sich im Gebäude nebenan. Dort haben wir mehr Ruhe.«

Die Frau ging voraus, ohne zu antworten. Das Leder ihrer Jacke quietschte leise. Freire sah die eckige Beule, wo sich ihre Dienstwaffe abzeichnete. Ihm wurde klar, dass er sich nicht angemessen verhalten hatte. Mit seiner Samtstimme hatte er sich ausschließlich an die Frau gewendet, seine Besucherin aber war dienstlich in der Klinik und von Beruf Kriminalkommissarin.

Sie gingen zur Station Henri-Ey. Mit kurzem Blick musterte die Polizistin die Boulespieler. Der Psychiater spürte eine gewisse Nervosität bei ihr. Dabei war sie eigentlich nicht der Typ, der sich in Gegenwart geistig gestörter Menschen fürchtete. Aber vielleicht weckte die Klinik ja unangenehme Erinnerungen ...

Sie betraten das Gebäude, durchquerten den Empfang und gingen in Freires Büro. Mathias schloss die Tür und fragte:

»Möchten Sie vielleicht einen Kaffee? Oder lieber Tee?«

»Nein danke.«

»Ich könnte Wasser heiß machen.«

»Ich möchte nichts, vielen Dank.«

»Setzen Sie sich.«

»Sie setzen sich jetzt. Ich bleibe stehen.«

Freire musste lächeln. Mit den Händen in den Hosentaschen wirkte sie so rührend wie ein kleines Mädchen, das sich unbedingt männlich geben will. Er ging um seinen Schreibtisch herum und setzte sich. Die junge Kommissarin stand noch immer unbeweglich vor ihm. Er wunderte sich über ihre Jugend. Sie schien kaum zwanzig zu sein. Zwar war sie mit ziemlicher Sicherheit ein gutes Stück älter, doch sie wirkte wie eine Studentin, die gerade erst die Uni verlassen hatte. Der Schrei. Die Milch. Immer noch gingen ihm die beiden Worte durch den Sinn.

»Was kann ich für Sie tun?«

»Vorgestern, in der Nacht vom 12. auf den 13. Februar, haben Sie einen unter Amnesie leidenden Mann hier aufgenommen, den die Bahnpolizei am Bahnhof Saint-Jean aufgegriffen hat.«

»Das ist richtig.«

»Haben Sie mit ihm gesprochen? Ist sein Gedächtnis wieder zurückgekehrt?«

»Nicht wirklich.«

Die Frau trat einige Schritte auf ihn zu.

»Sie haben Kommissar Pailhas gestern auf seinem Handy angerufen und von einem Versuch unter Hypnose gesprochen. Haben Sie es inzwischen probiert?«

»Ja, heute Morgen.«

»Und was ist dabei herausgekommen?«

»Der Mann hat sich einiger Dinge erinnert, die aber einer Überprüfung nicht standgehalten haben. Alles war falsch. Ich ...« Er hielt inne und verschränkte entschlossen seine Hände auf dem Schreibtisch.

»Ich verstehe nicht ganz, Frau Hauptkommissarin, warum Sie mir diese Fragen stellen. Kommissar Pailhas hat mir gesagt, dass er heute die Ermittlungen aufnehmen würde. Arbeiten Sie mit ihm zusammen? Gibt es neue Erkenntnisse?«

Sie ignorierte Freires Fragen.

»Sind Sie der Meinung, dass der Mann simuliert? Dass sein Gedächtnisverlust vielleicht nicht echt ist?«

»Mit hundertprozentiger Sicherheit kann man so etwas nie sagen. Aber eigentlich halte ich ihn für glaubwürdig.«

»Hat er irgendeine Verletzung oder eine Krankheit?«

»Er lehnt es kategorisch ab, sich röntgen oder scannen zu lassen, aber ich neige zu der Ansicht, dass sein Syndrom auf extrem starke Emotionen zurückzuführen ist.«

»Von welcher Art Emotion sprechen Sie?«

»Ich weiß es beim besten Willen nicht.«

»Welche Angaben hat er gemacht?«

»Ich kann nur noch einmal wiederholen, dass ohnehin alles falsch war.«

»Wir haben ganz andere Mittel und Wege, seine Angaben zu überprüfen.«

»Er behauptet, Pascal Mischell zu heißen. M.I.S.C.H.E.L.L.«

Sie zog einen Stift und ein Notizbuch aus der Tasche. Es war ein Moleskine, die Neuauflage des berühmten Notizheftes von Hemingway und van Gogh. Vielleicht ein Geschenk ihres Verlobten ... Sie schrieb konzentriert. Unbewusst ließ sie ihre rosa Katzenzunge im Mundwinkel spielen. Sie trug keinen Ring.

»Sonst noch etwas?«

»Er glaubt, Maurer zu sein, aus Audenge zu stammen und auf

einer Baustelle in Cap Ferret beschäftigt zu sein. Auch das habe ich überprüft, aber ...«

»Fahren Sie fort.«

»Er hat mir erzählt, dass seine Eltern in einem Dorf bei Arcachon gelebt hätten, doch dieses Dorf existiert überhaupt nicht.«

»Wie soll es heißen?«

Freire atmete müde ein.

»Marsac.«

»Spricht er über sein Trauma?«

»Kein Wort. Er erinnert sich nicht an die geringste Kleinigkeit.«

»Die Nacht im Bahnhof vielleicht?«

»Nichts. Er ist nicht in der Lage, sich irgendwelcher Vorkommnisse zu entsinnen.«

Sie hielt die Augen auf ihr Heft gesenkt, doch er spürte, dass sie ihn aus dem Augenwinkel beobachtete.

»Gibt es eine Chance, dass sein Erinnerungsvermögen in dieser Angelegenheit relativ schnell zurückkehrt?«

»Gerade diese Erinnerung wird vermutlich die letzte sein, die ihm wieder einfällt. Ein wie auch immer gearteter Schock hat die Tendenz, das Kurzzeitgedächtnis auszulöschen. Was seinen Namen, den Beruf und die Herkunft angeht, so hat er das alles wohl erfunden. Suchen Sie etwas ganz Bestimmtes?«

»Tut mir leid, aber das darf ich Ihnen nicht sagen.«

Unwillig verschränkte Mathias Freire die Arme.

»Schade, dass die Polizei so wenig kooperativ ist. Wenn Sie nämlich bestimmte Hinweise hätten, könnte mir das bei der Diagnose und der Behandlung helfen ...«

Er verstummte. Anaïs Chatelet war ans Fenster getreten und brach jetzt in schallendes Gelächter aus. Immer noch lachend wandte sie ihm den Kopf zu. Ihr Gesicht verbarg noch ein weiteres Geheimnis: das strahlende Weiß ihrer kleinen Zähne, die einem wilden Tierchen zu gehören schienen.

»Warum lachen Sie?«

»Die Typen da unten beim Boulespiel! Wenn ein ganz bestimmter Kerl an der Reihe ist, verstecken sich alle anderen hinter den Bäumen.«

»Ah, das ist Stan. Leidet unter Schizophrenie und verwechselt das Boulespiel manchmal mit Bowling.«

Anaïs Chatelet nickte und drehte sich wieder um.

»Ich frage mich, wie Sie das aushalten.«

»Was meinen Sie?«

»Nun, hier mit diesen ... Verrückten.«

»Vermutlich genau wie Sie. Ich passe mich an.«

Die Polizistin nahm ihre Wanderung durch das Zimmer wieder auf. Mit dem Stift klopfte sie auf den Einband ihres Notizheftes. Zwar bemühte sie sich, wie ein harter Bursche zu wirken, erreichte aber das genaue Gegenteil: Sie wirkte ungeheuer feminin.

»Entweder Sie sagen mir, was los ist, oder ich beantworte keine einzige Frage mehr.«

Anaïs blieb abrupt stehen und blickte Freire durchdringend an. Sie hatte große, dunkle Augen, auf deren Grund goldbraune Reflexe spielten.

»Am Bahnhof Saint-Jean wurde diese Nacht eine Leiche gefunden«, antwortete sie in sachlichem Ton. »Und zwar nur zweihundert Meter entfernt von der Stelle, wo Ihr Patient sich versteckt hatte. Sie können sich sicher vorstellen, dass sich uns da ein gewisser Verdacht aufdrängt.«

Freire stand auf. Jetzt musste er auf Augenhöhe weiterkämpfen.

»Vergangene Nacht hat er friedlich auf meiner Station geschlafen. Das kann ich bezeugen.«

»Das Opfer wurde in der Nacht davor getötet, nur hat aufgrund des Nebels niemand die Leiche bemerkt. Zu diesem Zeitpunkt befand sich Ihr Patient noch auf freiem Fuß und hielt sich obendrein am gleichen Ort auf.«

»Wo genau haben Sie die Leiche gefunden? Auf den Schienen?«

Sie schenkte ihm ein süßsaures Lächeln.

»In einer Reparaturgrube im ehemaligen Bahnbetriebswerk.«

Schweigend blickten sie sich an. Freire wunderte sich über seine Reaktion. Er war weder schockiert noch besonders neugierig, was es mit dem Mord auf sich haben mochte. Stattdessen ertappte er sich dabei, dass er den Teint der Hauptkommissarin bewunderte. Ihre Haut kam ihm vor wie ein mit Reispapier bespannter Rahmen, hinter dem sich ein geheimnisvolles Licht bewegte. Vielleicht eine Japanerin mit einer Laterne, die in weißen Strümpfen kleine, geräuschlose Schritte machte.

Er verscheuchte dieses Bild. Anaïs Chatelet stand vor Freires Schreibtisch und ließ sich anschauen. Wie eine Frau, die sich den Liebkosungen der Sonne hingibt.

Plötzlich jedoch löste auch sie sich aus der Verzauberung.

»Das Opfer starb an einer Überdosis Heroin.«

»Dann war es also kein Mord?«

»Doch, ein Mord mit Heroin. Haben Sie welches hier?«

»Nein. Nur Opiate, Morphin und ziemlich viel andere Chemie. Aber kein Heroin. Es besitzt keinerlei therapeutischen Wert, und außerdem wäre es illegal, oder?«

Statt einer Antwort machte Anaïs eine unbestimmte Handbewegung.

»Konnten Sie das Opfer identifizieren?«, erkundigte sich Freire.

»Nein.«

»Ist es eine Frau?«

»Ein Mann. Ziemlich jung.«

»Gab es irgendwelche … Besonderheiten am Fundort? Ich meine, in dieser Grube?«

»Das Opfer war nackt, und der Mörder hatte ihm einen Stierkopf über den Schädel gerammt.«

Dieses Mal reagierte Mathias. Mit einem Mal sah er alles genau vor sich. Die nackte Leiche auf dem Boden der Grube. Den schwarzen Stierkopf. *Der Minotaurus.* Anaïs beobachtete ihn aus dem Augenwinkel und versuchte offenbar, seine Mimik zu deuten.

Um sein Unbehagen zu kaschieren, erhob er die Stimme: »Was genau wollen Sie eigentlich von mir?«

»Ihre Ansicht über Ihren ... Gast.«

Freire dachte an den Koloss, der das Gedächtnis verloren hatte. An seinen Cowboyhut, seine Westernstiefel. Ein Mann, der wie ein aus einem Zeichentrickfilm entsprungenes Monster wirkte.

»Er ist völlig harmlos, das kann ich Ihnen versichern.«

»Aber er hatte blutbeschmierte Gegenstände bei sich, als man ihn aufgriff.«

»Ist Ihr Opfer mit einem Schraubenschlüssel oder einem Telefonbuch verletzt worden?«

»Die Blutgruppe auf den Gegenständen stimmt mit der des Opfers überein.«

»Null positiv. Eine sehr weit verbreitete Blutgruppe und ...«

Freire brach ab. Er begriff, worauf die junge Frau hinauswollte.

»Sie treiben ein Spielchen mit mir«, fuhr er fort. »Sie wissen sehr genau, dass er nicht der Mörder ist. Aber was interessiert Sie an ihm?«

»Ich weiß gar nichts. Aber es besteht die Möglichkeit, dass er an Ort und Stelle war, als der Mörder die Leiche in die Grube warf. Vielleicht hat er etwas gesehen.« Sie hielt einen Moment inne, ehe sie weitersprach. »Der Schock, der zu seinem Gedächtnisverlust geführt hat, könnte auf das zurückzuführen sein, was er in jener Nacht mit angesehen hat.«

Mathias begriff plötzlich – genau genommen hatte er es von Anfang an geahnt –, mit was für einer brillanten, überdurchschnittlich begabten Kriminalistin er es zu tun hatte.

»Dürfte ich ihn sehen?«, fragte sie.
»Dazu ist es zu früh. Er ist noch sehr erschöpft.«
Sie zwinkerte ihm über die Schulter hinweg zu. Bei dieser jungen Frau wusste man nie, woran man war. Mal wirkte sie fast brutal, mal schelmisch und verschmitzt.
»Wie wäre es, wenn Sie mir der Abwechslung halber einmal die Wahrheit sagten?«
Freire runzelte die Stirn.
»Was soll das heißen?«
»Sie haben doch längst eine sehr genaue Diagnose gestellt.«
»Wie kommen Sie darauf.«
»Das sagt mir mein Jagdinstinkt.«
Er lachte.
»Na schön, kommen Sie mit.«

Die Bibliothek befand sich sechs Blocks von der Station Henri-Ey entfernt. Sie durchquerten das Gelände. Die Luft war kalt und sonnig. Pavillons mit Kuppeldächern wechselten sich mit grauen, palmenbestandenen Wegen ab. Weil Sonntag war, gingen viele Familien trotz der beißenden Kälte mit ihren pflegebedürftigen Angehörigen innerhalb der Umfriedung spazieren. Ungeniert beobachtete Anaïs sowohl Besucher als auch Patienten. Eine alte Frau spielte mit einer Flasche, in der einmal Weichspüler gewesen war, wie mit einer Puppe. Ein junger Mann mit krallenartigen Fingern rauchte und führte Selbstgespräche. Ein alter Mann kniete vor einem Baum, betete und strich sich mit beiden Händen über seinen Vollbart.

»Sie haben hier ja ein paar ziemlich abgedrehte Typen ...«

Die Kommissarin nahm kein Blatt vor den Mund, und das gefiel Freire. Normalerweise gaben Besucher sich eher distanziert, um ihre Angst und ihr Unbehagen zu kaschieren. Auch Anaïs hatte Angst, doch sie reagierte darauf, indem sie den Stier bei den Hörnern packte.

»Brechen Ihre Kranken manchmal aus?«

»Heutzutage sprechen wir von Gästen.«

»Wie im Hotel?«

»Genau«, lächelte er. »Nur dass sie hier keine Ferien machen.«

»Also, gibt es manchmal Fluchtversuche oder nicht?«

»Nie. Unsere Spezialkliniken funktionieren nach dem entgegengesetzten Prinzip.«

»Das kapiere ich nicht.«

Freire wies auf einen anderen Weg. Sie bogen ab und gingen

weiter. Die Sonne stand hoch am Himmel. Ihre strahlende Helligkeit duldete keine düsteren Gedanken.

»Seit über fünfzig Jahren tendiert man in der Psychiatrie dazu, die Türen offen zu lassen. Dank der Einnahme von Neuroleptika verhalten sich die Patienten fast normal. Sie können entweder zu ihren Familien zurückkehren oder in therapeutisch betreuten Wohngruppen leben. Trotzdem ziehen die meisten es vor, hier bei uns zu bleiben, denn hier fühlen sie sich sicher. Sie haben Angst vor der Außenwelt.«

»Sind diejenigen, die hierbleiben, unheilbar?«

»Sie sind chronisch krank.«

»Und es gibt kein Mittel, sie zu heilen?«

»Dieser Ausdruck wird in der Psychiatrie so gut wie gar nicht benutzt. Manchmal sprechen wir von einer gewissen Besserung, etwa in bestimmten Fällen von Schizophrenie. Die anderen werden behandelt, begleitet, eingestellt und stabilisiert ...«

»Also unter Drogen gesetzt.«

Sie hatten die Bibliothek erreicht. Sie war in einem Ziegelbau mit Schornstein untergebracht, der ebenso gut die Heizanlage oder Gartenwerkzeug hätte beherbergen können. Freire kramte nach den Schlüsseln. Das Gespräch amüsierte ihn.

»Jeder fühlt sich bemüßigt, den Stab über die medikamentöse Behandlung zu brechen. Die berühmte chemische Keule. Unsere Patienten hingegen genießen die Linderung ihrer Beschwerden. Wenn Sie überzeugt sind, dass Ihr Gehirn von Ratten zerfressen wird, oder wenn Sie Tag und Nacht von Stimmen heimgesucht werden, sind Sie glücklich, wenn Sie ein bisschen entspannen können.«

Er schloss auf und tastete innen nach dem Lichtschalter. Die Vorstellung, an einem Sonntag hier mit dieser hinreißenden Polizistin einzudringen, erregte ihn. Er fühlte sich wie ein kleiner Junge, der heimlich mit einem Mädchen in eine Gartenlaube geht.

Schweigend musterte Anaïs Chatelet den Raum. Seit Jahren

führte die Bibliothekarin einen versteckten Kampf gegen Resopal, Neonlicht und Teppichböden. Sie hatte alle Holzmöbel gesammelt, die das Krankenhaus zu bieten hatte – Schränke, Bücherregale, Schubladenkommoden ... Das Ergebnis war ein gemütliches Ambiente, in dem es altmodisch roch und wo es sich vermutlich gut meditieren ließ.

»Warten Sie bitte hier.«

Sie befanden sich in einem Leseraum mit Schülerpulten und Stühlen, die wie von Jean Prouvé entworfen aussahen. Freire ging weiter in die eigentliche Bibliothek, wo Fachliteratur, Monografien, Doktorarbeiten und medizinische Fachzeitschriften in langen Regalreihen standen. Er wusste, wo er die Bücher suchen musste, die er für seine Demonstration brauchte.

Als er in den Lesesaal zurückkehrte, hatte Anaïs sich an eins der Pulte gesetzt. Mathias genoss den Anblick ihrer Motorradfahrer-Gestalt, die krass mit der goldenen Gemütlichkeit des Raums kontrastierte. Er zog einen Stuhl heran, setzte sich auf die andere Seite des Pultes und legte seinen Bücherstapel vor sich hin.

»Ich vermute, dass der Mann, der glaubt, Mischell zu heißen, sich auf einer sogenannten dissoziativen Fugue, einer psychischen Flucht, befindet.«

Anaïs riss die dunklen Augen auf.

»Zunächst glaubte ich an eine retrograde Amnesie – also einen klassischen Gedächtnisverlust, der die persönlichen Erinnerungen betrifft. Am Morgen nach seiner Einlieferung schien alles langsam zurückzukehren. Ich dachte, dass er seine Vergangenheit wiederfände. Doch tatsächlich ist genau das Gegenteil geschehen.«

»Das Gegenteil?«

»Unser Cowboy hat sich nicht erinnert, sondern eine neue Identität für sich erfunden. So etwas nennt man ›psychische Flucht‹ oder ›dissoziative Fugue‹ – wir sprechen manchmal auch von ›Reisenden ohne Gepäck‹.«

»Erklären Sie mir das.«

Freire öffnete ein englisch geschriebenes Buch, suchte ein Kapitel heraus und reichte es Anaïs zum Lesen. Es hieß *The Personality Labyrinth*, und der Autor war ein gewisser McFeld von der Universität Charlotte in North Carolina.

»Es kann passieren, dass ein Mensch, der schwerem Stress oder einem Schock ausgesetzt war, um die Straßenecke biegt und sein Gedächtnis verliert. Später glaubt er, dass er sich wieder erinnert, und erschafft sich nicht nur eine neue Identität, sondern auch eine neue Vergangenheit, um seinem eigenen Leben zu entkommen. Es ist eine Art Flucht, aber eine Flucht im Innern.«

»Ist Ihr Patient sich dessen bewusst?«

»Nein. Mischell ist felsenfest davon überzeugt, dass er sich erinnert, aber in Wirklichkeit könnte man sagen, dass er sich – sagen wir: häutet.«

Anaïs blätterte das Kapitel durch, las aber nicht darin. Sie dachte nach. Mathias beobachtete sie. Sie presste die Lippen zusammen, und ihre Wimpern bewegten sich rasch. Er spürte, dass psychische Probleme ihr nicht fremd waren. Als sie plötzlich den Blick hob, fuhr Freire zusammen.

»Seit wann werden solche Fälle dokumentiert?«

»Zum ersten Mal sprach man im 19. Jahrhundert in den USA von der dissoziativen Flucht. Normalerweise sind sie auf als unerträglich empfundene Lebenssituationen zurückzuführen: Schulden, Ehekrisen, Probleme bei der Arbeit. Der Patient geht einkaufen und kehrt nie mehr zurück. Er hat alles vergessen. Und wenn er sich erinnert, ist er ein anderer geworden.«

Freire griff nach einem anderen Buch, öffnete es an der entsprechenden Stelle und reichte es der Polizistin.

»Einer der berühmtesten Fälle ist der von Ansel Bourne, einem evangelikalen Prediger, der sich irgendwann in Pennsylvania niederließ und unter dem Namen A. J. Brown ein Schreibwarengeschäft eröffnete.«

»Bourne? Wie Jason Bourne?«

»Robert Ludlum hat sich angeblich durch diese Geschichte zu seiner Beschreibung des Mannes ohne Gedächtnis inspirieren lassen. In Amerika ist die Quelle sehr bekannt.«

»Hat diese Störung etwas mit dem Syndrom zu tun, das man multiple Persönlichkeit nennt?«

»Nein. Bei der multiplen Persönlichkeitsstörung zerfällt die Identität gleichzeitig in mehrere Persönlichkeiten, die meistens nichts voneinander wissen. In den Fällen aber, die ich meine, löscht der Patient seine frühere Persönlichkeit aus und wird jemand ganz anderes. Da gibt es keine parallel zueinander existierenden Persönlichkeiten.«

Anaïs überflog die Kapitel, die sich dem Phänomen widmeten. Auch jetzt las sie nicht wirklich. Sie erwartete eine mündliche Erklärung.

»Sie halten Mischell also für einen dieser Fälle?«

»Ich bin mir so gut wie sicher.«

»Warum?«

Mathias stand auf und trat hinter den Tresen aus massivem Eichenholz, wo der Katalog untergebracht war. In einer Schublade fand er, wonach er suchte. Mit einem Scrabble-Spiel in der Hand nahm er wieder Anaïs gegenüber Platz.

»Unser Unbekannter behauptet, Mischell zu heißen.«

Mit den weißen Plastikklötzchen legte er den Namen MISCHELL.

»Häufig handelt es sich bei unbewusst erfundenen Namen um Anagramme.«

Er veränderte die Ordnung und legte das Wort SCHLEMIL.

»Was soll das heißen?«

»Kennen Sie Peter Schlemihl nicht?«

»Nein«, erwiderte sie trotzig.

»Er ist der Held eines Märchens aus dem 19. Jahrhundert von Adelbert von Chamisso. Der Mann ohne Schatten. Unser Mann ohne Gedächtnis scheint sich in dem Augenblick, als er sich eine neue Identität schuf, an diese Geschichte erinnert zu haben.«

»Gibt es eine Verbindung zu seiner eigenen Geschichte?«

»Der Verlust des Schattens ist möglicherweise ein Symbol für seine frühere Identität. Seit er hier bei uns ist, träumt Mischell immer das Gleiche. Er geht durch ein menschenleeres Dorf. Die Sonne brennt heiß herab. Plötzlich gibt es eine sehr helle, stumme Explosion. Er flieht, aber sein Schatten bleibt auf der Mauer zurück. Mischell hat seinen Doppelgänger hinter sich gelassen.«

Als er seine Einschätzung vor der jungen Kommissarin wiederholte, erschien sie ihm noch schlüssiger als am Vortag. Der Traum war wirklich die symbolische Darstellung von Mischells Flucht.

»Kommen wir zu meinem Fall zurück«, sagte Anaïs und erhob sich. Sie hatte ihren Lederblouson nicht abgelegt. »Die Symptome könnten nach einem Schock aufgetreten sein, richtig? Vielleicht nach etwas, das er gesehen hat?«

»Wie ein Mord oder eine Leiche?« Freire lächelte. »Ihre Folgerungen haben Hand und Fuß. Ja, das halte ich durchaus für möglich.«

Anaïs blieb vor dem Pult stehen. Mathias saß noch immer. Das Kräftemessen war wieder zu seinem Ausgangspunkt zurückgekehrt.

»Wie gut stehen die Chancen, dass Sie ihm helfen können, sein Gedächtnis wiederzufinden?«

»Im Augenblick sind sie minimal. Um ihn sehr langsam und behutsam wieder in die Bahn des Menschen zurückzuführen, der er einmal gewesen ist, müsste ich wissen, wer er überhaupt war. Erst dann kann ich ihm helfen, sich wieder zu erinnern.«

Die junge Frau richtete sich entschlossen auf.

»Diese Aufgabe werden wir gemeinsam angehen. Sind die Informationen, die er Ihnen bisher gegeben hat, irgendwie von Nutzen?«

»Eher nicht. Er konstruiert seine neue Identität mit den Fragmenten der alten. Die einzelnen Teilstücke jedoch wirken verformt, und manchmal benutzt er sie falsch herum.«

»Würden Sie mir Ihre Notizen überlassen?«

»Auf keinen Fall.«

Nun erhob sich auch Freire, um seiner Absage die Schärfe zu nehmen.

»Tut mir sehr leid, aber das geht wirklich nicht. Ärztliche Schweigepflicht.«

»Wir haben es hier mit einem Mord zu tun«, trumpfte Anaïs in einem fast autoritär wirkenden Ton auf. »Ich könnte Sie als Zeuge vorladen.«

Freire ging um das Pult herum und fand sich Auge in Auge mit Anaïs wieder. Er überragte sie um mindestens einen Kopf, doch Anaïs wirkte nicht im Mindesten eingeschüchtert.

»Laden Sie mich vor, wenn Sie wollen. Sie können sich auch gern an die Ärztekammer wenden – ich brauche in diesem Fall nicht auszusagen. Und das wissen Sie ebenso gut wie ich.«

»Schade, dass Sie es so sehen«, sagte Anaïs und ging wieder auf und ab. »Wir hätten uns zusammentun können. Ich bin mir fast sicher, dass die beiden Vorfälle etwas miteinander zu tun haben. Möchten Sie denn nicht alle Hebel in Bewegung setzen, um die Wahrheit zu ergründen?«

»Nur bis zu einem gewissen Punkt. Ich will meinen Patienten heilen – nicht ihn ins Gefängnis bringen.«

»Das können Sie nicht verhindern. Vergessen Sie nicht, dass er mein Hauptverdächtiger ist.«

»Soll das eine Drohung sein?«

Mit den Händen in den Jackentaschen baute sie sich vor ihm auf, ohne Antwort zu geben. Genau wie zu Beginn. Sie schien bereit, der ganzen Welt die Stirn zu bieten. Freire steckte die Hände ebenfalls in die Taschen. Lederblouson gegen Arztkittel.

Das Schweigen schien eine halbe Ewigkeit zu dauern. Plötzlich langweilte ihn das Spielchen.

»Sind wir fertig?«
»Noch nicht ganz.«
»Was denn noch?«
»Ich will das Monster sehen.«

Eine Stunde später stand Anaïs auf dem Parkplatz der Klinik und checkte ihre Nachrichten. Drei Anrufe von Le Coz. Sofort rief sie zurück.

»Unsere Leiche ist identifiziert.«

»Ja?«

»Sein Name ist Philippe Duruy. Vierundzwanzig Jahre alt. Arbeitslos. Kein fester Wohnsitz. Ein Aussteiger.«

Hastig notierte Anaïs die Fakten in ihr Notizbuch.

»Wie sicher?«

»Absolut. Bei den Dealern hatte ich nur Pech. Doch nach vier vergeblichen Versuchen bei Apothekern stieß ich auf Sylvie Gentille. Sie wohnt in Talence, in der Rue Camille Pelletan 74, und ist die Inhaberin der Apotheke an der Place de la Victoire.«

»Kenne ich. Und?«

»Ich habe ihr das Foto auf ihr Handy geschickt. Sie hat den Jungen trotz seiner Beulen und Nähte sofort wiedererkannt. Seit drei Monaten holte er sich bei ihr seine monatliche Ration Subutex.«

»Bravo!«

»Das ist noch nicht alles. Ich habe Jaffar angerufen. Die Penner vom Cours Victor Hugo haben den Kerl ebenfalls wiedererkannt. Bei ihnen heißt er Fifi, aber es handelt sich tatsächlich um unseren Freund. Ein Goth, der kam und ging, wie es ihm passte. Manchmal tauchte er wochenlang nicht auf. Angeblich wohnte er in einem leerstehenden Haus in der Nähe der Rue des Vignes.«

Sie schloss ihr Auto auf und setzte sich hinein.

»Wann haben ihn deine Leute das letzte Mal gesehen?«

»Die Apothekerin vor drei Wochen, die Penner vor ein paar Tagen. Keiner weiß, was er in den Tagen unmittelbar vor seinem Tod getrieben hat.«

»Hatte er keine Kumpel? Oder irgendwen, der ihm nahestand und der uns mehr erzählen könnte?«

»Nein. Duruy war ein Einzelgänger. Wenn er verschwand, wusste niemand, wo er hinging.«

»Hatte er einen Hund?«

»Ja, irgendeinen Köter, aber der ist spurlos verschwunden. Der Mörder wird ihm wohl ziemlich übel mitgespielt haben.«

»Trotzdem solltest du die Tierheime überprüfen.«

Anaïs dachte an die Sicherheitskameras. Sie mussten Vergrößerungen anfertigen. Die ganze Stadt durchkämmen. Auf irgendeinem Band würde Philippe Duruy sicher zu sehen sein. Vielleicht sogar mit seinem Mörder? Dem Dealer, der ihm das Heroin gegeben hatte? Man dufte ja wohl noch träumen, oder?

»Und sein Bündel?«

»Vermutlich samt dem Hund irgendwo eingebuddelt.«

Zum wiederholten Mal spulte Anaïs in ihrem Kopf den Film ab, wie sie sich den Mord vorstellte. Der Mörder war weder ein Penner noch ein Bekannter von Duruy. Er kannte sein Opfer erst ein paar Tage. Er hatte sich bei dem Jungen eingeschmeichelt und sein Vertrauen gewonnen. Er wusste, dass der Goth ein Junkie war und dass das Verschwinden dieses Einzelgängers kaum auffallen würde. Außerdem wusste er, dass Duruy einen Hund besaß, und hatte vermutlich überlegt, wie er das Tier loswerden könnte.

Dann die Details. Freitag, der 12. Februar. Vielleicht so gegen 20.00 Uhr. Es ist stockfinster in Bordeaux – Nacht und Nebel. Möglicherweise entscheidet der Mörder sich wegen des Nebels genau für diesen Abend. Es kann aber auch sein, dass er das Datum ohnehin vorgesehen hat und das Wetter einfach nur mitspielt. Er weiß, wo er Philippe Duruy findet. Er schlägt ihm einen Megaschuss vor und nimmt ihn mit in ein ruhiges Eckchen, wo bereits alles vorbereitet ist. Vor allem das schnelle Verwischen aller Spuren. Hund, Bündel, Klamotten. Ein organisierter Mörder mit Nerven aus Stahl. *Ein Profi seines Faches.*

»Hast du den Namen des behandelnden Arztes?«, erkundigte sie sich.

»Mist, das habe ich vergessen. Ich war so froh, dass ...«

»Schon gut. Schicke mir die Nummer der Apothekerin als SMS, dann kümmere ich mich darum.«

»Und was mache ich jetzt?«

»Du folgst der Spur von Duruy. Und zwar nicht nur in ganz Bordeaux, sondern auch da, wo er sich sonst so herumgetrieben hat.«

»Ich fürchte, das wird nicht ganz einfach. Diese Typen ...«

Anaïs verstand, was er sagen wollte. Die Obdachlosen sind die letzten wirklich freien Menschen der modernen Gesellschaft. Sie haben weder Kreditkarte noch Scheckheft, weder Auto noch Handy. In einer Welt, in der jede Verbindung, jeder Anruf und jede Bewegung zurückverfolgt werden kann, sind sie die Einzigen, die keine Spuren hinterlassen.

»Da er ein Junkie war, kannst du es zumindest mal beim Zentralregister für Drogenvergehen versuchen.«

Vielleicht war der Knabe ja irgendwann mal wegen Rauschgiftbesitz festgenommen worden.

»Seine Fingerabdrücke sind nicht registriert«, gab Le Coz zurück.

»Was nur beweist, dass diese Technologie noch keine sehr exakte Wissenschaft ist. Ich bin ganz sicher, dass Duruy irgendwann schon einmal in Polizeigewahrsam war, also sieh noch mal nach. Versuch es auch beim Sozialamt. Duruy muss mindestens einmal im Krankenhaus gewesen sein – schon allein wegen der Drogen. Vielleicht hat er Stütze kassiert. Zieh einfach das ganze Programm durch.«

»Und was ist mit den Dealern?«

Anaïs glaubte längst nicht mehr an diese Spur. Die Wiederverkäufer würden ohnehin nichts sagen, und außerdem waren bestimmt nicht sie es gewesen, die dem Mörder weißes Heroin verkauft hatten – *er musste seine eigene Quelle haben.*

»Vergiss es. Konzentriere dich lieber auf die Behörden. Im Übrigen brauche ich den kompletten Lebenslauf von Duruy. Setz dich mit Jaffar in Verbindung. Er soll die Asyle und Hilfsorganisationen durchforsten und noch einmal zu den Clochards und in die besetzten Häuser gehen. Ruf auch Conante an. Der soll sich die Videos noch mal ganz genau anschauen. Wir müssen Duruy auf den Bildern finden. Ich muss genau wissen, wie er die letzten Tage verbracht hat. Diese Aufgabe hat absolute Priorität.«

Anaïs legte auf und fuhr los. Sie hatte es eilig, diesen Ort mit seinen eingesperrten Verrückten hinter sich zu lassen. Wenige Minuten später befand sie sich im Universitätsviertel am Ortsrand von Talence. Sie parkte und überprüfte ihre SMS. Le Coz hatte ihr die Adresse und Telefonnummer der Apothekerin geschickt. Sofort rief sie Sylvie Gentille an. Die Apothekerin hatte zwar ihr Adressbuch nicht bei sich, weil sie den Sonntag bei ihrer Familie verbrachte, doch sie erinnerte sich, welcher Arzt Philippe Duruy behandelt hatte. Sein Name war David Thiaux – ein ganz normaler Hausarzt.

Ein weiterer Anruf. Anaïs erreichte nur die Frau des Arztes. Wie jeden Sonntag befand sich Thiaux auf dem Golfplatz Laige. Anaïs kannte diesen Ort nur allzu gut. Sie startete ihren Wagen und fuhr nach Caychac zum Golfplatz.

Unterwegs dachte sie über ihr Zusammentreffen mit dem Mann ohne Gedächtnis nach. Unmöglich, sich eine Meinung über ihn zu bilden. Rein körperlich war er ausgesprochen beeindruckend. Was den Rest anging, wirkte er eher einfach gestrickt. Auf den ersten Blick schien er nicht in der Lage zu sein, auch nur einer Fliege etwas zuleide zu tun – doch sie wurde dafür bezahlt, sich nicht auf den ersten Eindruck zu verlassen. Eins allerdings war sicher: Der Riese hatte weder das Zeug zu einem gut organisierten Mörder, noch passte er in das Schema eines Stardealers.

14.30 Uhr. Anaïs fuhr die Route du Médoc entlang. Sie war auf dem Weg zu dem Arzt. *Das Beste zum Schluss.*

Mathias Freire war der Typ des düsteren Beau. Regelmäßige, von einer inneren Unruhe geprägte Züge. Dunkle, durchdringende Augen, die sich weigerten, ihr Geheimnis preiszugeben. Noch dunklere, wellige, romantisch verwuschelte Haare. Was seine Klamotten anging, so zeugten sie lediglich von einer völligen Gleichgültigkeit gegenüber seiner äußeren Erscheinung. In seinem zerknitterten Kittel wirkte Freire wie ein ungemachtes Bett. Ihr allerdings erschien er dadurch noch viel erotischer ...

Immer mit der Ruhe, Anaïs. Es war nicht das erste Mal, dass sie Arbeit mit Gefühl verwechselte – und jedes Mal hatte es mit einer Katastrophe geendet. Wie auch immer – der Psychiater würde es ihr nicht leicht machen. In jedem Fall würde er zu seinem Patienten halten und sie sicher nicht anrufen, wenn er irgendetwas herausfand ...

Ein Schild kündigte den Golfplatz Laige an. Im Grunde freute sie sich, dass sie am Sonntag arbeiten durfte. Zumindest lungerte sie nicht auf dem Sofa herum und hörte *Wild Horses* von den Stones oder *Perfect Day* von Lou Reed. Die Arbeit war der Rettungsring für Menschen, deren Herz Schiffbruch erlitten hatte.

Am Eingang des Golfplatzes befanden sich langgestreckte, hellgraue Holzgebäude im Stil der Bahamas. Die tragenden Balken waren aus Lärchenholz, Verkleidungen und Dächer aus Rotzeder. Die sanft geschwungenen grünen Hügel der Anlage wirkten wie ein Kontrastprogramm zu diesen klaren grauen Linien.

Anaïs parkte ihren Golf zwischen den allradgetriebenen Porsche Cayennes und Aston Martins der Clubmitglieder. Am liebsten hätte sie den Luxuskutschen auf die glänzend polierten Motorhauben gespuckt oder im Vorbeigehen den einen oder anderen Spiegel demoliert. Sie hasste Golf. Sie hasste die Bourgeoisie. Sie hasste Bordeaux. Manchmal fragte sie sich, warum sie überhaupt zurückgekommen war. Aber es war immer gut, seinem Hass Nahrung zu geben. Ihn zu füttern, wie man ein wildes Tier füttert. Es war diese negative Energie, die sie aufrecht hielt.

Sie machte sich auf den Weg zum Clubhaus. An der Tür malte sie sich aus, wie es wäre, plötzlich ihrem Vater Auge in Auge gegenüberzustehen – eine Vorstellung, die ihr Angst einjagte. Noch ein Grund, Bordeaux zu meiden.

Ein rascher Blick in die Salons und die Boutique, wo man das nötige Zubehör kaufen konnte. Keine vertrauten Gesichter. Gut, denn sie fürchtete auch, von den hier verkehrenden Honoratioren als Tochter von Chatelet wiedererkannt zu werden. Und niemand in den besseren Kreisen hatte den Skandal vergessen, der mit diesem Namen verbunden war.

Anaïs trat an die Bar. Sie wunderte sich, dass man sie in ihren Jeans und den beschlagenen Stiefeln nicht freundlich, aber bestimmt an die frische Luft komplimentierte.

Golfspieler – in der Mehrheit Männer – lehnten an der

hochglanzlackierten Holzplatte des Tresens. Alle trugen die typische Golferuniform: karierte Hosen, Poloshirts und Schuhe mit Stollen. Die Klamotten protzten mit den Namen der Hersteller. Ralph Lauren. Hermès. Louis Vuitton.

Anaïs zeigte dem Barkeeper diskret ihre Dienstmarke vor und erläuterte den Grund ihres Besuchs. Der Mann rief einen Caddie herbei, der laut Namensschild auf seinem grünen Pulli Nicholas hieß, und erklärte, dass Doktor David Thiaux sich auf dem Parcours befände. Anaïs ging mit dem Caddie hinaus. Gerade als sie eines der Golfcarts besteigen wollten, erfuhren sie, dass der Arzt bereits in die Garderobe zurückgekehrt war. Anaïs ließ sich hinbringen.

»Hier ist es«, erklärte Nicholas und blieb vor einer Holzvilla am Fuß eines kleinen Hügels stehen. »Allerdings haben hier nur Männer Zutritt.«

»Bitte begleiten Sie mich hinein.«

Sie betraten das Reich der Männer. Man hörte das Plätschern der Duschen und Stimmen; es roch nach Schweiß und Herrenparfüm. Männer standen vor ihren Holzspinden und zogen sich an, andere kamen triefend und mit ihren Schwänzen auf Halbmast aus der Dusche, wieder andere kämmten sich oder cremten sich mit Feuchtigkeitslotion ein.

Anaïs hatte den Eindruck, in eine Höhle männlicher Allmacht einzudringen. Hier sprach man sicher nur über Geld, Macht, Politik und sportliche Höchstleistungen. Und natürlich über Sex. Wahrscheinlich rühmte man sich seiner Geliebten, seiner Heldentaten und seiner Erfolge in gleicher Weise wie seiner Spielstände auf dem Green. Noch hatte niemand von ihr Notiz genommen.

Sie wandte sich an Nicholas.

»Wo ist Thiaux?«

Der Caddie zeigte auf einen Mann, der gerade seinen Gürtel schloss. Er war groß und massig, hatte graues Haar und war in den Fünfzigern. Anaïs trat auf ihn zu. Sie fühlte sich plötzlich sehr unbehaglich. Der Mann ähnelte ihrem Vater. Er hatte das gleiche breite, leicht gebräunte, gut geschnittene Gesicht – das Gesicht eines Großgrundbesitzers, der es liebt, sein Land unter seinen Füßen zu spüren.

»Doktor Thiaux?«

Der Mann lächelte Anaïs an. Ihr Unbehagen verstärkte sich. Er hatte auch die gleichen Augen wie ihr Vater – Augen von der trügerischen Klarheit eines Eisbergs, der ganz harmlos aussieht, aber unter der Oberfläche Schiffsrümpfe aufschlitzt.

»Der bin ich.«

»Anaïs Chatelet, Kriminalhauptkommissarin bei der Mordkommission Bordeaux. Ich möchte mit Ihnen über Philippe Duruy sprechen.«

»Philippe. Ja, er ist mein Patient.«

Der Mann stellte einen Fuß auf die Bank und schnürte seinen Schuh zu. Der Lärm und die Hektik seiner Umgebung schienen an ihm abzuprallen. Anaïs ließ ihm Zeit.

Während der Arzt den zweiten Schuh zuschnürte, fragte er: »Hat er Ärger?«

»Er ist tot.«

»Eine Überdosis?«

»Richtig.«

Thiaux richtete sich auf und nickte langsam und resigniert.

»Sie scheinen sich nicht darüber zu wundern.«

»Bei dem Zeug, das er sich ständig gespritzt hat, wundert mich gar nichts.«

»Sie haben ihm Subutex verschrieben. Hat er versucht aufzuhören?«

»Phasenweise. Als er mich das letzte Mal aufgesucht hat, war er bei vier Milligramm Subutex angelangt. Er schien auf dem richtigen Weg zu sein, aber viel Hoffnung hatte ich nicht für ihn. Sie sehen es ja ...«

Der Arzt zog seinen Mantel über.

»Wann haben Sie Philippe zum letzten Mal gesehen?«

»Da müsste ich erst in meinem Kalender nachsehen. Vor ungefähr zwei Wochen.«

»Was wissen Sie über ihn?«

»Nicht viel. Er kam nur in die Ambulanz, um sein Monatsrezept abzuholen, ließ seinen Hund draußen vor der Tür und redete wenig.«

»In die Ambulanz? Kam er nicht zu Ihnen in die Praxis?«

Der Arzt knöpfte seinen Mantel zu und schloss die Sporttasche.

»Nein, ich halte jeden Donnerstag im Viertel Saint-Michel in einer medizinisch-psychologischen Ambulanz eine Sprechstunde ab.«

Anaïs hatte bereits Schwierigkeiten bei der Vorstellung, wie dieser gutbürgerliche Mediziner einen verwahrlosten Freak wie Philippe Duruy in seiner Praxis behandelte. Doch dass er sich Woche für Woche um die Randgruppen der Gesellschaft kümmerte, kam ihr noch unwahrscheinlicher vor.

Er schien ihre Gedanken lesen zu können.

»Sie wundern sich, dass jemand wie ich eine regelmäßige Sprechstunde für Obdachlose abhält, nicht wahr? Wahrscheinlich tue ich es auch nur, um mein Gewissen zu beruhigen.«

Er hatte in einem ironischen Ton gesprochen. Dieser Arzt verwirrte Anaïs in zunehmendem Maß, ein Gefühl, das durch den Lärm um sie herum noch verstärkt wurde. Die Stimmen triumphierender Männer, die fröhlich ihrer Gemeinsamkeit frönten und ihre Macht und ihr Glück genossen, summten in ihren Ohren.

Thiaux legte noch einmal nach.

»Ihr linken Bullen glaubt doch immer, dass wir die Quelle allen Übels sind. Ganz gleich, was wir tun – für euch sind wir doch immer im Unrecht. Ihr meint, dass wir grundsätzlich aus Egoismus oder bürgerlicher Heuchelei handeln.«

Er wandte sich zum Ausgang. Unterwegs grüßte er den einen oder anderen Bekannten. Anaïs folgte ihm.

»Hat Philippe Duruy Ihnen je von seiner Familie erzählt?«

»Ich glaube nicht, dass er eine Familie hatte. Jedenfalls hat er nie ein Wort darüber verloren.«

»Was ist mit Freunden?«

»Nicht dass ich wüsste. Er war ein Nomade. Ein Einzelgänger. Und er gefiel sich in dieser Rolle, gab sich bewusst schweigsam und verschlossen. Ein Leben zwischen Musikevents und Trips.«

Thiaux verließ den Bungalow. Anaïs stellte sich ihm in den Weg. Obwohl es erst vier Uhr nachmittags war, dämmerte es bereits. Nach den Stimmen der Männer drinnen war hier draußen nur noch das Krächzen einer Krähe zu hören. Anaïs fröstelte.

»Aber Duruy hatte seinen Lebensmittelpunkt in Bordeaux, oder?«

»Lebensmittelpunkt wäre zu hoch gegriffen. Sagen wir, dass er jeden Monat zur Sprechstunde kam, was vermutlich bedeutet, dass er sich irgendwo in der Umgebung aufhielt.«

Sie erreichten den Parkplatz. Der Arzt kramte die Autoschlüssel aus der Tasche. Die Botschaft lag klar auf der Hand: Er hatte nicht die Absicht, weiter Anaïs' Fragen zu beantworten.

Trotzdem ließ sie nicht locker.

»Haben Sie nie mit ihm über seine Vergangenheit gesprochen? Oder über seine Herkunft?«

»Ihnen ist offensichtlich nicht klar, wie die Sprechstunden in der Drogenambulanz ablaufen. Man sagt Guten Tag und Auf Wiedersehen, und damit hat es sich. Ich untersuche den Junkie, stelle ein Rezept aus, und schon ist er wieder weg. Ich bin kein Psychiater.«

»Hat Duruy in der Ambulanz auch seelische Betreuung gesucht?«

»Das glaube ich eher nicht. Philippe wollte keine Hilfe. Er lebte auf der Straße, weil es seine Wahl war.«

»Hatte er außer seinen Suchtproblemen noch andere gesundheitliche Beeinträchtigungen?«

»Vor einigen Jahren hatte er sich mit Hepatitis C angesteckt, nahm allerdings weder Medikamente noch befolgte er eine Diät. Ich kann nur sagen: Selbstmord auf Raten.«

»Wissen Sie, wie er heroinabhängig wurde?«

»Auf die übliche Weise, denke ich. Erst Haschisch, dann ein heißer Rave mit Ecstasy. Eines schönen Sonntagmorgens nimmt man Heroin, weil es die unangenehmen Nebenwirkungen von Ecstasy unterdrückt. Und am Montag ist man abhängig. Immer der gleiche Schlamassel.«

Der Arzt war vor einer schwarzen Mercedes S-Klasse stehen geblieben. Plötzlich wirkte er sehr müde und ließ zum ersten Mal seine Maske fallen. Reglos stand er mit dem Schlüssel in der Hand vor seinem Auto. Doch bereits eine Sekunde später hatte er sich wieder in der Gewalt und drückte auf den Türöffner.

»Ich muss Ihnen übrigens sagen, dass ich Ihre Fragen nicht ganz verstehe. Wieso schaltet sich die Kripo ein, wenn Philippe an einer Überdosis gestorben ist?«

»Duruy ist zwar an einer Überdosis gestorben, doch es war Mord. Jemand hat ihm eine tödliche Dosis Heroin gespritzt, und zwar ganz reines Heroin. Anschließend hat sein Mörder ihm den Schädel mit einem Stierkopf zerquetscht, den er ihm gewaltsam bis auf die Schultern gedrückt hat.«

Thiaux, der gerade seinen Kofferraum geöffnet hatte, wurde kalkweiß. Anaïs weidete sich an dem Schauspiel. Die schöne Selbstsicherheit des Mediziners zerschmolz wie Eis in der Sonne.

»Wer macht denn so etwas? Ein Serienmörder?«

Heutzutage führte alle Welt dieses Wort im Mund, als handele es sich um ein allgemein bekanntes, gesellschaftliches, irgendwo zwischen Arbeitslosigkeit und beruflichem Selbstmord angesiedeltes Phänomen.

»Sollte es sich tatsächlich um eine Serie handeln, dann hat sie gerade erst begonnen. Hat er mit Ihnen über seine Dealer gesprochen?«

Der Arzt warf seine Sporttasche in den Kofferraum und schloss ihn mit kurzem Druck auf die Haube.

»Nein. Nie.«

»Als Sie ihn das letzte Mal sahen, hat er da von einem neuen Dealer oder einem Stoff von außergewöhnlicher Qualität gesprochen?«

»Nein. Er schien im Gegenteil entschlossener denn je zu sein, mit dem Rauschgift aufzuhören.«

»Und seither haben Sie ihn nicht wiedergesehen? Auch nicht in einem ganz anderen Zusammenhang?«

Thiaux öffnete die Wagentür.

»Nein.«

»Wir werden das überprüfen«, sagte Anaïs und steckte die Hände in die Taschen.

Sofort bereute sie ihre letzten Worte. Typisch Polizist und absoluter Blödsinn. Der Arzt stand nicht unter Verdacht. Sie wollte ihn lediglich verunsichern. Alle Polizisten kannten diese Machtspielchen.

Der Mediziner stützte sich auf den Türrahmen.

»Sie tun alles, um unsympathisch zu wirken, Mademoiselle. Trotzdem sind Sie mir sympathisch. Sie gebärden sich wie ein Kind, das der ganzen Welt böse ist – genau wie die Patienten, die ich jede Woche in der Drogenambulanz behandle.«

Anaïs verschränkte die Arme. Sein teilnahmsvoller Ton erbitterte sie fast noch mehr.

»Ich verrate Ihnen ein Geheimnis«, sagte er und beugte sich zu ihr hinunter. »Wissen Sie, warum ich jede Woche in der Ambulanz arbeite, obwohl sonst nur Patienten der allerbesten Gesellschaft von Bordeaux in meine Praxis kommen?«

Anaïs stand unbeweglich vor ihm. Sie biss sich auf die Lippen und wippte ungeduldig mit dem Fuß.

»Mein Sohn ist mit siebzehn an einer Überdosis gestorben. Dabei hätte ich meine Hand dafür ins Feuer gelegt, dass er nie im Leben etwas mit Drogen zu tun hatte. Genügt Ihnen das als

Grund? Ich kann die Sache nicht mehr ungeschehen machen. Aber ich kann vielleicht ein paar unglücklichen Jugendlichen helfen, und das ist ja wenigstens etwas.«

Er schlug die Wagentür hinter sich zu. Anaïs sah zu, wie der Mercedes unter den Bäumen verschwand und mit der Dunkelheit verschmolz. Plötzlich erinnerte sie sich an den Komiker Coluche, der in einem Sketch über Polizisten gesagt hatte: »Ja, ja, ich weiß, ich wirke ein bisschen dämlich.« Der Satz erschien ihr wie ein Urteil über sie selbst.

2

1.00 Uhr.

Endlich war der Bereitschaftsdienst zu Ende. Mathias Freire fuhr nach Hause. Er dachte an den Mann mit dem Stetson und den Minotaurus. Seit dem Besuch von Anaïs Chatelet zerbrach er sich den Kopf, welcher Zusammenhang zwischen den beiden Fällen bestehen mochte. Den ganzen Nachmittag hatte er während der Behandlungen über dieser Frage gebrütet. Welche Beziehung bestand zwischen Mischell und dem Mord? Was genau hatte der Mann ohne Gedächtnis gesehen? Freire bereute, dass er nicht auf den Vorschlag der Polizistin eingegangen war, denn er wusste nicht, wie er im Fall des Cowboys sonst weiterkommen sollte.

Als er den Schlüssel im Haustürschloss drehte, kam ihm eine Idee. Eigentlich ein Bluff. Er knipste das Licht im Wohnzimmer an und setzte sich an seinen Computer. Es war ganz einfach, Telefonnummer und Adresse des Polizeilabors herauszufinden, das Bordeaux am nächsten lag. Es befand sich in Toulouse. Freire überlegte, ob es vielleicht das gleiche Labor gewesen war, das die Spuren an Mischells Händen gesichert hatte. Wenn es so war, dann kümmerten sich die gleichen Leute auch um den Minotaurus.

Mehr darüber erfahren würde er allerdings nur, wenn er anrief.

Er erreichte den Bereitschaftsdienst und stellte sich als psychiatrischer Experte vor, der sich um den Verdächtigen im Mordfall am Bahnhof Saint-Jean kümmerte. Der Beamte am anderen Ende der Leitung hatte nicht nur von diesem Fall gehört, sondern auch am Morgen zusätzliches Material erhalten, das analysiert werden sollte.

Freire hatte sich nicht geirrt. Das gleiche Team befasste sich sowohl mit dem Fall des Unbekannten, der in der Nacht zum 13. Februar im Bahnhof aufgegriffen worden war, wie auch mit dem am Folgetag entdeckten Mord. Es war reiner Zufall, denn die Techniker waren aus einem anderen Grund bereits vor Ort gewesen.

»Würden Sie mir bitte die Nummer des Gruppenleiters geben?«

»Sie meinen sicher den Einsatzleiter.«

»Genau, den Einsatzleiter.«

»Aber das entspricht nicht den Vorschriften. Warum ruft nicht der zuständige Hauptkommissar an?«

»Anaïs Chatelet? Aber sie war es doch, die mich gebeten hat, Kontakt mit Ihnen aufzunehmen.«

Die Erwähnung des Namens wirkte sofort. Der Mann diktierte Freire die Nummer und sagte:

»Sein Name ist Abdellatif Dimoun. Er hält sich noch bei Ihnen in Bordeaux auf und arbeitet mit einem privaten Labor zusammen. Er wollte dortbleiben, bis die Resultate da sind.«

Freire bedankte sich, legte auf und wählte unmittelbar danach die achtstellige Nummer.

»Hallo?«

Der Psychiater wiederholte den Schwindel vom Experten, doch Abdellatif Dimoun war nicht auf den Kopf gefallen.

»Meine Resultate teile ich lediglich der zuständigen Hauptkommissarin mit. Und dem Richter. Wenn wir so weit sind.«

»Mein Patient hat das Gedächtnis verloren«, erwiderte Freire. »Ich versuche zu erreichen, dass seine Erinnerung zurückkehrt, und dabei kann mir schon ein winziges Detail oder ein Hinweis helfen.«

»Das verstehe ich. Aber wenden Sie sich bitte an Anaïs Chatelet.«

Freire tat, als hätte er nicht zugehört.

»Laut dem Bericht haben Sie Staubpartikel gefunden …«

»Sie sind ganz schön hartnäckig, mein Lieber. Morgen früh hat Chatelet meinen Bericht auf dem Schreibtisch. Wenden Sie sich an sie.«

»Aber wir könnten Zeit gewinnen. Ich versetze den Patienten morgen früh in Hypnose. Geben Sie mir einen Hinweis. Damit ersparen Sie mir einen ganzen Tag Arbeit.«

Der Techniker antwortete nicht. Er schien unschlüssig. Der bürokratische Kram belastete alle Beteiligten. Freire ließ nicht locker.

»Geben Sie mir einfach eine Kurzfassung der Ergebnisse. Mein Patient glaubt sich zu erinnern, dass es sich bei dem Staub unter seinen Fingernägeln um Ziegelstaub handelt.«

»Das ist nicht der Fall.«

»Sondern?«

»Eine Phytoplanktonart.«

»Wie bitte?«

»Meeresplankton. Ein Mikroorganismus, den man nur an der südlichen Atlantikküste Frankreichs findet. Im Baskenland.«

Freire dachte an das, was Mischell über Audenge, Cap Ferret, Marsac und das nicht existente Dorf in der Nähe der Île aux Oiseaux gesagt hatte. Es waren offenbar unbewusste Hinweise auf seine wahre Herkunft gewesen: das Baskenland.

»Konnten Sie dieses Plankton genauer identifizieren?«

»Wir mussten dafür Meeresbiologen bemühen. Die Art gehört zu den Dinoflagellaten und heißt *Mesodinium harum*. Sie ist ausgesprochen selten und gehört zur submarinen Fauna der baskischen Küste.«

Mathias schrieb sich den Namen auf und hakte sofort nach, solange das Eisen noch heiß war.

»Haben Sie sonst noch etwas gefunden?«

Der Techniker zögerte kurz, ehe er sagte:

»Die Kripo wird sich sicher dafür interessieren, dass wir das Zeug noch an einer anderen Stelle gefunden haben.«

»Und wo?«

»Dort, wo der Tote entdeckt wurde, also in der Reparaturgrube. Unsere Programme haben eine völlige Übereinstimmung der Proben bestätigt. Die Proben, die wir dem Mann ohne Gedächtnis entnommen haben, und diejenigen aus der Grube sind identisch.«

Diese Information musste Freire erst einmal verdauen. Anaïs Chatelet hatte recht gehabt: Der Mann ohne Gedächtnis musste den Toten gesehen haben – vielleicht sogar Schlimmeres …

»Vielen Dank«, beendete er das Gespräch. »Diese Besonderheit nutzt mir allerdings bei der Hypnose nichts. Um die kriminalistischen Zusammenhänge muss sich die Polizei kümmern.«

»Verstehe«, meinte der Techniker. »Viel Glück!«

Mathias legte auf. Eilig notierte er alles, was er gehört hatte. Meeresplankton, das nur an der baskischen Küste vorkam. Hatte der Cowboy vielleicht einen Beruf, der mit dem Meer zu tun hatte? Freire war längst überzeugt, dass Mischell eine körperliche Arbeit an der frischen Luft ausübte. War er vielleicht *Fischer*? Er unterstrich dieses Wort mehrmals.

Zusätzlich bildete das Plankton eine direkte Verbindung zwischen Mischell und dem Toten. Freire hielt inne. Diese Verbindung konnte womöglich die Schlinge sein, die sich um den Hals seines Patienten zusammenzog …

Als Arzt jedoch war er nach wie vor überzeugt, dass der Cowboy unschuldig war. Möglicherweise hatte er den Mörder überrascht. Vielleicht hatte er sich, nur bewaffnet mit seinem Engländer und dem Telefonbuch, mit ihm in der Grube geprügelt. Das Blut konnte schließlich auch von dem Mörder stammen …

Als ob dieser Rückschluss ihn an etwas erinnert hätte, stand Freire auf und ging in die Küche. Ohne Licht zu machen, trat er ans Fenster und blickte auf die dunkle Straße.

Die Männer in Schwarz waren nicht da.

D er Châteāu Lesage ist ein *Cru Bourgeois Supérieur* und stammt aus Listrac-Médoc. Das ist eine der acht Appellationen des Médoc ...«

Anaïs fror. Im Gärraum, wo hohe Edelstahlsilos wie Sarkophage nebeneinander aufgereiht standen, zog es schrecklich. Sie war froh, dass sie ihren Lederblouson vor der Besichtigung nicht ausgezogen hatte. Außerdem stellte sie befriedigt fest, dass sie zwischen den anderen Mitgliedern des Clubs wie eine Außenseiterin wirkte.

»Unser Weingut hat eine lange Geschichte. Schon im 15. Jahrhundert wurde hier Wein angebaut ...«

Langsam bewegte sich die Gruppe zwischen den spiegelnden Gärbehältern vorwärts. Jeden Sonntagabend besichtigte Anaïs ein anderes Weingut. Sie gehörte einem Verkostungs-Club an, der es sich zum Ziel gesetzt hatte, die besten Lagen der Region um Bordeaux zu besuchen.

Jeden Sonntag fragte sie sich, warum sie dem Club beigetreten war und warum sie sich geradezu unwiderstehlich von diesen schrecklichen Abenden angezogen fühlte. Wäre es nicht netter gewesen, sich etwas Leckeres zu essen zu machen und eine der Fernsehserien anzuschauen, für die sie schwärmte? Vielleicht hätte sie sich auch noch einmal mit der Symbolik des Mythos vom Minotaurus oder den Drogenschwerpunkten in Europa beschäftigen können.

Aber diese Fragen hatte sie sich gar nicht erst gestellt. Wie jeden Sonntag war sie um acht Uhr zu dem Weinberg gefahren, der das Thema des Abends darstellte. Ermittlungstechnisch war der Tag ein Schuss in den Ofen gewesen. Jaffar hatte sich bei den Obdachlosen umgesehen – ohne Erfolg. Le Coz versuchte einen möglichst ausführlichen Lebenslauf von Philippe Duruy auf die Beine zu stellen, doch an einem Sonntag war es fast unmöglich, an Fakten zu kommen. Conante war inzwischen mit den Videos vom Bahnhof durch, ohne allerdings auch nur den Ansatz einer Spur des Jungen zu finden. Nun überprüfte er die Überwachungsbänder der Stadtgebiete, wo sich besonders viele Aussteiger herumtrieben. Von Zak hatte Anaïs bisher noch nichts gehört. Auf seiner Suche nach dem Stierzüchter schien er wie vom Erdboden verschluckt.

Sie selbst hatte sich mit der Meldestelle in Verbindung gesetzt und war an eine wahre Koryphäe des Archivwesens geraten. Der Mann kannte jede Menge Verbrechen, doch ein mythologischer Mord war auch ihm nicht geläufig. Er konnte sich nicht erinnern, je von einer derart makabren Inszenierung gehört zu haben – weder in Frankreich noch im Rest Europas. Nach einer kurzen Telefonkonferenz mit ihren Jungs hatte sie ihnen für den Rest des Abends freigegeben. An nächsten Morgen würden sie sich gleich bei Dienstbeginn zusammensetzen.

Als sie die Mordkommission verließ, war ihr Kriminaloberrat Deversat über den Weg gelaufen. Er hatte sie beiseitegenommen und Klartext mit ihr geredet. Die Medien sollten zunächst kein Sterbenswörtchen erfahren. Die Staatsanwaltschaft würde ihnen noch sechs Tage freie Hand lassen, sodass sie die Ermittlungen nach eigenem Gutdünken führen konnte. Trotzdem war erhöhte Wachsamkeit geboten, denn sie stand im Fadenkreuz der Politik. Anaïs bedankte sich für sein Vertrauen und ging scheinbar gelassen ihrer Wege. In Wahrheit jedoch machte sich der Stress schon jetzt in ihrer Magengegend bemerkbar.

»Im November wird der Wein in Fässer abgefüllt, wo der malolaktische Säureabbau stattfindet. Der Wein bleibt etwa zwölf bis dreizehn Monate im Fass ...«

Erneut lief Anaïs ein Schauder über den Körper. Sie dachte an ihre Arme und die Narben darauf. Immer hatte sie den Eindruck, alle Leute könnten sie sehen – als wären sie nackt, zur

Schau gestellt und eiskalt. Kein noch so warmes Gewebe wurde dieser Kälte Herr. Einer Kälte, die aus ihrem Innern kam.

»Uns ist es wichtig, unsere Weine nicht zu holzbetont auszubauen, sondern ein ausgewogenes Verhältnis zwischen Fruchtigkeit, Säure und Alkoholgehalt zu wahren. Unsere Produkte sind rund und angenehm und zeichnen sich durch eine gewisse Frische aus …«

Anaïs folgte dem Vortrag nicht mehr. Sie hatte sich auf dem Grund ihres Körpers vergraben. In der Tiefe ihres Leidens. Ohne sich dessen bewusst zu sein, presste sie die Arme an den Körper und dachte schon wieder an das Schlimmste. *Ich schaffe es nicht …* Ihre Beine zitterten, und ihr Körper schlotterte, gleichzeitig jedoch fühlte sie sich wie versteinert. Während ihrer Panikattacken konnte es ihr passieren, dass sie irgendwo zusammenbrach und sich stundenlang nicht mehr rührte. Sie war dann wie gelähmt, als würde sie von einem Schraubstock in Eiswasser festgehalten.

»Wir werden jetzt einen Wein aus dem Jahr 2005 verkosten; hier im Médoc ein herausragender Jahrgang. Natürlich erhalten wir heute nur einen ersten Eindruck davon, wie sich dieser Wein in den nächsten Jahren entwickeln wird, denn eigentlich ist er noch zu jung.«

Die Gruppe drängte sich in die Kellerei. An der Treppe zögerte Anaïs kurz, beschloss aber dann, den anderen zu folgen. Langsam stieg sie die Stufen hinunter. Es roch nach Schimmel und Fermentation. Anaïs liebte den Wein, obwohl er sie immer an ihren Vater erinnerte. Er war es gewesen, der sie alles über den Weinanbau gelehrt und ihr beigebracht hatte, wie man verkostet, genießt und einlagert. Als sie die Brücken hinter sich abbrach, hätte sie eigentlich auf alle Dinge verzichten müssen, die sie in irgendeiner Weise an ihn erinnerten. Doch in diesem Fall hatte sie sich geweigert. Er hatte ihr den Boden unter den Füßen weggezogen, aber diesen Genuss wollte sie sich nicht auch noch wegnehmen lassen.

»Lassen Sie es mich noch einmal betonen: Eigentlich ist dieser Wein noch zu jung zur Verkostung ...«

Plötzlich drehte sich Anaïs auf dem Absatz um und stürmte nach oben. Mehrmals stolperte sie auf der Treppe. Immer noch rieb sie sich die Arme. Im Laufschritt durchquerte sie den Gärraum. Hinaus an die frische Luft. Durchatmen. Schreien. In den runden Edelstahloberflächen der Tanks spiegelte sich ihr verzerrtes, verformtes Ebenbild. Erinnerungen stiegen auf – eine Flut von Abscheulichkeiten, die gleich in ihrem Kopf explodieren würden. Wie jedes Mal.

Sie musste hinaus in den Hof, in die Nacht, unter freien Himmel.

Der Platz vor dem Schloss war menschenleer. Anaïs wurde langsamer. Sie ließ die Lagerhäuser hinter sich und ging auf die Weinberge zu. Bläulich lag die Landschaft im Mondlicht. Der Boden sah aus wie Asche, in die sich die Rebstöcke hineinkrallten.

DER WEIN ...

DER VATER ...

Von ihren Lippen stieg ein Nebelhauch auf, der sich mit dem Dunst des Bodens mischte. Die Hänge senkten sich zur Mündung der Gironde hin. Anaïs lief bergab. Sie spürte, wie die Kieselsteine unter ihren Stiefeln wegrollten. Triebe und Spalierstangen schienen nach ihr zu greifen, als wollten sie ihr Böses.

DER WEIN ...

DER VATER ...

Sie tauchte zwischen die Rebstöcke ein und ließ endlich ihren Erinnerungen freien Lauf.

Ihr Vater. Bis zum Ende ihrer Jugendzeit hatte es nie einen anderen Mann für sie gegeben, doch das war wohl normal bei einem Kind, das seine Mutter mit acht Jahren verloren hatte. Weniger normal war, dass ihr Vater sich nur mit einem einzigen weiblichen Wesen umgab – mit ihr. Anaïs und ihr Vater waren das perfekte Paar. Auf platonische Art miteinander verwachsen.

Er war ein Mustervater gewesen. Er hatte mit ihr Hausaufgaben gemacht, hatte sie nach dem Reiten vom Gestüt abgeholt und mit ihr die Ferien in Soulac-sur-Mer verbracht. Er hatte ihr von ihrer chilenischen Mutter erzählt, die in einer Heilanstalt verwelkt war wie eine Blume, die in einem Gewächshaus erstickt. Er war immer für sie da. Und immer perfekt.

Nur dann und wann verspürte Anaïs ein unerklärliches Unbehagen. Manchmal, wenn ihr Vater in der Nähe war, wurde sie von Angstgefühlen überwältigt und von Panikattacken geschüttelt, als ahnte ihr Körper etwas, das ihr Bewusstsein nicht wahrnahm. Aber was?

Am 22. Mai 2002 erhielt sie schließlich die Antwort.

Sie stand auf der Titelseite der Zeitung *Sud-Ouest*.

Die Überschrift des Artikels lautete *Der Folterer in den Weinbergen* und war merkwürdigerweise von einem Fernsehjournalisten geschrieben. Der Mann zeichnete verantwortlich für einen für Arte gedrehten Dokumentarfilm, der sich mit der Rolle französischer Militärs in den südamerikanischen Diktaturen der 1970er Jahre befasste. Zu den Ausbildern gehörten sowohl Rechtsaktivisten als auch Mitglieder der OAS, der französischen Untergrundbewegung im Algerienkrieg, und ehemalige Geheimagenten. Aber auch andere Franzosen hatten unmittelbar an der Unterdrückung teilgehabt. So war es zum Beispiel in Chile ein renommierter Önologe gewesen, der bei den Aktivitäten der Todesschwadronen eine ausschlaggebende Rolle gespielt hatte. Er war nie untergetaucht, hieß Jean-Claude Chatelet und stammte aus dem Aquitaine. Tagsüber befasste er sich mit Wein, bei Nacht mit Blut.

Nachdem der Artikel erschienen war, stand das Telefon zu Hause nicht mehr still. Die Nachricht verbreitete sich wie ein Lauffeuer. In der Universität tuschelte man hinter Anaïs' Rücken, auf der Straße blickte man ihr nach. Nachdem der Film auf Arte ausgestrahlt worden war, kam die gesamte Wahrheit an den Tag. Die Dokumentation war ein Porträt ihres Vaters, jünger und weniger schön, als sie ihn kannte. *Eine Schlüsselfigur der Folterpraxis in Santiago.* Zeugen erinnerten sich an die drahtige Gestalt, das damals bereits ergraute Haar, die hellen Augen – und an sein charakteristisches Hinken, das ihn unverwechselbar machte; er hatte die Behinderung einem Reitunfall als Kind zu verdanken.

Die Gefolterten sprachen von seiner sanften Stimme und seinen entsetzlichen Methoden: Stromschläge, Verstümmelungen, Enukleationen, Injektionen mit Kampfer. Von seinen Opfern wurde er nur »der Lahme« (*El Cojo*) genannt. Er war dafür bekannt, nutzlos gewordene Gefangene dadurch zu eliminieren, dass er ihnen eine lebende Schlange in den Rachen drückte. Andere Zeugen, meist Militärs, berichteten, dass Chatelet als junger Gefolgsmann von General Aussaresses während seiner Zeit in Argentinien viel für die Ausbildung der Truppenverbände getan habe.

Anaïs hatte sich die Sendung bei einer Freundin angeschaut. Sie war wie vor den Kopf gestoßen. An jenem Abend hatte sie ihre Stimme verloren. Während der folgenden Tage erschien eine wahre Flut von Artikeln in der Lokalpresse. Angesichts der Angriffe hatte ihr Vater sich in Schweigen gehüllt und in den Schoß der Kirche geflüchtet. Er war zeitlebens praktizierender Katholik gewesen. Tief schockiert hatte Anaïs ihre Koffer gepackt. Sie war einundzwanzig Jahre alt und verfügte über das Erbe ihrer Mutter – die Zinsen des Kapitals aus dem Verkauf von Ländereien in Chile.

Sie hatte eine Zweizimmerwohnung in der Rue Fondaudège gemietet, einer Geschäftsstraße mitten in der Stadt, und ihren Vater nie mehr wiedergesehen. Immer wieder musste sie an die Aussagen der Zeugen denken und wie sie den Lahmen beschrieben hatten – seine Worte, seine Bewegungen, seine Hände.

Die Hände, die mit der *picana electrica* zuschlugen. Die lebendiges Fleisch zerschnitten, verletzt und gequält hatten. Mit diesen Händen hatte ihr Vater sie als Baby gewaschen, sie als Kind zur Schule geführt und sie vor allen Gefahren geschützt.

Allmählich wurde ihr bewusst, dass sie es geahnt hatte. So als hätte ihre Mutter aus dem Kerker ihrer geistigen Umnachtung heraus ihrem Innern das stumme Geheimnis verraten, dass sie mit einem Teufel verheiratet war. Und dass Anaïs von diesem Teufel abstammte. Ihr Blut war verflucht.

Nur ganz allmählich kehrte Anaïs' Stimme zurück, und mit ihr ein einigermaßen normales Leben. Sie hatte Jura studiert, ihren Abschluss gemacht und war anschließend auf die Polizeischule gegangen. Nach der Prüfung hatte sie um einen Monat Urlaub gebeten und war nach Chile gereist. Sie sprach fließend Spanisch. Auch das lag ihr im Blut. Lange hatte sie nicht gebraucht, um die Spuren ihres Vaters zu finden. *Die Schlange* war in Santiago nur allzu gut bekannt. Innerhalb eines Monats schloss sie ihre Ermittlungen ab. Sie besaß so viele Beweisstücke, Zeugenaussagen und Fotos, dass es ihr möglich gewesen wäre, ihren Vater von Frankreich an Chile ausliefern zu lassen. Oder zumindest eine Anklage von Exilchilenen in Frankreich zuzulassen.

Aber dann hatte sie doch keinen Kontakt zu Richtern, Anwälten oder Klägern aufgenommen. Sie war nach Bordeaux zurückgekehrt, hatte ein Bankschließfach eröffnet und ihre Dokumente dort deponiert. Als sie die Metalltür schloss, wurde ihr die Ironie der Situation erst völlig klar: Dies war ihre erste Ermittlung in einem Verbrechen gewesen, und mit ihr hatte sie die Feuertaufe zur Kriminalbeamtin bestanden. Aber gleichzeitig hatte sie alles verloren – ihre Kindheit, ihre Herkunft, ihre Identität. Ihre Zukunft lag so leer wie ein unbeschriebenes Blatt vor ihr.

Anaïs rappelte sich auf. Sie hatte zwischen den Rebstöcken gelegen. Die Krise war vorüber, und wie jedes Mal kam sie zum gleichen Schluss: Sie musste unbedingt einen Mann finden. Genau das war es, was sie am nötigsten brauchte. Einen Mann, in dessen Armen ihre Erinnerungen, ihre Verletzungen und ihre Ängste kein Gewicht mehr hatten. Sie wischte sich die Tränen aus dem Gesicht, klopfte sich den Staub von den Beinen und wanderte langsam den Weinberg hinauf. *Einen Mann, den sie lieben konnte.* Dabei kamen ihr weder der verführerische Araber von der Spurensicherung noch die Zombies aus dem Internet in den Sinn.

Sie dachte an den Psychiater. An den leidenschaftlichen Intellektuellen in seiner Bibliothek aus poliertem Holz.

Gerne hätte sie sich ihren Träumen hingegeben, doch bei der Erinnerung an Freire kehrten die Gedanken an den Mord zurück. Sie warf einen Blick auf ihr Handy. Keine Nachrichten. Gut, dann würde sie jetzt ein paar Stunden schlafen und gleich morgen früh wieder loslegen. Der Countdown lief.

Sie ging zu ihrem Wagen zurück. Kalt war ihr jetzt nicht mehr, nur ihre Augen brannten noch von den Tränen. Und tief im Hals spürte sie den Geschmack von Meerwasser.

Als sie die Wagentür öffnete, klingelte ihr Handy dann doch noch.

»Ja?«

»Hier ist Zak.«

»Wo um alles in der Welt warst du?«

»Im Süden. Ich habe deinen Stier gefunden.«

»Sind Sie ganz sicher?«
»Es gibt keinen Zweifel. Das ist Patrick. Patrick Bonfils.«

Die Krankenschwester stand vor seinem Schreibtisch und stützte die Hände in die Hüften. Sie hieß Myriam Ferrari, war 35 Jahre alt, ein Meter siebzig groß und achtzig Kilo schwer. Freire kannte sie gut. Sie war ebenso robust wie ihre männlichen Kollegen, besaß aber eine mütterliche Seite, die sie sehr sympathisch machte. Kurz nach Dienstbeginn an diesem Montagmorgen hatte sie um ein Gespräch mit Mathias Freire gebeten.

Bei einer Begegnung im Flur hatte sie den Mann ohne Gedächtnis erkannt.

Der Psychiater war verblüfft über diesen Zufall.

»Ich stamme aus dem Baskenland, Herr Doktor. Meine Familie lebt in Guéthary, einem Dorf am Meer in der Nähe von Biarritz. Ich fahre fast jedes Wochenende hin. Als ich heute Morgen hier ankam, habe ich den Mann sofort erkannt. Das ist doch Patrick, dachte ich. Patrick Bonfils. Er ist Fischer und im ganzen Dorf bekannt. Sein Boot liegt bei uns im Hafen.«

»Haben Sie ihn angesprochen?«

»Ja klar. ›Hallo, Patrick‹, habe ich gesagt, ›was machst du denn hier?‹«

»Und was hat er geantwortet?«

»Gar nichts. In gewisser Weise war das natürlich auch eine Antwort.«

Freire blickte auf seinen Schreibtisch. Vor ihm lagen sein Notizblock, sein Stift, ein Medikamentenführer und das *Diagnostic and Statistic Manual*, ein amerikanisches Standardwerk zur Klassifizierung von Geisteskrankheiten. Immer wenn er diese Dinge betrachtete, wurde ihm klar, wie wenig er doch wusste.

Hätte er den Mann ohne Gedächtnis je identifizieren können, ohne dass der Zufall ihm zu Hilfe kam?
»Erzählen Sie mir mehr von ihm«, forderte er die Krankenschwester auf.
»Was soll ich denn erzählen?«
»Nun, hat er zum Beispiel eine Frau? Oder Kinder?«
»Eine Frau hat er. Na ja, mehr eine Freundin. Sie sind nicht verheiratet.«
»Wissen Sie, wie die Frau heißt?«
»Sylvie. Oder Sophie. Ich kann mich nicht genau erinnern. Jedenfalls arbeitet sie im Café gleich am Hafen. Zumindest in der Touristensaison. Jetzt hilft sie Patrick, die Netze zu flicken und solche Dinge ...«
Freire schrieb mit. Das Plankton unter den Fingernägeln des Riesen fiel ihm ein. Guéthary gehörte zu dem Gebiet, wo die Algenart vorkam. *Patrick Bonfils.* Er unterstrich den Familiennamen.
»Seit wann wohnen die beiden in Guéthary?«
»Keine Ahnung. Ich kenne sie, seit wir dort leben – also seit etwa vier Jahren.«
Mit dem Wissen um die Identität des Cowboys konnte Freire ihn sanft zu seiner ursprünglichen Persönlichkeit zurückführen. Und danach würde er sich auf das traumatische Ereignis konzentrieren. *Auf das, was der Mann am Bahnhof gesehen hatte.*
»Vielen Dank, Myriam«, sagte er und stand auf.
»Wenn ich mir die Bemerkung erlauben darf: Seien Sie vorsichtig. Er macht einen ziemlich verwirrten Eindruck.«
»Keine Sorge. Wir werden Schritt für Schritt vorgehen.«
Die Krankenschwester verließ Freires Büro.
Noch immer im Stehen las Mathias seine Notizen durch. Nein, dachte er, hier dürfen wir keine Zeit verlieren. Er schloss seine Tür ab, griff zum Telefon, rief die Auskunft an und bekam die Nummer von Patrick Bonfils in Guéthary.
Nach dreimaligem Läuten nahm eine Frau ab.

Der Psychiater kam sofort zur Sache.
»Sind Sie Sylvie Bonfils?«
»Mein Name ist nicht Bonfils. Ich heiße Sylvie Robin.«
»Aber Sie sind die Lebensgefährtin von Patrick Bonfils?«
»Mit wem spreche ich überhaupt?«
Ihre Stimme schwankte zwischen Hoffnung und Unruhe.
»Ich heiße Mathias Freire und bin Psychiater in der psychiatrischen Klinik Pierre-Janet in Bordeaux. Vor drei Tagen wurde Patrick Bonfils in meine Abteilung eingeliefert.«
»Himmel ...«
Ihre Stimme versagte. Mathias hörte sie schluchzen. Die Frau weinte herzzerreißend.
»Madame ...«
»Ich war so beunruhigt«, presste sie hervor. »Ich wusste ja nicht, wo er war.«
»Wie lange haben Sie ihn nicht mehr gesehen?«
»Seit sechs Tagen.«
»Und Sie haben keine Vermisstenanzeige aufgegeben?«
Die Frau antwortete nicht, sondern weinte nur leise vor sich hin.
Freire beschloss, noch einmal ganz von vorn zu beginnen.
»Sie sind die Lebensgefährtin von Patrick Bonfils, Fischer aus Guéthary?«
»Ja.«
»Wann und wie ist er verschwunden?«
»Letzten Mittwoch. Er wollte eigentlich zur Bank.«
»In Guéthary?«
Freire hörte, wie sie unter Tränen lachte.
»Guéthary ist ein kleines Dorf. Nein, er ist mit unserem Auto nach Biarritz gefahren.«
»Was haben Sie für ein Auto?«
»Einen alten Renault.«
»Und wann haben Sie angefangen, sich Sorgen zu machen?«
»Eigentlich sofort. Ich wollte natürlich wissen, was bei der

Bank los war. Wir haben nämlich Schwierigkeiten. Sogar ziemliche Schwierigkeiten.«
»Schulden?«
»Ein Kredit. Für unser Schiff. Wir sind ... Ach, Sie wissen schon. Die Fischerei wird immer schwieriger. Wir zahlen Steuern ohne Ende, und die Gesetze werden ständig geändert. Außerdem sind da noch die Spanier, die uns mit der Fangquote in die Quere kommen. Schauen Sie nie Nachrichten?«
Mathias schrieb hektisch mit.
»Und was geschah dann?«
»Gar nichts. Er ist nicht nach Hause gekommen. Ich habe bei der Bank angerufen, aber dort hatte ihn niemand gesehen. Natürlich war ich auch am Hafen, in den Kneipen, wo er gern hingeht.«
»Trinkt Patrick?«
Sylvie antwortete nicht. Er nahm es als Bestätigung. Patrick Bonfils war geradezu ein Paradefall. Unter dem Druck der Geldnot hatte er sich seiner Identität entledigt wie eines zu schweren Mantels und war in einen Zug nach Bordeaux gestiegen. Aber welche Rolle spielte das traumatische Erlebnis am Bahnhof? Hatte es überhaupt stattgefunden? Und woher stammten das Telefonbuch und der Engländer?
»Und dann?«
»Abends bin ich zur Polizei gegangen und habe eine Vermisstenanzeige aufgegeben.«
Vermutlich hatte man sich auf der Gendarmerie wegen eines alkoholisierten Fischers nicht gerade ein Bein ausgerissen. Zumindest war die Vermisstenanzeige nicht bis Bordeaux durchgedrungen.
»Ist Patrick zum ersten Mal überfällig gewesen?«
»Eigentlich ja. Er kommt zwar ständig zu spät und ist mit den Gedanken meistens weit weg, aber so etwas hat er bisher noch nie gemacht.«
»Seit wann leben Sie zusammen?«

»Seit drei Jahren.«

Beide schwiegen eine Weile, ehe sich Sylvie schüchtern zu fragen traute:

»Wie geht es ihm?«

»Ganz gut. Er hat lediglich ein Problem mit seinem Erinnerungsvermögen. Ich könnte mir vorstellen, dass er unter dem Druck Ihrer derzeitigen Probleme eine Art geistigen Kurzschluss erlitten hat. Er hat sein Gedächtnis verloren. Sein Unterbewusstsein versucht, die Vergangenheit auszulöschen, um unbeschwert neu anfangen zu können.«

»Neu anfangen? Wie meinen Sie das?«

Sylvie wirkte fassungslos. Freire hatte sich nicht gerade feinfühlig ausgedrückt.

»Er hatte nicht vor, Sie zu verlassen«, besänftigte er sie. »Offenbar haben die Schulden und die Schwierigkeiten in seinem Beruf dazu geführt, dass er vor sich selbst davongelaufen ist.«

Sylvie schwieg. Freire ging nicht weiter auf das Thema ein, denn vielleicht war seine Vermutung ja falsch. Es gab auch noch eine andere Möglichkeit. Patrick war zur Bank aufgebrochen. Er hatte herumgelungert. Vielleicht auch getrunken. Dann hatte er den Zug nach Bordeaux genommen ... und *etwas gesehen*. Der Schock hatte dann sein Gedächtnis ausgelöscht. Ohne Erinnerungsvermögen war er in das Bahnwärterhäuschen geflohen.

»Kann ich ihn besuchen?«

»Selbstverständlich. Aber lassen Sie mir noch etwas Zeit. Ich rufe Sie im Lauf des Vormittags zurück.«

Freire verabschiedete sich. Es war 9.30 Uhr. Wie jeden Morgen erwarteten ihn die Akten der Neuzugänge. Er verschloss sein Büro, sagte der Sekretärin Bescheid, dass er im Haus unterwegs sei, und ging zum Kunsttherapiebereich, wo er mit ziemlicher Sicherheit den Mann mit dem Stetson finden würde.

Seine Magnetkarte öffnete ihm alle Türen. Im Vorbeigehen grüßte er Kollegen, ohne sich aufzuhalten. Er hatte es eilig. Bonfils befand sich, wie vermutet, in den Räumen der Kunstttherapie, hatte es aber an diesem Tag vorgezogen, sich mit Ton zu beschäftigen. Er arbeitete an einer Art primitiver Maske.

»Hallo.«

Das Gesicht des Riesen erhellte sich. Er lächelte und entblößte dabei sein Zahnfleisch.

»Wie geht es dir heute?«

»Sehr gut.«

Freire setzte sich und begann sehr vorsichtig:

»Hast du noch einmal über das nachgedacht, was du mir gestern erzählt hast?«

»Meinst du meine Erinnerungen? Ich ... Ich bin mir nicht mehr so ganz sicher. Heute Morgen war eine Frau hier, die mich Patrick genannt hat. Ich ...«

Er brach ab, ohne die Augen von seiner Maske zu wenden, und wirkte wie jemand, den man nach einem Ausbruch aus dem Gefängnis wieder eingefangen hat. Er schluckte heftig. Seine Stimme zitterte.

Mathias entschied sich für die harte Tour.

»Ich habe gerade mit Sylvie gesprochen.«

»Sylvie?«

Der Riese fixierte ihn. Seine Pupillen weiteten sich wie die eines Nachttiers. Plötzlich schien er wieder klar zu sehen. Eigentlich hatte Freire eine weitere Hypnosesitzung vorgesehen, in der er den Mann ohne Gedächtnis vorsichtig zu seinen Ursprüngen zurückführen wollte. Nun aber erkannte er, dass der Mechanismus der Erinnerung ganz von selbst wieder eingeklinkt war. Patrick Bonfils war dabei, wieder er selbst zu werden. Mathias konnte nur noch versuchen, den Vorgang zu beschleunigen.

»Ich bringe dich nach Hause, Patrick.«

»Wann?«

»Heute Nachmittag.«

Der Cowboy nickte langsam, ließ die Tonmaske sinken und betrachtete sein unvollendetes Werk. Es war so weit, und es gab keinen Ausweg mehr. Vom psychiatrischen Standpunkt aus gesehen setzte Freire seine gesamten Hoffnungen auf die Rückkehr Bonfils' ins Baskenland. Hier würde der Patient, unterstützt von seiner Lebensgefährtin und seiner Umgebung, wieder zu seinem wahren Ich zurückfinden.

Allerdings beunruhigte ihn etwas ganz anderes. Sobald ein Mensch mit Amnesie sein Gedächtnis wiederfindet, vergisst er häufig die von ihm erfundene Persönlichkeit. Und Freire befürchtete, dass Patrick in dem Maß, wie er seine Erinnerung zurückgewann, die Ereignisse verdrängen würde, deren Zeuge er am Bahnhof geworden war. Aber von Pascal Mischell konnte Freire jetzt beim besten Willen nicht mehr anfangen.

Also stand er auf und legte Bonfils freundschaftlich die Hand auf die Schulter.

»Ruh dich aus. Nach dem Mittagessen hole ich dich ab.«

Der Mann mit dem Stetson nickte. Es war unmöglich, festzustellen, ob er sich freute oder nicht.

Im Laufschritt kehrte Freire in sein Büro zurück. Verschlossene Türen. Schlüssel. Tische und Betten, die am Boden festgeschraubt waren. Immer wieder überwältigte ihn das Gefühl, ein Gefängniswärter für Seelen zu sein.

Er bat seine Sekretärin, ihm die Tageszeitungen zu besorgen, und rief dann Sylvie an, um Patricks Rückkehr für den Nachmittag anzukündigen. Die Frau wirkte verblüfft.

»Für Patrick ist der Kontakt mit Ihnen das beste Mittel, wieder ganz er selbst zu werden«, erklärte er und verabredete sich gegen 15.00 Uhr mit ihr am Hafen von Guéthary.

Genau genommen befand er sich im Blindflug. Noch nie hatte er eine vergleichbare Situation erlebt. Beinahe hätte er der Versuchung nachgegeben, Hauptkommissarin Chatelet anzurufen und ihr die Neuigkeit mitzuteilen, doch dann fiel ihm ein, dass die Dinge zwischen ihnen nicht zum Besten standen. Immerhin hatte er den Techniker von der Spurensicherung angelogen. Ob so etwas wohl strafbar war?

Außerdem gab es noch ein weiteres Problem. Anaïs würde im Lauf des Tages die Ergebnisse erhalten, die er bereits in der letzten Nacht bekommen hatte. Die Planktonspuren auf den Händen des Cowboys und in der Reparaturgrube machten Patrick erst recht verdächtig. Mit anderen Worten: Seinem Patienten drohte die Festnahme. Da war es doch wirklich besser, wenn er Bonfils so schnell wie möglich nach Hause verfrachtete. Im schlimmsten Fall würde man ihn irgendwann wieder aus Guéthary abholen müssen, aber in der Zwischenzeit hatte Patrick ein oder zwei Tage Zeit, sich wieder mit seiner eigenen Persönlichkeit anzufreunden.

Die Sekretärin brachte einen ganzen Stapel Zeitungen in Freires Büro. Mathias überflog die Titelseiten. In der Hauptsache widmeten sich die Schlagzeilen dem Nebel, der am Wochenende über der Stadt gelegen hatte. Die Liste der Unfälle zog sich über halbe Seiten hin.

In einer kleinen Randnotiz wurde ein Obdachloser erwähnt, der am Bahnhof Saint-Jean erfroren war. Freire gefiel die Untertreibung. Wie mochte es der Polizei gelungen sein, ein spektakuläres Verbrechen auf diese Weise unter den Teppich zu kehren? Vermutlich wollte man Zeit für weitere diskrete Ermittlungen gewinnen.

Bonfils wurde lediglich im Lokalteil der Zeitungen erwähnt. Hier war die Rede von einem geistig verwirrten Mann, der in der Nacht vom 12. auf den 13. Februar am Bahnhof entdeckt und sofort in die psychiatrische Klinik eingewiesen worden war.

Zufrieden faltete Freire die Zeitungen zusammen. Mit etwas Glück würden die Medien ihn in Ruhe lassen. Er blickte auf seine Uhr. Zehn. Mathias griff zur obersten Akte des Stapels der Neuzugänge. Ihm blieb der gesamte Vormittag, um sich um die neuen Fälle zu kümmern, die Visite in seiner Station abzuhalten und die ambulanten Patienten zu behandeln. Anschließend würde er mit Patrick Bonfils ins Baskenland aufbrechen.

Die ganze Nacht hindurch träumte Anaïs von Schlachthöfen.

Von düsteren, offenen, mit Stahlträgern überspannten Hallen. Von Tierleibern, die unter den Dächern dampften. Von Hackmessern, die Rinderrücken zerteilten. Schwarze Ströme flossen durch die Abflussrinnen. Weiße Köpfe landeten auf hohen Haufen. Abgehäutete Felle flatterten wie Pelerinen. Männer mit Kappen arbeiteten fieberhaft. Sie standen im Schatten, schnitten, zerteilten und ließen die Kadaver ausbluten. Die ganze Nacht hindurch zerhackten sie Anaïs' Schlaf.

Als sie aufwachte, wunderte sie sich, dass sie nicht blutüberströmt war.

Sie duschte, machte sich einen Kaffee, setzte sich an ihren Schreibtisch und überflog noch einmal die Notizen des vergangenen Abends.

Am Morgen des 13. Februar hatte man auf einer Weide der *ganadería* von Gelda, einer Stierzucht in der Nähe von Villeneuve-de-Marsan, den enthaupteten Kadaver eines Kampfstiers gefunden. Anaïs beglückwünschte Zakraoui zu seiner Ermittlung und schickte ihn ins Bett. Sie wollte den Eigentümer selbst befragen. Ihr Kollege wirkte zwar enttäuscht, ließ sich aber nicht lange bitten. Wie alle Mitglieder von Anaïs' Team hatte er seit vierundzwanzig Stunden nicht geschlafen.

Sie fuhr nach Hause und rief den Besitzer der Zucht an, um ihren Besuch für den folgenden Morgen anzukündigen. Anschließend suchte sie im Internet nach Fällen, in denen Tiere auf der Weide verstümmelt worden waren. Das wichtigste Vorkommnis dieser Art war eine Serie blutrünstiger Vergehen gegen Pferde in Deutschland während der 1990er Jahre. Man hatte den Tieren die Ohren und die Geschlechtsorgane abgeschnitten und sie mit einem Messer geradezu exekutiert. Den Artikeln zufolge waren mehrere Verdächtige verhaftet worden, ohne dass das Gemetzel endete. Im gleichen Jahrzehnt hatte es auch in Großbritannien und in den Niederlanden ähnliche Fälle gegeben. Anaïs überprüfte jeden einzelnen von ihnen, doch es gab keinerlei Parallelen zu ihrem Mordfall oder auch nur Erkenntnisse, die ihr weiterhelfen konnten.

Ein weiterer bemerkenswerter Bericht handelte von unerklärlichen chirurgischen Eingriffen an Rindern in den 1980er Jahren in den USA. Die Tiere waren auf mysteriöse Weise verstümmelt oder mit unerklärlichen Techniken enthäutet auf ihren Weiden gefunden worden. Als Anaïs beim Weiterlesen jedoch feststellte, dass man allen Ernstes Außerirdische verantwortlich machte – laut anderen Quellen verdächtigte man die Züchter selbst –, verfolgte sie diese Spur nicht weiter.

Um Mitternacht war sie noch immer nicht müde und vertiefte sich in Artikel über die Zucht von *toros bravos*. Sie informierte sich über ihre Ernährung, ihren Tagesablauf, ihre Auswahl und ihre letzten Stunden in der Arena. Alles, was sie erfuhr, bestätigte das, was sie längst wusste: *Corridas* waren ausgemachte Scheiße. Man schickte isoliert gehaltene, gebrandmarkte, kampfunerfahrene und viel zu fette Tiere mit vier Jahren zur Volksbelustigung in den Tod; ein gesunder Stier konnte bis zu zwanzig Jahre alt werden.

Gegen zwei Uhr morgens wurde sie von einem Anruf geweckt. Sie war auf der Tastatur eingeschlafen. Ein Veterinärmediziner namens Hanosch war am Apparat. Er hatte gegen 20.00 Uhr von Longo den Stierkopf erhalten und sich sofort an die Arbeit gemacht. Als Experte in Sachen Fleischbeschau hatte er schon einige Male vor Gericht ausgesagt. Auf Anaïs wirkte er übereifrig und ziemlich nervös, doch sie begriff schnell, dass sie dank dieses hektischen Menschen kostbare Zeit gewann.

Noch ehe er sich der Untersuchung des Kopfes widmete,

hatte Hanosch dem Kadaver Blut abgenommen und es zur Untersuchung in ein tierärztliches Labor geschickt. Die Resultate lagen bereits vor. Das Blut enthielt eine hohe Dosis des Wirkstoffs Ketamin. Es gab mehrere Arzneimittel auf dem Markt, die auf diesem starken Narkotikum basierten, doch der Veterinärmediziner vermutete, dass es sich in diesem Fall um Ketavet handelte. Der Mörder hatte das Tier also betäubt, ehe er es enthauptete. Anaïs wunderte sich nicht darüber, denn es ist nicht gerade einfach, sich so ohne Weiteres einem Kampfstier zu nähern.

Hanosch war der Ansicht, dass man entweder das Futter des Tieres vergiftet oder – und das erschien ihm wahrscheinlicher – das Mittel mit einem jener Gewehre injiziert hatte, die man häufig für Impfungen in Zoos benutzte. Das Arzneimittel Ketavet war verschreibungspflichtig; man erhielt es nur über einen Tierarzt oder eine Tierklinik.

Das war einmal eine Spur! Anaïs würde umgehend veranlassen, dass die Verschreibungen und Verkäufe des Mittels während der letzten Wochen in der gesamten Region überprüft wurden. Außerdem musste man feststellen, ob es Einbrüche in Tierkliniken gegeben hatte.

Was die technische Durchführung der Enthauptung betraf, so hatten sie es laut Hanosch mit einem echten Profi zu tun, der entweder Chirurg oder Metzger sein musste. Er hatte zunächst die Haut und das weiche Gewebe durchtrennt und dann die Klinge zwischen Hinterhauptbein und erstem Halswirbel eingeführt, um die Bänder durchzuschneiden. Diese professionelle Vorgehensweise erlaubte es dem Mörder, den Kopf problemlos mit einem einfachen Skalpell abzunehmen. Aus unerfindlichen Gründen war dem Tier auch die Zunge herausgeschnitten worden. Möglicherweise hatte der Täter sie aus Gründen der Optik entfernt. Er wollte wohl nicht, dass seinem Minotaurus die Zunge aus dem Hals hing wie einem durstigen Ochsen.

Nach und nach wurden Anaïs einige Dinge klar. Der Mörder war mit Sicherheit weder ein Tippelbruder noch ein einfacher

Dealer und ganz bestimmt nicht der Mann ohne Gedächtnis vom Bahnhof Saint-Jean. Bei dem Täter musste es sich um einen gefühlskalten, rational denkenden Geisteskranken handeln. Um einen Mörder mit Nerven wie Stahlseile, der sich sorgfältig auf sein Verbrechen vorbereitet hatte. Anaïs vermutete, dass er weder Metzger noch Züchter oder Tierarzt war, sondern sich das Fachwissen nur für eine perfekte Inszenierung angeeignet hatte.

Sie zitterte vor der Konfrontation mit diesem Gegner – ob aus Angst oder Erregung hätte sie nicht sagen können. Wahrscheinlich beides. Natürlich hatte sie nicht vergessen, dass psychopathische Mörder in den meisten Fällen gefasst werden, weil sie einen Fehler begehen oder der Zufall der Polizei zu Hilfe kommt. Bei diesem Täter jedoch konnte sie nicht wirklich darauf hoffen, dass ihm ein Schnitzer unterlief. Und was den Zufall anging ...

Anaïs bedankte sich bei dem Anrufer und bat um seinen schriftlichen Bericht. Dann schlief sie einige Stunden, von Träumen heimgesucht, in denen sie in Tierblut badete.

Am nächsten Tag brach sie gegen 8.00 Uhr auf und fuhr in Richtung Mont-de-Marsan.

Seit dem frühen Morgen regnete es. Nur sehr langsam wurde es hell. Die Landschaft, die sie durchquerte, wandelte sich ununterbrochen: Tannenschonungen, Eichenwälder, Weideland, Weinberge. Nichts davon war geeignet, ihre Laune zu verbessern. Zu allem Überfluss war sie auch noch mit einer Mordserkältung aufgewacht. Ihr Kopf schien in einem viel zu engen Helm zu stecken, ihr Hals kratzte, und ihre Nase war verstopft. Aber so etwas passierte eben, wenn man sich nachts heulend auf einem Weinberg am Boden wälzte.

Sie hatte sich gegen die Autobahn entschieden und die Landstraße D 651 gewählt, die direkt nach Süden führte. Auf diese Weise blieb ihr Zeit zum Nachdenken. Die monotone Bewegung der Scheibenwischer ermöglichte ihr freie Sicht auf die verregnete Straße. Irgendwann fiel ihr ein, dass der Mörder mit seiner Trophäe wahrscheinlich den gleichen Weg in entgegengesetzter Richtung zurückgelegt hatte.

Anaïs fuhr an Mont-de-Marsan vorbei in Richtung Villeneuve-de-Marsan. An einer Apotheke hielt sie an und kaufte Aspirin, Paracetamol und Schnupfentropfen. In einem Lebensmittelladen erstand sie eine Flasche Cola Zero.

Als die Tabletten wirkten, fuhr sie weiter. Am Ortsausgang entdeckte sie rechts ein Schild mit der Aufschrift GANADERÍA DE GEDA und schlug den durchweichten Feldweg ein. Nirgends waren Stiere zu sehen, doch das verwunderte Anaïs nicht weiter. Eines der Prinzipien bei der Zucht von *toros bravos* ist es, vor dem Kampf in der Arena jeden Kontakt mit Menschen zu vermeiden. Dadurch werden die Stiere nicht nur wilder und aggressiver, sondern angesichts des Matadors auch besonders hilflos.

Eigentlich hätte sie die Gendarmerie von ihrem Besuch in Kenntnis setzen müssen. Einerseits, um Empfindlichkeiten vorzubeugen, und andererseits, um im Vorfeld die Akte zu studieren. Aber sie wollte ihre Befragung unbedingt allein, ohne Vorgaben und vor allem ganz diskret führen. Für Diplomatie war auch später noch Zeit.

Sie fuhr durch eine Allee. Die Bäume reckten ihre kahlen Zweige in den Himmel. Ganz am Ende stand rechts ein Fachwerkhaus, vor dem sie ihren Golf parkte. Das Anwesen war typisch für diese Gegend – ein großer, von Eichen umgebener Hof aus gestampfter Erde vor dem Fachwerkhaus des Besitzers; Ställe und Anbauten waren weiß verputzt. Alles wirkte gleichzeitig edel und sehr melancholisch. Hier waren Jahrzehnte, ja sogar Jahrhunderte vergangen, ohne dass Fortschritt und moderner Komfort ihre Spuren hinterlassen hatten. Mit einer Mischung aus Grausamkeit und Mitleid stellte sich Anaïs vor, dass die Innenräume des Hauses ohne Strom und fließendes Wasser waren.

Sie stieg aus dem Auto, setzte die Kapuze auf und ging um die

Pfützen herum auf das Haupthaus zu. Ein unsichtbarer Hund begann zu bellen. Jauchegeruch hing in der Luft. Anaïs klopfte an der Tür, doch niemand öffnete.

Sie blickte sich genauer um. Zwischen zwei Gebäuden entdeckte sie eine *arena de tienda*. Hier wurden nicht etwa die Stiere ausgewählt – sie kämpften nie vor ihrem großen Tag –, sondern deren Mütter. Man reizte sie, indem man sie mit Lanzen stach. Die Kühe, die am nervösesten reagierten, galten als beste Ziehmütter für *toros bravos*, als ob es ein Gen für Aggressivität gäbe.

»Sind Sie die Kommissarin, die gestern Abend angerufen hat?«

Anaïs wandte sich um und stand einem dürren Männlein gegenüber, das in einen petrolblauen Anorak gehüllt war. Der Kerl war ein echtes Fliegengewicht, bei geschätzten ein Meter siebzig brachte er höchstens fünfzig Kilo auf die Waage und sah aus, als würde er beim leisesten Windstoß davonfliegen. Sie zückte ihre Polizeimarke.

»Kriminalhauptkommissarin Anaïs Chatelet von der Kripo Bordeaux.«

»Bernard Rampal«, stellte sich der Hänfling ohne große Begeisterung vor. »Ich bin hier der *mayoral*. Der Züchter und *conocedor*.«

»Das heißt doch Kenner, oder?«

»Richtig. Ich kenne die Genealogie der Tiere und die Chronologie ihrer Kämpfe. Zucht hat viel mit einem guten Gedächtnis zu tun.« Er tippte mit dem Finger an seine Schläfe. »Alles ist da drin.«

Der Regen fiel auf sein Silberhaar, ohne es zu durchdringen. Wie das Gefieder eines Schwans, dachte Anaïs. Der Kerl sah wirklich merkwürdig aus. Er hatte die Schultern eines Jockeys und ein Kindergesicht, das wie gegerbt wirkte und von Falten durchzogen war. Auch seine hohe, recht dünne Stimme klang komisch. Eigentlich hatte sie sich den Züchter von Kampfstieren, die eine halbe Tonne wogen, ganz anders vorgestellt. Die

Männlichkeit dieses schmalen Handtuchs musste irgendwo anders liegen. Vermutlich in der grundlegenden Kenntnis seines Metiers. Oder in seiner autoritären Art, die durch keinerlei moralische oder gefühlsmäßige Skrupel beeinträchtigt wurde.

»Sie suchen also nach dem Arschloch, das meinen Stier auf dem Gewissen hat?«

»Er hat vor allem auch einen Menschen auf dem Gewissen.«

»Menschen bringen sich seit Ewigkeiten gegenseitig um. Aber dieser Schweinehund hat sich an einem hilflosen Tier vergriffen. Das ist neu.«

»Wieso? Sie tun das doch ebenfalls, und zwar das ganze Jahr über, oder?«

Der *conocedor* runzelte die Augenbrauen.

»Sie sind hoffentlich keine Stierkampfgegnerin?«

»Ich gehe von Kindesbeinen an zu *corridas*.«

Anaïs erwähnte nicht, dass es sie jedes Mal krank gemacht hatte. Das Gesicht des *mayoral* wurde etwas freundlicher.

»Wem gehört diese *ganadería*?«

»Einem Geschäftsmann aus Bordeaux, der sich für den Stierkampf begeistert.«

»Weiß er, was passiert ist?«

»Natürlich.«

»Und wie hat er reagiert?«

»Wie alle anderen auch: voller Abscheu.«

Anaïs notierte Name und Adresse des Besitzers. Man würde ihn verhören müssen, ebenso wie das gesamte Personal der *ganadería*. Niemand konnte ausschließen, dass der Täter in diesem Betrieb arbeitete.

»Kommen Sie«, forderte das Männlein sie auf. »Der Kadaver liegt in der Scheune. Wir haben ihn für die Versicherung aufbewahrt.«

Anaïs fragte sich, was der Züchter als Antragsbegründung nennen würde. Materialschaden vielleicht? Sie betraten eine Scheune, in der Heu aufbewahrt wurde. Drinnen war es lausig kalt. Der Duft des Viehfutters wurde von einem starken Verwesungsgeruch überlagert.

Der Kadaver lag unter einer Plane mitten im Raum.

Ohne zu zögern zog Bernard Rampal die Plane beiseite. Eine ganze Wolke von Fliegen stob empor. Der Gestank verstärkte sich. Und da lag der riesige schwarze Körper. Gigantisch und bereits aufgebläht von Verwesungsgasen. Die Albträume der vergangenen Nacht kehrten zurück. Männer ohne Gesichter, die sich in einem Massengrab zu schaffen machten, Karkassen an Fleischerhaken, gehäutete Kälber ...

»Der Mann von der Versicherung kommt heute. Danach begraben wir den Kadaver.«

Anaïs presste die Hand auf Nase und Mund und schwieg. Dieses kolossale enthauptete Vieh erinnerte sie an die Stieropfer der Antike, die für die Herrschaft des Lebens und den Erhalt der Fruchtbarkeit gebracht wurden.

»Ist das nicht furchtbar?«, stöhnte der kleine Züchter. »Ein *cuatreño*. Dieses Jahr hätten wir ihn hinausgelassen.«

»Zum ersten und zum letzten Mal.«

»Sie reden wirklich wie diese militanten Spinner, die uns das Leben zur Hölle machen.«

»Das nehme ich als Kompliment.«

»Dann hatte ich also recht. Ich habe ein Näschen für euch Nervensägen.«

Kehrtwende. Auf diese Weise würde bei der Befragung rein gar nichts herauskommen.

»Ich bin Polizistin«, sagte Anaïs mit fester Stimme. »Meine Ansichten gehen nur mich etwas an. Wie viel wog dieser Stier?«

»Gute fünfhundert Kilo.«

»War sein Gehege zugänglich?«

»Die Weiden von Kampfstieren sind nie zugänglich. Weder von der Straße noch über Feldwege. Man kommt nur mit dem Pferd hin.«

Anaïs ging um den Kadaver herum. Um ein so wuchtiges

Tier anzugreifen, musste man schon verdammt viel Mut aufbringen. Aber der Mörder *brauchte* diesen Kopf für seine Inszenierung und hatte nicht gezögert.

»Wie viele Stiere haben Sie insgesamt?«

»Ungefähr zweihundert, in verschiedenen Gehegen.«

»Und wie viele lebten im Gehege von diesem da?«

»Etwa fünfzig.«

Immer noch mit der Hand über Mund und Nase trat Anaïs einen Schritt näher an das tote Tier heran. Das Fell war matt und struppig geworden und sah feucht aus. Der riesige Körper bildete einen Gegenpol zu der Leiche in der Reparaturgrube. Eine Art Echo des geopferten Philippe Duruy. So, wie Duruy gleichzeitig den Minotaurus und die Menschenopfer symbolisierte, die man dem Ungeheuer darbrachte, stand der geköpfte Stier sowohl für das mythologische Wesen als auch für das Tier, das man ihm spendete.

»Wie, glauben Sie, ist der Übeltäter an ihn herangekommen?«

»Mit einem Narkosegewehr. Er hat ihn außer Gefecht gesetzt und dann geköpft.«

»Und die anderen Tiere?«

»Sind wahrscheinlich weggelaufen. Der erste Reflex eines Stiers ist immer die Flucht.«

Anaïs kannte dieses Paradox. Ein Kampfstier ist nicht aggressiv. Es ist seine Verteidigungshaltung, die den Eindruck von Feindseligkeit vermittelt.

»Könnte nicht auch sein Futter vergiftet worden sein?«

»Nein. Im Winter geben wir ihnen nur Heu und *pienso* – das ist ein Nahrungszusatz. Nur die Betreuer der Tiere haben Zugang zu den Vorräten. Außerdem fressen alle Tiere aus der gleichen Raufe. Es muss mit einem Gewehr passiert sein, eine andere Möglichkeit gibt es nicht.«

»Bewahren Sie hier im Zuchtbetrieb Narkosemittel auf?«

»Nein. Wenn wir ein Tier anästhesieren müssen, rufen wir

den Tierarzt. Der bringt dann sowohl das Mittel als auch das Gewehr mit.«
»Kennen Sie jemanden, der sich besonders für Kampfstiere interessiert?«
»Mehrere Tausend. Die Leute, die zu den *ferias* kommen.«
»Ich meine jemanden, der vielleicht versucht hat, sich den Tieren zu nähern, und sich hier in der Gegend herumgetrieben hat.«
»Nein.«
Anaïs betrachtete den klaffenden Hals des Stiers. Das Fleisch hatte eine dunkelviolette Färbung angenommen. Wie reife Brombeeren, dachte Anaïs. Winzige Kristalle glitzerten auf der Oberfläche.
»Wie wird ein Kampfstier getötet?«
»Was meinen Sie?«
»Ich meine, beim Stierkampf in der Arena.«
Der dünne Mann antwortete, als wäre das eine Selbstverständlichkeit:
»Der Matador stößt seinen Degen bis zum Schaft in den Nacken des Stiers.«
»Wie lang ist die Klinge?«
»Fünfundachtzig Zentimeter. Man muss eine Arterie oder eine Lungenvene treffen.«
Vor ihrem inneren Auge sah Anaïs, wie die glänzende Klinge in die schwarze Haut eindrang und Muskeln und Organe zerfetzte. Beinahe konnte sie es spüren. Sie hatte das gleiche Gefühl wie damals als kleines Mädchen, als sie starr vor Entsetzen auf den steinernen Stufen gesessen und sich dann in die Arme ihres Vaters geworfen hatte. Der aber hatte nur gelacht. *Arschloch.*
»Aber davor durchtrennen die *picadores* die Halssehnen mit ihren Speeren, nicht wahr?«
»Richtig.«
»Und anschließend vertiefen die *banderilleros* die Wunden, um die Blutung zu beschleunigen.«

»Wenn Sie die Antworten schon kennen, wieso fragen Sie dann?«

»Weil ich mir über die unterschiedlichen Stadien bis zum Tod klar werden will. Der Stier blutet wohl ziemlich stark, oder?«

»Keineswegs. Das Ganze spielt sich im Innern des Körpers ab. Der Matador muss auch darauf achten, keinesfalls die Lunge zu treffen. Das Publikum mag es nicht, wenn der Stier Blut spuckt.«

»Kein Wunder. Und der Degen? Ist das dann der Gnadenstoß?«

»Sie nerven! Worauf wollen Sie eigentlich hinaus?«

»Der Typ, der den Stier auf dem Gewissen hat, könnte ein Matador gewesen sein.«

»Eher ein Metzger.«

»Ist das nicht das Gleiche?«

Der *mayoral* wandte sich wortlos zur Tür. Das Gespräch war beendet. Wieder einmal hatte Anaïs ein Verhör in den Sand gesetzt. An der Schwelle holte sie ihn ein. Der Regen hatte aufgehört. Zaghafte Sonnenstrahlen sickerten in den Hof und flirrten in den Pfützen.

Vielleicht hätte sich die Scharte noch auswetzen lassen, doch Anaïs konnte sich die nächste Frage einfach nicht verkneifen:

»Stimmt es, dass *toros bravos* am Kontakt mit weiblichen Tieren gehindert werden? Werden sie aggressiver, wenn sie geil sind?«

Bernard Rampal drehte sich zu ihr um und fauchte:

»Der Stierkampf ist eine Kunst. Und wie jede andere Kunst ist er Regeln unterworfen. Jahrhundertealten Regeln.«

»Ich habe gehört, dass sie einander auf den Weiden besteigen. Aber das interessiert die Arschlöcher in der Arena nicht, oder?«

»Verschwinden Sie, und zwar ein bisschen plötzlich.«

Scheiße. Scheiße. Scheiße.
Anaïs saß am Steuer ihres Autos und ging hart mit sich selbst ins Gericht. Nachdem sie bereits am Vortag die Befragung des Golf spielenden Arztes vermasselt hatte, machte sie nun den gleichen Fehler mit dem Stierzüchter. Sie war nicht in der Lage, ihre Aggressionen zu zügeln. Ihre kindischen Angriffe und dummen Provokationen verdarben alles. Sie hatte ein Verbrechen aufzuklären; trotzdem spielte sie die rebellische Punkerin.

Das Blut pochte in ihrem Kopf. Ihr Gesicht war von kaltem Schweiß bedeckt. Wenn einer der beiden Verhörten sich an das Gericht wendete, war sie weg vom Fenster. Man würde diesen Mordfall einem erfahrenen, weniger impulsiven Kollegen übergeben.

In Villeneuve-de-Marsan hielt sie an, schnäuzte sich, nahm Nasentropfen und sprühte sich Mundwasser in den Rachen. Immer noch scheute sie sich, die Gendarmen aufzusuchen. Zu diplomatischen Verrenkungen fühlte sie sich im Augenblick nicht in der Lage. Sie würde Le Coz damit beauftragen. Als Außenminister taugte er eindeutig am besten.

Sie legte den ersten Gang ein und legte einen Kavalierstart hin. Für den Rückweg entschied sie sich gegen die Landstraße, sondern nahm die Autobahn Richtung Bordeaux.

Ihr Handy klingelte. Obwohl sie hundertachtzig Sachen fuhr, nahm sie das Gespräch an.

»Le Coz hier. Ich habe die ganze Nacht im Internet herumgesucht und war heute Morgen bei den Behörden.«

»Und was hast du herausgekriegt?«

»Philippe Duruy wurde 1988 in Caen geboren. Die Eltern sind unbekannt.«

»Was? Auch die Mutter?«

»Ja. Eine anonyme Geburt. Um die Papiere einsehen zu können, müssten wir den Rechtsweg beschreiten und ...«

»Weiter.«

»Er kam ins Waisenhaus und lebte in verschiedenen Pflegefamilien, hat sich aber offenbar mehr oder weniger ordentlich aufgeführt. Mit fünfzehn kam er nach Lille und begann eine Ausbildung als Fachkraft für Systemgastronomie. Das sind Leute, die in Kantinen arbeiten. Aber nach ein paar Monaten hat er abgebrochen und ist Punker geworden. Besorgte sich Springerstiefel, einen Hund und zog los. Erst zwei Jahre später fand sich seine Spur auf den Festival von Aurillac wieder.«

»Was für ein Festival ist das?«

»Hauptsächlich Straßentheater. Er wurde wegen Drogenbesitz verhaftet, aber gleich wieder freigelassen, weil er noch nicht volljährig war.«

»Welche Drogen?«

»Amphetamine, Ecstasy und LSD. Er wurde noch zwei weitere Male verhaftet, und zwar immer bei einem Rockkonzert oder einem Rave. In Cambrai im April 2008 und 2009 in Millau.«

»Immer wegen Drogenbesitz?«

»Nein, weil er sich geprügelt hat. Unser Freund machte wohl ganz gern mal Randale und hat sich mit den Rausschmeißern angelegt.«

Anaïs dachte an den schmächtigen Körper des Opfers, der nur aus Haut und Knochen bestand. Entweder kannte der Junge keine Hemmungen, oder er war jedes Mal bis zum Anschlag zugedröhnt. Eines war jedenfalls sicher: Niemand hätte ihm gegen seinen Willen etwas injizieren können. Sein Mörder musste ihm also freundschaftlich begegnet sein.

»Und in der letzten Zeit?«

»Das letzte Mal aktenkundig wurde er im Januar dieses Jahres.«

»In Bordeaux?«

»Nein, in Paris. Wieder bei einem Konzert, und zwar am 24. Januar 2010 im Elysée-Montmartre. Und wieder einmal eine Schlägerei. Er hatte zwei Gramm Heroin bei sich und kam in die Ausnüchterungszelle des Kommissariats Rue de la Goutte-d'Or. Zunächst behielt man ihn in Polizeigewahrsam, aber nach achtzehn Stunden kam er auf richterliche Anordnung wieder raus.«

»Keine Anklage?«

»Zwei Gramm gelten als persönlicher Bedarf.«

»Und danach?«

»Nichts mehr bis zur Reparaturgrube. Wir können davon ausgehen, dass er etwa Ende Januar wieder zurückkam.«

Es machte keinen Sinn, seinem Leben als Außenseiter genauer nachzugehen. Nur die letzten Tage zählten. Duruy hatte seinen Mörder, der vermutlich nicht zur Szene gehörte, erst kurz vor seinem Tod kennengelernt.

»Hast du von den anderen gehört?«

»Jaffar hat die Nacht bei den Tippelbrüdern verbracht.«

Bei dieser Nachricht wurde Anaïs warm ums Herz. Entgegen ihren Anordnungen waren weder Le Coz noch Jaffar zum Schlafen nach Hause gegangen. *Einer für alle, alle für sie ...*

»Hat er irgendwas herausgefunden?«

»Nicht viel. Duruy war nicht besonders kontaktfreudig.«

»Die Obdachlosenhilfe? Die Tafeln?«

»Darum kümmert Jaffar sich jetzt gerade.«

»Und Conante? Was ist mit den Videos?«

»Er ist an der Sache dran. Bis jetzt allerdings ohne Erfolg. Duruy taucht auf keinem einzigen Band auf.«

»Was ist mit Zak?«

»Keine Ahnung. Er soll sich um die Dealer kümmern. Offenbar hast du ihn gebeten, diese Aufgabe zu übernehmen.«

Le Coz wirkte bei dieser Feststellung ziemlich reserviert, doch Anaïs hatte keine Zeit, sich darüber Gedanken zu machen. Ihr war eine Idee gekommen.

»Ruf Jaffar an und sag ihm, er soll nach dem Hund forschen.«

»Nach dem Hund? Wir haben schon alle Tierheime angerufen. Von dem Köter gibt es nicht die geringste Spur. Wir kennen ja noch nicht einmal seine Rasse. Vermutlich ist er mausetot und längst irgendwo verbuddelt.«

»Fragt alle Metzger. Erkundigt euch auf den Märkten oder im Fleischgroßhandel. Typen wie Duruy haben immer ihre Quellen, wenn es um die Ernährung ihres Hundes geht.«

Ein kurzes Schweigen entstand. Le Coz wirkte irritiert.

»Wonach suchst du genau?«

»Nach Zeugen. Nach jemandem, der Duruy in Gesellschaft eines anderen Mannes gesehen hat. Könnte ja sein, dass es der Mann ist, der ihm das Dope gespritzt hat.«

»Ich fände es seltsam, wenn ausgerechnet ein Metzger …«

»Auch um die Klamotten müssen wir uns kümmern«, unterbrach ihn Anaïs. »Typen wie Duruy holen sich ihre Kleidung bei karitativen Einrichtungen. Vielleicht können wir feststellen, wo er sich seine letzten Sachen geholt hat.«

»Wahrscheinlich hat er tagsüber gebettelt.«

»Ziemlich sicher sogar. Deshalb müssen wir auch herausfinden, wo er die Hand aufgehalten hat. Vor uns muss es einen Mann gegeben haben, der sich genau die gleiche Arbeit gemacht hat, verstehst du? Er hat Duruy entdeckt, überwacht und genau studiert. Ihr müsst euch an seine Spuren heften. Vielleicht läuft euch sein Schatten ja irgendwo über den Weg. Hast du neuere Fotos von Duruy?«

»Nur die Bilder vom Erkennungsdienst.«

»Zeigt sie allen, die ihr fragt. Und schick sie mir auf mein iPhone.«

»Geht klar. Und was soll ich jetzt tun?«

Anaïs setzte ihn auf die Anästhetika an. Er sollte Vorräte überprüfen, herausfinden, wann und wo Rezepte ausgestellt worden waren, und in Erfahrung bringen, ob es in letzter Zeit Einbrüche in Tierkliniken gegeben hatte. Le Coz fügte sich wenig begeistert.

Ehe Anaïs endgültig auflegte, bat sie ihn, sich mit den Gendarmen in Villeneuve-de-Marsan in Verbindung zu setzen und nachzufragen, ob sie ihrerseits weitergekommen waren. Sie riet ihm, die Kollegen möglichst mit Samthandschuhen anzufassen …

Inzwischen hatte sie den Stadtrand von Bordeaux erreicht. Sie dachte über den immer etwas geschniegelt wirkenden Le Coz nach, dessen zur Schau getragener Wohlstand durchaus nicht seinem Gehalt entsprach. Seine Familie hatte mit seinem Finanzpolster nichts zu tun, denn Le Coz war der Sohn eines Ingenieurs im Ruhestand. Eines Tages würde sich die Aufsichtsbehörde vermutlich die eine oder andere Frage stellen. Anaïs allerdings wusste längst Bescheid.

Die Metamorphose des Polizisten hatte an einem Tag im Jahr 2008 begonnen, als ein Einbruch in eine Privatvilla in der Avenue Félix Faure gemeldet wurde. Le Coz hatte den Einbruch natürlich nicht begangen, sondern die Ermittlungen geleitet. Dabei hatte er mehrfach die Besitzerin der Villa vernommen, eine nicht mehr ganz junge Baronin mit eigenen Weinbergen im Médoc. Seit dieser Begegnung trug Le Coz eine Rolex, fuhr einen Audi TT und bezahlte mit einer Infinite Black Card. Die Einbrecher konnte er damals zwar nicht dingfest machen, doch dafür hatte er seine große Liebe gefunden – ganz gleich, wie die Kollegen darüber dachten. Es war eine Liebe, die einen gewissen Komfort mit sich brachte, und mit umgekehrten Vorzeichen hätte die Geschichte vermutlich niemanden schockiert.

Wieder klingelte das Handy. Dieses Mal war es Jaffar.

»Wo bist du?«, wollte er wissen.

»Auf dem Rückweg nach Bordeaux. Hast du etwas gefunden?«

»Ja. Einen gewissen Raoul.«

»Und wer soll das sein?«

»Der Letzte, der mit Duruy vor seinem Tod gesprochen hat.« Anaïs spürte, wie ihr wieder Schweiß auf die Stirn trat.

Wahrscheinlich das Fieber. Ohne das Lenkrad loszulassen, trank sie einen Schluck Sirup.

»Schieß los.«

»Raoul ist ein Penner, der meist unten am Fluss haust. Duruy besuchte ihn manchmal.«

»Wann war er das letzte Mal bei ihm?«

»Am Freitag, den 12. Februar, am späten Nachmittag.«

Die mutmaßliche Mordnacht. Ein wichtiger Zeuge.

»Raoul hat erzählt, dass Duruy an diesem Abend verabredet war.«

»Mit wem?«

»Mit einem Engel.«

»Wie bitte?«

»Originalzitat Raoul. Angeblich hat Duruy ihm genau das gesagt.«

Anaïs war enttäuscht. Der Junge musste betrunken oder bekifft gewesen sein.

»Hast du den Penner mitgenommen?«

»Nicht zu uns, sondern in die Wache in der Rue Ducau.«

»Warum dort?«

»Weil es näher war. Er ist jetzt in der Ausnüchterungszelle.«

»Um zehn Uhr morgens?«

»Warte ab, bis du ihn siehst.«

»Ich fahre nur rasch im Büro vorbei und komme dann gleich. Ich will ihn selbst verhören.«

Als sie auflegte, keimte neue Hoffnung in ihr auf. Die mühselige Kleinarbeit würde irgendwann Resultate zeigen. Sie würde jeden noch so kleinen Fakt und jede Bewegung des Opfers rekonstruieren, bis sie zu seinem letzten Kontakt gelangte – der Begegnung mit seinem Mörder. Sie prüfte nach, ob sie die Bilder von Duruy erhalten hatte, und fand gleich mehrere erkennungsdienstliche Fotos vor. Der junge Punker sah nicht sehr umgänglich aus. Wirre schwarze Strähnen standen von seinem Kopf ab, die dunklen Augen hatte er mit Kajal umrandet. Schläfen, Nasenflügel und Mundwinkel waren gepierct. Duruy erschien ihr als eine merkwürdige Mischung, halb Punker, halb Goth – insgesamt jedenfalls ein hundertprozentig abgedrehter Typ.

Sie war jetzt in der Stadt und fuhr am Fluss entlang. Über die Esplanade des Quinconces schien schon wieder die Sonne. Der vom Regen reingewaschene Himmel spannte sich in blendendem Blau über die noch feuchten Gebäude. Sie fuhr über den Cours Clemenceau, vermied das schicke Viertel Grands Hommes und verließ das Zentrum via Rue Judaïque. Sie brauchte nicht nachzudenken, um sich zu orientieren. Ihr Instinkt war besser als jedes Navi.

In der Rue François de Surdis eilte sie in ihr Büro und checkte ihre Mails. Der hübsche Araber von der Spurensicherung hatte sich gemeldet. Sein Bericht enthielt einen echten Knüller: Auf dem Boden der Reparaturgrube hatte man Partikel einer Planktonart gefunden, die nur an der baskischen Küste vorkam. Das gleiche Plankton aber fand sich auch unter den Fingernägeln des Mannes ohne Gedächtnis in der Klinik Pierre-Janet.

Anaïs wählte Dimouns Nummer. Sie hoffte noch mehr zu erfahren, doch der schöne Araber konnte ihr nur das wiederholen, was in seinem Bericht stand. Dann aber stellte er eine merkwürdige Frage.

»Kennen Sie einen Psychiater namens Mathias Freire?«

»Ja.«

»Haben Sie ihn als Experten in Ihr Team berufen?«

»Wir brauchen keinen Experten – wir haben ja nicht einmal einen Verdächtigen. Wieso?«

»Der Mann hat mich gestern Abend angerufen.«

»Und was wollte er?«

»Er wollte die Resultate unserer Analyse erfahren.«

»Welche? Die vom Leichenfundort?«

»Nein, diejenigen der Spuren, die wir bei dem Mann ohne Gedächtnis entnommen haben.«

»Haben Sie sie ihm gegeben?«

»Er hat behauptet, in Ihrem Auftrag anzurufen.«

»Haben Sie ihm gesagt, dass das gleiche Plankton auch in der Reparaturgrube war?«

Dimoun antwortete nicht, was mindestens so viel aussagte wie ein Geständnis. Trotzdem ärgerte sich Anaïs weder über den Psychiater noch über den Techniker von der Spurensicherung. Jeder verfolgte sein eigenes Ziel und musste sehen, wie er zurechtkam.

Sie wollte eben auflegen, als der Wissenschaftler weitersprach.

»Ich habe da noch etwas für Sie. Nachdem ich den Bericht abgeschickt hatte, sind noch ein paar Resultate gekommen. Sie werden es nicht glauben.«

»Nämlich?«

»Wir haben in der Grube eine neuartige Technik ausprobiert, mit der man auch auf völlig durchnässten Oberflächen Fingerabdrücke sichtbar machen kann.«

»Und welche gefunden?«

»Allerdings. Und zwar nicht vom Opfer.«

»Haben Sie sie mit den Abdrücken des Cowboys aus der Klinik verglichen?«

»Damit bin ich gerade fertig geworden. Seine sind es auch nicht. Es muss noch jemand anders in der Grube gewesen sein.«

Anaïs verspürte ein Kribbeln im ganzen Körper. *Jemand anders?* Hatten sie vielleicht die Fingerabdrücke des Mörders gefunden?

»Soll ich sie Ihnen schicken?«, fragte Dimoun.

»Wieso ist das nicht schon längst passiert?«, knurrte sie und legte auf, ohne sich zu verabschieden. Längst war sie meilenweit von jedem Flirtversuch entfernt. Jetzt zählten nur noch die Ermittlungen.

Ehe sie in die Rue Ducau fuhr, rief sie Zakraoui an.

»Irgendetwas Neues, Zak?«

»Nein. Ich kümmere mich immer noch um die Dealer. Einige kannten Duruy, aber nicht ein einziger hat von derart reinem Stoff gehört. Und wie ist es bei dir gelaufen? Du warst doch bei diesem Stierzüchter.«

»Das erzähle ich dir später. Aber du könntest mir einen Gefallen tun. Fahre in der Klinik Pierre-Janet vorbei und finde heraus, ob der Mann noch dort ist, den man am Bahnhof Saint-Jean aufgegriffen hat. Der Typ ohne Gedächtnis. Und informiere Mathias Freire, den Psychiater, dass ich ihn heute Nachmittag noch einmal vernehmen werde.«

»Wen – den Psychiater oder den Patienten?«

»Beide.«

Komisch, wieder nach Hause zu fahren.«

Sie befanden sich auf der N 10 auf dem Weg ins Baskenland. In Bordeaux waren sie ein wenig früher als vorgesehen aufgebrochen. Freire hatte Bonfils im Fond seines Wagens untergebracht. Der Riese saß mitten auf der Rückbank und klammerte sich mit beiden Händen an die Vordersitze. Wie ein Kind, dachte Freire.

Innerhalb weniger Stunden hatte der Mann sich völlig verändert. Man konnte fast dabei zusehen, wie er wieder zum Fischer wurde und seine verlorene Identität zurückkehrte. Seine Psyche schien aus einem weichen Material zu sein, das nach und nach wieder seine ursprüngliche Form annahm.

»Was hat Sylvie gesagt?«

»Sie freut sich auf dich. Sie hatte sich ziemliche Sorgen gemacht.«

Bonfils schüttelte heftig den Kopf. Sein Cowboyhut beeinträchtigte die Sicht durch den Rückspiegel, doch Freire konzentrierte sich auf die Außenspiegel.

»Ich kann es immer noch nicht fassen, Doc. Was ist bloß mit mir passiert?«

Freire antwortete nicht. Leichter Sprühregen verschmierte die Windschutzscheibe. Die Kiefern rechts und links der Straße sausten vorbei. Freire hasste dieses endlose Waldgebiet mit seinen dünnen, geraden Bäumen, die in den Sand gepflanzt waren. Auch den Ozean dahinter mit seinen Dünen und seinen Stränden mochte er nicht. Es war eine Landschaft scheinbar ohne Grenzen, die ihm Angst einjagte.

Ohne dass der Riese es bemerkte, schaltete er sein Diktafon ein.

»Erzähl mir von deiner Familie, Patrick.«
»Da gibt es nicht viel zu erzählen.«
Vor der Abreise hatte Freire seinen Patienten schon einmal befragt und ein bruchstückhaftes Gesamtbild erhalten. Bonfils war 54 Jahre alt und arbeitete seit sechs Jahren als Fischer in Guéthary. Davor hatte er von Gelegenheitsarbeiten irgendwo in Südfrankreich gelebt. Zunächst im Osten, später im Westen. Er wurde hauptsächlich auf Baustellen beschäftigt, was ihn immerhin so stark beeinflusste, dass er diese Erfahrungen unbewusst in seinen Entwürfen für eine neue Identität benutzt hatte. Insgesamt hatte er ein unstetes Leben an der Grenze zur Landstreicherei geführt, war aber immer irgendwie zurechtgekommen.
»Hast du Geschwister?«
Der Riese rutschte auf dem Rücksitz herum. Freire spürte, wie die Karosserie bei jeder seiner Bewegungen ins Schwanken geriet.
»Wir waren zu Hause fünf Kinder«, sagte der Cowboy schließlich. »Drei Jungen und zwei Mädchen.«
»Hast du noch Kontakt zu ihnen?«
»Nein. Unsere Familie stammt aus Toulouse, und meine Geschwister wohnen immer noch dort.«
»Und deine Eltern?«
»Sind schon lange tot.«
»Hast du deine Kindheit in Toulouse verbracht?«
»Nicht direkt, sondern in einem Vorort namens Gheren. Wir wohnten zu siebt in einer Zweizimmerwohnung.«
Seine Erinnerungen kamen klar und präzise zurück. Freire brauchte nicht mehr zu Hypnose oder irgendwelcher Chemie zu greifen.
»Hattest du vor Sylvie schon einmal ernsthafte Beziehungen?«
Der Riese zögerte kurz, ehe er leise zugab:
»Mit den Frauen hat es bei mir eigentlich nie so gut geklappt.«

»Also keine Affären?«
»Eine. Ende der 1980er Jahre.«
»Wo?«
»In der Nähe von Montpellier. In Saint-Martin-de-Londres.«
»Wie hieß die Dame?«
»Müssen wir wirklich darüber sprechen?«
Freire nickte. Er hielt den Blick starr auf die Straße gerichtet. Biscarosse. Mimizan. Mézos. Weiterhin nichts als Kiefern und Sprühregen. Die Monotonie war geradezu lähmend.
»Marina«, murmelte Patrick. »Sie wollte mich unbedingt heiraten.«
»Und du?«
»Eigentlich nicht. Aber dann haben wir doch geheiratet.«
Mathias war überrascht. Bonfils hatte tatsächlich einmal den Bund fürs Leben geschlossen. Erstaunlich!
»Hattet ihr Kinder?«
»Nein. Ich wollte keine.«
»Warum?«
»Die Erinnerungen an meine eigene Kindheit sind nicht die allerbesten.«
Freire ging nicht weiter darauf ein. Er würde lieber die Akten durchforsten. Offenbar war Bonfils in ziemlich problematischen Verhältnissen aufgewachsen. Möglicherweise hatte es in der Ehe der Eltern nicht nur Alkoholmissbrauch, sondern auch häusliche Gewalt gegeben. Die Ursache für die dissoziative Identitätsstörung des Riesen konnte in einer chaotischen Kindheit liegen.
»Wie ging es mit Marina dann weiter? Habt ihr euch scheiden lassen?«
»Nein, nie. Ich bin einfach eines Tages abgehauen. Ich glaube, sie lebt inzwischen in Nîmes.«
»Warum hast du sie verlassen?«
Bonfils antwortete nicht. Auch damals war er also geflohen, allerdings ohne sich eine neue Identität aufzubauen. Freire stellte sich einen Mann vor, der jede Art von Bindung ablehnte

und sich von seinem Zögern, seinen spontanen Regungen und seinen Ausweichmanövern leiten ließ.

Im Auto wurde es still. Langsam kam die Sonne zum Vorschein und färbte den Himmel rostrot. Ortsschilder huschten vorüber. Hossegor. Capbreton. Die Waldlandschaft endete, und Mathias fühlte sich unendlich erleichtert. Er dachte, Bonfils wäre eingeschlafen, doch plötzlich tauchte die große Gestalt wieder im Rückspiegel auf.

»Sag mal, Doc, kann ich einen Rückfall bekommen?«

»Dafür gibt es keinen Grund.«

»Ich erinnere mich an gar nichts mehr. Was habe ich dir alles erzählt?«

»Darüber sollten wir jetzt besser nicht mehr sprechen.«

Natürlich hätte Freire gern jedes einzelne Detail untersucht und die Schöpfungen von Bonfils' Unterbewusstsein enträtselt. Am liebsten hätte er ihn unter Beobachtung behalten und wäre den verschlungenen Pfaden seines Seelenlebens gefolgt.

Als ob er den gleichen Gedanken gehabt hätte, fragte Bonfils plötzlich:

»Wirst du dich auch weiter um mich kümmern?«

»Natürlich. Ich werde dich ab und zu besuchen. Aber wir müssen mit den Ärzten in deiner Gegend zusammenarbeiten.«

»Ich will aber keinen anderen Spychiater.« Bonfils verstummte einen Moment, weil er sich an etwas zu erinnern schien. »Was hatte eigentlich die Geschichte mit dem Engländer, dem Telefonbuch und dem Blut zu bedeuten?«

»Darüber weiß ich genauso wenig wie du, Patrick. Aber wenn du mir vertraust, werden wir es sicher eines Tages herausfinden. Ganz bestimmt sogar.«

Der Riese sank auf dem Rücksitz in sich zusammen. Die Ausfahrt Biarritz wurde angekündigt.

»Nimm die«, ließ sich der Cowboy von hinten vernehmen. »Ich habe meinen Wagen am Bahnhof geparkt.«

»Dein Auto? Daran erinnerst du dich?«

»Ich glaube schon.«
»Weißt du denn auch, wo deine Schlüssel sind?«
Bonfils kramte in seinen Hosentaschen. »Scheiße«, brummte er. »Stimmt. Ich habe keine Ahnung.«
»Und wo ist dein Führerschein?«
»Das weiß ich auch nicht. Ich weiß überhaupt nichts mehr.«
Freire nahm die Abfahrt trotzdem und folgte der Beschilderung Richtung Biarritz. Die Umgebung veränderte sich. Die Sonne strahlte klar vom Himmel. Die Straßen hoben und senkten sich, als folgten sie einer zufälligen Laune. Die roten und blauen Fachwerkhäuser schienen einer anderen Zeitrechnung oder einer anderen Kultur zu entstammen. Von den Kuppen der Hügel ergossen sich rosa Ziegeldächer bis hin zum Meer. Die Landschaft wirkte schön, wild, makellos und fast primitiv.

»Vergiss das Auto«, sagte Bonfils leise. »Nimm die Küstenstraße. Nach Bidard kommt schon Guéthary.«

Sie folgten der mit Ginster und Heidekraut gesprenkelten Küste, an der sich touristische Badeorte drängten. Zwar drückten die Gebäude weder Tradition noch Harmonie aus, trotzdem schien über dem Ganzen der Zauber des Baskenlandes zu liegen. Kiefern, Stechginster und Tamarisken wuchsen bis an die Haustüren, und die lichtdurchflutete salzige Seeluft verlieh allem eine leuchtende Klarheit.

Mathias lächelte unwillkürlich und fragte sich, warum er sich nicht in dieser Gegend niedergelassen hatte. Plötzlich wurde die Straße so schmal, dass sie nur von einem einzigen Fahrzeug passiert werden konnte, und führte sie auf einen kleinen, schattigen Dorfplatz. Sie waren in Guéthary angekommen. Die dicht an dicht stehenden Fachwerkhäuser schienen über den Caféterrassen die Köpfe zusammenzustecken. Am Ende des Dorfes erhob sich die Mauer eines Pelota-Spielfeldes wie ein Willkommensgruß.

»Immer geradeaus.« Bonfils' Stimme klang aufgeregt. »Gleich sind wir am Hafen.«

Mathias Freire hatte sich immer für ziemlich hartgesotten gehalten, doch die Wiedersehensfreude von Patrick und Sylvie rührte ihn fast zu Tränen. Es hatte nicht nur mit ihrem Alter zu tun, sondern auch mit ihrer immer noch spürbaren Liebe, die sich sehr zurückhaltend nur in Augenkontakten, gemurmelten Worten und zögernden Gesten ausdrückte. Aber gerade dadurch wirkte sie viel ehrlicher und tiefer als große Gefühlsausbrüche.

Ein Grund für seine Rührung war gewiss auch das äußere Erscheinungsbild des Paares. Man sah den beiden an, dass sie es im Leben nicht leicht gehabt hatten. Sylvie war eine kleine Frau mit einem rötlichen, von Falten und Narben durchzogenen Gesicht. Ihre geröteten, aufgedunsenen Züge verrieten die Alkoholikerin. Wie Patrick hatte auch sie vermutlich viele Jahre auf der Straße gelebt. Und doch hatten sie sich nach all ihrem Elend gefunden.

Die Umgebung trug ihren Teil zum poetischen Realismus der Szene bei. Der Hafen von Guéthary bestand lediglich aus einer schrägen Betonmole, an der ein paar bunt gestrichene Boote lagen. Der Himmel hatte sich wieder bezogen, doch die Sonne lugte noch hier und da durch die Wolken und spendete ein glasiges Licht. Das Wiedersehen von Sylvie und Patrick schien sich auf dem Grund einer Glasflasche abzuspielen – einer jener Flaschen, die ein Buddelschiff beherbergen.

»Ich weiß gar nicht, wie ich Ihnen danken soll«, sagte Sylvie und wandte sich zu Mathias um.

Freire deutete schweigend eine Verbeugung an.

Sylvie wies auf einen Holzsteg, der sich oberhalb der Wellen an den Felsen schmiegte.

»Kommen Sie. Gehen wir ein Stück.«

Freire beobachtete sie genau. Ihr Haar war fettig, und sie trug einen unförmigen Pullover, eine ausgeleierte Jogginghose und uralte Turnschuhe. In ihrem abgewrackten Äußeren hatten nur die Augen überlebt. Sie glänzten lebhaft wie zwei helle, regenfeuchte Kieselsteine.

Die Frau ging um die Boote herum und schlug den Weg zum Holzsteg ein. Patrick wandte sich einem Boot zu, das an der Mole dümpelte. Das also war der Fischerkahn, dem er den ganzen Ärger zu verdanken hatte. Auf dem Rumpf stand stolz und knallgelb der Name JUPITER.

Freire folgte Sylvie. Er musste sich am schwankenden Geländer des Stegs festhalten. Ohne auf die Gischt und den unebenen Steg zu achten, rollte sie sich eine Zigarette.

»Können Sie mir erklären, was genau passiert ist?«

Freire berichtete vom Bahnhof Saint-Jean, von Patricks innerer Flucht, seinen unbewussten Versuchen, jemand anders zu werden, und von der zufälligen Begegnung mit der Krankenschwester, die aus Guéthary stammte. Das Blut auf dem Telefonbuch und dem Engländer verschwieg er ebenso wie den Leichenfund am Bahnhof Saint-Jean. Anaïs Chatelet würde sicher bald hier aufkreuzen.

Sylvie hörte schweigend zu. Mit einem großen, rostigen Feuerzeug zündete sie ihre Zigarette an.

»Kaum zu glauben«, sagte sie schließlich mit rauer Stimme.

»Haben Sie in den Tagen vor seinem Verschwinden irgendetwas Seltsames an ihm bemerkt?«

Sie zuckte die Schultern. Der Wind wehte Strähnen ihres ungepflegten Haars über das verbrauchte Gesicht. Sie inhalierte gierig und atmete große Rauchwolken aus, die der Seewind sofort mit sich fortriss.

»Patrick redet nie sehr viel.«

»Hatte er vielleicht manchmal Bewusstseinslücken? Oder konnte sich an nichts mehr erinnern?«

»Nein.«
»Erzählen Sie mir von seinen Sorgen.«
Schweigend ging sie ein paar Schritte weiter. Das Meer brauste und donnerte unter ihren Füßen. Die Wellen zogen sich nur kurz zurück, um mit noch größerer Wucht wiederzukehren.
»Es geht um Geld. Nichts Weltbewegendes. Patrick hat einen Kredit für das Boot aufgenommen, weil er sein eigener Chef sein wollte. Aber die Saison war nicht sehr gut.«
»Gibt es nicht im Lauf eines Jahres mehrere Saisons?«
»Ich meine die wichtigste, die im Oktober, die Zeit für den weißen Thunfisch. Wir hatten gerade genug zum Leben und um die Kollegen auszuzahlen. Und da hat die Bank ...«
»Wie haben Sie es geschafft, das Boot zu kaufen? Brauchten Sie kein Eigenkapital?«
»Das kam von mir.«
Verblüfft sah Freire sie an. Sylvie schmunzelte.
»Ich sehe vielleicht nicht so aus, aber ich habe ein bisschen Geld. Na ja, ich hatte. Es war ein Häuschen in Bidart, das wir verkauft haben, um den Erlös in den Kahn zu stecken. Und seither geht alles schief. Wir haben Schulden bei den Lieferanten, und bei der Bank sind Wechsel fällig. Sie haben keine Ahnung, wie das ist ...«
Sylvie schien zu glauben, dass Mathias nur so im Geld schwamm. Doch darüber regte er sich nicht weiter auf, sondern gab sich seinen Eindrücken hin. Die vom Meer kommenden Windböen brachten Gischt und silberne Sonnenstrahlen mit. Er schmeckte das Salz auf seinen Lippen und blinzelte ins quecksilbrige Licht.
Die kleine Frau wandte den Kopf und sah zu Patrick hinüber. Der Cowboy war in sein Boot geklettert und werkelte im Laderaum herum. Vermutlich kümmerte er sich um den Motor. Die Frau betrachtete ihn wie eine Mutter ihr Kind.
»Hat er Ihnen von seinem früheren Leben erzählt?«

»Von seiner Frau? Nicht viel, aber er hat nie ein Geheimnis daraus gemacht.«

»Hat er noch Kontakt zu ihr?«

»Nein. Sie haben sich nicht sehr friedlich getrennt.«

»Warum ist er dann nicht geschieden?«

»Wovon hätte er eine Scheidung bezahlen sollen?«

Freire hakte nicht weiter nach. Auf diesem Gebiet kannte er sich nicht aus. Ehe, Verpflichtungen und Scheidung waren Fremdworte in seinem Leben.

»Hat er manchmal von seiner Kindheit gesprochen?«

»Dann wissen Sie es also nicht?«, gab sie mit einem verächtlichen Unterton zurück.

»Was meinen Sie?«

»Er hat seinen Vater auf dem Gewissen.«

Mathias schluckte.

»Sein Vater war Schrotthändler«, fuhr sie fort. »Patrick half ihm.«

»In Gheren?«

»In dem Kaff, wo er mit seinen Eltern lebte.«

»Und wie ist es passiert?«

»Sie haben sich geschlagen. Der Vater trank und prügelte. Bei der Schlägerei stolperte er und fiel in das Säurebecken, in dem das Altmetall abgebeizt wurde. Patrick, der damals fünfzehn war, holte ihn wieder heraus, aber da lebte der Vater schon nicht mehr. Meiner Meinung nach war es ein Unfall.«

»Wurde die Polizei eingeschaltet?«

»Keine Ahnung. Jedenfalls war Patrick nie im Gefängnis.«

Das würde sich leicht überprüfen lassen. Jedenfalls fand Mathias seine Vermutungen bestätigt. Der Riese hatte tatsächlich eine schwere Kindheit gehabt, und das familiäre Drama schien durchaus dazu angetan, einen Bruch in seinem Bewusstsein zu bewirken. Zunächst war es vielleicht nur ein leichter Riss gewesen, der sich nach und nach so erweitert hatte, dass Patricks ganze Persönlichkeit darin verschwand.

»Wissen Sie, was er anschließend gemacht hat? Ist er bei seiner Familie geblieben?«

»Er ging zur Legion.«

»Zu Fremdenlegion?«

»Er fühlte sich für den Tod seines Vaters verantwortlich und hat gehandelt, als hätte er ein Verbrechen begangen.«

Inzwischen waren sie am Ende des Stegs angekommen. Ohne sich abgesprochen zu haben, drehten sie um und schlenderten langsam zum Hafen zurück. Immer wieder blickte Sylvie zu Patrick hinüber, der sich an Bord seines Bootes zu schaffen machte. Er schien die beiden vollkommen vergessen zu haben.

»Hat Patrick sonst schon einmal Ärger mit der Justiz gehabt?«, nahm der Psychiater das Gespräch wieder auf.

»Was soll diese Frage? Glauben Sie, bloß weil wir arm sind, sind wir gleich auch Gauner? Patrick hat schwierige Zeiten durchgemacht, aber er ist immer auf dem rechten Weg geblieben.«

Freire fragte nicht weiter. Er würde die erfundenen Fakten Pascal Mischells mit dem wahren Leben von Patrick Bonfils vergleichen.

»Fahren Sie manchmal nach Arcachon?«

»Nein, nie.«

»Sagt Ihnen der Name Thibaudier etwas?«

»Nein.«

»Und Hélène Auffert?«

»Wer soll das sein?«

Freire lächelte ihr beruhigend zu. Nicht dass sie etwa dachte, von dieser Seite her drohe irgendeine Gefahr. Sylvie griff erneut nach Tabak und Blättchen. Ganz überzeugt schien sie nicht zu sein. Innerhalb weniger Sekunden hatte sie sich die nächste Zigarette gerollt.

»Hat er Ihnen einmal von einem Traum erzählt, den er immer wieder träumt?«

»Was für ein Traum?«

»Er geht durch ein sonnenbeschienenes Dorf. Irgendetwas explodiert mit einem extrem hellen Licht, und sein Schatten bleibt an einer Mauer kleben.«

»Noch nie.«

Auch dies sah Freire als Bestätigung. Der Traum war auf das traumatische Ereignis zurückzuführen. Er dachte an die Querverbindungen zu Pascal Mischell. Peter Schlemihl. Hiroshima.

»Liest Patrick viel?«

»Ununterbrochen. In unserem Haus sieht es aus wie in der Stadtbibliothek.«

»Was interessiert ihn am meisten?«

»Vor allen Dingen Geschichte.«

Vorsichtig kam Freire auf den Tag X zu sprechen.

»Als Patrick zur Bank aufbrach, hat er da vielleicht noch von einer anderen Besorgung oder einem Besuch gesprochen?«

»Warum wollen Sie das alles wissen? Sind Sie vielleicht Polizist oder so?«

»Ich versuche zu verstehen, was mit ihm geschehen ist. Im Kopf meine ich. Und dazu muss ich Stück für Stück den Tag rekonstruieren, an dem er sich selbst verloren hat. Ich will ihm helfen, verstehen Sie?«

Ohne zu antworten machte sie eine ausladende Geste mit ihrer Zigarette. Schweigend kehrten sie an den Landungssteg zurück. Bonfils schraubte immer noch an seinem Motor herum. Ab und zu tauchte sein Gesicht über der Bordwand auf. Selbst auf diese Entfernung wirkte er heiter und glücklich.

»Ich möchte Patrick wiedersehen«, erklärte Freire.

»Nein«, sagte Sylvie und warf ihre Kippe ins Meer. »Lassen Sie ihn in Ruhe. Was Sie getan haben, war super, doch jetzt bin ich an der Reihe. Ich bin zwar keine Ärztin, aber ich weiß, was Patrick jetzt braucht – nämlich dass wir über den ganzen Schlamassel nicht mehr reden.«

Freire verstand, dass es keinen Sinn machte, weiter in sie zu dringen.

»Okay«, sagte er. »Aber vorsichtshalber gebe ich Ihnen trotzdem die Nummer eines Kollegen in Bayonne oder Saint-Jean-de-Luz. Das, was Patrick passiert ist, sollte man nicht auf die leichte Schulter nehmen, verstehen Sie? Er muss in Behandlung bleiben.«

Die kleine Frau antwortete nicht. Freire schüttelte ihr die Hand und winkte zu Patrick hinüber, der begeistert zurückwinkte.

»Ich rufe Sie morgen an, einverstanden?«

Sie antwortete nicht. Vielleicht aber war ihre Antwort auch nur vom Wind verweht worden. Freire ging die schräge Betonmole hinauf, öffnete die Autotür und drehte sich noch einmal um. Sylvie lief in ihrem merkwürdigen Wackelgang auf ihren Mann zu.

Der Psychiater stieg in seinen Wagen.

Ob sie nun wollten oder nicht – er würde diesen beiden verkrachten Existenzen helfen.

Ich suche das Wurmloch.«
Die schwarze Hand fuhr unruhig über die Risse in der Wand der Ausnüchterungszelle.

»Und wenn ich es gefunden habe, haue ich ab!«

Anaïs machte sich gar nicht erst die Mühe zu antworten. Seit zehn Minuten ertrug sie die Hirngespinste des Säufers Raoul und konnte sich nur noch mühsam beherrschen.

»Ich muss nur dieser Linie hier folgen«, fuhr der Penner fort und beäugte den nächsten Riss.

Anaïs beschloss, ernst zu machen. Sie zog einen Bag-in-Box-Wein, den sie unterwegs gekauft hatte, aus einer Plastiktüte. Sofort leuchteten Raouls Augen auf wie zwei glühende Kugeln. Er griff nach dem Wein und leerte den Plastikbeutel in einem Zug.

»Wie war das mit Philippe Duruy?«

Der Penner wischte sich den Mund mit einem Ärmel ab und rülpste laut.

»Fifi? Den kenne ich gut. Er sagt immer, sein Herzschlag ist bei hundertzwanzig und sein Gehirn bei acht Komma sechs.«

Anaïs verstand die Anspielungen. Das Tempo von Technomusik lag bei hundertzwanzig Beats per Minute, und die acht Komma sechs verwiesen auf den Alkoholgehalt von bayrischem Bier – dem Starkbier, das Punks und abgedrehte Typen jeglicher Couleur gern tranken. Raoul sprach von Fifi in der Gegenwart. Er wusste nicht, dass der Junge tot war.

»Genau genommen ist er ganz schön bescheuert.«

»Ich dachte, ihr wärt Kumpels.«

»Freundschaft hindert einen doch nicht daran, klar zu sehen.«

Beinahe hätte Anaïs laut aufgelacht. Der Penner fuhr fort:

»Fifi, der versucht alles Mögliche und lässt es dann wieder fallen. Er nimmt Heroin und geht auf Entzug. Er hört Metal, dann hört er Techno. Mal ist er Goth, am nächsten Tag ist er Punk.«

Anaïs versuchte, sich den Tagesablauf des Jungen vorzustellen. Ein Leben voller Irrwege, Prügeleien und Trips. Hier ein Schuss Heroin, dort ein Ecstasy-Rausch, Nächte im Freien, danach das Erwachen an unbekannten Orten, ohne die geringste Erinnerung. Ein Tag verging wie der andere; das Einzige, was blieb, war die Hoffnung, eines Tages da herauszukommen.

Raoul ließ sich unterdessen über Duruys Musikgeschmack aus.

»Immer wieder sage ich ihm, dass seine Musik Scheiße ist. Da kupfert doch einer vom anderen ab. Marilyn Manson klingt wie Alice Cooper, und Techno klingt wie Kraftwerk. Und R&B ...«

»... wie Isaak Hayes.«

»Genau. Es ist immer das gleiche Zeug.«

»Wovon hat Fifi gelebt?«

»Er bettelt, genau wie ich.«

»Hier in Bordeaux?«

»In Bordeaux und wo immer er hingeht. Hast du vielleicht noch Wein?«

Anaïs reichte ihm den zweiten Schlauch, den er ebenfalls in einem Zug hinunterstürzte. Dieses Mal rülpste er nicht, doch Anaïs befürchtete, dass er sich in die Hose pinkeln würde. Er trug einen Mantel mit Fischgrätmuster, der so schmutzig war, dass man das Muster kaum noch erkennen konnte, eine vor Schmutz starrende Drillichhose und völlig abgetragene Stoffschuhe an den nackten, schmutzigen Füßen. Trotz ihrer verstopften Nase hatte Anaïs es vorgezogen, sich Wick VapoRub in die Nasenlöcher zu schmieren.

Raoul warf die leere Packung quer durch die Zelle. Es war höchste Zeit, zum eigentlichen Punkt des Verhörs zu kommen.

»Vor ein paar Tagen hat Fifi dir von einem Engel erzählt.«
Raoul drängte sich in eine Ecke und kratzte sich den Rücken wie ein Tier, indem er die Schultern auf- und abbewegte.

»Ja, ja, ein Engel«, kicherte er. »Ein Engel, der ihm Engelsschnee geben wollte.«

Der Mörder. Zum ersten Mal wurde er erwähnt.

Anaïs formulierte ihre nächste Frage möglichst klar.

»Kannte er den Mann gut?«

»Nein, er hatte ihn gerade erst kennengelernt.«

»Was genau hat er über ihn gesagt?«

»Dass er ihn in den Himmel bringen würde. Er sprach die ganze Zeit vom heiligen Julianus irgendwie.«

»Julianus Hospitator oder Julian der Gastfreundliche.«

»Genau.«

»Und warum?«

Plötzlich schien Raoul einen klaren Moment zu haben.

»Fifi hat die Schule nicht besonders lang besucht, aber an diese Legende hat er sich wohl erinnert. Julian war ein Prinz, der seine Eltern aus Versehen getötet hat. Er geht weit fort und wird Fährmann. Eines Nachts bittet ihn ein Leprakranker, ihn über den Fluss zu setzen. Julian nimmt ihn mit nach Hause, gibt ihm zu essen und wärmt ihn mit seinem Körper. Der Leprakranke, der in Wahrheit Jesus Christus war, nahm ihn in den Himmel auf. Fifi hat gesagt, dass genau dieser Engel nun auch zu ihm gekommen wäre und ihn in den siebten Himmel mitnehmen würde.«

»Wieso fiel ihm ausgerechnet diese Legende ein?«

»Weil sein Engel leprakrank war.«

»Er hatte Lepra?«

»Sein Gesicht war komplett bandagiert.«

Anaïs versuchte sich die Situation vorzustellen. Ein Typ mit bandagiertem Gesicht läuft Philippe Duruy über den Weg und schlägt ihm einen Megatrip vor. Der Aussteiger gibt sich Fantasievorstellungen über den Mann und seinen Vorschlag hin. Ob das Treffen wohl von einer Überwachungskamera gefilmt worden war?

»Als du Fifi das letzte Mal gesehen hast, was hat er da gesagt?«

»Dass er sich noch am selben Abend mit dem Leprakranken treffen würde und sie gemeinsam den Fluss überqueren wollten. Spinnereien halt.«

»Weißt du, wo sie sich treffen wollten?«

»Am Flussufer in der Nähe der Place Stalingrad. Fifi war richtig aufgeregt.«

»Um wie viel Uhr?«

»Keine Ahnung. Irgendwann am späten Nachmittag.«

Nun ging Anaïs ins Detail.

»Fifi hat doch einen Hund, oder?«

»Klar, wie alle Aussteiger. Hast du vielleicht noch Wein?«

»Nein. Wie heißt der Hund?«

»Mirwan. Das ist der Name eines georgischen Heiligen. Er hat echt ein Rad ab, unser Fifi.«

»War der Hund an diesem Tag bei ihm?«

»Natürlich.«

»Hast du den Hund seither wiedergesehen?«

»Weder den Hund noch Fifi.«

Seine Stimme erlosch. Er hatte seine gesamte Energie verbraucht. Selbst seine Augen wurden matt. Mehr Wein hätte diesem Zustand vielleicht abgeholfen, doch Anaïs hatte keinen mehr. Sie stand auf, wobei sie es sorgfältig vermied, den Schmutzfink zu berühren.

»Du kannst jetzt gehen.«

Sie klopfte an die gläserne Trennscheibe der Zelle. Ein Wärter tauchte auf.

Hinter ihr fragte Raoul:

»Was ist denn mit Fifi passiert?«

»Das wissen wir nicht.«

Während die Tür geöffnet wurde, lachte Raoul auf.

»Ihr Bullen mögt uns vielleicht für blöd halten, aber ihr seid allesamt noch blöder. Glaubst du, ich hätte nicht längst kapiert, dass Fifi umgelegt worden ist?«

Wortlos verließ Anaïs die Zelle und wischte sich mit dem Handrücken das Wick VapoRub von der Nase. Ein Blick auf die Uhr zeigte ihr, dass es genau zwölf war. Sie konnte das Ticken des Countdowns geradezu hören. So viel sie sich auch von diesem Treffen erhofft hatte – genauere Informationen hatte sie nicht erhalten.

Sie stieg in ihr Auto und rief Le Coz an, der innerhalb von zwei Stunden zu einem echten Experten für Herstellung und Verkauf von Ketavet geworden war. Für die vergangenen vier Wochen hatte er eine Liste der in der Region ausgestellten Rezepte aufgestellt. Jetzt wollte er Kontakt mit jedem Tierarzt und jedem Zoo aufnehmen und Vorräte, Bestellungen und Verkäufe des Medikaments überprüfen. Das würde allerdings mindestens noch den restlichen Tag in Anspruch nehmen.

Außerdem hatte er herausgefunden, dass im Monat Januar in zwei Tierkliniken eingebrochen worden war – die eine befand sich in der Nähe von Bordeaux, die andere in der Umgebung von Libourne. Doch das hatte wahrscheinlich nichts zu bedeuten. Le Coz konnte Anaïs weiterhin berichten, dass Ketamin bei Menschen eine halluzinogene Wirkung hervorrief und dass der Stoff unter Abhängigen gehandelt wurde. In beiden Einbruchsfällen richtete sich der Verdacht der Ermittler daher eher gegen Drogendealer.

Anaïs erkundigte sich nach Jaffar, der immer noch hinter dem Hund und den Kleidungsstücken Duruys her war. Von Zak und Conante hatte Le Coz seit dem letzten Anruf nichts mehr gehört.

»Bist du im Büro?«, wollte sie wissen.

»Ja.«

»Hat die Spurensicherung uns die Fingerabdrücke zugeschickt?«

»Vor ungefähr einer Stunde.«

»Und?«

»Wir konnten sie noch nicht mit der Datenbank abgleichen, weil wir einen Virus im Zentralrechner haben.«

Die Polizei arbeitete mit der billigsten Software und fuhr die einfachsten Autos, die auf dem Markt zu finden waren. Jedes Kommissariat konnte einen dicken Aktenordner der Pannen anlegen, mit denen die Beamten Tag für Tag fertig werden mussten.

»Was sagt unser Experte?«

In der Dienststelle gab es einen Kommissar, der einen mehrtägigen Informatikkurs absolviert hatte und von seinen Kollegen »Experte« getauft worden war.

Le Coz schwieg.

»Mist«, stieß Anaïs hervor, »dann wendet euch eben an einen Fachmann. Einen, der wirklich etwas von Computern versteht.«

»Schon passiert.«

»Wen habt ihr genommen?«

»Meinen Nachbarn. Der Mann ist Programmierer für Videospiele.«

Anaïs kicherte nervös. Was zu viel war, war zu viel. Ein Computerfreak, der den Bullen zu Hilfe eilte. Die Gegenkultur, die sich mit den Freunden und Helfern verbündete.

»Und?«

»Das Ding läuft wieder.«

»Dann hast du also Zugang zur Datenbank?«

»Nein.«

»Und warum nicht?«

»Weil wir das Heft verloren haben.«

Anaïs fluchte. Die oberste Dienstbehörde schrieb für die Verwendung jeglicher Software ein Passwort vor, das grundsätzlich aus einer Abfolge von Buchstaben und Ziffern bestand, die sich kein Mensch merken konnte. Und so hatte man diese Hieroglyphen einem Heft anvertraut, auf welches das ganze Büro Zugriff hatte.

Aber ohne Heft gab es kein Passwort.

Und ohne Passwort keinen Zugang.

Anaïs ließ den Wagen an. Zum Teufel mit den Experten. Das Ticken des Countdowns wurde immer drohender. Sie legte auf und dachte an Zak, den sie angewiesen hatte, in die Klinik zu fahren und sich den Mann ohne Gedächtnis vorzunehmen. Wieso hatte Zak nicht angerufen? Sie entsperrte ihr Telefon.

»Was soll der Mist?«
Anaïs' Stimme überschlug sich fast. Freire redete begütigend auf sie ein.
»Ich bin sein behandelnder Arzt und habe ihn nach Hause entlassen.«
»Einen wichtigen Zeugen?«
»Einen Patienten, der sein Gedächtnis verloren hatte.«
»Sie hätten uns informieren müssen.«
»Das wüsste ich aber!«
Freire war auf der N 10 unterwegs. Anaïs Chatelet hatte soeben von Patrick Bonfils' Entlassung erfahren, die er selbst in die Wege geleitet hatte. Außerdem hatte sie mit dem Techniker von der Spurensicherung gesprochen, der ihr nicht nur von Freires Lügen am vorigen Abend, sondern auch von den Planktonspuren auf den Händen von Bonfils und in der Reparaturgrube berichtet hatte. Und jetzt war sie außer sich vor Zorn.
»Ich habe die Nase voll von Ihrer Wichtigtuerei«, brüllte sie ins Telefon.
»Meiner Wichtigtuerei?«
»Der Psychiater mit der immer passenden Diagnose. Der Seelenkenner, der die Welt retten will. Hier geht es um Mord, und das ist und bleibt Sache der Bullen, verdammt!«
»Ich wiederhole noch mal, dass mein Patient ...«
»Ihr Patient ist unser Hauptverdächtiger!«
»Das haben Sie mir bisher verschwiegen.«
»Sie wissen seit gestern, dass Ihr Cowboy Spuren in der Grube hinterlassen hat. Muss man Sie erst mit der Nase darauf stoßen?«
»Das heißt aber doch noch lange nicht ...«

»Beihilfe zur Flucht, Erschleichen von Informationen in einem anliegenden Ermittlungsfall – wissen Sie, was Sie das kostet?«

Freire sah immer noch Kiefernwälder vorüberrauschen. Die Seekiefern versperrten den Blick auf den Himmel. Inzwischen regnete es auch wieder.

»Hören Sie«, sagte er mit seiner ruhigsten Stimme, die er stets gegenüber den Verrückten benutzte, »es gibt neue Fakten. Wir haben unseren Patienten identifiziert.«

»Wie bitte?«

Mathias fasste die Situation zusammen. Anaïs hörte schweigend zu. Er glaubte, dass sie das zufriedenstellen würde, doch sie wütete weiter.

»Wollen Sie damit etwa andeuten, dass der Kerl sich wieder erinnert und Sie ihn seelenruhig nach Hause begleitet haben?«

»Er erinnert sich längst nicht an alles. Zum Beispiel nicht daran, was am Bahnhof Saint-Jean passiert ist. Ich ...«

»Morgen früh lasse ich ihn abholen. Er kommt in Polizeigewahrsam.«

»Tun Sie das nicht. Lassen Sie ihm ein paar Tage Zeit. Er muss sich erst beruhigen und zu sich selbst finden.«

»Was glauben Sie eigentlich, wo Sie sind? Im Wohltätigkeitsverein?«

Freire ließ sich nicht aus der Ruhe bringen.

»Für uns alle ist wichtig, dass Patrick Bonfils sich in seiner früheren Persönlichkeit stabilisiert. Nur so wird er sich je der Dinge erinnern, die vor seiner Flucht ins Vergessen vorgefallen sind.«

»Sie nehme ich am besten auch gleich in Gewahrsam.«

Mit diesen Worten brach sie das Gespräch abrupt ab.

Freire hielt noch immer den Hörer ans Ohr. Bäume huschten vorbei. Er hatte Liposthey hinter sich gelassen und würde gleich auf die A 63 auffahren. In diesem Augenblick entdeckte er zwei Scheinwerfer in seinem Rückspiegel. Sie gehörten zu einem schwarzen Geländewagen. Freire hätte schwören können, diesen Wagen vor einer halben Stunde schon einmal gesehen zu haben.

Aber er beruhigte sich schnell wieder. Sicher hatte es nichts zu bedeuten. Man fuhr mit gedrosseltem Motor hintereinander her, denn die Furcht vor Radarfallen saß allen in den Knochen.

Die weißen Scheinwerfer folgten ihm noch immer.

Er versuchte Ruhe zu bewahren, bis er plötzlich die beiden Männer in Schwarz wiederzuerkennen glaubte, die mehrmals vor seiner Haustür herumgelungert hatten. Erst in diesem Moment erkannte er auch das Auto. Es war ein Audi Q7.

Mathias trat auf die Bremse und wurde mit einem Schlag dreißig Stundenkilometer langsamer. Der Wagen hinter ihm vollführte im strömenden Regen das gleiche Manöver. Der Schmerz hinter Freires linkem Auge meldete sich mit dumpfem Pochen wie ein Alarmsignal im Schädel.

Mathias gab abrupt Gas. Der Geländewagen hängte sich an seine Stoßstange und folgte mühelos. Der pochende Punkt in Freires Augenhöhle schien das Innere seines Gehirns auszuleuchten. Seine Finger glitten vom Lenkrad. Sie klebten vor Schweiß. Der wütend prasselnde Regen schien alles in einem riesigen Strom davonschwemmen zu wollen.

Als rechts eine Ausfahrt auftauchte, zögerte Freire nicht lang und bog ab. Er befand sich irgendwo im Waldgebiet des Landes; die Namen auf den Schildern hatte er nicht beachtet. Als er die Landstraße erreichte, bog er erneut rechts ab und trat das Gaspedal durch. Ein Kilometer. Zwei. Rechts und links rauschten die langen Wälle der Seekiefern vorbei. Nirgends war ein Dorf oder auch nur ein Haus zu sehen, von einer Tankstelle ganz zu schweigen. Nichts als Natur. Der ideale Ort für einen potenziellen Angreifer. Ein Blick in den Rückspiegel zeigte Freire, dass der Q7 noch immer mit aufgeblendeten Scheinwerfern hinter ihm fuhr.

Mathias zog sein Handy aus der Tasche. Er drosselte die Geschwindigkeit auf siebzig Stundenkilometer, stellte die Kamerafunktion des Telefons ein, hielt das Objektiv in Richtung seines Verfolgers und zoomte auf die triefende Motorhaube des Audi. Ob er wirklich das Kennzeichen ins Visier bekommen hatte, wusste er nicht, doch er machte ein paar Fotos hintereinander, ehe er wieder Gas gab. Wie Bindfäden strömte der Regen herab, die Bäume zerschnitten die Landschaft in senkrechte Streifen. Freire hatte den Eindruck, durch ein Gitter zu fahren.

In diesem Augenblick tauchte rechts die Einmündung eines Waldwegs auf.

Eine klaffende Wunde in der Vegetation.

Freire riss das Lenkrad herum und geriet im Schlamm ins Rutschen. Er lenkte gegen, setzte ein Stück zurück und gab wieder Gas. Der Motor heulte auf, die Reifen drehten durch. Roter Schlamm spritzte auf seine Windschutzscheibe. Jetzt hätte er einen Geländewagen mit Sperrdifferenzial gebraucht. Bei diesem Gedanken warf er einen Blick in den Rückspiegel. Kein Audi weit und breit.

Er trat das Gaspedal durch. Der Wagen jaulte auf, hustete, machte einen Satz nach vorn und preschte durch Kiefern, Farn und Ginster. Unter den Reifen krachte und schrammte es. Das Gefährt bockte, rammte Erdwälle und polterte zurück auf den matschigen Waldpfad. Freire klammerte sich mit starren Augen an sein Lenkrad und bemühte sich, den Wagen einigermaßen gerade zu halten. Er wartete nur darauf, dass die Bäume sich lichteten und der Wald aufhörte. Eine Pfütze. Ein Schlagloch. Ein Hindernis ...

Plötzlich tauchte im Lichtkegel der Scheinwerfer ein Baumstamm auf, der quer über dem Weg lag. Im letzten Augenblick trat Freire auf die Bremse und riss die Handbremse hoch. Es dauerte nur Sekundenbruchteile, doch die Zeit reichte, um dem Tod ins Auge zu sehen. Der Volvo schien kurz abzuheben, ehe er in ein Bachbett krachte. Der Motor soff ab, und die Räder blockierten.

Freire rang nach Luft. Er hatte das Lenkrad in die Rippen bekommen und war mit der Stirn gegen die Windschutzscheibe gestoßen. Er blutete, und sein ganzer Körper schmerzte, doch er wusste, dass er nicht sehr schwer verletzt war. Sekundenlang hing er zusammengesackt über seinem Lenkrad und wartete darauf, dass der Schreck nachließ.

Draußen regnete es ununterbrochen weiter. Nur mit Mühe konnte er den Sicherheitsgurt öffnen. Er ließ zwei Finger in den Türgriff gleiten und stemmte sich mit der Schulter gegen den Widerstand. Als die Tür sich schließlich öffnete, fiel er aus dem Auto direkt in eine Pfütze. Langsam wälzte er sich auf die Knie. Im Wald ringsum plätscherten Tausende Tropfen von den Zweigen. Der Geländewagen war noch immer nicht zu sehen. Er hatte ihn tatsächlich abgehängt.

Mühsam richtete er sich auf, lehnte sich an den Volvo und betrachtete seine Hände. Sie zitterten ebenso heftig, wie sein Herz pochte. Minuten vergingen. Das Rauschen des Regens wurde durch das Rauschen des Windes in den Baumkronen verstärkt. Freire schloss die Augen. Er hatte das Gefühl unterzugehen. Obwohl er bis auf die Haut durchnässt war, schien es ihm, als ob seine Angst aus ihm herausgespült würde. Der Duft von Harz, Moos und modrigen Blättern drang ihm in die Nase. Allmählich spürte er die Kälte.

Als er schließlich völlig durchgefroren war, sein Herz aber wieder mit normaler Geschwindigkeit schlug, stieg er in sein Auto, schloss die Tür, ließ den Wagen an, drehte die Heizung bis zum Anschlag auf und begann sich Fragen zu stellen. Wer waren diese Männer? Warum verfolgten sie ihn? Warteten sie jetzt irgendwo auf ihn? Doch er fand keine Antwort.

Er legte den Rückwärtsgang ein. Dabei fiel ihm ein, dass er nicht nachgeschaut hatte, ob seine Reifen sich festgefahren hatten. Die Räder drehten zunächst durch, fraßen sich in den Boden und verspritzten rötlichen Schlamm. Doch nach einiger Zeit riss sich der Wagen aus dem Schlamm. Freire setzte langsam zurück. Er steckte den Kopf aus dem Fenster, um zu sehen, wo er hinlenkte. Etwa hundert Meter weiter konnte er drehen.

Auf dem Weg nach Bordeaux dachte er in aller Ruhe nach. Der Schmerz half ihm, wach zu bleiben. Er fragte sich, ob er sich nicht doch vielleicht eine oder zwei Rippen angebrochen hatte, und überlegte, wann ihm die Männer im Q7 zum ersten Mal aufgefallen waren.

Es war in der Nacht von Freitag auf Samstag gewesen, als er den ersten Bereitschaftsdienst hatte. Die Nacht, in der Patrick Bonfils aufgetaucht war.

Freire wägte die Vorkommnisse jenes Abends gegeneinander ab. Bonfils, der Mann ohne Gedächtnis. Die nächtlichen Besucher. Der Mord am Bahnhof Saint-Jean. Gab es eine Verbindung zwischen diesen drei Ereignissen? Hatte Patrick Bonfils vielleicht mit ansehen müssen, wie der Mörder den Minotaurus in der Grube ablegte? Oder etwa noch Schlimmeres? Irgendetwas, das diese Totengräber interessieren konnte oder wovor sie Angst hatten?

Vielleicht befürchteten sie, dass Bonfils alles erzählt hatte. Wem? Natürlich seinem »Spychiater«.

»Was ist das denn?«
Anaïs stand auf der Schwelle und hielt ihm eine Flasche Rotwein entgegen.
»Eine weiße Flagge. Ich möchte Frieden schließen.«
»Guten Abend«, lächelte Mathias Freire.
Es war Anaïs nicht schwergefallen, die Privatadresse des Psychiaters ausfindig zu machen, und acht Uhr abends erschien ihr gerade die richtige Zeit für einen Überraschungsbesuch. Sie hatte sich sogar ausnahmsweise einmal in Schale geworfen. Unter ihrem Mantel trug sie ein Batikkleid in goldgelben Tönen im Stil der Siebziger, hatte aber im letzten Augenblick Angst vor der eigenen Courage bekommen und war zusätzlich noch in eine Jeans geschlüpft. Das Resultat erschien ihr allerdings nicht sehr überzeugend. Außerdem trug sie den Push-up-BH, den sie nur ganz besonderen Gelegenheiten vorbehielt. Mit Glitzerpuder auf den Wangen, Spangen im Haar und ein paar Aspirin gegen die Kopfschmerzen fühlte sie sich bereit zum Angriff.
»Wollen Sie mich nicht reinlassen?«
»Entschuldigen Sie.«
Er trat beiseite und ließ sie ins Haus. Wie schon bei ihrem ersten Zusammentreffen sah er ziemlich zerknittert aus. Sein Hemdkragen lugte zur Hälfte aus dem Ausschnitt seines Pullovers, die Jeans waren fadenscheinig, und das Haar wirkte ungekämmt. Er sah aus wie ein zerstreuter Professor, der seine Studentinnen zum Träumen bringt, ohne sich dessen bewusst zu sein.
»Wie sind Sie an meine Adresse gekommen?«
»Ich habe mein komplettes Team aktiviert.«
Neugierig sah sie sich im Wohnzimmer um. Weiße Wände

und Laminatboden. Abgesehen von einer durchgesessenen Couch und vielen an den Wänden aufgereihten Umzugskartons war der Raum fast leer.

»Sind Sie gerade angekommen oder ziehen Sie aus?«

»Diese Frage stelle ich mir jeden Morgen.«

Sie drückte ihm die Flasche in die Hand.

»Das ist ein Médoc. Ich gehöre einem Degustationsclub an und habe gestern mehrere Flaschen gekauft. Sie müssen mir unbedingt sagen, wie Sie ihn finden. Ein zarter Körper, aber kraftvoll ausgebaut. Ausgewogen und süffig. Er ...«

Anaïs brach ab. Der Psychiater schien um Fassung zu ringen.

»Alles in Ordnung?«

»Es tut mir wirklich leid, aber ich trinke keinen Wein.«

Mit offenem Mund starrte Anaïs ihn an. Diesen Satz hörte sie in Bordeaux wirklich zum allerersten Mal.

»Und was trinken Sie?«

»Cola Zero.«

Sie musste lachen.

»Dann geben Sie uns doch einen aus.«

»Okay, setzen Sie sich«, sagte er und wandte sich zur Küche. »Ich hole nur schnell zwei Gläser.«

Interessiert betrachtete Anaïs das Zimmer. Gegenüber dem Sofa stand ein flacher Bildschirm an der Wand, und vor dem Fenster diente ein über zwei Böcke gelegtes Brett als Schreibtisch. Eine Lampe auf dem Boden verbreitete einen trüben Lichtschein. Der Psychiater hatte das für kleine Familien vorgesehene Haus in eine absolut anonyme Bleibe verwandelt.

Anaïs schmunzelte. Ganz offensichtlich lebte Freire allein. Nirgends sah sie ein Foto oder auch nur die leiseste Spur der Anwesenheit einer Frau. Außerhalb seiner Arbeit schien der Arzt weder Freunde noch eine Geliebte zu haben. Sie hatte sich informiert und wusste, dass er erst seit Anfang Januar in der Klinik arbeitete, aus Paris gekommen war, mit niemandem Kontakt hatte und sich anscheinend nur für seine Arbeit interessierte.

Ein Typ, der höchstens in der Kantine oder anlässlich einer Einladung bei einem Kollegen einmal eine warme Mahlzeit zu sich nahm.

Sie trat an den Schreibtisch. Neben Notizen und jeder Menge teilweise in Englisch verfasster psychiatrischer Fachliteratur fand sie Computerausdrucke und hastig hingekritzelte Telefonnummern. Offenbar betrieb der Psychiater irgendwelche Nachforschungen. Ging es um seinen Patienten?

Neben dem Drucker lagen frisch ausgedruckte Fotos, die die Nummernschilder eines Autos im Regen zeigten. Was suchte der Arzt? Anaïs beugte sich vor, um die Nummern entziffern zu können, doch in diesem Augenblick näherten sich Schritte. Mathias kam mit Gläsern und Coladosen zurück.

»Mir gefällt es bei Ihnen«, sagte sie und ging zur Couch.

»Sie brauchen sich nicht über mich lustig zu machen.«

Er stellte die Dosen auf den Boden. Sie waren schwarz und beschlagen.

»Tut mir leid, aber ich besitze keinen Couchtisch.«

»Kein Problem.«

Er setzte sich im Schneidersitz auf den Boden.

»Ich überlasse Ihnen das Sofa.« Anaïs ließ sich nieder. Sie überragte ihn wie eine Königin. Sie öffneten die Dosen. Weder Anaïs noch Freire benutzten ein Glas. Sie prosteten einander zu und sahen sich dabei tief in die Augen.

»Ich habe keine Ahnung, wie spät es ist«, entschuldigte er sich. »Wollen Sie vielleicht etwas essen? Ich habe allerdings nicht viel im Haus und …«

»Vergessen Sie's. Ich wollte mit Ihnen feiern. Es gibt nämlich Neuigkeiten.«

»Welcher Art?«

»Es geht um die Ermittlungen.«

»Wollen Sie mich nicht mehr in Gewahrsam nehmen?«

Anaïs lächelte.

»Ich war ziemlich wütend.«

»Ich habe mich auch ganz schön unfair verhalten«, gab er zu. »Ich hätte Ihnen natürlich reinen Wein einschenken müssen, aber ich habe nur an meinen Patienten gedacht – an das, was mir für ihn die beste Lösung schien, verstehen Sie?« Er trank einen Schluck Cola. »Und nun zu Ihren Neuigkeiten.«

»Zunächst einmal haben wir das Opfer identifiziert. Ein junger Aussteiger, der auf jedem Rock-Festival zu finden und obendrein heroinsüchtig war. Er kam regelmäßig nach Bordeaux. Sein Mörder hat ihn mit Dope von außergewöhnlicher Reinheit angelockt, und der Junge ist an dem Schuss gestorben. Der Mörder hat seinen Tod richtiggehend inszeniert – mit dem Stierkopf und so weiter.«

Freire hörte aufmerksam zu.

Jetzt ließ Anaïs die Bombe platzen.

»Wir haben auch den Mörder identifiziert.«

»Wie bitte?«

Mit einer Geste dämpfte sie seine Erwartungen.

»Sagen wir lieber mal so: Die Spurensicherung hat in der Grube Fingerabdrücke gefunden, die weder von unserem Opfer noch von Ihrem Cowboy stammen. Die zentrale Datenbank hat uns einen Namen dazu geliefert. Die Fingerabdrücke gehören einem Obdachlosen aus Marseille, der Victor Janusz heißt. Der Typ ist vor einigen Monaten nach einer Schlägerei festgenommen worden.«

»Wissen Sie, wo er sich zurzeit aufhält?«

»Noch nicht, aber wir haben ihn zur Fahndung ausgeschrieben. Ich bin sicher, dass wir ihn bald finden. Die Polizei von Marseille ist im Einsatz, und wir werden seiner Spur bis Bordeaux folgen. Auf diese Weise hat die Polizei schließlich auch den Serienmörder Francis Heaulme dingfest gemacht.«

Freire schien enttäuscht. Er drehte seine Coladose in der Hand und betrachtete sich im silbrigen Metall des Deckels.

»Was wissen Sie über den Mann?«, fragte er nach einer geraumen Zeit.

»Nichts. Ich warte auf seine Akte, aber wir haben schon den ganzen Tag Probleme mit dem Computer. Der einzige wahre Feind der Polizeiarbeit ist heutzutage ein Virus.«

Der Psychiater machte sich nicht die Mühe zu lächeln. Er blickte zu Anaïs auf.

»Glauben Sie, dass die Inszenierung des Mordes zu einem Obdachlosen passt?«

»Absolut nicht. Aber wir werden eine Erklärung finden. Vielleicht ist dieser Janusz nur ein Komplize.«

»Oder ein Zeuge.«

»Ein Zeuge, der selbst in die Grube gestiegen ist und überall seine Fingerabdrücke hinterlassen hat? Wir nennen so etwas erschwerende Umstände.«

»Damit ist Patrick Bonfils aber vielleicht aus dem Schneider, oder?«

»Langsam. Da ist immer noch diese Sache mit dem Plankton. Allerdings konzentrieren wir uns im Moment auf Janusz. Sobald ich Zeit habe, werde ich selbst nach Guéthary fahren und Ihren Schützling vernehmen. In jedem Fall sind wir auf dem richtigen Weg.«

Freire lachte leise.

»Das sind wirklich gute Nachrichten ... für einen Bullen.«

War da ein ironischer Unterton? Sie ging darüber hinweg:

»Und bei Ihnen?«

»Wie bei mir?«

»Wie hat der Fischer reagiert?«

»Nach und nach findet er sich in seiner wirklichen Identität zurecht. Er hat bereits vergessen, dass er versucht hat, ein anderer zu werden.«

»Und was ist mit dem, was er in Saint-Jean gesehen hat?«

Freire nickte müde.

»Ich sagte Ihnen ja bereits: Diese Dinge sind das Letzte, dessen er sich erinnern wird. Falls er sich überhaupt je erinnert ...«

»Trotzdem muss ich ihn vernehmen.«

»Aber Sie nehmen ihn nicht in Gewahrsam, oder?«
»Das habe ich doch nur gesagt, um Sie zu beeindrucken.«
»Polizisten verbreiten offenbar gern Angst und Schrecken. Es scheint ihrem Leben Sinn zu geben.«

Anaïs hatte sich nicht geirrt: Er war ihr feindlich gesinnt. Wahrscheinlich einer dieser Linken, die die Spinnereien Michel Foucaults mit der Muttermilch eingesogen hatten. Und von einer Polizistin mit einer Glock im Halfter würde er sich kaum anbaggern lassen. Zwei Phallussymbole bei einem einzigen Paar – das war eines zu viel.

Anaïs stellte die Coladose ab. Ihre Hoffnung, ihn verführen zu können, hatte sich in Wohlgefallen aufgelöst. Sie spielten einfach nicht in der gleichen Liga.

Sie wollte gerade aufstehen, als Freire sehr leise sagte:
»Ich will noch einmal nach Guéthary fahren.«
»Aber warum?«
»Um Patrick zu befragen. Ich will wissen, wer er wirklich ist und was tatsächlich am Bahnhof Saint-Jean passiert ist.« Er schwenkte seine Coladose. »Im Grunde führen wir die gleiche Ermittlung.«

Anaïs lächelte wieder. Hoffnung und Wärme breiteten sich in ihr aus wie Heilquellen. Nie hätte sie zu träumen gewagt, dass sie bei ihrer Arbeit einem derart verführerischen Mann begegnen würde.

»Sind Sie ganz sicher, dass wir meine Flasche nicht doch öffnen sollten?«

Zwei Stunden später machte sich Freire wieder an die Arbeit. Anaïs war gegangen, wie sie gekommen war – nur ein wenig beschwipst. Sie hatten getrunken, gelacht und viel geredet. Nie hätte Freire einen solchen Zauber in der Öde seiner Abende erwartet, umso weniger, da der Anlass ihrer Bekanntschaft ja eher unerfreulich war.

Den ganzen Abend war er distanziert geblieben. Zu keiner Zeit hatte er versucht, durch Berührungen oder Blicke mit ihr zu flirten, obwohl er den Eindruck hatte, dass bei ihr alle Ampeln auf Grün standen. Freire hielt sich nicht gerade für einen Experten in weiblicher Psychologie, doch er konnte zwei und zwei zusammenzählen. Der abendliche Besuch. Die Flasche Wein. Das etwas gepflegtere Erscheinungsbild, das ihn allerdings auch irritiert hatte: Wieso trug sie ein Kleid über einer Jeans? Jedenfalls war er sicher, dass die junge Hauptkommissarin für gewisse Dinge durchaus offen gewesen wäre.

Trotzdem hatte er sich nicht gerührt, und zwar aus zwei Gründen. Erstens hatte er sich geschworen, Berufliches und Privatleben strikt zu trennen. Anaïs Chatelet aber gehörte im weitesten Sinne und zugegebenermaßen eher indirekt zu seiner Berufssphäre. Der zweite Grund saß viel tiefer, sozusagen in den Abgründen seiner Seele, und hieß: Angst. Oder Lampenfieber. Es war die Furcht, sich eine Abfuhr zu holen. Die Sorge, ihren Erwartungen nicht zu genügen. Wie lange war es her, seit er zum letzten Mal Sex gehabt hatte? Er erinnerte sich nicht mehr. Ob er überhaupt noch wusste, wie das ging?

Als gute Freunde hatten sie sich an der Haustür voneinander verabschiedet und einander versprochen, sich über ihre jeweiligen Fortschritte auf dem Laufenden zu halten. Sozusagen im letzten Augenblick hatte Freire der jungen Frau anvertraut, dass er sich seit mehreren Tagen beobachtet fühlte, und von den Verfolgern im Audi Q7 erzählt. Er hatte ihr sogar die Abzüge mit den Nummernschildern des Geländewagens überlassen. Anaïs schien von der Geschichte nicht besonders überzeugt zu sein, versprach aber, den Halter des Wagens herauszufinden.

Inzwischen war es Mitternacht und Freire wieder allein. Von dem Wein hatte er Kopfschmerzen bekommen. Er vertrug einfach keinen Alkohol. Auch der Schmerz hinter seinem Auge meldete sich wieder. Trotzdem fühlte er sich nicht müde. Er brühte sich einen Kaffee auf, schaltete sein Diktafon ein und setzte sich an seinen Schreibtisch.

Die Informationen, die Patrick Bonfils ihm gegeben hatte, konnte er auch mitten in der Nacht überprüfen. Ehe er tiefer in das Bewusstsein des Fischers vordrang, wollte er eine hieb- und stichfeste Akte seiner wahren Identität vor sich liegen haben.

Er spielte ab, was er aufgezeichnet hatte, und machte sich gleichzeitig Notizen. Angeblich stammte der Cowboy aus einem Dorf in der Nähe von Toulouse, das Gheren hieß.

Freire gab den Namen in seinen Computer ein und erlebte sogleich den ersten Schock. Im Departement Haute-Garonne gab es keinen Ort dieses Namens. Er erweiterte die Suche auf die Region Midi-Pyrénées, wurde aber auch hier nicht fündig.

Mathias tippte den Namen »Patrick Bonfils« ein und startete einen Suchlauf in der gesamten Region. Weder bei den Meldeämtern noch bei Schulen oder Arbeitsämtern wurde der Name geführt.

Er spulte das Diktiergerät vor und hielt es bei einem weiteren Hinweis an. Der Fischer hatte gesagt, dass seine Nochehefrau Marina Bonfils inzwischen in Nîmes oder Umgebung wohnte. Auch diese Suche ergab kein Ergebnis.

Mathias wurde immer kribbeliger. Er schwitzte. Das Pochen hinter seinem linken Auge verstärkte sich.

Er legte das Diktiergerät beiseite und widmete sich dem, was

Sylvie ihm erzählt hatte. Etwa die Geschichte von Pascals Vater, der in ein Säurebecken gefallen und daran gestorben war. Schnell wurde ihm allerdings klar, dass er über zu wenige Einzelheiten verfügte, um in dieser Sache zu recherchieren – zumal das Dorf offenbar nicht existierte und der Familienname erfunden war.

Was Bonfils' Zeit bei der Fremdenlegion anging, so brauchte Freire sich gar nicht erst die Mühe zu machen, dort nachzuforschen. Die Legion garantierte ihren Soldaten die vollständige Anonymität.

Eines wusste er jedoch jetzt sicher: Patrick Bonfils existierte nicht. Ebenso wenig wie Pascal Mischell.

Schon diese Identität war ein dissoziatives Syndrom gewesen.

Noch einmal blätterte Freire in seinen Notizen. Sylvie Robin lebte seit drei Jahren mit Bonfils zusammen. Vermutlich hatte sie ihn, ohne es zu ahnen, während seiner Fluchtphase kennengelernt. Und er hatte sie von Anfang an belogen – *ebenfalls ohne es auch nur zu ahnen.*

Aber wer war er davor gewesen?

Wie viele Identitäten hatte er sich erschaffen, erfunden und gestaltet?

Freire versuchte sich die Seele des Mannes vorzustellen. Sein Geist war mit den unterschiedlichsten Persönlichkeiten angefüllt, die alle nur einen Zweck hatten: denjenigen zu ersticken, der ihm in seinen Augen als Einziger gefährlich werden konnte. Ihn selbst. Sein wahres Ich. Patrick Bonfils befand sich auf der Flucht vor seinen Ursprüngen und seinem Schicksal. Und mit Sicherheit auch vor einem Initialschock, der zum Trauma geführt hatte.

Die Antwort, oder zumindest ein Teil davon, war in seinem Namen zu finden. Eigentlich hätte ihm die Aussage des Familiennamens gleich zu denken geben müssen. »Bon Fils«, das bedeutete: guter Sohn. Etwas, das er vielleicht immer hatte werden wollen. War er ein schwer erziehbares Kind gewesen? Die Geschichte, dass er angeblich schuld am Tod des Vaters war, konnte ein Hinweis sein. Allerdings ein verborgener und durch die Arbeit des Unterbewusstseins vermutlich deformierter Hinweis.

Freire stand auf, steckte die Hände in die Hosentaschen und ging im Wohnzimmer auf und ab. Seine Gedanken überschlugen sich. Wenn er den Riesen heilen wollte, würde er eine Persönlichkeit nach der anderen aufdecken müssen, bis er die erste, die ursprüngliche Identität des Mannes fand.

Das Problem dabei war, dass er keine Ahnung hatte, ob der Cowboy sich auf seiner zweiten, dritten oder zehnten dissoziativen Flucht befand. Die Namen und Charaktereigenschaften der jeweiligen Persönlichkeiten allerdings lebten verschüttet in der Seele seines Patienten weiter, wie die Niederschläge jeder Wintersaison für immer in einem Gletscher auffindbar blieben – das wusste Freire sicher. Aber er würde bohren, sondieren, analysieren und alle verfügbaren Mittel nutzen müssen, um die unbewusste Erinnerung zu erreichen. Mit Hypnose. Mit Amobarbital. Und mit Psychotherapie.

Freire holte sich in der Küche ein Glas Wasser und stürzte es hinunter. Fast automatisch warf er einen Blick auf die dunkle Straße. Die Männer in Schwarz waren nicht zu sehen. Hatte er die ganze Sache vielleicht nur geträumt? Er füllte sein Glas ein zweites Mal. Als er es schließlich in die Spüle stellte, sah er plötzlich klar in sein eigenes Inneres. Sein erklärtes Ziel, die Geschichte von Patrick Bonfils zu entschlüsseln, würde vor allem ihm selbst helfen, seine Erinnerungen zu vergessen: den Tod von Anne-Marie Straub und sein Versagen als Psychiater.

Das Trauma eines anderen Menschen untersuchen, um das eigene zu verdrängen ...

Am nächsten Morgen dachte Mathias Freire auf dem Weg nach Guéthary an Anaïs Chatelet. Er war mit ihrem Bild, ihrer Gegenwart und dem Klang ihrer Stimme erwacht.

»Sind Sie verheiratet?«, hatte er sie gefragt. »Haben Sie Kinder?«

»Sehe ich etwa verheiratet aus? Und wirke ich wie eine Mutter? Nein, so weit bin ich noch längst nicht.«

»Und ... Wie weit sind Sie?«

»Bisher habe ich es gerade mal ins Internet geschafft – zu den Partnervermittlungen.«

»Funktioniert das?«

»Ach wissen Sie, dafür, dass ich Polizistin bin, habe ich immerhin eine gewisse Ausstrahlung ...«

Etwas später war sie es gewesen, die Fragen stellte.

»Warum sind Sie Psychiater geworden?«

»Aus Leidenschaft.«

»Finden Sie es interessant, in den Köpfen der Leute herumzuwühlen?«

»Ich wühle nicht in ihren Köpfen, ich behandle und befreie sie. Etwas Interessanteres kann ich mir ehrlich gesagt kaum vorstellen.«

Die junge Frau biss sich auf die Unterlippe. Wie schon bei ihrer ersten Begegnung war er sich fast sicher, dass Anaïs Chatelet schon einmal in einer psychiatrischen Klinik behandelt worden war und vermutlich schwerwiegende psychische Probleme hatte.

Nur wenig später hatte sich diese Vermutung durch einen Zufall bestätigt. Als sie ihm ein Glas Wein einschenkte, erhaschte er einen Blick auf ihre zerschnittenen, vernarbten Unterarme und erkannte die Verletzungen auf den ersten Blick.

Das waren keine Spuren eines Selbstmordversuchs. Ganz im Gegenteil. So sahen die Überbleibsel eines starken Überlebenswillens aus.

Mathias hatte diese Art von Störung schon häufig behandelt. Jugendliche verletzten sich manchmal selbst, um ihrer Verzweiflung Herr zu werden und sich von ihrer Lähmung zu befreien. Das schreckliche Gefühl musste aus ihnen heraus. Der Körper musste bluten. Der Schnitt befreite sie und war gleichzeitig eine Ablenkung, weil der körperliche Schmerz die seelischen Qualen überlagerte. Und er verschaffte ihnen eine gewisse Beruhigung. Die blutende Wunde gab den Menschen die Illusion, dass das psychische Gift aus ihnen herauslief.

Als Anaïs zum ersten Mal in Freires Büro gekommen war, hatte er sofort die Kraft gespürt, die von ihr ausging. Anaïs war eine Frau, die der Welt ihren Stempel aufdrückte. Sie war stark, weil sie gelitten hatte. Trotzdem wirkte sie zerbrechlich und verletzbar, und zwar aus genau dem gleichen Grund.

Gegen Ende des 20. Jahrhunderts hatte man gern immer wieder einen Allgemeinplatz zitiert, der aus Nietzsches *Götzen-Dämmerung* stammte: »Was mich nicht umbringt, macht mich stärker.« Natürlich war das albern, zumindest in der banalen Weise, in der das Zitat verwendet wurde. Jede Art von Leiden ist im Alltag alles andere als eine Kraftquelle. Im Gegenteil, es belastet, schwächt und zermürbt. Für dieses Wissen wurde Freire bezahlt. Die menschliche Seele ist nun einmal kein Stück Leder, das durch Bewährungsproben gegerbt wird. Sie ist eine zarte, schwingende, sensible Membran, in der ein Schock tiefe Spuren hinterlassen kann.

Eine seelische Qual kann zu einer Krankheit werden, die ein Eigenleben führt und sich immer wieder selbst Nahrung gibt. Es kommt zu Krisen, die keine erkennbare Verbindung zu Gegenwart und Umgebung haben. Falls überhaupt eine Verbindung existiert, liegt sie so tief verborgen, dass niemand – nicht einmal ein Psychiater – sie nachweisen kann.

Anaïs Chatelet, dessen war sich Freire sicher, lebte mit der Bedrohung durch eine solche Krise, die jederzeit ohne ersichtlichen Grund und ohne besondere Belastung wieder ausbrechen konnte. Und wenn die Qual erst wieder aufloderte, musste das Gift herausgelassen werden. Der Körper musste bluten, denn der Schmerz kam von innen, nicht von außen. So etwas nannte man eine Neurose. Eine seelische Störung. Ein Angstsyndrom. Es gab dafür Dutzende Wörter, und Freire kannte sie alle. Sie waren sein Handwerkszeug.

Doch das Geheimnis blieb. Die Legende behauptet – und es ist eine Legende –, dass man den Ursprung dieser Krisen in der Kindheit suchen muss. Angeblich nistet sich das Übel in den ersten Lebensjahren in der Seele ein und kann sowohl auf ein traumatisierendes Sexualerlebnis als auch auf einen Mangel an Liebe oder schwere Vernachlässigung zurückzuführen sein. Freire stimmte diesen Theorien zu, denn er war Freudianer. Trotzdem war die wichtigste Frage damit noch lange nicht beantwortet: Warum reagierten Gehirne einmal mehr und einmal weniger sensibel auf Traumata oder frustrierende Kindheitserlebnisse?

Freire hatte Jugendliche kennengelernt, die einem Inzest entstammten, vergewaltigt worden waren und Hunger, Schmutz und Schläge hatten ertragen müssen und trotzdem seelisch gesund waren. Andere wiederum waren in einem behüteten Zuhause aufgewachsen und durch eine Kleinigkeit oder auch nur durch eine Vermutung aus der Bahn geworfen worden. Es gab geprügelte Kinder, die später verrückt wurden, und andere, die nie eine Störung zeigten. Niemand konnte diese Unterschiede erklären. Ob es an einer mehr oder weniger durchlässigen Seele lag, die Ängste, Qualen und Unbehagen unterschiedlich leicht eindringen ließ?

Was mochte Anaïs Chatelet widerfahren sein? Hatte sie ein furchtbares Trauma erleben müssen, oder war es ein unbedeutendes Ereignis gewesen, das nur durch eine außergewöhnliche Empfindsamkeit verstärkt wurde?

Das Ortsschild von Biarritz riss ihn aus seinen Gedanken. Freire bog ab, folgte der Küstenstraße über Bidart nach Guéthary, überquerte den kleinen Dorfplatz, sah die Mauer des Pelota-Spielfeldes und fuhr zum Hafen. Dort parkte er und ging die Betonmole hinunter.

Die Flut hatte ihren Höchststand erreicht. Unruhige Wellen spülten über den dunklen Strand zu seiner Linken. Die schmutzigen Schaumfetzen der Gischt erinnerten Freire an grauen, mit einer Krankheit infizierten Speichel. Das Meer schimmerte manchmal schwarz, manchmal bräunlich grün; seine Oberfläche erinnerte an die blasige, aufgeworfene, feucht glänzende Haut einer Kröte.

Das Boot lag vor Anker, doch der Riese mit dem Stetson war nicht da. Freire blickte auf die Uhr. Es war zehn. Zwischen den aufs Trockene gezogenen Schiffsrümpfen, aufgerollten Netzen und umgelegten Masten auf der Mole war keine Menschenseele zu entdecken. Lediglich ein kleiner Laden für Angelbedarf hatte geöffnet. Freire erkundigte sich beim Inhaber, der ihm riet, einfach zu den Bonfils zu fahren. Das kleine, einen Kilometer entfernte Haus liege gleich oberhalb des Strandes und sei nicht zu verfehlen.

Mathias stieg wieder in den Volvo. Allmählich wurde er unruhig. Er musste an seine Verfolger denken. Die Männer in Schwarz waren gleichzeitig mit Patrick Bonfils aufgetaucht und interessierten sich offenbar für das, was der Cowboy ausgeplaudert hatte. Freire schloss daraus, dass er selbst in Gefahr schwebte, doch das Wichtigste hatte er noch nicht bedacht: Wenn es sich wirklich so verhielt, dann galt es umso mehr für Patrick Bonfils. Plötzlich machte er sich Vorwürfe, dass er den Riesen entlassen hatte. In seiner Zelle in der Klinik wäre der Mann ohne Gedächtnis in Sicherheit gewesen.

Das Haus oberhalb des Strandes kam in Sicht. Es war ein einfacher Betonklotz, auf dessen Dach ein Thunfisch aus Holz prangte. Freire ließ den Wagen an einem Erdwall stehen und wanderte mit den Händen in den Taschen und hochgeklapptem Mantelkragen auf das Haus zu. Es begann zu regnen. Links von ihm trennte eine Bahnlinie die anderen Häuser vom Meer und den Stränden. Zu seiner Rechten zog sich Buschwerk bis zum Wasser hinunter. Niedrige Seekiefern, gelb blühender Ginster und violettes Heidekraut tanzten im Wind.

Er klopfte. Niemand antwortete. Er klopfte erneut. Wieder vergeblich. Seine Unruhe wuchs. Schließlich umrundete er das Häuschen und blickte zum Meer hinunter. Mit einem erleichterten Lächeln entdeckte er das Paar am Fuß der kleinen Anhöhe. Patrick Bonfils saß im Schneidersitz auf einem Felsblock und reparierte ein Netz. Sylvie, in einen Anorak gehüllt, schlenderte in ihrem typisch schwankenden Gang am Meer entlang.

Wenige Minuten später begrüßte Freire die kleine Frau.

»Was wollen Sie denn hier?«

Er war offenbar alles andere als willkommen. Und mit einem Mal verstand er, warum. Die Frau wusste Bescheid. Sie hatte es immer gewusst. Die Flucht des 13. Februar war nur eine unter vielen gewesen.

»Sie haben mir gestern nicht die Wahrheit gesagt.«

»Die Wahrheit?«

»Patrick ist nicht Patrick. Auch diese Persönlichkeit ist schon das Ergebnis einer dissoziativen Flucht. Die Geschichten von seiner ersten Frau, seinem Vater, der angeblich im Säurebecken den Tod gefunden hat, der Fremdenlegion – all das ist Müll, und das wissen Sie seit Langem.«

Sylvie verzog das Gesicht.

»Ja und? Hauptsache, wir sind glücklich.«

Freire sah ein, dass er behutsamer vorgehen musste. Ohne Sylvies Hilfe würde er der Wahrheit nie auf den Grund kommen.

»So einfach ist das nicht«, sagte er sanft. »Patrick ist krank, das können Sie nicht leugnen. Und er wird krank bleiben, wenn man ihn in seiner Lüge leben lässt.«

»Ich habe keine Ahnung, was Sie wollen.«

Mathias las die Angst auf dem Gesicht der Frau. Sie fürchtete sich vor der Wahrheit. Und sie fürchtete sich vor Patricks tatsächlicher Vergangenheit. Warum? Nun, vielleicht hatte der Cowboy Kinder, Ehefrauen oder Schulden. Oder – und das wäre für sie vielleicht noch schlimmer – einen kriminellen Hintergrund.

»Sollen wir ein paar Schritte laufen?«

Ohne ein Wort ging Sylvie an ihm vorbei und folgte den unregelmäßigen Linien, die die Wellen auf dem Strand hinterließen. Freire blickte zu Patrick hinüber, der ihn inzwischen entdeckt hatte und freundlich winkte, ohne jedoch sein Netz loszulassen. Dieser Mann war ganz bestimmt unschuldig.

Freire holte Sylvie ein. Seine Füße sanken im dunklen Sand ein. Über ihnen flogen Vögel in Slalomlinien durch den Regen. Möwe und Kormoran waren die einzigen Namen, die Mathias einfielen. Ihre heiseren Stimmen erhoben sich über das Donnern der Wellen.

»Ich will nicht, dass man Patrick etwas antut.«

»Ich muss ihm aber Fragen stellen. Ich muss seiner Erinnerung auf die Sprünge helfen. Er wird nur dann wirklich zur Ruhe kommen, wenn er in seine ursprüngliche Identität zurückfindet. Sein Unterbewusstsein belügt ihn. Er lebt in einer Illusion, die ihn innerlich zerfrisst und sein Gleichgewicht zerstört. In Ihrer Beziehung wird sich nichts verändern. Im Gegenteil. Er wird sie endlich in vollem Umfang erleben können.«

»Was Sie nicht sagen. Und wenn er sich an eine andere Frau erinnert? Wenn er ...«

Sylvie vollendete den Satz nicht. Sie drehte heftig den Kopf, als hätte ein Geräusch sie erschreckt. Freire schaute sie verständnislos an. Er hatte nichts gehört. Wieder zuckte sie, erst in die eine, dann in die andere Richtung. Als würde eine unsichtbare Kraft sie schütteln.

»Sylvie?«

Sie sackte auf die Knie. Entsetzt sah Mathias, dass die Hälfte ihres Schädels fehlte. Das freigelegte Gehirn dampfte in der kalten Luft. Eine Sekunde später schwamm ihr Körper im Blut. Hastig sah sich Freire nach Patrick um. Der Riese krümmte sich mit zertrümmertem Nacken auf seinem Felsen, als hätte ein unsichtbares Tier ihn zerfleischt. Seine Regenjacke färbte sich rot. Und dann zerbarst sein Brustkorb vor dem Gewitterhimmel in tausend düstere Spritzer.

Der Anblick erinnerte Freire an die Bilder von der Ermordung Kennedys. Erst in diesem Augenblick begriff er. Man hatte auf die beiden geschossen, ohne dass auch nur das Geringste zu hören war.

Er senkte den Blick. Sand spritzte auf. Die Einschläge waren tiefer und heftiger als die Spuren von Regentropfen. Kugeln. Jemand schoss mit einem Schalldämpfer. Durch den Schauer und die Gischt pfiff ein zerstörerischer Metallregen.

Freire stellte sich keine Fragen mehr.

So schnell er konnte, rannte er auf sein Auto zu.

Der Schütze war gewiss nicht allein. Wahrscheinlich wartete ein zweiter oben auf dem Hügel in der Nähe des Volvo auf ihn. Freire schlängelte sich zwischen den Büschen hindurch und spähte nach oben. Doch es war niemand zu sehen. Vorsichtig blickte er sich um. Mehr als dreihundert Meter entfernt rannte ein Mann den dicht bewachsenen, sandigen Hang eines Hügels hinauf. Er hielt etwas Schwarzes in der Hand. Vielleicht eine Pistole? War es der Sniper? Oder sein Komplize? In diesem Augenblick fetzten Geschosse durch das Buschwerk neben Freire. Damit war die Antwort klar.

Der Schütze war noch in Position und hatte ihn entdeckt. Freire ließ sich nach hinten fallen und tauchte unter den Büschen ab. Auf allen vieren kroch er abseits des Weges durch Kieferndickicht, Brombeerranken und Ginster. Freire kam nur mühevoll vorwärts, schürfte sich die Hände auf. Er konnte keinen klaren Gedanken fassen – immer wenn er es versuchte, tauchten blutige Bilder vor seinen Augen auf. Sylvies zerschmetterter Schädel. Der sich krümmende Körper des Riesen.

Auf Höhe von Bonfils' Haus schnellte Freire aus dem Dickicht. Er war etwa fünfzig Meter von dem Volvo entfernt. Hastig rannte er an den Schienen entlang auf seinen Wagen zu. Mehr als einmal knickte er im Schotter um. Den Mann mit der Pistole sah er nicht mehr, den Sniper hatte er überhaupt noch nicht entdeckt. Als er nur noch wenige Meter von seinem Auto entfernt war, wurde die Windschutzscheibe plötzlich so weiß wie Zucker. Ein Reifen platzte, eine Scheibe ging zu Bruch.

Freire suchte hinter einer Kieferngruppe Deckung. Seine Lungen schienen bersten zu wollen. Er handelte nicht mehr bewusst. Kugeln pfiffen in Richtung seines Wagens. Es war unmöglich davonzufahren. Aber was sollte er tun? Die Schienen überqueren und auf der asphaltierten Straße davonlaufen? Dort wäre er ein leichtes Ziel gewesen. Zum Strand zurückzukehren war sogar noch schlimmer. Es gab keine Lösung, nicht eine einzige Möglichkeit. Nur der Regen rauschte nieder auf die Erde, die Blätter und seinen Kopf …

Erneut blickte er sich um. Der Mann mit der Waffe tauchte aus dem Dickicht auf und rannte durch den Regen an den Gleisen entlang auf ihn zu. Es war tatsächlich einer der beiden Männer in Schwarz. Der Typ, der wie der Absolvent einer militärischen Eliteschule aussah und buschige Augenbrauen, dafür aber wenige Haare hatte. Er hielt eine Pistole mit kurzem Lauf im Anschlag und blickte sich nach allen Seiten um. Freire wurde klar, dass er noch nicht entdeckt worden war.

Er duckte sich. Was ihm jetzt fehlte, war eine zündende Idee. Er spürte, wie ihm der Regen über das Gesicht strömte. Das Blattwerk um ihn herum bewegte sich. Erdige Gerüche stiegen von den Pflanzen und dem durchnässten Boden auf. Am liebsten hätte er sich in der Natur aufgelöst und wäre zwischen Schlamm und Wurzeln eingetaucht.

Plötzlich war aus der Ferne ein Donnern zu hören. Die Erde bebte unter seinen Füßen. Für einen kurzen Moment glaubte er, dass sein letztes Stündlein geschlagen hätte. Oder dass der Boden sich auftat, um ihn zu verschlucken. Als er sich jedoch wie ein Tier auf der Lauer kurz aufrichtete, begriff er. Ein Zug rollte heran.

Es war ein Regionalzug, der sich nur langsam vorwärtsbewegte. Freire warf einen hastigen Blick nach links. Der Mann in Schwarz lief noch immer in seine Richtung, hatte ihn aber noch nicht entdeckt. Falls das Wunder geschah und er auf der anderen Seite der Gleise blieb, um den Zug vorbeizulassen, war Mathias gerettet. Der Lärm wurde ohrenbetäubend. Die Lokomotive war nur noch wenige Meter entfernt. Freire duckte sich wieder, sah aber, dass der Mann mit der Pistole anhielt. Er blieb auf der anderen Seite.

Als die Bahn vorüberdonnerte, richtete sich Freire wieder auf. Jetzt war er für seinen Widersacher unsichtbar. Ein Waggon rumpelte vorbei, dann ein zweiter. Die Sekunden tropften wie Blei. Drei. Vier. Die Räder kreischten in einem Funkenregen über die Schienen. Der fünfte Waggon war der letzte. Freire sprang auf und klammerte sich mit einer Hand an den äußeren Türgriff. Seine Füße verfingen sich im Schotter. Hastig streckte er die zweite Hand aus. Seine Finger berührten kühles Metall. Er wurde einige Meter mitgeschleift, fasste aber Tritt, wurde schneller und schaffte es, sich auf das Trittbrett zu ziehen.

Ohne lange nachzudenken drückte er den Türgriff. Nichts geschah. Er versuchte es erneut. Regen peitschte in sein Gesicht. Eine Windbö presste ihn gegen die Waggonwand. Immer wieder rüttelte er an der Tür. Er musste es einfach schaffen! Er musste!

In diesem Augenblick sah er die beiden. Zwei Männer, die neben den Gleisen standen. Einer trug ein schwarzes Flightcase mit Metallecken, wie Musiker oder DJs sie benutzen. Der andere hatte seine Waffe unter seinem Mantel verborgen. Freire drückte sich gegen die Tür.

Hier hatte er keinerlei Deckung. Die Männer hätten nur den Kopf zu drehen brauchen, um ihn zu sehen. Doch das Wunder geschah. Als Freire sich traute, in ihre Richtung zu schauen, sah er sie nur noch von hinten. Sie rannten gemeinsam auf den Volvo zu. Wahrscheinlich dachten sie, dass Freire sich irgendwo in der Nähe des Wagens versteckt hatte. Bis sie begriffen hätten, dass Mathias sich anders entschieden hatte, wäre er schon weit fort.

Oder vielleicht doch nicht? Der Zug wurde noch langsamer. Der Bahnhof von Guéthary kam in Sicht. Erneut rüttelte Freire an der Tür, die sich dieses Mal öffnete. Er zwängte sich ins Innere.

Der Zug hielt an.

Verwunderte Blicke musterten ihn. Nicht nur, dass er völlig durchnässt war, sondern er hatte auch Sand, Blätter und Ginsterblüten an den Kleidern. Er lächelte entschuldigend und versuchte ein wenig Ordnung in sein Outfit zu bringen. Nach und nach wandten die Reisenden den Blick ab. Mathias ließ sich auf eine Bank fallen und sackte in sich zusammen.

»Sagen Sie mal, haben Sie nicht alle Tassen im Schrank?« Der Mann, der ihn angesprochen hatte, saß nicht weit von ihm entfernt.

»Ich habe Sie gesehen. Sie sind wohl nicht ganz bei Trost?« Freire wusste nicht, wie er reagieren sollte. Der Mann war um die sechzig und äußerst erbost.

»Wissen Sie eigentlich, wie gefährlich so etwas ist? Für Sie ebenso wie für uns. Aber wenn kein Mensch mehr die Regeln beachtet, dann dürfen wir uns nicht über die Scheiße wundern, in der wir stecken!«

Freire versuchte den Mann mit einem freundlichen Lächeln zu beruhigen.

»Aber so ist es nun mal!«, schimpfte der Alte. »Kerle wie euch sollte man sofort einsperren!«

Mit diesen Worten stand er auf und stieg aus dem Zug. Freire atmete erleichtert aus, beobachtete aber mit ängstlichem Blick die Bahnsteige. Die Männer in Schwarz konnten jeden Augenblick auftauchen, die Waggons überprüfen, von Sitzreihe zu Sitzreihe eilen … Die längsten Sekunden seines Lebens schlichen vorbei. Endlich wurden die Türen geschlossen, und der Zug setzte sich in Bewegung.

Irgendetwas tief in Freires Innern löste sich. Er befürchtete, dass seine Schließmuskeln ihn im Stich lassen könnten.

»Nicht ärgern.«

Ein Mann hatte seinen Platz verlassen und sich ihm gegenübergesetzt. *Himmel! Was haben die bloß alle?* Freire blickte den Mann an, ohne zu antworten. Der Neuankömmling schenkte ihm ein breites, wohlwollendes Lächeln.

»Manche Leute kapieren einfach nicht, dass man mal in Schwierigkeiten stecken kann.«

Freire konnte die Augen nicht von der Verbindungstür zum vierten Wagen abwenden. Vielleicht waren sie in einen anderen Waggon gestiegen ... Vielleicht standen sie gleich vor ihm ...

»Sag mal, erkennst du mich eigentlich nicht?«

Freire erschrak, als der Typ ihn duzte. Erst jetzt betrachtete er ihn genauer. Das Gesicht sagte ihm nichts. War er vielleicht ein ehemaliger Patient? Oder ein Nachbar aus seinem Viertel?

»Letztes Jahr in Marseille«, fuhr der Mann mit leiser Stimme fort. »In Pointe-Rouge. Das Wohnheim der Emmaus-Gemeinschaft.«

Mathias begriff. So, wie er im Augenblick aussah, musste der Mann ihn mit einem Obdachlosen verwechseln, dem er in Marseille begegnet war.

»Daniel Le Guen«, stellte er sich vor und schüttelte Freire die Hand. »Ich habe damals im Wohnheim gearbeitet. Die anderen nannten mich ›Lucky Strike‹, weil ich ziemlich viel gepafft habe.« Er zwinkerte Mathias zu. »Erinnerst du dich jetzt?«

Endlich gelang es Freire, ein paar Worte hervorzupressen.

»Tut mir leid, aber Sie müssen sich irren. Ich war noch nie in Marseille.«

»Dann bist du nicht Victor?« Der Mann beugte sich nach vorn und fuhr in vertraulichem Tonfall fort: »Victor Janusz?«

Mathias antwortete nicht. Der Name kam ihm zwar bekannt vor, doch er erinnerte sich beim besten Willen nicht, wo er ihn schon einmal gehört hatte.

»Nein, der bin ich nicht. Mein Name ist Freire. Mathias Freire.«

»Oh, entschuldigen Sie bitte.«

Freire blickte forschend in das Gesicht des Mannes, doch das, was er sah, gefiel ihm nicht besonders. Es war eine Mischung aus Mitgefühl und Komplizenhaftigkeit. Der barmherzige Samariter hatte wohl mit einer gewissen Verspätung die Qualität seiner Kleidung erkannt und vermutete nun, dass Victor Janusz sein Glück gemacht hatte und nicht scharf darauf war, an sein unrühmliches Vorleben erinnert zu werden. Aber wo zum Teufel hatte er diesen Namen schon gehört?

Er stand auf. Der Mann hielt ihn am Arm zurück und reichte ihm eine Visitenkarte.

»Hier, für alle Fälle. Ich bin ein paar Tage hier in der Gegend.«

Freire nahm die Karte und las:

DANIEL LE GUEN
EMMAUS-GEMEINSCHAFT
06 17 35 44 20

Mathias steckte die Karte ein, ohne sich zu bedanken, und setzte sich ein paar Bänke weiter weg. Die Gedanken jagten sich in seinem Kopf. Er dachte an die beiden Mörder, an Patrick und Sylvie, die vor seinen Augen gestorben waren, und daran, dass man ihn mit jemandem verwechselte.

Er lehnte die Stirn an die Scheibe und sah zu, wie das Meer sich im Regen auflöste. Er hatte Angst. Lähmende, sengende Angst. Trotzdem entspannte er sich langsam. Der Zug fuhr jetzt mit voller Geschwindigkeit. Das Desinteresse der Passagiere beruhigte ihn. Er würde nach Bordeaux zurückkehren, sich sofort bei der Kriminalpolizei melden und Anaïs alles erzählen. Mit etwas Glück hatte sie vielleicht schon den Halter des Q7 gefunden. Sie würde ermitteln, den Fall lösen, die Mörder verhaften. Und alles wäre wieder in Ordnung ...

Plötzlich fiel ihm der Name Victor Janusz wieder ein. Er erschrak. Wer war dieser Janusz? Seine Gedanken wanderten in eine andere Richtung. Ein unerklärlicher Zweifel überkam ihn. Wie im Zeitraffer liefen die vergangenen Tage vor ihm ab. Woher kam diese Begeisterung, diese Leidenschaft für seinen Patienten Bonfils? Wieso wollte er um jeden Preis herausfinden, wer dieser Mann war? Woher kam diese Entschlossenheit, den Fall zu lösen – koste es, was es wolle? Warum brachte er sich mit aller Macht in diese Geschichte ein, obwohl er beschlossen hatte, auf Distanz zu seinen Patienten zu bleiben? Wieso brachte er so viel Energie auf, um die geistige Verwirrung des Cowboys zu verstehen?

Seine Zweifel machten alle Sicherheit zunichte. War er vielleicht selbst nicht der Mensch, der er zu sein glaubte? Wenn er nun selbst nur ein »Reisender ohne Gepäck« war? Ein Mann auf einer dissoziativen Flucht?

Freire zuckte die Schultern und rieb sich das Gesicht. Diese Idee war absurd. Er hieß Mathias Freire und war Psychiater. Er hatte in Villejuif gearbeitet und in Saint-Anne in Paris gelehrt. Er konnte doch nicht an seiner eigenen geistigen Klarheit zweifeln, nur weil ein Unbekannter ihn mit jemand anderem verwechselt hatte.

Freire blickte auf. Daniel Le Guen zwinkerte ihm zu. Mathias fand diese Komplizenhaftigkeit unerträglich. Der Kerl schien sich absolut sicher zu sein, Victor Janusz wiedergefunden zu haben. Ein Schauder lief über Mathias' Rücken. Plötzlich fiel ihm ein, woher er diesen Namen kannte. Der Kerl, dessen Fingerabdrücke man in der Reparaturgrube des Bahnhofs Saint-Jean gefunden hatte, hieß so. Er war der derzeitige Hauptverdächtige im Fall des Minotaurus.

Freire trat Schweiß auf die Stirn. Er begann zu zittern. Und wenn dieser Typ von der Emmaus-Gemeinschaft nun recht hatte? Wenn er tatsächlich Victor Janusz und auf einer dissoziativen Flucht war?

»Unmöglich«, murmelte er vor sich hin. »Mein Name ist

Mathias Freire, und ich bin promovierter Mediziner. Seit mehr als zwanzig Jahren arbeite ich als Psychiater, war Professor in der Fakultät von Saint-Anne und Leiter der Klinik Paul-Giraud in Villejuif. Seit einigen Monaten bin ich zuständig für die Station Henry-Ey der Klinik Pierre-Janet in Bordeaux.«

Er hielt inne, als er bemerkte, dass er sich beim Flüstern der Worte vor- und rückwärts wiegte wie ein Moslem beim Gebet. Oder wie ein Schizophrener bei einem Anfall. Er wirkte wie ein Irrer. Die anderen Fahrgäste warfen ihm irritierte Blicke zu.

Die Logik ließ zu wünschen übrig. Auch Patrick Bonfils war in der Lage gewesen, genaue Angaben zu seinem früheren Leben zu machen. Und fiel es ihm selbst nicht fürchterlich schwer, sich früherer Begebenheiten zu erinnern? Oder persönlicher Erlebnisse? Lebte er nicht viel zu einsam, um ein ehrenwerter Bürger zu sein? Er hatte weder Freunde noch Familie. Konzentrierte er sich nicht viel zu sehr auf abstrakte und allgemeine Dinge? In seinem Leben gab es weder Lust noch Gefühle ...

Er schüttelte den Kopf. Nein. Er hatte Erinnerungen. Anne-Marie Straub zum Beispiel. Einen solchen Vorfall konnte man doch nicht erfinden! Freire sah sich um und erstarrte. Man musterte ihn neugierig. Er verkroch sich in seine Bankecke. Eine dissoziative Flucht. Ein radikaler Betrug. Vielleicht hatte er es schon immer gespürt ...

Der Zug hielt in Biarritz. Einige Fahrgäste standen auf.

»Wissen Sie, wohin dieser Zug fährt?«, erkundigte er sich.

»Nach Bordeaux, Bahnhof Saint-Jean.«

Auch Daniel Le Guen stieg aus. Freire fühlte sich erleichtert. Es gab eine ganz einfache Möglichkeit festzustellen, wer er wirklich war. Er würde seine Papiere überprüfen. Seine Diplome. Seine Akten. Seine gesamte Vergangenheit. All das würde ihm bestätigen, dass er wirklich und wahrhaftig Mathias Freire war und dass er nichts mit einem gewissen Victor Janusz zu tun hatte, einem Obdachlosen, der des Mordes verdächtigt wurde.

Zum ersten Mal freute Freire sich auf sein Zuhause. Auf das Haus mit dem Namen *Opal*. Sein Haus. Er betrat den Garten und schloss die Haustür auf.

Angesichts der leeren Zimmer und der kahlen Wände empfand er jedoch nicht die erhoffte Wärme. Das Haus hatte keine Seele. In seinen Räumen erkannte man weder eine Vergangenheit noch eine Persönlichkeit. Freire stürmte die Treppe hinauf in sein Schlafzimmer und zerrte den Aktenordner hervor, in dem er seine wichtigen Papiere aufbewahrte. Personalausweis. Reisepass. Die Karte der Krankenversicherung. Seine Diplome von der Universität. Kontoauszüge. Die Steuererklärung, die noch an seinen früheren Wohnsitz in der Rue de Turenne 22 in Paris adressiert war.

Alles war in Ordnung. Freire stieß einen Seufzer der Erleichterung aus. Als er den Papierkram jedoch zum zweiten Mal durchblätterte, ließ die anfängliche Sicherheit schnell wieder nach. Bei näherer Betrachtung der Dokumente konnten einem durchaus Zweifel kommen. Zu Personalausweis, Pass und Krankenkassenkarte konnte er nichts sagen, denn er war kein Spezialist. Alle anderen Papiere jedoch waren eindeutig Fotokopien. Wo aber befanden sich die Originale?

Freire zog seinen Regenmantel aus. Er schwitzte, und sein Herz klopfte zum Zerspringen. Wenn er davon ausging, dass er nicht die Person war, die er zu sein glaubte, und sich auf einer ähnlichen Flucht befand wie Patrick Bonfils, dann hätte dies im Anschluss an eine Zeit des Gedächtnisverlustes geschehen müssen. Wer aber hatte dann die Papiere gefälscht? Und mit welchem Geld?

Heftig schüttelte er den Kopf. Das alles waren doch Wahnvorstellungen! Und im Augenblick gab es wirklich Wichtigeres zu tun.

Zum Beispiel zur Kripo zu gehen und Anaïs Chatelet von dem Attentat zu berichten. Er griff nach seinem Regenmantel, löschte das Licht und lief die Treppe hinunter.

Auf der Schwelle blieb er stehen. Sein Blick streifte die Umzugskartons, in denen sich Dinge des täglichen Lebens, Fotos und Erinnerungen an die Vergangenheit befanden. Er riss den Karton auf, der ihm am nächsten stand – und hätte beinahe laut aufgeschrien. Die Schachtel war leer. Hastig griff er nach der nächsten. Schon am Gewicht erkannte er, dass auch dieser Karton leer war.

Ebenso wie der nächste.

Und noch einer.

Alle waren leer.

Verzweifelt sank er auf die Knie und betrachtete fassungslos die braunen, an der Wand aufeinandergestapelten Kartons, zwischen denen er seit zwei Monaten lebte. Alles war nur Betrug. Eine Inszenierung, die eine Illusion von Vergangenheit und Herkunft vermitteln und sowohl andere als auch ihn selbst täuschen sollte.

Freire vergrub den Kopf zwischen den Händen und brach in Tränen aus. Die Wahrheit drohte ihn zu überrollen. Er war also auch eine dieser vielschichtigen Persönlichkeiten. Ein »Reisender im Nebel«.

War er tatsächlich einmal ein Penner gewesen? Oder ein Mörder? Und davor – was war da? Fragen über Fragen wirbelten durch seinen Kopf. Wie zum Beispiel war er zu einem höchst angesehenen Psychiater geworden? Auf welche Weise hatte er seine Diplome erhalten? Ein Satz von Eugène Ionesco kam ihm in den Sinn: »Die Vernunft ist der Wahnsinn des Stärkeren.« Der Mann hatte recht gehabt. Man musste anderen und sich selbst gegenüber nur überzeugend genug auftreten, damit ein Wahn zur Wahrheit werden konnte.

Er trocknete seine Tränen und kramte in den Tiefen seiner Tasche nach seinem Handy. Er brauchte eine Bestätigung. Nur eine einzige. Selbst wenn sie ihm kaum erträglich erschien.

Die Telefonauskunft verband ihn mit der Zentrale der psychiatrischen Klinik Paul-Giraud in Villejuif. Es dauerte kaum eine Minute, ehe sich eine Sekretärin der Verwaltung meldete. Er bat um ein Gespräch mit Doktor Mathias Freire.

»Mit wem bitte?«

Er zwang sich, ruhig zu bleiben.

»Vielleicht arbeitet er inzwischen nicht mehr bei Ihnen. Aber im vergangenen Jahr war er der leitende Psychiater Ihrer Klinik.«

»Ich bin jetzt seit sechs Jahren hier in der Verwaltung tätig, aber ich habe diesen Namen noch nie gehört. In keiner einzigen Abteilung.«

»Vielen Dank.«

Mit einer knappen Bewegung klappte er sein Mobiltelefon zu. Er litt am gleichen Syndrom wie der Mann mit dem Stetson. Nur dass seine erfundene Identität ein wenig höher angesiedelt war. Er war wie eine dieser russischen Puppen: Wenn man die erste öffnete, fand man eine kleinere. Und so weiter, bis hin zur allerkleinsten. Und nur diese existierte wirklich.

Aber es wurde noch viel schlimmer.

Victor Janusz, ein Obdachloser, der in Marseille wegen einer Schlägerei festgenommen worden war, wurde verdächtigt, in Bordeaux einen Mord begangen zu haben. Was war in der Nacht vom 12. auf den 13. Februar am Bahnhof Saint-Jean geschehen? Hatte er etwa nicht in der Klinik geschlafen? War er nicht im Bereitschaftsdienst gewesen? Es gab doch Zeugen! Er hatte Rezepte ausgestellt! Er hatte den Sicherheitsmann am Tor bei seiner Ankunft begrüßt und sich bei Dienstschluss verabschiedet. Aber war er vielleicht im Verlauf der Krisis heimlich im Nebel zum Bahnhof geschlichen? Hatte er möglicherweise unterwegs Bonfils getroffen? Die Situation entbehrte nicht einer gewissen

Komik. Zwei Menschen mit Gedächtnisverlust, die einander begegneten und sich nicht wiedererkannten ...

Er stopfte seine Ausweispapiere in eine Aktentasche, nahm seinen Laptop, der alles enthielt, was er in den vergangenen zwei Monaten über seine Patienten aufgezeichnet hatte, hängte sich beides über die Schulter und ging, ohne auch nur die Tür hinter sich abzuschließen.

Fünfhundert Meter weiter, am Rand des Universitätsgeländes, winkte er einem Taxi und nannte dem Fahrer die Adresse der Kriminalpolizei. Es war Zeit, dass er seine Schulden bezahlte. Hinter ihm lagen anderthalb Monate Betrug und Lügen. Jetzt gab es nur noch eins zu tun: Anaïs Chatelet alles zu erklären, sich in seine eigene Anstalt einweisen zu lassen und endlich zu schlafen.

Er sehnte sich danach, im Schlaf alles zu vergessen und in der Haut eines anderen Menschen zu erwachen. Danach, endlich er selbst zu sein. Selbst wenn ihm das Handschellen bescherte.

Hauptkommissarin Chatelet ist nicht da.«

Vor ihm stand ein Schönling in einem tadellosen Anzug.

»Kann ich auf sie warten?«

»Worum geht es?«

Freire zögerte. Es gab so viel zu sagen, dass er beschloss, sich hinter seinem Beruf zu verschanzen.

»Ich bin der Psychiater, der den Mann ohne Gedächtnis vom Bahnhof Saint-Jean behandelt, und habe Informationen für die Kommissarin. Vertrauliche Informationen.«

Der Polizist musterte Freire skeptisch. Sein Blick glitt über den durchnässten Regenmantel, die Pflanzenreste an seiner Kleidung und die verschmutzten Schuhe.

»Sie wird sicher gleich hier sein«, sagte er schließlich. »Setzen Sie sich.«

Freire suchte sich einen Stuhl im Flur. Er befand sich in der ersten Etage des Kommissariats von Bordeaux in der Rue François de Sourdis, einem schneeweißen, nagelneuen Gebäude, das wie ein Eisberg aussah, der mitten durch die Stadt schwamm. Wenn er es richtig verstanden hatte, waren in diesem Stockwerk die höheren Beamten untergebracht.

Obwohl niemand zu sehen war, spürte man eine unterschwellige Aktivität. Wahrscheinlich war es für die Polizisten ein Nachmittag wie jeder andere. Mathias saß genau gegenüber dem Büro von Anaïs. Das Schild an der Tür trug ihren Namen. Die Jalousien des zum Flur hin gehenden Fensters waren geöffnet.

Freire blickte sich um. Der Flur war menschenleer. Plötzlich kam ihm eine verrückte Idee. Was, wenn er sich in das Büro schlich und nach den Ermittlungsakten des Minotaurus suchte?

Vielleicht fand er Hinweise auf Victor Janusz. Der Plan war zwar absurd, doch ein Rückzug kam schon jetzt nicht mehr infrage.

Erneut spähte Freire nach rechts und links. Der Flur war noch immer leer. Er stand auf, tat, als wolle er sich die Beine vertreten, und drückte verstohlen auf die Klinke der Bürotür.

Der Raum war offen.

Lautlos huschte er hinein, schloss die Tür hinter sich und ließ die Jalousie hinunter. Ein Blick auf die Uhr. Es war 15.10 Uhr. Für die Suche gab er sich fünf Minuten. Nicht eine mehr. Trotz des Regens und der bereits langsam hereinbrechenden Dämmerung sah er genug, um ohne Licht auszukommen.

Er blickte sich aufmerksam um. Normale Büromöbel. Nirgends waren persönliche Accessoires zu sehen. Freire musste unwillkürlich an sein eigenes Büro in der Klinik denken, das ebenso kalt und anonym gewesen war. Er entdeckte mehrere Stellen, wo sich die Suche lohnen würde. Rechts befand sich eine metallene Aktenablage, gegenüber stand ein Schrank mit Falttüren. Auch der Schreibtisch, der sich unter Aktenbergen bog, besaß ein paar Schubladen.

Freire brauchte nicht lang zu suchen.

Die Dokumente, die ihn interessierten, lagen gleich zuoberst auf dem Schreibtischstapel.

Er hatte nicht genügend Zeit, die Verhöre durchzulesen, doch er fand Fotos von der Leiche in der Grube, dem bleichen, dürren, tätowierten Körper und dem schwarzen Stierkopf. Das Opfer schien einem primitiven Zeitalter zu entstammen, einer Ära fantastischer Wesen und beängstigender Mythen. Und doch wirkten die Fotos sachlich und dokumentarisch. Eine Randnotiz vom Anfang der Welt.

Freire blätterte weiter. Er fand Fotos des Toten im Leichenschauhaus und von Philippe Duruys Gesicht, nachdem man ihm die fürchterliche Maske abgenommen hatte – eine asymmetrische, zerquetschte Fratze. In einer Dokumentenhülle entdeckte er erkennungsdienstliche Bilder, die einen Jungen zeigten, dessen Augen mit Kajal betont waren. Er hielt eine Tafel mit seinen Daten in der Hand. Der junge Aussteiger hatte also schon früher Ärger mit der Polizei gehabt.

Die Akte enthielt Mengen von Schnellheftern und ganze Berge von Verhörprotokollen. Freire hatte keine Zeit, alles zu lesen. In der letzten Mappe fand er schließlich den Bericht der Spurensicherung über den Leichenfundort und Bilder der in der Grube gefundenen Fingerabdrücke. *Die Fingerabdrücke von Victor Janusz.*

Im Flur näherten sich Schritte. Freire erstarrte. Er blickte auf seine Uhr und musste sich konzentrieren, um die Zeit zu entziffern. 15.16 Uhr. Er machte sich bereits seit sechs Minuten in diesem Büro zu schaffen. Anaïs Chatelet konnte jeden Augenblick hereinkommen. Noch einmal betrachtete er die Fingerabdrücke, als ihm plötzlich etwas einfiel. Er suchte in den Schubladen, bis er einen Füller fand. Er schraubte ihn auf und entnahm ihm die Patrone. Im Drucker fand er frisches Papier, schwärzte seine Finger mit der Tinte und drückte die Kuppe jedes einzelnen Fingers auf das Blatt.

Dann verglich er die Abdrücke mit denen von Victor Janusz. Man musste kein Fachmann sein, um die Ähnlichkeiten zu erkennen.

Alle Abdrücke waren identisch.

Er war Victor Janusz.

Der Anblick löste etwas in ihm aus. Hastig änderte er seinen Plan. Ein Schuldiger kennt nur einen möglichen Ausweg: die Flucht.

Er faltete das Blatt, steckte es in die Tasche, schob die Patrone in den Füller zurück, verschraubte ihn und legte ihn wieder in die Schublade. Die Akte ließ er, wo sie war – auf dem Schreibtisch. Nur legte er noch etwas dazu.

Er öffnete die Tür einen schmalen Spalt und spähte in den Flur hinaus. Immer noch war niemand zu sehen. Leise verließ er das Büro und ging so zwanglos wie möglich zur Treppe.

»He, Sie da!«

Mathias ging weiter.

»Hallo!«

Mathias blieb stehen, bemühte sich um einen entspannten Gesichtsausdruck und drehte sich um. Er spürte, wie ihm der Schweiß über die Brust rann. Der Schönling von vorhin kam auf ihn zu.

»Wollten Sie nicht auf Hauptkommissarin Chatelet warten?«

Freire schluckte, ehe er mit rauer Stimme hervorpresste:

»Ich habe leider keine Zeit mehr.«

»Schade. Sie hat gerade angerufen, dass sie unterwegs ist.«

»Ich kann aber nicht mehr warten. So wichtig war es nun auch wieder nicht.«

Der Mann runzelte die Stirn. Sein Berufsinstinkt verriet ihm, dass sein Gegenüber Angst hatte.

»Bleiben Sie.« Sein Tonfall veränderte sich. »Sie kommt jeden Moment.«

Freire senkte den Blick. Was er sah, ließ ihn fast erstarren. Der Polizist trug eine Akte unter dem Arm, auf der die Aufschrift VICTOR JANUSZ, MARSEILLE prangte.

Ihm wurde schwarz vor Augen. Er konnte weder denken noch sprechen. Der Kommissar wies auf die an der Wand verschraubte Stuhlreihe.

»Setzen Sie sich, guter Mann. Sie sind so weiß wie ein Leintuch.«

»Le Coz, komm mal her!«

Die Stimme drang aus einem der Büros.

»Rühren Sie sich nicht von der Stelle«, sagte der Schönling, drehte sich um und ging in das Büro des Kollegen. Freire stand noch immer im Flur. Das Blut pulsierte in seinen Schläfen. Seine Beine schlotterten. Es wäre so einfach gewesen, sich zu setzen und darauf zu warten, dass man ihn festnahm.

Stattdessen hastete er schweigend den Flur entlang und

fand ein offenes Treppenhaus, das ins Erdgeschoss hinunterführte.

Als er die Eingangshalle erreichte, konnte er es kaum glauben. Er durchquerte den weiten Raum. Das Stimmengewirr ringsum klang wie das Pochen seines eigenen Blutes. Die Tür zum Ausgang schien zu pulsieren.

Nur noch wenige Meter bis zur Freiheit!

Immer noch erwartete er beinahe einen Angriff von hinten.

Er kam jedoch von vorn.

Auf der anderen Seite der doppelten Glastür stieg Anaïs aus einem Auto. Sekundenbruchteile später war Freire in einer nahegelegenen Toilette verschwunden, betrat eine Kabine und verriegelte die Tür.

Nach etwa einer Minute verließ er das Gebäude und ging die regenglänzende Straße entlang.

Allein.

Verloren.

Aber frei.

»Scheiße«, fluchte Anaïs mit zusammengebissenen Zähnen. Le Coz hatte ihr angekündigt, dass Mathias Freire auf sie wartete, doch der Flur war leer. Der Psychiater war verschwunden.

»Vor fünf Minuten stand er noch hier.« Der Kommissar blickte sich verwirrt um. »Ich habe ihm befohlen, sich nicht von der Stelle zu rühren. Er schien mir nicht ganz in Ordnung …«

»Lauf hinter ihm her. Finde ihn.«

Der Kommissar im feinen Zwirn reichte ihr einen Schnellhefter.

»Hier, die Akte Janusz. Sie ist heute mit dem Flugzeug gekommen.«

Anaïs nahm den Ordner entgegen, ohne auch nur einen Blick darauf zu werfen.

»Finde Freire«, wiederholte sie. »Ich muss ihn unbedingt sprechen.«

Le Coz rannte zur Treppe. Anaïs biss sich auf die Lippe. »Scheiße«, schimpfte sie erneut. Sie konnte es nicht fassen, dass sie ihn verfehlt hatte. Warum war er gekommen? Vielleicht als Vorwand, um sie wiederzusehen? *Immer mit der Ruhe, altes Mädchen.*

Sie war unglaublich schlecht gelaunt. Weder Conante, der die Überwachungsvideos geprüft hatte, noch Zakraoui mit seinen Dealerkontakten oder Jaffar, der die Spur des Hundes und der Kleider des Jungen verfolgte, hatten auch nur das Mindeste gefunden. Und der Countdown tickte noch immer.

Sie betrat ihr Büro und schloss die Tür unsanft mit dem Fuß. Wehe, die Akte Janusz hielt nicht, was sie versprach! Noch im Stehen und ohne das Licht anzuknipsen schlug sie den Ordner auf.

»Scheiße«, entfuhr es ihr erneut. Dieses Mal jedoch in einem ganz anderen Tonfall.

Der ersten Seite der Akte war ein Erkennungsdienstfoto des Obdachlosen angeheftet. Es zeigte Mathias Freire. Er sah etwas ungepflegter aus, als sie ihn in Erinnerung hatte, doch er war es. Ohne jeden Zweifel. Mit unfreundlichem Blick hielt er die Tafel mit seinen Daten und schien drauf und dran zu sein, den Fotografen anzuspucken. Anaïs tastete nach einem Stuhl.

Sie blätterte um und begann zu lesen. Nach einer Schlägerei mit einer Bande von Aussteigern war er am 22. Dezember 2009 festgenommen worden. Seine Aussage war uninteressant. Angeblich war er provoziert worden und hatte sich nur verteidigt. Der Mann besaß weder Papiere noch konnte er sich seiner persönlichen Daten erinnern.

Janusz lebte am äußersten Rand der Gesellschaft und schien ständig betrunken zu sein. Wie war es möglich, dass ein solcher Mensch eine leitende Funktion in der psychiatrischen Klinik Pierre-Janet ausübte? Konnte es sein, dass er Philippe Duruy ermordet hatte?

Plötzlich hob Anaïs den Kopf. Sie spürte etwas im Raum. Gespannt ließ sie ihren Blick über die Dokumente und Ordner auf ihrem Schreibtisch gleiten. Alles wirkte wie immer, und doch strahlte jede Einzelheit die Gegenwart eines Fremden aus.

Jemand war in diesem Büro gewesen und hatte es durchsucht.

Aber wer? Mathias Freire?

Auf der anderen Seite des Schreibtischs lag der Ordner der laufenden Ermittlung. Sie stand auf und ging um den Schreibtisch herum. Der Ordner war auf der Seite geöffnet, wo sich die Fingerabdrücke befanden, die von der Spurensicherung am Leichenfundort sichergestellt worden waren.

Daneben lag ein Blatt mit der Unterschrift von Mathias Freire. Darauf stand:
ICH BIN KEIN MÖRDER

Der Wettlauf gegen die Zeit hatte begonnen. Freire war sicher, dass Anaïs, nachdem sie in der Akte Victor Janusz sein Konterfei entdeckt hatte, sofort einen Wagen zur Klinik und zu seinem Haus schicken würde. Wahrscheinlich hatte sie auch veranlasst, dass man den Bahnhof Saint-Jean, den Flughafen, die Autobahnen und die Busbahnhöfe überwachte; vielleicht sogar die Nationalstraßen, die aus der Stadt hinausführten. In den Straßen von Bordeaux patrouillierte Polizei. Man war hinter ihm her.

»Wir sind da«, sagte er zu dem Taxifahrer. »Warten Sie bitte auf mich.«

Freire hatte sich einige Häuser entfernt von seiner tatsächlichen Adresse absetzen lassen.

»In drei Minuten bin ich wieder da.«

Er lief zu seinem Haus, öffnete die Tür, schnappte sich eine Reisetasche und stopfte hinein, was ihm gerade in die Finger kam. Außer Kleidungsstücken packte er auch seine Diplome und Dokumente ein.

Plötzlich hörte er eine Polizeisirene. Der Ton kam näher. Freire zog den Reißverschluss der Tasche zu, verließ das Haus wie ein Geist und rannte zu dem wartenden Taxi. Der Schmerz hinter seinem Auge pulsierte heftig. Ihm war schlecht. Sein Herz klopfte wie ein Presslufthammer.

»Wo geht es hin?«

»Zum Flughafen Bordeaux-Mérignac, internationale Abflüge.«

Polizeiautos mit heulenden Sirenen kreuzten ihren Weg. Freire konnte es kaum fassen, dass die ganze Aufregung ihm galt. Er dachte weder an die Polizisten noch an die Männer in

Schwarz. Er dachte nur an sich selbst. Wer war er wirklich? Es gab Anzeichen, die dafür sprachen, dass sein Aufenthalt in Bordeaux auch nur eine Fälschung war. Sein häufiges Unbehagen in der Klinik. Die Leere, die er abends zu Hause verspürte. Seine Schwierigkeiten, wenn er über die Vergangenheit nachdachte.

Echte Erinnerungen hatte er nicht. Manchmal entsann er sich spontan irgendwelcher Dinge, wusste aber jetzt, dass auch diese nur Fiktion waren – geduldige Steine einer undurchsichtigen Mauer, die zwischen seiner Vergangenheit und seiner Gegenwart stand.

Nur ein einziges Bild schien ihm realistisch zu sein: die Leiche der erhängten Anne-Marie Straub, die über seinem Kopf pendelte. Namen und Daten waren vielleicht erfunden, aber die Fakten entsprachen harten Tatsachen. Aber war er damals auch schon Psychiater gewesen? Oder vielleicht ein Patient der Klinik? War es dieser Selbstmord gewesen, der seine erste dissoziative Flucht ausgelöst hatte?

»Wir sind da.«

Freire bezahlte und stürmte in die Abflughalle. Er schwitzte am ganzen Körper. An einem Geldautomaten holte er so viel Geld, wie möglich war. Zweitausend Euro – seine monatliche Obergrenze. Während er auf die Scheine wartete, warf er unruhige Blicke nach rechts und links. Sicherheitskameras beobachteten ihn. Umso besser.

Er wollte gesehen werden, damit man glaubte, er würde mit dem Flugzeug ausreisen.

In einem toten Winkel kramte er sein Handy aus der Tasche. Er löschte alle Nummern im Speicher, dann rief er die Zeitansage an. Ohne aufzulegen warf er das Gerät in den nächsten Mülleimer. Auch seinen Regenmantel entsorgte er. Anschließend verließ er den Flughafen so unauffällig wie möglich und nahm einen Bus ins Stadtzentrum.

Jetzt musste die Polizei längst bei ihm zu Hause sein. Die Beamten würden feststellen, dass er eine Reisetasche gepackt hatte, und als Nächstes seinen Wagen suchen. Den würden sie natürlich nicht finden und daher glauben, dass Freire mit dem Auto geflohen war. Sie würden Straßensperren errichten und ihre Aufmerksamkeit zunächst einmal den Checkpoints widmen.

Die erste falsche Spur.

Anschließend würden sie das immer noch verbundene Handy am Flughafen finden. Sie würden nach Bordeaux-Mérignac hinausfahren und, nachdem der Name Freire in keiner Passagierliste auftauchte, die Überwachungsvideos anschauen. Natürlich würden sie ihn erkennen. Sie würden den Geldautomaten überprüfen und nach dem Taxifahrer suchen. Alle Hinweise liefen auf eins hinaus. Victor Janusz alias Mathias Freire hatte am Nachmittag unter falschem Namen einen Flug gebucht und war verschwunden.

Das war die zweite falsche Spur.

Und bis es so weit war, wäre er bereits weit fort. Er erreichte den Bahnhof Saint-Jean. Überall liefen Polizisten herum. Wachmänner mit Hunden standen an sämtlichen Ausgängen. Mannschaftswagen blockierten die Parkplätze.

Freire ging um den Bahnhof herum. Ausgedehnte Arbeiten, Absperrungen, Kräne und Ausschachtungen erleichterten ihm sein Vorhaben. Irgendwann entdeckte er einen Träger – einen jener Männer, die mit einem Gepäckwagen den Reisenden bis zu den Zügen folgten. Er sprach den Mann an und bat ihn, eine Fahrkarte für ihn zu lösen.

Der Mann, der eine Rastamütze und die vorschriftsmäßige orange Sicherheitsweste trug, zierte sich.

»Warum gehen Sie nicht selbst?«

»Weil ich dringend telefonieren muss.«

»Und wieso sollte ich Ihnen vertrauen?«

»Ich bin es, der dir vertraut«, sagte Freire und drückte dem Mann einen Zweihundert-Euro-Schein in die Hand. »Kaufe mir ein Ticket und die erste mögliche Reservierung nach Marseille.«

Der Mann zögerte noch immer.
»Auf welchen Namen?«
»Narcisse.«

Die Silben kamen ihm ganz von allein über die Lippen, ohne dass er darüber nachgedacht hatte. Der Mann wandte sich um.

»Warte. Ich zahle dir hundert Euro zusätzlich, wenn du mir deine Mütze und deine Sicherheitsweste überlässt.«

Der Mann lächelte ihn schelmisch an. Das neue Angebot schien ihn zu beruhigen. Zumindest wusste er jetzt, woran er war. Er hatte es mit einem Flüchtigen zu tun. Gleichzeitig bemerkte er offenbar, dass der Bahnhof nur so von Polizisten wimmelte. Sein Lächeln wurde breiter. Die Vorstellung, die Obrigkeit zum Narren zu halten, schien ihm zu gefallen. Er nahm die Mütze ab und zog die Weste aus. Lange Dreadlocks à la Bob Marley kamen zum Vorschein.

»Ich passe solange auf deinen Karren auf«, sagte Freire, während er sich hastig umzog.

Er musste mehr als zehn Minuten warten, die er mit möglichst entspanntem Gesichtsausdruck an den Karren gelehnt verbrachte. Polizisten liefen an ihm vorbei, ohne ihn zu sehen. Sie suchten einen Mann auf der Flucht. Jemanden, der sich im Schatten an Mauern drängte. Keinen untätigen Gepäckträger mit einer Mütze in den Farben Jamaikas und einer Weste der Bahngesellschaft.

Bob Marley kehrte zurück.

»Der letzte direkte Zug nach Marseille ist gerade abgefahren. Ich habe dir ein Ticket nach Toulouse-Matabiau besorgt. Der Zug fährt um 17.22 Uhr, und du musst gegen 19.00 Uhr in Agen umsteigen. Um 20.15 Uhr bist du dann in Toulouse. Von dort geht es um 0.25 Uhr nach Marseille weiter. Im Liegewagen. Um fünf Uhr morgens kommst du an. Es war die einzige Möglichkeit, sonst hättest du bis morgen früh warten müssen.«

Die Vorstellung, die Nacht sozusagen im Niemandsland zu verbringen, erschien Freire gar nicht so unangenehm. Niemand würde mitten in der Nacht ausgerechnet in Toulouse nach ihm suchen. Er überließ dem Rastamann das Wechselgeld und behielt seine Verkleidung bis zur Abfahrt des Zuges an.

Er musste noch eine Stunde warten. Die Sicherheitsleute patrouillierten an ihm vorüber, ohne ihn eines Blickes zu würdigen. Mit dem Karren, auf dem seine Reisetasche lag, sah er aus wie ein wartender Gepäckträger, dessen Kunde gerade eine Zeitung holen ging. Freire seinerseits kümmerte sich ebenfalls nicht um die Wachleute, sondern versuchte nachzudenken.

Er konnte unmöglich der Mörder des Minotaurus sein. Dazu hätte er nicht nur einen Stier enthaupten, sondern auch reines Heroin finden, Philippe Duruy ansprechen und ihn in eine Falle locken müssen. Ganz zu schweigen davon, dass er die Leiche und den Kopf in die Grube hätte transportieren müssen. Freire mochte vielleicht unter einer Störung leiden, bei der die rechte Hand manchmal nicht wusste, was die linke tat, aber bestimmt nicht unter fortgesetzten Bewusstseinskrisen, denen jedes Mal eine vollständige Amnesie folgte und die allein es ihm ermöglicht hätten, ohne sein eigenes Wissen ein solches Verbrechen zu organisieren. Der Mord an Philippe Duruy ging auf das Konto eines anderen. Trotzdem bewiesen seine Fingerabdrücke, dass auch er sich in dieser Grube aufgehalten hatte. Aber wann? Hatte er den Mörder überrascht? Oder war er mit Patrick Bonfils zusammen gewesen?

Sein Zug fuhr in den Bahnhof ein. Freire deponierte Mütze und Weste auf dem Karren und stieg ein. Kaum dass er saß, begann er wieder zu grübeln. Bis Agen wollte er Ordnung in die Fragen bringen, die ihn beschäftigten. Zehn Minuten nach Abfahrt des Zuges jedoch schlief er tief und fest.

Mathias Freire blieb verschwunden.
Le Coz und Zakraoui waren sofort zu seinem Haus gefahren, Conante und Jaffar hatten sich in der Klinik umgesehen. Aber weder da noch dort fand sich eine Spur von ihm. Anaïs hatte die negativen Ergebnisse gar nicht erst abgewartet, sondern sofort die Überwachung aller Flughäfen, Bahnhöfe, Busbahnhöfe und Ausfallstraßen angeordnet.

Das Bild von Janusz/Freire war an sämtliche Polizeistationen in ganz Südfrankreich übermittelt worden. Auch die Zeitungen der Region hatten es erhalten, um es in der nächstmöglichen Ausgabe zu veröffentlichen. Anaïs hatte mit den lokalen Radiosendern telefoniert und sie gebeten, eine Suchmeldung zu veröffentlichen. Eine kostenlose Hotline wurde ebenso eingerichtet wie eine Internetseite. Die ganz große Fahndung eben.

Trotzdem gab es da die kleine innere Stimme, die ihr zuraunte, dass ihr Vorgehen nicht richtig war. Sie warf Mathias Freire der Öffentlichkeit, den Medien und seinen Vorgesetzten zum Fraß vor, obwohl seine Schuld keineswegs bewiesen war. Anaïs' eigener Vorgesetzter hatte angerufen und von ihr verlangt, ihn noch vor Feierabend aufzutreiben. Auch Véronique Roy hatte sich gemeldet und ihren Kommentar abgegeben. Der Präfekt wollte von Anaïs wissen, ob der Mörder schon identifiziert war, und die Journalisten fanden es spannend, dass dieser Mörder sein Heil in der Flucht gesucht hatte. All das diente ihrer eigenen Karriere, ihrem Ansehen und ihrem Ruf. Aber niemand hatte ihr die einzige Frage gestellt, die wirklich zählte: Hatte Janusz den Minotaurus getötet?

Die Polizei verfolgte einen Flüchtigen – nicht den Mörder von Philippe Duruy. Denn das war nicht unbedingt das Gleiche.

Bis zum Beweis des Gegenteils galt Freire alias Janusz lediglich als Zeuge. Es war viel zu früh, ihn als den Schuldigen darzustellen.

Aber in Wahrheit war es schon zu spät.

Indem er es vorzog zu fliehen, hatte der Psychiater sein Schicksal besiegelt. Lief man denn davon, wenn man nichts zu befürchten hatte? Angesichts der Berichte und Ergebnisse, die Anaïs im Minutentakt auf den Schreibtisch flatterten, wurde ihre Wut auf Mathias immer größer. Er hätte ihr vertrauen sollen. Er hätte auf sie warten sollen. Sie hätte ihn beschützt.

Sie überflog die Papiere, um sich einen schnellen Überblick zu verschaffen. Zunächst hatte man geglaubt, dass Mathias Freire mit dem Auto geflohen war. Er besaß einen dieselbetriebenen Kombi der Marke Volvo 960 mit dem Kennzeichen 916 AWX 33. Das Fahrzeug stand weder vor seiner Haustür noch vor der Klinik. Dann jedoch hatte man den Flüchtigen auf dem Flughafen Bordeaux-Mérignac lokalisiert. An einem Geldautomaten hatte er zweitausend Euro abgehoben.

Die Spur verlor sich jedoch schnell. Auch in der Umgebung des Flughafens wurde Freires Auto nicht gefunden, und in den Passagierlisten des Nachmittags tauchte weder ein Mathias Freire noch ein Victor Janusz auf. Anaïs ahnte, dass der Flüchtige sie bewusst auf eine falsche Fährte gelockt hatte, um Zeit zu gewinnen. Eine Stunde später fand man schließlich Freires Handy und seinen Regenmantel in einem Mülleimer des Flughafengebäudes.

Seither hatten sie nichts mehr von ihm gehört.

Natürlich hatten sich – wie immer – Augenzeugen gemeldet, doch deren Hinweise erwiesen sich – wie immer – als zusammenhanglos, erfunden oder widersprüchlich. Der Volvo war an keiner einzigen Straßensperre gesichtet worden, und kein Polizist hatte auch nur die winzigste Spur von Mathias Freire entdeckt. Ein Reinfall auf der ganzen Linie.

Anaïs wusste so gut wie sicher, dass Freire längst über alle

Berge war. Zumindest hoffte sie es zutiefst. Sie hatte nicht die geringste Lust, ihn zu erwischen. Viel wichtiger war, Licht in den Fall in seiner Gesamtheit zu bringen. Freire war nur ein einzelnes Rädchen im großen Getriebe, und es gab andere Spuren, die zu verfolgen sich wahrscheinlich lohnte. Anaïs hatte es eilig, damit zu beginnen. Morgen würde sie in aller Frühe nach Guéthary fahren, um mit dem Mann ohne Gedächtnis zu sprechen.

Um 18.50 Uhr beschloss Anaïs, dass es keinen Sinn machte, mit Wut im Bauch im Büro zu sitzen. Sie stieg in ihr Auto, schaltete Blaulicht und Sirene ein und fuhr auf dem kürzesten Weg ins Viertel Fleming. Selten hatte man in Bordeaux so viele Polizeiautos und Uniformierte gesehen. *Danke, Janusz.*

Anaïs bremste. Sie war angekommen. Überall Polizei. Blaulichter blinkten. Alle waren im Einsatz.

Sie zog den Zündschlüssel ab und stellte sich vor, wie die Polizei in dem leeren Haus das Unterste zuoberst kehrte. Dieses Haus, in dem sie noch am Abend zuvor mit einem verführerischen Mann bei einem Glas Wein zusammengesessen hatte. Ihr war, als würde man auf ihren Erinnerungen herumtrampeln.

Die Polizisten erkannten sie und ließen sie ins Haus. Die Techniker von der Spurensicherung machten sich in allen Räumen zu schaffen. Zwischen den weiß gekleideten, gespenstischen Gestalten tauchte mit einem Mal Le Coz auf und reichte ihr ein Paar Überschuhe.

»Willst du die nicht lieber anziehen?«

»Ach, das geht schon so.«

»Aber wenn wir nun Indizien finden?«

»Spinnst du? Hier gibt es bestimmt nichts für uns.«

Le Coz nickte stumm. Anaïs streifte sich ein Paar Latexhandschuhe über. Der Kommissar eilte sich, ihr beizupflichten:

»Du hast natürlich recht. Der Kerl ist ein Phantom. Die Umzugskartons sind samt und sonders leer. Wir haben weder Papiere noch persönliche Dinge gefunden.«

Ohne ihm zu antworten ging sie in die Küche. Der Raum war

nicht nur sauber, sondern geradezu makellos. Offenbar hatte Freire nie zu Hause gegessen. Sie öffnete die Schränke und fand Teller, Bestecke und Töpfe vor, aber nichts zu essen. Auf einem Regal standen Teedosen. Auch im Kühlschrank herrschte gähnende Leere, bis auf die angebrochene Weinflasche. So ein Spinner. *Ein Bordeaux im Kühlschrank ...*

Sie hörte, wie jemand durch das Haus rannte. Anaïs ging dem Lärm entgegen. Es war Conante, der völlig außer Atem auf sie zulief.

»Habt ihr ihn gefunden?«, fragte sie sofort.

»Das nicht, aber wir haben ein Riesenproblem.«

»Und zwar?«

»Der Typ vom Bahnhof Saint-Jean. Der Kerl, der das Gedächtnis verloren hatte. Patrick Bonfils. Er ist heute Morgen am Strand von Guéthary abgeknallt worden. Samt seiner Tussi.«

»Was?«

»Ich schwöre es. Beide über den Haufen geballert. Die Bullen aus Biarritz melden sich bei dir.«

Anaïs ging in die Küche zurück und lehnte sich an die Spüle. Wieder ein Anhaltspunkt, der möglicherweise auf eine andere Ebene des Falls verwies.

»Aber das ist nicht das einzige Problem«, fuhr Conante fort.

»Wir haben den fahrbaren Untersatz des Psychofritzen gefunden. Er war auf dem Weg zum Strand geparkt. Der Seelenklempner muss bei der Schießerei dabei gewesen sein, denn die Karre ist total durchlöchert ... Bist du okay?«

Anaïs hatte sich umgedreht, den Kopf in die Spüle gesteckt, sich eiskaltes Wasser über das Gesicht laufen lassen und getrunken. Der ganze Raum schien sich zu drehen. Alles Blut war ihr aus dem Kopf gewichen. Sie fürchtete, ohnmächtig zu werden.

»Freire«, murmelte sie mit den Lippen am Wasserhahn, »in was hast du dich da hineingeritten?«

Marseille Saint-Charles. 6.30 Uhr.

Entgegen seinen Erwartungen fühlte Freire sich ausgeruht. Von Bordeaux bis Agen hatte er wie ein Stein geschlafen, ebenso von Agen bis Toulouse. Während der Wartezeit am Bahnhof Toulouse-Matabiau hatte er gedöst und dann im Liegewagen nach Marseille noch einmal fest geschlafen. Er fühlte sich nicht wie auf der Flucht, sondern wie bei einer Schlafkur. Aber genau genommen war auch das eine Flucht. Eine Flucht ins Unbewusste.

Langsam glitt das Bahnhofsgebäude vor den Zugfenstern vorbei. In der Nacht musste es sehr kalt gewesen sein, denn auf den Schwellen zwischen den Gleisen hatte sich Raureif gebildet. Freire fragte sich, ob er wirklich das Richtige getan hatte. Marseille war sicher der letzte Ort, wo man ihn vermutete. In dieser Hinsicht hatte er sich richtig entschieden. Aber irgendwann würde man auch hier ermitteln. Hatte er überhaupt eine Chance, den Polizeistreifen zu entkommen, die alle sein Konterfei kannten?

Kreischend hielt der Zug an. Er hatte fast anderthalb Stunden Verspätung. Vorsichtshalber wartete Freire eine gewisse Zeit, ehe er ausstieg. Erst als der Bahnsteig nur so von Reisenden wimmelte, stürzte er sich mit seiner Reisetasche und dem Laptop unter dem Arm ins Gedränge.

Der Bahnhof Saint-Charles erinnerte an den Bahnhof Saint-Jean. Die gleichen Stahlkonstruktionen, die gleichen endlos langen, hell erleuchteten Bahnsteige.

Freire ließ sich im Strom der anderen Reisenden dahintreiben. Doch plötzlich blieb er wie angewurzelt stehen.

An Ende des Bahnsteigs standen Polizisten. Sie waren in

Zivil, doch ihre finsteren Mienen, ihre breiten Schultern und ihre einschüchternde Haltung ließen keinen Zweifel zu. Anaïs Chatelet und ihr Team waren also auf die gleiche Idee gekommen wie er. Zumindest hatten sie es nicht für unmöglich gehalten, dass er zu seinen Ursprüngen zurückkehrte.

Der Strom der Reisenden floss weiter. Koffer prallten an seine Knie, fremde Schultern stießen ihn an. Langsam setzte sich Freire wieder in Bewegung. Er versuchte nachzudenken, während ihm das Herz bis zum Hals klopfte. Sollte er abtauchen? Sich unten auf den Gleisen verstecken? Unmöglich. Rechts und links standen Züge, die den Bahnsteig zu einem Korridor verengten.

Freire wurde noch langsamer. Die Erholung der Nacht war längst schon Vergangenheit. Was sollte er machen? So tun, als hätte er etwas vergessen, und wieder einsteigen, um im Waggon einen besseren Fluchtzeitpunkt abzuwarten? Aber welchen Zeitpunkt? Sobald der Bahnsteig sich geleert hatte, würden die Sicherheitskräfte mit ihren Hunden jedes Abteil und auch die Toiletten durchsuchen.

Man würde ihn zur Strecke bringen wie eine Ratte.

Dann war es hier draußen doch besser.

Er ging immer noch weiter. Schritt für Schritt. Einen Meter nach dem anderen. Doch die zündende Idee ließ auf sich warten.

»Entschuldigung.«

Er drehte sich um und sah eine kleine Frau, die mit der einen Hand einen Rollenkoffer zog und in der anderen Hand eine Tasche trug. Ein etwa zwölfjähriger Junge klammerte sich an ihren Arm. *Das war die Gelegenheit!*

»Verzeihung«, entschuldigte er sich lächelnd. »Kann ich Ihnen helfen?«

»Danke, es geht schon.«

Die Frau ging um ihn herum. Sie hatte ein kleines, verkniffenes Gesicht und schaute grimmig drein. Freire schnitt ihr den Weg ab, strahlte sie an und hielt ihr beide Hände entgegen.

»Ich will Ihnen doch nur helfen. Die Sachen sind doch viel zu schwer.«

»Lassen Sie mich in Frieden.«

Sie rückte weder ihren Koffer noch ihre Reisetasche heraus. Der kleine Junge warf ihm wütende Blicke zu. Zwei kleine, in den Kampf des Lebens geworfene Soldaten. Freire lief rückwärts vor den beiden her.

Fünfzig Meter noch, dann hatten ihn die Bullen am Schlafittchen.

»Probieren Sie es doch einfach aus. Wir versuchen es bis zum Ende des Bahnsteigs, und dann geben Sie mir einfach ein Rot oder ein Blau.«

Das Gesicht des Jungen hellte sich auf.

»Wie in *Nouvelle Star*?«

Freire hatte die Bemerkung einfach so hingeworfen, ohne an die Fernsehsendung zu denken, die er nur ein einziges Mal zufällig gesehen hatte. Die Vorstellung junger, unbekannter Sänger wurde von einer professionellen Jury mit bunten Lichtzeichen bewertet.

Die Frage des Kindes bewirkte einen Sinneswandel. Nun wurde auch das Gesicht der Frau freundlicher. Sie musterte Freire von oben bis unten und schien sich zu fragen, warum sie es nicht einfach versuchen solle. Schließlich hielt sie ihm Koffer und Tasche hin. Freire hängte sich seine eigene Tasche und den Laptop über die Schulter, nahm die beiden Gepäckstücke, drehte sich um und ging mit strahlendem Lächeln weiter. Der kleine Junge klammerte sich an seinen Ellbogen und hüpfte neben ihm her.

Die Polizisten beachteten ihn nicht einmal. Sie suchten nach einem gehetzten, panisch flüchtenden Mann, nicht nach einem Familienvater in Begleitung seiner Frau und seines Sohnes. Innerlich war Freire alles andere als ruhig. In dem Bahnhof, der wie ein riesiges, mit Plastikbäumen bepflanztes Aquarium wirkte, wimmelte es nur so vor Polizisten und Sicherheitsleuten.

Wohin sollte er sich wenden? Er konnte sich absolut nicht an Marseille erinnern.

»Ich kenne die Stadt leider nicht«, sagte er. »Wohin muss ich gehen, wenn ich ins Stadtzentrum will?«

»Sie können den Bus oder die U-Bahn nehmen.«

»Geht es auch zu Fuß?«

»Natürlich. Steigen Sie einfach die große Treppe links hinunter. Sie landen auf dem Boulevard d'Athènes. Wenn Sie an der Canebière sind, gehen Sie die Straße einfach geradeaus hinunter, dann laufen Sie direkt auf den Vieux-Port zu.«

»Und Sie? Wo müssen Sie hin?«

»Zum Busbahnhof dort unten links.«

»Ich bringe Sie hin.«

Am Busbahnhof verabschiedete sich Freire von Mutter und Sohn. Der Morgen war eisig kalt. Freire machte sich im Laufschritt auf die Suche nach dem Weg in die Stadt, von dem die Frau gesprochen hatte. Er entdeckte eine monumentale, mehr als hundert Stufen hohe Treppe, die in die Stadt hinunterführte.

Es war gerade sieben Uhr morgens.

Freire stieg die Treppe hinab. Unter einer Laterne lümmelten sich Tippelbrüder an der Mauer, um sie herum Hunde, zerfledderte Bündel und leere Weinflaschen. Die Leute schienen sich in einer Pfütze aus Schmutz, Armut, Wein und Angst zu suhlen.

Mathias unterdrückte einen Schauder.

Er blickte seiner unmittelbaren Zukunft ins Auge.

Am Fuß der Treppe blieb er stehen. Auf der anderen Straßenseite erkannte er das mit einem Rollgitter geschützte Schaufenster eines Ladens für gebrauchte Armeebekleidung. Er überquerte die Fahrbahn und stellte fest, dass das Geschäft um 9.00 Uhr öffnete. Hier würde er finden, was er suchte. Er ging in ein Café genau gegenüber, setzte sich an einen der hinteren Tische, wo er die Straße überblicken konnte, und bestellte einen Kaffee.

Sein Magen rumorte. Er bestellte einen zweiten Kaffee und verschlang drei Croissants. Sofort wurde ihm übel. Klar, das war die Angst. Aber der gelungene Coup am Bahnhof verlieh ihm eine fieberhafte, nervöse Energie. Er bestellte einen Tee und ging zur Toilette, wo er den Brechreiz unterdrückte.

Langsam dämmerte der Tag herauf. Zunächst zeigte nur ein Teil des Himmels einen hellvioletten Perlmuttschein, dann breitete sich ein kreidiges Blau aus. Nach und nach konnte Freire die Umrisse der Rokokolaternen des Boulevards erkennen. Einzelheiten, die ihm bekannt vorkamen. Er erinnerte sich. Nein, er empfand etwas. Es lag ihm im Blut und im Körper. Ein vertrautes Kribbeln. Er hatte diese Stadt *erlebt*.

Endlich 9.00 Uhr.

Der Armeeladen war noch immer geschlossen. Die Empfindungen wurden klarer. Die Geräusche der Stadt, die Geschmeidigkeit des Steins, die Härte des Lichtes. Und dieses mediterrane Gefühl, das über allem lag und vom Meer und aus der Antike kam. Freire hatte weder Vergangenheit noch Gegenwart oder Zukunft. Und trotzdem fühlte er sich hier zu Hause.

Irgendwann tauchte ein Koloss von einem Mann mit Drillichjacke und Bürstenschnitt auf und öffnete das Rollgitter.

Freire bezahlte und verließ das Café. Als er die Straße überquerte, bemerkte er weiter unten eine Apotheke. Da fiel ihm etwas ein. Entgegen seinen ursprünglichen Absichten ging er zunächst in die Apotheke und kaufte losen Insektenvernichter, Puder gegen Krätze, mehrere Flaschen mit Lotion gegen Kopfläuse und zwei Flohhalsbänder für Hunde.

Er stopfte alles in seine Reisetasche und wandte sich dem Army-Shop zu. Der Laden erwies sich als eine Art Höhle des Ali Baba in einer militärischen Variante. Überall stapelten sich khakifarbene Klamotten, Decken mit Tarnmuster, Schutzfolien, Stichwaffen und Schuhwerk für Extrembedingungen. Der Inhaber, offenbar ein ehemaliger Legionär in Muskelshirt und mit tätowierten Oberarmen, passte haargenau in dieses Umfeld.

»Ich möchte mir gern Ihre abgetragensten Sachen ansehen.«

»Wie meinen Sie das?«, fragte der Muskelmann misstrauisch.

»Ich bin auf ein Kostümfest eingeladen und will als Clochard gehen.«

Der Mann bedeutete Freire, ihm zu folgen. Sie durchquerten ein Labyrinth von Fluren mit weiß gestrichenen Ziegelwänden. Es roch nach Filz, Staub und Naphthalin. Schließlich stiegen sie eine Betontreppe hinunter.

Der Ladeninhaber knipste das Licht an. Sie standen in einem riesigen, weiß gekalkten Raum. Der Teppichboden lag lose auf dem Estrich.

»Das Zeug hier ist nicht an den Mann zu bringen«, sagte der Legionär und zeigte auf einen Haufen Kleidungsstücke. »Suchen Sie sich etwas aus. Aber ich warne Sie – ich lasse nicht mit mir handeln.«

»Schon gut.«

Der Tätowierte ließ Freire mit den Lumpen allein. Die Auswahl fiel nicht schwer. Zunächst jedoch zog er sich aus, puderte seinen Körper mit dem Insektenpulver, rieb sich mit dem Mittel gegen Krätze ein und befestigte eines der Flohhalsbänder an einem Arm, das andere an einem Bein. Erst dann schlüpfte er in eine abgetragene, zerlumpte Drillichhose, zog drei fadenscheinige, durchlöcherte und zerfledderte Sweatshirts übereinander und toppte das Ganze mit einem möglicherweise noch zerfetzteren dunkelblauen Pullover. Außerdem suchte er sich einen schwarzen Anorak aus, der früher einmal gesteppt gewesen war, sowie harte Springerstiefel, die mit ihren aufgeplatzten Kuppen wie Krokodile aussahen. Nur bei den Socken geizte er nicht. Sie waren dick, warm und ohne Löcher. Zum Schluss setzte er sich eine Seemannsmütze mit dünnen blauen und weißen Streifen auf.

Er betrachtete sich im Spiegel.

Es sah nicht echt aus.

Die Kleider waren zwar alt, aber sauber. Und auch ihm selbst, seinem Gesicht, seiner Haut und seinen Händen sah man die Bürgerlichkeit an. Dagegen würde er etwas tun müssen, ehe er sein Pennerleben begann. Er suchte seine eigenen Kleider zusammen, packte sie in die Reisetasche und stieg die Treppe hinauf.

Der Legionär erwartete ihn hinter der Ladentheke. Vierzig Euro sollte der Spaß kosten.

»Wollen Sie etwa so auf die Straße gehen?«

»Klar. So kann ich testen, wie glaubwürdig ich wirke.«

Freire zückte eben sein Geld, als er auf einem Ständer neben der Kasse blitzende Kampf- und Klappmesser entdeckte.

»Können Sie mir eins von denen empfehlen?«

»Wollen Sie als Penner oder als Rambo gehen?«

»Ich suche schon ziemlich lang nach einem guten Messer.«

»Für welchen Zweck?«

»Für die Jagd und für Waldspaziergänge.« Der Muskelmann reichte ihm ein Messer, das so lang war wie sein Unterarm.

»Dann nehmen Sie das Eickhorn KM 2000. Das beste Überlebensmesser überhaupt. Halbgezahnte Edelstahlklinge. Polyamidverstärkter Glasfasergriff mit integriertem Nothammer zum Zertrümmern von Glas. Mit diesem Schmuckstück hat Eickhorn in Solingen die Eingreiftruppen der deutschen Bundeswehr ausgestattet – also Qualität auf der ganzen Linie.«

Der Tätowierte schien seit Ewigkeiten nicht mehr so viel gesagt zu haben. Freire betrachtete das Messer. Die gezahnte Klinge blinkte wie ein mörderisches Grinsen.

»Haben Sie nichts Diskreteres?«

Der Legionär warf ihm einen konsternierten Blick zu, ehe er zu einem Klappmesser griff und es aufschnappen ließ.

»Das PRT VIII. Auch von Eickhorn in Solingen. Der Griff ist aus schwarzem, eloxiertem Aluminium mit einer Spitze zum Zertrümmern von Glas und einem Spezialmesser für Sicherheitsgurte. Diskret, aber sehr solide.«

Freire prüfte das Messer, das gut zehn Zentimeter kürzer war als das erste und das er sehr viel leichter verstecken konnte. Er hantierte damit herum und wog es in der Hand.

»Wie viel?«

»Neunzig Euro.«

Freire zahlte, klappte das Messer wieder zusammen und ließ es in seine Anoraktasche gleiten.

Er trat auf die sonnenbeschienene Straße hinaus und ging zurück in Richtung Bahnhof. Die Anzahl der Treppenstufen zum Bahnhof hinauf schien sich verdoppelt zu haben. In der Halle erkundigte er sich nach den Schließfächern. Auf dem Weg dorthin schien es ihm, als wären inzwischen weniger Polizisten und Sicherheitsleute im Einsatz. Aber es gab auch weniger Reisende.

Er ging den Bahnsteig entlang und fand die Schließfächer. Um jedoch in die Halle zu gelangen, musste er durch eine Sicherheitsschleuse, die mit Metalldetektoren und Kameras ausgestattet war. Das einzuschließende Gepäck wurde mit Röntgenstrahlen durchleuchtet. Freire drehte um, kramte verstohlen sein Messer aus der Tasche und versteckte es hinter einer Bank.

Dann trat er mit gesenktem Kopf in die Schleuse und legte seine Reisetasche und seinen Laptop auf das Band. Der Sicherheitsbeamte telefonierte gerade, er schenkte seinem Bildschirm nur einen zerstreuten Blick und winkte Freire durch. Der ging weiter durch die Torsonde und löste dabei ein ohrenbetäubendes Piepsen aus, doch niemand durchsuchte ihn. Mit einem flüchtigen Blick auf die Kameras nahm er sein Gepäck vom Band. Falls die Bänder noch im Lauf dieses Tages überprüft wurden, war er geliefert.

Der fensterlose Raum mit den Schließfächern erinnerte an ein Schwimmbad. Die Wände verschwanden unter grauen Fächern, der Boden war aus Linoleum. Freire verstaute Reisetasche und Laptop im Fach 09A. Dann nahm er seine Armbanduhr ab und legte sie zusammen mit seiner Bankkarte und seiner Brieftasche mit den auf Mathias Freire lautenden Papieren in die Reisetasche.

Er bezahlte sechs Euro fünfzig für zweiundsiebzig Stunden, steckte das Ticket mit dem Code zum Öffnen ein und verschloss die graue Stahltür. Alles, was von Mathias Freire übrig war, befand sich jetzt unter Verschluss.

Nur die zweitausend Euro und die Visitenkarte von Daniel Le Guen behielt er. Es konnte gut sein, dass er diesem Mann noch ein paar Fragen stellen musste.

Er verließ die Halle mit den Schließfächern, holte sein Messer aus dem Versteck und machte sich auf den Weg zum Ausgang. Von Zeit zu Zeit kreuzten Polizisten seinen Weg, doch seine Verkleidung – obgleich noch nicht ganz ausgereift – schien zu funktionieren. Sie würdigten ihn keines Blickes.

Draußen wendete er sich nach links. Neben einem Hotel entdeckte er Straßenschilder. Er faltete sein Ticket mit dem Code für das Schließfach klein zusammen und steckte es unter die Metallmanschette der Befestigung. Nun brauchte er nur an diesem Schild vorbeizugehen, um wieder zu Mathias Freire zu werden.

Er kehrte zum Bahnhof zurück. Oben auf der Treppe nahm er sich Zeit, die Aussicht zu bewundern. Von hier aus wirkte die Stadt wie eine Sandebene, über der von der Morgensonne versilberter Staub lag. Blaue Hügel begrenzten den Horizont. Über der Stadt ragte die Kirche Notre-Dame de la Garde mit ihrer vergoldeten Marienstatue auf.

Freire geriet fast ins Schwärmen.

Als er jedoch den Blick wieder senkte, holten ihn die Penner auf den Boden der Wirklichkeit zurück.

Erneut lief er die Treppe hinunter und ging über den Boulevard d'Athènes in Richtung der Canebière. An der Ecke der Place des Capucines entdeckte er ein Schreibwarengeschäft und beschloss, sich einen Block und einen Filzstift zu kaufen. Er musste sich Notizen machen, wenn er, fast wie ein Archäologe, seine Vergangenheit Stück für Stück mit den verschiedensten Informationen wieder zusammensetzen wollte.

In einem arabischen Supermarkt suchte er nach dem billigsten Wein. Seine Wahl fiel auf ein Plastikfässchen mit Zapfhahn, das vermutlich einen fürchterlichen Krätzer enthielt.

Er kehrte auf die Canebière zurück und hatte das Gefühl, durch Algier zu wandern.

Die meisten Passanten waren maghrebinischer Herkunft. Die Frauen waren verschleiert, die Männer hatten Bärte und manchmal eine weiße Takke auf dem Kopf. Junge, schlecht rasierte Männer mit dunklen Augen zogen in Gruppen durch die Straße. Die unterschiedlichsten Dünste stiegen aus der Menschenmenge. Man drängte und schubste sich und wich nur vor der Straßenbahn zurück.

Freire hatte auf der legendären Prachtstraße Marseilles teure Geschäfte mit prestigeträchtigen Markenartikeln erwartet. Was er fand, waren Trödelmärkte und Basare, in denen man Kupferkannen, Tuniken und Teppiche kaufen konnte.

Vor den Kaffeehäusern saßen dick vermummte Männer an rostigen Tischen und schlürften Tee aus kleinen, goldverzierten Gläsern.

Freire entdeckte eine Toreinfahrt, die in einen Innenhof führte. Zerdrückte Kartons und leere Obststeigen lagen herum.

Freire stieg über den Müll hinweg und gelangte in den Hof. Die Häuser ringsum hatten Laufgänge, wo Wäsche auf Leinen trocknete.

Die Laufgänge waren leer.

Auch an den Fenstern und in den Treppenhäusern war niemand zu sehen.

Hinten im Hof standen grüne überfüllte Müllcontainer. Freire brauchte sich nur zu bedienen. Eierschalen, verfaultes Obst, stinkender, nicht näher identifizierbarer Abfall. Er hielt den Atem an, verrieb das klebrige Zeug auf seinen Klamotten und fetzte die Klinge seines neuen Messers durch Hose und Anorak. Anschließend öffnete er den Zapfhahn des Weincontainers und hielt sich das Plastikfässchen mit ausgestrecktem Arm über den Kopf. Wein gluckerte über seine Haare, sein Gesicht und seine Kleidung. Freire ekelte sich so sehr, dass er das Fässchen fallen ließ. Es hüpfte über den Boden wie ein Gummiball.

Er krümmte sich und erbrach den Kaffee und die Croissants. Spritzer auf Kleidung und Schuhen versuchte er gar nicht erst zu vermeiden – ganz im Gegenteil. Mehrere Sekunden lang lehnte er sich an einen der Müllcontainer und wartete, dass die Übelkeit nachließ.

Schließlich richtete er sich taumelnd auf. Seine Kehle fühlte sich wund an. Ein widerlicher Gestank nach Erbrochenem umgab ihn. Er verschloss sein Plastikfässchen, betrachtete seinen bekleckerten Pullover und wusste, dass er auf dem richtigen Weg war und eigentlich nur noch eines fehlte.

Er öffnete seinen Hosenschlitz und pinkelte sich auf Beine und Schuhe.

»Was soll das denn?«

Hastig zog Freire den Reißverschluss zu und hob den Kopf. Eine Frau lehnte sich zwischen zum Trocknen aufgehängten Bettlaken über die Brüstung und blitzte ihn wütend an.

»Das können Sie bei sich zu Hause machen, Sie Ferkel!«

Freire sah zu, dass er verschwand. Dabei presste er seinen Weinbehälter an die Brust wie einen Schatz. Als er die Canebière wieder erreichte, war er nicht mehr Mathias Freire, sondern ein Obdachloser. Nun musste er den Psychiater Mathias Freire vergessen und nur noch wie Victor Janusz denken, der Penner auf der Flucht.

Als Janusz würde er vielleicht seine vorhergehende Identität finden.

Und so weiter, bis er seinen innersten Kern entdeckte.

Seine ursprüngliche Persönlichkeit.

Die kleinste Matrjoschka.

Er folgte den Straßenbahnschienen. Nur langsam trockneten seine stinkenden Klamotten.

Der Vieux-Port war nicht mehr fern.

Sein Instinkt sagte ihm, dass er dort andere Obdachlose treffen würde. Und einer von ihnen, dessen war er sich ganz sicher, würde Victor Janusz kennen.

2. Victor Janusz

Der Vieux-Port umschließt das Hafenbecken wie ein riesiges U. Am Ende der beiden Begrenzungsdämme wachen zwei Festungen. Er erinnerte sich ihrer Namen: Fort Saint-Nicolas und Fort Saint-Jean. Die Gebäude dahinter liegen dicht beisammen und bilden eine Art Festungswall. Die Masten der in der Bucht ankernden Schiffe sahen aus wie Nadeln, die man in die Wasseroberfläche gesteckt hatte.

Rechts unter den Arkaden gewahrte Janusz eine Gruppe Penner. Sie lagen nebeneinander aufgereiht wie Opfer einer Naturkatastrophe. Zögernd trat Janusz einen Schritt näher. Aus dieser Entfernung sahen sie aus wie unordentliche Stoffhaufen, die teilweise auf Pappkartons lagen, teilweise von schmutzigen Taschen und Beuteln umgeben waren. Sie mussten in der letzten Nacht ganz schön gefroren haben, jetzt aber begannen sie zu husten, tranken und spuckten. Die vermeintlichen Leichen bewegten sich noch.

Janusz setzte sich neben den Ersten in der Reihe. Die Kälte des Asphalts drang ihm tief in die Knochen. Der Gestank seines Nachbarn hüllte ihn ein. Der Mann warf ihm einen gleichgültigen Blick zu. Janusz begriff sofort, dass er ihn nicht erkannte.

Er stellte sein Plastikfässchen offen neben sich. In den Augen seines Nachbarn glomm ein Funken Interesse auf. Janusz erwartete, dass der Mann Annäherungsversuche machen würde, um an einen Schluck Wein zu kommen, doch stattdessen pflaumte der Kerl ihn an:

»Hau ab, das ist mein Platz.«

»Der Bürgersteig gehört schließlich allen.«

»Siehst du nicht, dass ich arbeite?«

Janusz verstand nicht sofort. Der Penner trug weder Schuhe noch Strümpfe. Er hatte ein Bein untergeschlagen und saß darauf, das andere, dessen Fuß nur zwei Zehen hatte, streckte er weit aus. Mit den beiden verbliebenen Zehen hielt er eine Keksdose aus Blech und ließ sie über den Boden scheppern, wenn Passanten vorüberkamen.

»Bitte um eine milde Gabe für einen Bergsteiger, der seine Zehen am Mount Everest verloren hat. Bitte, nur eine kleine Münze«, flehte er. »Die Kälte hat mich zum Krüppel gemacht.«

Die Idee war originell. Von Zeit zu Zeit klingelten wie durch ein Wunder tatsächlich kleinere Münzen in der Keksdose. Janusz stellte fest, dass sein Nachbar nicht der Einzige war, der »arbeitete«. Alle anderen bettelten ebenfalls. Einer nach dem anderen standen sie auf und gingen bis zu den Säulen der Arkaden, wo sie Leute ansprachen, die sie geflissentlich zu übersehen versuchten. Teils unterwürfig, teils feindselig, gaben sie ihren Stimmen einen entweder devoten oder aggressiven Beiklang. Demütig bedankten sie sich, obwohl alles an ihnen Hass und Verachtung ausstrahlte.

Janusz wandte seine Aufmerksamkeit wieder seinem Nachbarn zu. Der wilde Rauschebart des Mannes wimmelte vor Flöhen. Er trug eine verblichene Kappe. Seine Haut war wie gegerbt, gerötet und spröde vor Kälte. Violette Adern schlängelten sich unter der Oberfläche wie Bäche, die alle der gleichen Quelle entsprangen: dem Suff. Das Ganze konnte man noch nicht einmal als Gesicht bezeichnen. Es war eher eine Ansammlung zerschmetterter Knochen, aufgedunsenen Fleischs, harter Krusten und Narben.

»Willst du ein Foto von mir?«

Janusz hielt ihm das Plastikfässchen hin. Ohne ein Wort zu verlieren, packte der Kerl den Handgriff und öffnete den Zapfhahn mit den Zähnen, ehe er sich einen langen, sehr langen Schluck genehmigte. Mit zufriedenem Lachen musterte er Janusz ein wenig aufmerksamer als zuvor. Er schien sich zu fragen, mit wem er es zu tun hatte. War der Neue gefährlich oder nicht? Ein Junkie? Oder ein entlaufener Irrer? Schwul? Aus dem Knast entlassen?

Janusz rührte sich nicht. Die wenigen Sekunden waren sein Passierschein. Er war zwar schmutzig und ungekämmt, trug aber nicht wie alle anderen sein Haus und seinen Hausrat mit sich herum. Außerdem waren seine Hände und sein Gesicht zu gepflegt, um echt zu wirken.

»Wie heißt du?«

»Victor.«

Er griff nach dem Weinbehälter und tat, als würde er trinken. Allein beim Geruch des Fusels wurde ihm wieder schlecht.

»Ich bin Bernard. Woher kommst du?«

»Aus Bordeaux«, gab Janusz prompt zurück.

»Ich stamme aus dem Norden. Wir alle hier stammen aus dem Norden. Wenn schon obdachlos, dann wenigstens in der Sonne.«

Dann ist Marseille also eine Art Katmandu für Clochards, dachte Janusz. Eine Endstation, ein Schlusspunkt ohne Hoffnung und ohne Ziel, aber wenigstens wurden die Winter hier nicht zu hart. Im Augenblick allerdings ließ die sprichwörtliche Milde sehr zu wünschen übrig. Die Temperatur hatte die Null-Grad-Marke sicher noch nicht geknackt. Janusz, dessen Klamotten immer noch feucht von Wein und Erbrochenem waren, schlotterte vor Kälte. Gerade wollte er eine weitere Frage stellen, als ihn zwischen den Beinen etwas kitzelte. Er machte eine unbedachte Handbewegung und wurde gebissen. Eine Ratte huschte davon.

Bernard lachte laut auf.

»Mann, bist du blöd! Ratten gibt es hier wie Sand am Meer, und natürlich beißen sie, wenn du nach ihnen schlägst. Aber die Viecher sind doch unsere Kumpel!«

Er griff nach dem Plastikfässchen und genehmigte sich einen tiefen Schluck auf das Wohl der Millionen Ratten von Marseille. Dann wischte er sich den Mund ab und verfiel wieder in Schweigen.

Janusz startete den ersten Versuchsballon.

»Wir kennen uns doch, oder?«

»Keine Ahnung. Wie lange bist du schon in Marseille?«

»Ich bin gerade erst zurückgekommen, aber Weihnachten war ich hier.«

Bernard antwortete nicht, sondern beobachtete die Passanten. Sobald sich ein Fußgänger unter die Arkaden verirrte, schepperte er automatisch mit seiner Büchse.

»Bist du schon lang auf der Straße?«, erkundigte sich Bernard.

»Seit einem Jahr ungefähr«, improvisierte Janusz. »Ich konnte keine Arbeit finden.«

»Ja klar, wie wir alle.« Bernard lachte auf.

Janusz verstand den Sarkasmus. *Opfer der Gesellschaft.* Wahrscheinlich warteten alle Außenseiter mit der gleichen Entschuldigung auf, obwohl niemand daran glaubte. Bernards Auflachen bedeutete fast das Gegenteil: Eigentlich war die Gesellschaft das Opfer.

»Wie alt bist du?«, wagte Janusz sich weiter vor.

»Um die fünfunddreißig.«

Victor hätte ihn auf mindestens fünfzig geschätzt.

»Und du?«

»Zweiunddreißig.«

»Scheiße, das Leben hat dir ganz schön übel mitgespielt.«

Janusz nahm die Feststellung als Kompliment. Er wirkte offenbar überzeugender, als er geglaubt hatte, fühlte sich aber auch mit jeder Sekunde abgetakelter und schmutziger. Wenn er sich noch ein paar Tage draußen herumtrieb, auf dem Boden herumsaß und sich mit diesen Monstern den Krätzer teilte, würde er wirklich einer von ihnen werden.

Bernard gönnte sich einen weiteren Schluck. Er legte eine zunehmend aggressive Fröhlichkeit an den Tag. Längst hatte Janusz das Prinzip begriffen. Die Leute soffen sich ihr desaströses Leben schön. Sie kippten ihren Sprit, bis sie irgendwann nur noch dahindämmerten und nichts mehr spürten. Und nach dem Aufwachen ging es wieder von vorn los.

Janusz stand auf und ging ein paar Schritte in Richtung der Arkaden. Bewusst setzte er sich den Blicken der anderen aus, aber niemand erkannte ihn. Keiner reagierte. Er war auf dem falschen Weg. Dieser Gruppe hatte er nie angehört.

Schließlich setzte er sich wieder neben Bernard.

»Viele sind ja heute Morgen nicht hier.«

»Meinst du Berber?«

»Klar.«

»Du machst wohl Witze. Wir sind schon viel zu viele. Zum Betteln braucht man ein ruhiges Eckchen, und zwar allein. Ich haue auch gleich ab.« Plötzlich wurde er merkwürdig nervös. »Zum Teufel, schließlich muss ich arbeiten.«

Janusz würde also im Lauf des Tages nur vereinzelte Obdachlose antreffen, die sich bemühten, Passanten ein paar Münzen aus den Taschen zu leiern.

»Wo übernachtest du derzeit?«, erkundigte er sich.

»In La Madrague in einem Notaufnahmelager. Da pennen bis zu vierhundert Typen jeden Abend; du kannst dir also vorstellen, was da abgeht.«

Vierhundert Penner unter einem Dach. Janusz konnte sich nichts Besseres und gleichzeitig Schlimmeres vorstellen. Einer würde ihn sicher wiedererkennen und ihm Informationen über Victor Janusz geben können. Bernard schüttelte das Plastikfässchen mit enttäuschter Miene.

»Hast du Knete, um uns noch was zu trinken zu kaufen?«

»Schon möglich.«

»Okay, ich komme mit.«

Bernard versuchte aufzustehen, aber außer einem lauten Furz kam nichts dabei heraus. Janusz spürte Hass in sich auflodern. Nachdem er zunächst Angst und Ekel empfunden hatte, erfüllte ihn jetzt eine wütende Aversion gegen diese verkommenen Kreaturen.

Die Heftigkeit seines Gefühls gab ihm zu denken. Warum verabscheute er die Obdachlosen? Gab es dafür vielleicht einen triftigen Grund? Und wie weit ging dieser Hass? War er so stark, dass er dafür einen Mord begehen würde?

»Nicht weit von hier ist ein Supermarkt«, erklärte Bernard, als er schließlich stand.

Beunruhigt trottete Janusz hinter ihm her. Unterwegs wiederholte er für sich die Worte, die er Anaïs Chatelet geschrieben hatte:

Ich bin kein Mörder.

Es war Mittag. Anaïs fuhr mit Le Coz in Richtung Biarritz. Fast die ganze Nacht hindurch hatte sie die Fahndung überwacht. Jede Gruppe und jede Straßensperre standen in permanentem Kontakt mit einer Zentralstelle bei der Polizei. In Bordeaux hatte man sämtliche Tankstellen, Obdachlosenasyle, leer stehende Häuser und jeden nur erdenklichen Unterschlupf durchsucht. Die Polizei in Marseille überwachte Bahnhöfe und Flughäfen, für den Fall, dass Janusz Heimweh bekam – was Anaïs allerdings nicht glaubte.

An der Fahndung waren jetzt dreihundert Polizisten von sämtlichen Dienststellen beteiligt. Hauptkommissarin Chatelet war in einer einzigen Nacht von der Gruppenchefin zur Oberbefehlshaberin einer Armee avanciert.

Und doch war alles umsonst gewesen.

Sie hatten nicht die kleinste Spur gefunden.

Um ihr Gewissen zu beruhigen, ließ sie sowohl sein Haus als auch sein Büro in der Klinik überwachen, ebenso wie seine Bankkonten, seine Kreditkarte und seinen Telefonvertrag. Aber Anaïs wusste, dass sich dort nichts tun würde. Janusz hatte sich abgesetzt. Und er würde keinen Fehler begehen. Schließlich hatte sie live miterlebt, wie intelligent dieser Mann war.

In der vergangenen Nacht, während sie die Fahndung überwachte und gegen ihre Müdigkeit ankämpfte, hatte sie eigene Ermittlungen über den Mann mit den zwei Gesichtern angestellt und die Lebensläufe von Mathias Freire und Victor Janusz durchforstet. Im Fall des Obdachlosen ging es recht schnell. Er war nirgends gemeldet und hatte keinerlei Papiere. Anaïs hatte mit den Polizisten gesprochen, die bei der Festnahme von Janusz in Marseille dabei gewesen waren. Sie erinnerten sich an einen streitsüchtigen Außenseiter. Er war sehr schmutzig und hatte eine lange Schnittwunde am Schädel. Man brachte ihn ins Krankenhaus, wo ein Blutalkoholgehalt von drei Komma sieben Promille gemessen wurde. Er nannte sich Victor Janusz, besaß aber keine Papiere, die seine Identität bewiesen. Offiziell hatte Victor Janusz also lediglich während der wenigen Stunden seines Aufenthalts im Polizeigewahrsam in Marseille existiert.

Der Psychiater hatte mehr Spuren hinterlassen. Anaïs war in die psychiatrische Spezialklinik Pierre-Janet gefahren und hatte seine Personalakte durchgelesen. Sämtliche Diplome, Beschäftigungsverhältnisse und Zeugnisse der vorigen Dienststelle waren dort aufgeführt und schienen in Ordnung zu sein. Und doch war alles gefälscht.

Gleich am Morgen hatte sie bei der Ärztekammer angerufen und erfahren, dass es in ganz Frankreich nie einen Psychiater namens Mathias Freire gegeben hatte. Im Übrigen auch keinen Allgemeinmediziner. Ein Anruf bei der psychiatrischen Klinik Paul-Giraud in Villejuif ergab, dass man dort nie von einem Freire gehört hatte.

Aber wie war Janusz an die Dokumente gekommen?

Woher hatte er gewusst, dass die Klink Pierre-Janet einen Psychiater suchte?

Um neun Uhr morgens war sie erneut in die Klinik gefahren und hatte sämtliche Ärzte zusammengetrommelt. Niemand hatte den geringsten Verdacht geschöpft. Freire war diskret und professionell, allerdings ein Einzelgänger. Sein Verhalten hatte keinen Anlass zu Argwohn gegeben, und sein Wissen galt als äußerst fundiert. Anaïs kam eine verrückte Idee: Womöglich war Freire tatsächlich ausgebildeter Psychiater. Aber wo und unter welchem Namen hatte er studiert und praktiziert?

Die nächste Spur war der Volvo gewesen. Anaïs hatte den Verkäufer ermittelt. Beim Kauf des Kombis hatte Freire sich mit seinem Führerschein ausgewiesen und bar bezahlt. Dabei stellte sich nebenbei die Frage, woher das Geld kam, wenn er noch einen Monat zuvor obdachlos gewesen war. Eine Nachfrage beim Zentralregister ergab, dass nie ein Führerschein auf den Namen Mathias Freire ausgestellt worden war. Die Wagenpapiere waren nie umgeschrieben worden, und es war auch nie eine Versicherung für das Auto bezahlt worden.

Anaïs erkundigte sich bei seiner Bank und bei dem Verwalter, von dem er das Haus gemietet hatte. Alles war in Ordnung. Freire besaß ein Girokonto, auf das sein Gehalt überwiesen wurde. Bei der Anmietung des Hauses hatte er makellose Papiere vorgewiesen. »Er hat mir frühere Gehaltsnachweise und seine letzte Steuererklärung vorgelegt«, sagte der Makler. Aber es waren Fotokopien gewesen, die sich leicht fälschen ließen.

Zum wohl tausendsten Mal fragte sich Anaïs, wie sie ihren Verdächtigen einschätzen sollte. War er ein Mörder? Ein Hochstapler? Betrüger? Oder selbst schizophren? Warum war er am Abend zuvor in ihr Büro gekommen? Um sich festnehmen zu lassen? Um ihr Informationen zu geben, die seine Unschuld bewiesen? Um ihr von dem Mord an Patrick Bonfils und Sylvie Robin zu erzählen?

Sie dachte an den Zettel, den er ihr auf den Schreibtisch gelegt hatte. *Ich bin kein Mörder.* Das Problem dabei war, dass sie es trotzdem glaubte. Freire war aufrichtig. Sein Instinkt sagte ihm, dass er nicht simulierte, wenn er den Psychiater spielte. Er simulierte auch nicht, als er Stein und Bein schwor, dass Patrick Bonfils unschuldig war und dass er ihm helfen wolle herauszufinden, was er in der Nacht auf den 13. Februar am Bahnhof Saint-Jean gesehen hatte. Hätte er selbst den Mord begangen, wäre diese Vorgehensweise völlig unlogisch gewesen. Niemand suchte Beweise gegen sich selbst. Aber was war es dann? Hatte er vielleicht selbst das Gedächtnis verloren?

Zwei Menschen ohne Gedächtnis – das war eine ganze Menge für einen einzigen Bahnhof.

Die Ausfahrt Biarritz wurde angekündigt. Anaïs konzentrierte sich auf den anderen Aspekt des Falles, der nun wirklich zu gar nichts passen wollte. Warum waren Patrick Bonfils und Sylvie Robin ermordet worden? Wer fühlte sich von einem verschuldeten Fischer und seiner Lebensgefährtin bedroht?

Seit dem Abend zuvor versuchte Anaïs Verbindung zu den Gendarmen im Baskenland aufzunehmen, die in diesem Fall ermittelten. Der Gruppenchef, ein gewisser Martenot, hatte sie nicht zurückgerufen. Um elf Uhr morgens, nach einer ausgiebigen Dusche, beschloss Anaïs, zusammen mit Le Coz selbst nach Guéthary zu fahren.

»So ein Mist!«

In der Ausfahrt hatte sich ein Stau gebildet. Anaïs stieg aus dem Auto. Das Wetter war schauderhaft – düsterer Himmel, Eiseskälte und peitschende Regenschauer. Sie schirmte die Augen mit einer Hand ab und entdeckte in einiger Entfernung eine von Gendarmen errichtete Straßensperre.

»Soll ich die Sirene einschalten?«, fragte Le Coz.

Anaïs antwortete nicht. Sie versuchte einzuschätzen, was da vor sich ging. Das war keine einfache Straßensperre. Die Polizei hatte Nagelgurte ausgelegt und die Straße zusätzlich mit querstehenden Fahrzeugen blockiert, deren Blaulicht sich stumm drehte. Und auch die Beamten an der Sperre waren keine einfachen Gendarmen. Sie trugen schwarze Uniformen, kugelsichere Westen und Helme mit Visier. Die meisten von ihnen waren mit Maschinenpistolen bewaffnet.

Anaïs beugte sich zu Le Coz hinunter. »Ich gehe zu Fuß hin«, sagte sie. »Sobald ich dir ein Zeichen gebe, kommst du nach.«

Fröstelnd setzte sie die Kapuze der Jacke auf, die sie unter ihrem Lederblouson trug, und ging an der Wagenschlange entlang. Unterwegs nahm sie ein paar Schlucke Hustensaft. Als sie sich den bewaffneten Männern näherte, schwenkte sie ihre Polizeimarke.

»Hauptkommissarin Anaïs Chatelet, Kripo Bordeaux«, rief sie.

Die Männer antworteten nicht. Mit ihren Visieren sahen sie aus wie Killermaschinen, schwarz und unergründlich.

»Wer hat hier das Sagen?«

Niemand antwortete ihr. Der Regen wurde stärker und strömte über die Visiere.

»Verdammt noch mal, wer ist hier der Boss?«

Ein Mann in einer Gore-Tex-Jacke trat auf sie zu.

»Ich. Polizeihauptmeister Delannec.«

»Was soll der Auftrieb hier?«

»Befehl von oben. Hier in der Gegend treibt sich irgendwo ein Flüchtiger herum.«

Anaïs streifte die Kapuze ab. Der Regen prasselte ihr auf die Stirn.

»Der Flüchtige ist mein Hauptverdächtiger. Aber bis zum Beweis des Gegenteils müssen wir von seiner Unschuld ausgehen.«

»Der Kerl läuft Amok!«

»Woher wollen Sie das wissen?«

»Er hat einen Obdachlosen in Bordeaux umgebracht und hier in Guéthary zwei Unschuldige massakriert. Außerdem ist er Psychiater.«

»Na und?«

»Die Typen gehören doch meistens selbst in die Zwangsjacke.«

Anaïs ignorierte diese Bemerkung.

»Ich habe einen Termin mit Ihrem Chef Martenot. Kann ich durchfahren?«

Der Name wirkte wie ein »Sesam, öffne dich«. Anaïs winkte Le Coz, der die Auffahrt entgegen der Fahrtrichtung hinunterfuhr. Sie sprang in den Wagen und bedankte sich mit einem Handzeichen bei dem Idioten in Uniform.

»Ist es wegen Janusz?«, fragte Le Coz.

Anaïs nickte mit zusammengebissenen Zähnen. Er sagte Janusz, sie dachte Freire. Und genau dort lag der Unterschied.

Erneut sah sie ihn vor sich, mit seiner Cola Zero in der Hand. Seinen schwarzen Haaren. Seinen müden Gesichtszügen. Er war wie Odysseus nach seiner Rückkehr – erschöpft und geschwächt, aber gleichzeitig verschönt und bereichert durch das, was er gesehen und erlebt hatte. Ein Mann mit der Aura einer antiken Skulptur. Wie herrlich musste es sein, sich in diese Arme zu flüchten.

Plötzlich fiel ihr etwas ein.

An jenem Abend hatte Freire ihr auf der Schwelle seines Hauses zugeflüstert:

»Ein Mord ist ein ziemlich ungewöhnlicher Grund, sich kennenzulernen.«

»Alles hängt davon ab, was anschließend passiert.«

Das Fragezeichen zwischen ihnen blieb in der Luft hängen wie der Atemhauch vor ihren Lippen.

Das Schicksal hatte ihnen ziemlich übel mitgespielt.

»Halt dich bloß da raus.«
Die Frau bekam gerade den dritten Schlag auf das Kinn, fiel aber noch immer nicht um. Da verpasste ihr der Mann einen Schwinger in den Bauch. Der Oberkörper der Frau kippte nach vorn. Sie schien ihren eigenen Schrei zu verschlucken.

Das Prügelopfer wirkte abgetakelt, aufgedunsen und schmutzig. Ein dunkelrotes Gesicht unter fettigen Haaren, undefinierbares Alter. Der Angreifer, ein Schwarzer mit Kappe, ballte beide Hände zusammen und ließ sie mit voller Wucht auf den Nacken des Opfers krachen. Die Frau brach zusammen. Endlich. Noch einmal bäumte sie sich auf und übergab sich.

»Alte Sau! Das ist ja ekelhaft!«

Jetzt hagelte es Fußtritte. Janusz stand auf. Bernard hielt ihn am Arm zurück.

»Lass das! Was geht dich das an?«

Janusz ließ sich wieder fallen. Das Schauspiel war unerträglich. Die Alte hatte einen lahmen Arm, mit dem anderen versuchte sie ihr Gesicht zu schützen. Sie ertrug die Tritte ohne einen Laut, zuckte aber bei jedem Treffer zusammen.

Seit vier Stunden begleitete Janusz Bernard durch die Stadt und wurde gerade Zeuge der dritten Schlägerei. Sie waren von einer Gruppe zur nächsten gewandert. Janusz kam es vor, als hätte er Scheiße in der Lunge, Pisse in den Nasenlöchern und Dreck in der Kehle.

Zunächst waren sie zur Place Victor Gélu gegangen, wo sich Obdachlose unter den Torbögen drängten. Niemand hatte Janusz erkannt. Er hatte eine Runde ausgegeben und Fragen gestellt, aber keine Antworten bekommen. Die nächste Station war das Théâtre du Gymnase ein Stück weiter oben auf der Canebière. Doch dort waren sie nicht lange geblieben, denn auf den Stufen lungerten junge Aussteiger herum, die gerade einem Neuankömmling eine ordentliche Abreibung verpassten. Weiter ging es durch schmale Gässchen bis zur Rue Curiol, dem Transenviertel der Stadt.

Schließlich ließen sie sich vor der Kirche Saint-Vincent-de-Paul nieder, wo die Canebière und die Allée Léon Gambetta zusammentreffen. Hier wimmelte es von Obdachlosen. Sie saßen auf den Stufen und tranken, pinkelten vor die Kirche und musterten Passanten mit herausfordernden Blicken. Die seit dem Morgengrauen betrunkenen Männer schienen ohne Weiteres bereit, sich für einen Euro, eine Zigarette oder einen Schluck Rotwein gegenseitig umzubringen.

Doch auch hier hatte niemand Janusz erkannt. Allmählich begann er zu bezweifeln, dass er sich je zuvor in Marseille aufgehalten hatte. Aber er fühlte sich zu erschöpft, um weiterzulaufen.

Die Prügelei war vorüber. Die Frau lag in einer Lache aus Blut und Erbrochenem auf dem Boden.

Schlimmer kann auch die Hölle nicht sein, dachte Janusz. Die Erniedrigung, das düstere Wetter – es war kaum zwei Uhr nachmittags, aber es dämmerte bereits –, die Kälte und die Gleichgültigkeit der Passanten erschienen ihm wie ein Abgrund, in den er immer tiefer hineinrutschte.

Die Frau schleppte sich auf den Bürgersteig und flüchtete sich unter einen Torbogen neben einem Schnellrestaurant. Janusz zwang sich, sie zu beobachten. Ihr Gesicht war bis zur Unkenntlichkeit verschwollen, die Augen waren blutunterlaufen. Von ihren aufgeplatzten Lippen triefte rötlicher Schaum. Sie hustete und spuckte Zahntrümmer aus. Schließlich setzte sie sich auf die Außentreppe eines Gebäudes. Während sie darauf wartete, weggejagt zu werden, hielt sie ihr Gesicht in den Wind, um ihre Wunden zu trocknen.

»Sie ist selbst schuld«, schimpfte Bernard.

Janusz antwortete nicht. Bernard fuhr in seinen Erklärungen fort. Nénette, das Opfer, war die »Frau« von Titus, dem Schwarzen. Er verlieh sie gegen ein paar Münzen, Restaurant-Tickets oder Tabletten an andere Männer. Janusz verstand nicht, wie ein derart besoffenes Wrack auch nur das leiseste Begehren wecken konnte.

»Ja und?«, erkundigte er sich.

»Sie ist zu den anderen gegangen.«

»Welchen anderen?«

»Eine andere Clique im Viertel Panier. Sie hat es dort umsonst getan. Na ja, ganz sicher ist das nicht, aber Titus ist eben wahnsinnig eifersüchtig.«

Janusz beobachtete das blutüberströmte Weib. Irgendwo hatte sie eine Weinflasche herbekommen und verabreichte sich eine Dröhnung als erste Hilfe. Ihre Züchtigung schien sie längst vergessen zu haben.

Die Gesellschaft der Straße war eine Gesellschaft der Gegenwart.

Ohne Erinnerungen und ohne Zukunft.

»So ist das nun mal«, meinte Bernard. »Wir haben nichts zu tun, also prügeln wir uns.«

Und wir saufen, fügte Janusz innerlich hinzu. Nach seinen Berechnungen musste Bernard inzwischen fast fünf Liter intus haben. Und die anderen standen ihm in nichts nach. Jeder von ihnen konsumierte über den Tag verteilt zwischen acht und zwölf Liter Wein.

»Komm«, sagte der Clochard, »wir verschwinden. Hier sind schon zu viele. Und man sollte nicht immer dieselbe Kundschaft anöden.«

Natürlich empfand Bernard keine Zuneigung für Janusz. Er duldete ihn, weil der Neue schon drei Flaschen hatte springen lassen. Regel eins: Wenn ein Penner dir die Hand reicht, tut er es nur, weil eine Bezahlung auf ihn wartet. Und die Bezahlung erfolgt grundsätzlich in Form von Wein.

Sie setzten sich wieder in Bewegung. Ein feuchter, durchdringender Seewind zerrte an ihnen. Janusz fror bis auf die Knochen. Seine Hände waren zu Eisklötzen erstarrt. Mit tränenden Augen folgte er Bernard, ohne viel wahrzunehmen. Nur beim Anblick von Polizisten erschrak er noch immer. Bei jeder Sirene und bei jedem Polizeiauto senkte er den Kopf. Er hatte nicht vergessen, wer er war. Eine Beute. Ein Verdächtiger auf der Flucht. Ein Schuldiger, der sich immer tiefer verstrickte. Seine Tarnung und seine Fluchtburg waren Elend, Dreck und billiger Wein. Aber für wie lange noch?

Auf einem kleinen Platz ließen sie sich nieder. Janusz hatte keine Ahnung, wo sie sich befanden, aber es war ihm auch egal. Die Apathie seiner Schicksalsgenossen begann, auf ihn überzugreifen. Er wurde gefühllos, langsam und scheu. Ohne seine Uhr fing er an, jeden Begriff von Zeit und Raum zu verlieren.

Das Rasseln von Bernards Blechbüchse rief ihn in die Gegenwart zurück. Sein Kumpel hatte die Schuhe ausgezogen und seine beiden schwärzlichen Zehen entblößt.

»Bitte um eine milde Gabe für einen Bergsteiger ...«

Nach und nach tauchten noch weitere Penner auf. Bernard wurde wütend. Die Männer waren so betrunken, dass sie nicht mehr bettelten, sondern die Kundschaft verscheuchten. Ein Typ rieb sein Gesicht am Asphalt und riss sich die Haut auf. Einem anderen hing der Pimmel aus der offenen Hose. Er verfolgte auf allen vieren einen Kumpel und versuchte, ihm sein Geschlecht in den Mund zu pressen. Ein Stückchen weiter stand ein Einzelgänger und schimpfte vor sich hin, hielt einer Mauer feierliche Vorträge, redete mit dem Bürgersteig und drohte dem Himmel.

Janusz beobachtete sie ohne Mitleid und ohne Wohlwollen. Im Gegenteil. Immer noch empfand er diesen Hass, der ihn seit dem Morgen nicht verlassen hatte. Er war sich ganz sicher, dass er die Obdachlosen auch schon verabscheut hatte, als er noch wirklich Victor Janusz war. Der Hass hatte ihn aufrechterhalten und ihm das Überleben gesichert. Aber war er auch stark genug gewesen, um einen Mord zu begehen?

»Komm«, sagte sein Begleiter und kratzte seine Münzen zusammen, »ich habe Durst.«

»Kaufst du dir eigentlich nie etwas zu essen?«

»Dafür gibt es doch Suppenküchen und die Emmaus-Gemeinschaft. Zu essen kriegen wir überall.« Er lachte. »Viel schwieriger ist es, was zu trinken zu bekommen.«

Der Abend kam, und es wurde immer kälter. Besorgt dachte Janusz an die Stunden, die ihm bevorstanden. Seine Eingeweide krampften sich zusammen. Er fühlte sich den Tränen nah wie ein Kind, das Angst vor der Dunkelheit hat.

Aber er musste durchhalten.

Zumindest bis zur Ankunft in der Wärmestube in La Madrague, wo die Obdachlosen sich abends einfanden.

Wenn ihn auch dort niemand wiedererkannte, war er auf der falschen Fährte.

Martenot, der Chef der Gendarmerie, hatte sich bereit erklärt, sie zum Tatort zu begleiten. Jeder in seinem eigenen Wagen, und bloß kein Wort in den Büros! Jetzt folgten sie dem Subaru WRX der Gendarmerie, einem jener ausländischen Modelle, die im Lauf der letzten Jahre angeschafft worden waren.

Sie passierten Bidart und Guéthary und folgten der Eisenbahnlinie. Der Regen wollte nicht aufhören, er dämpfte Geräusche, Empfindungen und Bewegungen. Er tropfte von den Büschen und sprühte wie ein Schleier vom Asphalt auf. Er setzte fahle Lichtflecken auf die Meeresoberfläche.

An der höchsten Stelle einer Küstenstraße hielten die Autos an. Zwischen dichtem Buschwerk standen ein paar verstreute Häuser; weiter unten erkannte man einen farblosen, von dunklen Felsen gesäumten Strand. Anaïs und Le Coz gesellten sich zu den Gendarmen. Martenot zeigte auf ein hundert Meter entferntes Häuschen aus Beton, über dem ein Schild in Fischform befestigt war.

»Das ist das Haus von Bonfils.«

Das Gebäude war mit gelben Bändern abgesperrt; Türen und Fenster hatte man versiegelt. Zwar hatten die Fotografen und die Techniker der Spurensicherung ihre Arbeit bereits erledigt, doch am nächsten Tag wollte man noch einmal gründlicher recherchieren.

»Und wo genau ist der Mord geschehen?«

»Unten am Strand.« Martenot wies zum Meer hinunter. »Die Leiche der Frau lag dort drüben. Den Mann haben wir am Fuß eines der Felsen gefunden.«

»Ich sehe gar nichts.«

»Weil dort jetzt Wasser ist. Wir haben Flut.«

»Ich will es mir trotzdem ansehen.«

Sie folgten einem steilen Pfad. Als Anaïs sich umblickte, sah sie hauptsächlich triefende Bäume und eine oder zwei Villen mit kiefernbeschatteten Terrassen. Der vor Nässe glänzende Schienenstrang durchschnitt wie mit dem Lineal gezogen die Landschaft.

Der Strand war ein schmales Band aus dunklem Sand. Anaïs fröstelte. War es die Erkältung? Oder Angst? Plötzlich fiel ihr die Sage von Tristan und Isolde ein, in der es um schwere Stürme und einen Liebestrank ging.

Schnell konzentrierte sie sich wieder.

»Wann genau ist es passiert?«

»Laut Zeugenaussagen etwa um die Mittagszeit.«

»Dann gibt es also Zeugen?«

»Ja, zwei Fischer. Sie waren selbst am Strand, ungefähr hundert Meter entfernt.«

»Und was haben sie gesehen?«

»Die Aussage hört sich ein wenig konfus an. Angeblich haben sie einen Mann im Regenmantel wegrennen sehen. Vermutlich Ihren Verdächtigen. Mathias Freire.«

»Ist das der Name, den man Ihnen genannt hat?«

»Wieso? Ist es nicht der richtige?«

Anaïs ging nicht darauf ein. Die Situation war ohnehin schon unübersichtlich genug.

»Von wo ist er gekommen?«

»Vom Strand.«

»Mit anderen Worten: Freire hat Bonfils und die Frau erschossen und ist dann geflohen?«, fragte sie. Ihr war klar, dass sie den Advocatus Diaboli spielte.

»Nein, die Opfer wurden nicht aus nächster Nähe erschossen. Im Übrigen haben die Zeugen auch zwei schwarz gekleidete Männer gesehen, die zum Strand liefen. Wir wissen nicht, ob sie Freire verfolgten, weil sie ihn für den Mörder hielten, oder ob sie die beiden erschossen hatten. Später sind sie dann in einem schwarzen Audi Q7 davongefahren. Leider haben wir keine Nummer.«

Mist! Wie hatte sie das vergessen können? Erst vorgestern hatte Freire ihr die Abzüge mit dem Nummernschild anvertraut und berichtet, dass er seit zwei Tagen von einem schwarzen Geländewagen verfolgt wurde. Die Ausdrucke lagen bei ihr zu Hause.

»Im Anschluss daran wird die Aussage der beiden Fischer ein wenig wirr. Angeblich ist ein Zug vorbeigefahren. Der Kerl im Regenmantel war danach verschwunden, und die beiden Männer sind in ihren Audi gestiegen und weggefahren.«

»Und dann?«

»Nichts mehr. Alles hat sich in Wohlgefallen aufgelöst.«

Ein krächzender Schrei ertönte über ihnen. Anaïs hob den Kopf. Möwen stemmten sich gegen den Wind. Die Brandung donnerte gegen den schwarzen Sandstrand.

»Wissen Sie schon etwas über die Einschusswinkel?«, fragte sie und vergrub die Hände in den Jackentaschen.

»Wie es aussieht, stand der Schütze auf der Terrasse der Villa da drüben. Sie ist im Winter nicht bewohnt.«

Das Haus war mehr als fünfhundert Meter entfernt.

»Heißt das etwa, dass die Mörder ...«

»Ja, es waren Fernschüsse. Da war ein echter Sniper am Werk.«

Die Ermittlungen schienen wieder eine neue Wendung zu nehmen. Wer bezahlte einen Scharfschützen, um einen verschuldeten Fischer und seine Lebensgefährtin zu eliminieren?

»Woher wissen Sie, dass von dort geschossen wurde?«

»Wir haben Patronenhülsen auf der Terrasse gefunden.«

Da konnte etwas nicht stimmen. Wenn man davon ausging, dass die Mörder wirklich Profis waren, hätten sie nie im Leben den Fehler begangen, Beweisstücke am Tatort zu hinterlassen. Es sei denn ...

Anaïs kam ein anderes Szenario in den Sinn. Die Mörder

hatten zwei ihrer Opfer niedergeschossen, doch einem war es gelungen zu fliehen. Freire. Sie hatten ihn verfolgt und im Eifer des Gefechts ihre Patronenhülsen vergessen.

Martenot hielt ihr ein Plastiksäckchen mit Metallfragmenten unter die Nase. Anaïs nahm es und betrachtete die goldfarbenen Hülsen. Von solchen Dingen hatte sie keine Ahnung. In Ballistik war sie immer schlecht gewesen. Sie kannte sich weder mit Kalibern noch mit Leistung oder Entfernungen genauer aus.

»Zwölf Komma sieben Millimeter«, erklärte Martenot. »Das ist Präzisionsmunition.«

»Gibt uns das irgendeinen Hinweis auf die Mörder?«

»In gewisser Weise schon. Zwölf Komma sieben ist ein eher seltenes Kaliber, das hauptsächlich in schweren Maschinengewehren verwendet wird. Leistungsstark und sehr schnell. Es wird auch gern bei bestimmten Präzisionswaffen verwendet.«

»Was heißt das?«

»Es ist das Kaliber des Hécate II. Ein in den 1990er Jahren entwickeltes Scharfschützengewehr, das oft von Snipern benutzt wird. Ein geübter Schütze trifft damit auf eine Entfernung von bis zu tausendzweihundert Metern. Auf tausendachthundert Meter kann man damit noch ein Fahrzeug stoppen. Ziemlich überdimensioniertes Material für eine einfache Fischerfamilie. Ganz davon abgesehen, dass man sich mit dieser Waffe sehr eingehend beschäftigen muss, um sie zu beherrschen.«

Martenot sprach betont sachlich, um seine Befürchtungen zu verbergen. Doch Anaïs hatte bereits begriffen.

»Könnte der Schütze den Streitkräften angehören?«

»Das Hécate II wurde 1997 offiziell bei der Armee eingeführt«, antwortete Martenot widerstrebend. »Unsere Antwort auf die Scharfschützenangriffe während der Kämpfe auf dem Balkan. Heute werden diese Gewehre auch von Einsatzkommandos benutzt.«

Anaïs schwieg. Das waren tatsächlich völlig neue Dimensionen.

»Es gibt auch noch andere Truppenteile und ausländische Armeen, die dieses Gewehr benutzen«, fuhr Martenot fort. »Wir werden die Beweisstücke an unsere Zentrale schicken. Es ist nicht ausgeschlossen, dass wir die Überreste bis zur Waffe selbst zurückverfolgen können. Das Hécate II ist keine leicht erwerbbare Massenware und übrigens auch nicht einfach zu bedienen. Immerhin wiegt es voll ausgerüstet an die siebzehn Kilo.«

Anaïs nickte ernst. Sie wusste – eigentlich hatte sie es von Anfang an gewusst –, dass diese Geschichte äußerst komplex war. Der Mord an einem Aussteiger, den man in einen Minotaurus verwandelt hatte. Das Auftauchen eines Mannes, der sein Gedächtnis verloren hatte und Fragen stellte, auf die es keine Antworten gab. Fingerabdrücke eines falschen Psychiaters. Und jetzt ein Mord aus dem Hinterhalt mit möglicherweise militärischem Hintergrund.

Martenot griff nach den Patronenhülsen. Anaïs zögerte kurz.

»Keine Sorge«, sagte der Mann, »wir werden der Sache sorgfältig nachgehen, auch wenn die Schuldigen aus unseren eigenen Reihen stammen. Die Hülsen gehen noch heute ins Labor, und der Bericht ist schon unterwegs zum Richter.«

»Ist schon ein Richter bestellt?«

»Claude Bertin von der Staatsanwaltschaft Bayonne. Er hat viel mit der ETA zu tun und kennt sich in Sachen Ballistik aus.«

»Haben Sie schon den Obduktionsbericht?«

»Noch nicht.«

Anaïs stutzte. Die Leichen von Bonfils und seiner Lebensgefährtin waren am Spätnachmittag des Vortags in die Gerichtsmedizin von Rangueil bei Toulouse gebracht worden. Zweifellos lag der Bericht Martenot längst vor. Wahrscheinlich hatte er ihn erst einmal seinen Vorgesetzten vorgelegt, ehe er ihn weitergab. In einem derart prekären Zusammenhang musste jede Aktion abgewogen und analysiert werden. Vielleicht hatte die Armee sogar bereits einen eigenen Arzt für ein Gegengutachten abgestellt.

Martenots Stimme drang wieder in ihr Bewusstsein.
»Darf ich Sie zu einem Kaffee einladen?«
»Sehr gern«, lächelte sie. »Aber vorher muss ich kurz telefonieren.«
Auf dem Pfad zur Straße blieb sie ein Stück zurück und wählte Conantes Nummer. Der Kollege nahm schon während des ersten Läutens ab.
»Ich bin es«, meldete sie sich. »Gibt's was Neues?«
»Dann hätte ich angerufen.«
»Du musst mir einen Gefallen tun. Fahr bitte sofort zu mir nach Hause.«
»Hast du vergessen, deine Blümchen zu gießen?«
»Frag bei der Hausmeisterin nach dem Schlüssel. Du musst sehr überzeugend auftreten, denn sie ist ziemlich dickköpfig. Zeig ihr deine Marke.«
»Und was soll ich bei dir?«
»Auf meinem Schreibtisch liegen Ausdrucke, die ein Nummernschild zeigen. Finde den Halter raus und ruf mich sofort zurück.«
»Wird gemacht. Und wie sieht es in Biarritz aus?«
Anaïs blickte auf. Die Gestalten der Gendarmen verschwanden in Regenschwaden. Dicke Tropfen pladderten auf die Schienen. Kiefern und Ginster schienen im Wasserdunst zu schweben.
»Ziemlich feucht. Ruf mich an.«

Los, beweg deinen Arsch. Der Wagen ist da.«

Schwerfällig stand Janusz auf. Er schien nur noch aus Muskelkater und Schüttelfrost zu bestehen. Sein Plan, seine Recherchen und seine Beobachtungsstrategie hatten sich im Lauf des Abends verflüchtigt. Bis zum Einbruch der Nacht waren sie weitergelaufen, um sich schließlich am Ausgangspunkt wiederzufinden – unter den Arkaden des Club Pernod gegenüber dem Vieux-Port. Janusz war in einem Zustand, in dem er nur noch davon träumte, es irgendwo ein wenig warm und weich zu haben.

Gegen sieben Uhr hatte Bernard eine Telefonkarte hervorgekramt und die Nummer des Sozialdienstes angerufen. Jeden Abend machten speziell zu diesem Zweck eingesetzte Wagen die Runde, um die Obdachlosen in die Wärmestuben zu bringen. Wer noch nicht zu betrunken war, rief an, ehe die nächtliche Kälte ihm den Rest gab. Die anderen wurden von Patrouillen aufgelesen, denen ihre Standorte bekannt waren. In Marseille schlief im Winter so gut wie kein Penner auf der Straße.

Die Männer vom Sozialdienst sprangen aus einem Citroën Jumpy und halfen denen, die nur noch torkelten. Einige von ihnen weigerten sich, in das Auto zu steigen.

»Ich habe mich für die Straße entschieden«, lallte ein Mann mit rauer Stimme.

Ein anderer wehrte sich ungeschickt. Sein Körper war schlaff und weich wie ein Schwamm.

»Lasst mich in Frieden. Ich will nicht in die Sterbeanstalt.«

»Die Sterbeanstalt?«, erkundigte sich Janusz.

»Er meint La Madrague«, erklärte Bernard und packte sein Bündel zusammen. »Mach dir nichts draus. Für Typen wie uns ist es das Beste, was es gibt.«

Benommen vor Kälte und Müdigkeit begriff Janusz nur, dass er seinem Ziel näher kam. Die hinteren Türen des Lieferwagens wurden geöffnet.

»Hallo, Bernard«, rief der Fahrer durch die Trennscheibe aus Plexiglas, die das Führerhaus vom Passagierraum abtrennte.

Bernard antwortete mit seinem Hyänenlachen, warf seine stinkenden Bündel in den Wagen und stieg ein. Janusz folgte seinem Beispiel. Der Geruch nahm ihm fast den Atem. Es stank nach Dreck, Urin, Exkrementen und Verdorbenem. Mit angehaltenem Atem tastete er sich in den dunklen Innenraum, stieß sich Knie und Arme und stolperte über Bündel. Schließlich fand er einen Sitzplatz. Bernard war verschwunden.

Der Jumpy setzte seinen Weg fort. Nachdem sich Janusz' Augen allmählich an das Dämmerlicht gewöhnt hatten, nahm er seine neuen Kameraden wahr. Etwa ein Dutzend Menschen saßen auf zwei einander zugewandten Bänken. Äußerlich unterschieden sie sich kaum von den Figuren, mit denen er heute den ganzen Tag lang zu tun gehabt hatte, doch im Licht der vorüberhuschenden Straßenlaternen nahmen sie das groteske Aussehen von Wasserspeiern an.

Da gab es einen Mann mit kahlrasiertem Schädel, dessen Gesicht nur aus zwei starren Augen zu bestehen schien. Ein anderer schlief mit dem Kopf zwischen den Armen in einem Haufen Lumpen. Kaum jemand bewegte sich; fast alle wirkten apathisch und wie versteinert. Ein Typ kniete auf dem Boden, stützte sich auf der Bank ab und versuchte sich in gymnastischen Übungen. Seine Bemühungen wirkten mitleiderregend und ziemlich ungeschickt, vor allem weil er bei jeder Bewegung dramatisch stöhnte.

Der Sozialarbeiter, der neben dem Fahrer saß, klopfte an die Scheibe.

»Jo, setz dich sofort hin.«

Der Sportsmann richtete sich schwankend auf und ließ sich auf die Bank fallen. Sein Sitznachbar erhob sich. Seine Haut war schwarz vor Schmutz. Glücklicherweise nahm Janusz seinen Geruch nicht wahr, denn er atmete bewusst nur noch durch den Mund. Ganz wohl war ihm allerdings auch dabei nicht, denn auf diese Weise drangen die Ausdünstungen ungefiltert in seine Lunge. Der Mann stellte sich breitbeinig vor die zweigeteilte Hecktür des Wagens und pinkelte. Bei dem Versuch, den Spalt zwischen den Türflügeln zu treffen, bespritzte er seine Nachbarn, denen das jedoch nichts auszumachen schien.

Er bemühte sich umsonst, weil die Türen natürlich geschlossen waren. Je nachdem, ob der Wagen anfuhr oder bremste, schwappte die Urinpfütze durch den Passagierraum. Wieder klopfte der Sozialarbeiter gegen die Scheibe.

»Hey! Nicht hier! Du kennst die Vorschriften.«

Der Mann reagierte nicht, sondern entleerte sich stoisch weiter. Janusz hob die Füße.

Als der Penner fertig war, trat er rückwärts mitten in die stinkende Lache und ließ sich auf die Bank fallen.

Der Geräuschpegel stieg mit jedem zurückgelegten Kilometer. Schleppende, verbitterte, bösartige Stimmen stießen zusammenhanglose Worte hervor. Das Ganze hörte sich an wie Fetzen einer Sprache ohne Bedeutung und ohne Sinn.

Eine Frau stammelte ununterbrochen vor sich hin:

»Ich heiße nicht Odile, ich heiße nicht Odile. Wenn ich Odile hieße, wäre das etwas ganz anderes ...«

Ein Mann, der keine Zähne mehr hatte und dessen Mund ganz eingefallen war, stöhnte:

»Ich muss unbedingt zum Zahnarzt. Und danach fahre ich zu meinen Kindern.«

Manche sangen. Die Misstöne waren schier unerträglich. Einer grölte noch viel lauter als die anderen. Er versuchte sich an *Les Démons de minuit*, einem Hit aus den 1980er Jahren.

»Hier ist echt was los, findest du nicht?«

Bernard saß tatsächlich neben ihm. Janusz war so verstört gewesen, dass er es nicht einmal bemerkt hatte.

»Aber das hier ist noch gar nichts. Warte erst einmal ab, bis wir in La Madrague sind.«

Der Transporter hielt noch mehrmals an. Janusz riskierte einen Blick nach draußen. Während die Sozialarbeiter den Abschaum der Gesellschaft einsammelten, versuchten andere Männer, alterslose Frauen in Daunenjacke und Minirock dazu zu bewegen, in einen Lieferwagen einzusteigen.

»Das sind Nutten«, murmelte Bernard. »Sie werden nach Jeanne-Panier gebracht.«

Vermutlich ebenfalls eine Wärmestube. Neue Passagiere stiegen ein. Allmählich wurde es eng. Der Sänger grölte ohne Rücksicht auf Verluste weiter: *Ils m'entraînent au bout de la nuit / Les démons de minuit / Ils m'entraînent jusqu'à l'insomnie / Les fantômes de l'ennui!*

Die jungen Männer setzten sich schweigend so weit wie möglich von den anderen entfernt. Sie wirkten weder betrunken noch schmutzig, sondern im Gegenteil wach und klar bei Verstand. Und alles andere als freundlich. Janusz hatte den Eindruck, dass sie erheblich gefährlicher waren als die restliche Klientel.

»Das sind Rumänen«, flüsterte Bernard.

Janusz erinnerte sich. Ähnliche Gestalten waren manchmal nach Pierre-Janet gekommen. Vorbestrafte aus Osteuropa, denen die Notunterkünfte in Frankreich im Vergleich zu rumänischen Gefängnissen wie Fünfsternehotels erschienen.

»Denen darfst du nicht zu nah kommen«, fügte Bernard hinzu. »Für ein Restaurant-Ticket würden sie ihre eigene Mutter umbringen. Aber vor allem interessieren sie sich für unsere Papiere.«

Janusz ließ die drei Raubtiere nicht aus den Augen. Aber auch er war ihnen aufgefallen – der Penner mit den weichen Händen. Er war der Mann, den sie sich in dieser Nacht vornehmen würden. Der Einzige, der vermutlich mehr als einen Euro in der Tasche hatte. Janusz schwor sich, in dieser Nacht nicht zu schlafen, obwohl er vor Erschöpfung schon ganz steif geworden war. Er steckte die Hand in die Tasche, tastete nach seinem Eickhorn und umklammerte das Messer wie einen Fetisch.

Der Jumpy bremste. Sie waren am Ziel. Das Viertel sah aus, als sei man dabei, es zu demolieren oder neu aufzubauen – um diese Uhrzeit war das nicht genau zu erkennen. Eine Autobahnbrücke überspannte die Straße wie ein Drache, der eine alte Stadt bedroht. Alles war stockfinster, bis auf einen hell angestrahlten, hohen Gitterzaun, auf dem in großen Lettern das Wort NOTAUFNAHMELAGER prangte. Vor dem Tor drängte sich eine laute, wild gestikulierende Menschenmenge.

»Das ist La Madrague, mein Lieber«, sagte Bernard. »Tiefer kann man nicht mehr sinken. Jeder darf rein, außer Kindern. Danach gibt es nur noch den Friedhof.«

Janusz antwortete nicht. Das Schauspiel faszinierte ihn. Vor dem Gitter standen Männer in schwarzen Overalls mit Leuchtstreifen. Ihre Gesichter waren vermummt, sie trugen Handschuhe und kontrollierten die Eingänge. Über ihnen, auf dem Dach eines der Gebäude, bellten Hunde in einem Käfig. Vermutlich waren es die Hunde der Obdachlosen, doch Janusz musste unwillkürlich an Zerberus denken, den dreiköpfigen Höllenhund, der das Tor zur Unterwelt bewachte.

»Endstation! Alles aussteigen!«

Alle standen auf, griffen nach ihren Bündeln und verließen den Bus. Flaschen rollten über den Fahrzeugboden und durch die Urinpfütze.

»Jetzt sind nur noch Leichen hier«, unkte der Sänger. »Flaschenleichen.«

Beglückt über seinen Scherz sauste er mit gesenktem Kopf wie ein Rugbyspieler zwischen den anderen hindurch, schubste sie zur Seite und gab damit Anlass zu lautstarkem Protest. Die Passagiere stiegen aus, purzelten aus dem Wagen, verteilten sich. Es sah aus, als hätte man eine Mülltonne auf den Bürgersteig geleert. Vermummte Männer warteten bereits mit einem

Hochdruckreiniger, um die Spuren ihrer Anwesenheit zu beseitigen.

Vor dem Zaun herrschte das absolute Chaos.

Einige Männer versuchten sich ihren Weg mit Gewalt zu bahnen, indem sie ihren Einkaufswagen oder ihre Bündel vor sich herschoben. Andere hieben mit Krücken auf das Gitter ein. Wiederum andere brachten die Hunde in Rage, indem sie Getränkedosen über die Absperrung warfen. Die Sozialarbeiter bemühten sich, ein wenig Ordnung in den Trubel zu bringen und die Männer der Reihe nach durch den Eingang zu lotsen. Durch das nur halb geöffnete Tor passte immer nur eine Person.

Janusz war ein Teil des Getümmels. Er senkte den Kopf, zog die Schultern hoch und versuchte zu vergessen, wo er sich befand. Zumindest war ihm nicht mehr kalt. Die nachrückenden Männer drängten ihn gegen das Gitter und zerquetschten ihn fast. Durch die Gitterstäbe konnte er sehen, dass die Warteschlange sich durch den gesamten Innenhof bis zum ersten Gebäude fortsetzte. Vor dem hell erleuchteten Empfangsbüro prügelte man sich. Flaschen flogen. Männer wälzten sich am Boden.

Bernard hatte recht gehabt: Er hatte wirklich noch längst nicht alles gesehen.

»Name?«

»Michael Jackson.«

»Papiere?«

Ein hämisches Lachen war die Antwort. Ein Sozialarbeiter stieß den verlausten Kerl nach rechts. Der nächste Kandidat rückte vor die Sprechluke des Büros.

»Name?«

»Sarkozy.«

Der Mann am Schreibtisch zuckte mit keiner Wimper.

»Papiere?«

»Was glaubst du wohl, Blödmann?«

»Immer schön höflich bleiben.«

»Geschissen.«
»Der Nächste.«
Die Hälfte der Warteschlange hatte Janusz geschafft. Er prägte sich jede Einzelheit ein. Rings um den Hof standen Betonbauten, in der Mitte hatte man Container aufgestellt. Anhand der Typen, die sich um die jeweiligen Blöcke bewegten, konnte man erkennen, wer wohin gehörte.

In den Containern waren die Frauen untergebracht. Neben alterslosen Tippelschwestern lungerten extrem junge Mädchen herum und rauchten. Sie bewegten sich in dieser Hölle, als wäre es ein Schulhof, und wurden von gut durchtrainierten Sozialarbeitern bewacht und – was noch wichtiger war – beschützt.

Ein weiterer Wohncontainer am Rand war für Maghrebiner reserviert, die sich mit konspirativen Mienen auf Arabisch unterhielten. Eines der Betongebäude diente den Männern aus Osteuropa als Unterkunft. Hier überwogen die harten, slawischen Laute.

Mit zusammengekniffenen Augen suchte Janusz nach den drei Rumänen aus dem Jumpy. Schließlich entdeckte er sie. Seelenruhig standen sie vor ihrem Block, rauchten und unterhielten sich mit Landsleuten. Ihre Augen glühten fast so intensiv wie ihre Zigarettenkippen.

»Ich habe es satt. Einfach satt!«

Janusz wandte sich um. Eine Frau beleidigte einen Schwarzen mit Schirmmütze. Nénette und Titus. Die Hexe hatte sich wieder erholt und griff nun selbst an. Natürlich fing sie sich sofort eine Ohrfeige, taumelte und versuchte, den nächsten Schlag mit ihrem gesunden Arm abzuwehren. Schon bildeten sich zwei Lager. Die Kontrahenten wurden lachend angefeuert. Titus schlug erneut zu. Nénette stürzte auf ihren lahmen Arm, mit dem sie den Aufprall nicht abfangen konnte. Als ihr Kopf auf den Asphalt knallte, brach für Janusz die letzte Schutzmauer zusammen. Er ertrug dieses Grauen einfach nicht mehr. War denn überhaupt eines dieser Ungeheuer bei klarem Verstand?

Er wurde vor die Sprechluke des Büros gestoßen.

»Name?«

»Narcisse«, antwortete er, ohne nachzudenken.

»Narcisse wie?«

»Einfach nur Narcisse. So heiße ich.«

»Papiere?«

»Nein.«

Der Name war plötzlich in seinem Kopf gewesen. Unerklärlich, aber völlig selbstverständlich.

»Geburtsdatum und Geburtsort?«

Er gab das Datum an, das er auf den falschen Papieren von Mathias Freire gelesen hatte. Als Geburtsort entschied er sich für Bordeaux. Einfach so, gewissermaßen als Provokation.

Der Mann am Schreibtisch hob die Augen.

»Bist du neu hier?«

»Gerade erst angekommen.«

Der Angestellte schob ein nummeriertes Ticket unter der Scheibe hindurch.

»Als Erstes gehst du nach links zur Gepäckaufbewahrung und gibst dein Bündel ab. Untergebracht bist du in dem Gebäude da drüben rechts, gegenüber den Duschen. Im Erdgeschoss. Die Nummer da ist deine Zimmernummer.«

Der Mann hinter ihm versetzte ihm einen Klaps auf den Rücken.

»Hey, Schwein gehabt. Du bist bei den Guten.«

Janusz ging an der Gepäckaufbewahrung vorüber. Auch hier staute es sich. Unsägliche Gestalten gaben überfüllte Einkaufswagen, Bündel voller Unrat und mit Schrott beladene Kinderwagen ab. Er musste erklären, dass er nichts zum Aufbewahren bei sich hatte. Der Angestellte warf ihm einen merkwürdigen Blick zu.

»Keine Waffe? Kein Geld?«

»Nein.«

»Willst du duschen?«

»Ja gern.«

Der Mann beäugte ihn jetzt noch misstrauischer.

»Nächster Block.«

In der Gasse zwischen den Duschen und dem Block, wo Janusz schlafen sollte, war es durch die Dunstschwaden aus den Sanitäranlagen deutlich wärmer. Janusz stand vor einem weiteren Schreibtisch, wo man ihm ein Handtuch und ein Hygieneset mit Seife, Zahnbürste und Einmalrasierer überreichte.

»Bevor du duschst, gehst du in der Garderobe vorbei.«

Die Garderobe stellte sich als Lagerhalle heraus, wo mehrere Stapel trockener, sauberer Kleidungsstücke auf Abnehmer warteten. Janusz musste unwillkürlich daran denken, dass die ehemaligen Besitzer wahrscheinlich längst tot waren. Also geradezu perfekt für einen Zombie wie ihn! Jemand war ihm beim Aussuchen der richtigen Größe behilflich. Er entschied sich für ein Holzfällerhemd, eine Gärtnerhose, eine Großvaterweste und einen schwarzen Mantel. Das Allerwichtigste aber war ein Paar Turnschuhe, auf das er sofort zusteuerte. In seinen Springerstiefeln hatte er sich schreckliche Blasen gelaufen.

Das nächste Gebäude wirkte auf den ersten Blick wie ein großer, dampfiger Hamam. Der Raum war weiß gekachelt, die Türen waren rot gestrichen. Links befand sich eine Reihe Toiletten und Duschkabinen, die rechte Wand wurde von Waschbecken eingenommen.

Bei näherem Hinsehen erkannte er, dass der Zustand der sanitären Anlagen ziemlich übel war. Toilettenpapierrollen schwammen in Urinpfützen, die Kacheln waren mit Spritzern von Erbrochenem verunziert. Überall auf Böden und Wänden fanden sich braune, übelriechende Spuren.

Penner zogen sich in den Dampfschwaden aus und schrien, grunzten oder stöhnten. Irgendetwas bahnte sich hier an. *Wasserfolter!* Hilfskräfte in Gummistiefeln standen schon bereit.

Janusz suchte nach einer Kabine. Handtuch, Seife und seine neuen Klamotten hielt er fest an die Brust gepresst. Zum ersten Mal wichen die ekelerregenden Gerüche den chemischen Dünsten von Industriereinigern. Trotzdem blieben die Horrorvisionen. Ohne ihre Klamotten wirkten die Obdachlosen dünn und schmächtig. Graue, rote oder bläuliche Haut spannte sich über spitze Knochen. Verletzungen, Infektionen und Wundkrusten formten düstere Motive auf ihrem fleckigen Äußeren.

Da keine Kabine frei war, befahl ihm einer der Helfer, zu den Waschbecken zu gehen und sich auszuziehen. Janusz weigerte sich. Auf keinen Fall durfte er sich hier nackt zur Schau stellen. Nicht nur weil er noch die Flohhalsbänder trug, er wollte auch nicht seinen gesunden, wohlgenährten Körper zur Schau stellen. Er war ein Meter achtzig groß und wog achtundsiebzig Kilo – allein das hätte ihn auf den ersten Blick verraten. Ganz abgesehen von seinem Geld und seinem Messer.

Die anderen ließen sich gern helfen. Sie wurden sehr vorsichtig ausgezogen, weil sich ihre Haut manchmal gleich mit dem Kleidungsstück löste. Diese Männer hatten ihre Klamotten viele Monate, manchmal sogar Jahre getragen, was zu erschreckenden Hautveränderungen führte. Ein alter Mann rollte langsam seine halb aus Fasern, halb aus Fleisch bestehenden Socken hinunter. Auf seinen Waden zeichnete sich blutrot das Muster der Maschen ab.

»Du bist dran. Die Kabine da ist frei.«

In diesem Augenblick ertönten Rufe aus dem Dunst. Ein Helfer kniete vor einem Waschbecken und hielt einem leblosen Mann den Kopf. Ein zweiter Helfer kam mit klatschenden Gummistiefeln angerannt.

»Der hier muss sofort ins Krankenhaus.«

»Was hat er denn?«

Statt einer Antwort zeigte der Helfer auf den Arm des Ohnmächtigen. Er war schwarz von Wundbrand.

»Je länger wir warten, desto höher muss amputiert werden.«

Beinahe hätte Janusz seine Hilfe angeboten, doch er wurde bereits zum zweiten Mal aufgerufen.

»Was ist denn jetzt mir dir? Brauchst du eine Sondereinladung? Die 6 ist frei.«

Auf dem Weg zu seiner Kabine sah er einen Lahmen, der sich mühsam auf Krücken unter dem Wasserstrahl hielt. Ein Stückchen weiter war jemand ohnmächtig geworden und wurde von einem Helfer mit einem Schrubber abgebürstet.

»Macht voran, Leute«, schrie einer der Aufseher und polterte gegen alle Türen. »Wir wollen schließlich nicht die ganze Nacht hier verbringen.«

Janusz betrat seine Kabine und verriegelte die Tür. Er zog sich aus, brachte sein Geld in Sicherheit und entfernte die Halsbänder. Als er unter dem heißen Wasserstrahl stand, fühlte er sich endlich in Sicherheit. Wie gut das tat! Er schrubbte sich gründlich ab. Nachdem er sich abgetrocknet, angezogen und Messer und Geld in seinen neuen Klamotten verstaut hatte, fühlte er sich sauber, regeneriert und wie neu.

Die nächste Etappe war die Kantine. Sie war in einer Baubaracke am Ende des Hofs untergebracht und beherbergte zwischen ihren mit Polyanfolie tapezierten Wänden etwa zwanzig Tische. Im Raum war es vergleichsweise ruhig. Den Alkoholikern, denen man ihren Wein weggenommen hatte, blieb keine andere Wahl, als möglichst schnell zu essen und dann schlafen zu gehen, um weniger unter dem Entzug zu leiden.

Auf der rechten Seite war die Essensausgabe. Janusz stellte sich in der Warteschlange an. Der Raum war brechend voll und überheizt. Der Gestank der Menschen mischte sich mit Essensdünsten und einem Fettgeruch, der wie Nebel in der Luft hing. Janusz suchte sich einen Platz und leerte seinen Teller, ohne hinzusehen, was er da aß. Er war jetzt genau wie alle anderen. Der kalte Tag und der Alkohol hatten ihm schwer zugesetzt, und nach der Dusche fühlte er sich nur noch müde.

Eine Sache jedoch gab ihm zu denken. Selbst hier erkannte ihn niemand. Alle sahen über ihn hinweg. War er vielleicht doch auf der falschen Spur? Aber darum würde er sich morgen kümmern. Im Augenblick wünschte er sich nur noch eins: sich in ein Bett legen und endlich schlafen.

Er kehrte in die ihm angewiesene Baracke zurück. In einem sauberen Zimmer standen vier doppelstöckige Betten. Das Linoleum auf dem Boden war weich genug, um Stürze abzufedern, denn viele Penner fielen aus dem Bett oder prügelten sich auch in den Zimmern weiter. Janusz entschied sich für ein unteres Bett. Ihm war wohler dabei, nah am Boden zu sein, damit er im Notfall sofort die Flucht ergreifen konnte.

Die Matratze war mit einem Einwegbezug bespannt. Janusz legte sich hin, zog sich die Decke über die Ohren und umklammerte den Schaft seines Eickhorn-Messers wie ein Kind sein Stofftier. Das Licht im Raum wurde nicht gelöscht. Draußen auf dem Flur herrschte ein lautstarkes Kommen und Gehen. Alle richteten sich ein, so gut es ging. Janusz dachte, dass es bei diesem Lärm sicher leicht wäre, nicht allzu tief zu schlafen.

Eine Sekunde später war er fest eingeschlafen.

»Monsieur Saez? Mein Name ist Anaïs Chatelet. Ich bin Hauptkommissarin bei der Kriminalpolizei Bordeaux.«
Die Antwort ließ einen Augenblick auf sich warten.
»Wie sind Sie an meine Nummer gekommen?«
Anaïs antwortete nicht. Wieder verstrichen einige Sekunden.
»Was wollen Sie?«
Sein Ton war herrisch, die Stimme jedoch klang zuckersüß.
Anaïs hatte sich entschieden, in Biarritz zu übernachten. Nach dem Kaffee mit Martenot hatte sie per SMS die Daten des Eigentümers des Geländewagens erhalten. Der Q7 gehörte einer Gesellschaft namens ACSP, einem privaten Sicherheitsunternehmen mit Sitz in Bruges nördlich von Bordeaux. Sie hatte sofort dort angerufen, doch die Angestellten hielten sich ausgesprochen bedeckt. Man weigerte sich sogar, ihr die private Telefonnummer des Eigentümers Jean-Michel Saez zu geben.

Anaïs hatte keinen Druck gemacht. Sie suchte sich ein kleines Hotel in Biarritz und forschte weiter. Nachdem sie schließlich im Besitz der Privatnummer von Saez war, hatte sie die Belagerung damit begonnen, dass sie ihn alle halbe Stunde anrief, ohne eine Nachricht auf seiner Mailbox zu hinterlassen.

Gegen 22.00 Uhr nahm er schließlich das Gespräch an.
»Ihre Gesellschaft besitzt einen Geländewagen der Marke Audi, Modell Q7 S line TDI mit dem Kennzeichen 360 643 AP 33. Ist das richtig?«
»Ja. Und warum interessiert Sie das?«
Immer noch klang die Stimme süffisant und honigsüß. Anaïs hätte ihm gerne die Meinung gesagt, doch ihr war klar, dass sie nichts gegen ihn in der Hand hatte. Es gab lediglich die Aussage

eines Mannes auf der Flucht, der den Eindruck hatte, dass dieser Wagen ihm gefolgt war.

Sie beschloss, es auf die sanfte Tour zu versuchen.

»Ein Arzt aus Bordeaux hatte in den vergangenen Tagen mehrfach den Eindruck, von genau diesem Wagen verfolgt zu werden. Aus diesem Grund wurden wir eingeschaltet.«

»Hat er uns angezeigt?«

»Nein.«

»Haben Sie die Daten der angeblichen Verfolgung?«

Freire hatte berichtet, dass er den Wagen zum ersten Mal entdeckt hatte, nachdem Patrick Bonfils aufgetaucht war.

»Am 13., 14. und 15. Februar 2010.«

»Wird dem Fahrer des Fahrzeugs sonst irgendetwas zur Last gelegt?«

Die Stimme blieb nicht nur ruhig, sondern schien sich überdies köstlich über das Gespräch zu amüsieren. Anaïs konnte der Versuchung nicht widerstehen, dem arroganten Kerl den Wind aus den Segeln zu nehmen.

»Offenbar war der Geländewagen ebenfalls in der Nähe, als gestern, am 16. Februar, in Guéthary ein Doppelmord begangen wurde.«

Der Chef von ACSP lachte nur.

»Finden Sie das etwa lustig?«

»Lustig ist nur die Art und Weise, wie die Polizei vorgeht. Solange Sie sich so anstellen, brauchen Menschen, die in Sicherheit leben wollen, Leute wie uns.«

»Wie meinen Sie das?«

»Ich habe das Fahrzeug vor sechs Tagen als gestohlen gemeldet. Am 11. Februar, um ganz genau zu sein.«

Anaïs zuckte zusammen.

»Bei welcher Dienststelle?«

»Bei der Gendarmerie von Bruges, ganz in der Nähe unseres Hauptfirmensitzes. Ich dachte immer, der Krieg zwischen den unterschiedlichen Polizeieinheiten wäre längst beendet.«

»Wir arbeiten Hand in Hand mit den Gendarmen.«
»Dann müssen Sie aber unbedingt noch etwas für die Kommunikation tun.«

Anaïs' Mund war wie ausgetrocknet. Sie spürte, dass der Mann log, aber sie hatte ihm, zumindest im Augenblick, nichts entgegenzusetzen. Daher versuchte sie sich einigermaßen würdevoll aus der Affäre zu ziehen.

»Das können Sie uns alles persönlich erklären. Kommen Sie bitte in die Rue François de Sourdis in ...«

»Ganz sicher nicht.«

»Bitte?«

»Bisher habe ich große Geduld mit Ihnen gehabt, Mademoiselle, aber jetzt muss ich offenbar wirklich deutlich werden. Sie haben vielleicht das Recht, Verdächtige vorzuladen, aber dass dies auch mit Beschwerdeführern geschieht, ist mir neu. Sollten Sie mein Auto wiederfinden – falls Ihnen das überhaupt je gelingt –, dürfen Sie mich gern freundlich bitten, in Ihrer Dienststelle vorbeizukommen. Dann werde ich sehen, was ich tun kann. Guten Abend.«

Das Freizeichen ertönte. Anaïs war wie vor den Kopf geschlagen. Mit Sicherheit hatte dieser dreiste Kerl Verbindungen in die beste Gesellschaft von Bordeaux, nahm an Festlichkeiten teil, spendete für politische Parteien und hielt sich so alle Türen offen. Sie kannte diese Art von Leuten zur Genüge, denn sie war mitten unter ihnen aufgewachsen.

Das düstere, mit altmodischen Möbeln ausgestattete Hotelzimmer, in dem es nach einer Mischung aus Schimmel und Reinigungsmitteln roch, hätte einen idealen Ort für die Totenwache bei einer alten Oma abgegeben. Anaïs setzte sich an den winzigen, mit Wachstuch bedeckten Tisch und studierte die Aufzeichnungen, die sie über ACSP gesammelt hatte.

Das Unternehmen bestand seit zwölf Jahren und bot die üblichen Dienstleistungen an: Objektschutz mit und ohne Hundeführer, Freilandabsicherung, Streifen und Revierdienste sowie die Vermietung von Edelkarossen. Anaïs hatte sich den Internetauftritt der Firma angesehen. Die Seite wirkte einladend, aber wenig informativ. Das Unternehmen gehörte einer Gruppe an, deren Namen nicht genannt wurde. Jean-Michel Saez bescheinigte sich eine lange und gründliche Erfahrung auf dem Gebiet des Sicherheitsdienstes, doch wo er diese erworben hatte, erfuhr man nicht. Referenzen wurden mit Hinweis auf den Datenschutz nicht veröffentlicht.

Anaïs machte sich auf die Suche nach Artikeln, Kommentaren und Indiskretionen, doch auch hier fand sie absolut nichts. Man hätte meinen können, dass es sich bei der ACSP um ein reines Phantom ohne Vergangenheit, Kunden und Partner handelte.

Sie rief Le Coz an. Der geschniegelte Kollege hatte schlechte Laune. Seit seiner Rückkehr nach Bordeaux musste er sich um eine ganze Flut von absurden Zeugenaussagen und der Fantasie entsprungenen Indizien zum Verbleib des flüchtigen Arztes kümmern. Zu allem Überfluss sah man sich auch noch dem Hohn und Spott von Seiten der Medien wie auch der Vorgesetzten ausgesetzt. WO IST VICTOR JANUSZ? Anaïs fragte sich, ob sie nicht in Wirklichkeit in Biarritz geblieben war, um dem ganzen Ärger zu entgehen.

»Gibt es schon Neuigkeiten vom Richter?«

Seit dem Vortag wurde gemunkelt, dass die Staatsanwaltschaft die Angelegenheit übernehmen würde. Freires Flucht hatte die Dinge beschleunigt. Von Aufschub war nicht mehr die Rede. Adieu, Unabhängigkeit. Adieu, Freiheit. Und möglicherweise auch: Adieu, Ermittlung.

»Bisher nicht«, sagte Le Coz. »Die Staatsanwaltschaft scheint uns vergessen zu haben.«

»Wart's nur ab. Und sonst?«

»Sonst« – das war Janusz und seine Flucht.

»Nichts. Er ist uns durch die Lappen gegangen. Leider gibt es daran nichts zu deuteln.«

Einerseits freute sich Anaïs darüber, andererseits befürchtete sie das Schlimmste. Im Gefängnis wäre Janusz zumindest sicher gewesen. Ein Flüchtiger riskierte immer eine verirrte Kugel, und diesem da waren obendrein ein paar professionelle Killer auf den Fersen.

»Wo bist du jetzt gerade?«

»Im Büro.«

»Bist du noch fit?«

Le Coz schnaufte in den Hörer.

»Was gibt es denn?«

Anaïs beauftragte Le Coz, die Büroräume der ACSP zu durchsuchen. Solange der Richter nicht offiziell beauftragt war, hatte das Team noch freie Hand.

»Ich brauche alles, von Anfang an: wie der Laden läuft, wer die Kunden sind, den Organisationsplan, die Gruppe, zu der das Unternehmen gehört – eben alles.«

»Ich gehe gleich morgen früh hin.«

»Nichts da – du gehst jetzt.«

»Aber es ist schon nach 22.00 Uhr!«

»Dann triffst du nur noch den Nachtwächter an. Du musst so überzeugend wirken wie nur möglich.«

»Wenn Deversat Wind davon bekommt, können wir ...«

»Bis er davon erfährt, haben wir unsere Informationen. Und nur das ist wichtig.«

Le Coz antwortete nicht. Er wartete auf das Zauberwort.

»Ich gebe dir volle Deckung.«

In gewisser Weise beruhigt gab er nach.

Anaïs zögerte kurz, ehe sie die Privatnummer ihres Chefs wählte.

»Ich habe Ihren Anruf erwartet«, meinte er. Seine Stimme klang oberlehrerhaft.

»Eigentlich habe ich darauf gewartet, dass Sie anrufen.«

»Bisher gab es nichts Neues.«

»Sind Sie da ganz sicher?«

Deversat räusperte sich.

»Der Ermittlungsrichter hat den Fall übernommen.«

Anaïs' Herz schien einen Schlag auszusetzen.

»Wer ist es?«

»Philippe Le Gall.«

Es hätte schlimmer kommen können. Der Mann war erst kurz dabei, kaum älter als sie selbst und eben erst von der Universität gekommen. Sie hatte schon einmal mit ihm zusammengearbeitet. Er war jung, streberhaft und wenig erfahren.

»Nimmt man mir den Fall weg?«

»Damit habe ich nichts zu tun. Versuchen Sie Ihr Glück bei Le Gall.«

»Bisher kann mir niemand etwas vorwerfen.«

»Anaïs, Sie ermitteln in einem Mordfall, der möglicherweise an einen Doppelmord im Baskenland gekoppelt ist. Bisher haben Sie nicht das geringste Resultat vorzuweisen. Aber dafür ist Ihnen Ihr Hauptverdächtiger entwischt.«

Anaïs überlegte, welche Fortschritte sie bisher gemacht hatte. Sie hatte das Opfer identifiziert. Außerdem hatte sie einen Zeugen gefunden, der dann zum Hauptverdächtigen wurde. Sie hatte die Vorgehensweise des Mörders analysiert. Für drei Tage war das nicht einmal schlecht. Trotzdem hatte Deversat recht: Bisher hatte sie lediglich ihre Arbeit getan. Gewissenhaft, aber ohne Geistesblitz.

»Da ist noch etwas anderes«, fuhr Deversat fort.

Anaïs fuhr zusammen. Sie erwartete ständig, gefeuert zu werden. Nicht etwa, weil sie jung und eine Frau war. Sondern weil sie die Tochter von Jean-Claude Chatelet war. Von dem Mann, den man den Henker von Chile nannte und als Mörder von mindestens zweihundert politischen Gefangenen ansah.

Doch Deversat hieb in eine ganz andere Kerbe.

»Angeblich haben Sie persönliche Beziehungen zu dem Verdächtigen.«

»Wie bitte? Wie kommen Sie denn darauf?«

»Das tut hier nichts zur Sache. Haben Sie Mathias Freire außerhalb der offiziellen Ermittlungsarbeit besucht?«

»Nein«, log sie. »Ich habe ihn nur einmal getroffen, um ihn zu seinem Patienten Patrick Bonfils zu befragen.«

»Sie haben ihn zweimal gesehen. Am Abend des 15. Februar waren Sie bei ihm.«

»Haben Sie ... Haben Sie mich beschatten lassen?«

»Natürlich nicht. Es war reiner Zufall. Einer unserer Jungs hat Ihren Wagen vor Freires Haustür gesehen.«

»Wer?«

»Das spielt keine Rolle.«

Schweinehunde! Opportunisten! Die Bullen waren wirklich die Schlimmsten. Sie wollten immer alles ganz genau wissen. Mit tonloser Stimme sagte sie:

»Es stimmt. Ich habe ihn noch ein zweites Mal verhört.«

»Um elf Uhr abends?«

Anaïs antwortete nicht. Jetzt wusste sie, warum man ihr den Fall entziehen würde. Tränen traten in ihre Augen.

»Darf ich den Fall behalten oder nicht?«

»Wie weit sind Sie?«

»Morgen nehme ich an der Durchsuchung des Hauses der beiden Opfer in Guéthary teil.«

»Sind Sie sicher, dass das wichtig für Sie ist?«

»Ich bin noch im Lauf des Vormittags zurück, möchte Sie aber daran erinnern, dass der Wagen von Mathias Freire am Tatort sichergestellt wurde.«

»Sind die Gendarmen einverstanden?«

»Da gibt es nicht das geringste Problem.«

»Sehen Sie zu, dass Sie morgen noch vor der Mittagszeit zurück sind. Der Richter möchte morgen Nachmittag mit Ihnen reden.«

»Das große Verhör?«

»Nennen Sie es, wie Sie wollen. Vor dem Treffen wünscht er einen detaillierten Bericht über den gesamten Fall. Eine Zusammenfassung. Ich hoffe, Sie sind noch nicht allzu müde, denn er will sie morgen früh als Mail vorliegen haben.«

Deversat wollte eben auflegen, als Anaïs fragte:

»Haben Sie je von einem Unternehmen namens ACSP gehört?«

»Flüchtig. Warum?«

»Eines ihrer Autos könnte in den Fall verwickelt sein.«

»Welchen Fall?«

Sie übertrieb ein wenig.

»In das Massaker am Strand. Was halten Sie von dem Laden?«

»Wir hatten anlässlich eines Einbruchs in Chartrons mit ihnen zu tun. Es ging um ein Landgut, das von Sicherheitskräften dieser Firma bewacht wurde. Meiner Ansicht nach handelt es sich um einen Haufen Spinner. Ehemalige Militärs. Haben Sie mit ihnen Kontakt aufgenommen?«

»Mit ihrem Chef, Jean-Michel Saez.«

»Und was hat er gesagt?«

»Dass man ihnen den Wagen schon vor dem Mord geklaut hat. Aber das werde ich überprüfen.«

»Seien Sie vorsichtig. Soweit ich mich erinnere, haben die Leute Verbindungen nach ganz oben.«

Anaïs dachte an Le Coz, der gerade ins offene Messer lief. Die Durchsuchung war keinesfalls legal und gründete sich lediglich auf Vermutungen. Doch sofort beschloss sie, ihn nicht zurückzupfeifen. Sie brauchte die Informationen. Ihr Instinkt sagte ihr, dass von dieser Seite etwas zu erwarten war. Danach war immer noch Zeit, die Wogen wieder zu glätten.

Anaïs ging in die Lobby, um sich einen Kaffee zu holen, und eilte gleich darauf wieder nach oben. Sie erstellte eine neue Datei und begann ihre Zusammenfassung des Falls niederzuschreiben. Zumindest war es eine gute Gelegenheit, sich über die bisherigen Erkenntnisse klar zu werden.

Ein schneidender Schmerz weckte ihn unsanft.
Der gesamte Bauchraum war betroffen, vom Schambein bis zu den Rippen breitete sich ein wellenförmiges Brennen aus. Selbst der Rücken schmerzte, als schnitte ihm jemand die Wirbel durch.

Er öffnete die Augen. Das Licht war gelöscht, im Schlafsaal herrschte Ruhe. Was war nur los mit ihm? Ein dumpfes Gurgeln drang aus seinem Magen. Sein Schließmuskel brannte. Durchfall! Der miserable Krätzer, den er den ganzen Tag getrunken hatte! Aber vielleicht auch nur eine ganz normale Darmgrippe. Oder – noch einfacher – die Angst. Die Angst, die ihn seit seiner Ankunft begleitete und jetzt in seinen Eingeweiden explodierte.

Er setzte sich auf den Bettrand und hielt sich den Bauch. Sein Kopf drehte sich, seine Beine zitterten. Er musste zum Klo, und zwar schnell. Hastig steckte er sein Messer in die Tasche und schwankte zusammengekrümmt zur Tür des Schlafsaals. Jeder Schritt verstärkte den Schmerz.

Auf der Schwelle musste er stehen bleiben. Er klammerte sich an den Türstock. Wo waren noch die Toiletten? Irgendwo am Anfang des Flurs. Ob er überhaupt bis dahin durchhalten würde?

Mit einer Hand am Bauch tastete er sich an der Wand entlang. Blähungen wollten ihn schier zerreißen, sein Darm gurgelte zum Erbarmen. Aber er schaffte es bis zu den Toiletten.

Als er jedoch erleichtert die Tür aufriss, geriet er mitten in ein nächtliches Drama. Zwei Helfer bemühten sich verzweifelt, einen Mann zu beruhigen, der sich mit allen Kräften an einen Wasserhahn klammerte. Janusz sah nur seine Augen, in denen sich der Wahnsinn spiegelte. Der Kerl rührte sich nicht von der Stelle und schrie auch nicht, sondern konzentrierte sich ganz und gar auf seine »Eroberung«. Von den beiden Sozialarbeitern kam ebenfalls kein Laut. Stumm und verbissen versuchten sie den Mann zu überwältigen.

Unmöglich, sich bei einem solchen Gerangel zu erleichtern! Die Duschen fielen ihm ein. Auch dort gab es Toiletten. Er stieß die Tür auf, wandte sich nach rechts und fand sich im Hof wieder. Die Luft war so eisig, dass er für einen Augenblick seine Qualen vergaß. Die Umgebung wirkte wie versteinert. Selbst die Hunde auf dem Dach des ersten Blocks waren zur Ruhe gekommen.

Janusz hatte keine Ahnung, wie spät es war. Jedenfalls mitten in der Nacht. Und er hatte schreckliche Bauchschmerzen. Mühsam schleppte er sich zu den Duschen. Der Raum lag in tiefem Dunkel, doch er erkannte die roten Türen und die weißen Fliesen. Alles war jetzt wieder blitzsauber und roch nach Chlor. Janusz drückte die erste Türklinke. Besetzt. Den Geräuschen nach zu urteilen, hatte es noch jemanden so heftig erwischt wie ihn.

Die nächste Kabine war frei. Er stieß die Tür mit dem Kopf auf, torkelte hinein, drehte sich um, ließ die Hose hinunter und setzte sich, ohne sich die Mühe zu machen, die Tür abzuschließen. Ein Krampf fuhr wie ein glühendes Messer durch seinen Darm.

Die Erleichterung raubte ihm fast den Atem.

Mit geschlossenen Augen genoss er das Gefühl, sich zu entleeren und von seinem Übel zu befreien. Obwohl der Schmerz immer noch da war, empfand er es wie einen Segen.

Mit geschlossenen Augen wurde er Zeuge der Qualen in der Nachbarkabine, die wie ein Echo seiner eigenen Not waren. Jetzt gehörte er wirklich zu diesen Menschen. Sogar beim Scheißen waren sie Kameraden, Komplizen bis ins Innerste. Dieser Durchfall war seine Feuertaufe.

Plötzlich erstarrte er.

Da war jemand. Genau vor ihm.

Ohne den Kopf zu heben, öffnete er die Augen. Spitze an Spitze mit seinen Turnschuhen stand ein Paar glänzend gewichste Westons. Panik ergriff ihn. Wie konnte das passieren? Richtig, er hatte die Tür nicht verschlossen. Der Mann hatte sich hineingeschlichen und die Tür hinter sich geschlossen, und das alles, während Janusz sich ungebremst entleerte.

Zunächst tat er so, als hätte er nichts bemerkt. Sein erster Gedanke galt den Rumänen, doch dazu hätten die Westons nicht gepasst. Fast unmerklich hob er den Kopf und sah eine schmale, gut geschnittene Anzughose vermutlich italienischer Herkunft.

Sein Blick landete bei den Händen. Der Eindringling hielt einen Kabelbinder in der Hand – ein festes Nylonband mit gezahnter Innenseite, das zur Standardausrüstung jedes Handwerkers gehörte.

Aber woher wusste er das?

Gerade noch rechtzeitig hob er die rechte Hand an die Kehle. Der Mann hatte den Kabelbinder um seinen Hals gezurrt. Das Plastikteil schnitt sich in seine Handfläche. Mit den Fingern umklammerte er das Band, um den Zug zu mildern. Bevor der Angreifer eine bessere Position gefunden hatte, war Janusz aufgesprungen und hatte dabei mit dem Kopf auf das Kinn des Mannes gezielt. Ein jäher Schmerz durchzuckte ihn. Er sank auf der Toilettenschüssel zusammen und unterdrückte einen Schrei.

Der Angreifer hatte den Kabelbinder losgelassen, schwankte und taumelte gegen die Tür. Janusz nahm sich nicht die Zeit, seine Hose hochzuziehen. Mit der linken Hand – die rechte war noch immer an seinem Hals festgezurrt – stieß er den Angreifer nach draußen.

Doch nichts geschah. Erst mit Verspätung fiel Janusz ein, dass sich die Türen der Kabinen nach innen öffneten. Er griff nach der Klinke und zog aus Leibeskräften. Die durch den Körper des Mannes blockierte Tür ging zwar langsam auf, doch gleichzeitig kam auch der Angreifer wieder zu sich.

»Hilfe!«, schrie Janusz.

In dieser Sekunde, genau in dieser Sekunde, wurde ihm klar, dass sein Leben an einem seidenen Faden hing. Unmittelbar vor der Tür stand ein weiterer Mann und zielte mit einer automatischen Waffe auf ihn. Janusz erkannte ihn sofort. Es war einer seiner Verfolger aus Bordeaux. Der Mörder vom Strand von Guéthary.

Der Mann in Schwarz hob langsam den Arm.

»Hilfe!«

Der erste Verfolger hatte sich wieder aufgerappelt und taumelte aus der Toilettenkabine. Er hielt sich die Hand vor das Gesicht. Mit einem geistesgegenwärtigen Tritt schloss Janusz die Tür, kauerte sich auf die Schüssel, vergrub den Kopf in den Armen und schrie immer weiter:

»Hilfe!«

Doch nichts geschah. Weder fiel ein Schuss, noch drang eine Kugel durch die Tür. Und Schmerz empfand er auch nicht. Absolut nichts. Und in diesem Augenblick sagte ihm sein Instinkt, dass die Männer draußen verschwunden waren.

Mit der freien Hand wischte Janusz sich ab und zog in einem letzten Aufbäumen von Würde die Hose wieder hoch. Dabei schrie er ununterbrochen mit schriller Stimme um Hilfe.

Schließlich hörte er, wie jemand durch den Hof rannte. Man kam ihm zu Hilfe. Er betätigte die Spülung und brach in hysterisches Lachen aus. Tatsächlich! Er lebte noch! Nachdem er die Kabine verlassen hatte, schaffte er es mit viel Mühe, die Finger der rechten Hand aus dem Kabelbinder zu befreien und die Schlinge unter dem Hemdkragen zu verbergen. Um keinen Preis wollte er den Angriff erklären müssen.

Als eine Tür aufging, fuhr er entsetzt herum. Noch hatte er seine Panik nicht ganz überstanden. Doch der Anblick eines gegerbten Gesichts und eines Rauschebarts beruhigte ihn. Es war nur sein Komplize in Sachen Darmprobleme.

Er winkte dem Mann beruhigend zu und fuhr fort, seine Hose zuzuknöpfen. Seine rechte Hand war kreideweiß und schmerzte. Er beugte sich über ein Waschbecken und spritzte sich kaltes Wasser ins Gesicht. Dabei spürte er den Griff des Messers in seiner Hosentasche. Dass er nicht daran gedacht hatte, es zu benutzen! Er hatte es tatsächlich völlig vergessen!

T»*e gusta?«*
Die Augen des Gefangenen sind weit aufgerissen vor Angst. Seine Antwort ist ein Schrei. Er atmet durch den weit geöffneten, von einer Mundbirne gespreizten Mund. Das Folterinstrument stammt aus dem Ersten Weltkrieg.

»*Te gusta?*«

Der Mann versucht den Kopf zu bewegen, aber eine Schlaufe fesselt ihn an die Stuhllehne. Er erbricht Blut. Sein Gesicht besteht nur noch aus zertrümmerten Knochen und Knorpeln.

Er kann den Blick nicht von der Schlange wenden, die sich um die Hand seines Henkers gerollt hat.

»*Te gusta?*«

Es ist eine Nacanina oder Falsche Wasserkobra, die aus den argentinischen Sümpfen stammt. Sie ist schwarz-golden und nicht besonders giftig, bläht aber ihren Hals auf, wenn sie sich angegriffen fühlt.

Jetzt ist sie nur noch wenige Zentimeter vom Mund des Gefangenen entfernt. Der Mann grunzt, heult und zappelt mit weit geöffnetem Mund. Die Schlange windet und krümmt sich. Ihr dreieckiger Kopf zuckt blitzartig nach vorn und erwischt den Häftling an der Lippe. Das Tier hat Angst. Es möchte sich verstecken, es sucht nach einer dunklen, feuchten, vertrauten Öffnung.

»*Te gusta?*«

Wieder brüllt der Mann auf, doch sein Schrei bricht plötzlich ab. Die Hand des Henkers hat die Schlange in seinen Mund gestopft. Sofort ist das Reptil in seine Speiseröhre geglitten, wo es sich verstecken kann. Ein Meter Muskeln, Schuppen und laues Blut verschwindet in der Kehle des Opfers, das qualvoll erstickt.

Schreiend wachte Anaïs auf. Die Stille im Zimmer raubte ihr den Atem. Ringsum herrschte finstere Nacht. Wo zum Teufel war sie? Die Stimme ihres Vaters kam ganz aus der Nähe. *Te gusta?* Das Pfeifen der Schlange schien noch im Raum zu hängen. Anaïs schluckte und schluchzte auf. Ihr war, als sähe sie den Gehstock und die unterschiedlichen Schuhe im Schatten. Es war das Zimmer ihres Vaters.

Nein! Sie befand sich in einem Hotelzimmer. Biarritz. Ihre Ermittlungen. Als ihr einfiel, warum sie hier war, fühlte sie sich etwas wohler. Trotzdem verfolgte der Traum sie noch immer. Die Mundbirne sperrte ihre Kiefer schmerzhaft auseinander, die Nacanina bewegte sich in ihrer Kehle. Sie hustete und massierte sich den Hals.

Allmählich klärte sich ihr Blick, doch auch die Erinnerungen kehrten zurück.

Erinnerungen, die ihre Nächte heimsuchten. Sie tastete auf dem Nachttisch nach ihrer Armbanduhr. Die Uhrzeit interessierte sie nicht, nur das Datum. 18. Februar 2010. Sie musste den Lahmen vergessen. Sie war kein kleines Mädchen mehr. Sie war eine Frau. Und Polizistin.

Die Hitze kam ihr unerträglich vor. Als sie aufstehen und den Heizkörper kontrollieren wollte, blieb sie am Betttuch kleben. War das etwa Schweiß? Anaïs suchte nach der Nachttischlampe und knipste sie an.

Das Bett war voller Blut.

Sie begriff sofort. Ihre Arme. Wieder einmal hatte sie sie zerschnitten, zerfetzt und übel zugerichtet. Und jetzt war es sogar im Tiefschlaf geschehen.

Vielleicht wäre sie in Tränen ausgebrochen, wäre sie nicht wie gelähmt gewesen. Doch nach und nach meldete sich ihr Polizistengehirn. Womit hatte sie sich so verletzt? Schließlich fand sie in den Falten ihrer blutigen Betttücher eine Glasscherbe. Sofort wanderte ihr Blick zum Fenster. Es war intakt. Im Badezimmer aber wurde sie fündig. Ein Oberlicht war zersplittert, der Boden mit Glasscherben bedeckt. Sie nahm ein Handtuch vom Haken und warf es auf den Boden, um ihre nackten Füße zu schützen. Dann trat sie ans Waschbecken. Mit vertrauten, häufig wiederholten Bewegungen ließ sie sich kaltes Wasser über die Arme laufen. Dann deckte sie die Wunden mit Toilettenpapier ab. Toilettenpapier war genau das Richtige, um Blut zu stillen. Sie hatte keine Schmerzen. Sie spürte überhaupt nichts. Nein, das stimmte nicht: Sie fühlte sich gut. Wie jedes Mal.

Mit Parfüm desinfizierte sie die Verletzungen, ehe sie erneut Toilettenpapier um ihre Arme wickelte. Die Geste erschien ihr wie ein Symbol. Sie war eben einfach nur Scheiße!

Wütend auf sich selbst kehrte sie ins Zimmer zurück, zog das Bett ab und ließ die besudelten Tücher auf dem Boden am Fußende liegen. Sie waren der Beweis für ihr Verbrechen. Erschrocken hielt sie inne. Wieder hörte sie die Stimme aus ihrem Albtraum. Es war die Stimme ihres Vaters: *Te gusta?*

Genau das war der Grund dafür, dass sie sich selbst verletzte.

Sie wollte dieses Blut loswerden, das sie anekelte.

Sie wollte sich aus ihrem eigenen Stammbaum ausmerzen.

Mit dem Rücken zur Wand setzte sie sich auf die glücklicherweise sauber gebliebene Matratze, schlang die Arme um die Knie und schaukelte vor- und rückwärts wie eine Geisteskranke in der Isolationszelle.

Mit leiser Stimme betete sie auf Spanisch vor sich hin. Sie starrte ins Leere, während sie unablässig die gleichen Worte murmelte:

Padre nuestro,
que estás en el cielo,
santificado sea tu nombre;
venga a nosotros tu reino;
hágase tu voluntad
en la tierra como en el cielo ...

Um 7.30 Uhr ertönte die Sirene. Raus zum Frühstück! Und zwar ein bisschen plötzlich!

Janusz trottete hinter der Menge her. Nach seiner nächtlichen Sitzung auf dem Klo hatte man ihm geholfen. Die Sozialarbeiter verabreichten ihm eine Imodium gegen den Durchfall und lauschten seinem Bericht. Janusz behauptete, es habe sich um einen simplen Streit zwischen Pennern gehandelt. Die Helfer ließen sich nicht täuschen. Sie verdächtigten die Rumänen, doch Janusz schwor Stein und Bein, dass sie es nicht gewesen waren. Man schickte ihn mit dem Versprechen ins Bett, sich am nächsten Morgen um den Fall zu kümmern. Eventuell wollte man auch die Polizei verständigen.

Janusz konnte nicht wieder einschlafen. Er musste an die Mörder im feinen Zwirn denken, an den Kabelbinder, an den Schalldämpfer auf der Pistole. Wie hatten sie ihn gefunden? Waren sie ihm seit Biarritz auf den Fersen gewesen? Oder war er hier in der Unterkunft erkannt worden? Und wenn ja, von wem?

Zumindest eine Antwort hatte diese Nacht für ihn bereitgehalten. Seit dem Anschlag von Guéthary fragte er sich, ob man auch ihm ans Leben wollte. Nun bestand kein Zweifel mehr – er stand ebenfalls auf der Liste.

Janusz hatte sich geschworen, gleich in der Morgendämmerung zu verschwinden. Um keinen Preis wollte er weitere Fragen beantworten. Er wollte auch keinen Kontakt mehr zur zivilisierten Welt, schon gar nicht zur Polizei. Wahrscheinlich hing sein Bild ohnehin schon in allen Dienststellen. Vermutlich auch in den Unterkünften und Essensausgaben, wo man ihn jederzeit erwartete. Er musste hier weg, und zwar so bald wie möglich.

Die Tore der Unterkunft wurden erst um 8.30 Uhr geöffnet. Janusz saß nachdenklich bei einer Tasse Kaffee und einem Stück Brot, als um ihn herum eine merkwürdige Unruhe entstand. Der Mann, der neben ihm saß, begann zu zittern. Auch andere schlotterten sichtbar. Die Leute bebten, vibrierten und schauderten. Der ganze Raum schien in Schwingungen zu geraten.

Janusz begriff schnell. Seit mehr als acht Stunden hatten die Männer und Frauen keinen Alkohol mehr getrunken. Sie brauchten jetzt weder Butterbrote noch Kaffee, sie brauchten Wein. Manche klammerten sich verzweifelt an ihre Tassen, andere gerieten in so heftige Zuckungen, dass ihre Stühle über den Boden polterten.

In der psychiatrischen Klinik hatten die während der Nacht eingesammelten Penner unter den gleichen Symptomen gelitten. Die Gier nach Rotwein zwang sie zu Grimassen, über die alle anderen lachten. Tatterich nannten sie es.

Janusz warf einen Blick in die Runde. Der halbe Saal war befallen, die andere Hälfte amüsierte sich köstlich und skandierte immer wieder: »Tat-te-rich! Tat-te-rich!« Er nahm sein Tablett und stand auf. Die Krise, die sich da anbahnte, würde die meisten Helfer beschäftigen. Genau der richtige Moment, die Kurve zu kratzen.

Er stellte gerade die Tasse in einen Geschirrständer, als er hinter sich eine Stimme hörte:

»Jeannot?«

Janusz drehte sich um. Vor ihm stand ein kleiner Mann mit einer schwarzen Mütze und einer Daunenjacke, die um die Taille mit einer Schnur befestigt war. In seinen Augen entdeckte Janusz das, worauf er so lange gewartet hatte: Der Mann schien ihn zu kennen.

»Bist du das, Jeannot?«

»Ich heiße Janusz.«

»Sage ich ja! Jeannot!« Der Mann lachte. »Guter Gott, bist du jetzt übergeschnappt oder was?«

Janusz starrte ihn an. Das Gesicht des Mannes sagte ihm nichts.

»Shampoo«, stellte sein Gegenüber sich vor und zog sich die Mütze vom Kopf. Er war vollständig kahl. Grinsend rieb er sich den Schädel.

»Shampoo, kapiert? Sag mal, bist du eigentlich komplett bescheuert? Hierher zurückzukommen!«

»Wieso?«

»Himmel, du hast wohl wieder heftig gebechert!«

»Ich ... Ich saufe?«

»Wie ein Loch, mein Lieber.«

»Und warum sollte ich nicht zurückkommen?«

»Na, wegen der Bullen und dem ganzen Kram.«

Die Unruhe hinter ihnen wurde immer stärker. Allmählich wurden alle richtig wach – und landeten in ihrem üblichen Albtraum.

Janusz zerrte Shampoo am Ärmel in eine stille Ecke neben dem Tisch mit den Thermoskannen und der Marmelade.

»Ich kann mich an nichts erinnern. Kapierst du?«

Der Kahlkopf kratzte sich ernst den blanken Schädel.

»Früher oder später passiert das jedem von uns.«

»Woher kennen wir uns?«

»Von der Emmaus-Gemeinschaft. Du hast da gearbeitet.«

Daher kam es also, dass ihn auf der Straße niemand erkannte. Janusz war kein herrenloser Hund. Er hatte ein Körbchen. Und das stand im Haus der Emmaus-Gemeinschaft von Marseille. Er dachte an den Mann, den er im Zug von Biarritz nach Bordeaux getroffen hatte. Daniel Le Guen. Er gehörte dazu. Janusz ärgerte sich, dass er nicht erst dieser Spur gefolgt war.

Der Lärm in der Kantine wurde ohrenbetäubend. Sozialarbeiter rannten herbei und öffneten die Tore: Die Tiere mussten raus. Janusz wollte das Gedränge ausnutzen.

»Lass uns verschwinden«, flüsterte er.

»Aber ich habe noch nicht gefrühstückt!«

»Ich lade dich draußen zum Kaffee ein.«

Plötzlich wurde er gegen die Spülsteine gedrängt. Ein Menschenauflauf, wahrscheinlich wieder einmal eine Prügelei. Janusz packte Shampoo am Arm und schob ihn entschlossen nach draußen.

»Los!«

Im Hinausgehen warf er einen kurzen Blick auf die Menge. Nein, es war keine Rauferei. Eine Frau war zusammengebrochen. Reglos lag sie auf dem Boden. Janusz bahnte sich mit Ellbogen einen Weg durch die Menge, kniete neben ihr nieder und untersuchte sie kurz. Sie lebte noch, verströmte aber einen starken Geruch nach Äpfeln. Aceton. Das war die Erklärung für ihre Ohnmacht. Die Frau litt unter einer Ketoazidose und lag im diabetischen Koma. Entweder hatte sie vergessen, Insulin zu spritzen, oder seit mehreren Tagen nichts mehr gegessen. Auf jeden Fall musste man ihr schnellstmöglich eine Kochsalzlösung injizieren, später brauchte sie dann dringend Insulin.

Bei dieser Diagnose wurde Janusz klar, dass er tatsächlich Arzt war. Und wie um die Erkenntnis zu unterstreichen, krähte Shampoo hinter ihm:

»Lasst ihn. Der Mann ist ein Doc.«

Die Umstehenden redeten alle durcheinander. Jeder hatte einen anderen guten Rat.

»Lasst sie in eine Plastiktüte atmen.«

»Ich würde zu gern eine Mund-zu-Mund-Beatmung bei ihr machen.«

»Ruf doch einer die Bullen!«

Endlich kamen die Sozialarbeiter. Janusz stand auf und zog sich diskret zurück. Sicher würde man gleich einen Arzt rufen.

Shampoo stand noch immer wild gestikulierend neben der Frau und tat sich wichtig. Janusz zerrte ihn in den Hof. Die Tore standen offen. Nach und nach machten sich die Tippelbrüder wieder auf den Weg. Jetzt war Eile geboten, doch der Kahlkopf blieb schon wieder stehen.

»Warte. Ich muss noch mein Bündel abholen.«

Wieder verloren sie fünf Minuten. Als sie sich endlich hastig davonmachten, kam gerade der Krankenwagen an.

Im Eilschritt liefen sie den Boulevard hinauf. Janusz stellte fest, dass sein gestriger Eindruck ihn nicht getrogen hatte. Das Viertel wurde komplett saniert, was natürlich zunächst eine Zerstörungswelle mit sich brachte. Heruntergekommene Häuser mit zugemauerten Fenstern wechselten sich mit Baustellen ab. Dieses Niemandsland im Umbruch wurde von einer Autobahnbrücke überspannt.

Vor einer einsamen Fassade hatten sich Penner versammelt wie Rabbiner vor der Klagemauer.

»Was machen die da?«

»Sie sammeln ihren Sprit wieder ein. In der Wärmestube ist Wein verboten, deshalb verstecken wir ihn in Mauerlöchern. So verlieren wir morgens weniger Zeit. Wohin soll es gehen?«

Ohne nachzudenken, antwortete Janusz:

»Ich will das Meer sehen.«

Das Häuschen der Bonfils war komplett zerlegt worden. Nur die vier Wände standen noch. Mobiliar, Kleider und alles andere hatte man hinausgetragen. Das Gebäude hatte kein Dach und keinen Boden mehr; die Bretter lagen aufeinandergestapelt einige Meter entfernt, ebenso die Holzschindeln. Die Wände hatte man stellenweise angebohrt, um nach Hohlräumen zu suchen. Überall lag zerbröckelter Gips. In allen Ecken der Ruine machten sich Gendarmen mit Sonden und Metalldetektoren zu schaffen.

Die Habseligkeiten von Patrick Bonfils und Sylvie lagen nach Zugehörigkeit geordnet unter Zeltplanen, damit sie nicht nass wurden.

Anaïs ging in Ölzeug und Gummistiefeln von Zelt zu Zelt. Sie war in düsterer Stimmung. Nach ihrem Albtraum hatte sie nicht mehr geschlafen. Stattdessen hatte sie ihre Zusammenfassung noch einmal durchgearbeitet und sie schließlich im Morgengrauen an den Ermittlungsrichter geschickt. Nach wie vor machte ihr die Erkältung zu schaffen, und außerdem hatte sie sich mit Martenot gestritten, der angeblich noch immer auf die Obduktionsergebnisse wartete. Ihr war klar, dass der Mann log.

Unter einer Plane hatte man Elektrogeräte und Geschirr in Sicherheit gebracht, Kleidung und Bettwäsche unter einer anderen. Auch Waschbecken, Toilettenschüssel und Badewanne waren aus dem Bad geholt und abgedeckt worden. In einem weiteren Zelt stapelten sich die Bücher von Bonfils. Anaïs hatte den Eindruck, auf einem Flohmarkt herumzuspazieren.

Zum ersten Mal seit langer Zeit fühlten sich ihre Arme wieder warm an. Auf dem Weg nach Guéthary hatte sie sich Verbandsmaterial, Desinfektionsmittel und Salbe gekauft und sich im Auto verarztet.

Ihr Handy klingelte. Es war Le Coz. Anaïs stellte sich in den kühlen Schatten eines Baums.

»Ich bin gut vorangekommen«, erklärte ihr Kollege mit zufriedener Stimme.

»Erzähle!«

Le Coz war zum Firmensitz der ACSP gefahren und hatte den Nachtwächter in die Mangel genommen. Der Mann hatte ihm Zugang zu den Archiven gewährt, wo Le Coz den Eintrag ins Handelsregister, die Bilanzen mehrerer Jahre sowie eine Liste der Kunden einsehen konnte. Bei den Kunden handelte es sich hauptsächlich um pharmazeutische Firmen, die ihre Produktionsstätten von der ACSP überwachen ließen. Von dieser Seite her war alles in Ordnung.

Das Unternehmen gehörte zu einer komplexen Holding. Le Coz versuchte ihr die Verflechtungen der einzelnen Gesellschaften untereinander zu beschreiben, aber Anaïs begriff höchstens die Hälfte. Nur eine einzige Information blieb ihr im Gedächtnis haften: Muttergesellschaft der Holding war ein französischer Chemiekonzern namens Mêtis mit Firmensitz in der Umgebung von Bordeaux. Der Name war Anaïs ein Begriff.

»Hast du auch etwas über Mêtis gefunden?«, hakte sie nach.

»Wenig. Die Firma ist in der Chemieindustrie, der Landwirtschaft und im Pharmabereich tätig und hat Tausende Angestellte in der ganzen Welt, hauptsächlich aber in Frankreich und Afrika.«

»Ist das alles? Wer ist der Besitzer?«

»Eine GmbH.«

»Dann müssen wir weiterbohren.«

»Das ist unmöglich, und du weißt es auch. Schon meine Nachforschungen waren illegal, aber wenn wir an der Stelle weitermachen, kriegen wir richtig Ärger. Weißt du, dass inzwischen ein Ermittlungsrichter bestellt wurde?«

»Ich habe heute Nachmittag einen Termin mit ihm.«
»Behalten wir den Fall?«
»Das weiß ich erst heute Abend. Sonst noch was?«
»Und wie. Ein echter Knüller.«
»Ja?«
»Victor Janusz ist in Marseille. Er wurde von mehreren Zeugen gesehen, als er in einem Obdachlosenasyl übernachtete. Soll ich dir die Nummer des zuständigen Kommissars geben?«

Vallon des Auffes ist eine der wichtigsten Touristenattraktionen von Marseille, aber an diesem 18. Februar war das Fischerdörfchen menschenleer. Die Restaurants waren geschlossen, die Boote dümpelten an der Mole. Der Uferdamm, der die Bucht umgibt, glänzte sauber und feucht. Janusz genoss die Einsamkeit, den Wind im Gesicht, die salzige Gischt in der Luft und den Anblick des Meers mit seinen Lichtreflexen.

Sie saßen auf der Mole des kleinen Hafens und ließen die Füße kurz über dem Wasser baumeln. Gleich gegenüber erhob sich der Aquädukt, dessen Bögen Himmel und Wasser voneinander trennten. Es war an der Zeit, weitere Fragen zu stellen.

»Woher weißt du, dass ich Arzt bin?«
»Ich hatte keine Ahnung. Bist du es denn?«
»Du hast es den anderen doch eben gesagt.«

Shampoo zuckte die Schultern und holte zwei zerbeulte Dosen aus seinem Bündel, um zu frühstücken. Die Mahlzeit bestand aus zwei altbackenen Croissants vom Vortag, die er in einer Bäckerei ergattert hatte, sowie einer von Janusz erstandenen Flasche Wein. Er füllte die beiden Blechdosen und tunkte sein Croissant in den Wein.

»Willst du nichts essen?«
»Habe ich dir damals gesagt, dass ich Arzt bin?«
»Du hast gar nichts gesagt. Du bist nicht gerade gesprächig, mein Lieber. Aber du scheinst dich auszukennen. Vor allem bei dem, was sich im Kopf abspielt.«
»Wie zum Beispiel ein Psychiater?«

Shampoo biss in sein Croissant, antwortete aber nicht. Die Brandung benetzte ihre Schuhsohlen.

»Weißt du noch, wann wir uns kennengelernt haben?«

»Ich glaube, im November. Jedenfalls war es lausig kalt.«

Janusz holte seinen Block aus der Tasche und begann zu schreiben.

»Bist du zum Intellektuellen geworden?«, lachte Shampoo. »Willst du keinen Wein?«

»Bei der Emmaus-Gemeinschaft?«

»Genau.«

»Wo ist das?«

Der Tippelbruder warf ihm einen merkwürdigen Blick zu. Seine Haut wies nicht die geringste Behaarung aus; er hatte weder Bart noch Augenbrauen. Seine Knochen stachen hervor wie bei einem Skelett, und sein Gesicht zeigte viele Narben. Wahrscheinlich hatte er sich oft geprügelt. Quer über seinen Kopf aber verlief eine feine, weiße Linie, die von einer Operation stammen musste. Janusz war sich ziemlich sicher, dass der Kahlkopf eine Trepanation hinter sich hatte.

»Wo hat diese Emmaus-Gemeinschaft ihren Sitz?«

»Meine Güte, dich hat es aber wirklich schwer erwischt. Boulevard Cartonnerie, im 11. Arrondissement.«

Er schenkte sich erneut ein und tunkte das zweite Croissant in den Wein. Janusz schrieb immer noch mit.

»Am 22. Dezember wurde ich wegen einer Schlägerei verhaftet.«

»Daran erinnerst du dich?«

»Mehr oder weniger. Was ist damals passiert?«

»Ich war nicht dabei, aber ich habe dich danach noch einmal wiedergesehen. Die Typen aus Bougainville haben dich zusammengefaltet.«

»Bougainville?«

»Ein Viertel in Marseille. Nicht allzu weit von La Madrague entfernt. Die Banden, die sich da herumtreiben, sind gefährlich. Gewaltbereite Junkies.«

Janusz überlegte, wie er sich gewehrt haben könnte.

»Was wollten sie von mir? Mich bestehlen?«

»Was hätten sie denn stehlen sollen? Sie wollten dich abmurksen.«

»Das habe ich dir erzählt?«

»Der Arsch ging dir jedenfalls auf Grundeis.«

»Weißt du, warum sie mich umbringen wollten?«

»Keine Ahnung. Du hast mir nur gesagt, dass du dich vom Acker machen wolltest. Dass das Licht zurückgekehrt wäre. Und dass die Götter ihre Geschichte schreiben würden. Du warst immer schon komisch, aber manchmal kamst du mir geradezu bescheuert vor.«

Das Licht. Gab es einen Zusammenhang mit seinem Traum? Dem Traum, den auch Patrick Bonfils geträumt hatte? War es vielleicht das Symptom einer psychischen Flucht? *Die Götter und ihre Geschichte.* Konnte es sich um eine Anspielung auf den mythologischen Mörder handeln? Der Schmerz hinter seiner linken Augenhöhle meldete sich.

»Weißt du, wo ich hingegangen bin?«

»Keine Ahnung. Was zum Teufel ist mit dir passiert?«

»Ich weiß es doch selbst nicht.«

Shampoo drang nicht weiter in ihn. Der Schmerz verstärkte sich und strahlte über die ganze Stirn aus. Janusz blickte durch die Bögen des Aquädukts auf das Meer hinaus, als könnte er dort Linderung finden. Doch das funktionierte leider nicht. Im Gegenteil. Wolken zogen auf, und das Wasser wurde blauschwarz. Die silbrigen Wellen sahen aus wie zerbrochenes Glas. Seine Migräne schien die Landschaft zu vergiften.

»Eben hast du mir gesagt«, fuhr er fort, während er sich die Schläfen massierte, »dass ich nicht hätte zurückkommen sollen. Wegen der Bullen.«

»Genau.«

»Wegen der Schlägerei? Aber das war doch eine alte Geschichte.«

»Himmel, du wirst gesucht. Jetzt und hier. Gestern haben sie zwei Stadtviertel umgekrempelt. Zweimal bin ich ihnen begegnet. Man hat uns ausgefragt. Sie suchen dich, Jeannot, und zwar mit allen Mitteln.«

Janusz verstand. Er hatte sich in seiner Verkleidung als Penner in Sicherheit gefühlt, aber in Wirklichkeit war es ein Wunder, dass die Polizei ihn noch nicht gefunden hatte. Anaïs hatte zur Jagd auf ihn geblasen, genau wie in Bordeaux. Er musste dringend seine Strategie ändern.

»Weißt du, warum ich gesucht werde?«

»Angeblich geht es um den Mord an einem Penner in Bordeaux. Jemand hat gehört, wie die Bullen mit den Sozialarbeitern gesprochen haben. Aber ich weiß, dass das ein Irrtum sein muss, Jeannot.« Shampoo nahm die Weinflasche und trank einen tiefen Schluck. »Immer sind wir die Opfer der Gesellschaft.«

»In der Unterkunft hast du auch gesagt, ich hätte nicht zurückkommen sollen. Wegen dem ganzen Kram. Was meinst du mit Kram?«

»Na, die Jungs aus Bougainville. Die vergessen nicht so schnell. Wenn die rauskriegen, dass du wieder da bist, suchen sie dich und geben dir den Rest.«

Die Liste der Bedrohungen wurde immer länger. Die Bullen. Die Männer in Schwarz. Und jetzt auch noch irgendeine Gang von Asozialen. Er fühlte sich wie betäubt.

»Aber das ist noch nicht alles«, fuhr Shampoo leiser fort.

Janusz reckte den Hals, als erwartete er den Gnadenstoß.

»Die Bullen in Marseille sehen eine Verbindung zu diesem anderen Mord.«

»Was für einem anderen Mord?«

»Dem im Dezember. Auch ein Penner. Er wurde halb verbrannt in einer Felsbucht gefunden. Damals dachte man, dass vielleicht jemand etwas gegen Clochards hat, aber danach kam nichts mehr. Es sei denn, der Mörder hat sich nach Bordeaux abgesetzt.«

Janusz schlotterte. Vor lauter Kopfschmerzen konnte er kaum mehr richtig sehen.

»Und warum soll es eine Verbindung zwischen den beiden Fällen geben?«

»Bin ich etwa die Polizei?«

Janusz atmete tief durch.

»Weißt du, wann genau die Leiche entdeckt wurde?«

»Mitte Dezember, soviel ich weiß.«

»Wurde das Opfer identifiziert?«

»Ja. Ein tschechischer Aussteiger. Ich kannte ihn nicht.«

»Gehörte er zu den Leuten von Bougainville?«

»Nicht dass ich wüsste.«

»Weißt du, ob am Tatort Fingerabdrücke gefunden wurden?«

»Du gehst mir auf den Keks mit deinen Fragen. Ich habe keine Ahnung.«

»Was weißt du noch über diesen Mord? Denk mal nach.«

Der Kahlkopf verzog das Gesicht. Janusz überlegte. Nun gab es offenbar schon zwei Leichen auf seinem Weg. Eine in Marseille, die andere in Bordeaux. Die Vermutungen verdichteten sich. Gedankenverloren schüttelte er den Kopf. *Ich bin kein Mörder.*

»Also, was ist?«

»Man hat den Typ in der Bucht von Sormiou gefunden. Ungefähr zwölf Kilometer Luftlinie von hier entfernt. Die Leiche war nackt und verkohlt. Angeblich ist er angeschwemmt worden, aber ich bin sicher, dass man ihn dort abgelegt hat.«

»Und woher weiß man, dass er ermordet wurde?«

»Weil alles aussah wie inszeniert.«

»Inwiefern?«

Shampoo lachte auf.

»Der Kerl hatte Flügel.«

»Was hatte er?«

»Ich schwöre es. Er hatte verbrannte Flügel am Rücken. In der Zeitung stand etwas von einem abgestürzten Drachenflieger. Aber die Schreiberlinge haben keinen blassen Dunst. Wieso war er angekokelt, und warum sollte er nackt gewesen sein?«

Janusz hörte schon längst nicht mehr zu. Ein Mörder mit einem ausgeprägten Hang zur griechischen Mythologie. Vor dem Minotaurus in Bordeaux hatte er in Marseille Ikarus getötet.

»Trink einen Schluck«, sagte Shampoo und hielt ihm die Flasche hin. »Du bist kreidebleich.«

»Schon gut, danke.«

»Bist du auf Entzug?«

Janusz blickte seinen Kumpel an.

»Woher weißt du das alles?«

Shampoo grinste und setzte die Flasche noch einmal an.

»Ich habe eben meine Verbindungen.«

Janusz packte ihn am Kragen und schüttelte ihn. Die Weinflasche rollte die schräge Hafenrampe hinunter.

»Was für Verbindungen?«

»He, he, immer mit der Ruhe. Ich kenne da jemanden, sonst nichts. Er heißt Claude und lebt nicht mehr auf der Straße, weil er Arbeit gefunden hat.«

»Ist er jetzt Bulle?«

Shampoo machte sich los, kroch der Weinflasche auf allen vieren nach und erwischte sie gerade noch, ehe sie von den Wellen verschluckt wurde.

»Sozusagen«, antwortete er, als er zurückkehrte. »Er arbeitet im Leichenschauhaus von La Timone. Fährt die Leichen hin und her. Das alles habe ich von ihm. Er hat gehört, wie die Bullen ... Was ist los?«

Janusz war aufgestanden.

»Da gehen wir jetzt hin.«

Claude sah aus wie »Das Ding«, der Steinkoloss Ben Grimm aus *Fantastic Four*.

Kahlköpfig, vierschrötig und wortkarg stand er in einem weißen Kittel auf dem leeren Parkplatz des Leichenschauhauses und rauchte eine Zigarette.

Janusz und Shampoo waren völlig außer Atem. Sie hatten in aller Eile das Gelände des Krankenhauses La Timone durchquert und waren die Treppe zum Leichenschauhaus hinaufgestürmt. Da inzwischen die Sonne wieder hervorgekommen war, floss ihr Schweiß in Strömen.

Das Gebäude war flach und eingeschossig. Sein Eingang erinnerte durch die hochgezogenen Ecken entfernt an eine japanische Pagode. Der Eindruck wurde durch bambusartige Grünpflanzen noch verstärkt. Unsichtbare Vögel piepsten wie in einem Zen-Garten.

»Hallo, Claude.«

»Was willst du?«, knurrte der Angesprochene wenig begeistert.

»Dir Jeannot vorstellen. Er hat ein paar Fragen an dich.«

Claude musterte Janusz. Der Koloss maß sicher mehr als eins neunzig und wirkte wie ein massiver Fels. Zigarettenrauch quoll aus seinen Nasenlöchern.

»Fragen worüber?«

Janusz trat einen Schritt vor.

»Frag mich lieber, wie viel ich dir zahle.«

Der steinerne Mund verzog sich zu einem Grinsen. Mit seinen dicken Lippen sah er aus, als schmolle er.

»Das hängt doch wohl davon ab, was ich zu verkaufen habe.«

»Ich will alles erfahren, was du über die Leiche des Vogelmenschen weißt, die man in der Felsbucht von Sormiou gefunden hat.«

Claude betrachtete die Spitze seiner Zigarette. Sein schmollender Ausdruck verstärkte sich.

»Zu teuer für dich, Kleiner.«

»Hundert Euro.«

»Zweihundert.«

»Hundertfünfzig.«

Janusz wühlte in seinen Taschen und legte Scheine in die riesige Pranke. Er hatte keine Zeit für längeres Feilschen. Angesichts der Banknoten fielen Shampoo fast die Augen aus dem Kopf. Der Koloss steckte das Geld ein.

»Die Leiche wurde Mitte Dezember in der Felsbucht von Sormiou gefunden.«

»An welchem Tag genau?«

»Da musst du die Bullen fragen.«

»Wie war der Name des Opfers?«

»Irgendwas Östliches. Tzevan soundso. Ein Aussteiger, ungefähr zwanzig, der seit einigen Monaten durch Marseille streunte. Er konnte über seine Fingerabdrücke identifiziert werden, weil er vorher mal Ärger mit den Bullen hatte.«

Fingerabdrücke? Janusz hakte nach.

»Ich dachte, die Leiche wäre verbrannt?«

»Nicht so sehr, dass man keine Fingerabdrücke mehr hätte abnehmen können.«

»Wo lag die Leiche genau?«

»An der äußersten Landspitze der Bucht, genau gegenüber der Insel Casereigne.«

»Wie wurde sie gefunden?«

»Durch Zufall von Wanderern. Der Kerl war nackt, angekokelt und hatte Flügel auf dem Rücken. In der Zeitung stand, dass er ertrunken und von der Strömung an Land geschwemmt worden wäre. Aber das ist Quatsch. Der Junge hatte keinen Tropfen Wasser in der Lunge.«

»Warst du bei der Obduktion dabei?«

»Das ist nicht mein Job, aber ich habe gehört, wie der Gerichtsmediziner sich mit den Bullen unterhielt.«

»Aber woran ist der Typ dann gestorben?«

»Alles habe ich nicht mitgekriegt, aber irgendwann fiel das Wort Überdosis.«

Auch das wies auf eine Verbindung zu dem Mord in Bordeaux hin. Es war sozusagen die Signatur des Mörders. Ikarus. Minotaurus. Ob es in Frankreich wohl noch mehr mythologische Morde gab?

»Warum war die Leiche verbrannt?«

»Falls du den Mörder mal triffst, kannst du ihn ja fragen.«

»Wie sahen die Flügel aus?«

Claude zündete sich mit der alten Kippe eine neue Zigarette an. Seinen Hals zierten Maori-Tattoos in Schlangenform.

»Ich habe sie nicht gesehen. Sie landeten sofort bei der Spurensicherung.«

»Shampoo hat mir etwas von Drachenflügeln erzählt.«

»Richtig. Sie hatten an die drei Meter Spannweite. Es war ziemlich verrückt. Sie waren an die Haut des Jungen genäht.«

Janusz stellte sich die nackte, verbrannte Leiche mit den angenähten Flügeln vor. Die Wanderer mussten einen schönen Schock bekommen haben!

»Aber das ist noch nicht alles«, fuhr der Koloss fort. »Ich habe gehört, dass auf den Flügeln Spuren von Wachs und Federn gefunden wurden. Der Mörder hat sich anscheinend richtig Mühe mit der Inszenierung gemacht.«

Ein weiterer Anhaltspunkt dafür, dass wirklich der Mythos von Ikarus gemeint war, eine vielleicht noch bekanntere Sage als die des Minotaurus. Minos, der König von Kreta, hielt Ikarus und seinen Vater Daidalos gefangen. Aus Wachs und Federn bauten die beiden sich Flügel. Auf der Flucht flog der junge und unbedachte Ikarus zu hoch und geriet zu nah an die Sonne. Seine Flügel schmolzen, der junge Mann stürzte ab und ertrank im Meer.

»Weißt du, ob am Tatort auch noch andere Fingerabdrücke gefunden wurden?«

»Mann, ich weiß wirklich nicht mehr. Und außerdem hast du für dein Geld schon eine ganze Menge bekommen.«

»Was willst du für eine Kopie des kompletten Autopsieberichtes haben?«

Claude verschluckte sich und paffte dicke Rauchwolken in die Luft.

»Das kann mich meinen Job kosten.«

»Wie viel?«

»Fünfhundert Euro, und die Sache ist geritzt.«

Janusz zog ein Bündel Fünfzig-Euro-Scheine aus der Tasche, zählte zehn ab und reichte Claude die Hälfte.

»Den Rest bekommst du, wenn du lieferst. Ich warte hier auf dich.«

Wortlos steckte der Koloss das Geld in die Tasche und schien sich zu ärgern, dass er nicht mehr verlangt hatte. Er schnippte seine Kippe fort, drehte sich um und ging ins Gebäude.

»Scheiße!«, stöhnte Shampoo. »Wo hast du bloß den ganzen Zaster her?«

Janusz gab keine Antwort. Nun, da Shampoo sein Geheimnis kannte, musste er auf der Hut sein. Ein Tag auf der Piste hatte gereicht, ihm die Gefahren des Pennerlebens klarzumachen. Beim ersten Anzeichen von Schwäche würde Shampoo kurzen Prozess mit ihm machen.

Schließlich kam Claude zurück. Er blickte sich misstrauisch um, doch der Parkplatz war nach wie vor leer. Ein leichter Wind strich durch die Bambuspflanzen, die Vögel zwitscherten aus voller Kehle. Claude hatte das Dokument unter seinem Kittel versteckt. Janusz tauschte den Rest des Geldes gegen einen zusammengetackerten Papierstapel.

»Wir haben uns nie gesehen, Mann.«

»Warte.«

Janusz blätterte die Fotokopien durch. Alles war da. Die Vorgangsnummer lautete K095443226, der vollständige Name des Opfers war Tzevan Sokow, die Ermittlungsrichterin hieß Pascale Andreu, und ein Kommissar namens Jean-Luc Crosnier leitete die Ermittlungen. Auf diese Angaben folgte eine detaillierte Beschreibung der Leiche und ihrer Verletzungen.

»Lass das Ding verschwinden«, flüsterte Claude. »Du bringst uns in Teufels Küche.«

Janusz steckte die Papiere in die Innentasche seines Mantels.

»Nett, dich kennengelernt zu haben.«

»Hast du noch mehr Kohle?«

»Wieso? Hast du noch etwas zu verkaufen?«

Claude grinste. Während des Fotokopierens hatte er genau darüber nachgedacht. Und tatsächlich war ihm etwas eingefallen.

»Als es passierte, suchten die Bullen nach einem Zeugen, der angeblich alles gesehen hatte. Der Mann soll auch ein Aussteiger gewesen sein.«

»Was gesehen?«

»Den Mord. Den Mörder. Ganz genau weiß ich es auch nicht. Jedenfalls wollten sie ihn verhören.«

Claude nahm sich viel Zeit für das Anzünden einer neuen Zigarette. Er konnte sich ein kleines Grinsen nicht verkneifen, denn er wusste, dass er Janusz am Haken hatte.

»Das Besondere an der Geschichte ist, dass der Kerl sie erzählt hat, bevor man die Leiche fand. Er ist zur Polizei gegangen und wollte eine Aussage machen, aber niemand hat ihm geglaubt. Natürlich haben sie eine Aktennotiz gemacht, aber das war es auch schon. Als dann die Leiche auftauchte, fiel den Bullen der Bericht wieder ein. Sie haben mit dem zuständigen Kommissar Crosnier telefoniert, als der Tote gerade obduziert wurde. Ich habe jedes Wort mitgehört.«

Claude hatte sich über den Wert seiner Erinnerung nicht getäuscht.

»Wie viel willst du für den Namen haben?«

»Mindestens fünfhundert.«

Dieses Mal feilschte Janusz. Er hatte es satt, sich ausnehmen zu lassen. Die Verhandlungen dauerten nur wenige Sekunden, weil Claude spürte, dass Janusz sein Limit erreicht hatte.

»Zweihundert, und wir reden nicht mehr drüber.«

Janusz zählte die Scheine ab. Hastig schloss sich die Steinhand um die Banknoten.

»Der Mann heißt Fer-Blanc.«

»Fer-Blanc?«, mischte Shampoo sich ein. »Jeannot, du hast dich zum Narren halten lassen. Fer-Blanc ist ein Bekloppter.«

Claude warf Shampoo einen mörderischen Blick zu, doch der ließ sich davon nicht beeindrucken. Das viele Geld hatte ihn in Rage gebracht.

»Ihm ist bei Erdarbeiten ein Stück Metall in den Schädel geflogen. Es steckt immer noch in seinem Hirn, und man sieht es sogar. Die Zeugenaussage eines solchen Irren ist nicht einen Cent wert. Claude hat dich verarscht!«

Claude schüttelte den Kopf und blickte Janusz listig an.

»Die Bullen sehen das anders. Sie haben ihre Aktennotiz mit dem Tatort verglichen. Die teilweise verbrannte Leiche, die Flügel – alles passte. Und das war einen Tag, ehe die Wanderer den Toten fanden.«

»Hat die Polizei den Zeugen gefunden?«

»Keine Ahnung.«

Janusz nickte Claude einen kurzen Gruß zu und wandte sich zur Treppe. Shampoo folgte ihm. Nachdem er das Geld gesehen hatte, würde er sich nicht so schnell abschütteln lassen. Umso besser. Janusz brauchte jemanden wie ihn, um Fer-Blanc zu finden.

Ehe er sich jedoch auf die Suche nach dem Obdachlosen machte, wollte er sein Wissen in griechischer Mythologie auffrischen. Er musste die Mythen von Minotaurus und Ikarus nachlesen.

Die größte Bibliothek von Marseille steht am Cours Belsunce an der Stelle eines Kabaretts aus dem frühen 20. Jahrhundert, dem Alcazar. Die moderne Glasfassade des Gebäudes besteht aus spiegelndem Glas. Nur der Eingang der ehemaligen Bühne im Stil der Belle Époque blieb erhalten. Das schmiedeeiserne Vordach bildet einen extremen Kontrast zum zeitgenössischen Design des Bauwerks.

Janusz wusste nicht, woher er diese Informationen hatte, freute sich aber, dass nach und nach sogar Bruchteile seines kulturellen Wissens zurückkehrten.

»Glaubst du wirklich, sie lassen uns rein?«

»Keine Sorge«, gab Shampoo zurück. »Man liebt es geradezu, wenn wir in die Bibliotheken kommen. Der Linksdrall unserer Kultur macht es möglich. Zumal im Winter. Da sind alle noch viel netter. Die Kälte ist unser bester Freund.«

Shampoo hatte recht. Sie wurden ausgesprochen wohlwollend empfangen. Man ließ es sogar zu, dass der Kahlkopf sein stinkendes Bündel deponierte – zwar nicht in der Garderobe, aber immerhin in einem Materialraum.

Janusz' Nerven lagen blank. Dass die Spur des Mörders mit seinem eigenen Weg übereinstimmte, machte ihm zu schaffen. Immer mehr Fragen häuften sich an, auf die es keine Antwort gab. Er hatte sich vorgenommen, in die Antike abzutauchen wie in eine erfrischende, lehrreiche Quelle.

Die Bibliothek erwies sich als Turm aus Licht. Die Glaswände filterten das Sonnenlicht, das weiße Wände, filigrane Treppen und durchsichtige Aufzüge zum Leuchten brachte. Die weit geöffneten Räume erstreckten sich über mehrere Etagen. Eine perfekte Entsprechung des Ausdrucks »Elfenbeinturm«.

Shampoo ging zielstrebig auf einen freien Sessel zu und rieb sich die Hände in Erwartung eines genüsslichen Schläfchens.

»Nichts da! Du kommst mit«, erklärte Janusz.

»Wohin?«

»Wir fangen mit den Zeitungen an.«

An einem Touchscreen konsultierte Janusz die Archive der Lokalpresse. Er fand mehrere kurze Berichte über einen Drachenflieger, der am 17. Dezember 2009 tot in der Felsbucht von Sormiou aufgefunden worden war. Wollte man den Zeitungen glauben, gab es weder Angaben zur Identität des Mannes, noch kannte man die näheren Umstände seines Unfalls. Janusz forschte weiter, fand aber nicht das geringste Hintergrundmaterial.

Wie hatte Kommissar Jean-Luc Crosnier das Wunder vollbracht, den Fall unter den Teppich zu kehren? Der Vorteil war nicht von der Hand zu weisen: So konnte er zumindest in aller Ruhe ermitteln. Trotz einer Ausweitung seiner Suche wurde Janusz nicht fündig. Er loggte sich aus.

Tatsächlich wusste er inzwischen längst mehr über den Fall als alle Zeitungen der Region. In der U-Bahn hatte er den Autopsiebericht gelesen, den Claude fotokopiert hatte. Die tiefere Erkenntnis war zwar ausgeblieben, aber zumindest gab es einige wichtige Hinweise. Vor allem einen: Die toxikologische Analyse des Blutes von Tzevan Sokow hatte einen hohen Heroingehalt ergeben. Genau wie bei Philippe Duruy.

Janusz blickte nach oben und suchte nach der Abteilung für Mythologie. An den Laufgängen der einzelnen Etagen waren große Hinweisschilder mit den jeweiligen Themen angebracht.

»Wir müssen in den dritten Stock«, sagte er schließlich.

Sie benutzten eine der Satteltreppen. Unterwegs beobachtete Janusz die Bibliotheksbenutzer. An gut ausgeleuchteten Arbeitstischen saßen Studenten und lernten. Andere büffelten in den Sesseln, die an den Wänden entlang aufgestellt waren. Wieder andere suchten in den Regalen herum. Das Durchschnittsalter der Benutzer war nicht viel höher als zwanzig Jahre.

Alle Hautfarben waren vertreten. Zerstreut wirkende Weiße teilten ihre Aufmerksamkeit zwischen ihrem Buch und ihrem Handy. Hochkonzentrierte Schwarze schienen alles um sich herum vergessen zu haben. Asiaten kicherten und stießen einander mit den Ellbogen an. Maghrebiner mit weißer Takke auf dem Kopf waren völlig in ihre Bücher vertieft. Der Elfenbeinturm erwies sich gleichzeitig als Turmbau zu Babel.

Janusz hatte den Eindruck, sich auf vertrautem Terrain zu bewegen. Die moderne Umgebung, die Bücher und die intellektuelle Atmosphäre kamen ihm bekannt vor. Irgendwann in seinem Leben hatte auch er seine Nachmittage auf diese Weise verbracht.

In der dritten Etage waren die Abteilungen Mythologie und Religionen der Antike untergebracht.

Als er zwischen den Regalen stand und die Bücher konsultierte, stellte er fest, dass er genau wusste, wonach er suchte. Die *Bibliotheca historica* von Diodor von Sizilien, und zwar Buch IV. Die *Metamorphosen* von Ovid, Buch VII und VIII. Mit anderen Worten: Er hatte bereits Recherchen in diese Richtung angestellt. Eine Welle von Angst schnürte ihm fast das Herz ab. War er vielleicht doch der Mörder?

Nein. Sein Wissen entstammte seiner Allgemeinbildung. Zweifellos hatte er neben seinem Medizinstudium entweder Geschichte oder Philosophie gehört. Ihm fiel auf, dass er die Biografien der beiden Autoren auswendig kannte. Diodorus war ein griechischer Historiker, der im ersten Jahrhundert vor Christus gelebt hatte, Ovid ein römischer Dichter, der kurz vor der christlichen Zeitrechnung geboren und aus Rom verbannt worden war, weil er das als unmoralisch angesehene Lehrgedicht *Ars amatoria* geschrieben hatte.

Janusz nahm die beiden gesuchten Bücher sowie die zugehörigen Kommentare aus dem Regal. Er suchte sich einen Sessel, sah kurz nach Shampoo, der bereits selig schlummerte, legte seinen Notizblock zurecht und vertiefte sich in die Lektüre.

Die Geschichte vom Minotaurus kannte er zur Genüge, lediglich ein Detail fiel ihm auf: Die gesamte Sage war von einer Art Stier-Fluch gekennzeichnet. Schon König Minos stammte gewissermaßen von einem Stier ab, weil Zeus bei der Verführung Europas die Gestalt eines Stiers angenommen hatte. Später verfiel die Gattin des Minos den Reizen eines Stieres und gebar ein Monster, das halb Stier halb Mensch war. In dem gesamten Mythos ging es um die Gene von Stieren.

Ob dieser Umstand eine Bedeutung für den Mörder gehabt hatte? Und noch etwas stellte Janusz fest: Die Sagen von Minotaurus und Ikarus gehörten zusammen. Ikarus war der Sohn von Daidalos, der wiederum für Minos als Baumeister arbeitete und das Labyrinth des Ungeheuers entworfen hatte. Daidalos war es auch, dem Ariadne den Trick mit dem roten Faden verdankte.

Tatsächlich war es so, dass die Sage von Ikarus und Daidalos sozusagen die Fortsetzung der Geschichte des Minotaurus bildete. In seiner Wut darüber, dass Daidalos zur Flucht von Theseus beigetragen hatte, hatte Minos den Baumeister und seinen Sohn Ikarus in das eigene Labyrinth eingesperrt. Aus diesem Gefängnis flüchteten Vater und Sohn, indem sie sich aus Wachs und Federn Flügel bauten.

Lag ein tieferer Sinn hinter diesen Sagen? Warum hatte der Mörder ausgerechnet diese Geschichten ausgesucht? Der Chronologie folgte er jedenfalls nicht, denn er hatte Ikarus vor dem Minotaurus getötet. Hatte er vielleicht noch andere, von Sagen inspirierte Morde begangen?

Als Janusz seinen Block zuklappte, fiel ihm plötzlich eine Gemeinsamkeit zwischen den beiden Geschichten auf. Jedes Mal handelte es sich um einen Vater und einen Sohn.

Minos und der Minotaurus. Daidalos und Ikarus. Ein jeweils mächtiger oder geschickter Vater und ein Sohn, der entweder ein Ungeheuer oder ungeschickt war.

Hatte der Mörder die Sagen wegen der Vater-Sohn-Beziehung ausgesucht? Enthielten die Morde eine Botschaft? War er vielleicht selbst ein ungeheuerlicher Sohn? Oder ein wahnsinnig gewordener Vater, der mit seinen Opfern seine Ersatzkinder vernichtete?

Janusz warf einen Blick auf die Uhr im Lesesaal. Es war vier. Draußen wurde es langsam dunkel. Er ärgerte sich, dass er über den Büchern so viel wertvolle Zeit verloren hatte. Besser wäre es gewesen, sich gleich auf die Suche nach Fer-Blanc zu machen – dem Zeugen mit dem Metall im Gehirn.

Er stellte die Bücher in die Regale zurück und ging zu Shampoo. Als er ihn gerade wecken wollte, fiel ihm etwas ein. Er wandte sich zum Infostand der Abteilung, wo sich zwei junge Frauen leise vor ihren Computern unterhielten.

Freundlich und unbefangen erwiderten sie seinen Gruß. Ein guter Anfang!

»Entschuldigen Sie ...«

Janusz zeigte auf die Regalreihe, die er gerade verlassen hatte.

»Ist Ihnen vielleicht hier ein regelmäßiger Besucher aufgefallen? Ich meine in den Abteilungen Mythologie und Religionen der Antike?«

»Eigentlich nicht. Außer Ihnen«, erwiderte die eine Bibliothekarin.

»Sprechen Sie vom heutigen Tag?«

»Nein. Letztes Jahr um die Weihnachtszeit. Sie waren unser einziger Stammgast.«

Janusz kratzte sich das Kinn. Sein Bart fühlte sich an wie Schmirgelpapier.

»Entschuldigen Sie«, fuhr er mit leiser Stimme fort, »ich habe Probleme mit meinem Erinnerungsvermögen. War ich oft hier?«

»Eigentlich jeden Tag.«

»Und wann genau?«

»Ich würde sagen, etwa Mitte Dezember. Irgendwann sind Sie dann verschwunden. Aber jetzt sind Sie ja wieder da.«

Langsam kam eine gewisse Ordnung in seine Gedanken. Auf irgendeine Weise hatte Janusz Mitte Dezember von dem Mord an Ikarus erfahren und war in die Bibliothek gekommen, um eigene Ermittlungen anzustellen. Am 22. Dezember hatte die Aussteigerbande ihn angegriffen. Daraufhin verließ er Marseille und verwandelte sich in Mathias Freire.

Janusz verabschiedete sich mit einem Lächeln von der netten Bibliothekarin. Eigentlich aber galt das Lächeln ihm selbst. Schritt für Schritt folgte er nun seinen eigenen Spuren. Er war der Mann, der sein Leben rückwärts lebte.

Ermittlungsrichter Le Gall war ein Dickkopf, und zwar im wörtlichen, nicht im übertragenen Sinne. Sein Schädel war so breit, dass sich seine Ohren beinahe in der Achse seiner Schultern befanden. Zu affenartigen Zügen, einer breiten Nase und dicken Lippen trug er eine riesige Brille, die den Eindruck von Unförmigkeit noch verstärkte.

Seit einer halben Stunde versuchte Anaïs ihm die Grundlagen des Falles um den Minotaurus zu erläutern, denn der Richter hatte keine Zeit gehabt, ihren Bericht zu lesen. Sie sprach von der Verbindung zwischen dem Mord am Bahnhof und dem Doppelmord in Guéthary, davon, dass der in Bordeaux praktizierende Psychiater Mathias Freire vermutlich in den Fall verwickelt war, sich auf der Flucht befand und Ende 2009 noch als Obdachloser in Marseille registriert worden war, und von dem Verdacht gegen zwei in schwarze Mäntel gekleidete Männer, die ein Gewehr der Marke Hécate II benutzten und einen angeblich dem Sicherungsunternehmen ACSP gestohlenen Audi Q7 fuhren.

Der Richter verzog keine Miene. Anaïs hatte keine Ahnung, was er dachte. Entweder verstand er ihre Ausführungen nicht, oder er hatte keine Lust, sich das Leben schwer zu machen.

»Ich muss also feststellen«, fasste er schließlich zusammen, »dass der Hauptverdächtige in diesem Fall ...«

»Der Zeuge.«

»Wie Sie wollen. Dass also der Zeuge auf der Flucht ist und Sie ihn bisher nicht gefunden haben.«

»Er ist inzwischen in Marseille ausfindig gemacht worden. Ich habe bereits Kontakt mit der dortigen Polizei aufgenommen. Die Beamten sind in Alarmbereitschaft. Er kann uns nicht entkommen.«

Das entsprach zwar nicht unbedingt den Tatsachen, aber im Augenblick war ihr die Form wichtiger als der Inhalt, weil sie das Vertrauen des Richters gewinnen wollte.

Der Mann nahm seine Hornbrille ab und rieb sich die Augen.

»Warum ist er nach Marseille zurückgekehrt? Finden Sie das nicht ein wenig merkwürdig?«

»Womöglich ging er davon aus, dass man ihn nicht ausgerechnet dort suchen würde. Es könnte aber auch sein, dass er persönliche Gründe hatte.«

»Welche?«

Anaïs ging nicht auf die Frage ein. Es war noch zu früh, um mit Vermutungen herauszurücken.

»Wie soll es jetzt ganz konkret weitergehen?«, erkundigte sich der Richter und setzte die Brille wieder auf.

»Ich möchte nach Marseille fahren und mich an der Suche nach dem Hauptzeugen in diesem Fall beteiligen«, erklärte Anaïs.

»Sehen Sie das wirklich als Ihre Aufgabe an?«

»Ich habe mit Jean-Luc Crosnier gesprochen, der in Marseille für diesen Fall zuständig ist. Er ist mit mir der Ansicht, dass meine Hilfe wichtig wäre. Immerhin kenne ich den Flüchtigen.«

»Ja, davon hat man mir berichtet.«

Anaïs ging nicht auf die Anspielung ein, sondern atmete tief durch und ging zum Angriff über.

»Herr Ermittlungsrichter, hier in Bordeaux treten wir im Augenblick auf der Stelle. Wir haben sämtliche Aufzeichnungen der Überwachungskameras überprüft. Wir haben mit allen möglichen Bekannten des Opfers gesprochen. Wir haben nach seinem Hund gesucht. Wir sind der Spur des Futters gefolgt, das Philippe Duruy für sein Tier besorgt hat, haben die Herkunft seiner Kleidung gefunden und das Netzwerk untersucht, über das er seine Drogen bezog. Wir haben den Bahnhof, die Unterkünfte der Obdachlosen und jeden toten Winkel der Stadt durchkämmt. Wir haben im Umkreis von fünfhundert Kilometern ringst um Bordeaux die Vorräte von Ketavet überprüft – dem Anästhetikum für Tiere, das der Mörder benutzt hat –, aber nichts davon hat uns weitergeführt. Wir hatten einen indirekten Zeugen, Patrick Bonfils, der vermutlich am Tatort war, aber er und seine Frau wurden ermordet. Das ist der derzeitige Stand der Dinge. Es gibt weder Zeugen noch Indizien und nicht die geringste Spur. Das Einzige, was wir besitzen, sind die Fingerabdrücke von Mathias Freire alias Victor Janusz, die wir am Leichenfundort sichergestellt haben. Mein Team kann die Ermittlungen hier in Bordeaux fortsetzen, aber ich muss versuchen, an Freire heranzukommen, und Freire hält sich in Marseille auf.«

Der Richter verschränkte die Arme und blickte Anaïs schweigend an. Seine Miene war undurchdringlich. Anaïs hätte gern etwas getrunken, traute sich aber nicht, um ein Glas Wasser zu bitten.

Erst jetzt fiel ihr die Ausstattung des Büros auf. Le Gall hatte sein Zimmer grundlegend verändert. Die übliche moderne Einrichtung, die Metallschreibtische und der Acrylteppich waren verschwunden und durch Mobiliar aus einer anderen Zeit ersetzt worden: Regale aus lackiertem Holz, mit Filz bespannte Stühle und Wollteppiche. Es sah aus wie bei einem Notar zu Beginn des vorigen Jahrhunderts.

Trotz ihrer verstopften Nase roch Anaïs, dass irgendwo Räucherstäbchen abgebrannt wurden. Es war, als hätte sie einen flüchtigen Blick auf eine verborgene Seite des Ermittlungsrichters werfen dürfen. War er Buddhist? Oder begeisterte er sich vielleicht für Wanderungen durch den Himalaya?

Der Beamte hatte noch immer nicht geantwortet. Anaïs spürte, dass sie einen Gang hochschalten musste. Immer noch im Sitzen stützte sie die Ellbogen auf den Schreibtisch und wechselte den Tonfall.

»Herr Ermittlungsrichter, lassen Sie uns Klartext reden. Wir beide, Sie und ich, riskieren viel in diesem Fall. Wir sind jung. Alle Augen sind auf uns gerichtet. Vertrauen Sie mir. Einerseits haben wir diesen Ritualmord, den vermutlich ein Verrückter hier in Bordeaux begangen hat. Dem steht ein Doppelmord im Baskenland gegenüber. Die einzige Verbindung zwischen diesen Verbrechen ist Mathias Freire alias Victor Janusz. Es ist meine Pflicht, diesen Mann zu suchen. Bitte gewähren Sie mir zwei Tage in Marseille.«

Die Lippen des Beamten verzogen sich zu einem unangenehmen Lächeln. Er schien sich über Anaïs' Eifer und ihre jugendliche Unverblümtheit zu amüsieren. Jeder nach seiner Fasson!

»Und was genau haben Sie vor? Was wollen Sie außer Freire noch in Marseille finden?«

Anaïs richtete sich auf. Zum ersten Mal entdeckte sie hinter den dicken Brillengläsern die Intelligenz, die es Le Gall ermöglicht hatte, alle Examen zu bestehen und heute an diesem Schreibtisch zu sitzen.

»Ich glaube, dass der Mann auch schon in Marseille auf der Flucht war und außerdem irgendeine Spur verfolgte.«

»Und was soll das gewesen sein?«

»Ich weiß es nicht. Vielleicht ein weiterer Mord.«

»Das verstehe ich nicht. Mordet er, oder ermittelt er?«

»Beides ist möglich.«

»Haben Sie etwas von einem weiteren Mord gehört? Denken Sie an einen Serientäter?«

Anaïs schüttelte den Kopf. Sie mochte dieses Wort nicht. Außerdem war es viel zu früh für so weitreichende Schlüsse.

»Haben Sie die zentrale Meldestelle für Verbrechen konsultiert?«

»Aber natürlich. Leider ohne Resultat. Allerdings hängt in solchen Fällen vieles von den Erfassungskriterien ab.«

»Schon gut, das weiß ich auch. Aber woher nehmen Sie Ihre Überzeugung?«

Natürlich hätte sie um den heißen Brei herumreden können, doch sie entschied sich für die ungeschminkte Wahrheit.

»Ich höre auf meinen Instinkt.«

Der Richter betrachtete sie nachdenklich. Plötzlich sah er nicht mehr aus wie ein kleiner Notar, sondern wie ein glatter, undurchschaubarer Buddha. Schließlich atmete er vernehmlich aus, griff unter seine lederne Schreibtischunterlage und zog ein weißes Blatt hervor. Anaïs sah, dass es dickes, edles Papier war. Altmodisches Papier, auf dem man früher zu Bällen einlud oder Gnadengesuche ablehnte.

»Was machen Sie?«

»Ich entbinde Sie, Frau Hauptkommissarin.«

»Nehmen Sie mir den Fall weg?«

»Nein, ich ent-bin-de Sie«, erwiderte er, indem er die Silben deutlich voneinander trennte. »Hören Sie doch zu! Sie fahren nach Marseille. Artikel 18 § 4 der Strafgesetzordnung besagt, dass der Untersuchungsrichter den ermittelnden Beamten kreuz und quer durch Frankreich schicken kann, wenn es der Wahrheitsfindung dient.«

Anaïs hatte das ungute Gefühl, dass etwas nicht stimmte. *Es ging zu leicht.*

»Und mein Team? Führt es die Ermittlungen hier in Bordeaux weiter?«

»Drücken wir es einmal so aus: Ihr Team wird den neuen Verantwortlichen und seine Gruppe unterstützen.«

So sah es also aus. Der Beamte hatte sie die ganze Zeit reden lassen, obwohl die Würfel längst gefallen waren. Mit Sicherheit war auch Deversat am Vorabend längst informiert gewesen. Sie hätte herumbrüllen, sich wehren und türenknallend den Raum verlassen können, aber im Grunde war es ihr egal. Wichtig war nur, dass sie nach Marseille fahren durfte.

»Wer ist der neue Verantwortliche?«

»Mauricet. Er verfügt über eine fundierte Erfahrung.«

Anaïs musste unwillkürlich lächeln. Im Büro wurde Mauricet nur »Totengräber« genannt, weil er sich immer auf Stellen in der Nähe von Friedhöfen bewarb. Seit dreißig Jahren besserte er sein Gehalt damit auf, dass er die gerichtliche Leichenschau ausübte, für die ein Kommissar eine Prämie erhält. Auf jeden Fall war er nicht der aufgeweckte, begabte Polizist, den sie gebraucht hätten, um einem überdurchschnittlich intelligenten Mörder das Handwerk zu legen.

La Gall schob ihr das Blatt über den Tisch. Als sie danach greifen wollte, ließ er seine Hand darauf fallen.

»Diese beiden Männer in Schwarz, die unten im Baskenland geschossen haben – was halten Sie von denen?«

Anaïs dachte an das einzige Indiz, das sie für sich behalten hatte: an den Namen der chemisch-pharmazeutischen Konzerngruppe Mêtis, die möglicherweise an dem Doppelmord an dem Fischer und seiner Frau beteiligt war.

»Dazu kann ich eigentlich nichts sagen«, log sie. »Es sei denn vielleicht, dass der Fall weitere Kreise ziehen könnte, als wir bisher vermuten.«

»Weite Kreise? Inwiefern?«

»Es ist noch zu früh, dazu etwas zu sagen, Herr Ermittlungsrichter.«

Er ließ das Blatt los. Anaïs nahm es vom Schreibtisch und las es durch. Es war ein Passierschein für den Südosten Frankreichs. Sie faltete es und steckte es ein. Der Räucherstäbchenduft verlieh der Szene einen merkwürdig religiösen Anstrich.

»Zwei Tage, gerechnet ab morgen«, erklärte Le Gall und stand auf. »Morgen ist Freitag. Am Montag bringen Sie mir Mathias Freire her, und zwar in Handschellen und mit einem unterzeichneten Geständnis. Andernfalls brauchen Sie gar nicht erst zurückzukommen.«

Du hast dich verarschen lassen. Echt, der Kerl hat dich total zum Narren gehalten.«

Seit zwei Stunden suchten Shampoo und Janusz in Marseille nach Fer-Blanc, ohne auch nur den geringsten Hinweis zu finden. Und ebenfalls seit zwei Stunden nervte Shampoo mit seiner ewig gleichen Litanei.

»Fer-Blanc ist sicher schon längst tot und begraben. Seit Monaten hat ihn niemand mehr gesehen. Bestimmt hat Claude ihn im Leichenschauhaus gesehen und jetzt die Geschichte erfunden, um dir Geld aus der Tasche zu leiern.«

Janusz lief weiter, ohne zu antworten. Er neigte fast dazu, Shampoo recht zu geben, wollte sich aber nicht entmutigen lassen. Sobald ihn die Hoffnung endgültig verließ, würde er sich auf den Bürgersteig setzen und darauf warten, dass man ihn festnahm. Fer-Blanc war seine letzte Chance weiterzukommen.

Zunächst waren sie zum Club Pernod zurückgekehrt, allerdings vergebens. Dann hatten sie einen Umweg über die Place Victor-Gelu genommen, doch auch dort hatte man Fer-Blanc seit Ewigkeiten nicht gesehen. Über die Canebière ging es weiter zur Kirche Saint-Vincent-de-Paul. Fer-Blanc blieb verschwunden. Am Théâtre du Gymnase waren sie in eine Schlägerei zwischen zwei Banden geplatzt und geflüchtet, ohne Fragen zu stellen.

Nun waren sie auf dem Weg zur Wärmestube Marceau, wo sie sich noch einmal erkundigen und einen heißen Kaffee trinken wollten. Allmählich wurde es dunkel. Janusz spürte, wie er immer ängstlicher wurde, je mehr das Licht schwand. Er ertappte sich, dass er bei jedem Sirenenklang zusammenzuckte. Wenn jemand ihn länger ansah, senkte er den Kopf. Bullen,

Mörder und die Aussteiger von Bougainville – alle waren sie ihm auf den Fersen und ganz kurz davor, ihn zu finden.

Endlich erreichten sie die Wärmestube. Die Sozialarbeiter hatten einen Karaoke-Nachmittag organisiert. Beim Anblick der Obdachlosen, die mit ihren zahnlosen Mündern Chansons blökten, prallte Janusz zurück.

»Geh du rein«, sagte er zu Shampoo. »Ich warte lieber draußen.«

Obwohl ihm nach dem zweistündigen Fußmarsch eigentlich warm war, schlotterte er in seinen Klamotten. Er stellte sich unter den Torbogen, der zur Wärmestube führte, und vertiefte sich zum soundsovielten Mal in den Autopsiebericht.

Plötzlich hörte er etwas. Ein paar Meter entfernt saß ein Mann in der Dunkelheit. Janusz kniff die Augen zusammen und musterte den Kerl, der einen abgenudelten Pullover zu einer fleckigen Pyjamahose trug. Seine Füße steckten in zwei Plastiktüten, sein Gesicht war so weiß wie das eines Clowns. Allerdings eines Clowns, der eine ordentliche Abreibung bekommen hatte. Sein linkes Auge war blutunterlaufen, und eine Wange wurde von einem riesigen Hämatom verunstaltet.

»Wir sind dabei, uns zu verändern«, murmelte der Mann unter großer Mühe.

Er trank aus einer grauen Plastikflasche, die er mit beiden Händen halten musste. Es sah aus, als pichelte er Terpentin, doch es war offenbar einfach eine Weinsorte, die Janusz nicht kannte.

»Wir verändern uns, Mann.«

»In was denn?«, erkundigte sich Janusz.

»Die Stadt ist eine Krankheit. Ein Leprageschwür«, fuhr der Mann fort, als hätte er nichts gehört. »Wir treiben uns darin herum und werden von ihrem Dreck, ihrem Gestank und ihren Umweltgiften angesteckt. Wir werden zu Teer, zu Auspuffgasen und zu Reifengummi ...«

Janusz hatte keine Kraft mehr, über das Delirium hinwegzuhören. Er war so müde, dass er sich so durchlässig fühlte wie ein

Schwamm. Der Mann erschien ihm wie ein Orakel. Ein Teiresias der Straße. Er betrachtete seine Hände. Schon wurde seine Haut zu Asphalt und sein Atem zu Stickstoffdioxid.

»Grüß dich, Didou.«

Shampoo stand unter dem Torbogen. Der andere Mann antwortete nicht, sondern verschanzte sich mit säuerlicher Miene hinter seiner Flasche.

»Kennst du ihn?«, fragte Janusz.

»Jeder kennt Didou. Er hält sich für einen Seher.« Shampoo senkte die Stimme. »Aber er ist auch nur ein Bekloppter. Allerdings ziemlich gefährlich, denn er prügelt sich mit allen, denen seine Vorhersagen nicht gefallen.«

Janusz war Shampoo dankbar, dass er ihn mit wenigen ernüchternden Worten aus seinen Fantasien gerissen hatte. Schnell vergaß er den Spinner im Pyjama.

»Irgendwas Neues?«, erkundigte er sich.

»Null Komma nix. Aber sag mal, hast du keinen Hunger?«

Shampoo hatte rosa Bäckchen. Wahrscheinlich hatte es beim Karaoke nicht nur Kaffee gegeben. Janusz Magen knurrte zum Erbarmen, doch es war ihm nicht möglich, sich noch einmal in den öffentlichen Garküchen zu zeigen.

Als wüsste er um seine Befürchtungen, verkündete Shampoo: »Heute Abend gehen wir ins Restaurant.«

»Echt?«

»Na, wenigstens beinahe.«

Zehn Minuten später betraten sie den Hinterhof einer Fast-Food-Kette. Es stank fürchterlich. Shampoo tauchte in einen der Müllcontainer ab.

Janusz wurde schlecht. Der Hinterhof erinnerte ihn an den Ort, wo er sich am Tag zuvor Wein über den Kopf geschüttet hatte. Es kam ihm vor, als wären seit dieser ekelhaften Taufe mindestens hundert Jahre vergangen.

Shampoo holte massenweise in Plastik verpackte Lebensmittel aus dem Container.

»Es ist angerichtet«, grinste er und warf Janusz seine Schätze zu.
»Tomaten!«, zählte er auf. »Brötchen! Käse! Schinken!«
Hin und her gerissen zwischen Hunger und Abscheu fing Janusz die Päckchen auf.
»Und alles Bio«, trumpfte Shampoo zu guter Letzt auf.
Janusz öffnete einen der Beutel und biss in ein kaum aufgetautes Brötchen. Es schmeckte ihm unglaublich gut. Sein Magen reagierte mit Dankbarkeit. Er öffnete weitere Beutel und aß Schinken, Käse und Gurkenscheiben. Mit jedem Bissen wurde ihm das Elend bewusst, in dem sie lebten. Zwei Männer, die vor einer Mülltonne kauerten, mit bloßen Fingern Essen in sich hineinstopften und dabei grunzten. Sie waren nicht anders als Ratten, die in der Stadt ihr Dasein fristeten.
»Eine Cola?«
Shampoo reichte ihm einen Pappbecher mit einem abgeknickten Strohhalm. Janusz leerte ihn gierig in einem Zug. Allmählich kehrten in seinen Körper Leben und Kraft zurück.
»Wo schlafen wir diese Nacht?«, wandte er sich schließlich den nächstliegenden Fragen zu.
»Da müssen wir uns etwas einfallen lassen, weil überall diese Aussteiger rumhängen und die Bullen die Unterkünfte sicher nicht aus den Augen lassen.«
Shampoos Fürsorglichkeit freute ihn – es sei denn, der Kumpel hatte vor, ihm im Schlaf die Kehle durchzuschneiden.
»Wir suchen uns etwas unter freiem Himmel. Ich kenne da ein paar Möglichkeiten, allerdings ist es im Februar nicht ganz leicht. Die Behörden kämmen alles durch, weil niemand draußen schlafen soll. Was meinst du, was die für einen Ärger bekommen, wenn einer von uns im Freien krepiert!«
Bei der Aussicht auf eine Nacht im Freien fielen Janusz wieder die aggressiven Aussteigerbanden ein.
»Weißt du noch, in welchem Viertel mich die Typen aus Bougainville angegriffen haben?«

»Ich glaube, in La Joliette. Irgendwo auf den Docks.«
»Was habe ich denn da gemacht?«
»Keine Ahnung. Normalerweise warst du meistens bei den Leuten von Emmaus zu finden.

Emmaus! Janusz ärgerte sich, dass er ausgerechnet bei denen nicht nachgefragt hatte, die ihn am besten kannten. Jetzt war es zu spät. Vermutlich war sein Bild längst in allen Unterkünften im Umlauf. Dach dann fiel ihm etwas ein. Er kramte in seiner Tasche und fand die Visitenkarte, die der Mann im Zug nach Bordeaux ihm gegeben hatte.

DANIEL LE GUEN
EMMAUS-GEMEINSCHAFT
06 17 35 44 20

»Wo ist hier die nächste Telefonzelle?«

Tagsüber erinnerte das Viertel um die Porte d'Aix an einen afrikanischen Souk, doch jetzt waren die Straßen fast leer. Die fliegenden Händler hatten ihre Stände abgebaut, die Metallgitter der Läden waren geschlossen. Auf dem Boden lagen Hühnerfedern, Obstreste und fettiges Papier herum. Schwarz verschleierte Gestalten huschten durch die Nacht.

»Lass uns einen Zahn zulegen«, grummelte Shampoo. »Wir kriegen einen Mistral.«

In der Nähe des Triumphbogens, ein wenig versteckt unter Parkbäumen, stand eine Telefonzelle, die Janusz sehr zusagte. Für einen Zehner rückte Shampoo eine Telefonkarte heraus.

»Ich gehe inzwischen mal nachtanken«, erklärte der Kahlkopf, der einen noch geöffneten arabischen Lebensmittelladen entdeckt hatte.

Janusz betrat die Telefonzelle und wählte die Nummer von Le Guen. Der Wind machte sich immer stärker bemerkbar. Die Bäume im Park rauschten heftig, und die Scheiben der Kabine klapperten. Durch die Ritzen drangen Kälte und Feuchtigkeit.

»Hallo?«

»Daniel Le Guen? Hier ist Victor Janusz. Erinnern Sie sich an mich?«

»Aber sicher. Wir haben uns doch erst vor zwei Tagen im Zug von Biarritz nach Bordeaux getroffen.«

»Ich wollte mich wegen meines Verhaltens entschuldigen. Wissen Sie, ich habe ziemliche Probleme mit meinem Gedächtnis.«

»Manchmal ist es ganz gut, wenn man sich nicht mehr erinnern kann.«

Aber Janusz wollte kein Mitleid. Mit fester Stimme sagte er:

»Ganz im Gegenteil. Ich will mich unbedingt erinnern. Sie kennen mich aus der Unterkunft der Emmaus-Gemeinschaft in Marseille, richtig?«

»Genau. Die Unterkunft Pointe-Rouge.«

»Wissen Sie noch, wann ich zum ersten Mal dort war?«

»Du bist Ende Oktober gekommen.«

»Kannte ich Marseille?«

»Kein bisschen. Du wirktest ganz schön … verloren.«

Janusz Stimme wurde lauter.

»Wo kam ich her?«

»Das hast du uns nie gesagt.«

»Und wie habe ich mich verhalten?«

Er musste jetzt fast schreien, um die Windböen zu übertönen.

»Du warst zwei Monate bei uns, hast beim Sortieren und im Verkauf geholfen und in der Unterkunft geschlafen. Du warst immer ernst, sehr schweigsam und eigentlich viel zu hoch qualifiziert für die kleinen Jobs, mit denen wir dich betrauten. Zu Beginn hast du unter Amnesie gelitten, aber nach und nach wurde deine mentale Verfassung besser, und schließlich hast du dich an deinen Namen erinnert. Victor Janusz. Trotzdem hast du dich über deine Vergangenheit immer ausgeschwiegen. Wir haben nie erfahren, wie du in diese Lage geraten und warum du nach Marseille gekommen bist.«

»Gab es je Probleme mit mir?«

»Wie man es nimmt. An Mitte Dezember bist du manchmal tagelang verschwunden und einige Male auch nachts nicht nach Hause gekommen.«

»Habe ich getrunken?«

»Nun, wenn du zurückkamst, wirktest du meistens nicht mehr ganz frisch.«

Janusz musste an Tzevan Sokow denken. Der Junge war Mitte Dezember ermordet worden.

»Wussten Sie, wohin ich ging, wenn ich verschwand?«

»Nein.«

»Was habe ich gesagt, als ich die Unterkunft verließ?«
»Nichts. Ende Dezember gab es diese Schlägerei. Wir haben dich noch auf der Polizeiwache abgeholt, aber zwei Tage später bist du endgültig gegangen.«
»Habe ich über diese Schlägerei gesprochen?«
»Nein, du hast weder der Polizei noch uns etwas gesagt. Du hast geschwiegen wie ein Grab.«
Le Guen hatte keine Ahnung, wie wahr er sprach. Plötzlich meldete sich Janusz' Migräne wieder. Der schmerzende Punkt hinter dem linken Auge pochte ebenfalls. Draußen tobte der Wind und heulte um die Telefonzelle.
»Was waren das für kleine Jobs, die Sie mir gegeben haben?«
»So genau weiß ich das nicht mehr. Jedenfalls hast du dich zum Schluss um unseren Kleiderbasar gekümmert, aber auch manchmal in der Schneiderei gearbeitet, wo wir die Sachen in Ordnung bringen. Mit CDs und Büchern wolltest du jedenfalls nie etwas zu tun haben – mit nichts, das auch nur entfernt an Kunst erinnert.«
»Warum?«
»Wir hatten den Eindruck, dass du in dieser Richtung irgendwie traumatisiert warst.«
»Traumatisiert?«
»Ich persönlich glaube, dass du Künstler warst, ehe du obdachlos wurdest.«
Janusz schloss die Augen. Mit jedem Wort verstärkte sich der Schmerz. Instinktiv spürte er, dass er die Persönlichkeit streifte, die er vor Janusz gewesen war, und dass ihm das aus unerfindlichen Gründen wehtat.
»Was für eine Art von Künstler?«, stammelte er.
»Ich tippe auf Maler.«
»Wie kommen Sie darauf?«
»Wegen deiner Abneigung. Du hast dich von allem ferngehalten, das auch nur ansatzweise an ein Bild oder einen Bildband erinnerte. Trotzdem habe ich bemerkt, dass du dich aus-

kanntest. Ein paarmal hast du Spezialausdrücke benutzt, die man eigentlich nur kennt, wenn man sich damit beschäftigt.«

Die Erkenntnis breitete sich in Janusz aus wie ein Ölfilm. Er erinnerte sich zwar nicht, verspürte aber ein Entsetzen, das ihn zu überwältigen drohte.

»Eines Tages zum Beispiel«, fuhr Le Guen fort, »blätterte einer unserer Kollegen in einem Kunstband. Du hast danebengestanden und wurdest ganz blass. Plötzlich legtest du heftig deine Hand auf eines der dargestellten Bilder und sagtest: ›Das will ich nicht mehr.‹ Ich erinnere mich noch sehr gut daran.«

»Wissen Sie noch, was es für ein Bild war?«

»Ein Selbstporträt von Courbet.«

»Wenn Sie mich für einen Künstler hielten, haben Sie nicht versucht herauszufinden, ob es irgendwo mit ›Janusz‹ signierte Bilder gab?«

»Nein. Erstens hätte ich dazu nicht die Zeit gehabt, und zweitens war mir klar, dass die Bilder, falls es überhaupt welche gab, einen anderen Namen tragen würden.«

Der Wind rüttelte an den Scheiben der Telefonzelle.

Plötzlich begriff Janusz, dass Le Guen Bescheid wusste.

»Ehe du zu Janusz wurdest, warst du jemand anders«, sagte der Mann von der Emmaus-Gemeinde. »Und nach Janusz wurdest du zu Mathias Freire.«

»Woher kennen Sie diesen Namen?«

»Du hast ihn mir im Zug genannt.«

»Und daran erinnern Sie sich?«

»Ich konnte ihn gar nicht vergessen. Ich komme gerade aus Bordeaux zurück. Du bist zurzeit der Star in sämtlichen Regionalprogrammen.«

»Haben Sie vor, mich zu verraten?«

»Ich weiß doch nicht einmal, wo du dich aufhältst.«

»Sie haben mich gekannt«, stöhnte Janusz. »Glauben Sie, dass ich es gewesen bin? Glauben Sie, ich wäre in der Lage, einen Menschen zu töten?«

Le Guen antwortete nicht sofort. Er schien ebenso ruhig, wie Janusz nervös war.

»Darauf kann ich dir keine Antwort geben, Victor. Wen sollte ich auch verdächtigen? Den Maler, der du zweifellos vor deiner Ankunft in Marseille gewesen bist? Den verschlossenen Obdachlosen, den ich in Pointe-Rouge kennengelernt habe? Den Psychiater, der mir im Zug begegnet ist? Ich glaube, du solltest dich der Polizei stellen und eine Therapie machen. Vielleicht sind die Ärzte in der Lage, deine verschiedenen Persönlichkeiten zu ordnen und deine ursprüngliche Identität freizulegen. Denn sie allein ist es, die zählt. Aber dazu brauchst du Hilfe.«

Janusz spürte, wie er wieder wütend wurde. Sicher hatte Le Guen recht. Aber genau das wollte er nicht hören. Er dachte noch über eine entsprechende Antwort nach, als plötzlich jemand gegen die Scheibe wummerte. Shampoo stand vor der Telefonzelle.

»Mach voran! Der Mistral ist da. Wir müssen uns irgendwo verkriechen, sonst erfrieren wir.«

Hier spricht Martenot. Können wir reden?«
»Kein Problem. Ich bin gerade auf dem Weg nach Marseille.«

Anaïs saß am Steuer ihres Golf und klemmte den Hörer zwischen Ohr und Schulter. Es war fast 20.00 Uhr. Sie fuhr in Richtung Toulouse. Bleifuß. 220 Stundenkilometer. Sie scherte sich nicht um Radarkontrollen. Sie scherte sich auch nicht um die Autobahnpolizei. Und ebenso wenig scherte sie sich um Le Gall, Deversat und den ganzen Scheißverein.

»Mir liegt jetzt endlich der Autopsiebericht vor.«

Patrick Bonfils und Sylvie Robin waren am 16. Februar um zehn Uhr morgens erschossen worden. Heute war der 18., und es war acht Uhr abends.

»Na, das ging aber fix«, gab sie trocken zurück.

»Leider ist uns etwas dazwischengekommen.«

»Ach, wirklich?«

Martenot schwieg, und Anaïs wurde klar, dass sie mit dem Spielchen aufhören musste. Niemand hatte den Beamten gezwungen, sie anzurufen. Vor allem nicht jetzt, nachdem Mauricet den Fall offiziell übernommen hatte.

»Und wie lauten die Erkenntnisse?«, erkundigte sie sich deutlich ruhiger.

»Eigentlich hat der Gerichtsmediziner nur das bestätigt, was wir ohnehin schon wussten. Die tödlichen Kugeln hatten das Kaliber 12.7, und bei der Waffe handelte es sich um ein Hécate II.«

»Ist es möglich, das Gewehr zurückzuverfolgen?«

Wieder entstand eine Pause. Martenot wählte seine Worte mit Bedacht.

»Nein. Nur wenn wir die Waffe in die Hand bekommen, können wir feststellen, ob aus ihr geschossen wurde. In Frankreich sind alle Gewehre der Marke Hécate registriert. Aber im Zusammenhang mit diesen Morden könnte die Waffe von wer weiß wo herkommen.«

»Was ist mit den Verletzungen?«

»Auch da hatten wir es mit einem Profi zu tun. Sowohl Patrick Bonfils als auch Sylvie Robin wurden je drei Mal getroffen. Eine Kugel in den Kopf, zwei in die Brust. Ich habe mich umgehört, aber selbst in unserer Armee gibt es im Augenblick kaum Schützen, die auf diese Distanz zu solchen Schüssen fähig sind.«

»Jedenfalls verringert das die Anzahl der Verdächtigen.«

Wieder zögerte Martenot. Nie würde die Armee ihre schmutzige Wäsche in aller Öffentlichkeit waschen, was wohl einer der Gründe dafür war, dass der Autopsiebericht so spät kam. Wahrscheinlich hatte ein ganzes Bataillon Offiziere, Experten und Strategen den Bericht einer eingehenden Prüfung unterzogen und anschließend eine eigene Kommission gebildet, um eine neuerliche Obduktion durchzuführen und sich um Einschusswinkel und eine weitere Analyse der Patronenhülsen zu kümmern.

Anaïs wandte die Augen nicht von der Fahrbahn. Die weiße unterbrochene Fahrbahnmarkierung huschte im Licht ihrer Scheinwerfer vorbei. Sie hatte das Gefühl, der Nacht die Straße zu entreißen.

»Gibt es sonst noch irgendwelche Ergebnisse?«

»Allerdings.«

Anaïs hatte die Frage eigentlich nur der Form halber gestellt und keine positive Antwort erwartet. Martenot schwieg lange.

»Was gibt es denn?«

»An der Leiche von Patrick Bonfils haben wir eine merkwürdige Gesichtsverletzung gefunden. Sie wurde ihm nach seinem Tod beigebracht.«

Anaïs dachte nach. Der Sniper hatte Bonfils und dessen Frau getötet, Mathias Freire aber verfehlt. Zusammen mit seinem Komplizen hatte er die Verfolgung aufgenommen. Inzwischen kamen aber bereits die Fischer angerannt, die das Drama aus der Ferne miterlebt hatten. Die Mörder hatten also keine Zeit gehabt, zum Strand zurückzukehren und dem Toten die Verletzung zuzufügen.

»Als wir uns in Guéthary getroffen haben, war von dieser Verletzung nicht die Rede.«

»Da wusste ich auch noch nichts davon.«

»Haben Sie die Toten nicht im Leichenschauhaus gesehen?«

»Aber sicher doch.«

»Und da ist Ihnen die Verletzung im Gesicht nicht aufgefallen?«

»Nein, denn sie war noch nicht da.«

»Das verstehe ich nicht.«

»Die Veränderung wurde erst danach vorgenommen. Irgendwann am Abend des 16. Februar. Als wir uns getroffen haben, wusste ich noch nichts davon.«

Anaïs konzentrierte sich auf die Straße. Sie hatte eine Ahnung, hielt sie aber für völlig verrückt.

»Mit anderen Worten, jemand ist abends in die Gerichtsmedizin eingebrochen und hat sich an dem Toten zu schaffen gemacht.«

»Genau.«

»Wo befindet sich das Institut?«

»In Rangueil, in der Nähe von Toulouse.«

»Und welcher Art ist diese Verletzung?«

»Jemand hat die Nase des Toten der Länge nach aufgeschnitten und dann sowohl Nasenknochen als auch Dreiecks- und Flügelknorpel entfernt – im Prinzip also alles, was für die Form der Nase zuständig ist.«

Anaïs drückte weiter den Gashebel durch. Die Geschwindigkeit zwang sie zur Konzentration. Ihre Augen brannten, und ihre Kehle war trocken, doch ihr Gehirn arbeitete auf Hochtouren. Der späte Autopsiebericht hatte nichts mit den Prüfungen durch die Militärs zu tun.

»Wir kommen Sie darauf, dass es die Mörder waren, die zurückgekehrt sind?«

»Wer sonst?«

»Aber warum hätten sie dieses Risiko eingehen sollen? Und warum haben sie die Knochen gestohlen?«

»Ich weiß es nicht. Ich stelle sie mir als eine Art Jäger vor. Vielleicht sind sie zurückgekehrt, um eine Trophäe mitzunehmen.«

»Eine Trophäe?«

»Im Krieg haben amerikanische Soldaten ihren japanischen Opfern die Ohren abgeschnitten oder Zähne herausgebrochen. Und aus menschlichen Oberschenkelknochen und Schienbein machte man Brieföffner.«

Martenot sprach jetzt schneller. Die unsichtbaren Mörder schienen gleichzeitig Furcht und Faszination bei ihm auszulösen.

»Um welche Uhrzeit erfolgte dieser ... Eingriff?«

»Gegen acht Uhr abends. Die Leichen wurden um 17.00 Uhr aus dem Krankenhaus von Bayonne abtransportiert und kamen etwa um acht in Rangueil an. Das Leichenschauhaus wurde offenbar nicht überwacht.«

Anaïs konnte sich nicht vorstellen, dass professionelle Scharfschützen, die ein Opfer auf eine Entfernung von über fünfhundert Metern treffen konnten, ein derartiges Risiko eingingen, um eine Handvoll Knochen mitzunehmen. Waren sie wirklich auf Trophäen aus?

»Wer wusste von dem Leichentransport?«

»Eigentlich alle. Rangueil ist das einzige gerichtsmedizinische Institut der Umgebung.«

»Um welche Uhrzeit sollte die Obduktion beginnen?«

»Eigentlich gleich nach dem Eintreffen der Leichen. Ich

weiß wirklich nicht, wie den Eindringlingen dieser Coup gelungen ist.«

»Mit welcher Art Werkzeug haben sie gearbeitet?«

»Laut Gerichtsmediziner war es ein Jagdmesser mit gezahnter Stahlklinge.«

»Wurde das Personal des gerichtsmedizinischen Instituts vernommen?«

Martenot ließ seiner schlechten Laune freien Lauf.

»Was glauben Sie eigentlich, was wir seit drei Tagen hier tun? Wir haben im Leichenschauhaus das Unterste nach oben gekrempelt und einen ganzen Haufen winziger organischer Fragmente gefunden, aber das ist an einem solchen Ort wohl normal. Jedes einzelne Stück haben wir analysiert und identifiziert, aber nicht einen einzigen unbekannten Fingerabdruck gefunden und auch kein Haar, das nicht entweder zu einer der Leichen oder zum Personal gehörte. Vielleicht haben wir es mit einem Phantom zu tun.«

»Und warum haben Sie mich jetzt angerufen?«

»Weil ich Ihnen vertraue.«

»Wissen Ihre Vorgesetzten von diesem Telefonat?«

»Weder meine Vorgesetzten noch der Ermittlungsrichter in Bayonne. Und auch nicht der Richter im Fall Philippe Duruy.«

»Le Gall? Hat er Sie kontaktiert?«

»Heute Nachmittag. Aber Mauricet habe ich noch nicht angerufen.«

Anaïs lächelte. Sie hatte einen Verbündeten gefunden.

»Danke.«

»Keine Ursache. Wer etwas Neues erfährt, ruft den anderen an, okay?«

»Einverstanden.«

Sie legte auf und starrte auf die unterbrochene Fahrbahnmarkierung. Die hellen und dunklen Fragmente rasten mit geradezu hypnotischer Geschwindigkeit vorbei. Ein stroboskopartiger Film aus unzusammenhängenden Einzelbildern. Und doch enthielt dieser unablässige Mahlstrom ein Bild, das immer wiederkehrte. Es war eine Metzgerei, in der Blutpfützen und Fleischreste die weißen Fliesen besudelten.

Aber das Fleisch in ihrer Halluzination stammte von einem Menschen.

Janusz und Shampoo stemmten sich gegen den Wind. Sie wanderten in südwestliche Richtung. Der Kahlkopf kannte eine Baustelle am Ende der Decks, zwischen der Cathédrale de la Mayor und dem Viertel Panier, wo man sich ausgezeichnet über Nacht verstecken konnte. Doch zuvor wollte er seine Kartons abholen, die er im Container einer Gärtnerei in der Nähe der Vieille-Charité deponiert hatte.

»Damit wirst du wunderbar schlafen!«

Janusz folgte, ohne etwas wahrzunehmen. Das Gespräch mit Le Guen hatte ihm den Rest gegeben. Ehe er Psychiater und davor Obdachloser wurde, war er also Maler gewesen – oder zumindest ein Künstler. Die neue Information gab ihm nicht das Gefühl voranzukommen, sondern in einem Chaos zu versinken.

»Ist es noch weit?«

»Wir sind gleich da.«

Janusz wünschte sich nur noch eins: einschlafen und nie mehr aufwachen. Er wollte zu einer Leiche in Lumpen werden, die man auf irgendeinem Armenfriedhof verscharren würde. Ein anonymes Grab neben den letzten Ruhestätten von »Titi«, der »Eule« und »Bioman«.

Janusz sah sich um. Die Umgebung hatte sich verändert. Hier erinnerte nichts mehr an die breiten Straßen, auf denen er seit dem Vortag unterwegs war. Stattdessen befanden sie sich in einem Gewirr aus winzigen Gassen, das an süditalienische Städte erinnerte, an Neapel, Bari oder Palermo.

»Wo sind wir?«

»Im Viertel Panier.«

In einer Straße namens Rue des Repenties entdeckte Janusz einen Laden, der sich *Plus belle la vie* nannte. Der Name erinnerte ihn an eine Fernsehserie, die von fast allen Patienten seiner Station sehr geliebt wurde. Vermutlich war das Viertel Schauplatz der Serie.

Trotz seiner Müdigkeit, der Kälte und der Angst fühlte Janusz sich plötzlich fast geborgen. Das Viertel wirkte wohltuend intim. An den Fenstern hing Wäsche, altmodische Laternen verströmten ein weiches Licht. Kühlaggregate von Klimaanlagen an den Fassaden sorgten für einen mediterranen, ja fast tropischen Eindruck.

Sie überquerten Plätze, kletterten steile Gassen hinauf und eilten durch enge Steinkorridore.

»Wir sind da!«

Shampoo wies auf eine kleine Grünanlage. Rasch stieg er über die Einzäunung, kroch unter die Büsche, unter denen die Container für organischen Abfall versteckt waren, und holte mehrere große, zusammengefaltete Kartons heraus.

»Dein Bett, Jeannot. Fast so gut wie eine Latexmatratze.«

Shampoo schob ihm die Kartons unter die Arme. Der Rückweg ging steil bergab. Wegen des Mistrals waren kaum noch Menschen auf den Straßen. Sie liefen die Avenue Schumann entlang, dann den Boulevard des Dames und unterquerten die Autobahn. Auf der anderen Seite lagen die Docks und das Meer. Dazwischen öffnete sich eine mehrere Meter tiefe Baugrube, die sich über viele Kilometer hinzog.

An diesem Graben wanderten Janusz und Shampoo entlang. Der Kahlkopf warf die Flasche fort, die er inzwischen geleert hatte, und erging sich in einer Schimpftirade gegen den Feind dieser Nacht.

»Dem Mistral entkommt man nicht«, schrie er zwischen zwei heftigen Böen. »Er braust das Rhônetal hinunter, um uns umzubringen. Er bläst dir rund um die Uhr ins Gesicht. Er geht dir unter die Haut, bis dein letzter Knochen eiskalt ist. Er sucht unter den Rippen nach deinem Herzen, um es anzuhalten. Bei Mistral fallen die Temperaturen um zwei bis drei Grad. Zusammen mit der feuchten Luft vom Meer ist das wie eine Falle, die sich in der Nacht langsam um dich herum schließt. Beim Aufwachen zuckst du unter deinen Kartons wie ein Fisch auf dem Trockenen. Und wenn es zufällig dann auch noch regnet, wachst du sowieso nicht mehr auf.«

Mit einem Mal blieb Shampoo stehen. Janusz blickte nach unten und entdeckte, was ihn erwartete. Auf dem Grund der Baugrube bewegte sich etwas. Es sah aus wie kleine Wellen auf einem gigantischen Wassergraben. Bei näherem Hinsehen entpuppten die Formen sich als Menschen, die dabei waren, ihre Schlafsäcke, Kartons und Planen auszubreiten. Andere wärmten sich an einem kleinen Kohlenbecken. Man hörte Lachen, Knurren und kehlige Geräusche.

Gerade wollten sie hinuntergehen, als Shampoo Janusz am Arm packte.

»Versteck dich!«, zischte er.

Der Kleinlieferwagen des Sozialdienstes näherte sich. Janusz und Shampoo gingen hinter einer Baubaracke in Deckung. Zwei Männer in Sicherheitskleidung waren bereits auf dem Weg in die Grube, um die Männer zu überzeugen, mit ihnen in die Unterkunft zu fahren. Sie verschenkten Zigaretten und gaben sich als gute Freunde.

»Scheißkerle«, knurrte Shampoo. »Sie wollen uns alle ins Warme bringen. Denen geht der Arsch auf Grundeis, dass einer von uns erfriert.«

Janusz hätte alles darum gegeben, mit in die Wärmestube fahren zu dürfen und sich in einem Bett zu verkriechen, wo er schlafen und vergessen konnte.

»Lass uns hier verschwinden«, flüsterte sein Kumpel. »Ich kenne noch ein anderes Versteck.«

Müde gingen sie die Straße wieder hinauf. Laternen und helleren Stellen wichen sie aus. Mechanisch und mit starrem Blick setzte Janusz einen Fuß vor den anderen. Seine Beine waren steif, seine Arme wie gelähmt. Shampoo kannte nicht nur ein anderes Versteck – er kannte alle. Unter Brücken und Torbögen, in Parkhäusern und in vollgepinkelten Nischen. Aber alle waren längst besetzt. Jedes Mal fanden sie eng aneinandergedrängte Körper, die sich unter Decken und Planen verkrochen hatten.

Jeder für sich, aber der Wind gegen alle.

Schließlich erreichten sie eine weitere Baugrube. Ein gigantisches Abwasserrohr lag im matschigen Boden. Sie schlüpften ins Innere des Rohrs. Beinahe wären sie über das Dutzend anderer Männer gefallen, die sich bereits an die zylindrischen Betonwände schmiegten.

»Das ist gut gegen Krampfadern«, lachte Shampoo in Anspielung auf die Lage. Innerhalb des Rohrs lagen die Füße zwangsläufig etwas erhöht.

Sie krochen über Körper. Als Janusz sich an der Wand des Rohrs abstützte, glaubte er sich die Finger zu verbrennen – so frostig kalt war der Beton. Ein Geruch nach Urin und Fäulnis lag in unbeweglichen, fast kristallinen Schichten in der Luft. Janusz stieß an, stolperte und rempelte andere Menschen an. Flüche und Beschimpfungen ergossen sich über ihn. Hier war man weder Feind noch Leidensgenosse, hier waren alle nur zusammengepferchte Ratten.

Schließlich fanden sie einen freien Platz. Shampoo verstaute sein stinkendes Bündel in der tiefsten Höhlung des Zylinders. Janusz faltete seine Kartons auseinander und fragte sich, wann der Kahlkopf versuchen würde, ihn kaltzumachen. Er verkroch sich unter der Kartonage und versuchte sich vorzustellen, es wären Betttücher und Decken. Wie immer hielt er sein Jagdmesser griffbereit; es lag unter dem Karton, der ihm als Kopfkissen diente.

Wie schon am Abend zuvor schwor er sich, nur ganz leicht zu dösen. Aber kaum dass er sich hingelegt hatte, drohte ihn der Schlaf zu überwältigen. Dieses Mal jedoch leistete er Widerstand. Mit letzter Kraft konzentrierte er sich auf seine Ermittlungen. Fer-Blanc war unauffindbar. Was gab es außerdem noch?

Die Ermittlungen der Polizei von Marseille. Die hiesige Kripo hatte mehr konkrete Beweisstücke in der Hand als die Beamten in Bordeaux. Zum Beispiel das Gestell des Drachens, das Wachs und die Federn. Irgendwo musste der Mörder diese Dinge herhaben, und es waren Gegenstände, die man nicht einfach überall kaufen konnte. Dieser Crosnier und sein Team hatten sicher die Herkunft jedes einzelnen Stücks verfolgt – aber hatten sie auch etwas gefunden?

Janusz kam eine Idee, die selbstmörderisch wirkte. Er würde den Untersuchungsbericht in seinen Besitz bringen, wie auch immer. Gleich morgen wollte er es versuchen. Während er noch über einen vernünftigen Plan nachdachte, übermannte ihn der Schlaf. Als er die Augen wieder öffnete, hielt er sein geöffnetes Messer drohend in die Dunkelheit.

»Sag mal, spinnst du?«

Shampoo beugte sich über ihn. Janusz musste seine Nähe im Schlaf gespürt und als Bedrohung empfunden haben. Der Rest war reiner Reflex gewesen.

»Du hast wohl einen an der Klatsche«, schimpfte der Kahlkopf. »Merkst du nicht, dass die Röhre unter Wasser steht?«

Janusz stützte sich auf einen Ellbogen. Er lag zur Hälfte im Wasser. Die Kartons schwammen um ihn herum. Man hörte das Prasseln des Regens. Die Röhre hatte sich mit Schlamm gefüllt. Alle Männer waren auf den Beinen und suchten nach ihren Habseligkeiten.

»Los, beeil dich«, drängte der Kahlkopf und griff nach seinen Bündeln. »Wenn wir hierbleiben, erfrieren wir.«

Das Wasser stieg zusehends. Nur ein paar völlig Betrunkene lagen noch reglos herum. Niemand beachtete sie. In dumpfer, alkoholbenebelter Panik stießen und schoben sich die Männer nach draußen.

Janusz entdeckte zwei bewegungslose Körper, deren Gesichter schon im Schlamm versunken waren. Er ergriff den ersten am Kragen, richtete ihn auf und lehnte ihn an die runde Wand.

Gerade wollte er das Gleiche mit dem zweiten Mann tun, als Shampoo ihn an der Schulter packte.

»Du hast wohl nicht alle Tassen im Schrank!«

»Wir können sie doch nicht einfach da liegen lassen.«

»Himmel, Arsch und Zwirn! Wir müssen hier raus!«

Nach und nach leerte sich die Röhre. Zerlumpte Decken dümpelten auf dem steigenden Wasser. Es sah aus wie nach einem Schiffbruch. Janusz tastete nach dem Puls der beiden Penner. Er war noch schwach spürbar, aber auch eine heftige Ohrfeige rief bei keinem der beiden eine Reaktion hervor.

Janusz versuchte es erneut.

Endlich regten sich die beiden Zombies.

»Mensch, nun mach schon! Oder willst du krepieren?«

Janusz zögerte nur kurz, dann folgte er Shampoo. Sie wateten zum Ende der Röhre. Die Scheiße reichte ihnen bis zum halben Oberschenkel. Janusz glitt aus, fiel hin, stand wieder auf. Sie waren nur noch wenige Meter von der Öffnung entfernt. Janusz warf einen Blick zurück. Die beiden Betrunkenen krochen mit irrem Blick auf allen vieren hinter ihnen her.

Endlich atmeten sie wieder frische Luft. Sie richteten sich auf. Der Regen war noch stärker geworden, der Wind trieb ihn schräg vor sich her. Mit seiner Heftigkeit erinnerte er an einen Monsunregen, nur erheblich kälter. Janusz erkannte schnell, dass ihnen eine weitere Bewährungsprobe bevorstand. Im strömenden Regen mussten sie die fast senkrechte Wand der Baugrube erklimmen, an der es so gut wie keinen Halt gab.

Nur sehr langsam ging es vorwärts. Sie bohrten die Finger in die schlammige Masse. Regen trommelte auf ihre Schultern, eisiger Wind peitschte ihnen ins Gesicht. Glitt einer von ihnen aus, half ihm der andere auf die Beine. So bewältigten sie einen Meter nach dem anderen. Schließlich ertastete Janusz ein Moniereisen. Er griff danach, hievte sich aus der Grube und zog den wild strampelnden Shampoo hinter sich her.

Sie waren über und über mit Schlamm bedeckt, doch Shampoo hatte weder seine Decke noch sein Bündel losgelassen. Gerade wollte Janusz ihn dazu beglückwünschen, als er den entsetzten Blick seines Kumpels wahrnahm. Er drehte sich um.

Sie wurden von einer Gruppe Männer erwartet, die nichts mit den Pennern in der Grube zu tun hatten. Die Typen trugen Irokesenschnitte, Dreadlocks, Piercings und Tattoos und waren in seidig glänzende Blousons oder Militärparkas gekleidet. Einige hielten wild kläffende Köter am Halsband, schlimmer aber waren die selbst hergestellten, mörderischen Stichwaffen.

Janusz wunderte sich nicht, als er Shampoo murmeln hörte: »Scheiße, das ist die Gang von Bougainville.«

Sie rannten davon, so schnell sie es in ihren verschlammten Kleidern schafften. Ihre Schritte hallten dumpf in der dunklen Straße wider. Sie wendeten sich nach rechts und landeten auf einer schnurgeraden, menschenleeren Avenue. Laternen, Fassaden und Bürgersteige schienen im strömenden Regen zu zittern. Von Zeit zu Zeit gewahrte Janusz sogar ein Stück Himmel. Er warf einen Blick über die Schulter zurück. Die Bande sprintete hinter ihnen her, allen voran die Hunde. Auf dieser Straße hatten Janusz und Shampoo jedoch nicht die geringste Chance, ihnen zu entkommen.

Janusz griff nach Shampoos Anorak und zog ihn in eine nach rechts abzweigende Straße, um gleich danach wieder links abzubiegen. Dreißig Meter weiter entdeckte er eine Treppe, die ins Viertel Panier hinaufführte.

Sie waren wieder an ihrem Ausgangspunkt. Janusz wies auf die Treppe und rannte die Stufen hinauf, ohne Shampoos Reaktion abzuwarten. Ein neuerlicher Blick nach hinten zeigte ihm, dass ihm der Kahlköpfige japsend folgte. Hinter ihm tauchte bereits die Bande auf. Die Hunde waren nur noch wenige Meter entfernt.

Janusz wartete auf seinen Kameraden. Für Sekundenbruchteile hatte er den Eindruck, aus seinem Körper herauszutreten und die Szene von außen zu beobachten. Er hörte nichts mehr und spürte auch keinen Regen mehr. Sein Geist schwebte über ihm und sah nur noch zu.

Endlich kam Shampoo heran. Janusz ließ ihn vorbei und folgte ihm. Jede Stufe war eine neue Herausforderung und eine neue Qual. Eisiger Regen peitschte auf sie herab. Janusz bewegte sich wie ein Affe auf allen vieren vorwärts, um schneller voranzukommen. Das Gefühl, sich von außen zu beobachten, war vorüber.

Nur allzu real wurde ihm klar, dass er sterben würde. Und auch die entsetzliche Angst war real. Übelkeit stieg ihm in die Kehle.

Plötzlich glitt er aus. Sein Kopf knallte auf eine Stufe. Er sah tausend Sterne, ehe ein dumpfer Schmerz in seinem Kopf explodierte. Er spürte die feuchte Kälte des Betons an seiner Wange. Warmes Blut lief ihm über das Gesicht. Rasende Schmerzen fuhren durch sein Bein.

Einer der Hunde hatte ihn in die Wade gebissen und zerrte ihn die Treppe hinunter. Er versuchte sich an einer Laterne festzuklammern, doch das gelang ihm nicht. Mühsam hob er den Kopf. Shampoo rannte noch immer die Treppe hinauf. Entweder hatte er nichts bemerkt, oder er suchte sein Heil in der Flucht. Janusz wollte schreien, doch sein Mund prallte mit voller Wucht gegen eine Treppenstufe. Bei dem Versuch, sich aufzurichten, glitt er zwei weitere Stufen hinunter.

Im Fallen drehte er sich so, dass er auf den Rücken zu liegen kam, und blickte direkt in die Augen des Hundes, den das Jagdfieber gepackt hatte. Einer der Typen näherte sich rasch. Janusz trat mit voller Wucht in die Schnauze des Hundes, der seinem Herrn jaulend vor die Füße rollte und ihn umriss. Die beiden Angreifer kollerten ein Stück die Treppe hinunter.

Janusz nutzte die Atempause und rappelte sich auf. Der Hund stürmte bereits wieder auf ihn zu, der Aussteiger folgte ihm. Janusz beobachtete jede ihrer Bewegungen, während er vorsichtig rückwärts die Treppe hinaufglitt. Im Schein der Laterne erkannte er, dass sein Verfolger eine selbst gebastelte Waffe in der Hand hielt. Es war ein Messer mit einer geschliffenen Keramikspitze, die eindeutig aus dem sanitären Bereich stammte.

Es durchzuckte Janusz wie ein Blitz. Mit einer solchen Waffe würde er sich sicher nicht massakrieren lassen! Er holte weit aus und verabreichte dem Angreifer eine gewaltige Ohrfeige.

Sein Verfolger geriet ins Wanken und klammerte sich an das Geländer, um nicht hinzufallen. Janusz packte ihn am Kragen, zog ihn zu sich und versetzte seinem Kopf einen heftigen Schlag. Ihm war, als diktierte ihm eine innere Stimme, was er tun sollte. *Auf den Nasenrücken und die Augenhöhlen zielen, nicht auf die Stirn.*

Es hörte sich an wie das Brechen trockenen Holzes. Das Blut seines Angreifers spritzte bis in seine eigenen Augen. Kurzfristig konnte er nichts sehen. Er rieb sich die Lider und sah, dass sein Verfolger auf den Stufen hockte. Der Hund setzte zum Sprung an. Janusz empfing ihn mit einem Tritt und trat gleich darauf auch den Angreifer mitten in den Bauch. *Immer versuchen, die Leber zu erwischen. Sie ist wegen des hohen Alkoholkonsums der wunde Punkt aller Obdachlosen.*

Der Angreifer stieß einen erstickten Schrei aus und rollte über seinen Hund hinweg. Wieder stürzten sie gemeinsam mehrere Stufen hinunter. Janusz schaute unbewegt und fasziniert zu. Nun hatte er sich wirklich in Victor Janusz zurückverwandelt. Der Mann von der Straße. Der barbarische Tippelbruder.

Zwei weitere Bandenmitglieder tauchten im Regen auf. Einer war kahlgeschoren, der andere trug einen roten Irokesenschnitt. Der Erste hielt eine Eisenstange in der Hand, der zweite einen mit Nägeln bewehrten Baseballschläger. Janusz ballte die Fäuste, doch plötzlich verließen ihn die Kräfte. Es war einfach zu viel. Er sackte zusammen, verschränkte die Arme über dem Kopf und wartete auf die Prügel.

Ein lauter Schlag war zu hören, unmittelbar gefolgt von einem zweiten, metallischeren Klang. Janusz spürte nichts. Als er aufblickte, sah er, dass Shampoo mit einer riesigen Mülltonne dem ersten Kerl eins über den Schädel gegeben und den zweiten gegen eine Laterne gestoßen hatte. Die beiden Typen ergriffen die Flucht.

Shampoo richtete Janusz auf und schubste ihn die Treppe hinauf. Janusz war ihm unendlich dankbar. Tief im Innern schämte er sich für sein früheres Urteil. Man konnte doch auf Shampoo zählen.

Sie hasteten die restlichen Stufen hinauf und stürzten sich in das Gewirr schmaler Gassen. Janusz' Wade schmerzte stark. Der Hund hatte richtig zugebissen. Die Gassen wurden so eng, dass man nicht mehr nebeneinandergehen konnte. Allmählich wurden sie langsamer, bis sie schließlich stehen blieben. Beide waren sie außer Atem und am Ende ihrer Kräfte.

Natürlich hatten sie noch Angst, doch das Brennen ihrer Lungen, die schmerzenden Muskeln und die Übelkeit waren stärker.

»Wir haben sie abgehängt«, keuchte Shampoo.

»Von wegen.«

Janusz stieß ihn in eine Nische. Beinahe wäre der Kahlkopf hingefallen.

»Was machst du da?«

»Versteck dich!«

Die Nische erwies sich als Hauseingang, dessen Gitterstäbe von Lavendelbüschen und Efeu überwuchert waren. Janusz und Shampoo hatten sich kaum unter das Grünzeug gekauert, als ihre Verfolger auch schon direkt vor ihrer Nase vorbeirannten.

Erleichtert atmeten sie auf. Janusz nahm den kreidigen Geruch der nassen Steine und den herben Duft der Blätter wahr. Welch wohltuende Empfindung! Sie waren zwar erschöpft, aber fast unversehrt. Sie schauten sich an und genossen die Beruhigung.

»Ich folge ihnen«, kündigte Janusz mit leiser Stimme an.

»Was?«

»Die Kerle wollen uns nicht einfach nur vermöbeln. Sie wollen uns töten, und ich muss wissen, warum.«

Shampoo glotzte ihn verständnislos an. Der Kahlkopf hatte während der Prügelei seine Mütze verloren. Sein unbehaarter Schädel glänzte im Regen wie das Ei eines Dinosauriers.

»Willst du sie vielleicht fragen?«

»Nicht alle zusammen. Nur einen. Und der muss überrascht werden.«

»Du hast doch nicht alle Tassen im Schrank.«

»Ich habe ein Messer.«

»Und den IQ einer Fliege.«

»Weißt du noch irgendein anderes Versteck?«

»So wie wir abgehauen sind, sollten wir lieber ins traute Heim zurückkehren. Nach La Madrague.«

»Unmöglich. Kennst du vielleicht ein Hotel?«

»Ein Hotel?«

»Ich habe Geld. In Marseille muss es doch irgendwo Zimmer für Leute wie uns geben.«

»Ich kenne da vielleicht eins, aber …«

Janusz winkte mit einem Fünfzig-Euro-Schein.

»Geh hin und gib mir die Adresse.«

Da sich in ihm Argwohn regte, fügte Janusz hinzu:

»Der Schein hier bekommt noch einen kleinen Bruder, wenn du dort auf mich wartest.«

Shampoo schenkte ihm ein zahnloses Lächeln und erklärte ihm den Weg.

»Wenn ich bis morgen früh nicht da bin, schaltest du die Bullen ein«, sagte Janusz.

»Die Bullen? Sonst noch was?«

»Wenn du es nicht tust, kriegst du eine Anklage wegen Mittäterschaft.«

»Mittäterschaft bei was? Was soll ich ihnen denn sagen?«

»Die Wahrheit. Dass ich zurückgekommen bin. Dass wir angegriffen wurden. Und dass ich wissen wollte, was los ist.«

»Du warst ja schon früher nicht ganz klar, aber jetzt drehst du anscheinend komplett durch.«

»Geh ins Hotel und warte auf mich.«

Ohne auf eine Antwort zu warten, ging Janusz davon.

Er versuchte zu rennen, doch sein verletztes Bein schmerzte zu stark. Der Hund hatte seine Zähne wirklich sehr tief in sein Fleisch geschlagen. Die wichtigste Maßnahme nach einem Hundebiss war, wie er sich erinnerte, die Ruhigstellung des entsprechenden Körperteils. Na toll! Und die Behandlung mit Antibiotika konnte er auch getrost vergessen.

Janusz lief an der breitesten Straße entlang. Die kleinen Gässchen rechts und links beachtete er nicht. Er war ziemlich sicher, dass die Bandenmitglieder genau diesen Weg genommen hatten. Nach einer Weile – er überlegte gerade, ob er aufgeben sollte – machte die Straße einen deutlichen Knick, und er stand ohne jede Deckung auf einer Terrasse oberhalb der Stadt.

Er war so überrascht, dass er sich schleunigst in den Schatten zurückzog.

Die Aussicht von hier oben war traumhaft schön. Im Regen glitzerte die Stadt wie ein umgekehrter, sternenbedeckter Himmel. Und dahinter rauschte das Meer. Man sah es nicht, doch man ahnte seine schwarze, endlose Weite. Für einen Augenblick genoss er den Anblick, die Frische und den Frieden und vergaß seine brennende Lunge.

Der Klang von Stimmen rief ihn in die Wirklichkeit zurück. Unterhalb seines Standorts befand sich eine Treppe ähnlich der, die er vor wenigen Minuten erklommen hatte. Am Fuß der Stufen standen seine Verfolger im Schein einer Laterne. Sie waren zu fünft und hatten ihre Hunde dabei. Janusz konnte nicht verstehen, was sie sagten, aber er spürte ihre Wut, ihre Ohnmacht und ihre Atemlosigkeit.

Er beobachtete sie genau. Sie trugen geflochtene Zöpfe, rote und blaue Irokesenschnitte und rasierte Schädel mit esoterischen Tattoos. Die Gesichter waren an allen nur erdenklichen Stellen gepierct. Ihre Bewaffnung bestand aus Keulen, Messern und Schreckschusspistolen.

Janusz lächelte. Es amüsierte ihn, seinen Peinigern zuzusehen, ohne selbst entdeckt zu werden.

Schließlich machten sich die Aussteiger auf den Weg in Richtung der Docks. Janusz wartete, bis sie seinem Blick entschwunden waren, ehe er die Treppe hinunterlief. Der Regen hatte endlich aufgehört, doch jetzt waren die Straßen mit einer glitschigen, langsam erstarrenden Schmierschicht überzogen.

Die Bande wandte sich nach Norden und trabte die Straße entlang, die von der Autobahn überspannt wurde. Janusz vergaß sein schmerzendes Bein und folgte ihnen in einem Abstand von zweihundert Metern. Er huschte von Pfeiler zu Pfeiler und achtete darauf, dass er immer im Schatten blieb. So legten sie mindestens einen Kilometer zurück. Die Straße war noch immer menschenleer. Der Mistral entfaltete eine wilde Kraft, die das Pflaster trocknete und Pfützen erstarren ließ.

Irgendwann bog die Gruppe nach rechts in eine schlecht beleuchtete Straße ab. Die Häuser wurden wieder höher. Janusz glaubte, das Viertel La Madrague wiederzuerkennen – oder war es Bougainville? Sie durchquerten Schlafstädte, kahle Gärten und Spielplätze mit rostigen Schaukeln.

Die Umgebung wurde immer hässlicher. Verlassene Fabriken wechselten sich mit Häusern ab, deren Fenster zugemauert waren. Dazwischen lagen Brachgrundstücke. In der Ferne erhoben sich Baukräne, die wie bösartige Insekten aussahen.

Sie überquerten ein leeres Grundstück. Der Wind presste die Quecken an den Boden und trieb Papier, Plastikflaschen und leere Kartons vor sich her. Es stank nach Benzin. Janusz erkannte, wo die Typen hinwollten. Sie gingen auf eine mit Graffiti bedeckte Mauer zu, die das unbebaute Gelände begrenzte.

Janusz war völlig außer Atem. Sein Herz schien seinen Brustkorb sprengen zu wollen. Fast konnte er es hören: bum-bum,

bum-bum. Erst nach einiger Zeit erkannte er, dass es sich um Maschinenlärm handelte, der sich in der eisigen Luft verlor. Irgendwo in der Umgebung gab es eine Nachtbaustelle mit Maschinen, die niemals schliefen.

Die Bande war verschwunden. Janusz stand einsam vor der stummen Mauer. Unter den Graffiti musste sich eine Tür verbergen, die er nicht ausmachen konnte. Was sollte er jetzt tun? Eigentlich gab es nur einen einzigen Weg. Er würde warten, bis einer der Typen zum Pinkeln oder Rauchen nach draußen kam, und dann angreifen. Zumindest würde ihm so das Überraschungsmoment sicher sein.

Er kauerte sich zwischen ein paar Büsche. Schon jetzt spürte er die Kälte. In wenigen Minuten würde er anfangen zu zittern, später erstarren. Dann würde seine Körpertemperatur allmählich absinken und …

Die Tür ging auf.

Langsam, fast unmerklich richtete er sich auf und beobachtete die Gestalt, die durch die Dunkelheit ging. Der Mann trug sein Haar in Dreadlocks gekringelt. Janusz musste an den Jäger aus dem Film *Predator* denken, was seine Angst nicht gerade verminderte. Trotzdem gab es der Szene etwas Irreales, als bewegte er sich in einem Videospiel.

Der unsichere Gang des Mannes ließ darauf schließen, dass er entweder betrunken oder stoned war. Vor einem Busch blieb er stehen und entleerte seine Blase. *Jetzt oder nie!* Janusz sprang. Seine Augen tränten. Die Umgebung erschien ihm unscharf und verzerrt. Er umklammerte sein Messer, griff nach den Dreadlocks des Kerls und zog mit aller Kraft.

Der Predator knallte mit beiden Schultern auf den eiskalten Boden. Janusz hielt ihm das Messer an den offenen Hosenlatz, kniete sich auf seinen Brustkorb, presste ihm eine Hand auf den Mund und flüsterte:

»Ein Ton, und dein Ding ist ab.«

Der Mann reagierte nicht. Sein Blick war glasig, seine Gliedmaßen waren ohne jede Kraft. Vollgekifft bis zur Halskrause, dachte Janusz und drückte das Messer ein wenig fester in die Weichteile des Kerls. Jetzt reagierte der Typ. Er wollte schreien, aber Janusz versetzte ihm mit dem Ellbogen einen Hieb mitten ins Gesicht. Der Mann wehrte sich weiter. Erneut stieß Janusz zu und hörte es krachen. Sofort legte er ihm wieder die Hand über den Mund. Unter seinen Fingern spürte er die zertrümmerte Nasenscheidewand und die blutigen Schleimhäute.

»Du hältst jetzt still. Und du antwortest nur, indem du den Kopf bewegst. Hast du kapiert?«

Der Predator nickte. Janusz hielt ihm die Klinge an die Kehle: »Erkennst du mich?«

Die Dreadlocks bewegten sich auf und ab. Ja.

»Wolltet ihr mich heute Abend erledigen?«

Wieder nickte der Typ.

»Warum?«

Der Mann antwortete nicht. Janusz brauchte einen Augenblick, bis er begriff, dass er nichts sagen konnte, weil er ihm immer noch den Mund zuhielt. Vorsichtig lockerte er seinen Griff.

»Warum wolltet ihr mich umbringen?«

»Wir werden dafür bezahlt.«

»Von wem?«

Keine Antwort. Janusz hob bedrohlich den Ellbogen.

»VON WEM?«

»So Typen im Anzug. Spießer.«

Die Mörder von Guéthary. Man wollte ihm also tatsächlich ans Leder. Und zwar koste es, was es wolle.

»Waren es dieselben wie damals im Dezember?«

»Klaro.«

»Und was ist mein Kopf ihnen wert?«

»Dreitausend Euro, Arschloch.«

Allmählich gewann das Bürschlein wieder Oberwasser. Dreitausend Euro – nicht besonders viel, fand Janusz. Für die Punker aber sicher ein Vermögen.

»Woher wusstet ihr, dass ich zurück bin?«
»Wir haben dich gestern gesehen.«
»Habt ihr die Spießer informiert?«
»Klaro.«
»Dann habt ihr also Kontakt.«
»Eine Telefonnummer.«
»Sag sie mir.«
»Ich kenne sie nicht.«
Der Mann log zwar vielleicht, aber die Zeit drängte.
»Ist es eine Handynummer?«
»Nein. Ein Büro oder so.«
»Kennt ihr die Namen der Leute?«
»Nein, wir haben nur ein Passwort.«
»Wie lautet es?«
»Keine Ahnung. Ich habe damit nichts …«
Janusz schlug mit der Glasschneideseite seines Messers zu. Der Typ stieß einen erstickten Schrei aus und schniefte.
»Das Passwort!«
»Ich kenne es nicht.« Er befühlte seine Nase. »Irgendwie ein russischer Name.«
»Russisch?«
»Arschloch, du hast meine Nase kaputt geschlagen.«
Jäh wurde Janusz von einem Krampf geschüttelt. Die Angst machte sich bemerkbar, aber auch ein ähnliches Brennen wie in der vergangenen Nacht. Er fürchtete, erneut Durchfall zu bekommen, und konzentrierte sich mit aller Kraft auf die Zeit, die ihm noch blieb.
»Warum wollen sie mich töten lassen?«
»Keine Ahnung.«
»Haben sie euch meinen Namen gesagt?«
»Nur dein Bild gezeigt.«
»Ein Foto?«
Der Predator lachte, drückte sich ein Nasenloch zu und presste einen Blutstrahl aus dem andern.

»Kein Foto, Mann. Eine Zeichnung.«
»Eine Zeichnung?«
»Klaro.« Der Kerl lachte wieder. »Eine Wahnsinnsskizze.«
Hatte Daniel Le Guen ihm nicht erzählt, dass er möglicherweise einmal Maler gewesen war? War die Skizze etwa ein signiertes Selbstporträt? Aber wie hätten die Mörder an ein Relikt aus einer seiner früheren Identitäten kommen sollen?
»Habt ihr das Bild aufgehoben?«, erkundigte er sich.
»Den Hintern haben wir uns damit abgewischt, Mann.«
Janusz hätte ihn gern geohrfeigt, doch er hatte keine Kraft mehr. Der Typ hielt sich das andere Nasenloch zu und pustete schwärzliche Klumpen aus, als hätte er sich einen blutigen Schnupfen geholt.
»Trefft ihr euch noch mal mit den Männern in Schwarz?«
»Klaro, Mann! Sobald du über den Jordan bist.«
»Aber dann wisst ihr ja, wo ihr sie findet.«
»Sie finden uns. Sie sind überall.«
Janusz zitterte. Der Krampf tief in seinem Magen fühlte sich an wie ein weißglühender Klumpen. Er hob sein Messer. Der Predator machte sich ganz klein. Janusz drehte das Messer um und versetzte dem Kerl einen heftigen Schlag in den Solarplexus. Der Typ regte sich nicht mehr. Vielleicht hatte Janusz ihn auch getötet, aber er bewegte sich längst in einer Welt, wo solche Nuancen nicht mehr zählten.

Ohne jede Vorsichtsmaßnahme richtete er sich auf. Am liebsten hätte er die zwischen den Graffiti verborgene Tür aufgerissen und geschrien:

»Bringt mich doch endlich um!«

Im letzten Augenblick siegte seine Vernunft. Durch Mistral und Benzindünste schwankte er davon. An seinen Beinen klebte fettiges Papier.

Er war verdammt – darüber gab es keinen Zweifel.
Doch ehe er starb, wollte er wissen, warum.
Er würde die Anklageschrift und das Urteil des Richters lesen.

Als Anaïs erwachte, war sie müder als beim Schlafengehen. Drei Stunden lang hatte sie miserabel geträumt. Vampire in Hugo-Boss-Anzügen beugten sich über die Toten in einer Leichenhalle, schnitten ihnen die Nasen auf und tranken ihr Blut. Der einzige Trost war, dass ihr Vater bei diesem Fest nicht mitgemischt hatte.

Sie brauchte eine gewisse Zeit, um wieder zu sich zu kommen. Sie befand sich in einem Hotel an der Autobahn. Gegen drei Uhr morgens hatte sie die Leuchtreklame entdeckt und war wie benommen vor Müdigkeit hingefahren. Sie erinnerte sich nicht einmal daran, ob sie das Licht angeknipst hatte. Völlig angekleidet war sie auf das Bett gesunken – um dann in einem verborgenen Winkel ihres Gehirns den Besuch der eleganten Vampire zu erhalten.

Anaïs ging ins Bad, zog ihren Pulli aus und schaltete das Licht ein. Was sie im Spiegel sah, gefiel ihr: eine durchtrainierte, kompakte junge Frau mit bandagierten Armen im T-Shirt. An ihrer Erscheinung war nichts Weibliches und schon gar keine Koketterie. Die kleine, athletische Figur zeigte zwar gewisse, durchaus weich wirkende Rundungen, doch dieser Eindruck verlor sich, sobald man sie berührte. In ihren Wimpern hingen Tränen, was sie an Tauperlen auf einer Kaolin-Maske denken ließ. Auch dieses Bild gefiel ihr.

Anaïs entfernte die Bandagen von ihren Armen und musterte den Schaden. Plötzlich überkam sie eine tiefe Traurigkeit, eine Verzweiflung, die sie an die großen schwarzen Flügel des Ikarus erinnerte. Hastig wickelte sie neue Verbände um die Arme.

Sie kehrte in ihr Zimmer zurück. In einem Federmäppchen,

in dem sie ihren Druckbleistift, Filzstifte und anderes Schreibzeug aufbewahrte, hatte sie ihre Tabletten versteckt. Mit der Sicherheit einer jahrelangen Gewohnheit schluckte sie eine halbe Solian und eine Trevilor. Heute muss ich schweres Geschütz auffahren, dachte sie und fügte auch noch eine Lexomil hinzu.

Es war ihre Schockbehandlung bei depressiven Schüben.

Sie fand es selbst entwürdigend, aber so war es nun einmal. Nach dem Abitur, im ersten Semester Jura, war sie zusammengebrochen und mehr als zwei Monate fast bewegungsunfähig im Bett geblieben. Damals wusste sie noch nichts über die Vergangenheit ihres Vaters. Es war etwas anderes gewesen – vielleicht Strömungen tief in ihrer Seele, die sich dem Lauf der Welt widersetzten, oder auch einfach nur das Erbe ihrer Mutter. Jedenfalls bewegte sie sich nicht, sprach nicht, dümpelte irgendwo zwischen Leben und Tod dahin und hatte Glück, dass sie nicht stationär eingewiesen wurde.

Dank hochwirksamer Antidepressiva ging es ihr nach und nach besser. Zwei Jahre lang lebte sie in ständiger Angst vor einem Rückfall, und genau genommen hatte diese Angst sie nie ganz verlassen.

Und jetzt war es wohl wieder so weit. Seit dem Beginn der Ermittlungen gab es jenseits ihrer Erkältung, der dauernden Anspannung und der erregenden Bekanntschaft mit Freire immer wieder Anzeichen für einen drohenden Rückfall – unter anderem ihre zerschnittenen Arme. Sie fürchtete sich davor, wieder Tage zu durchleben, die wie ein russisches Roulette waren: Ein einziger Gedanke konnte schreckliche Reaktionen wie Panikattacken mit Suizidgefahr oder Wachkoma auslösen.

Sie ging in die Rezeption hinunter, wo ein Kaffeeautomat stand, holte sich einen Espresso und versuchte, das triste Ambiente der Halle zu ignorieren. Der Raum war so öde gestaltet, dass er nicht den geringsten Eindruck oder auch nur eine Erinnerung hinterließ. Anaïs fand, dass sie hierher passte. Auch sie sah sich nur als ein Gespenst zwischen all diesen bedeutungslosen Dingen.

Nach der Rückkehr in ihr Zimmer warf sie einen Blick auf ihr Handy. Fünf SMS waren gekommen. Von Crosnier, dem Kommissar aus Marseille, von Le Coz und von Deversat, der sie im Lauf der Nacht dreimal angerufen hatte. Zunächst las sie die Nachricht von Crosnier, weil sie gleichzeitig hoffte und fürchtete, dass es Neuigkeiten von Freire gab. Doch dem war nicht so. Crosnier hatte sich um 22.00 Uhr erkundigt, wann sie am nächsten Tag in Marseille ankommen würde.

Die Nachricht von Le Coz war um 22.30 Uhr eingetroffen und lautete lakonisch: »Ruf mich zurück.« Das Gleiche hatte Deversat auf die Mailbox aufgesprochen, doch seine Bitte klang eher wie ein Befehl.

Als Erstes rief sie Le Coz an, der sich mit schläfriger Stimme meldete.

»Du hast mich angerufen.«

»Es geht um diese Sache mit Mêtis«, murmelte er. »Die Sache ist irgendwie …«

»Hast du etwas herausbekommen?«

»Ich habe mit ein paar mir bekannten Journalisten gesprochen, die für *Sud-Ouest* und die *République des Pyrénées* recherchieren. Die Leute sind echte Profis und kennen sich in der Region bestens aus.«

»Und weiter?«

»Angeblich gibt es da eine ganz brandheiße Geschichte. Fakten, die nicht am Telefon besprochen werden dürfen, und Treffen mitten in der Nacht und so.«

»Und was war da so geheim?«

»Ganz klar ist es nicht. Mêtis ist heute ein chemisch-pharmazeutischer Großkonzern, aber anfangs gab es einen militärischen Hintergrund.«

»Inwiefern?«

»Das Unternehmen wurde in den 1960er Jahren in Afrika

von ehemaligen Söldnern gegründet. Zunächst war es im landwirtschaftlichen Bereich tätig, später kamen Chemie und Medikamente dazu.«

»Was für Medikamente?«

»Hauptsächlich psychotrope Substanzen. Anxiolytika und Antidepressiva. Ich kenne mich mit dem Zeug nicht aus, aber angeblich gehören sie da zu den Marktführern.«

Welche Ironie des Schicksals, dachte Anaïs. Sie selbst hatte mit ziemlicher Sicherheit auch schon Produkte von Mêtis eingenommen.

»Und was ist so heiß an der Geschichte?«

»Immer der gleiche Mist. Es geht um Versuche an Menschen und dubiose Tests. Ich persönlich kann nicht so recht daran glauben.«

»Hast du etwas über die Verbindung zwischen Mêtis und der ACSP gefunden?«

»Null. Mêtis ist eine aus mehreren Unternehmen bestehende Gruppe, zu denen eben auch diese Sicherheitsfirma gehört. Das ist alles.«

Anaïs dachte an den Q7. Sie war ziemlich sicher, dass eine Verbindung zwischen dem Arzneimittelgiganten und dem Attentat bestand. Abgesehen jedoch von den militärischen Anfängen der Konzerngruppe Mêtis passte ein Arzneimittelhersteller nicht so recht zu Heckenschützen, die mit einem Hécate II einen friedlichen baskischen Fischer ermordet hatten.

»Der Journalist, der sich am intensivsten mit den Recherchen befasst hat, ist im Moment unterwegs zu einer Reportage. Er kommt morgen zurück. Willst du seine Nummer?«

»Übernimm du die Befragung. Ich weiß noch nicht, wann ich wieder da bin.«

Und dann fiel Anaïs noch etwas ein.

»Wie geht es unserem Fall?«

»Welchem Fall?«

»Duruy. Der Minotaurus am Bahnhof Saint-Jean.«

»Ich fürchte, du verkennst die Situation. Die Leute von Mauricet haben uns alles weggenommen. Sämtliche Berichte, die Protokolle und sogar die Festplatte, auf der wir alles gespeichert hatten. Für uns ist der Minotaurus Schnee von gestern.«

Anaïs warf einen Blick auf die Akte, die auf ihrem Bett lag. Dies war also die letzte Erinnerung an den Fall, den Hauptkommissarin Chatelet und ihr Team bearbeitet hatten.

»Und außerdem hat Deversat mir gehörig den Kopf gewaschen.«

»Weswegen?«

»Es ging um die kleine Recherche neulich nachts bei der ACSP. Der Chef hat getobt. Dazu muss man sagen, dass die Söldner damals in Afrika fast alle aus unserer Gegend kamen. Mêtis ist ausgesprochen wichtig für die Wirtschaft im Aquitaine.«

»Ja und?«

»Na, was schon? Wenn das Fass voll ist, läuft es über, und wir kriegen unser Fett weg. Wie üblich. Als ich Deversat gesteckt habe, dass du mich deckst, hatte ich den Eindruck, Öl ins Feuer zu gießen.«

Jetzt wusste Anaïs zumindest, warum Deversat in der Nacht mehrmals angerufen hatte.

»Und was ist mit dir?«, erkundigte sich Le Coz.

»Ich bin auf dem Weg nach Marseille.«

»Ich brauche dich wohl nicht zu fragen, ob sie den Kerl inzwischen gefunden haben, oder?«

»Ich rufe dich an, sobald ich angekommen bin.«

Vor dem nächsten Telefonat zögerte sie kurz, entschied sich dann aber für Crosnier. Das Beste – Deversat – hob sie sich bis zum Schluss auf.

Bei Crosnier hörte man den Dialekt des Südens heraus. Seine Stimme klang gutmütig und nach mediterraner Sonne, Wärme und Licht. Der Kollege fasste zunächst die bekannten Fakten zusammen. Victor Janusz hatte die Nacht vom 17. auf den 18. Februar in einer Notunterkunft für Obdachlose in Marseille verbracht. Er wurde auf der Toilette angegriffen und verschwand am frühen Morgen. Seither hatte man nichts mehr von ihm gehört und weder Spuren noch Zeugen gefunden.

»Von wem wurde er angegriffen?«

»Das wissen wir nicht genau. Vermutlich von anderen Obdachlosen.«

Anaïs hegte gewisse Zweifel an dieser Vermutung. Hatten die Mörder ihn etwa wieder ausfindig gemacht? Und weshalb war er überhaupt nach Marseille zurückgekehrt? Warum war er wieder in die Haut von Janusz geschlüpft?

»Da gibt es noch etwas«, fuhr Crosnier fort.

»Nämlich?«

»Ich habe gestern die Zusammenfassung Ihres Berichts über den Mord an Philippe Duruy erhalten.«

Nun, dann war der für Le Gall verfasste Report doch noch zu etwas nütze gewesen.

»Besonders interessant fand ich den mythologischen Hintergrund der Inszenierung.«

»Apart, nicht wahr?«

»Nein, ich meine nur ... Wir hatten hier vor ein paar Monaten einen ganz ähnlich gelagerten Fall.«

»Wann genau?«

»Mitte Dezember letzten Jahres. Ich habe damals die Ermittlungen geleitet. Die Ähnlichkeiten mit Ihrem Fall sind wirklich frappierend. Das Opfer war ein junger Obdachloser mit tschechischen Wurzeln. Seine Leiche wurde in einer Felsbucht unweit des Vieux-Port gefunden.«

»Und was war das Mythologische an Ihrem Mord?«

»Der Mörder hat sich durch die Sage von Ikarus inspirieren lassen. Der Junge war nackt, teilweise verbrannt und hatte große Flügel auf dem Rücken.«

Anaïs verschlug es die Sprache. Abgesehen von den vielen Nebenschauplätzen, mit denen sie sich befassen musste, erkannte sie hier eine alles andere als erfreuliche Verbindung: die Anwesenheit von Mathias Freire am Tatort. Wieder ein Punkt für die These, dass Janusz der Mörder war.

»Aber das ist noch nicht alles«, fuhr Crosnier fort. »Unser Mann war auch mit Heroin vollgepumpt. Wir ...«

Während sie bereits in ihren Blouson schlüpfte, schnitt Anaïs ihm das Wort ab.

»Ich bin in zwei Stunden in Ihrem Büro. Dann können wir weiter über die Einzelheiten reden.«

Sie ließ Crosnier nicht einmal die Zeit für eine Antwort. Hastig rannte sie zu ihrem Auto. Sie musste diesen Schlag einfach ertragen, ihn verdauen und daran reifen!

Vor ihrem Golf blieb sie stehen. Sie hatte Deversat vergessen! Mit zitternden Fingern tippte sie seine Nummer ein.

»Was war das denn für ein Schwachsinn bei der ACSP?«, zeterte der Kommissar. »Eine Durchsuchung mitten in der Nacht? Für wen halten Sie sich eigentlich? Seit gestern Nachmittag steht mein Telefon nicht mehr still!«

»Ich wollte Zeit gewinnen«, gab sie mit heiserer Stimme zurück. »Ich ...«

»Nun, ab sofort werden Sie eine ganze Menge Zeit haben, meine Liebe. Sind Sie auf dem Weg nach Marseille?«

»In etwa zwei Stunden bin ich dort.«

»Dann wünsche ich Ihnen schöne Ferien. Ich entziehe Ihnen nämlich mit sofortiger Wirkung die Zuständigkeit für den Fall. Vergessen Sie die ganze Geschichte und machen sich ein paar schöne Tage am Mittelmeer. Sobald Sie wieder zurück sind, unterhalten wir uns.«

Der Abschied zwischen Janusz und Shampoo fiel zwar nicht überschwänglich herzlich aus, aber Janusz ließ einen Hundert-Euro-Schein springen.

Nach einer ausgiebigen Reinigung in einem öffentlichen Bad in der Rue Hugueny kehrte er zum Bahnhof zurück und holte seine bürgerliche Kleidung aus der Gepäckaufbewahrung.

Jetzt bewegte er sich in einer wundersamen Welt, in der ihn niemand erkannte oder auch nur bemerkte. Fast glaubte er, dass er unsichtbar geworden war. Der vom Mistral reingefegte Himmel strahlte kobaltblau, die Sonne ähnelte einer Kugel Eis. Die Gewalt der vergangenen Nacht erschien ihm unendlich fern.

In der leeren Bahnhofstoilette zog er sich um. Nicht einmal der Gestank und die Enge störten ihn – da hatte er Schlimmeres erlebt. Er genoss den weichen Stoff seiner Anzughose und das frische Hemd.

Janusz verließ die Kabine und warf die Pennerklamotten in den nächsten Mülleimer. Nur seine beiden Schätze nahm er mit: das Eickhorn-Messer und den Autopsiebericht von Tzevan Sokow. Nachdem er sich die Nummer des Berichts – K095443226 – und den Namen der Ermittlungsrichterin – Pascale Andreu – aufgeschrieben hatte, verstaute er die Akte in seiner Reisetasche. Das Messer ließ er hinten in seinen Hosenbund gleiten.

Immer noch waren die Toiletten leer. Janusz zog sein Jackett an und betastete die leeren Taschen. Die Ausweispapiere von Mathias Freire befanden sich ganz unten in der Reisetasche. Falls er irgendwann angehalten würde, konnte er immer noch einen falschen Namen angeben. Er würde einfach irgendetwas erfinden, um Zeit zu gewinnen. Nur seinen Notizblock steckte er in die Innentasche.

Vor einem Spiegel stellte er fest, dass er wieder menschliche Züge angenommen hatte. Er schlüpfte in seinen Regenmantel und wollte gerade die Schuhe anziehen, als ein Wachmann mit Hund die Toiletten betrat.

Der Mann sah die Tasche und bemerkte, dass Janusz in Socken vor ihm stand.

»Unterlassen Sie das bitte. Der Bahnhof ist keine Umkleidekabine.«

Janusz hätte ihm um Haaresbreite eine Abfuhr erteilt, wie es vielleicht Mathias Freires Art gewesen wäre. Doch im letzten Moment besann er sich eines Besseren.

»Ich tue es für meine Arbeitssuche, Monsieur«, sagte er demütig.

»Verschwinde!«

Janusz nickte unterwürfig, schlüpfte in seine Schuhe, griff nach seiner Tasche und ging zur Tür. Der Wachmann blickte ihm misstrauisch nach. Janusz grüßte und verließ die Toiletten.

Langsam ging er zum Taxistand. Mit jedem Schritt gewann er ein Stück seiner Würde zurück.

Er war wieder unter Menschen.

In der Nähe des alten Gerichtsgebäudes ließ Janusz sich absetzen, bezahlte und ging langsam auf das Bauwerk zu. Mit seinen Säulen und dem Dreiecksgiebel erinnerte es an eine verkleinerte Version der Nationalversammlung in Paris. Der Taxifahrer hatte gesagt, dass sich der Eingang zum Landgericht an der Rückseite des Justizpalastes befand.

Janusz ging um den Gebäudekomplex herum. Ein Fußgängerweg führte zum Eingang des Gerichts, der sich hinter einem roten Metallgitter befand. Sein Plan war ganz einfach. Er wollte die Mittagszeit abwarten, das Gebäude betreten, in das Stockwerk gehen, wo die Richter ihre Büros hatten, sich in das Büro von Pascale Andreu schleichen und die Akte über den Ikarus-Mord stehlen.

Was allerdings so simpel klang, erwies sich dann als *Mission Impossible*.

Das Gittertor wurde von Polizisten bewacht. Janusz spähte zum eigentlichen Eingang hinüber. Vor der Tür befand sich eine Sicherheitsschleuse, wo jede Tasche und jeder Aktenkoffer durchleuchtet wurden. Besucher mussten unter einem Metalldetektor hindurchgehen und ihren Ausweis vorzeigen. Man ging eben nicht in ein Gerichtsgebäude wie in irgendeinen Laden.

Janusz machte sich auf den Weg, den gesamten Komplex zu umrunden, weil er Zeit zum Nachdenken brauchte. In der Rue Grignan jedoch erwartete ihn eine Überraschung. Es gab dort nämlich einen weiteren Eingang, der den Angestellten vorbehalten war. Richter und Anwälte gingen dort völlig selbstverständlich ein und aus, ohne von Detektoren überprüft zu werden, und manchmal sogar, ohne ihre Zugangsberechtigung zu zeigen.

Diese Tür war die Lösung!

Janusz sah auf die Uhr. Zwölf. Erst einmal musste er seine Reisetasche irgendwo verstecken. Er ging noch ein Stück weiter und entdeckte eine Toreinfahrt, hinter der ein Innenhof lag. Er betrat den Hof, von dem mehrere Treppenhäuser nach oben führten, suchte sich eine Treppe aus und verstaute sein Gepäck unter den letzten Stufen.

Auf dem Rückweg zum Gericht fiel ihm ein, dass ihm ein wichtiges Accessoire fehlte: ein Aktenkoffer. Janusz machte einen Umweg zu einem Supermarkt und kaufte eine für Kinder gedachte Billigversion aus Plastik, die für seinen Bedarf vollkommen ausreichte. Als er an einer Tankstelle vorüberkam, erstand er auch noch dünne Latexhandschuhe.

Aus einer Toreinfahrt heraus beobachtete er den Seiteneingang und stellte fest, dass die Richter und Anwälte meist in Gruppen kamen. Nur wenige präsentierten ihre Zugangsberechtigung. Die meisten setzten beim Betreten des Gebäudes ihre angeregte Unterhaltung fort; die Wachleute in der Glaskabine am Eingang beachteten sie kaum. Mit seinem Anzug und dem Regenmantel würde es Janusz nicht schwerfallen, sich zu einer Gruppe zu gesellen und das Gericht zu betreten, ohne aufzufallen.

Er hatte keine Angst, sondern spürte lediglich eine gewisse Hitze tief im Innern, die er auf die Aufregung und seine wilde Entschlossenheit zurückführte.

Drei Herren im Anzug schritten auf die Tür zu. Janusz heftete sich an ihre Fersen. Man lachte, man begrüßte sich, Stoff rieb an Stoff. Und plötzlich befand sich Janusz im Gerichtsgebäude, ohne dass er hätte sagen können, wie er hineingekommen war.

Mit seinem Aktenkoffer lief er aufs Geratewohl durch die Flure, ohne langsamer zu werden. Seine Knie und Hände zitterten leicht. Er steckte eine Hand in die Tasche seines Regenmantels, mit der anderen umklammerte er den Griff der leeren Aktentasche. Vor seinen Augen zogen Hinweisschilder vorbei.

GERICHTSSAAL. ZIVILKAMMER. Aber er fand keinen Hinweis darauf, wo die Büros der Richter waren.
 Er näherte sich den Aufzügen. Erst jetzt nahm er seine Umgebung genauer wahr. Er befand sich in einer großen Halle, deren Boden weiß gefliest war und deren Decke von roten Metallstreben gestützt wurde.
 Die silbrig glänzenden Aufzugtüren öffneten sich. Ein Mann in einem blauen Hemd mit einer Waffe im Gürtel stieg aus. Ein Wachmann.
 »Entschuldigen Sie«, sprach Janusz ihn an, »in welcher Etage finde ich die Ermittlungsrichter?«
 »In der dritten.«
 Janusz betrat den Aufzug. Die Türen schlossen sich. Er drückte den Knopf. Seine Hand, die immer noch zitterte, glänzte vor Schweiß. Er wischte sich die Finger an seinem Regenmantel ab und fuhr sich angesichts seines Spiegelbildes mit den Händen durch die Haare. Beinahe erstaunt stellte er fest, dass sein Gesicht gleichmütig wirkte. Die Angst war unsichtbar.
 Die Türen glitten auf. Janusz trat in einen mit PVC ausgelegten Flur mit indirekter Beleuchtung auf halber Höhe. Das Resultat war befremdlich, denn der Boden wirkte heller als die Decke. Aber vielleicht betrachteten die Verdächtigen und die Zeugen ja nur ihre Schuhspitzen. Rechts befand sich eine Tür ohne Klinke mit der Aufschrift: NOTAUSGANG. Nach links setzte sich der Flur noch einige Meter fort, ehe er scharf abbog. In diese Richtung wandte sich Janusz.
 Er lief auf einen verglasten Wartesaal zu, in dem mehrere Leute saßen. Die meisten hatten eine Vorladung in der Hand. Um in den Saal zu gelangen, musste man sich bei der Sekretärin anmelden und ausweisen.
 Doch im Sekretariat saß niemand. Janusz rüttelte an der Glastür. Sie war verschlossen. Einige der Wartenden bedeuteten ihm durch Zeichen, dass es neben der Tür eine Klingel gab, die man nur drücken musste, um die Sekretärin zu rufen.

Janusz bedankte sich mit einem Handzeichen und wandte sich zum Gehen. Schon stand er wieder vor den Aufzügen. Er ärgerte sich über seine Naivität. Gerade hatte er auf den Knopf gedrückt, als ihm auffiel, dass die Tür zum Notausgang nur angelehnt war. Er traute seinen Augen nicht. Das war die Chance! Er sah genauer hin. Der Riegel stand vor und hinderte die Tür daran, ins Schloss zu fallen. Schnell glitt er hindurch. Vermutlich benutzten die Richter diese Tür, um direkt zu den Aufzügen zu gelangen, ohne die ganze Etage durchqueren zu müssen.

Auch hier waren die Wände aus PVC, und auch hier gab es die indirekte Beleuchtung, doch in diesem Flur reihte sich Tür an Tür. Die sechste Tür trug den Namen, nach dem er suchte: Pascale Andreu.

Janusz spähte nach rechts und links. Der Flur war leer. Er klopfte. Nichts rührte sich. Er klopfte erneut, dieses Mal entschlossener. Von drinnen war kein Laut zu hören. Er streifte die Handschuhe über, schloss die Augen und drückte die Klinke. Kaum zu glauben, aber die Tür war nicht verschlossen.

Eine Sekunde später stand er drinnen, schloss lautlos die Tür, zwang sich, ruhig zu atmen, und begann das Büro zu inspizieren.

Pascale Andreus Arbeitsplatz erinnerte an eine Baubaracke. Die Wände waren mit Plastik verkleidet, der Teppich sah billig aus, die Möbel bestanden aus Metall. An einer Seite des Raums befand sich ein Fenster, auf der anderen Seite war eine Tür, hinter der vermutlich die Sekretärin saß.

Janusz wandte sich dem Schreibtisch zu, der sich unter Aktenbergen bog. Er überlegte. Falls die Polizei von Bordeaux bereits in Marseille angefragt hatte, konnte es sein, dass die Akte Tzevan Sokow bereits hervorgeholt worden war und irgendwo obenauf lag. Er stellte den Aktenkoffer ab, holte seinen Notizblock aus der Innentasche seines Jacketts und suchte nach der Vorgangsnummer im Fall Sokow. K095443226. Er merkte sich die letzten Ziffern – alle Akten begannen mit dem gleichen Code aus Zahlen und Buchstaben – und begann die Aktenrücken zu überprüfen. Aber keines der Dossiers trug die richtige Nummer. Aufs Geratewohl suchte er weiter, inspizierte Schnellhefter und Umschläge und wühlte in Notizen. Doch er wurde nicht fündig.

Die Suche im rechten Schrank blieb ebenfalls ergebnislos. Die Nummer 443226 war unauffindbar. Tzevan Sokow war im Dezember ermordet worden; damit war der Fall noch zu heiß, um in den Archiven zu verschwinden, aber bereits so alt, dass er sich vermutlich nicht mehr unter den aktuellen Ermittlungsakten befand. Vielleicht bei der Sekretärin?

Janusz ging ins Nebenzimmer. Der Raum war etwa ebenso groß wie der erste und mit mehreren Schiebetürschränken möbliert, die unter den Papiermassen zusammenzubrechen drohten. Janusz begann mit dem ersten Schrank links und überprüfte von oben nach unten die Aufschriften auf den Rücken der Ordner.

Er hatte gerade den dritten Schrank erreicht, als es klopfte. Janusz erstarrte. Wieder pochte es leise. Janusz schien an Ort und Stelle festgefroren. Angstvoll beobachtete er die Klinke, die vorsichtig betätigt wurde.

Wie durch ein Wunder jedoch hatte die Sekretärin ihre Tür abgeschlossen. Zunächst fühlte Janusz sich erleichtert, bis ihm einfiel, dass der Besucher es vielleicht an der Tür nebenan probieren würde. Dann allerdings saß er ganz schön in der Tinte. Er hatte diesen Gedanken noch nicht zu Ende geführt, als er wieder ein Klopfen hörte. Dieses Mal ein Stück weiter weg.

»Frau Richterin?«

Die Klinke quietschte leise. Jemand betrat das Büro. Janusz hielt den Atem an. Er spürte die Person auf der anderen Seite der Wand geradezu, als wäre das Gemäuer dünn wie Papier. Sein Herz schien stillzustehen.

Er hörte – oder glaubte zumindest zu hören –, wie ein Umschlag oder eine Akte auf den Schreibtisch gelegt wurde. Schritte entfernten sich, das Schloss klickte leise. Der Besucher war gegangen.

Janusz tastete sich zu einem Stuhl und sank in sich zusammen. Dabei berührte er mit dem Rücken ein Regal. Mehrere Aktenordner polterten mit fürchterlichem Lärm zu Boden.

Als er sich bückte, um sie aufzuheben, entdeckte er die gesuchte Zahlenreihe und den Namen: K095443226 TZEVAN SOKOW. Quer über das Deckblatt verlief ein Stempel, der die Akte als Kopie auswies.

Janusz streifte die Gummibänder ab, nahm die einzelnen Heftstreifen aus der Akte und stopfte sie in seine Aktentasche. Seine Hände flatterten, doch gleichzeitig fühlte er sich unbesiegbar. Er hatte es geschafft. Wieder einmal! Wie beim ersten Mal im Büro von Anaïs Chatelet. Jetzt musste er es nur noch schaffen, aus diesem Plastikbunker wieder hinauszukommen.

Er folgte dem gleichen Weg in umgekehrter Richtung. Als er den Aufzug holte, hinterließ er einen verschwitzten Abdruck auf dem Knopf. Eine Sekunde, zwei Sekunden, drei Sekunden ... Jedes Geräusch kam ihm wie verstärkt vor. Ein entfernter Husten, das Mahlen des Aufzugmotors, das Klirren einer Glastür. Und doch surrte es dumpf in seinem Kopf, als befände er sich tief unter Wasser.

Der Aufzug kam nicht. Am liebsten wäre er zu Fuß hinuntergegangen, aber er wusste nicht, wo sich das Treppenhaus befand. Plötzlich öffneten sich die Aufzugtüren, und drei Männer stürmten heraus. Janusz trat einen Schritt zur Seite und drückte instinktiv seine Aktentasche an seine Brust. Die Männer beachteten ihn nicht. Er betrat den Aufzug und atmete heftig aus. Sein ganzer Körper schien in Flammen zu stehen. Er zog seinen Regenmantel aus und legte ihn sich über den Arm.

Als er im Erdgeschoss ankam, erschien ihm die rote Stahlkonstruktion der Decke plötzlich niedriger und bedrohlicher. Nach und nach kamen die Beamten vom Mittagessen zurück. Die Menschenmenge in der Eingangshalle wurde dichter. Plötzlich fiel Janusz ein, dass die Seitentür in der Rue Grignan nur in eine Richtung funktionierte. Verlassen konnte man das Gebäude ausschließlich zur Rue Joseph Autran hin. Er wechselte die Richtung und stolperte in eine Gruppe Polizisten. Niemand beachtete ihn, als er sich mit erstickter Stimme entschuldigte.

Noch fünfzig Meter bis zum Ausgang. Die Bedrohung wurde unerträglich. Janusz wusste, dass er durch ein Minenfeld lief. Jede Sekunde konnte ihm alles um die Ohren fliegen. Die Überwachungskameras hatten ihn entdeckt. Das Gerichtsgebäude war umstellt. Überall wimmelte es von Polizisten ...

Er wischte den Gedanken beiseite und zwang sich, seinen Aktenkoffer nicht mehr an sich zu drücken, sondern so zu tragen, wie alle es taten.

Zwanzig Meter. Der Geräuschpegel ringsum verstärkte sich.

Zehn Meter. Er würde es schaffen. Mit der Ermittlungsakte des Ikarus-Mordes in der Tasche. Wieder einmal würde er triumphieren. Wieder einmal!

Er hatte gerade noch Zeit, nach links auszuweichen. Durch die Schleuse stürmte Anaïs Chatelet in Begleitung einer dunkelhaarigen Frau im Kostüm – vermutlich Pascale Andreu. Sofort drehte er sich um und ging in entgegengesetzte Richtung, als er plötzlich jemanden seinen Namen rufen hörte:

»MATHIAS!«

Unwillkürlich blickte er sich um. Anaïs rannte auf ihn zu, löste am Metalldetektor Alarm aus und schwenkte ihre Dienstmarke in Richtung der Wachmänner.

Janusz wandte sich wieder ab und zwang sich, nicht schneller zu werden. Sein dunkler Anzug und die Aktentasche taten ein Übriges. Er würde in der Masse untertauchen und einen anderen Ausgang finden.

Anaïs' Stimme hallte unter der metallenen Deckenkonstruktion wider.

»Haltet ihn! Den Mann dort im dunklen Anzug! Schneidet ihm den Weg ab!«

Janusz zeigte keine Reaktion. Alle Männer im Foyer trugen dunkle Anzüge. Man warf sich prüfende Blicke zu. Ließ jemand Anzeichen von Angst erkennen? Auch Janusz blickte sich neugierig um. Er konnte es nur schaffen, wenn er sich ganz genau so verhielt wie alle anderen. Irgendwo am Rand seines Gesichtsfeldes entdeckte er einen Mann in Uniform, der mit einer Waffe in der Hand genau auf ihn zustrebte.

Anaïs rief wieder:

»DER MANN IM DUNKLEN ANZUG! MIT REGENMANTEL ÜBER DEM ARM!«

Reflexartig faltete Janusz seinen Trenchcoat zweimal und klemmte ihn unter den Arm. Um ihn herum schien alles zu beben. Männer rannten und riefen durcheinander. Die roten Metallstreben schienen sich zu senken. Der Boden bebte. Das Stimmengewirr schwappte über ihn hinweg.

»HALTET IHN!«

Die Polizisten zielten mit ihren Pistolen ins Ungewisse. Besucher ließen sich angesichts der Waffen schreiend zu Boden fallen. Der Lärm übertönte Anaïs' Stimme. Janusz setzte seinen Weg fort. Wie alle anderen warf auch er panische Blicke um sich. Ein Ausgang! Er musste einen Ausgang finden.

Hastig blickte er sich um. Anaïs rannte hinter ihm her und hielt ihre Waffe mit beiden Händen auf ihn gerichtet. Ein merkwürdiger Gedanke durchzuckte Janusz. Noch nie zuvor hatte er etwas derart Erotisches gesehen.

Zu seiner Linken entdeckte er einen Notausgang.

Er beschleunigte den Schritt und hatte bereits die Hand am Knauf, als er Anaïs wieder rufen hörte:

»Hinter euch! DIE TÜR DA HINTER EUCH!«

Ihre Anweisung richtete sich an ein paar Polizisten, die sich nicht weit von ihm entfernt fragend umblickten. Doch Janusz war bereits auf der anderen Seite. Mit dem Fuß stieß er die Tür hinter sich zu und verriegelte sie. Jetzt musste er nur noch rennen.

Er befand sich in den Nebengebäuden des Gerichts. Der nackte Betonkorridor wurde nur von einem Notlicht erleuchtet. Janusz bog um die Ecke und erreichte einen weiteren Korridor.

Ihm war, als wäre sein Bewusstsein in alle vier Winde zerstreut. Nur ein einziges Bild kristallisierte sich zum Schwerpunkt seines Seins heraus. Ein Bild, das immer wiederkehrte. Anaïs Chatelet. Ihre weißen Hände, die sich um den Kolben ihrer Waffe klammerten. Der schnelle, geschmeidige Schwung ihrer Hüften. Eine Frau wie eine Kriegsmaschine. Eine Maschine, die er begehrte.

Janusz lief auf eine weitere Tür zu. Kurz bevor er sie erreichte, prallte er mit einem Mann zusammen, der aus dem Nichts zu kommen schien. Nur zwei Sekunden später blickte er in den Lauf einer Waffe.

»Keine Bewegung!«

Janusz erstarrte. Heiße Tränen drängten unter seinen Lidern hervor. Das Gesicht des Mannes in Uniform verschwamm vor ihm. Stumm flehten seine Blicke: »Lassen Sie mich gehen. Bitte!«

Plötzlich jedoch sah er wieder klar. Er begriff, dass der Wachmann mindestens ebenso verwirrt war wie er selbst. Der Uniformierte versuchte ihn in Schach zu halten und gleichzeitig sein Funkgerät zu benutzen, was ihm natürlich nicht gelang.

Einen Sekundenbruchteil später blickten ihn die Augen des Wachmanns flehend an. Janusz hatte seine Aktentasche fallen gelassen, sein Eickhorn aus dem Gürtel geholt und den Mann hart gegen die Wand gedrückt. Er hielt ihm das Messer an die Kehle.

»Lass die Waffe los!«

Die Pistole polterte auf den Boden. Der Mann leistete keinen Widerstand. Ohne den Druck zu lockern, untersuchte Janusz mit der linken Hand den Gürtel des Uniformierten. Er nahm ihm das Funkgerät weg, steckte es in seine eigene Tasche, bückte sich und hob die Waffe auf, während er das Messer wieder in seinen Gürtel gleiten ließ. Jetzt erst wich er einen Schritt zurück und betrachtete seinen Gegner, an dessen Gürtel ein Paar Handschellen hing.

»Auf die Knie!«

Der Mann rührte sich nicht. Janusz wechselte die Hand und drückte dem Uniformierten die Waffe an den Hals. Eine Art sechster Sinn sagte ihm, dass die Pistole nicht geladen war. Er spannte den Verschluss, um eine Patrone nachzuladen.

»Leg dich auf den Bauch. Ich meine es ernst, darauf kannst du dich verlassen.«

Der Wachmann gehorchte wortlos.
»Hände auf den Rücken.«
Der andere gehorchte. Mit der Linken griff Janusz nach den Handschellen und ließ sie um die Handgelenke des Uniformierten klicken. Es ging überraschend leicht.
»Wo sind die Schlüssel?«
»Die ... was?«
»Die Schlüssel für die Handschellen?«
Der Mann schüttelte den Kopf.
»Die brauchen wir nie.«
Janusz versetzte ihm einen Schlag mit der Waffe. Blut spritzte auf. Der Kerl rutschte dicht an die Wand und stammelte:
»In meiner linken Hosentasche.«
Janusz nahm die Schlüssel an sich und schlug dem Mann erneut in den Nacken. Er hatte gehofft, ihn bewusstlos schlagen zu können, doch das erwies sich als schwieriger als vermutet.
Wie lange würde es wohl dauern, bis jemand dem Wachmann zu Hilfe kam? Der Kerl wirkte kaum angeschlagen, lag aber mit gefesselten Händen in einem blockierten Flur. Janusz schätzte, dass ihm höchstens fünf Minuten blieben.
Er hob seinen Regenmantel und die Aktentasche auf und ließ die Pistole ohne nachzudenken in seinen Gürtel gleiten. Dabei stieß er an das Messer. Sein Gürtel entwickelte sich nach und nach zu einer Art Waffenarsenal.
Der Wachmann beobachtete Janusz mit ängstlichem Blick. Janusz tat so, als wollte er erneut zuschlagen. Der Bulle zog den Kopf ein.
Janusz wandte sich um und floh. Immer noch suchte er nach einem Ausgang. Er spürte die Waffen an seinem Rücken. Ein erhebendes Gefühl.
Er wusste jetzt, dass er sich retten würde.
Irgendwie.

Nach einem hastigen Marsch durch ein Gewirr schmaler Gassen fand sich Janusz auf der Canebière wieder, und zwar genau gegenüber dem zentralen Polizeikommissariat. Bei der Polizei war der Teufel los. Beamte stürzten mit der Hand an der Waffe zu allen Arten von Fahrzeugen, die noch bei geöffneten Türen mit quietschenden Reifen und eingeschalteten Sirenen starteten. Janusz drückte seine Aktentasche an die Brust. Von jetzt an waren ihm sämtliche Polizisten von Marseille auf den Fersen.

Er suchte Schutz unter einem Torbogen. Die Reisetasche konnte er jetzt getrost vergessen. Das Funkgerät hatte er in den erstbesten Abfalleimer geworfen. Jetzt besaß er nur noch sein Messer, die Waffe des Sicherheitsbeamten und die Akte. Er musste Marseille verlassen, sich irgendwo ein Versteck suchen und in aller Ruhe die Akte durcharbeiten – anders konnte er seine Unschuld nicht beweisen. *Falls er unschuldig war ...*

Das Sirenengeheul hatte sich entfernt. Vermutlich durchkämmte die Polizei längst das gesamte Gerichtsviertel. Man würde Fahndungsmeldungen herausgeben, und sein Gesicht würde einschließlich sämtlicher besonderer Kennzeichen in allen Medien veröffentlicht. Nur noch wenige Minuten, und er konnte sich nicht mehr frei in dieser Stadt bewegen. Jetzt musste es schnell gehen.

Auf der anderen Straßenseite entdeckte er ein preiswertes Bekleidungsgeschäft. Den Blick fest auf den Boden geheftet überquerte er die Straße. Wieder jaulte ein Alarmsignal auf. Erschrocken wich Janusz einen Schritt zurück. Eine Straßenbahn, deren Fahrer ihn hatte warnen wollen, fuhr unmittelbar vor ihm vorbei. Entgeistert und verwirrt blickte er ihr nach.

Mit einem möglichst nichtssagenden Ausdruck im Gesicht betrat er schließlich das Bekleidungsgeschäft. Der Verkäuferin, die freundlich auf ihn zukam, erklärte er, dass er in den Skiurlaub fahren wolle und einen Pullover, eine Daunenjacke und eine Mütze brauche. Sie freute sich, ihm helfen zu können.

»Ich vertraue mich ganz und gar Ihrem Geschmack an«, gelang es ihm, augenzwinkernd hinzuzufügen.

Er betrat eine Umkleidekabine. Kurz darauf brachte die Verkäuferin eine ganze Auswahl an Anoraks, Pullovern und Mützen.

»Ich denke, ich habe die richtige Größe gefunden.«

Janusz nahm ihr die Kleidungsstücke ab, zog den Vorhang zu und legte sein Jackett ab. Er suchte nach den neutralsten Farben und entschied sich für einen beigefarbenen Pullover, eine dunkelbraune Daunenjacke und eine schwarze Mütze. Im Spiegel der Kabine wirkte er wie ein Mann aus Lehm. Aber zumindest entsprach er nicht mehr der Beschreibung des Mannes, der aus dem Gerichtsgebäude geflohen war. Er überzeugte sich, dass niemand ihn durch den Vorhangspalt beobachtete, und verstaute sein Messer und die Waffe in den Anoraktaschen.

»Ich nehme diese drei Sachen«, sagte er zu der Verkäuferin, als er mit dem Aktenkoffer in der Hand aus der Kabine trat.

»Sind Sie sich bei den Farben wirklich sicher?«

»Ganz sicher. Ich zahle bar.«

Die Verkäuferin tänzelte zur Kasse.

»Möchten Sie vielleicht eine Tüte?«

»Gern, vielen Dank.«

Zwei Minuten später schlenderte er über die Canebière, als wäre er auf der Suche nach dem nächsten Schlepplift. Aber es war immer noch besser, sich lächerlich zu machen, als geschnappt zu werden. Doch wohin sollte er sich jetzt wenden? Wichtig war zunächst, die Prachtstraße Canebière zu verlassen und sich abseits des Hauptverkehrs fortzubewegen. Als er an einem Mülleimer vorbeikam, entsorgte er die Plastiktüte des Bekleidungshauses. Er hatte den Eindruck, immer mehr Ballast abzuwerfen, um besser davonfliegen zu können. Nur dass er nicht vom Boden hochkam.

Er ging den Cours Saint-Louis entlang und kreuzte die Rue du Pavillon, ehe er sich nach rechts wandte. War das nicht der Weg zum Vieux-Port? Den sollte er besser meiden. Er zögerte noch, als ein Transporter der Polizei mit kreischenden Bremsen stoppte. Mehrere Beamte sprangen heraus und rannten auf ihn zu.

Janusz drehte sich auf dem Absatz um und startete durch. Jetzt war es wohl endgültig vorbei. Im gesamten Viertel hörte er Sirenen. Über Funkgeräte wurde die Nachricht verbreitet, dass man ihn entdeckt hatte. Die ganze Stadt schien sein Todesurteil herauszuschreien.

Er stolperte über eine Bordsteinkante, fing sich gerade noch ab und gelangte auf einen langgestreckten Platz. Hastig rannte er quer darüber hinweg. Immer noch presste er seine Aktentasche an die Brust, obwohl er sicher glaubte, dass alles vorüber war. Doch just in diesem Augenblick entdeckte er eine Dampfsäule über der Straße. Es war wie im Märchen. Er wischte sich den Schweiß aus den Augen und sah einen halb geöffneten Gully, der von Absperrungen geschützt wurde. Das war die Lösung! Während er weiterrannte, hielt er Ausschau nach den Kanalarbeitern. Er entdeckte sie dreißig Meter weiter weg. Sie hatten sich Brötchen gekauft und standen lachend und rauchend beieinander.

Janusz sprang über die Absperrung, stieß den Gullydeckel mit dem Fuß beiseite und schwang sich auf die Leiter. Ob diese Chance wohl ein Zeichen Gottes war? Ein Beweis für seine Unschuld? Sprosse für Sprosse stieg er in die Dunkelheit hinunter. Als er wieder festen Grund unter den Füßen hatte, wandte er sich nach rechts, setzte seine Mütze ab und marschierte los, wobei er die Wasserrinne in der Mitte vermied. Er erreichte eine weitere Leiter und dann noch eine. Das Abwassersystem von Marseille verlief nicht nur unterirdisch, sondern offenbar *vertikal*!

Irgendwann kam er an eine Treppe, die er ebenfalls hinabstieg. Er landete in einer großen, von Neonröhren beleuchteten Betonhalle, über die mehrere Stege hinwegführten. Sie wirkte wie ein Maschinenraum mit Tanks, Röhren und Armaturentafeln. Ein Mann las mit einem tragbaren Endgerät Zählerstände ab. Er hatte Janusz offenbar nicht gehört, und Janusz begriff schnell, warum. Der Mann trug Kopfhörer. Sein Kopf unter dem Schutzhelm wippte rhythmisch im Takt.

Janusz hielt ihm den Lauf seiner Waffe an den Nacken. Der Mann verstand sofort. Er riss sich die Kopfhörer aus den Ohren und hob die Hände.

»Dreh dich um!«

Der Mann gehorchte. Der Anblick der Waffe schien ihm keine Furcht einzuflößen. Er schwieg und blickte Janusz an. In seinem grauen Overall, den Stiefeln und dem Schutzhelm sah er aus wie ein Taucher. In seinen erhobenen Händen hielt er immer noch das Lesegerät und den zugehörigen Stift.

»Wollen Sie mich töten?«, fragte er nach einer Weile.

»Nicht, wenn du tust, was ich dir sage. Gibt es hier irgendwo einen Ausgang?«

»Jede Menge. Jeder Stollen hat mehrere Öffnungen nach oben. Der nächste von hier …«

»Welcher ist am weitesten entfernt? Vielleicht sogar außerhalb von Marseille?«

»Der Ausgang am großen Sammelbecken in der Felsbucht von Cortiou.«

»Da gehen wir hin.«

»Aber das sind sechs Kilometer!«

»Dann sollten wir keine Zeit verlieren.«

Der Mann ließ die Arme sinken und ging zu einer Art Metallschrank.

»Was machst du da?«, brüllte Janusz und zielte auf ihn.

»Ich hole Ihnen Sicherheitsklamotten. Sie müssen sich doch schützen.«

Er öffnete die Blechtüren. Janusz packte ihn an der Schulter, schob ihn beiseite, suchte sich einen Helm aus und setzte ihn auf.

»Nehmen Sie auch eine Maske«, sagte der Kanalarbeiter mit ruhiger Stimme. »Wir kommen durch Trakte mit ungesunden Dämpfen.«

Janusz betrachtete die Ausrüstungsgegenstände und zögerte. Es gab Stiefel, Overalls, Atemmasken und große Metallflaschen. Der Mann trat einen Schritt näher.

»Darf ich?«

Der Kanalarbeiter griff nach zwei Geräten, die an Gasmasken aus dem Ersten Weltkrieg erinnerten, und reichte Janusz eines davon. Außerdem gab er ihm ein Paar Stiefel.

»Damit läuft es sich besser.«

Immer noch gab sich der Mann außergewöhnlich zuvorkommend und selbstsicher. Janusz nahm es besorgt zur Kenntnis. Verbarg sich hier etwa eine Falle? Hatte er, ohne es zu bemerken, einen Alarm ausgelöst?

Während Janusz sich anzog, fragte der Mann:

»Was haben Sie denn auf dem Kerbholz?«

»Wichtig ist nur eins«, antwortete Janusz. »Ich habe nichts zu verlieren. Hast du ein Funkgerät?«

»Nein. Wir haben hier ein internes Telefon, mit dem ich Kontakt zu den anderen Teams aufnehmen kann. Außerdem kann ich mit meinem Terminal Nachrichten verschicken.«

»Dann lassen wir es hier. Werden deine Kumpels deine Abwesenheit bemerken?«

»Schön wär's! Aber hier unten in den Kanälen bin ich nur eine Ratte wie alle anderen. Ich steige in den Schacht, überprüfe die Anlage und klettere wieder hoch. Die anderen kümmern sich nicht weiter darum.«

Janusz konnte unmöglich feststellen, ob der Kerl bluffte. Mit der Waffe in der Hand winkte er vorwärts.

»Los geht's.«

Sie stapften durch lange Tunnel, von denen einer wie der andere aussah. Janusz' Körper war schweißüberströmt. In den Abwasserkatakomben herrschte eine klebrige, stinkende, abstoßende Hitze.

Es dauerte nicht lange, ehe Janusz eine Erklärung für die Gleichgültigkeit des Kanalarbeiters gefunden hatte. Der Kerl war ein absoluter Monomane und wie besessen von seinem Beruf. Er fühlte sich in seinem Labyrinth wie zu Hause. Während sie durch die finsteren Gänge wanderten, redete er pausenlos. Über die unterirdische Kanalisation. Über die Geschichte von Marseille. Über die Pest und die Cholera …

Aber Janusz hörte nicht zu. Er beobachtete Ratten, die in Höhe ihrer Gesichter über die Rohre kletterten. An den Kreuzungen standen Straßennamen, doch Janusz kannte sich nicht gut genug in der Stadt aus, um sich zurechtzufinden. Wie ein Blinder musste er dem Rattenmann folgen, der in seinen Stiefeln durch die zentrale Abwasserrinne watete.

Längst hatte er das Gefühl für Zeit und Raum verloren. Nur ab und zu erkundigte er sich, ob es noch weit sei. Sein Begleiter gab ihm jedes Mal eine eher verwirrende Antwort, ehe er seinen historischen Monolog wieder aufnahm. Ein echter Spinner! Ein Mal, nur ein einziges Mal, bemerkte Janusz eine Veränderung im Gewirr der Rohre. Plötzlich wurden die Ratten zahlreicher. Sie wimmelten vor ihren Füßen, krochen übereinander und kletterten bis zur Decke hinauf. Ihr Quieken brach sich als tausendfaches Echo unter den Gewölben.

»Das ist Les Baumettes«, erklärte der Kanalarbeiter. »Das Gefängnis. Hier gibt es Nahrung, Abfall und Wärme im Überfluss.«

Janusz tippelte auf Zehenspitzen zwischen den wimmelnden Tierleibern hindurch. Ein Stück weiter wurde der Tunnel breiter und zu einem düsteren Kanal. Das schlammige Wasser reichte ihnen bis zu den Knien.

»Das ist eine Abscheideranlage. Hier sammeln sich die festeren Bestandteile. Setzen Sie Ihre Maske auf. Hier beginnen die Ausdünstungen. Man nimmt keinen Geruch wahr, doch sie können tödlich sein.«

Sie wateten weiter. Janusz hörte nur noch seinen eigenen Atem, der durch die Maske verstärkt wurde. In seinem Mund war ein Geschmack nach Eisen und Gummi.

Einen Kilometer weiter veränderte sich das Bild. Sie erklommen einen schmalen Wall, der rechts und links um ein weites Becken herumführte.

Der Kanalarbeiter nahm die Maske ab.

»Hier geht es wieder.«

Janusz japste nach Luft wie ein Ertrinkender. Er schluckte heftig, ehe er erneut die Frage stellte:

»Ist es noch weit?«

Sein Begleiter begnügte sich damit, den Zeigefinger auszustrecken. Am Ende des Tunnels erkannte Janusz etwas Helles. Eine Spiegelung auf dem schwarzen Wasser. Kleine, glitzernde Punkte, die wie Glimmer auf der Oberfläche schwammen.

»Was ist das?«

Der Kanalarbeiter griff nach seiner Schlüsseltasche.

»Die Sonne.«

Janusz und der Kanalarbeiter schmiedeten einen Plan. Der Mann besaß einen Wagen, den er in der Nähe der Kläranlage geparkt hatte. Er würde Janusz in einem Dorf seiner Wahl absetzen und anschließend sofort vergessen.

Ohne Helm und Maske sah der Kanalarbeiter aus, als verbringe er seine Freizeit gerne am Meer – vielleicht angelte er. Sein Gesicht war gebräunt und wettergegerbt.

Sie standen auf einer hohen Klippe oberhalb des großen Sammelbeckens von Marseille. Unter ihnen breitete sich das Meer aus. In der Ferne brachen sich die Wellen an kleinen, schwarzen Inselchen. Der Ausblick war großartig, aber es stank zum Erbarmen.

Wenn man sich über die Steilwand hinunterbeugte, erkannte man den wahren Zustand der Felsbucht von Cortiou. Gelblicher Schaum, Ströme von Exkrementen und Schlieren von Abfällen mischten sich in die dunkelblauen Fluten. Schreiende Möwen kreisten unablässig über den vielen Tonnen Schmutz.

»Mein Auto steht ein Stück weiter. Ich bringe dich, wohin du willst. Und adieu.«

Dass der Mann ihn jetzt duzte, entlockte Janusz ein Lächeln. Längst hatte er die Waffe wieder in den Gürtel gesteckt.

»Du fährst. Und keine Sperenzchen«, fügte er der Form halber hinzu.

»Wenn ich dich hätte reinlegen wollen, würdest du längst in irgendeinem Abwasserkanal herumdümpeln.«

Janusz glaubte ihm. Was für ein Glück, dass er an diesen Eigenbrötler geraten war, der offenbar eine rebellische Ader besaß. Eine Ratte der Gegenkultur …

Sie zogen sich um und stiegen in den Kangoo, dessen Geruch Janusz nach den unangenehmen Ausdünstungen der Abwasserkanäle geradezu wie ein süßer Duft erschien.

Der Kanalarbeiter fuhr aus Marseille hinaus in Richtung Cassis. Während der ersten Kilometer beobachtete Janusz akribisch die Straße und die Küste, doch dann gab er es auf. Die Frage lautete nicht: Wohin?, sondern: Wie geht es weiter?

Er öffnete seinen Aktenkoffer und entnahm ihm die Akte mit der Nummer K095443226.

»Wohin soll ich fahren?«, fragte sein Begleiter.

»Einfach immer nur geradeaus«, antwortete Janusz.

Der erste Hefter enthielt Fotos vom Fundort der Leiche. Abgesehen von den Bildern des Minotaurus hatte Janusz noch nie etwas so Unglaubliches gesehen. Eine geschwärzte, abgezehrte Leiche lehnte in Märtyrerposition an den Felsen der Bucht und starrte mit leeren Augen in den Himmel. Auf beiden Seiten des Körpers breiteten sich riesige verbrannte Flügel aus. Am Boden lagen verkohlte Federn und Wachsreste.

Janusz ging zu den Berichten der Polizisten über. Die Behörden von Marseille hatten keine halben Sachen gemacht. Sokows Tätigkeiten an den Tagen vor dem Mord waren bis ins Detail recherchiert worden, man hatte seine Herkunft zurückverfolgt und ein Persönlichkeitsprofil erstellt. Er stammte aus dem Osten und war als Punk mit Hund umhergetippelt. Man hatte auch mit dem Rauschgiftdezernat zusammengearbeitet, um nach der Herkunft des Heroins zu forschen, das in der Blutbahn des Toten gefunden wurde. Doch die Suche war ergebnislos geblieben.

Ganz besondere Aufmerksamkeit hatte die Polizei den indirekten Indizien geschenkt – den Flügeln, dem Wachs und den Federn. Man hatte sich an Hersteller von Drachen und einschlägige Fachgeschäfte gewandt. Später hatte man sich mit Einbrüchen befasst, bei denen diese Sportgeräte gestohlen worden waren. Aber auch nachdem man die Suche von der Umgebung von Marseille auf ganz Frankreich ausgedehnt hatte, blieb sie ohne Erfolg. Bienenwachsproduzenten und ihre Kunden wurden befragt. Umsonst. Bei den Produzenten der von dem Mörder benutzten weißen Gänsefedern wurden Erkundigungen eingezogen; man rief nicht nur bei allen Züchtern an, sondern kontaktierte auch die Käufer – Hersteller von Bettwaren, Bekleidung und Möbeln – in ganz Frankreich, ohne eine Spur zu finden. Nicht ein einziger Kunde erwies sich als suspekt, und während der Monate vor dem Mord hatte es keine außergewöhnliche Bestellung gegeben.

Fast hätte man meinen können, dass der Täter die von ihm benutzten Utensilien selbst herstellte.

Dieser Umstand beruhigte Janusz. Es war so gut wie unmöglich, dass er selbst diese logistische Leistung vollbracht hatte – schon gar nicht, ohne es zu wissen.

»Wir sind jetzt in Cassis«, sagte der Kanalarbeiter. »Wie geht es weiter?«

»Fahr einfach immer geradeaus.«

Janusz schlug den letzten Schnellhefter auf. Sein Inhalt widmete sich ganz und gar dem Zeugen Christian Buisson, der in einschlägigen Kreisen »Fer-Blanc« genannt wurde.

Der Mann war ein alter Bekannter der Polizei. Doch die Behörden hatten auch nicht mehr Glück gehabt als Janusz und Shampoo. Trotz intensiver Suche im Milieu der Obdachlosen fehlte von dem Verrückten jede Spur. Man hatte sich nicht nur bei den Tippelbrüdern umgesehen, sondern auch das Personal der Unterkünfte und Tafeln und sämtliche Krankenhäuser befragt. Doch der Mann mit dem Stahl im Schädel blieb unauffindbar.

Etwas allerdings hatten die Ermittler erfahren, was Janusz bis zu diesem Zeitpunkt nicht wusste: Christian Buisson war schwer krank. Nachdem er sich vor Jahren eine Hepatitis C zugezogen hatte, wurde Fer-Blancs Leber jetzt vom Krebs zerfressen. Diese Information stammte von einem Arzt, der sich ehrenamtlich um die Obdachlosen kümmerte und für die Organisation »Straßenärzte« arbeitete, einem gewissen Éric Enoschsberg aus Nizza.

Der letzte Bericht ging von der Möglichkeit aus, dass Christian Buisson längst gestorben war – entweder in einem Krankenhaus oder irgendwo an einer Straßenecke unter einem Karton.

»Könntest du bitte an der nächsten Telefonzelle anhalten?«, bat Janusz seinen Begleiter.

Spreche ich mit Doktor Enoschsberg?«
»Am Apparat.«
»Ich bin von der Kriminalpolizei Bordeaux.«
»Worum geht es?«
Janusz hatte sich eine Telefonkarte gekauft. Sein »Bodyguard« ging gelassen vor der Telefonzelle auf und ab. Janusz hatte ihm gedroht, sofort zu schießen, wenn er auch nur den geringsten Fluchtversuch mache.
»Ich möchte mit Ihnen über einen Ihrer Patienten sprechen. Es geht um Christian Buisson, der allgemein nur ›Fer-Blanc‹ genannt wird.«
»Ich habe doch schon im Dezember Ihren Kollegen Rede und Antwort gestanden.«
»Inzwischen gibt es aber neue Erkenntnisse. Der Mörder hat erneut zugeschlagen. Dieses Mal bei uns in Bordeaux.«
»Ja und?«
»Ich möchte mich zur Vervollständigung der Ermittlungen noch einmal mit Ihnen unterhalten.«
Sein Gesprächspartner schwieg.
»Sie haben zu Protokoll gegeben, dass Sie Christian Buisson im vergangenen Sommer behandelt haben.«
»Behandelt wäre vielleicht ein bisschen übertrieben. Er war in einem ausgesprochen schlechten Zustand.«
»Genau. Meine Kollegen haben ihn später nicht mehr auffinden können und daraus geschlossen, dass er unbekannt verstorben ist. Haben Sie ihn vielleicht nach dem Fall noch einmal wiedergesehen?«
»Ja, das habe ich.«
Janusz hielt den Atem an. Er hatte lediglich versuchs-

weise einen Köder ausgeworfen, doch der Arzt biss tatsächlich an!

»Und wann war das?«

»Anfang Januar anlässlich einer Konsultation. In Toulon.«

Wieder entstand eine Pause. Der Arzt schien zu zögern.

»Im Dezember wurde ich gebeten, die Polizei anzurufen, wenn ich etwas Neues erführe. Aber ich habe es nicht getan.«

»Warum?«

»Weil es Fer-Blanc sehr schlecht ging. Ich wollte nicht, dass Ihre Kollegen ihm noch weiter zusetzten.«

Janusz gab sich verständnisvoll.

»Ja, das begreife ich.«

»Nein, ich glaube nicht. Christian war nicht nur dem Tod sehr nah, sondern hatte außerdem schreckliche Angst. Offenbar hatte er etwas gesehen, das ihn in Gefahr brachte. Etwas, das Ihre Kollegen im Dezember nicht beachtet haben.«

»Könnte es das Gesicht des Mörders gewesen sein?«

»Ich weiß es nicht. Ich weiß nur, dass er sich von diesem Tag an versteckte. Es war schrecklich: Er lag im Sterben und verkroch sich wie ein Tier in seinem Bau.«

»Haben Sie ihn ins Krankenhaus gebracht?«

»Er war ein Fall für die Palliativmedizin.«

»Ist er inzwischen gestorben?«

»Nein.«

Janusz ballte die Faust.

»Wo befindet er sich jetzt?«

»Ich kenne da einen ruhigen Ort in Nizza. Ich habe mich um alles gekümmert, und seit Mitte Januar verlebt er eine ruhige Zeit und ist in Sicherheit.«

»WO IST ER?«

Sofort bereute Janusz seine Frage und vor allem die heftige Art, wie er sie gestellt hatte. Der Arzt antwortete nicht, denn nun war genau das eingetreten, was er hatte vermeiden wollen –

ein Bulle kam daher und nervte diesen armen Kerl, der an der Schwelle zum Tod stand.

Entgegen Janusz' Erwartung kapitulierte der Arzt schließlich doch.

»Er ist bei den Brüdern des Büßerordens in Nizza.«

»Ist das ein religiöser Orden?«

»Eher eine sehr alte Bruderschaft. Sie wurde im zwölften Jahrhundert gegründet und hat sich zur Aufgabe gemacht, Sterbende bis zum Ende ihres Lebens zu begleiten. Also genau das Richtige für Fer-Blanc.«

»Führen die Brüder ein Krankenhaus?«

»Nein, ein Hospiz, und zwar hauptsächlich für mittellose Menschen.«

»Und wo befindet sich dieses Hospiz?«

Wieder zögerte der Arzt, doch nun wollte er die Sache auch zu Ende bringen.

»Avenue de la République in Nizza. Ich weiß zwar nicht, was Sie ihn fragen wollen, aber ich hoffe, es ist wirklich wichtig. Und vor allem hoffe ich, dass Sie auf seinen Zustand Rücksicht nehmen.«

»Vielen Dank, Herr Doktor. Glauben Sie mir, es ist wirklich von größter Bedeutung. Und ich verspreche Ihnen, dass wir sanft und mit größtem Respekt vorgehen.«

Janusz legte auf. Ihm war klar, dass sein Bluff nur vorwegnahm, was ohnehin bald geschehen würde. Die Kripos von Bordeaux und Marseille würden sich erneut mit dem Fall Ikarus befassen. Irgendwer würde sich des Arztes Éric Enoschsberg erinnern und die gleiche Information erhalten.

Anaïs Chatelet starrte auf die verschlossene Tür. Man hatte sie auf das Kommissariat geschleppt, wie man eine Verrückte in eine Heilanstalt bringt.

Als gegen 15.00 Uhr klar wurde, dass Janusz erneut entkommen war – obwohl mehrere Wachmänner ihn gesehen und sogar eingekreist hatten, war der Mann spurlos verschwunden –, hatte Anaïs einen fürchterlichen Wutanfall bekommen.

Zunächst hatte sie ihr eigenes Auto mit Fußtritten bearbeitet, dann hatte sie sich auf die Wachleute gestürzt, die Janusz hatten entkommen lassen. Sie hatte ihre Kappen auf den Boden geworfen, ihre Namensschilder abgerissen und versucht sie zu schlagen. Schließlich nahm man ihr die Waffe ab, legte sie in Handschellen und schloss sie in diesem Büro ein, was ein Zugeständnis an ihren Rang war. Normalerweise wäre sie in dem Käfig gelandet, der den Leuten in vorübergehendem Polizeigewahrsam vorbehalten war.

Inzwischen wirkten die Lexomil. Sie hatte die Höchstdosis eingenommen – gleich zwei der teilbaren Tabletten, die sie wie Ecstasy gelutscht hatte. Nachdem sie unter ihrer Zunge geschmolzen waren, spürte sie eine wohltuende Ruhe. Die Ruhe nach dem Sturm.

Sie hatte die Arme auf dem Schreibtisch verschränkt, den Kopf angelehnt und wartete darauf, an die Reihe zu kommen.

Dabei hatte der Morgen wirklich gut angefangen. Jean-Luc Crosnier, der den Fall Ikarus geleitet hatte und jetzt die Suche nach Freire betreute, hatte sie gut gelaunt empfangen. Er hatte ihr ein eigenes Büro zur Verfügung gestellt – genau das, in dem sie jetzt als Gefangene saß – und ihr gestattet, die gesamte Akte durchzuarbeiten.

Sie entnahm dem Dossier nichts Neues. Die Kripo hatte gute Arbeit geleistet, aber leider war diese Arbeit schließlich im Sande verlaufen. Der mythologische Mörder wusste, wie man Spuren verwischte. Die Polizei von Marseille hatte nicht einen Zeugen aufgetrieben, abgesehen von einem Obdachlosen, der später nicht mehr auffindbar war. Und auch an Indizien mangelte es trotz des Drachengestänges, der Federn und des Wachses.

Allerdings bestand nicht der geringste Zweifel daran, dass es sich um denselben Mörder handelte. Seine Vorgehensweise, das Heroin und die symbolträchtige Inszenierung zeugten von dem gleichen Wahnsinn. Nur ein Unterschied fiel Anaïs auf: Nirgends wurde erwähnt, dass die Leiche von Tzevan Sokow weniger als die übliche Menge Blut enthielt. Philippe Duruy hingegen hatte man mindestens einen, vielleicht sogar mehrere Liter Blut entnommen, was sie allerdings nie erklären, geschweige denn nachverfolgen konnte. Longo war nur aufgrund der blassen Hautfarbe der Leiche darauf gekommen. Der verkohlte Körper des Ikarus bot keine Möglichkeit für solche Beobachtungen.

Gegen 11.30 Uhr, nachdem Anaïs alle Einzelheiten des Falls kannte, hatte sie Pascale Andreu angerufen. Die Ermittlungsrichterin war einverstanden gewesen, mit Anaïs zu Mittag zu essen. Und bei der Rückkehr aus dem Restaurant geschah das Unfassbare. Janusz floh mit der Ermittlungsakte unmittelbar vor ihrer Nase.

Etwas Schlimmeres konnte überhaupt nicht passieren. Zum zweiten Mal innerhalb von achtundvierzig Stunden flutschte ihr der Flüchtige durch die Finger.

Deversat hatte recht gehabt. Sie hätte Marseille im Winter genießen, lange Strandspaziergänge machen und sich in nichts weiter einmischen sollen.

Anaïs richtete sich auf und schüttelte sich. Die Kriminalpolizei war in einer Villa aus dem 19. Jahrhundert untergebracht. Tatsächlich jedoch befand sich das Büro in einem modernen Anbau unmittelbar neben dem unter Denkmalschutz stehenden Gebäude. Aber die Fenster gingen zur Cathédrale de la Major hinaus. Die große Kirche war aus verschiedenfarbigen Steinen erbaut und sah mit ihren Creme- und Schokoladentönen wie ein italienischer Kuchen aus.

Ihr Handy klingelte. Anaïs wischte sich Tränen aus den Augen. Die Tränen einer Besessenen, die nicht mehr wusste, woran sie war. Sie musste unbedingt mit dieser Chemie aufhören!

»Hier Deversat. Was soll der Unfug? Ich hatte Ihnen verboten, sich weiter um diesen Fall zu kümmern.«

»Das habe ich durchaus kapiert.«

»Anscheinend zu spät. Jetzt stecken Sie voll im Schlamassel.«

»Wie meinen Sie das?«

»Kaum sind Sie in der Nähe, da gelingt Janusz die Flucht.«

Plötzlich begriff Anaïs.

»Verdächtigen Sie mich etwa?«

»Ich persönlich nicht. Aber die Jungs von der Aufsichtsbehörde interessieren sich sicher dafür.«

Anaïs Kehle war trocken.

»Wurde bereits eine Untersuchung in die Wege geleitet?«

»Keine Ahnung. Sie haben eben angerufen. Man erwartet Sie hier in Bordeaux.«

Die Geschichte würde sie vermutlich sehr teuer zu stehen kommen. Die Aufsichtsbehörde würde in ihrer Vergangenheit herumwühlen, über ihre Borderline-Methoden in Orléans stolpern und feststellen, dass ihre psychische Gesundheit manchmal zu wünschen übrig ließ. Und dann würde herauskommen, dass ihr Vater gefoltert hatte.

Deversats Stimme drang wieder an ihr Ohr. Sein Tonfall hatte sich verändert. Er klang jetzt freundlicher, fast väterlich.

»Ich werde Sie natürlich unterstützen, Anaïs. Nehmen Sie sich die Sache nicht so zu Herzen. Sie sind noch jung und ...«

»Rutschen Sie mir den Buckel runter!«

Wütend legte sie auf. Im gleichen Augenblick drehte sich der Schlüssel im Schloss und Crosnier kam herein. Mit seinem grau melierten Bart und der vierschrötigen Figur wirkte er gemütlich und heiter. Er betrachtete Anaïs mit einem spöttischen Lächeln.

»Sie haben mich ganz schön verarscht.«

Er sprach mit sanfter Stimme, aber Anaïs war auf der Hut. Vielleicht sah so seine Angriffsstrategie aus.

»Ich hatte keine andere Wahl.«

»Oh doch. Sie hätten mit offenen Karten spielen und mir die Situation erklären können.«

»Wollen Sie behaupten, dass Sie mich dann noch unterstützt hätten?«

»Ich bin sicher, dass Sie mich hätten überzeugen können.«

Crosnier setzte sich rittlings auf einen Stuhl und kreuzte die Arme auf der Lehne.

»Und jetzt?«

In seiner Stimme lag nicht die leiseste Ironie, sondern eher ein müdes Wohlwollen.

»Überlassen Sie mir die Akte Ikarus und geben Sie mir eine Nacht Zeit, sie durchzuarbeiten«, sagte Anaïs im Befehlston.

»Wozu? Ich kenne das Ding in- und auswendig. Sie werden nichts Neues darin finden.«

»Ich werde genau das finden, was Janusz darin sucht. Immerhin hat er ein ganz schönes Risiko auf sich genommen, als er die Akte aus dem Büro der Richterin geklaut hat.«

»Sie hat mich eben angerufen. Man droht, ihr die Zuständigkeit für diesen Fall zu entziehen.«

»Warum?«

»Weil sie mit einer Polizistin gesprochen hat, die mit dem Fall nichts zu tun hat. Weil sie ihr Büro nicht abgeschlossen hat. Weil sie die Akte eines wieder aufgenommenen Falls nicht in einem verschlossenen Schrank aufbewahrte. Sie können sich einen Grund aussuchen.«

Anaïs dachte kurz an die exzentrische Richterin, die sie während des Mittagessens kaum hatte zu Wort kommen lassen. Der armen Frau standen sicher ebenfalls unangenehme Zeiten bevor.

»Bitte, überlassen Sie mir die Akte«, bat sie erneut. »Und geben Sie mir eine Nacht Zeit.«

Crosnier lächelte. Er wirkte wie ein großer, müder, nicht übel aussehender Teddy.

»Der Typ, hinter dem Sie her sind, was will der eigentlich genau?«

»Er sucht den Schuldigen.«

»Ist er das nicht selbst?«

»Ich habe ihn von Anfang an für unschuldig gehalten.«

»Und seine Fingerabdrücke im Bahnhof von Bordeaux? Sein Betrug? Seine Flucht?«

»Das war eine Art Kettenreaktion.«

»Sie schwimmen wirklich gegen den Strom.«

»Geben Sie mir diese Nacht«, flehte sie. »Wenn Sie wollen, können Sie mich hier im Büro einschließen. Morgen früh weiß ich, wohin Freire unterwegs ist.«

»Freire?«

»Ich meine Janusz.«

Der Kommissar griff in seine Tasche, zog einen kleinen Block sowie eine Reihe von Fotokopien hervor und legte sie vor Anaïs auf den Tisch.

»Unter einer Treppe in der Nähe des Gerichtsgebäudes haben wir eine Reisetasche mit den persönlichen Habseligkeiten des Verdächtigen gefunden. Die Ausweispapiere lauten auf den Namen Freire. Und Sie haben recht: Er ermittelt auf eigene Faust.«

Er drehte die Fotokopien so, dass Anaïs sie lesen konnte.

»Das ist der Autopsiebericht von Tzevan Sokow. Ich habe keine Ahnung, wie er daran gekommen ist.«

Anaïs streckte die Hand nach dem Notizblock aus, doch Crosnier bedeckte ihn mit seiner haarigen Pranke.

»Sie bekommen von mir die komplette Akte Ikarus. Wenn Sie etwas Neues finden, erwarte ich, dass Sie es sofort an mich weitergeben. Und anschließend fahren Sie wieder nach Hause. Sie haben nichts mehr mit dem Fall zu tun, ist das klar? Sie können schon froh sein, dass ich die Sache mit unseren Jungs geregelt habe. Sie haben sie ja ganz schön in die Mangel genommen.«

Fast mechanisch wiederholte Anaïs:

»Morgen früh. Sie bekommen alle Informationen, und ich fahre nach Hause.«

Crosnier nahm seine Hand von dem Notizbuch und stand auf.

Keiner von beiden glaubte an Anaïs' Versprechen.

Janusz stand am Fenster seines Zimmers und war enttäuscht.

Gegen 17.00 Uhr hatte er sich in der Nähe von Hyères von dem Kanalarbeiter verabschiedet und ein Taxi nach Nizza genommen. Der Fahrer, der aus der Stadt stammte, war gerade auf dem Heimweg und hatte sich bereit erklärt, Janusz für vierhundert Euro die hundertfünfzig Kilometer mitzunehmen, Sprit und Autobahngebühren inklusive.

Während der gesamten Fahrt hatte der Fahrer von nichts anderem als dem Karneval von Nizza geredet, der gerade an diesem Tag, dem 19. Februar, seinen Höhepunkt erreichte. Janusz würde schon sehen! Umzüge mit herrlich geschmückten Wagen, Blumenschlachten und eine Stadt, die sich sechzehn Tage lang nur Jubel, Trubel und Heiterkeit hingab.

Janusz, der kaum zuhörte, fragte sich, wie er diesen Umstand zu seinem Vorteil nutzen konnte. Er stellte sich ein allgemeines Durcheinander aus maskierten Menschen vor, Lärm, Farben, ein Riesenchaos bei Tag und Nacht, überforderte Polizisten – alles in allem Dinge, die ihm zugutekommen konnten.

Nach seiner Ankunft musste er allerdings feststellen, dass der Fahrer maßlos übertrieben hatte. Seine Schilderungen klangen nach dem Karneval von Rio, doch Janusz fand sich in einer Stadt wieder, deren kalte, leere Straßen Winterschlaf zu halten schienen. Er mietete sich in einem Mittelklassehotel am Boulevard Victor Hugo ein und blickte nun hinunter auf die unter Zypressen und Palmen friedlich daliegende Straße.

Nizza glich einer überdimensionalen Feriensiedlung. Die Gebäude wirkten wie zusammengewürfelte Strandhäuser aller möglichen Epochen und Stilrichtungen.

Angesichts der tristen Starre fielen Janusz weitere Dinge ein, die er über Nizza gelesen hatte und die zu dem passten, was er vor sich sah. Die Stadt war ein Rentnerparadies. Nirgends gab es mehr Überwachungskameras und Privatmilizen. Außer Meer und Sonne waren Ruhe und Ordnung im Preis inbegriffen. Für einen Flüchtling nicht gerade das ideale Pflaster ...

Bei der Bruderschaft hatte er bereits angerufen. Der Anrufbeantworter verwies auf die Handynummer eines gewissen Jean-Michel. Janusz war an einen Mann geraten, dessen Stimme bereits Programm zu sein schien. Sie klang nach Glauben, Wohlwollen und Nächstenliebe. Daher hatte Janusz darauf verzichtet, sich als ermittelnder Polizist auszugeben. Statt dessen hatte er behauptet, ein ehemaliger Tippelbruder und früherer Kamerad von Fer-Blanc zu sein. Da er erfahren habe, dass sein Kumpel seine letzten Tage im Hospiz verbringe, wolle er ihn nun ein letztes Mal sehen. Nach kurzem Zögern hatte Jean-Michel ihn gebeten, am nächsten Morgen um 9.00 Uhr ins Hospiz zu kommen.

Janusz verließ das Fenster und sah sich in seinem Zimmer um. Bett, Spind und die sanitären Einrichtungen waren zusammen kaum größer als ein Schrank. Im Spiegel über dem Waschbecken sah er sein Spiegelbild im Schein der Neonreklame des Hotels vor dem Fenster. Er sah aus wie ein Gespenst, stank nach Abwassergrube und besaß nur noch einen einzigen Schatz: die Akte eines Mordfalls, die ihm nichts weiter verraten hatte als den Namen eines Todgeweihten.

Aber das Gespenst verspürte Hunger. Seit dem frühen Morgen hatte Janusz nichts mehr gegessen. Ob er sich nach draußen wagen konnte? Er entschied sich dafür. Ohne zu wissen, wohin er ging, wandte er sich nach links und folgte dem Licht der Straßenlaternen. An der breiten Straße reihten sich große Anwesen aneinander, deren eklektischer Stil große Erkerfenster mit klassizistischem Zierrat, maurischen Türmchen und Stuckreliefs mischte. Trotz des fantasievollen Äußeren ließ die Gesamtheit eine hochmütige Gleichgültigkeit erkennen, wie man sie auch in Norditalien oder der Schweiz finden konnte. Bei diesem Gedanken fiel Janusz auf, dass er beide Länder offenbar kannte.

In der Avenue Jean Médecin entdeckte er einen Sandwich-Laden. Er erstand ein Baguette mit Schinken, drehte sich um und flüchtete. Ohne danach gesucht zu haben, landete er auf der berühmten Promenade des Anglais. Die Gebäude an der Strandpromenade erinnerten mit ihren Kuppeln, ihren Zuckerhutdächern, ihrem kitschigen Rosa und ihrer viktorianischen Bauart an die Piers englischer Küstenstädte.

Janusz überquerte die Straße und ging an den Strand. Das Meer war in der Dunkelheit kaum zu sehen, doch er konnte es riechen, hören und fühlen. Er lief weiter, bis er sich außerhalb der Lichtkreise der Laternen befand. Im Schneidersitz ließ er sich auf dem Sand nieder. Es war kalt; trotzdem verzehrte er sein Sandwich mit grimmigem Vergnügen. Die Einsamkeit machte ihm zu schaffen. Gab es denn wirklich nirgends einen Freund oder Verbündeten für ihn? Oder eine lebendige Frau – nicht den Geist einer Erhängten? Als ihm diese Erinnerung ins Gedächtnis kam – eine der wenigen, die ihm verlässlich erschienen –, fiel ihm ein, dass sich hier möglicherweise eine Spur bot, der er unbedingt nachgehen musste.

Eine weit entfernte Polizeisirene riss ihn aus seinen Gedanken. Ob die Polizei schon wusste, dass er in Nizza war? Sicher nicht. Das Meer atmete in der Finsternis. Sein Brausen klang zwar düster, symbolisierte aber Kraft, und der Rhythmus erinnerte ihn an sein eigenes Schicksal der immerwährenden Wiederkehr.

Die Nachforschungen, die er heute anstellte, hatte er schon einmal betrieben. Vielleicht sogar mehrmals. Doch jedes Mal hatte er das Gedächtnis verloren, und jedes Mal musste er wieder bei null anfangen. Ein Sisyphus, der gegen die Uhr ankämpfte. Er musste den Schlüssel des Rätsels finden, ehe er in die nächste Krise abglitt, die alles so gründlich auslöschen würde wie eine Welle eine Inschrift im Sand.

Janusz erinnerte sich eines Werks über das Gedächtnis, das er früher einmal – *wann mochte es gewesen sein?* – gelesen hatte. Es stammte von einem französischen Dichter und Philosophen des 19. Jahrhunderts. Der Mann hieß Jean-Marie Guyau und war mit dreiunddreißig Jahren an Schwindsucht gestorben. Er hatte Folgendes geschrieben:

»Gräbt man unter den vom Vesuv verschütteten Städten weiter, so findet man Spuren noch viel älterer Städte, die bereits früher verschüttet wurden und verschwunden sind ... Das Gleiche ist in unserem Gehirn passiert. Unser tägliches Leben überdeckt die Vergangenheit, ohne sie auszulöschen; das frühere Leben dient im Gegenteil als Halt und verborgenes Fundament. Wenn wir in uns selbst in die Tiefe steigen, verlieren wir uns zwischen den vielen Überbleibseln ...«

Janusz stand auf und ging zum Hotel zurück. Er würde in seine eigenen Katakomben hinuntersteigen und Ausgrabungen vornehmen müssen. Er wollte die toten Städte auf dem Grund seiner Erinnerungen wiederfinden.

Um 5.20 Uhr entdeckte Anaïs Chatelet die Lösung, die Bestätigung erhielt sie um 5.30 Uhr. Um 5.35 Uhr rief sie Jean-Luc Crosnier an. Der Dienststellenleiter schlief nicht; er kümmerte sich um die Koordination der Maßnahmen, mit denen man in Marseille und Umgebung nach Victor Janusz suchte. Als der Anruf kam, befand er sich in einem Wachgebäude der Autobahnpolizei an der A 55.

»Ich weiß, wo Freire sich aufhält«, rief Anaïs aufgeregt in den Hörer.

»Und wo?«

»In Nizza.«

»Wieso in Nizza?«

»Weil Christian Buisson alias Fer-Blanc dort im Hospiz im Sterben liegt.«

»Wir haben Fer-Blanc monatelang gesucht und nie gefunden. Er ist wahrscheinlich irgendwo ohne Ausweispapiere abgekratzt.«

»Fer-Blanc ist zunächst nach Toulon geflohen und von dort nach Nizza gebracht worden. Dort ist er noch immer. Er lebt in einem Hospiz und wird nur noch mit palliativer Therapie behandelt.«

»Woher wissen Sie das?«

»Ich habe da weitergeforscht, wo Sie aufgehört haben, und den Arzt angerufen, der Buisson damals in Marseille behandelte. Éric Enoschsberg von den ›Straßenärzten‹.«

»Den habe ich doch selbst vernommen! Was hat er Ihnen erzählt?«

»Dass er Fer-Blanc im Januar in Toulon wiedergesehen und in ein von einer Büßerbruderschaft geleitetes Hospiz verlegt hat.«

»Und warum sind Sie der Meinung, dass Janusz dort ist?«
»Weil er genau das Gleiche getan hat wie ich. Er hat gestern gegen 18.00 Uhr bei Enoschsberg angerufen. Wir müssen sofort hin. Freire ist bestimmt schon in Nizza.«
»Immer mit der Ruhe! Wir beide haben schließlich ein Abkommen.«
»Sie haben wohl immer noch nicht begriffen, was für eine Art Mensch ich bin.«
Crosnier lachte spöttisch auf.
»Oh doch, das habe ich. Und zwar schon in dem Augenblick, als Sie mein Büro betraten. Sie sind ein verwöhntes Kind mit Herzschmerz. Eine kleine Spießbürgerin, die aus Trotz zur Polizei gegangen ist. Eine Göre, die sich nicht an die Gesetze hält, obwohl gerade sie sie eigentlich beachten müsste.«
Anaïs nahm den Ausbruch äußerlich ungerührt hin.
»Sind Sie fertig?«
»Nein. Im Augenblick sind Sie noch nicht einmal mehr Polizistin. Sie sind eine Delinquentin, die unter meiner Verantwortung steht. Die Aufsichtsbehörde hat mich angerufen. Man schickt eine Delegation her, um Sie zu verhören.«
Mit trockenem Mund und feuchten Schläfen hörte Anaïs zu. Die Exekution hatte begonnen. Trotzdem fühlte sie sich fast schwerelos. Wie eine Flamme, die Sauerstoff braucht. Ihre Schlussfolgerungen verliehen ihr Flügel.
»Lassen Sie mich gehen. Wir fahren nach Nizza, warten im Hospiz auf Freire und kommen mit ihm zurück.«
»Sonst noch was?«
»Ja, dann geben Sie mir schriftlich, dass ich Ihnen bei der Festnahme geholfen habe und dass meine Glaubwürdigkeit außer Frage steht. Sie gewinnen dabei, und ich kann mich rehabilitieren.«
Crosnier dachte kurz nach.
»Ich hole Sie ab.«
»Beeilen Sie sich.«

»Die Befehle erteile hier immer noch ich, kapiert?«
»Nicht, dass er uns wieder entkommt!«
»Keine Sorge«, gab Crosnier zurück. »Wir sagen der Bruderschaft Bescheid. Ich kenne die Leute, die sind auch hier in Marseille aktiv. Und dann rede ich mit der Polizei in Nizza und …«
»Bloß keine Bullen vor dem Hospiz. Freire würde die Falle sofort wittern!«
»Ach was! Nizza ist besser gesichert als Fort Knox. Überall hängen Kameras, und an jeder Ecke laufen Patrouillen herum. Wir haben den Kerl in der Tasche, glauben Sie mir. Bitten Sie jetzt einen meiner Leute, dass er Ihnen einen Kaffee macht. In einer halben Stunde hole ich Sie ab.«
»Wie lange brauchen wir nach Nizza?«
»Eineinviertel Stunden, wenn wir richtig Gummi geben. Das schaffen wir.«

Crosnier legte auf. Anaïs befolgte seinen Ratschlag. Ein junger Beamter schloss ihr die Tür auf und führte sie in die Kantine, wo sie alles andere als herzlich aufgenommen wurde. Obwohl sie sich entschuldigte und ihr Verhalten zu erklären versuchte, nahm man ihr übel, dass sie mit bloßen Händen auf die eigenen Kollegen losgegangen war. Hinter vorgehaltener Hand nannte man sie die Irre von Bordeaux. Sie setzte sich in eine ruhige Ecke, ohne auf die feindseligen Blicke zu achten.

Sie trank einen Schluck Kaffee. Ihre Erregung schien sich plötzlich in Erschöpfung aufzulösen. Sie dachte nach. War es wirklich das, was sie wollte? Freire hinter Schloss und Riegel zu bringen? Wollte sie, dass ihm der Prozess gemacht wurde?

Sie hatte in dieser Nacht nicht nur die Akte Ikarus durchgelesen, sondern auch Janusz' Aufzeichnungen akribisch studiert. Das Notizbuch enthielt einen wichtigen Hinweis, etwas, das sie selbst vom ersten Augenblick an mehr oder weniger bewusst gespürt hatte. Freire alias Janusz war weder ein Betrüger noch versuchte er, andere zu manipulieren. Und er handelte bei klarem Verstand.

Trotzdem war er ein »Reisender ohne Gepäck«, genau wie Patrick Bonfils.

Seine Notizen ließen daran nicht den geringsten Zweifel, auch wenn sie nur zum persönlichen Gebrauch gedacht waren. Anaïs hatte es zwischen den Zeilen lesen können. Seine beiden Identitäten waren nichts als psychische Fluchten, und vermutlich gab es noch andere. Zwar ging es bei den Recherchen von Freire/Janusz um die beiden Mordfälle, aber vor allem suchte er nach sich selbst. Er versuchte, jeder seiner Persönlichkeiten auf den Grund zu gehen, weil er hoffte, die erste wiederzufinden – seinen wahren Ursprung.

Bis jetzt war es ihm lediglich gelungen, eine Chronologie der letzten Monate zu erstellen. Seit Januar war er Mathias Freire gewesen, und von Ende Oktober bis Ende Dezember Victor Janusz. Aber was war davor gewesen? Er suchte nach Antworten, wobei ihm etwas ganz besonders auf den Nägeln brannte. War er der Mörder des Minotaurus? Hatte er Ikarus auf dem Gewissen? War er der Jäger? Oder der Gejagte? Oder etwa beides?

Der Fall, in den er verwickelt war, überstieg seine Fähigkeiten. Bisher war ihm das Glück des Anfängers beschieden, aber er konnte jederzeit von der Polizei oder von den mysteriösen Männern in Schwarz gefunden oder gar getötet werden.

Freire hatte auch von der Gang geschrieben, die in Marseille auf ihn angesetzt worden war. Schon im Dezember hatte er Bekanntschaft mit der Bande gemacht – wegen dieser Auseinandersetzung war er kurzfristig festgenommen worden –, und in der Nacht des 18. Februar war es erneut zu einer Konfrontation gekommen. Nachdem er ein Bandenmitglied windelweich geprügelt hatte, erfuhr er, dass die Gang von den Männern in Schwarz bezahlt wurde.

Die Gang von Bougainville muss unbedingt verhört werden, dachte Anaïs. Auf dem Weg nach Nizza würde sie mit Crosnier darüber reden und ...

»Anaïs!«

Erschrocken fuhr sie auf. Crosnier rüttelte ihre Schulter. Sie war im Kantinensessel eingeschlafen. Durch die halb geöffnete Tür sah sie Polizisten kommen und gehen – der Nachtdienst wurde abgelöst.

»Wie viel Uhr ist es?«
»Zwanzig nach sieben.«
Sie zuckte zusammen.
»Wir sind viel zu spät dran!«
»In einer Stunde sind wir locker da. Die Bruderschaft ist informiert, und die Polizisten sind auch schon an Ort und Stelle.«
»Aber ich hatte Ihnen doch gesagt ...«
»Sie sind in Zivil, und ich kenne jeden Einzelnen.«
»Haben Sie sie gewarnt, dass Freire bewaffnet ist?«
»Manchmal habe ich den Eindruck, dass Sie mich für ziemlich blöd halten. Ich warte unten im Wagen auf Sie.«

Anaïs ging ins Büro zurück und zog ihren Blouson über. Auf dem Weg nach unten machte sie einen Abstecher zu den Toiletten und hielt ihren Kopf unter lauwarmes Wasser. Ihre Schläfen pochten, und ihr war übel. Aber die Erkältung war verschwunden.

Auf der Schwelle des Polizeigebäudes atmete sie genüsslich die kalte Luft ein. Crosnier saß bereits hinter dem Steuer. Anaïs blickte sich um, konnte aber kein anderes Polizeifahrzeug entdecken. Crosnier hatte auf das große Aufgebot verzichtet, was ihr durchaus nicht missfiel.

Als Anaïs auf das Zivilfahrzeug zuging, klingelte ihr Mobiltelefon. Sie griff daneben. Das Gerät fiel zu Boden. Sie hob es auf und meldete sich:

»Hallo?«
»Le Coz.«
Der Name schien aus einer anderen Welt zu stammen.
»Ich rufe wegen Mêtis an.«
»Was?«
Anaïs konnte sich kaum konzentrieren. Crosnier hatte das

Auto angelassen und wartete mit aufjaulendem Motor darauf, dass sie einstieg.

»Ich habe mich vergangene Nacht mit dem letzten der Journalisten getroffen, einem gewissen Patrick Koskas. Er hat intensiver recherchiert als die anderen.«

»Worüber?«

»Mein Gott, natürlich über Mêtis.«

»Ich habe es wirklich eilig«, presste sie zwischen den Zähnen hervor.

»Aber was der Mann mir erzählt hat, ist wirklich haarsträubend. Er behauptet, dass Mêtis die Verbindung zum Militär nie aufgegeben hat.«

»Können wir das nicht später besprechen?«

»Nein. Laut Koskas arbeitet der Konzern an einem Medikament, das auch den eisernsten Willen brechen kann. Eine Art Wahrheitsserum.«

»Märchen kannst du mir wirklich auch später noch erzählen!«

»Anaïs, da ist noch etwas.«

Sie zuckte zusammen. Le Coz nannte sie sonst nie Anaïs, und das schien ihr eher ein Alarmsignal als ein Zeichen von Zuneigung.

»Koskas ist es gelungen, sich die Liste der Aktionäre zu besorgen.«

Crosnier ließ ungeduldig den Motor aufheulen. Anaïs rannte auf den Wagen zu.

»Lass uns später weiterreden, Le Coz.«

»Auf dieser Liste stand ein Name, den ich nur allzu gut kenne.«

Mit der Hand am Türgriff erstarrte Anaïs.

»Wer?«, flüsterte sie.

»Dein Vater.«

»Ich muss Sie warnen. Er ist nicht mehr ganz bei sich.«
Jean-Michel erwartete Janusz vor dem Hospiz. Das Gebäude unterschied sich auffallend von den anderen Häusern in der Avenue de la République. Es war modern und in allen Farben der Sonne gestrichen. Rötlich gelb, hellgelb und leuchtend gelb. Einen Ort, an dem man das Ende seines Lebens verbrachte, hatte Janusz sich ganz anders vorgestellt.

Der Büßerbruder wirkte ausgesprochen nervös. Ahnte er vielleicht etwas? Hatte er die Morgenzeitungen gelesen? Etwa mit seinem Konterfei gleich auf der ersten Seite? Aber jetzt war es zu spät für einen Rückzug.

Janusz folgte dem Mann in eine große Eingangshalle. An der Wand hing ein weißes Schild mit rotem Kreuz, unter dem die Worte BETEN HANDELN LIEBEN standen. Schweigend gingen sie eine Treppe hinauf. Janusz hatte seinen Aktenkoffer und die Akte bei sich, denn er wollte nicht ins Hotel zurückkehren. Er beobachtete den Büßerbruder. Eigentlich hatte er einen Greis in weißer Kutte mit Kapuze erwartet. Doch Jean-Michel war ein attraktiver Mittfünfziger mit Bürstenschnitt, Schildpattbrille und athletischer Figur in Jeans und Pulli.

Sie gingen einen Flur entlang, der nur notdürftig durch ein Oberlicht erhellt wurde. Das graue Linoleum unter ihren Füßen glänzte wie das Wasser eines Flusses. Die Stille im Haus war bedrückend. Kein Hinweisschild und kein Geruch verriet, wo man sich befand. Es hätte ebenso gut eine Behörde der Sozialhilfe oder ein Finanzamt sein können.

Vor einer Tür blieb Jean-Michel stehen und drehte sich um, die Hände in die Hüften gestützt. Im Gegenlicht sah er so gebieterisch aus, als hätte für Janusz das Jüngste Gericht begonnen.

»Angesichts seines Zustandes gebe ich Ihnen zehn Minuten.«

Janusz nickte stumm. Wider Willen nahm er einen andächtigen Ausdruck an. Jean-Michel klopfte, aber niemand antwortete. Der Büßerbruder nahm einen Schlüsselbund aus der Tasche.

»Wahrscheinlich ist er auf dem Balkon«, sagte er. »Da sitzt er gern.«

Sie betraten das Appartement, ein kleines, sonnendurchflutetes Studio mit Laminatboden und hell tapezierten Wänden. Links befand sich eine peinlich saubere Küchenzeile.

Alles war makellos, alles glänzte, und alles war kalt wie in einem Labor.

Jean-Michel wies auf die geöffnete Balkontür. Auf dem Balkon saß ein Mann in einem Liegestuhl. Er wandte ihnen den Rücken zu. Der Büßerbruder zeigte zehn Finger: zehn Minuten – nicht eine mehr. Dann zog er sich auf Zehenspitzen zurück und ließ Janusz allein mit dem Mann, den er seit zwei Tagen suchte.

Mit der Aktentasche in der Hand ging er auf den Mann zu. Christian Buisson lag bis zum Kinn in eine Decke eingehüllt in der prallen Sonne. Der Balkon lag zur Straßenseite hin, und man konnte nicht weiter sehen als bis zum Haus gegenüber. Verkehrslärm drang herauf, begleitet vom Kreischen der Straßenbahnen, die regelmäßig vorüberfuhren.

»Hallo, Fer-Blanc.«

Der alte Mann rührte sich nicht. Janusz trat auf den Balkon hinaus, stellte sich so, dass Buisson ihn sehen konnte, und lehnte sich an die Balustrade. Endlich blickte Fer-Blanc auf. In seinem mumienartigen Gesicht zeigte sich nicht die geringste Überraschung.

»Bist du gekommen, um mich umzubringen?«, fragte er schließlich.

Janusz griff nach einem Klappstuhl und setzte sich neben den Greis. Immer noch wandte er dem Balkongitter den Rücken zu.

»Warum sollte ich dich umbringen wollen?«

Das Gesicht belebte sich. Janusz hätte nicht sagen können, ob sein Gegenüber lächelte oder eine Grimasse schnitt. Durch die graue, schlaffe Haut hindurch konnte man Muskeln und Sehnen erkennen. Die trüben Augen lagen tief in den Höhlen und auf dem Kinn sprossen starre Barthaare, die ihm das Aussehen eines Stachelschweins verliehen.

»Ich wollte mit dir über die Felsbucht von Sormiou sprechen.«

»Na klar.«

Fer-Blanc hatte mit großer Selbstverständlichkeit geantwortet. Oder war es Durchtriebenheit? Janusz fragte sich beunruhigt, ob er überhaupt ein vernünftiges Wort aus diesem Todgeweihten herausbringen würde. Und dafür hatte er den ganzen langen Weg zurückgelegt! Um einen uralten Mann zu treffen, der den Verstand verloren hatte und sich seinen Lebensabend damit versüßte, andere Leute zum Narren zu halten! Gerne hätte Janusz ein wenig Mitleid für den Spinner empfunden, doch er fragte sich bang, wie sein eigenes Leben weitergehen würde, wenn er das Hospiz ohne neue Informationen verließe.

»Bist du gekommen, um mich umzubringen?«

Janusz, der den Eindruck hatte, dass sich alles ständig wiederholte, antwortete erneut:

»Warum sollte ich?«

»Du hast recht«, lachte der alte Mann trocken, »bei dem bisschen, das mir noch bleibt ...«

Fer-Blanc schnalzte mit den Lippen und sagte leise:

»Ich gehe gern dort spazieren.«

Janusz beugte sich vor und spitzte die Ohren.

»Ich gehe immer früh am Morgen hin, wenn die Sonne aufgeht. Im Winter ist das ungefähr um acht.«

Fer-Blanc verstummte.

»Was hast du an diesem Tag dort gemacht?«, fragte Janusz vorsichtig.

Der Alte hob eine Augenbraue. Janusz erkannte den gierigen Blick in seinen Augen.

»Hast du etwas zu trinken für mich?«

Daran hätte Janusz denken müssen. Auch ehemalige Penner tickten eben so.

»Erzähl mir einfach alles. Danach besorge ich dir Wein«, log er.

»Quatsch!«

»Erzähle.«

Fer-Blancs Mund bewegte sich. Er schien auf etwas zu kauen. Vielleicht waren es die Worte, die er bald ausspucken würde.

»Ich habe eine Gabe«, erklärte er schließlich. »Ich kann spüren, wenn Leute bald sterben müssen. Es ist wie eine magnetische Störung in der Luft. Ich spüre es mit dem Eisen, das in meinem Gehirn steckt.« Er deutete auf seinen Schädel. »So ähnlich wie Wassersucher mit ihrer Wünschelrute, weißt du?«

»Verstehe. Aber an diesem Morgen ist in der Felsbucht ein Mann gestorben.«

»Ich bin dem Pfad bis zum Strand gefolgt. Da waren viele Algen und angespültes Zeug …«

Fer-Blanc verstummte erneut und begann wieder zu kauen. Obwohl er in der prallen Sonne lag, schlotterte er unter seiner Decke. Verkehrslärm drang zu ihnen hinauf. Und in diesem Augenblick wurde Janusz von Mitgefühl überwältigt. Er erlebte die letzten Momente im Leben eines vergessenen Obdachlosen. Möglicherweise waren die Bemühungen der Büßerbrüder doch nicht vergeblich. Sie sorgten dafür, dass nicht nur reiche Geldsäcke die Chance hatten, unter der Sonne Nizzas ihr Leben auszuhauchen.

»Was hast du am Strand gesehen?«

»Nicht am Strand. Auf den Felsen.«

Der alte Mann blickte starr vor sich hin, als würde er die Szene noch einmal vor sich sehen. Seine fiebrigen grauen Augen waren so vertrocknet wie geöffnete Austern in der Sonne.

»Da war ein Engel. Ein Engel mit ausgebreiteten Flügeln. Es war wunderschön. Großartig. Aber der Engel brannte. Er war zu nah an die Sonne geraten ...«

Fer-Blanc hatte zwar vielleicht nicht mehr alle Tassen im Schrank, doch er hatte den Mord vor allen anderen gesehen. Janusz begann zu zittern, obwohl die Sonne ihm den Rücken wärmte. Er beugte sich nach vorn und musste sich zusammenreißen, um den Alten nicht zu schütteln. Da war es – das, wonach er suchte!

»War außer dem Engel noch jemand dort? Hast du jemanden gesehen?«

Der alte Mann fixierte Janusz mit seinen glasigen Augen.

»Ja, da war ein Mann.«

»Und was tat dieser Mann?«

»Er betete.«

Diese Antwort hatte Janusz nicht erwartet.

»Er betete?«

»Er kniete neben dem Engel und wiederholte immer das gleiche Wort.«

»Welches Wort, Fer-Blanc? Welches Wort?«

»Ich konnte es nicht hören. Dazu war ich zu weit weg. Aber ich habe es von seinen Lippen abgelesen, wie ich es bei den Taubstummen gelernt habe. Früher war ich nämlich ...«

»Was um Himmels willen hat der Mann gesagt?«

Der Krebskranke lachte und hüllte sich tiefer in seine Decke, die er bis zum Kinn hochzog. Janusz hatte ein Gefühl, wie es ein Fisch am Angelhaken haben musste. Plötzlich fiel ihm die Musik auf, die durch die Straße dröhnte. Eine hämmernde, wunderliche, groteske Musik, die wie ein Albtraum nach oben drang. Am anderen Ende der Stadt hatte ein Karnevalsumzug begonnen.

Er zwang sich zur Ruhe und flüsterte in das Ohr des Kranken:

»Fer-Blanc, ich bin von weit her gekommen. Ich brauche diese Information. Was hat der Mann gesagt, als er neben dem Engel betete? Welches Wort hat er immer wiederholt?«

»Es war Russisch.«
»Russisch?«
Der alte Mann wurstelte eine verkrümmte Hand unter der Decke hervor und bewegte sie im Takt der Musik.
»Hörst du? Das ist der Karneval.«
»Wie lautete das Wort?«
Fer-Blanc dirigierte immer noch mit seinem knochigen Zeigefinger.
»DAS WORT, FER-BLANC!«
»Der Mann sagte immer wieder: ›Matrjoschka‹.«
»Was heißt das?«
Fer-Blanc zwinkerte Janusz zu.
»Bist du gekommen, um mich umzubringen?«
Janusz packte ihn samt seiner Decke.
»Warum um Himmels willen sollte ich dich umbringen?«
»Weil du der Mann warst, der gebetet hat, Arschloch!«
Janusz ließ den Alten los und taumelte gegen die Balkonbrüstung. Die Musik wurde lauter. Schon übertönte sie den Verkehrslärm und ließ den Balkon erbeben.
Fer-Blanc richtete seinen Zeigefinger auf Janusz.
»Du hast den Engel getötet. Du hast ihn getötet und verbrannt. Du bist ein Dämon, ein Abgesandter Satans.«
Janusz wäre beinah hintenüber gekippt und klammerte sich ans Geländer. Erst in diesem Moment wurde ihm klar, dass etwas nicht stimmte. Ein Geräusch mischte sich in die Karnevalsmusik. Ein Geräusch, lauter als der Rhythmus des Umzugs und das Rauschen des Verkehrs.
Er blickte auf die Straße hinunter. Aus allen Richtungen rasten Polizeiautos heran. Blaulicht blinkte im Sonnenschein. Die Wagentüren öffneten sich und Uniformierte strömten heraus.
Wie erstarrt beobachtete Janusz, was da vor sich ging. Er nahm jedes Detail wahr wie im Traum. Die Sirenen, die roten Armbinden, die Waffen ...
Die Menschenmenge wich auseinander.

Die Büßerbrüder gingen auf die Polizisten zu.

Plötzlich hoben alle gleichzeitig die Köpfe. Janusz blieb gerade noch genügend Zeit zurückzuweichen. Als er wieder nach unten blickte, sah er, wie Anaïs Chatelet ihre Dienstwaffe lud.

Ohne lange nachzudenken, flüchtete er sich auf die linke Seite des Balkons, warf seine Aktentasche hinunter, stieg über die Brüstung und griff nach dem Fallrohr der Regenrinne.

Begleitet von dem hämischen Lachen Fer-Blancs und dem Karnevalsgetöse rutschte er wie ein Affe das Fallrohr hinunter. Die letzten Meter sprang er. Der Aufschlag raubte ihm den Atem und schien jeden Knochen einzeln in sein Fleisch zu rammen. Er rollte sich auf dem Boden ab. Einen Moment lang standen die Polizisten, die alle Fluchtmöglichkeiten abriegelten, auf dem Kopf. Er hatte es versiebt.

Janusz presste sich an eine Scheibe und merkte, dass er weder Schmerz noch Angst empfand. Die Polizisten hatten sich umgedreht und zielten auf ihn. Im hellen Sonnenlicht erkannte er, dass die Männer zitterten und sicher mehr Angst hatten als er selbst.

In diesem Moment näherte sich eine Straßenbahn. Sie drängte sich in Janusz' Gesichtsfeld, und statt der bewaffneten Polizisten sah er nun die verblüfften Gesichter der Passagiere. Ohne zu überlegen stand er auf, griff nach seiner Aktentasche, murmelte »Matrjoschka« und rannte so schnell er konnte auf die Karnevalsmusik zu.

Sein Leben war nichts anderes als ein gigantischer Witz.

Janusz holte die Straßenbahn ein, überquerte die Schienen unmittelbar vor dem ersten Wagen und wich einem in entgegengesetzter Richtung fahrenden Zug aus. Eine Zeitlang rannte er zwischen den beiden Straßenbahnen, bis er wenige Sekunden später nach links auswich und noch schneller wurde. Er blickte sich nicht um. Was am Hospiz passierte, interessierte ihn nicht.

Er wusste, wie es weiterging, denn er hatte das alles schon einmal erlebt. Anaïs und die anderen würden aus dem Gebäude stürmen und sich in der Avenue de la République und den angrenzenden Straßen verteilen. Man würde weitere Fahrzeuge zu Hilfe rufen, die mit heulenden Sirenen heranbrausen und ihre Fracht an Verfolgern ausspeien würden. Alle würden sich auf die Spur der gesuchten Beute setzen – und die war er.

Er erreichte einen Platz, in dessen Mitte die weiße Statue einer historischen Persönlichkeit stand. Außer Atem hielt er einen Augenblick inne. Hinter Bäumen entdeckte er das schöne alte Portal einer Kirche. Straßencafés hatten ihre Sonnenschirme aufgespannt. Er sah Fußgänger und Autos, doch niemand beachtete ihn.

Nach einer kurzen Konzentration mit auf die Knie gestützten Händen, hörte er das, worauf es ihm ankam: die Karnevalsmusik. Zwar wurde sie von Polizeisirenen übertönt, doch er konnte erkennen, woher sie kam.

Janusz bog nach rechts in eine breite Straße ab. Hatte er den Karnevalsumzug erst einmal erreicht, würde er mit der Menschenmenge verschmelzen. Er würde sich so in ihr auflösen, dass er unsichtbar wurde. Im Laufen ließ es sich gut nachdenken. Allerdings fehlte ihm noch der Zusammenhang. Was hatte Fer-Blancs Enthüllung zu bedeuten, dass er ihn bei der Leiche des

Ikarus gesehen habe? Und dann das Gebet, das immer wiederholte Wort »Matrjoschka«? Viele Fragen, auf die es keine Antworten gab. Unwillkürlich murmelte er im Rhythmus seines Laufschritts vor sich hin:

»Matrjoschka, Matrjoschka, Matrjoschka.«

Was hatte es damit auf sich?

Janusz rannte immer noch. Inzwischen wurden die ersten Spaziergänger aufmerksam. Möglicherweise erkannten sie unbewusst die Verbindung zwischen diesem hastig vorwärtsstrebenden Mann und den Sirenen, die im ganzen Stadtzentrum zu hören waren. Plötzlich entdeckte Janusz zu seiner Linken ein winziges Sträßchen, das parallel zur breiten Verkehrsader verlief. In fast jedem Haus befand sich ein Geschäft, und dementsprechend war es voll.

Janusz bog ab, ließ seine Ellbogen spielen und tauchte zwischen den Schaufensterbummlern ab. Mit einem Mal fühlte er sich wieder wie in Marseille. Alles erinnerte ihn an das alte Viertel Panier.

Doch er hatte keine Zeit, sich umzusehen und zu orientieren. Wichtiger war es jetzt, der hämmernden Musik entgegenzueilen, die wie ein riesiges Herz pochte.

Die Geschäfte hatten ihre Auslagen auf den Bürgersteig ausgedehnt. Vorbei ging es an Schirmen, Handtaschen und Hemden. Janusz erreichte einen weiteren Platz, auf dem ein Fischmarkt stattfand. Die nächste Gasse war noch schmaler als die vorige und noch dunkler. Es roch stark nach Früchten.

Die Musik, die ihn retten würde, kam immer näher.

Er hatte sich noch immer nicht umgeschaut und wusste nicht, ob die Polizisten ihm auf den Fersen waren oder ob er sie abgehängt hatte. Janusz entdeckte eine Treppe, die rechts nach unten führte. Die Mauern rechts und links bestanden aus falschem Marmor. Er stürmte hinunter und fand sich im hellen Sonnenlicht auf der breiten Straße wieder. Die Sirenen schienen jetzt weiter entfernt zu sein, und weit und breit war kein Polizeiauto zu sehen. Nur Straßenbahnen rumpelten über den begrünten Mittelstreifen, auf dem die Schienen verlegt waren.

Die Musik lockte von der anderen Straßenseite. Janusz wurde langsamer und überquerte die breite Straße. Er gab sich wie ein ganz normaler Spaziergänger, der unter all den anderen auf den Umzug zuschlenderte. Auf der anderen Straßenseite war ein Park mit Palmen, Statuen und Rasenflächen. Die Musik wurde lauter. Janusz erkannte den Titel und summte mit. *I gotta feeling* von den Black Eyed Peas. Mit den Händen in den Hosentaschen und gesenktem Kopf durchquerte er den Park. Kieswege, Baumgruppen, Familien, die es sich auf Bänken bequem gemacht hatten. Der Karnevalszug war nur noch wenige Schritte entfernt. Was genau erwartete er? Würde er teilnehmen? Oder sich unter der Tribüne verstecken?

Als er den Park verließ, schmolzen seine Hoffnungen dahin. Der Umzug war mit Schutzgittern von den Zuschauern getrennt, die rechts und links auf Tribünen saßen. Polizisten und Wachleute versahen Ordnerdienste. Janusz mischte sich unter die Zuschauer, die auf die nummerierten Eingangstore zudrängten. Er hatte nur eine Chance, nämlich der Massenbewegung zu folgen, eine Eintrittskarte zu kaufen und die Sicherheitsschleuse zu passieren.

Vor der Kasse verkündete ein großes Schild das Motto des Karnevals: KARNEVAL IN NIZZA. DER KÖNIG DES BLAUEN PLANETEN. Vor dem Schalter standen nur wenige Leute. Die Sirenen waren nicht mehr zu hören.

»Eine Eintrittskarte bitte.«

»Stehplatz oder Tribüne?«

»Stehplatz.«

»Macht zwanzig Euro.«

Janusz mischte sich unter die Menge, die sich zwischen den Tribünengerüsten drängte. Er sah, wie Polizisten mit Funkgeräten am Ohr und der Hand an der Waffe ihre Posten im Laufschritt verließen. Man hatte Alarm ausgelöst.

Als er den Eingang mit der Nummer erreichte, die auf seinem Ticket stand, wurde der Lärm geradezu ohrenbetäubend. Ein Sicherheitsmann nahm sein Ticket und ließ ihn durch, ohne ihn eines Blickes zu würdigen. Stattdessen beobachtete er die Unruhe der Polizisten.

Er hatte es geschafft, er war drin.

Bis er sich einigermaßen zurechtfand, verging eine Weile. Auf zwei Tribünen, die einander gegenüberstanden, tobte ein fröhliches Publikum. Dazwischen wurde eine breite Gasse für die Motivwagen freigehalten. Die meisten Zuschauer standen und klatschten. Kinder besprühten ihre Eltern mit Luftschlangen aus der Dose. Zwischen den Sitzreihen bewegten sich als Frösche verkleidete Tänzer mit langen, schwimmhautbewehrten Fingern. Prinzessinnen hoben ihre Röcke und entblößten Ringelstrümpfe.

Aber das Wichtigste war der Karnevalszug.

Eine fünf Meter hohe, monströse, blaue Sirene mit grell orangefarbenen Haaren bewegte mehrere Arme. Das Blau war so grell wie auf manchen Bildern von Yves Klein. Plötzlich kam Janusz eine geradezu absurde Erinnerung. Es war der Himmel von Nizza gewesen, der den Maler zu seinem »International Klein Blue« inspiriert hatte. Rings um die Sirene schwebten mit Helium gefüllte Quallen in der Luft. Rechts und links des Fischschwanzes der Sirene sangen zwei Wale, während kleine, als Schuppen verkleidete Mädchen an der Reling des Wagens tanzten.

Janusz stand inmitten der Zuschauer, hatte seine Aktentasche unter den Arm geklemmt, klatschte und sang aus vollem Hals mit, während er sich gleichzeitig vorsichtig umschaute. Im Augenblick konnte er weder eine Uniform noch eine rote Armbinde entdecken. Vor seinen Augen defilierten Tänzer, Jongleure und Majoretten unter Wolken von Luftschlangen und Konfetti. Danach kamen riesenhafte Prinzessinnen in Rot, Gelb und Blau. Ihre meterhohen Röcke verbargen jeweils einen Wagen, der es ihnen gestattete, durch den Trubel zu gleiten.

Janusz betrachtete noch ihre geschminkten, mit einem gemalten Diadem geschmückten Gesichter, als es plötzlich überall von Polizisten wimmelte.

Sie waren an den Tribüneneingängen, zwischen den Sitzreihen und in den Wandelgängen. Die Reihe der Uniformierten drängte sich langsam zwischen Jongleuren und Fröschen hindurch und schloss sich wie ein Schraubstock. Verzweifelt stürzte sich Janusz in den Umzug und landete mitten in einer Gruppe von Akrobaten, die auf ihrem Rücken bunte Vogelfiguren trugen. Man würde ihn also sozusagen in einer Voliere verhaften.

In seiner Panik lief er entgegen der Zugrichtung auf den nächsten Motivwagen zu. Er stellte das überdimensionale Kerngehäuse eines Apfels dar, das sich wie ein Kettenkarussell drehte. Auf den Schaukeln saßen Puppen, die halb wie Menschen, halb wie Nagetiere aussahen. Das Verblüffende an der Darstellung war, dass die Gesichter der Figuren denen echter Menschen nachgebildet waren, die unter dem Karussell als Ratten verkleidet tanzten.

Und dann geschah etwas Unglaubliches.

Unter den Ratten mit Menschenköpfen, die auf Schaukeln um ihr Kerngehäuse flogen, entdeckte Janusz eine Puppe, die seine Gesichtszüge trug – grotesk, deformiert und rattenartig verändert, aber es war sein Gesicht.

Während er noch verblüfft nach einer Antwort suchte, hörte er eine Stimme:

»He, Leute, Narcisse ist da. Hier ist Narcisse!«

Janusz blickte zu den Maskierten empor, die auf dem Wagen tanzten. Einer der Männer im Rattenkostüm zeigte mit dem Finger auf ihn.

»Es ist wirklich Narcisse! Narcisse ist wieder da!«

Einige begannen, den Namen zu skandieren.

»NAR-CIS-SE! NAR-CIS-SE! NAR-CIS-SE!«

Einer der Narren hielt ihm die Hand hin. Janusz ergriff sie, schwang sich auf den Wagen und setzte sich die Rattenmaske auf, die sein Gegenüber ihm hinhielt. Er war zur Ratte unter Ratten geworden, tanzte wie ein Verrückter und ließ sich mit Luftschlangen und Konfetti bombardieren.

Unter seiner Maske jedoch ging er mit sich zu Rate. Janusz hatte genügend Erfahrung, um Geistesgestörte zu erkennen, und begriff, dass die Rattenmenschen krank waren. Er vermutete, dass sie aus einer Einrichtung stammten, die man am Karneval von Nizza beteiligen wollte.

Aber nun musste er zur Kenntnis nehmen, dass er offenbar zu ihnen gehörte. Narcisse. Ein Geisteskranker, der in irgendeiner Einrichtung in Nizza lebte. Durch Zufall war ihm auf seiner Flucht eine weitere frühere Identität begegnet. Vielleicht war sie ja die ursprüngliche ... Wider Erwarten empfand er eine tiefe Erleichterung. Endlich konnte er sich fallen lassen, endlich würde man sich um ihn kümmern und ihn behandeln. Das Fest war vorüber.

Inzwischen jedoch klatschte er fröhlich zu den Klängen von Lady Gagas *Bad Romance* in die Hände. Die Polizei suchte ihn in der Zuschauermenge. Jeder Besucher wurde unter die Lupe genommen. Niemand dachte daran, sich um die Motivwagen zu kümmern. Schon gar nicht um den, auf dem Ratten sich um ein abgenagtes Kerngehäuse drehten.

In diesem Augenblick entdeckte Janusz Anaïs, die sich mit der Waffe in der Hand und Tränen in den Augen durch die Zuschauer drängte. Am liebsten wäre er vom Wagen gestiegen und hätte sie in die Arme genommen, doch einer der Rattenmänner hatte seine Hand ergriffen und forderte ihn auf, eine kesse Sohle mit ihm auf das provisorische Parkett zu legen. Janusz ließ sich mitreißen und legte sogar noch ein Solo ein, während er auf dem Motivwagen seinem Schicksal als Geisteskranker entgegenrollte.

Von allen Möglichkeiten der Flucht hatte er mit dieser am allerwenigsten gerechnet.

Er war gerade zum Verrückten mutiert.

3. Narcisse

Ein Tauende.
Ein Stück von einem Schwimmer aus Styropor.
Drei Fetzen Plastikmaterial.
Zwei Coladosen.
Eine Spiegelscherbe.
Eine Verpackung für Tiefkühlprodukte der Marke Confifrost.
Vier Stücke von Fischernetzen, jedes nur wenige Quadratzentimeter groß.
Treibholz.
»Was willst du eigentlich mit dem Zeug?«, fragte Crosnier aggressiv.

Anaïs antwortete nicht. Die Stücke stammten von dem Strand in Sormiou, wo Ikarus gestorben war. Sie waren von der Brandung in einem Umkreis von zwanzig Metern um die Leiche angeschwemmt worden. Am Morgen hatte sie darum gebeten, dass man ihr die Fundstücke zusammenpacken und versiegeln möge. Das Bündel war soeben eingetroffen.

»Der technische Service hat eine detaillierte Liste beigelegt«, fuhr Crosnier fort. »Die Sachen, die verrotten können, haben wir natürlich nicht dazugelegt. Eine ganze Menge ist ohnehin schon im Müll gelandet. Aber warum willst du den Krempel haben?«

»Um ihn von unserem Institut in Toulouse genau analysieren zu lassen.«

»Willst du damit sagen, dass wir unseren Job nicht gründlich genug gemacht haben?«

Anaïs strich sich die Haare aus dem Gesicht und lächelte.

»Ich kenne da jemanden. Vielleicht fällt ihm ja irgendetwas auf, ein Detail, worauf wir bisher nicht geachtet haben.«

»Du schaust zu oft *CSI*.«

Anaïs antwortete nicht, sondern blickte auf die vor ihr aufgereihten Bildschirme. Es war 18.00 Uhr. Sie saßen in der Zentrale der städtischen Überwachung von Nizza. Vor einigen Wochen hatte die Polizei im Stadtgebiet von Nizza mehr als sechshundert neuartige Kameras in Betrieb genommen. Auf dem Video stieg Janusz im Hospiz über die Balkonbrüstung, hangelte sich die Regenrinne hinunter, rollte über die Straße, wich einer Straßenbahn aus und verschwand in der Avenue de la République. Die Szene lief als Endlosschleife.

»So ein Arschloch«, murmelte Crosnier. »Der Mann ist ein Profi.«

»Nein. Er ist verzweifelt. Das ist nicht dasselbe.«

Wie zwei Regisseure einer Fernsehshow saßen Anaïs und Crosnier in bequemen Sesseln vor einer ganzen Wand aus 16:9-Bildschirmen. Manchmal kam es Anaïs tatsächlich so vor, als wäre alles nichts als eine gigantische Show. Sie hatten den gesamten Nachmittag in diesem Studio verbracht – ohne das geringste Resultat.

Weder Aufrufe im Radio noch Ortungsverfahren, weder die fast achtzig Patrouillen noch sechshundert mit Zoom versehene Kameras, die eine Rotation von dreihundertsechzig Grad boten, noch nicht einmal die Überprüfung von Autokennzeichen hatten etwas gegen Janusz ausrichten können. Er besaß nicht nur eine außergewöhnlich hohe Intelligenz, sondern auch einen ausgeprägten Willen und war obendrein mit einer Art unbewusstem, sechsten Sinn ausgestattet.

Zu Beginn der Verfolgungsjagd waren die Polizisten noch guten Mutes gewesen. Immerhin war Nizza die am besten überwachte Stadt Frankreichs. Aus Cannes, Toulon und dem Hinterland hatte man zudem Verstärkung angefordert. Fußstreifen, berittene Polizei und motorisierte Teams hatten sich auf die Suche gemacht. Jetzt aber hatte der Mut sie verlassen. Nach acht Stunden ununterbrochener Suche gab es nicht das kleinste Ergebnis.

Dieses Mal schluckte Anaïs alle Vorwürfe, ohne wütend zu werden. Sie fühlte sich nur noch unendlich müde. Freire war ihnen wieder einmal entkommen. Punktum.

»Was meinst du, was der Kerl jetzt macht?«, fragte Crosnier schließlich.

»Ich glaube, ich muss noch einmal mit Fer-Blanc sprechen.«

»Du spinnst.«

Anaïs trank ihren Kaffee, ohne darauf einzugehen. Nach dem Verhör am Morgen war der Krebskranke ins Koma gefallen und zum Sterben ins Krankenhaus gebracht worden. Die Büßerbrüder hatten Anzeige gegen die Polizei erstattet, weil die Beamten zu massiv vorgegangen seien, was bei dem ohnehin bereits geschwächten Patienten zur Katastrophe geführt habe.

Der bittere Geschmack des Kaffees passte zu dem Groll, den Anaïs verspürte. An diesem Tag war wirklich alles schiefgegangen. Gleich am Morgen hatte ein Unfall auf der A 8 sie aufgehalten, und so waren sie erst gegen 9.00 Uhr in Nizza angekommen. Bevor sie die Avenue de la République erreicht hatten und sich mit den anderen Teams absprechen konnten, waren sie von einer Gruppe überholt worden, die mit Blaulicht und offen getragenen Waffen einen auf *Starsky & Hutch* machte – genau das, was Anaïs unbedingt hatte vermeiden wollen.

Wenig später wurde sie zum Dreh- und Angelpunkt sämtlicher Probleme. Pascale Andreu, die Richterin aus Marseille, rief an. Gleich darauf meldete sich Philippe Le Gall, der Ermittlungsrichter aus Bordeaux. Und anschließend Deversat. Die Anrufe prasselten wie Fausthiebe auf sie nieder, und sie nahm sie hin, obwohl sie längst in den Seilen hing. In Bordeaux wartete die Aufsichtsbehörde auf sie, eine Dienstaufsichtsbeschwerde war wohl nur noch eine Frage der Zeit.

Und doch dachte sie nur an Freire. Wie immer. Bei jedem Atemzug. Ihr ganzes Leben war erfüllt von ihm.

»Und was machst du jetzt?«

Anaïs griff nach dem Päckchen mit den Fundsachen vom

Tatort wie ein kleines Mädchen nach ihren Andenken vom Strand. Selbst wenn sie wirklich willens gewesen wäre, auf eine weitere Verfolgung zu verzichten, hätte sie es nicht gekonnt. Der Flüchtige war stärker als ihr Wille. Sie fühlte sich ihm völlig ausgeliefert. Anaïs spürte, wie sein Schatten in sie eindrang, sie erfüllte.

Sie zerknüllte den Plastikbecher und warf ihn in den nächsten Mülleimer.

»Ich fahre zurück nach Bordeaux.«

Du warst Maler.«
»Was für eine Art Maler?«
»Du hast Selbstporträts gemalt.«
»Das meine ich nicht. War ich Profi oder Amateur? Habe ich hier gemalt?«
»Das will ich meinen. Hier in der Villa Corto.«
Der alte Mann lächelte stolz.
»Mein Name ist Jean-Pierre Corto. Ich habe dieses Haus vor über vierzig Jahren gegründet.
»Ein Asyl für Geisteskranke?«
Das Lächeln wurde nachsichtig.
»Du kannst es nennen, wie du willst. Ich persönlich bevorzuge den Ausdruck ›Therapeutische Wohngemeinschaft‹.«
»Ich kenne diesen Quatsch zur Genüge. In einem anderen Leben war ich nämlich einmal Psychiater. Das Ding hier ist eine Klinik.«
»Nicht ganz. Wir sind hier auf eine ganz bestimmte Therapie spezialisiert.«
»Nämlich?«
»Kunsttherapie. Es ist richtig, dass es sich bei unseren Gästen um psychisch Kranke handelt, aber ihre Therapie besteht ausschließlich in der Anleitung zu künstlerischem Schaffen. Sie malen, zeichnen und bildhauern den ganzen Tag und sind wahre Künstler. Medikamente kommen hier kaum zum Einsatz.« Er lachte. »Manchmal habe ich fast den Eindruck, dass wir hier den Prozess umkehren. Unsere Gäste sind es, die durch ihr Talent der Kunst zur Genesung verhelfen und nicht etwa umgekehrt.«
»Ist Narcisse mein Familienname?«
»Das weiß ich nicht. Du hast deine Bilder immer mit diesem

Namen signiert und dich nie näher darüber ausgelassen. Ausweispapiere hattest du nicht.«

Dann bin ich also ab sofort Narcisse, dachte er, *und muss handeln, mich bewegen und atmen wie er.*

»Wann bin ich hier aufgetaucht?«

»Anfang September 2009. Zuerst warst du in Saint-Loup, einer Klinik in der Nähe von Nizza.«

»Und wie bin ich dorthin gekommen?«

Corto setzte seine Brille auf und schaltete den Computer ein. Er war um die sechzig, klein und verhutzelt, hatte dichtes weißes Haar, aufgeworfene Lippen, die ständig zu schmollen schienen, und trug eine Brille mit dunklen Gläsern. Seine tiefe, sonore Stimme war von einer fast hypnotischen Gelassenheit.

Sie saßen in seinem Büro, einer Art Datscha in den ausgedehnten Gärten des Instituts. Dach, Boden und Wände waren aus Pinienholz, dessen starker und tröstlicher Harzgeruch den Raum erfüllte. Aus dem Fenster blickte man auf das Hinterland von Nizza. Nicht ein einziges Bild der sogenannten Gäste schmückte die Wände.

Der Karnevalsumzug war problemlos zu Ende gegangen. Er hatte mit seinen Kameraden getanzt und gesungen, bis sie die Place Masséna erreichten, wo sie von einem Transporter erwartet wurden. Wieder handelte es sich um einen Jumpy – das Fahrzeug wurde ihm fast schon zur Gewohnheit. Überhaupt erinnerten ihn seine neuen Freunde in vieler Hinsicht an die Penner in der Wärmestube, nur dass sie deutlich sauberer waren.

Im strömenden Regen hatten sie Nizza verlassen und waren aufs Land hinaus bis Carros gefahren. Die Villa lag noch einige Kilometer außerhalb des Dorfes. Von Zeit zu Zeit waren ihnen Polizeiautos mit eingeschalteter Sirene begegnet. Er lächelte. So schnell würde man ihn nicht finden. Victor Janusz existierte nicht mehr.

Unterwegs hatte sich das bestätigt, was er schon angesichts des Umzugs vermutete: Die Gäste der Villa Corto nahmen jedes

Jahr an den Karnevalsumzügen teil. Sie entwarfen ihren eigenen Wagen, der von den Ateliers in Nizza in ihrem Auftrag gebaut wurde. Er hatte viele Fragen gestellt und so getan, als interessierte ihn die künstlerische Umsetzung der Entwürfe. Der Urheber der Idee mit den menschlichen Ratten und ihrem Karussell war er selbst gewesen – er, Narcisse, den Corto von September bis Oktober beherbergt hatte. Natürlich erinnerte er sich an nichts.

»Da ist es ja«, sagte der alte Psychiater, als er das Patientenblatt wiedergefunden hatte. »Du wurdest Ende August neben der Ausfahrt 42 der Autobahn A 8 gefunden. Die Ausfahrt heißt Cannes-Mougins. Du hattest das Gedächtnis verloren. Im Krankenhaus von Cannes wurdest du untersucht. Du warst nicht verletzt, wolltest dich aber um keinen Preis röntgen lassen. Man schickte dich nach Saint-Loup, wo nach und nach einige Erinnerungen zurückkehrten. Du sagtest, dein Name sei Narcisse, du kämst aus Paris, hättest keine Familie und wärst Maler. Die Ärzte in Saint-Loup haben natürlich sofort an uns gedacht.«

»Ich bin nicht Narcisse«, erklärte er trocken.

Corto setzte die Brille ab und lächelte wieder. Seine Art, sich wie ein gütiger Opa zu geben, machte seinen Gast ganz kribbelig.

»Ich weiß. Ebenso wenig wie du der bist, der du heute zu sein vorgibst.«

»Kennen Sie meine Krankheit?«

»Als du hier ankamst, hast du mir eine Menge erzählt. Zum Beispiel von den Kunstakademien, die du besucht hast, den Galerien, wo du ausgestellt hast, und von deiner Wohnung in Paris. Auch von einer Hochzeit und einer Scheidung hast du gesprochen. Ich habe alles überprüft. Nichts davon stimmte.«

Er genoss die Ironie der Situation. Corto hatte genau die Rolle gespielt, die er selbst bei Patrick Bonfils eingenommen hatte. Bei jeder psychischen Flucht fand sich ein Psychiater, der feststellen musste, dass die vermeintliche Hülle leer war.

»Und doch war an deiner Geschichte etwas Wahres«, fuhr der alte Mann fort. »Du bist wirklich Maler. Du hast nicht nur eine erstaunliche Begabung an den Tag gelegt, sondern kanntest dich auch mit der handwerklichen Seite bestens aus. Ich habe jedenfalls keine Sekunde gezögert, dich aufzunehmen. Leider muss man sagen, dass niemand dich wirklich wollte. Ohne Papiere und ohne Sozial- oder Krankenversicherung warst du nicht gerade das, was man ein Geschenk nennt.«

»Hat man denn überhaupt versucht herauszufinden, woher ich kam?«

»Natürlich wurden Nachforschungen angestellt, allerdings ohne großen Eifer. Du warst nicht gerade eine kriminologische Herausforderung, sondern einfach nur ein armer Schlucker mit psychischen Problemen, der weder seinen Namen noch seine Herkunft kannte. Und so hat man auch nichts gefunden.«

»Und wie ging es dann weiter?«

»So.«

Corto drehte den Monitor so, dass Narcisse, der ihm gegenüber am Schreibtisch saß, ihn sehen konnte.

»Innerhalb von zwei Monaten hast du etwa dreißig Bilder gemalt.«

Narcisse hatte nichts Bestimmtes erwartet, aber was er sah, überraschte ihn doch sehr. Jedes der Bilder, die nacheinander auf dem Bildschirm auftauchten, stellte ihn selbst in einem anderen Kostüm dar. Als Admiral, als Briefträger, als Clown, als römischen Senator. Immer war er gleich alt und nahm die gleiche Stellung im Dreiviertelprofil mit herausgedrückter Brust und nach vorn gerichtetem Kinn ein. Auf jedem Bild hatte man den Eindruck, einen Helden zu bewundern.

Und doch gab es im Aufbau einen Kontrast. Einerseits erinnerten die Bilder an die Art von Kunst, die in Diktaturen gepflegt wird, denn die Darstellung aus der Froschperspektive zeigte Narcisse in einer sehr beherrschenden Stellung. Im Gegensatz dazu wies das Gesicht eine geradezu ins Groteske spielende Ausdruckskraft auf, die sich eher an der in Deutschland während der 1920er Jahre entstandenen Neuen Sachlichkeit orientierte und stilistisch an Otto Dix oder Georg Grosz gemahnte. Diese Künstler hatten sich entschieden, die Realität ungeschminkt darzustellen und auch Hässlichkeit zu malen, um der bürgerlichen Heuchelei entgegenzutreten.

Narcisses Gesichter wiesen einen sarkastischen, fast grimassenhaften Ausdruck auf, die kräftigen Farben wurden fast immer von Rot dominiert. Die Farbe war in dicken Schichten auf die Leinwand aufgetragen, die kühnen Pinselspuren deutlich zu sehen. *Bilder, die man nicht nur betrachten, sondern auch betasten kann*, dachte Narcisse, der sich nicht im Geringsten daran erinnerte, diese Porträts gemalt zu haben. Hier stieß er mit seinen Nachforschungen an eine Grenze. Er wollte sich in Persönlichkeiten zurückverwandeln, die sich ihm entzogen. Er konnte sie nur äußerlich annehmen.

»Ende Oktober bist du schließlich verschwunden«, fuhr Corto fort. »Ohne eine Adresse zu hinterlassen. Mir war klar, dass deine psychische Odyssee wieder begonnen hatte.«

Jedes seiner Abbilder war mit Requisiten ausgestattet. Ein Ballon und eine Trompete für den Clown, ein Fahrrad und eine Umhängetasche für den Briefträger, ein Fernrohr und ein Sextant für den Admiral.

»Warum habe ich wohl all diese Selbstporträts gemalt?«, fragte Narcisse verwirrt.

»Ich habe dir diese Frage damals auch gestellt, und du hast geantwortet: ›Man darf sich nie auf das verlassen, was man sieht. Meine Malerei ist ein *Repentir*.‹«

Narcisse erbleichte. Das war das französische Wort für Reue. Seine Fingerabdrücke in der Reparaturgrube am Bahnhof Saint-Jean ... seine Anwesenheit neben der Leiche von Tzevan Sokow ... Plötzlich sah er sich als psychopathischen Mörder. Ein Mann wie der Held seiner Gemälde. Dominant. Gleichgültig. Sarkastisch. Ein Mann, der mit jedem neuen Opfer die Identität wechselte. Ein Maler, der seine Verbrechen in Blut ertränkte.

Und dann fiel ihm noch etwas ein. Konnte es sein, dass die Gemälde einen Hinweis auf seine Herkunft enthielten? Eine unterschwellige Botschaft, die er selbst hineingelegt hatte, ohne es zu wissen?

»Kann ich diese Gemälde irgendwo sehen? Ich meine in natura?«

»Wir besitzen sie leider nicht mehr. Ich habe sie einer Galerie überlassen.«

»Welcher Galerie?«

»Sie heißt Villon-Pernathy und befindet sich in Paris. Aber dort sind die Bilder auch nicht mehr.«

»Wieso?«

»Weil sie verkauft wurden. Wir haben letztes Jahr im November eine Ausstellung organisiert, die eingeschlagen hat wie eine Bombe.«

»Dann bin ich also jetzt reich?«

»Das kann man so sagen. Du besitzt ein nettes Sümmchen. Das Geld ist hier bei mir und gehört dir.«

»Bargeld?«

»Ja, es liegt im Safe. Du bekommst es, wann immer du willst.«

Mit einem Mal sah Narcisse die Möglichkeit, seine Nachforschungen wieder aufzunehmen. Das Geld kam wie gerufen, denn er hatte nicht einen Cent mehr in der Tasche.

»So bald wie möglich.«

»Willst du schon wieder weiter?«

Narcisse antwortete nicht. Corto nickte verständnisvoll. Seine milde Art reizte Narcisse bis zur Weißglut. Er war selbst Psychiater gewesen, und zwar mindestens zweimal im Leben – in Pierre-Janet und zweifellos davor auch schon einmal. Er wusste, dass es zu nichts führte, wenn man die Störung eines Patienten akzeptierte. Psychiatrie bedeutete, die Verwirrung zu verstehen, sie aber niemals gutzuheißen.

»Wer bist du heute?«, fragte Corto.

Wieder schwieg er. In dieser Klinik schien tatsächlich niemand auf dem Laufenden zu sein. Freire. Janusz. Sein Konterfei kursierte in sämtlichen Medien, und er wurde schwerwiegender Verbrechen verdächtigt. Dass die Patienten nichts davon mitkriegten, wunderte ihn nicht, aber was war mit Corto? Hatte er keinen Kontakt zur Außenwelt?

»Heute«, antwortete er schließlich geheimnisvoll, »bin ich derjenige, der russische Puppen öffnet. Ich verfolge jede meiner Persönlichkeiten, versuche sie zu verstehen und den Grund ihrer Existenz zu entschlüsseln.«

Corto erhob sich, ging um den Schreibtisch herum und legte ihm freundschaftlich die Hand auf die Schulter.

»Hast du Hunger?«

»Nein.«

»Dann komm mit. Ich zeige dir dein Zimmer.«

Sie traten in die Nacht hinaus. Es nieselte. Narcisse schlotterte vor Kälte. Immer noch trug er den schmutzigen Anzug, und der Schweiß der Verfolgungsjagd klebte an seiner Haut. Schon gut, dass er wenigstens das Rattenkostüm ausgezogen hatte.

Sie stiegen eine graue Steintreppe hinauf. In den terrassenförmig angelegten Gärten wuchsen Palmen, Kakteen und Sukkulenten. Narcisse sog die feuchte, heilsame Luft ein. Hier, in der Luft der Berge, konnte man nah an den Wolken von allen möglichen Krankheiten genesen.

Sie erreichten die Villa, die in L-Form erbaut war. Mit ihren Flachdächern, offenen Linien und schmucklosen Wänden stammte sie aus der Zeit vor etwa hundert Jahren, als man klare Linien, Funktionalität und Nüchternheit bevorzugte.

Sie gingen auf den unteren der beiden Flügel zu. In der ersten Etage reihte sich ein Fenster an das andere. Sicher waren es die Zimmer der sogenannten »Gäste«. Eine Etage höher befanden sich große, raumhohe Fenster, die auf einen Laufgang hinausgingen. Die Ateliers.

Zwischen den Stufen und der Bepflanzung entdeckte Narcisse glühende Zigarettenenden.

Drei Männer saßen auf einer Bank und rauchten. Zwar konnte Narcisse ihre Gesichter nicht erkennen, doch ihre Gesten und ihr Lachen zeigte ihm, dass sie psychische Probleme hatten.

Leise begannen die Männer zu skandieren:

»Nar-cis-se, Nar-cis-se, Nar-cis-se.«

Narcisse schauderte. Er erinnerte sich daran, wie sie mit ihrem Rattenkostüm auf dem Wagen getanzt hatten. Waren diese Irren tatsächlich Künstler wie er? War er so verrückt wie sie?

Sein Zimmer war klein, quadratisch, gut geheizt und sehr gemütlich, obwohl es nicht gerade übermäßig komfortabel ausgestattet war. Die Wände aus Beton, der Boden aus Holz, die Vorhänge aus grobem Stoff. Ein Bett, ein Schrank, ein Stuhl, ein Schreibtisch. Das Bad war in einer Ecke untergebracht und erschien eher hoch als geräumig.

»Ziemlich spartanisch, doch es hat noch nie Beschwerden gegeben«, meinte Corto.

Narcisse nickte. Die Proportionen, die sanften Grau- und Brauntöne, der Boden und das Holzmobiliar schienen den Gast willkommen zu heißen. Das Zimmer wirkte klösterlich und wie ein Schutzraum.

Nach ein paar Erläuterungen zu den Abläufen im Haus überreichte Corto ihm einige Toilettenartikel und Kleidung zum Wechseln. Dass man sich um ihn kümmerte, tat Narcisse gut. Seit Stunden, ja seit Tagen fühlte er sich extrem angespannt – und irgendwann drohte der Faden zu reißen.

Als er allein war, duschte Narcisse und zog die neuen Sachen an. Die Jeans waren ihm zu groß, das T-Shirt hatte keine Form mehr, und der Trucker-Pulli roch nach Weichspüler. Dennoch fühlte er sich unendlich glücklich. Er ließ sein Eickhorn, die Glock und den kleinen Schlüssel für die Handschellen, den er dem Wachmann abgenommen und als Glücksbringer behalten hatte, in die Hosentasche gleiten. Schließlich nahm er die Schnellhefter aus seinem Aktenkoffer und strich sie glatt, doch ihm war nicht danach, sich wieder in diese Dinge zu vertiefen.

Er legte sich auf das Bett und löschte das Licht. Draußen rauschte das Meer. *Nein, das ist nicht das Meer*, wurde ihm erst Sekunden später klar. *Es ist das Rascheln der Pinien.*

Er ließ sich vom Rhythmus der Außenwelt wiegen, einem mitreißenden, hypnotischen Rhythmus. Er fühlte sich erschöpft. In seinem Geist war nichts mehr als Müdigkeit.

Seit dem Morgen schien er zehn verschiedene Leben gelebt zu haben. Ihm wurde klar, dass er plötzlich keine Angst mehr vor der Polizei hatte. Noch nicht einmal vor den Männern in Schwarz. Er hatte Angst vor sich selbst. *Meine Malerei ist ein Repentir.*

Er war der Mörder.

In der Dunkelheit riss er die Augen weit auf.

Vielleicht war er auch nur derjenige, der die Spuren des Mörders verfolgte.

Er versuchte sich selbst von der Schlüssigkeit dieser Hypothese zu überzeugen, die ihn bereits in der Bibliothek Alcazar beschäftigt hatte. Er musste ein guter Ermittler sein, denn er war grundsätzlich vor der Polizei und vor irgendwelchen Zeugen am Tatort. Aber als er schon fast davon überzeugt war, schüttelte er plötzlich den Kopf. Die Theorie hielt nicht stand. Zwar hatte er als Janusz tatsächlich nach dem Obdachlosenmörder gefahndet, nicht aber als Freire. Selbst wenn er sich tiefgreifende Störungen und eine verborgene Seite seines Geistes zugestand, würde er sich dieser Nachforschungen erinnern, die ihn in die Reparaturgrube im Bahnhof Saint-Jean geführt hätten.

Er schloss die Augen und konzentrierte sich mit aller Macht auf den Schlaf, der allein ihn von den Qualen des Nachdenkens erlösen konnte. Doch alles, was er vor seinem geistigen Auge sah, war ein Körper, der über ihm baumelte.

Anne-Marie Straub.

Eine weitere Tote, für die er indirekt verantwortlich war.

Er erinnerte sich seiner Gedanken am Strand von Nizza. Erst gestern Abend war es gewesen. Die Tote konnte ihm vielleicht helfen, zu seinen Ursprüngen zurückzukehren. Er war fast sicher, dass sich alles in einer psychiatrischen Klinik in Paris oder Umgebung abgespielt hatte. Gleich morgen früh würde er dieser

Spur folgen. Anne-Marie Straub. Die einzige Erinnerung, die jede seiner Persönlichkeiten kannte. Der Geist, der seine unterschiedlichen Leben begleitete. Das Gespenst, das seine Träume heimsuchte.

Mêtis ist nicht von gestern.«
Patrick Koskas lehnte am Pfosten einer Straßenlaterne und zog nervös an seiner Zigarette. Hinter ihm zeichnete sich der Pont d'Aquitaine vor dem dunklen Himmel ab. Der Journalist hatte den Treffpunkt am Ufer der Garonne in einer stillen Straße von Lormont ausgesucht.

Er benahm sich wie ein Spion in Gefahr. Ständig blickte er sich um und sprach hastig und kaum hörbar, als ob die Nacht Ohren hätte. Dabei lag um diese Zeit fast die ganze Stadt im Tiefschlaf. Zu Füßen des gewaltigen Brückenpfeilers standen kleine Häuser mit roten Dächern, die von hier aus wie Pilze unter einem Baum aussahen.

Anaïs war erschöpft. Sie hatte ihr Auto in Nizza gelassen und war um 20.00 Uhr nach Bordeaux geflogen. Le Coz erwartete sie mit einem neuen Auto, einem Smart, den er seiner Baronin stibitzt hatte. Es war 23.00 Uhr.

Anaïs fröstelte in ihrem Blouson. Es fiel ihr ungeheuer schwer, sich auf die Geschichte von Mêtis zu konzentrieren.

»Anfangs, in den 1960er Jahren, war Mêtis eine französische Söldnertruppe. Männer, die sich als Kameraden sahen. Sie hatten zusammen in Indochina und Algerien gekämpft. Später konzentrierten sie sich auf innerafrikanische Konflikte. Kamerun, Katanga, Angola. Ihr Geniestreich bestand darin, das Lager zu wechseln. Zunächst ließen sie sich nämlich von den Kolonialmächten dafür bezahlen, gegen die jeweiligen Unabhängigkeitsbewegungen zu kämpfen. Sie begriffen aber schnell, dass sie auf verlorenem Posten kämpften und dass es langfristig lukrativer war, sich auf Seiten der Rebellen zu schlagen, die früher oder später ohnehin das Ruder übernehmen würden. Die Jungs von

Mêtis begannen also Revolutionäre zu unterstützen, ohne sich dafür bezahlen zu lassen, denn sie wussten, dass die Investition sich eines Tages lohnen würde. Tatsächlich erinnerten sich die neuen Diktatoren ihrer Hilfe und teilten ihnen große Landgebiete, Minen und manchmal sogar Ölfelder zu.

Seltsamerweise interessierten sich die Söldner weder für Erz noch für Erdöl. Sie widmeten sich ausschließlich der Landwirtschaft. Die Männer stammten alle aus Bauernfamilien hier in der Gegend um Bordeaux. Sie pflanzten und züchteten, entwickelten neue Technologien und stellten unterschiedliche Düngemittel und Pestizide her. Nach und nach widmeten sie sich in zunehmendem Maß auch der Herstellung von chemischen Waffen. Sie spezialisierten sich auf neurotoxische Gase, die das Nervensystem und die Atemwege angreifen, wie beispielsweise Sarin, Tabun und Soman.«

Koskas zündete sich mit der heruntergebrannten Kippe die nächste Zigarette an.

»An dieser Entwicklung ist nichts Außergewöhnliches. Fast immer sind es Hersteller von Pestiziden und Düngemitteln, die sich in der Produktion chemischer Waffen engagieren. Ende der 1970er Jahre ist Mêtis zu einem international renommierten Unternehmen in den Bereichen Landwirtschaft und Chemie geworden.«

Anaïs hatte ihr Notizheft stecken lassen. Sie hoffte, die Informationen auch so zu behalten. Allerdings würde Koskas ihr wohl kaum ein Dossier oder Fotokopien überreichen. *Keine greifbaren Spuren hinterlassen!*

»Der Iran-Irak-Krieg eröffnete ihnen einen hervorragenden Markt«, fuhr Koskas fort. »Unter Bruch der Genfer Konventionen beschlossen die Irakis, chemische Waffen einzusetzen. Mêtis lieferte Tonnen von Gas an Saddam Hussein. Am 28. Juni 1987 setzte der Irak das Gas gegen die iranische Stadt Sardasht ein. Am 16. März 1988 wurde die kurdische Stadt Halabja mit chemischen und biologischen Kampfmitteln angegriffen. Mêtis hat insgesamt mehrere Hunderttausend ziviler Opfer nicht konventioneller Waffen auf dem Gewissen.«

Das waren zwar bestürzende Informationen, doch Anaïs wollte nicht irgendwelchen Verschwörungstheorien aufsitzen.

»Aus welchen Quellen stammen Ihre Unterlagen?«

»Vertrauen Sie mir. Sie können jede Einzelheit in öffentlich zugänglichen Dokumenten in den Nationalarchiven nachprüfen. All diese Dinge sind allgemein bekannt und werden unter Experten diskutiert.«

Anaïs tat sich schwer, einen Zusammenhang zwischen der Weltpolitik und den mythologischen Morden zu erkennen, die sie in Atem hielten. Und mit Mathias Freire hatte das Ganze offenbar überhaupt nicht zu tun.

»Was produziert Mêtis heute?«

»Gegen Ende der 1980er Jahre verzichtete das Unternehmen auf die Herstellung von Kampfgasen. Es brachte nichts mehr ein, nachdem sogar der Irak darauf verzichtet hatte, die Welt weiter zu vergiften. Stattdessen konzentrierte man sich auf die pharmazeutische Industrie, und hier vor allem auf psychotrope Medikamente. Sicher wissen Sie, dass dieser Markt geradezu explodiert ist. Die Länder der sogenannten westlichen Welt konsumieren im Jahr Medikamente für etwa hundertfünfzig Milliarden Euro. Dabei bilden Psychopharmaka den Löwenanteil, und die Vorzeigeprodukte Sertex, Lantanol und Rhoda 100 werden von Mêtis produziert.«

Anaïs kannte diese Namen nur allzu gut. Sie hatte sicher schon mehrere Hundert Schachteln dieser Medikamente verbraucht.

»Ist Mêtis noch in der Waffenindustrie aktiv?«

»Es gibt da gewisse Gerüchte.«

»Welcher Art?«

»Angeblich arbeitet Mêtis mit dem französischen Militär zusammen.«

»An welcher Art von Produkt?«

»An Medikamenten, die den Willen beeinflussen. So etwas wie ein Wahrheitsserum. Die Forschungen werden kaum geheim gehalten. Die Behörden halten sie für legitim. Das menschliche Gehirn ist immerhin die gefährlichste Waffe der Welt. Hätte Hitler Anxiolytika genommen, sähe die Weltgeschichte sicher anders aus.«

Beinahe hätte Anaïs laut aufgelacht. Koskas spürte ihre Skepsis.

»Ich besitze keine Beweise für die Zusammenarbeit von Mêtis mit der französischen Armee. Aber abwegig ist der Gedanke nicht. Ausschlaggebend dürfte hier sein, dass Mêtis Erfahrungen auf einem in dieser Hinsicht sehr wichtigen Gebiet besitzt: der Folter. Die Gründer hatten hier einschlägige Kenntnisse in Algerien gesammelt und befanden sich also an einer Schnittstelle zwischen Chemie und dieser spezifischen Erfahrungen mit Menschen.«

»Sie sprechen von den Gründern, aber die dürften doch wohl inzwischen tot sein, oder?«

»Das schon, aber ihre Nachkommen sind in ihre Fußstapfen getreten. Die meisten sind einflussreiche Leute aus der Region. Wenn ich Ihnen die Namen gäbe, würden Sie mit den Ohren schlackern.«

»Her damit.«

»Würde ich heute eine Liste aufstellen, stünde ich morgen vor Gericht und wäre meinen Job los. Ich kann Ihnen nur sagen, dass diese Leute zur High Society von Bordeaux und Umgebung gehören – Bürgermeister, Weingutsbesitzer und so weiter.«

Weingutsbesitzer? Anaïs wurde hellhörig.

»Wo steht mein Vater in dieser Gruppe?«

»Er ist Kleinaktionär, aber immerhin so wichtig, dass er an den Aufsichtsratssitzungen teilnimmt. Außerdem fungiert er als Berater.«

»In Weinfragen?«

Koskas lachte. Manchmal reagierte sie wirklich blöd.

»Sie kennen die Karriere Ihres Vaters besser als ich. Er verfügt über das, sagen wir mal, geradezu ideale Profil für die Bedürfnisse von Mêtis.«

Anaïs antwortete nicht. Koskas zündete sich eine weitere Zigarette an. Sie konnte sein Gesicht nicht sehen, doch sie war sicher, dass er noch immer lächelte – das spöttisch-zufriedene Lächeln des Sensationsmachers, der sich freut, wenn er Unruhe stiften kann.

Sie ballte die Fäuste und beschloss, auf das zurückzukommen, was ihr wichtig war. Auf die Morde an dem Minotaurus und Ikarus.

»In der Nacht vom 12. auf den 13. Februar wurde auf dem Gelände des Bahnhofs Saint-Jean eine Leiche entdeckt.«

»Ach was!«

»Der Konzern Mêtis könnte indirekt in den Fall verwickelt sein.«

»Inwiefern?«

Die Stimme des Journalisten hatte sich verändert. Er gierte nach einem Knüller.

»Das weiß ich nicht«, musste Anaïs zugeben. »Am Tag zuvor hatte man auf dem gleichen Gelände einen Mann aufgefunden, der unter Amnesie litt. Drei Tage später wurden dieser Mann und seine Lebensgefährtin in Guéthary von zwei Scharfschützen erschossen. Die Sniper könnten zur Unternehmensgruppe Mêtis gehören.«

»Haben Sie Beweise? Oder konkrete Hinweise auf Verbindungen?«

»Mehr oder weniger. Fakt ist, dass sie für eine Sicherheitsfirma arbeiteten, die zum Konzern gehört.«

»Wie heißt die Firma?«

»Ich stelle hier die Fragen.«

»Aber mit dem Wichtigsten rücken Sie nicht heraus: Wieso glauben Sie, dass die beiden Fälle miteinander in Verbindung stehen? Ich meine den Toten von Saint-Jean und die beiden von Guéthary?«

»Das weiß ich noch nicht«, wiederholte sie.

Koskas zog sich in den Schatten zurück.

»Sie wissen nicht sehr viel.«

Anaïs zog es vor, darauf nicht zu antworten. Koskas schlenderte langsam hin und her. Zigarettenrauch hüllte ihn ein.

»Hat die Gruppe Mêtis eine wie auch immer geartete Verbindung zur griechischen Mythologie?«, fragte Anaïs.

»Abgesehen von ihrem Namen glaube ich nicht. Mêtis ist altgriechisch und bedeutet so viel wie Scharfsinn.« Er blies eine Rauchwolke in den Lichtkreis der Straßenlaterne. »Dahinter steckt natürlich Programm.«

Anaïs überlegte. Nein, das passte nicht zusammen. Zwischen einer pharmazeutischen Firma und einem Serienmörder, dem Lieferanten von Antidepressiva und einem Attentat mit einem Hécate II konnte einfach kein Zusammenhang bestehen.

»Ich denke, Sie sind auf dem falschen Dampfer«, sagte Koskas. »Bei Mêtis handelt es sich um einen bekannten Großkonzern. Die einzigen Probleme, mit denen man dort klarkommen muss, sind die ständigen Attacken gegen solche Geschäfte und Proteste gegen klinische Tests mit menschlichen Versuchskaninchen – Sie wissen schon. Natürlich wirft man ihnen auch vor, Menschen abhängig zu machen. Aber das ist auch schon alles. Ein Unternehmen dieser Größenordnung würde nie einen Mord in Auftrag geben, der es auf die Titelseite von Zeitungen schafft.«

»Und was ist mit den Verbindungen zur Armee?«

»Ja eben! Gäbe es ein Problem, das nur auf die harte Tour gelöst werden könnte, würden sich sicher die Partner von Mêtis darum kümmern. Die Polizei würde nie davon erfahren.«

Anaïs nickte. Die letzte Bemerkung hatte sie an ein Detail erinnert. Sie dachte daran, dass der Q7 angeblich am 12. Februar als gestohlen gemeldet worden war, was die ACSP als Halterin des Wagens und Mitglied der Unternehmensgruppe natürlich entlastete.

»Hätte man bei Mêtis die Möglichkeit, eine Diebstahlmeldung bei der Gendarmerie zu fälschen?«

»Ich glaube, Sie haben noch immer nicht verstanden«, flüsterte Koskas. »Wenn die Gerüchte stimmen, dann hat Mêtis die besten Verbindungen zu allem, was in Frankreich Uniform trägt, und allem, was für Gesetz und Ordnung steht. Der Wurm ist nicht im Apfel. Apfel und Wurm haben sich verbündet.«

Anaïs wollte noch eine Frage stellen, doch der Journalist war plötzlich verschwunden. Jetzt gab es nur noch die Brücke, den Himmel und die Stille. Anaïs wusste jetzt, was sie tun musste. Zunächst würde sie sich ausschlafen und dann den Stier bei den Hörnern packen.

Sie würde dem Minotaurus aus ihrem persönlichen Mythos gegenübertreten.

Sie würde mit ihrem Vater reden.

Er war früh aufgestanden.
Nachdem er die Küche gefunden und sich einen Kaffee aufgebrüht hatte, saß er nun am Fenster des Speisesaals und betrachtete die Landschaft. Langsam wurde es hell. Er entdeckte eine Umgebung, die er am Vortag nur im Regen gesehen hatte. Im bergigen Hinterland gab es keine Palmen und Olivenbäume mehr, sondern tiefe Schluchten, rote Felsen, Nadelwälder und Serpentinenstraßen hoch über dem Abgrund.

Mit der Kaffeetasse in der Hand schlenderte er weiter in einen anderen Saal, den er erst am Morgen entdeckt hatte. Langsam ging er den Korridor entlang. Auch die Architektur der Villa gefiel ihm. Die Stützmauern bestanden aus rohem Beton, die Zwischenwände aus gestrichenem Zement. Nirgends gab es Schnörkel oder unnützen Schmuck – nichts als klare Linien und glatte Oberflächen.

Er erreichte den Computerraum. Auf einem langen Tisch aus hellem Holz standen nebeneinander fünf Rechner. Narcisse betätigte die Tastatur des ersten und stellte fest, dass er mit dem Internet verbunden war. Er gab das Wort »Matrjoschka« in Google ein.

Ein merkwürdiges Wort. Es klang russisch. Angeblich hatte er es kniend vor der Leiche des Ikarus ausgesprochen.

Die Suchmaschine schlug ihm ungefähr 182 000 Ergebnisse vor, doch die Fotos, die auf dem Bildschirm erschienen, enthielten bereits die wichtigste Antwort. Es handelte sich um die berühmten, aus bemaltem Holz hergestellten Puppen in der Puppe. »Matrjoschka« bedeutete also nichts anderes als russische Puppe.

Er betrachtete die kleinen Großmütterchen mit ihren bunten Kopftüchern und roten Wangen. Sie hatten runde Köpfe, runde Augen und Körper wie Stehaufmännchen. Sollte das ein Witz sein? Was hatten dieses Wort und die Puppe in seinen Nachforschungen zu suchen? Warum hatte er die Silben wie ein Gebet wiederholt, als er auf Knien vor einem toten Mann mit verbrannten Flügeln lag? Und noch ein anderer Gedanke nagte an ihm: Der Predator von Bougainville hatte ausgeplaudert, dass das Passwort der Männer im Anzug ein russisches Wort war. Etwa Matrjoschka?

Narcisse sah sich die anderen Ergebnisse an. Er fand Puppen in der Puppe zum Anmalen, zum Sticken und als Schlüsselanhänger. Es gab »Matrjoschka« als Restaurant, als Buch, als Film, als Rockgruppe, als Kochrezept, als Schreibatelier, als Wodkamarke und als Kissenserie.

Am liebsten hätte er laut gelacht, doch ihm war nicht danach. Während er noch auf der Tastatur herumtippte, erinnerte er sich, dass »russische Puppe« auch der Terminus war, mit dem er seine eigene Krankheitsgeschichte bezeichnet hatte. War das Zufall?

Schließlich widmete er sich seiner zweiten Suche.

»Anne-Marie Straub«, gab er ein.

Der Name brachte als Ergebnis lediglich einige Profile auf Facebook sowie ein paar Artikel über den Filmemacher Jean-Marie Straub. Narcisse entschied sich, die Suche anders zu gestalten. Er tippte die Worte »Selbsttötung« und »psychiatrische Klinik« ein. Das Ergebnis war, als hätte er einen Müllcontainer geöffnet. Er fand Dutzende geharnischter Artikel gegen Psychiatrie, Antidepressiva und Fachärzte, die häufig Überschriften hatten wie »Psychiatrie tötet!«, »Stopp der mentalen Manipulation« oder »Das Geschäft mit der Unvernunft«.

Er verfeinerte seine Suche und stieß auf statistische Aufstellungen über die Zahl von Selbsttötungen in psychiatrischen Anstalten in den Jahren 1990 bis 2000. Viele Zahlen, Kommentare und Analysen, doch nie wurden Namen genannt oder besondere Fälle zitiert. Als Nächstes versuchte er, die Stichworte »Anne-Marie Straub«, »psychiatrische Klinik« und »Île-de-France« miteinander zu verbinden. Das Resultat war breit gefächert, ergab aber keine Zusammenhänge.

Was blieb jetzt noch übrig? Richtig – die gute, alte zwischenmenschliche Kommunikation. Man konnte die entsprechenden Einrichtungen in Paris und Umgebung anrufen, sich einen Psychiater geben lassen und ihn fragen, ob er sich an eine junge Frau erinnerte, die sich irgendwann in den letzten zehn Jahren mit einem Männergürtel erhängt hatte.

Absurde Idee!

Vor allen Dingen an einem Sonntagmorgen um neun Uhr.

Er tat es trotzdem. Zunächst erstellte er eine Liste der infrage kommenden Kliniken im Großraum Paris. Da es jedoch mehr als hundert solcher Einrichtungen gab, beschloss er, sich auf die vier in Paris selbst befindlichen Häuser zu beschränken: Sainte-Anne im 13. Arrondissement, Maison-Blanche im 20. Arrondissement sowie Esquirol und Perray-Vaucluse jeweils in Vororten. Nach kurzem Nachdenken fügte er noch die Spezialklinik Paul-Guiraud in Villejuif und den Sozialpsychiatrischen Dienst der Klinik Ville-Évrard in Neuilly-sur-Marne hinzu.

Eine halbe Stunde später hatte er zwar viele Worte vergeudet, aber kein Resultat erzielt. Nur ein einziges Mal war es ihm gelungen, mit einer Assistenzärztin zu sprechen, die allerdings erst seit wenigen Jahren in der Klinik arbeitete. In den übrigen Fällen musste er mit Telefonistinnen vorliebnehmen, die ihm erklärten, dass an diesem Morgen keine Ärzte anwesend seien.

Wieder einmal eine Sackgasse!

Gegen zehn Uhr morgens wurde es auf dem Korridor lebendig. Narcisse hörte Lachen, monotone Stimmen und Stöhnen – die typischen Hintergrundgeräusche einer psychiatrischen Klinik. Er ertappte sich, wie er nervös auf seinem Block herumkritzelte. Ohne es zu bemerken, hatte er die Gestalt einer erhängten Frau gezeichnet. Die Kritzelei erinnerte entfernt an die Pinscreen-Trickfilme von Alexander Alexeieff. Als ihm das einfiel, freute er sich: Er hatte also doch nicht alles vergessen!

Wie hatte Corto noch gesagt? »Und doch war an deiner Geschichte etwas Wahres. Du bist wirklich Maler.«

Wie die Erinnerung an Anne-Marie Straub und sein fundiertes psychiatrisches Wissen zog sich seine Begabung für Zeichnen und Malerei durch jede seiner Identitäten. Vielleicht war er früher einmal Maler und Psychiater gewesen.

Er beschloss, es mit einer Crossover-Studie zu probieren. Auf der ersten Liste würden die Absolventen der Pariser Universitäten mit Fachrichtung Psychiatrie aus den 1990er Jahre stehen. Er schätzte sich auf etwa vierzig, also musste er vor etwa zwanzig Jahren studiert haben. Die andere Liste sollte die Absolventen der Kunstakademien im gleichen Jahrzehnt enthalten.

Falls sich in beiden Listen der gleiche Name fand, hätte er sich selbst gefunden. Es sei denn, dass er als Maler Autodidakt war.

Die Listen ließen sich im Internet leicht erstellen. Narcisse druckte sie aus und ordnete die beiden Gruppen nach Jahrgängen. Der Vergleich gestaltete sich nicht allzu schwierig, da die Namen alphabetisch geordnet waren, dauerte aber trotzdem mehrere Stunden.

Gerne hätte er sich noch einen Kaffee geholt, doch die Geräusche auf dem Flur hielten ihn davon ab, sein Refugium zu verlassen. Mit einem Stift in der Hand tauchte er in viele Tausend Namen ein.

An diesen Ort zurückzukehren, zudem noch an einem Sonntag, fiel ihr unendlich schwer.

In der sonntäglichen Einsamkeit fand sich nichts und niemand, um den Schock abzumildern – weder Autos auf den Straßen noch Arbeiter im Schlosshof oder in den Weinlagern. Nur einer war da: ihr Vater, der sein Frühstück einnahm.

Sie hatte nicht am Hoftor geläutet, weil das Gitter ohnehin immer offen stand. Es gab weder Kameras noch Alarmsysteme. Jean-Claude Chatelet schien sagen zu wollen: »Kommt nur herein, Leute, und schaut euch das Monster an.« In Wirklichkeit allerdings war diese Einladung eine Finte, die zu dem ehemaligen Henker und seinen verqueren Methoden passte. Im Schatten der Gebäude wartete eine ganze Hundemeute.

Anaïs parkte im Hof. Äußerlich hatte sich nichts verändert. Das Schloss wirkte vielleicht ein wenig älter und grauer, aber immer noch wuchtig. Es erinnerte eher an eine Festung als an einen Herrensitz aus der Renaissancezeit. Seine Fundamente stammten aus dem 12. oder 13. Jahrhundert. Die gemauerte, von vielen schmalen Fenstern durchbrochene Fassade flankierten zwei Ecktürme mit spitzen Dächern, an denen stellenweise wilder Wein emporrankte. Die Steine waren mit grünem Moos und silbrigen Flechten bedeckt.

Es hieß, dass sich Montaigne während der Pestepidemie des Jahres 1585 hierher geflüchtet habe. Das entsprach zwar nicht den Tatsachen, doch Anaïs' Vater hielt die Legende gern am Leben. Wahrscheinlich fühlte er sich in diesen Mauern ebenso vor anderen Epidemien geschützt, wie zum Beispiel vor Gerüchten, Verurteilungen und dem inquisitorischen Auge der Medien und der Politik.

Sie stieg aus dem Smart und lauschte den vertrauten Geräuschen. Vogelrufe klangen durch die kristallklare Luft. Die verrostete Wetterfahne knirschte auf dem Dach. Irgendwo in der Ferne tuckerte ein Traktor. Sie wartete auf die Hunde, die jeden Augenblick auftauchen würden. Und da kamen sie auch schon über den Kies gesprintet. Die meisten von ihnen erkannten sie sofort. Die neu Hinzugekommenen vertrauten den Älteren und wedelten ebenfalls mit dem Schwanz.

Anaïs streichelte alle Hunde, ehe sie sich den Terrassentüren zuwandte, die sich entlang der gesamten Fassade öffneten. Zur Rechten lagen die Wirtschaftsgebäude, links begannen die Weinberge. Die Reben sahen wie flehend erhobene Hände aus. Nachdem Anaïs erfahren hatte, wer ihr Vater wirklich war, hatte sie sich vorgestellt, dass seine Opfer hier begraben wären und aus der Erde zu steigen versuchten.

Sie klingelte. Es war 10.15 Uhr. Sie hatte den Zeitpunkt genau abgewartet. Zuvor hatte sie die Fundstücke aus der Felsbucht von Sormiou direkt an Abdellatif Dimoun nach Toulouse geschickt und dabei tunlichst den Dienstweg vermieden.

Den sonntäglichen Stundenplan ihres Vaters kannte sie auswendig. Er war früh aufgestanden und hatte gebetet. Anschließend hatte er seine Gymnastikübungen absolviert, ehe er im Pool im Untergeschoss mehrere Runden geschwommen war. Später hatte er einen Spaziergang durch seine Weinberge unternommen. Der Rundgang des Winzers.

Jetzt nahm er sein Frühstück im Gobelinzimmer ein, während in seinem Zimmer in der ersten Etage mehrere Paar Schuhe mit unterschiedlich hohen Absätzen auf ihn warteten. Reitstiefel, Golfschuhe, Bergstiefel, Fechtschuhe. Ihr Vater war das aktivste Hinkebein der Welt.

Die große Doppeltür in der Mitte wurde geöffnet. Nicholas erschien. Auch er hatte sich nicht verändert. Anaïs hätte eigentlich längst wissen können, dass ihr Erzeuger ein ehemaliger Militärangehöriger war. Wer sonst hätte eine männliche Haushälterin mit einem solchen Gesicht ertragen? Nicholas war klein, untersetzt und etwa sechzig Jahre alt. Er war rund wie ein Fass, kahlköpfig, sah aus wie eine Bulldogge und schien wirklich jeden Krieg mitgemacht zu haben. Seine Haut wirkte nicht gegerbt, sondern eher gepanzert. Als junges Mädchen hatte Anaïs im Vorführraum ihres Privatclubs einmal den Film *Sunset Boulevard* von Billy Wilder gesehen. Als Erich von Stroheim im Frack des Majordomus auf der Schwelle des großen, verfallenen Hauses von Gloria Swanson auftauchte, war sie zusammengefahren. Scheiße, das ist ja Nicholas, hatte sie gedacht.

»Mademoiselle Anaïs«, sagte der alte Adjutant mit bestürzter Stimme.

Sie gab ihm einen kühlen Kuss auf die Wange. Der Mann war den Tränen nahe. Anaïs musste sich zusammenreißen, um nicht ebenfalls von ihren Emotionen überwältigt zu werden.

»Sag ihm Bescheid.«

Nicholas drehte sich um. Anaïs blieb noch einige Sekunden auf der Schwelle stehen. Sie konnte sich kaum aufrecht halten. Angesichts der bevorstehenden Konfrontation hatte sie sich zwei ganze Lexomil gegönnt. Sie war so zugedröhnt, dass sie am Steuer beinahe eingeschlafen wäre.

Der Adjutant kehrte zurück und machte ihr ein kurzes Zeichen. Weder sagte er etwas, noch begleitete er sie. Es gab nichts zu sagen, und den Weg kannte sie. Sie durchquerte den ersten Saal, anschließend den zweiten. Ihre Schritte hallten wie in einer Kirche. Es war kalt und roch nach Rauch. Abgesehen von Holzfeuern im Kamin lehnte ihr Vater jede Form von Heizung ab.

Schließlich betrat sie das Gobelinzimmer. Der Raum wurde so genannt, weil an seinen Wänden Tapisserien aus Aubusson hingen, die so dunkel waren, dass die dargestellten Szenen wie im Nebel erschienen.

Und dann stand sie vor ihrem Vater, der im Licht eines Sonnenstrahls dasaß und sich dem geheiligten Ritual des sonntäglichen Frühstücks widmete. Er war immer noch so schön wie früher. Sein dichtes, seidiges Haar leuchtete weiß. Seine Züge erinnerten an die sanften Kiesel auf dem Grund eines Wildbachs, die von Tausenden Schmelzwasserfluten und ebenso vielen quicklebendigen Frühlingstagen langsam rund poliert worden waren. Die Augen strahlten lagunenblau und bildeten einen auffälligen Kontrast zu seiner dunklen, immer gebräunten Haut. Jean-Claude Chatelet sah aus wie ein alternder Playboy in Saint-Tropez.

»Leistest du mir Gesellschaft?«

»Warum nicht?«

Ruhig nahm sie Platz. *Danke, Lexomil.*

»Tee?«, erkundigte er sich mit seiner tiefen Stimme.

Nicholas hatte bereits für eine Tasse gesorgt. Ihr Vater griff nach der Teekanne. Anaïs sah zu, wie die kupferfarbene Flüssigkeit in ihre Tasse rann. Ihr Vater trank ausschließlich Keemun, den er aus der Provinz Anhui im Osten Chinas importieren ließ.

»Ich habe dich erwartet.«

»Wieso?«

»Die Leute von Mêtis haben mich angerufen.« Er setzte die Teekanne ab.

Anaïs war also auf dem richtigen Weg. Sie griff nach einem Stück Brot und dem silbernen Messer ihres Vaters. Für Sekundenbruchteile sah sie sich in der glänzenden Klinge. Langsam strich sie Butter auf die perfekt golden getoastete Scheibe – ebenfalls eine der Marotten ihres Vaters.

»Ich höre dir zu«, murmelte sie.

»Ein wahrer Christenmensch stirbt nicht in seinem Bett«, begann er hochtrabend. »Der wahre Christ beschmutzt sich die Hände zum Heil seiner Mitmenschen.«

Trotz der vielen in Chile verbrachten Jahre hatte er den Dialekt des Südwestens beibehalten.

»So wie du?«

»So wie ich. Die meisten Schwächlinge, also Leute, die nichts tun, sich aber immer zum Richter aufwerfen, sind der

Meinung, dass die Soldaten der totalitären Regime grundsätzlich Sadisten sind und dass es ihnen Spaß macht zu foltern, zu vergewaltigen und zu töten.«

Er hielt einen Moment inne. Die Sonne war weitergewandert. Der alte Mann saß nicht mehr in der Sonne, sondern im tiefen Schatten. Nur seine Augen strahlten mit ungewöhnlicher Intensität.

»Sadisten und Perverse habe ich nur am untersten Ende der Leiter angetroffen. Und selbst dort wurde eine solche Haltung immer bestraft. Niemand hat aus Vergnügen so gehandelt. Auch nicht aus Machtgefühl oder um des Geldes willen.«

Er log. Sinnlose und bösartige Übergriffe gab es in allen Kriegen und Diktaturen, in allen Klimazonen und Epochen.

Dennoch spielte sie das Spiel mit und stellte die Frage, die er erwartete.

»Warum dann?«

»Für das Vaterland. Alles, was ich getan habe, geschah, um Chile zu schützen.«

»Wir sind uns aber doch einig, dass wir hier von Folter sprechen, oder?«

Chatelets weiße Zähne erstrahlten im Halbdunkel des Zimmers. Er lachte lautlos.

»Ich habe mein Land vor dem schrecklichsten aller Gifte geschützt.«

»Vor was denn? Dem Glück? Der Gerechtigkeit? Der Gleichheit?«

»Vor dem Kommunismus.«

Anaïs seufzte und biss in ihren Toast.

»Ich bin nicht gekommen, um mir solchen Mist anzuhören. Erzähle mir von Mêtıs.«

»Aber ich bin bereits dabei, von Mêtis zu sprechen.«

»Das verstehe ich nicht.«

»Auch dieses Unternehmen handelt aus Glauben, Pflichtgefühl und Patriotismus.«

»So wie damals, als sie tonnenweise neurotoxisches Gas an den Irak verkauft haben?«

»Du solltest deine Quellen besser überprüfen. Mêtis hat niemals chemische Waffen produziert. Allerdings haben die Ingenieure der Firma den Transport der Produkte beratend unterstützt. Zum damaligen Zeitpunkt engagierte Mêtis sich gerade im pharmazeutischen Bereich – ein deutlich interessanteres Marktsegment als Waffen, die längst aus der Mode sind. Immerhin ist Mêtis ein internationaler Großkonzern.«

»Was machen die Leute von Mêtis heutzutage?«, unterbrach ihn Anaïs. »Arbeiten sie noch immer mit dem Militär zusammen? Und warum sind sie in den Mord an einem baskischen Fischer und seiner Frau verwickelt?«

»Selbst wenn ich darüber etwas wüsste, würde ich es dir nicht sagen, das weißt du ganz genau.«

Einen Augenblick verspürte sie nicht übel Lust, ihn vorzuladen, in Gewahrsam zu nehmen, zu durchsuchen und zu verhören. Aber erstens gab es nicht den geringsten konkreten Beweis, und zweitens war sie nicht mehr mit dem Fall betraut und hatte keine Berechtigung dazu. Sowohl ihren Dienstausweis als auch die Waffe trug sie im Augenblick unrechtmäßig.

»Ich hatte wirklich gehofft, dass du mir etwas zu sagen hättest.«

»Das habe ich auch. Vergiss Mêtis.«

»Kommt die Botschaft von ihnen?«

»Nein, von mir. Komm ihnen nicht zu nah. Die Leute fackeln nicht lang.«

»Na toll.«

»Du bist ihnen nicht gewachsen.«

Sie konnte sich diesen Drohungen nur fügen. Trotzdem wollte sie auf die Fakten zurückkommen, so fadenscheinig sie auch sein mochten. Zwei Scharfschützen, die den Wagen einer Gesellschaft fuhren, welche zur Unternehmensgruppe Mêtis gehörte. Obwohl sie sich bemühte, ihre Argumente so überzeugend wie möglich darzulegen, schien ihr Vater enttäuscht zu sein.

»Mehr hast du nicht zu bieten? Dann kann ich meinen Freunden getrost mitteilen, dass sie allmählich alt werden. Erst im Alter beunruhigt man sich wegen Bagatellen. Und verfolge diesen Weg nicht weiter, meine Kleine. Nicht dass du noch deinen Job, deinen Ruf und deine Zukunft verlierst.«

Sie beugte sich über den Tisch. Das Geschirr klirrte.

»Du solltest mich nicht unterschätzen. Ich kann sie in die Enge treiben.«

»Und wie?«

»Indem ich beweise, dass sie eine Diebstahlanzeige gefälscht, eine Ermittlung korrumpiert und zwei Killer engagiert haben. Verdammt, ich bin Polizistin!«

»Du hast nicht verstanden, was ich gesagt habe. Es kann keine Ermittlung gegen Mêtis geben.«

»Und warum nicht?«

»Die Polizei und die Gendarmen sind dazu da, Recht und Ordnung aufrechtzuerhalten. Aber Mêtis ist die Ordnung.«

Wie hatte Koskas noch gesagt? *Der Wurm ist nicht im Apfel. Apfel und Wurm haben sich verbündet.* Anaïs wandte den Blick ab und betrachtete die große Tapisserie. Sie stellte eine Jagdszene dar. Es sah aus, als würden menschliche Leichen im Nebel von Hunden zerrissen.

Schließlich blickte sie ihrem Vater direkt in die Augen.

»Warum lassen sie sich von dir beraten?«

»Ich berate sie nicht. Ich besitze lediglich Aktien. Mêtis hat im Raum Bordeaux zahlreiche Beteiligungen. Als sie sich der pharmazeutischen Industrie zuwandten, habe ich sofort investiert. Ich kenne die Gründer seit vielen Jahren.«

Und mit einem Anflug von Häme setzte er hinzu:

»Mêtis hat dich und mich ernährt. Jetzt ist es ein bisschen zu spät, ihnen in die Suppe zu spucken.«

Anaïs ging nicht auf die Stichelei ein.

»Ich habe gehört, dass es neue Untersuchungsreihen gibt. Angeblich werden in Zusammenarbeit mit der Armee neue Wahrheitsseren entwickelt. Deine Erfahrung auf dem Gebiet der Folter könnte ihnen nützlich sein.«

»Ich weiß ja nicht, wo du deine Informationen herhast, aber ich kann dir sagen, dass es reine Fantasieprodukte sind. Schlimmer als im Comicheft.«

»Dann leugnest du also, dass die chemischen Versuchsreihen eines Tages die Zukunft der Nachrichtendienste verändern könnten?«

Er schmunzelte. Sein Lächeln bewegte sich irgendwo zwischen Weisheit und Zynismus.

»Ich glaube, wir alle träumen von einem solchen Produkt. Von einer Pille, die jede Art von Folter, Grausamkeit und Gewalt überflüssig machen würde. Allerdings glaube ich nicht, dass schon jemand ein solches Medikament erfunden hat.«

»Aber Mêtis arbeitet daran.«

Er antwortete nicht.

»Wie kannst du dich in deinem Alter noch mit einem solchen Schwindel befassen«, rief Anaïs verzweifelt.

Er reckte sich in seinem schicken Ralph-Lauren-Pullover und schenkte ihr einen sanften Curaçao-Blick.

»Der wahre Christenmensch stirbt nicht in seinem Bett.«

»Schon kapiert. Und du? Wo stirbst du?«

Er lachte, stand mühsam auf, griff nach seinem Gehstock und humpelte zum Fenster. Als Anaïs klein war, hatte ihr der Anblick seines schwerfälligen Gangs immer wehgetan. Stolz betrachtete er die Reben, die im eisigen Winterlicht zu brennen schienen.

»In meinen Weinbergen«, murmelte er. »Ich möchte von einer Kugel getroffen zwischen meinen Reben sterben.«

»Und wer soll schießen?«

Langsam drehte er sich um und zwinkerte ihr zu.

»Wer weiß. Vielleicht du?«

Die Crossover-Studie hatte nichts ergeben – außer brennenden Augen, einem Krampf in der Hand und einer leichten Übelkeit. Auch der schmerzende Punkt hinter seiner linken Augenhöhle machte ihm wieder zu schaffen. Sein Kopf schwirrte von Namen, doch er hatte keine Gemeinsamkeiten zwischen den Medizinstudenten und den Absolventen der Kunsthochschulen finden können. Ein echter Flop!

Er zerknüllte seine letzte Liste und warf sie in den Papierkorb. Es war fast Mittag. Den ganzen Morgen hatte er vertan. Etwas Positives gab es dennoch: Niemand hatte ihn gestört, obwohl in den Nachbarräumen die typische Geräuschkulisse psychiatrischer Anstalten zu hören war – verzweifelte Stimmen, Geheul, sanftes Geflüster, Lachen und schlurfende Schritte.

Zumindest hatte dieser Vormittag ihm gezeigt, wo er wirklich stand. Er war der Polizei entkommen, aber an seinen Ausgangspunkt zurückgekehrt. Mit einem Unterschied: Jetzt war er nicht mehr der Arzt, sondern der Patient.

»Wir haben dich schon überall gesucht!«

An der Tür stand Corto.

»Gleich gibt es Mittagessen. Wir haben gerade noch Zeit, die Ateliers zu besichtigen.«

Narcisse war ihm dankbar, dass er kein Wort über die Stunden verlor, die er im Computerraum verbracht hatte. Sie gingen den Flur entlang zurück in die Kantine, einem großen Raum mit Edelstahltischen, die von zwei stämmigen Pflegern mit Plastikgeschirr und -besteck eingedeckt wurden.

»Hier bist du.«

Corto zeigte auf ein Gruppenfoto, das an der Wand hing. Narcisse trat näher und erkannte sich. Er trug einen Künstlerkittel, der gut ins 19. Jahrhundert gepasst hätte, und wirkte ausgesprochen jovial. Auch die anderen lachten; irgendwie wirkten alle ein bisschen schräg.

»Dieses Foto haben wir an Karls Geburtstag am 18. Mai aufgenommen.«

»Wer ist Karl?«

Der Psychiater wies auf einen großen, vergnügten Mann neben Narcisse. Er trug eine Lederschürze und schwenkte einen Pinsel, an dem schwarze Farbe klebte. Alles in allem wirkte er wie ein mittelalterlicher Schmied.

»Komm mit. Ich stelle ihn dir vor.«

Sie gingen einen weiteren Flur entlang, der zu einer Feuerschutztür führte, verließen das Gebäude und stiegen die Treppe zum nächsten, tieferliegenden Haus hinunter.

Sie betraten das angrenzende Gebäude, gingen an der ersten Etage mit den Schlafzimmern vorbei und begaben sich ins Erdgeschoss. Corto klopfte an die erste Öffnung – eine Tür gab es nicht – und wartete die Antwort ab.

»Herein!«

Narcisse hielt auf der Schwelle kurz inne. Das Atelier war von der Decke bis zum Boden schwarz gestrichen. An der Wand hingen ebenfalls monochrome schwarze Bilder. In der Mitte des Zimmers stand der wuchtige Mann vom Gruppenfoto, der in Lebensgröße sicher an die zwei Meter maß und hundertfünfzig Kilo auf die Waage brachte. Er trug eine Lederschürze, die wie mit Wichse eingeschmiert aussah.

»Hallo, Karl. Geht's dir gut?«

Der große Mann verneigte sich lachend. Er trug eine Atemschutzmaske. Im gesamten Raum stank es nach Chemie.

Corto wandte sich an Narcisse.

»Karl ist Deutscher und hat nie richtig Französisch gelernt. Zu Zeiten der DDR saß er in einer Anstalt in der Nähe von Leipzig. Als ich nach dem Mauerfall auf der Suche nach neuen Talenten in Ostdeutschland herumreiste, habe ich Karl kennen-

gelernt. Trotz Strafen, Elektroschocks und allen möglichen anderen Maßnahmen versteifte er sich darauf, alles schwarz anzumalen, was ihm in die Hände geriet. Damals benutzte er dafür hauptsächlich Kohle.«
»Und jetzt?«
»Oh, er hat sich zu einer richtigen Diva entwickelt«, lachte Corto. »Kein einziges Produkt stellt ihn zufrieden. Für seine monochromen Bilder experimentiert er mit Mischungen auf der Basis von Anilin und Indanthren und bombardiert mich mit ganzen Listen unaussprechlicher chemischer Produkte. Er sucht nach der absoluten Nicht-Farbe, nach etwas, das Licht komplett absorbiert.«

Der Muskelprotz hatte sich wieder an die Arbeit begeben. Über ein Gefäß gebeugt knetete er eine Art warmen, weichen Teer. Immer noch lachte er unter seiner Maske.

»Karl hat ein Geheimnis«, murmelte der Psychiater. »Er mischt die Farben mit seinem Sperma, weil er glaubt, dass seine Gemälde dadurch ein verborgenes Leben erhalten.«

Narcisse beobachtete die großen Hände, die die schwarze Masse durchwalkten, und stellte sich vor, wie sich der Künstler mit den gleichen Händen einen herunterholte. Hier zeigte sich ein eindeutiger Vorteil von Cortos Kunsttherapie: Die Libido wurde nicht unterdrückt. Die mit Psychopharmaka ruhiggestellten Patienten in Henri-Ey waren viel zu benommen gewesen, um noch Lust zu verspüren.

Er betrachtete eines der ganz und gar schwarzen Gemälde.
»Und was soll es darstellen?«
»Das Nichts. Wie viele Übergewichtige leidet Karl unter Schlafapnoe. Er hört auf zu atmen, träumt nicht mehr und stirbt in gewisser Weise. Und diese schwarzen Löcher versucht er darzustellen.«

Bei näherem Hinsehen entdeckte Narcisse eine winzige, reliefartige Schrift, die man eigentlich wie Blindenschrift nur mit den Händen lesen konnte.

»Aber das ist doch kein Deutsch, oder?«
»Nein, aber auch keine andere bekannte Sprache.«
»Eine Sprache, die er selbst erfunden hat?«
»Er sagt, es ist die Sprache, die die Stimmen sprechen, die während seiner Apnoe mit ihm reden, wenn er sich auf dem Grund des Todes wähnt.«

Karl lachte unter seiner Maske fröhlich vor sich hin. Seine Hände fuhrwerkten hektisch in der Farbe herum, die über die Ränder des Beckens schwappte.

»Lass uns gehen«, flüsterte Corto. »Er wird nervös, wenn Besucher zu lange bleiben.«

Auf dem Flur fragte Narcisse:

»Warum saß er in Leipzig in der Anstalt? Was genau fehlt ihm?«

»Ehrlich gesagt war er im Gefängnis. In der Sicherungsverwahrung. Er hatte seiner Frau die Augen ausgekratzt und behauptet, sie wäre sein erstes Kunstwerk, weil sie nun immer Dunkelheit um sich habe.«

»Kriegt er Medikamente?«
»Nein.«
»Irgendwelche Sicherheitsmaßnahmen?«
»Wir achten darauf, dass seine Fingernägel immer kurz geschnitten sind. In Deutschland hat es einmal ein Problem mit einem Pfleger gegeben.«

Narcisse war entsetzt, wie jeder Psychiater es gewesen wäre. Seiner Ansicht nach spielte Corto mit dem Feuer. Es überraschte ihn, dass die Behörden ihn gewähren ließen.

Im nächsten Atelier arbeitete eine Frau, die mindestens siebzig war. Sie trug einen rosa Hausanzug von Adidas, hatte bläulich gefärbtes Haar und wirkte ausgesprochen gepflegt – eine typische amerikanische Rentnerin. Das Atelier entsprach in seiner makellosen Ordnung dem Bild der perfekten Hausfrau, bis auf die Tatsache, dass die alte Dame eine Zigarette zwischen die schmalen Lippen geklemmt hatte.

Weder der Deutsche noch die Frau waren auf dem Karnevalswagen in Nizza gewesen. Vermutlich war der eine aufgrund seines Gewichtes und die andere wegen ihres Alters in der Villa geblieben.

»Hallo, Rebecca. Wie fühlen Sie sich?«

»Der Zoll macht Probleme«, erwiderte sie mit brüchiger Stimme. »Es geht um die Einfuhr meiner Werke.«

Sie beugte sich über ein Blatt Papier und zeichnete immer wieder das gleiche Gesicht mit einem winzigen Bleistift, den sie zwischen zwei Fingern hielt. Um das Werk in seiner Gesamtheit zu sehen, musste man ein paar Schritte zurücktreten. Tausende Gesichter fügten sich zu einer Art Intarsienarbeit zusammen und bildeten Wellen, Ornamente und Arabesken.

»Geht es mit der Arbeit voran?«

»Heute Morgen wurde ich in die Toilette geschubst. Das Fleisch gestern war nicht gemischt.«

Ganser-Syndrom. Die Dame litt an einer eher seltenen Störung, für die das Vorbeiantworten typisch ist. Narcisse fiel auf, dass er angesichts dieser Künstler immer noch wie ein Psychiater reagierte. Er bewunderte nicht ihre Werke, sondern konzentrierte sich auf ihr Krankheitsbild. Obwohl er sich Mühe gab, war er nicht wirklich Narcisse. Er blieb Mathias Freire.

»Das Gesicht kenne ich doch«, meinte er und deutete auf den hundertfach wiederholten Kopf auf der Zeichnung.

»Es ist Albert von Monaco.«

Die Antwort kam von Corto, denn die Frau war tief in ihre Arbeit versunken.

»Vor etwa dreißig Jahren arbeitete Rebecca im monegassischen Fürstenpalast als Haushälterin und hat sich mehr oder weniger unbewusst in den Prinzen verliebt. Von diesem affektiven Trauma hat sie sich nie erholt. Seit 1983 lebt sie in psychiatrischen Kliniken, erst in Saint-Loup, später dann bei uns.«

Narcisse warf ihr einen Blick zu. Rebecca arbeitete geradezu mechanisch, als führte ihr eine unsichtbare Kraft die Hand. Nie hob sie den Stift, niemals fuhr sie ein zweites Mal über einen Strich. Die Linie war der rote Faden ihrer Störung.

Corto hatte das Atelier bereits verlassen.

»Stimmt es, dass Sie in ganz Europa auf Talentsuche gegangen sind?«, fragte Narcisse, nachdem er ihn eingeholt hatte.

»Richtig. Ich bin dem Beispiel des Deutschen Hans Prinzhorn und des Österreichers Leo Navratil gefolgt. Ihnen ist zu verdanken, dass es so etwas wie Art Brut überhaupt gibt.«

»Was genau ist Art Brut?«

»Ein Sammelbegriff für autodidaktische Kunst von Laien, Kindern und Menschen mit geistiger Behinderung. Die Bezeichnung stammt von Jean Dubuffet. Die Engländer nennen sie auch ›Outsider Art‹, weil sie weder Konventionen noch äußeren Einflüssen folgt. Sie ist wirklich und wahrhaftig frei. Erinnerst du dich an das, was ich dir gesagt habe? ›Nicht die Kunst hilft uns – wir helfen der Kunst.‹«

Corto betrat das dritte Atelier. Hier waren große Bleistiftzeichnungen zu sehen, die langgezogene, weibliche Gestalten darstellten, welche auf Regenbogen ritten, in Gewitterhimmeln badeten oder auf Wolken schlummerten. Die Blätter hingen zwar an der Wand, doch die Zeichnungen erstreckten sich über die Ränder hinaus, als ob der schöpferische Impuls mit dem Künstler durchgegangen wäre.

»Hier arbeitet Xavier«, erklärte Corto. »Er ist seit acht Jahren bei uns.«

Auf einer Liege saß ein etwa vierzigjähriger Mann vor einem kleinen Tisch. Er trug einen Kampfanzug. Die Aggressivität seiner Kleidung wurde dadurch gemindert, dass in seinen Taschen Farbstifte steckten und dass er alte Espadrilles an den nackten Füßen trug. In regelmäßigen Abständen verzerrte ein zwanghafter Tick sein Gesicht.

»Xavier glaubt, in der Fremdenlegion gewesen zu sein«, flüsterte Corto, während der Mann einen Stift nahm und ihn in den am Tisch befestigten Anspitzer steckte. »Er ist der Überzeugung, mit der Division Daguet am Golfkrieg teilgenommen zu haben.«

Narcisse bemühte sich, ein Gespräch mit dem Künstler in Gang zu bringen.

»Ihre Bilder sind sehr schön.«

»Das sind keine Bilder. Es sind Schutzschilde.«

»Schutzschilde?«

»Ja. Gegen Krebszellen, Bakterien und die ganze biologische Scheiße, die quer durch die Welt auf mich abgefeuert wird.«

Corto ergriff Narcisse am Arm und führte ihn ein Stück weiter.

»Xavier glaubt, im Irak einem Chemieangriff ausgesetzt gewesen zu sein. In Wirklichkeit ist er nie dort gewesen. Als er siebzehn war, hat er seinen kleinen Bruder, der auf seinen Schultern saß, in einen Fluss mit sehr starker Strömung geworfen. Das Kind ist ertrunken. Als Xavier nach Hause kam, wusste er nicht, was mit seinem kleinen Bruder geschehen war. Er erinnerte sich an nichts. Fünfzehn Jahre saß er in einer Anstalt für psychisch gestörte Gewalttäter, ehe ich ihn hier unterbringen konnte.«

»Einfach so? Ohne besondere Sicherheitsauflagen?«

»Während der gesamten Zeit in der Anstalt hat Xavier nie Probleme bereitet. Die Experten haben daraufhin entschieden, dass sie ihn mir anvertrauen können.«

»Mit welchen Medikamenten wird er behandelt?«

»Er nimmt keine Medikamente. Seine Zeichnungen beschäftigen sowohl seinen Körper als auch seinen Geist.«

Wohlwollend betrachtete der Psychiater seinen Patienten, der mit fiebrigem Blick einen Stift nach dem anderen anspitzte. Narcisse hüllte sich in ein vorwurfsvolles Schweigen.

»Nun schau doch nicht so«, beschwichtigte Corto ihn schließlich. »Hier bei uns kommt es so gut wie nie zu großen Krisen. Es gibt weder Aggressionen noch Selbsttötungen. Die Malerei wirkt der Geisteskrankheit entgegen, stumpft aber im Gegensatz zu Neuroleptika nicht ab. Die Kunst gibt meinen Patienten neue Kraft. Sie ist ihr einziger Halt. Glaub mir, an den Besuchstagen herrscht hier nicht gerade Massenandrang. Keiner meiner Patienten bekommt jemals Besuch. Man hat sie vergessen. Niemand liebt sie. Und jetzt komm. Die Besichtigung geht weiter!«

Die Wache der Gendarmerie von Bruges wirkte so tot wie der Friedhof des Städtchens. Vielleicht sogar noch ein bisschen toter, denn auf dem Friedhof bekommt man zumindest am Sonntag manchmal Besuch. Als Anaïs eintrat, war sie übelster Laune. Nach dem nutzlosen Treffen mit ihrem Vater hatte sie zusammen mit Le Coz Bilanz gezogen. Sie brauchten nicht lange. Es gab keine heiße Spur. Die Ermittlungen in den Mordfällen Philippe Duruy, Patrick Bonfils und Sylvie Robin gingen sie nichts mehr an. Und Mêtis war tabu. Was Anaïs' Schicksal bei der Kriminalpolizei anging, so stand noch kein Anhörungsdatum vor der Aufsichtsbehörde fest. Man fragte sich, warum sie nach Bordeaux zurückgekehrt war.

Inzwischen hatte auch Crosnier angerufen.

»Wie geht's?«

»Oh, der kleinen Göre geht es gut. Irgendwelche Neuigkeiten aus Nizza?«

»Von Janusz fehlt jede Spur. Er hat sich endgültig in Luft aufgelöst. Ich komme gerade aus Marseille. Dort habe ich die Leute in der Unterkunft verhört, wo er die Nacht verbracht hat. Als Namen hat er ›Narcisse‹ angegeben, aber er war es, daran besteht kein Zweifel.«

»Und der Angriff?«

»Es gibt einen einzigen Zeugen, einen Penner, der anscheinend seit zehn Jahren nicht mehr nüchtern war.«

»Und was hat er ausgesagt?«

»Dass die Typen, die Janusz angegriffen haben, Politiker waren. Männer in Schlips und Anzug. Aber der Kerl war sternhagelvoll …«

Anaïs' Gedanken überschlugen sich. Die Mörder von Guéthary. Die Fahrer des Q7. Die Stimme ihres Vaters: *Mêtis ist die Ordnung*. Mörder, die gleichzeitig für Verbrechen und Bestrafung sorgten. Mörder, die sich in die Polizei einschleichen konnten. Mörder, die der Polizei angehörten.

Der Empfangsraum der Wache war geradezu eine Karikatur: ein Tresen aus abgewetztem Holz, der Boden mit Linoleum belegt, die Wände mit Spanplatten verkleidet und zwei Gendarmen, die gemütlich vor sich hindösten. Es war nicht sehr wahrscheinlich, dass sie ausgerechnet hier auf den Knüller stoßen würde.

Anaïs fragte nach Leutnant Dussart. Er hatte die Meldung vom Diebstahl des Q7 aufgenommen. Aber Dussart hatte frei. Die beiden Diensthabenden begutachteten misstrauisch Anaïs' Dienstausweis und wirkten auch nicht sonderlich überzeugt, als sie die Gründe für ihr Auftauchen darlegte. Es ginge, behauptete sie, um weitere Ermittlungen zu dem Diebstahl eines allradbetriebenen Audi Q7 S Line TDI mit dem Kennzeichen 360 643 AP 33, der am 12. Februar 2010 gemeldet worden sei.

Natürlich durften die beiden Gendarmen ihr Dussarts Adresse nicht geben. Auch die Anzeige rückten sie nicht heraus.

Anaïs bohrte nicht weiter nach. Sie machte kehrt und fand Patrick Dussarts Adresse und Telefonnummer heraus, indem sie die Auskunft anrief. Der Gendarm wohnte in Blanquefort, nördlich des Naturschutzgebiets von Bruges.

Sie fuhr hin. Es war Sonntagmittag, und der Tod begleitete sie auf dem gesamten Weg. Die Straßen waren leer, die Häuser verlassen und die Gärten trostlos. Das Haus der Dussarts stellte sich als grauer Würfel heraus, zu dem ein makelloser Rasen und eine kleine Holzhütte am Ende des Gartens gehörten. Anaïs parkte eine Ecke weiter, ging zurück und öffnete das Gartentor, ohne vorher zu klingeln. Sie war wild entschlossen zu bluffen – dem Mann Angst zu machen, die Informationen aus ihm herauszuholen und dann abzuhauen.

Ein bellender Hund kam ihr entgegen. Sie versetzte ihm

einen Tritt, worauf er sich jaulend zurückzog. Auf der mit Kies bestreuten Auffahrt lag Kinderspielzeug. Eine alterslose, unscheinbare Frau erwartete sie am Eingang.

Ohne einen Gruß und ohne sich zu entschuldigen hielt Anaïs ihr den Dienstausweis unter die Nase.

»Anaïs Chatelet, Kriminalhauptkommissarin aus Bordeaux. Ist Ihr Mann zu sprechen?«

Die Frau starrte sie sprachlos an. Erst Sekunden später zeigte sie auf das Gartenhaus. Zwei Kinder klammerten sich an ihre Beine und starrten die Unbekannte mit großen Augen an.

Einerseits fand Anaïs es gemein, den sonntäglichen Frieden zu vereiteln, doch es gab eine finstere Seite in ihr, der es Vergnügen machte, dieses banale Glück zu stören.

Sie ging über den Rasen und spürte, wie ihr drei Augenpaare folgten. Anaïs klopfte und wurde hereingebeten. Als sie die Tür öffnete, blickte ihr ein ziemlich verdutzter Mann entgegen. Er hatte seine Frau und seine Kinder erwartet.

»Anaïs Chatelet, Hauptkommissarin bei der Kripo Bordeaux.«

Der Gesichtsausdruck ihres Gegenübers wirkte nun völlig fassungslos. Patrick Dussart stand in einem blauen Overall vor einem großen Tisch, auf dem Flugzeugmodelle aus Balsaholz wie auf einem Flugzeugträger in einer Reihe standen. Die Hütte war ein Paradies für Modellbauer. In jeder Ecke fanden sich Tragflächen, Cockpits und Flugzeugrümpfe. Es roch nach Sägespänen, Klebstoff und Benzin.

Anaïs ging zwei Schritte vorwärts. Der Gendarm, der eine Tragfläche in der Hand hielt, wich vor ihr zurück. Anaïs nahm Maß. Ihr Gegner war klein und hatte einen kahlen, schweren, wie poliert wirkenden Schädel. Billige Brille, unsicherer Gesichtsausdruck, furchtsamer Blick. Den Kerl würde sie im Handumdrehen erledigen, doch sie musste sich beeilen.

»Ich komme im Rahmen eines Rechtshilfeersuchens von Ermittlungsrichter Le Gall«, bluffte sie.

Dussart fummelte an seinem Balsaholzflügel herum.

»Am Sonntag?«

»Sie haben am 12. Februar in der Gendarmerie in Bruges eine Diebstahlmeldung aufgenommen. Es ging um einen allradbetriebenen Audi Q7 S line TDI mit dem Kennzeichen 360 643 AP 33, Eigentum der Firma ACSP, einem Sicherheitsunternehmen mit Hauptsitz in Bruges.«

Dussart, der ohnehin schon blass war, wurde noch bleicher.

»Wer hat den Diebstahl zur Anzeige gebracht?«, fragte sie.

»Ich kann mich nicht an den Namen erinnern. Dazu müsste ich die Papiere konsultieren.«

»Unnötig«, schnitt sie ihm das Wort ab. »Wir wissen, dass der Name falsch ist.«

»Was?«

»Am 12. Februar hat niemand einen Diebstahl angezeigt.«

Dussarts Gesichtsfarbe wurde fast transparent. Er sah sich bereits seines Rangs und seines Beamtengehalts enthoben – schlimmstenfalls vielleicht sogar seiner Rente. Seine Finger umschlossen das Balsaholz so fest, dass es ächzte.

»Beschuldigen Sie mich etwa, ein Protokoll vordatiert zu haben?«

»Daran besteht kein Zweifel.«

»Und wie wollen Sie das beweisen?«

»Kommen Sie mit auf die Wache. Ziehen Sie Ihren Mantel an und ...«

»Nein. Das ist nicht wahr. Sie ...«

Anaïs unterbrach ihn.

»Laut Zeugenaussagen wird das Fahrzeug bis zum heutigen Tag von Angestellten der ACSP gefahren.«

»Und was kann ich dafür?«, wehrte sich Dussart. »Sie haben den Wagen am 12. Februar als gestohlen gemeldet. Wenn sie gelogen haben, dann ...«

»Nein. Sie sind später gekommen und haben Ihnen befohlen, das Protokoll zurückzudatieren.«

»Wer hätte mir so etwas befehlen sollen?«

»Nehmen Sie Ihren Mantel und zwingen Sie mich nicht, Gewalt zu gebrauchen. Wir können ganz einfach nachweisen, dass seit dem 12. Februar absolut nichts unternommen wurde.«

Dussart lachte erstickt auf.

»Was beweist das schon? Bei gestohlenen Autos unternehmen wir nie etwas.«

»Auch nicht bei einem derart teuren Wagen? Der zudem noch einem Sicherheitsunternehmen in Ihrem Revier gehört? Die Leute sind doch gewissermaßen Ihre Kollegen. Wenn wir wirklich nichts finden, gehen wir davon aus, dass am 12. Februar kein Diebstahl gemeldet wurde.«

Ein Leuchten blitzte in den Augen des Gendarms auf. Schon dachte er daran, andere Dokumente zurückzudatieren. Verhörprotokolle. Umfragen in der Nachbarschaft. Aber Anaïs nahm ihm sofort den Wind aus den Segeln.

»Meine Leute sind bereits dabei, Ihre Dienststelle zu durchsuchen. Und jetzt ziehen Sie verdammt noch mal Ihren Mantel an!«

»Am Sonntag? Dazu haben Sie kein Recht!«

»Im Fall eines Doppelmords haben wir alles Recht der Welt.«

Die Tragfläche aus Balsaholz zerbrach.

»Ein Doppelmord?«

In dem knappen Ton, den man auf keiner Polizeischule lernt, der aber allen Polizisten angeboren scheint, fuhr Anaïs fort:

»Am 16. Februar, im Baskenland. Die Mörder fuhren den Q7. Und wenn du dich noch weiter zierst, schwöre ich, dass ich dir die Hölle heißmache.«

»Hatte die ETA ihre Hände im Spiel?«

»Mit der ETA hatte es absolut nichts zu tun.« Sie zückte die Handschellen. »Ich schlage dir einen Deal vor. Du sagst mir alles, und zwar hier und jetzt, und wir versuchen uns zu arrangieren. Bist du dazu nicht bereit, werde ich dich der Beihilfe zum Mord anklagen. Die Fahrer des Q7 haben am 19. ein weiteres Mal versucht, jemanden umzubringen. Der Wagen könnte zu deiner Eintrittskarte fürs Gefängnis werden. Erleichtere also dein Gewissen.«

Dussart schwitzte zum Erbarmen. Seine Lippen zitterten.

»Sie können mir nichts nachweisen.«

In diesem Augenblick hatte Anaïs eine Erleuchtung. Sie ärgerte sich nur, dass ihr der Gedanke nicht schon früher gekommen war.

»Aber sicher kann ich das. Die ACSP hat nämlich ihre Versicherung nicht informiert. Der Diebstahl wurde nicht gemeldet. Ganz ehrlich – findest du es normal, sich ein Auto im Wert von mehr als sechzigtausend Euro nicht ersetzen zu lassen?«

Der Gendarm war inzwischen so weit zurückgewichen, dass er in einer Ecke stand.

»Der GPS-Tracker wurde nie aktiviert«, fuhr Anaïs einer plötzlichen Eingebung folgend fort. »Irgendwie scheint es nicht wirklich wichtig zu sein, dass dieses Fahrzeug gestohlen wurde.«

»Bitte keine Handschellen. Keine Handschellen!«

Anaïs sprang mit einem Satz auf den Tisch. Die leichten Modellflugzeuge zerbrachen unter ihren Springerstiefeln. Mit zwölf Jahren war sie einmal Bezirksmeisterin in Gymnastik gewesen. *Papas kleine Turnerin.* Sie warf sich auf Dussart. Der schrie auf. Beide fielen zu Boden. Anaïs setzte den Mann außer Gefecht, indem sie sich auf seinen Brustkorb kniete und ihm eine geöffnete Handschelle um den Hals presste.

»Gib es endlich zu, Arschloch!«

»Nein!«

»Wer war da?«

Der Mann schüttelte heftig den Kopf. Schweiß und Tränen glänzten auf seinem violett angelaufenen Gesicht. Anaïs verengte den Metallring um seinen Adamsapfel.

»Wer?«

Dussart wurde noch röter. Er bekam keine Luft mehr und

konnte nicht mehr sprechen. Sie lockerte die Spannung ein wenig.

»Sie waren zu zweit«, krächzte der Gendarm.
»Die Namen?«
»Keine Ahnung.«
»Haben sie dich geschmiert?«
»Aber nein. Ich brauche kein Geld.«
»Ach was! Und der Kredit für die Hütte? Der fürs Auto? Die Klamotten für die lieben Kleinen?«
»Nein, nein, nein!«

Wieder drückte sie die Handschelle zusammen. Tief im Innern hatte sie schreckliche Angst – Angst vor ihrer eigenen Gewalt und dem Ausmaß ihrer Entgleisung. Die Aufsichtsbehörde würde entzückt über Patrick Dussarts Zeugenaussage sein.

»Jetzt red schon! Warum hast du die Anzeige gefälscht?«
»Sie haben es mir befohlen.«

Anaïs lockerte die Spannung der Handschelle.
»Befohlen?«
»Es waren Offiziere. Sie sprachen von Staatsräson.«
»Trugen sie Uniform?«
»Nein.«
»Haben sie dir ihre Ausweise gezeigt?«
»Nein.«

Dussart stützte sich auf einen Ellbogen und wischte sich die Tränen ab.

»Die Leute waren Offiziere, mein Gott! Ich habe vier Jahre in der Marine gedient und war auf der *Charles-de-Gaulle* eingesetzt. Ich erkenne einen Vorgesetzten, wenn er vor mir steht.«
»Welche Truppengattung?«
»Das weiß ich nicht.«
»Wie sahen sie aus?«
»Seriöse Typen im schwarzen Anzug. Militärs haben eine ganz besondere Art, Zivil zu tragen.«

Das war die erste vernünftige Aussage dieses Idioten.

»Sind sie auf die Wache gekommen?«

»Nein. Sie waren am Abend des 17. Februar hier und haben mir in groben Zügen mitgeteilt, was ich zu schreiben und welches Datum ich einzusetzen hätte. Das war alles.«

Die Besucher konnten nicht die Mörder vom Strand von Guéthary sein, weil die Scheißkerle zu diesem Zeitpunkt in Marseille waren und sich an Victor Janusz vergriffen. Aber wer sonst? Kollegen vielleicht? Wie auch immer, schon jetzt war Dussarts Aussage keinen Heller wert. Er würde alles leugnen und sie wegen Misshandlung hinter Schloss und Riegel bringen.

Die Idee mit dem nicht aktivierten Tracker erschien ihr plötzlich sehr viel nützlicher. Sie erhob sich und verstaute die Handschellen.

»Wie geht es jetzt mit mir weiter?«, fragte der Gendarm ängstlich und massierte sich den Hals.

»Halt die Klappe, dann wird schon alles gut gehen«, zischte sie ihm zwischen den Zähnen zu.

Sie verließ die Hütte. Auf der Schwelle stolperte sie, blinzelte in das blendende Licht. Sie zog ihren Blouson zurecht und bürstete die Balsasplitter von ihrer Kleidung. Voller Wut trat sie nach einem Dreirad, das in der Auffahrt herumstand.

Mit ein paar großen Schritten war sie am Tor. An der Haustür standen die Frau und die beiden Kinder und weinten.

Anaïs umklammerte das Gitter.

Auch sie heulte wie ein Schlosshund.

Auf diese Weise würde sie nicht weit kommen.

Alles war so, als ob Narcisse es erst am Vorabend verlassen hätte.

»Ich war mir sicher, dass du zurückkommen würdest«, erklärte Corto.

Nach dem Mittagessen stand Narcisse endlich in seinem eigenen Atelier. Der Psychiater hatte Wert darauf gelegt, ihn zu begleiten. Die Wände des knapp fünfzig Quadratmeter großen Raums waren weder schwarz bemalt noch mit Bleistiftzeichnungen bekritzelt. Was Ordnung und Sauberkeit betraf, reichte er allerdings nicht an Rebeccas Atelier heran.

An der linken Seite lehnten unbenutzte Leinwände. Der Boden war mit bunt bekleckste Planen ausgelegt. Überall stapelten sich Kanister mit Industriefarbe, benutzte Behälter, Säcke mit Farbpigmenten und Tupperdosen. Auf über Böcke gelegten Brettern lagen nicht nur ausgedrückte Farbtuben, sondern merkwürdigerweise auch große Metallspritzen. Pinsel standen wie Sträuße in alten Weißblechdosen.

»Du hast dir deine Farben selbst zusammengemischt«, berichtete Corto. »Du warst dabei mindestens so anspruchsvoll wie Karl. Zuerst hast du die Pigmente gemischt, sie dann zermahlen und mit Terpentin und Leinöl auf die richtige Konsistenz gebracht. Ich weiß noch, dass du ein besonders geklärtes Öl benutzt hast, um die Pigmente miteinander zu verbinden. Das Öl besorgtest du dir in einer Raffinerie, die ihre Kunden eigentlich eher tonnenweise beliefert. Anschließend hast du die Farben in diese Fettspritzen für Traktoren gefüllt, die ich dir höchstpersönlich bei den Bauern der Umgebung besorgte.«

Narcisse betrachtete die Behälter, in denen schwärzliche, rote und violette Farbreste eingetrocknet waren. Die Kanister,

Aluschalen und staubigen Säcke verströmten deutlich wahrnehmbare chemische und mineralische Gerüche. Narcisse betastete Pinsel, strich über Tuben und atmete die markanten Dünste ein, doch er empfand absolut nichts. Ihm kam nicht die geringste Erinnerung. Am liebsten hätte er losgeheult.

Zwischen den verkrusteten Tuben lag ein Heft, dessen Seiten mit Farbe verklebt waren. Er blätterte es durch. Mit winziger Schrift waren Namen, Ziffern und Prozentzahlen eingetragen.

»Da drin stehen deine Geheimnisse«, sagte Corto. »Die Mischungen und Verhältnisse, um genau die Farbtöne zu erreichen, die du brauchtest.«

Narcisse steckte das Heft ein und fragte:

»Wie habe ich gearbeitet?«

»Das weiß ich nicht. Zwar haben die Ateliers keine Türen, aber du hattest einen Vorhang mit einem Schild ›Eintritt verboten‹ am Türstock befestigt. Und abends hast du deine Bilder grundsätzlich mit dem Gesicht zur Wand gedreht.«

»Warum?«

»Du pflegtest zu sagen, dass du keine Lust hättest, dauernd deine eigene Fresse zu sehen.«

Narcisse erinnerte sich, dass Daniel Le Guen von der Emmaus-Gemeinschaft ihm erzählt hatte, wie ihm beim bloßen Anblick eines Courbet schlecht geworden war.

»Habe ich manchmal von Gustave Courbet gesprochen?«

»Aber sicher. Du sagtest, er wäre dein Meister und dein Mentor.«

»In welcher Hinsicht?«

»Das kann ich dir nicht sagen. Vom Aufbau her hatten deine Bilder nichts mit seinen Werken zu tun. Aber Courbet ist ein Meister des Selbstporträts. Ich bin zwar kein Spezialist für diese Periode, aber das Selbstbildnis *Der Verzweifelte* gehört vermutlich zu den berühmtesten Gemälden der Welt.«

Narcisse antwortete nicht. Dutzende Selbstporträts fielen ihm ein. Sein kulturelles Gedächtnis funktionierte einwandfrei.

Dürer. Van Gogh. Caravaggio. Degas. Schiele. Opalka. Aber nicht ein einziges Gemälde von Courbet. Guter Gott! Es genügte also, dass dieser Maler und sein Werk etwas mit seinem persönlichen Leben zu tun hatten, um im schwarzen Loch seiner Krankheit zu verschwinden.

»Mir fällt gerade ein«, fuhr Corto fort, »dass du vor allem von Courbets Bild *Der Verletzte* fasziniert warst.«

»Was stellt es dar?«

»Der Maler hat sich sterbend dargestellt. Er liegt mit geschlossenen Augen unter einem Baum und hat einen Blutfleck in der Herzgegend.«

»Warum habe ich mich vor allem für dieses Bild interessiert?«

»Die Frage habe ich dir auch gestellt. Darauf hast du gesagt: ›Er und ich, wir tun die gleiche Arbeit.‹«

Noch einmal ging Narcisse durch das Atelier, das seine Höhle, sein Nest und sein Schlupfwinkel gewesen war. Doch er fand nichts Vertrautes wieder. Seine Suche erschien ihm hoffnungslos.

»Bleib bei uns«, sagte Corto, als ob er Narcisses Verzweiflung gespürt hätte. »Fang wieder an zu malen. Die Erinnerung wird schon ...«

»Morgen früh verschwinde ich. Und ich will mein Geld.«

Haben Sie hier angerufen?«
»Was glaubst du wohl?«
Anaïs stand vor einem Lagerhaus und wedelte mit ihrem Polizeiausweis vor der Nase eines jungen Mannes mit roten Augen und fettigen Haaren herum. Es war 17.00 Uhr, und sie befand sich irgendwo am Stadtrand von Toulouse, in einem trostlosen Industrieviertel. Bis Toulouse hatte sie zwar nur zwei Stunden gebraucht, aber mindestens noch einmal ebenso lang, bis sie im Labyrinth des Viertels die richtige Adresse ausfindig gemacht hatte.

Die richtige Adresse war in diesem Fall das Kontrollzentrum des Unternehmens CAMARAS, das Tracker für verschiedene Automarken im Süden Frankreichs überwachte.

Um 14.30 Uhr hatte Anaïs den Bereitschaftsdienst angerufen. Der Diensthabende zeigte sich überrascht, weil es normalerweise die Versicherungsgesellschaft war, die … Anaïs ließ ihn seinen Sermon nicht beenden.

»Ich komme.«

Nun stand sie vor einem Freak in Troyer und Baggy Jeans – offensichtlich ein Student, der hier den Dreh herausgefunden hatte, wie man am Wochenende lernte und sich auch noch dafür bezahlen ließ. Bei näherem Hinsehen allerdings stellte sich heraus, dass er wahrscheinlich nicht sehr intensiv lernte. Seine geweiteten Pupillen, die feuchte Nase und die klappernden Zähne verrieten, dass er gekokst hatte.

Er trat einen Schritt zurück und ließ sie eintreten. Das Lagerhaus schien fast leer, doch dann entdeckte Anaïs rechts eine Konsole, über der mehrere Bildschirme hingen. Das Ganze erinnerte sie an die städtische Überwachung in Nizza, nur ein wenig obskurer.

Der junge Mann zog ein Fläschchen mit Augentropfen aus der Tasche, legte den Kopf in den Nacken und ließ einen Tropfen unter jede Wimper rinnen.

»Ich habe am Telefon nicht ganz verstanden …«

Anaïs zog einen Bürostuhl auf Rollen heran und drehte ihn zu dem jungen Mann.

»Setz dich.«

»Worum genau geht es eigentlich?«, fragte er, während er es sich gemütlich machte.

Sie stieß ihn mit dem Fuß in Richtung des Steuerpults und flüsterte ihm ins Ohr:

»Am 12. Februar wurde ein Audi Q7 S Line TDI mit dem Kennzeichen 360 643 AP 33 bei der Gendarmerie in Bruges als gestohlen gemeldet. Hast du davon gehört?«

»Nicht dass ich wüsste. Aber ich bin auch nur am Wochenende hier. Ich bin Student und …«

»Ich habe dir diese Frage auch nur der Form halber gestellt. Ich will, dass du den Radar dieses Autos auslöst.«

»Es ist kein Radar, es ist ein GPS-Tracker.«

»Völlig egal. Tu es einfach. Und zwar sofort.«

Der Knabe wurde unruhig.

»Aber so geht das nicht. Wir brauchen eine Kopie des Protokolls von der Gendarmerie und die Versicherungspolice …«

Anaïs wirbelte den Stuhl zu sich herum.

»Ich könnte natürlich auch das Drogendezernat von Toulouse anrufen und dich einem Test unterziehen lassen. Was hältst du davon?«

»Haben Sie … das Kennzeichen des Wagens?«, stammelte er.

Anaïs zog den Zettel mit dem Kennzeichen aus der Tasche und legte ihn auf das Steuerpult. Bei der Erschütterung erwachte der Bildschirm eines im Ruhezustand befindlichen Computers. Ineinander verschlungene, nackte Körper erschienen. In weiteren Fenstern waren das Gesicht einer Frau bei einer Fellatio und die Großaufnahme eines erweiterten Anus zu sehen. Werbungsfenster mit suggestiven Namen poppten an allen vier Ecken des Monitors auf.

»Aha, du lernst also?«, grinste Anaïs.

Der Student errötete und schaltete verlegen den Computer aus. Er räusperte sich und begann auf der Tastatur des Überwachungs-PC herumzutippen. Auf den Bildschirmen erschienen Satellitenaufnahmen von Frankreich. Einer zoomte so schnell auf eine größere Ansicht, dass Anaïs sich nicht orientieren konnte.

»Kann man den Tracker in Echtzeit verfolgen?«, fragte sie überrascht.

»Klar, das macht doch Sinn, wenn man Diebe erwischen will.«

»Und wo sind sie jetzt? Ich meine: Wo ist der Wagen?«

»Auf dem D2202 im Tal des Var.«

Anaïs beugte sich vor.

»Und wo genau ist das?«

Der junge Mann betätigte einen Rändelknopf auf der Konsole und zoomte sich noch näher heran.

»Hier, oberhalb von Nizza.«

»Bewegt sich der Wagen?«

»Ja. Er erreicht gerade die Brücke von Durandy.«

Anaïs überlegte. Hatten sie Freires Fährte aufgenommen? Wussten sie, wo er sich versteckte? Wieso war ihnen das gelungen, was Hunderte von Polizisten nicht geschafft hatten? Aber vielleicht kehrten sie auch nur an irgendeinen Stützpunkt zurück.

Sie wühlte in ihrer Tasche, legte ihr iPhone auf die Konsole, griff zu einem Block und schrieb ihre Nummer auf.

»Schick mir dieses Echtzeitprogramm auf meine Rufnummer.«

»Das darf ich nicht. Es handelt sich um geschützte Software.«

»Dir ist doch wohl klar, dass wir alle beide nicht ganz rechtmäßig handeln, oder? Und jetzt mach schon, schick mir die Software, okay?«

Er begann zu tippen. Sekunden später vibrierte Anaïs' Smartphone. Sie hob ab. Die Mail mit der Software im Anhang war angekommen. Sie hielt dem jungen Mann ihr Telefon hin.

»Ich will, dass du es mir installierst und mir den Wagen auf den Bildschirm holst.«

Der Student tat wie geheißen, und kurz darauf erschien die Karte des Hinterlandes von Nizza auf dem Display, auf dem sich das Signal des Audi als blinkender Punkt bewegte.

Anaïs wusste, dass sie sich beeilen musste – auch wenn sie keine Ahnung hatte, warum sie sich ihrer Sache so sicher war.

»Ich habe Ihnen auch noch ein GPS-Programm aufgespielt«, sagte der Typ. »Falls Sie sich verirren, können Sie die beiden Softwares miteinander verbinden. Sie zeigen Ihnen dann den richtigen Weg.«

Sie dankte ihm mit einem Kopfnicken. Erneut holte er das Fläschchen mit den Augentropfen aus der Tasche und träufelte sich das Mittel in die Augen.

»Du kennst die Abmachung, oder?«

»Ich habe Sie nie gesehen«, grinste er. »Und ich habe nie etwas von diesem Q7 gehört.«

»Guter Junge«, lobte sie und zwinkerte ihm zu.

Auf dem Weg zur Tür drehte sie sich noch einmal um und machte eine Handbewegung, als masturbiere sie einen imaginären Penis.

»Und pass auf, dass du dir keine Schwielen holst!«

Der Student errötete, blieb ihr aber die Antwort schuldig.

Während sie zu ihrem Auto lief, überdachte sie ihre Situation. Sie war auf dem Weg, Frankreich wieder einmal von West nach Ost zu durchqueren. Für die sechshundert Kilometer nach Nizza würde sie vermutlich etwa fünf Stunden brauchen. Allerdings musste sie dann auch noch den Weg ins Hinterland finden, was vermutlich selbst mit Navi nicht gerade einfach sein würde.

Sie schlug den Weg zur Autobahn ein. Das wahre Problem lag ganz woanders. Sie hatte am Vortag nur wenige Stunden, in der letzten Nacht dagegen überhaupt nicht geschlafen. Und in der Nacht davor war sie gerade einmal auf drei Stunden gekommen. Sie konnte sich kaum noch auf den Beinen halten, und wenn doch, dann lag das nur an ihrer Anspannung.

Entschlossen wählte sie Zakraouis Nummer. Er war das gefährlichste und gleichzeitig verführerischste Mitglied ihrer Truppe. Bereits beim zweiten Klingeln nahm der Maghrebiner ab.

»Zak? Hier ist Anaïs.«

»Wie geht's, meine Schöne?« Zak war der Einzige, der sich einen derart vertraulichen Ton gestattete. »Bist du noch im Urlaub? Ich habe von deiner Spritztour nach Nizza gehört.«

»Du musst mir helfen. Ich brauche etwas.«

»Du brauchst etwas?«

Anaïs antwortete nicht.

Mit seiner samtigsten Stimme fuhr er fort:

»Was denn genau?«

»Wo finde ich Speed?«

Entweder Zakraoui oder das Rauschgiftdezernat. Zak kannte die besten Drogenlieferanten der Region. Er hatte sie nach den

Kriterien süchtig, vertrauenswürdig und gefährlich aufgelistet, und darauf konnte man sich verlassen. Dafür gab es einen ganz einfachen Grund: Er war selbst einmal Junkie gewesen. Inzwischen behauptete er, clean zu sein, und alle taten, als glaubten sie ihm.

Zak erklärte Anaïs, wo sie die besten Amphetamine der Gegend bekommen konnte. Sie hielt an und schrieb sich alles auf: Grand Mirail, das Viertel Reynerie und die Cité des Tournelles. Die Namen erinnerten sie vage an Straßenkämpfe und brennende Autos.

»Soll ich jemanden für dich anrufen?«, fragte Zak.

»Geht schon. Wo sind deine Leute?«

»Hier und da. Die Cité des Tournelles ist ein Gebäudekomplex in Y-Form. Wenn du um diese Uhrzeit Schritttempo fährst und es schaffst, nicht allzu sehr nach Bulle auszusehen, kommen die Vögelchen von ganz allein angeflogen.«

Anaïs legte einen Gang ein, warf den Notizblock auf den Beifahrersitz, klemmte das Handy zwischen Schulter und Ohr und gab Gas.

»Wie läuft es im Büro?«

»Auf deinen Kopf ist zwar bisher noch kein Preis ausgesetzt, aber das wird wohl nicht mehr lang dauern.«

Sie legte auf und dachte an Zak. An seinen kleinen Hut und sein tunesisches Lächeln. Abgesehen von seinen Drogenproblemen hatte die Dienstaufsicht noch ein weiteres aufmerksames Auge auf ihn; man verdächtigte ihn der Polygamie. Zusammen mit Jaffar, der Ärger mit dem Familiengericht hatte, weil er keinen Unterhalt für seine Frau zahlte, und Le Coz, der auf Kosten einer abgetakelten Baronin lebte, waren das eine ganze Menge Don Juans. *Die einzigen Männer in meinem Leben*, dachte sie.

Eine Stunde später – sie hatte sich mehrmals im Regen verfahren – befand sie sich in Verhandlungen mit einem kleinwüchsigen Dealer. Der Mann trug eine neongrüne Jacke, unter deren Kapuze das Gesicht halb verschwand. Er sah wie ein Gnom aus.

»Erst die Kohle.«

Anaïs war am Geldautomaten gewesen und reichte dem Kerlchen ihre hundert Euro. Er gab ihr dafür zehn Pillen.

»Pass ein bisschen auf. Das Zeug ist harter Tobak. Nimm lieber immer nur eine auf einmal.«

Sie steckte acht Tabletten in die Tasche und behielt zwei in der Hand.

»Hast du etwas zum Runterspülen?«

Der Gnom kramte von irgendwoher eine Dose Cola Light hervor.

»Garantiert ohne Koks«, grinste er.

Anaïs schluckte die beiden Pillen und spülte mit Cola nach. Als sie dem Zwerg die Dose zurückgeben wollte, war der bereits in der Dunkelheit verschwunden.

»Sieh es als Geschenk des Hauses. Ciao!«, rief er noch.

Anaïs fuhr im strömenden Regen weiter. Schon glaubte sie zu spüren, wie das Dopamin in ihrem Kopf wirkte. Sie schaltete hoch und fuhr in Richtung der A 61. An der ersten Tankstelle tankte sie voll. Als sie an der Kasse die belegten Brötchen und Teilchen sah, stellte sie fest, dass sie keinen Hunger hatte. Die Droge wirkte wie ein Appetitzügler. Umso besser. So würde sie sich mit allen Sinnen konzentrieren können.

Sie legte einen Kavaliersstart hin und beobachtete gleichzeitig das Display ihres iPhone. Die Widerlinge hatten inzwischen den D2202 verlassen und fuhren auf ein Dörfchen namens Carros zu. Wo mochten sie hinwollen? Hatten sie Freire etwa gefunden?

Sie schaltete in den fünften Gang und stellte fest, dass sie schon jetzt die zweihundert Stundenkilometer überschritten hatte. Der kleine Smart war im Augenblick ihr bester Verbündeter.

Die Nacht war noch jung.

Narcisse blickte auf den Umschlag in seiner Hand.
»Wie viel ist es?«
»Fünfundvierzigtausend Euro.«
Er sah Corto verblüfft an.
»Ich habe dir doch gesagt, dass du in Paris einen Riesenerfolg hattest. Die meisten deiner Bilder gingen für etwa viertausend über den Tisch, und es gab davon etwa dreißig. Die Galerie erhielt ihren Anteil von ungefähr fünfzig Prozent, und wir haben für unsere Ausgaben noch einmal fünfzehn Prozent genommen. Dir bleiben die fünfundvierzigtausend. Als Maler bist du absolut in. Wenn du nur wolltest, könntest du wieder zu Narcisse werden und dir einen sehr annehmbaren Lebensunterhalt verdienen.«
Narcisse öffnete den Umschlag und spähte hinein. Die Geldscheine glänzten wie Seide.
»Ich glaube nicht, dass ich malen könnte wie Narcisse.«
»Bist du dir da ganz sicher?«
Er antwortete nicht. Tatsächlich war er tief im Innern überzeugt, dass sich sein Talent ebenso wie die Kenntnisse in Psychiatrie durch seine verschiedenen Persönlichkeiten zog. War es für ihn tatsächlich möglich, wieder Narcisses Karriere aufzunehmen? Nein, er hatte Wichtigeres zu tun. Er musste seine Bilder finden, sie genau betrachten und eingehend studieren. Irgendwo, dessen war er ganz sicher, hatte sich unbewusst ein Hinweis auf die Wahrheit eingeschlichen – sozusagen die Signatur seiner ursprünglichen Persönlichkeit.
»Was glauben Sie«, fragte er, während er das Geld in die Tasche steckte, »wie viel Zeit mir dieses Mal bleibt? Ich meine, bis ich mein Gedächtnis wieder verliere?«

Sie standen im Garten. Es war dunkel geworden, und der Wind frischte auf. Die Bäume bogen sich, als lägen sie in Krämpfen. Zwar hatte Narcisse an diesem Tag vergeblich geforscht, doch jetzt war er reich, hatte gegessen und fühlte sich wieder frisch. Er hatte die Pause gebraucht, um neue Kräfte zu sammeln.

»Schwer zu sagen«, antwortete der Psychiater. »In dieser Hinsicht gibt es keine Regeln. Aber du darfst nie vergessen, dass jede Veränderung eine Art Flucht ist. Die Antwort auf ein Trauma. Deine Krisen haben auch mit dem zu tun, was du Tag für Tag erlebst.«

Dem stimmte Narcisse zu. Und doch hatte er Angst vor der schlimmsten aller Hypothesen, nämlich, dass er ein Mörder war und nach jedem Mord die Identität wechselte. Unwillkürlich schüttelte er den Kopf. Nein – er glaubte nicht an seine Schuld.

Langsam gingen sie zwischen den Terrassen der Gärten bergab. Der Himmel war klar, dunkelblau und funkelte vor Sternen. Der Geruch der Pinien betörte alle Sinne. Der Psychiater bog nach rechts ab. Sie erreichten einen Kakteengarten. Noch nie hatte Narcisse so viele Kakteen auf einmal gesehen. Kakteen in der Erde, Kakteen in Töpfen, Kakteen in Gewächshäusern. Manche sahen aus wie in Watte eingepackte Seeigel, andere waren mehr als zwei Meter hoch, und wieder andere breiteten Arme aus wie Kandelaber.

»Riechst du das?«

»Was?«

»Die Düfte.« Corto holte tief Luft. »Es ist ein Ruf, bei dem unser gesamter Körper erwacht. Das Gleiche geschieht, wenn wir das Meer sehen. Das Wasser in uns fängt an zu beben. Du bist abends oft hierhergekommen.«

Narcisse fragte sich, worauf der Psychiater hinauswollte.

»Ich nehme an, du hast Jung gelesen.«

»Habe ich.«

Narcisses Antwort kam ohne das geringste Zögern.

»Laut Jung wird unser Bewusstsein – oder eher unser Unbewusstsein – von Urbildern aus der Frühgeschichte der Menschheit bestimmt, von Mythen, Sagen und primitiven Ängsten, die er Archetypen nannte. Wenn dann irgendetwas, ein Bild, ein Detail, was auch immer, uns an eines dieser Raster erinnert, fühlen wir uns tief ergriffen und manchmal von Emotionen überwältigt, die über uns hinausgehen, weil sie Teil der gesamten Menschheit sind.«

Corto sprach mit mitreißender, fast hypnotischer Stimme.

»Und weiter?«

»Ich glaube, dass solche Archetypen auch für unseren Körper existieren. Physiologische Archetypen. Das Meer, der Wald, Steine, der Himmel. Dinge, die uns bewegen und transzendieren. Sobald wir sie berühren, erwacht unser Körper mit einem Schlag. Unser Fleisch erinnert sich, dass es einst Meer, Wald, Stein oder Stern gewesen ist, und unsere Zellen reagieren.«

Corto packte ihn heftig an der Schulter.

»Suche deine Bilder«, murmelte er. »Geh nach Paris. Ich weiß, dass du das vorhast. Sobald du mit deinen Bildern und der Stadt Kontakt aufnimmst, wird dein Körper dich leiten. Die Malerei und die Stadt gehören zu deiner Geschichte, und in gewisser Weise gehörst du zu ihrer.«

Narcisse verstand, was Corto ihm sagen wollte. Er schloss die Augen und begann, es auszuprobieren. Hingebungsvoll ließ er sich von den feuchten Dünsten des Gartens, dem Rauschen der Baumkronen, das ihn an das Meer erinnerte, und dem Geruch der kalten, uralten Berge durchdringen. Wogen durchfluteten ihn. Er wurde zum Sand, den nackte Füße im Regen zermalmten, zum Surren von Insekten in einem heißen Land, in dem die Sonne niemals unterging, zum Knirschen von frisch gefallenem Schnee unter gleitenden Skiern. Er atmete, lachte und küsste. Sein gesamter Körper verschmolz mit dem Glanz eines goldenen Sommerabends, den er mit einer schönen Frau in einem großen, gediegenen Salon verbrachte.

Als er die Augen öffnete, war Corto verschwunden.

Von den unteren Terrassen her hörte er jedoch das sehr reale Geräusch von Schritten. Er spähte in die Dunkelheit. Weiter unten bewegten sich die Kakteen. Sein Herz setzte einen Schlag aus.

Was sich dort unten bewegte, waren keine Kakteen. Es waren die Totengräber in ihren schwarzen Anzügen.

Ohne Rücksicht stapften sie vorwärts. Sie trampelten Pflanzen nieder, bogen andere mit den Armen beiseite. In der Dunkelheit erkannte Narcisse das V ihrer bis oben zugeknöpften Westen. Beide hielten eine Waffe mit Schalldämpfer in der Hand. Sofort fiel ihm ein, dass die Glock noch in seinem Zimmer lag.

Die Männer betraten den Weg und warfen einen Blick nach oben zu den ersten Gebäuden. Narcisse war längst im Dickicht verschwunden. Er empfand die Szene als eine Art Déjà-vu: Es war wie vor einigen Tagen in Marseille, als er die Bande von der Treppe aus beobachtete.

Die Männer begannen den Aufstieg. Narcisse, von Buschwerk geschützt, legte die letzten Meter zurück, die ihn noch von den Ateliers trennten. Glücklicherweise trug er dunkle Sachen, denn so verschmolz er mit den Bäumen und der Dunkelheit.

Hastig huschte er den Laufgang vor den Ateliers entlang, denn er erinnerte sich, seine Terrassentür offen gelassen zu haben. Er glitt ins Innere. Der solide Zementboden gab ihm Sicherheit. Lautlos verriegelte er die Tür und holte tief Luft.

Dann trat er in den Flur hinaus. Wenn er sich richtig erinnerte, gab es eine Außentreppe, die zu den Schlafzimmern hinaufführte. Das Gebäude war verwaist. Zum Abendessen hatten sich alle im Nebenhaus versammelt.

Als er seine Zelle erreicht hatte, ließ er die Hand unter die Matratze gleiten, wo er seine Waffe versteckt hatte. Auch die Akte Ikarus, das Eickhorn-Messer und das Notizbuch von Narcisse waren dort untergebracht. Seine einzigen Schätze und sein einziges Gepäck.

Er steckte die Automatikpistole hinten in den Gürtel, das Messer in die Tasche und die Dokumente in sein Jackett, das er über das Hemd zog. Die Anzughose rollte er zusammen; er würde sie erst später wieder anziehen.

Ehe er den Flur betrat, spähte er nach rechts und links, sah jedoch niemanden. Sein Herz schlug bis zum Hals. Es war bereits zu spät, die Treppe zu nehmen. Vorsichtig schlich er in die entgegengesetzte Richtung. Am Ende des Flurs war ein Fenster. Er öffnete es und ließ sich auf die Brüstung gleiten, die an der Außenmauer entlanglief. Drei Meter über dem Erdboden. Sollte er springen? Es war möglich, wenn er versuchte, auf die belaubten Bäume zuzuhalten.

Ergeben schloss er die Augen und sprang. Der Sturz schien Ewigkeiten zu dauern, die Landung ebenso. Es knirschte, knackte, riss ...

Als er sicher war, zwischen den Zweigen zu hängen, befreite er seine Arme und fuhr sich mit den Händen über Gesicht und Körper. Kein Blut. Keine gebrochenen Knochen. Nirgends Schmerzen. Er hatte Glück gehabt.

Er schüttelte sich und hangelte sich durch das Dickicht der Zweige. Nach einem mühsamen Abstieg erreichte er schließlich den festen Boden, richtete sich auf und schlängelte sich aus dem Gebüsch, wo er als Erstes das Jackett auszog und sich um die Taille knotete.

Jetzt musste er nur noch rennen. Mit der Anzughose unter dem Arm lief er los. Zweige peitschten ihm ins Gesicht, Baumstämme versperrten ihm den Weg, Steine rollten unter seinen Füßen. Er war sehr schnell, denn es ging bergab. Zwar versuchte er, langsamer zu werden, aber immer wieder prallte er gegen Hindernisse. Erschöpft und benommen klammerte er sich an eine einzige Hoffnung: Irgendwo würde er auf eine Straße stoßen, der er folgen konnte. Vielleicht würde er per Anhalter fahren. Auf jeden Fall würde er ein Dorf finden. Ganz gleich, wie – er würde es schaffen.

Nur eine Frage loderte in seiner Angst immer wieder auf: Wie war es den Mördern gelungen, ihn zu finden? Was genau wussten sie über ihn?

Der blinkende Punkt war gegen 21.00 Uhr irgendwo in den Bergen oberhalb des Dörfchens Carros stehen geblieben und hatte sich bis etwa 2.00 Uhr nicht von der Stelle bewegt. Als Anaïs den Stadtrand von Nizza erreichte, bewegte sich das Signal erneut. Die Mörder fuhren weiter. Zunächst fühlte Anaïs sich versucht, ihrer Spur auf der Autobahn zu folgen, doch dann beschloss sie, zuerst den Ort zu suchen, wo sie einen Teil der Nacht verbracht hatten. Sie befürchtete, dass sie Freire gefunden, gefoltert und getötet hatten. Oder verstümmelt.

Gegen 3.00 Uhr erreichte sie die Stelle, wo das Signal angehalten hatte. Es war eine Einrichtung für geistig Behinderte mit dem Namen Villa Corto. Vorsichtig fuhr sie den unbefestigten Weg entlang, als sie plötzlich im Scheinwerferlicht etwas sah, das sie zunächst für einen *bad trip* hielt. Am Rand des Weges saß ein Clown mit weiß geschminktem Gesicht und weinte, während ein Stück weiter, oberhalb der Pinien, ein Mann durch die Luft ging. Er befand sich mindestens zwei Meter über dem Boden. Auf der Schwelle des ersten Gebäudes der Anstalt stand ein von den Haarspitzen bis zu den Schuhsohlen schwarz angemalter Riese.

Mit der Hand an der Waffe stieg Anaïs aus. Schnell erkannte sie, dass sie keine Halluzinationen hatte. Alles war wahr.

Der Clown kam näher. Er wischte sich die Augen. Die Tränen hatten tiefe Spuren in seiner Schminke hinterlassen und verliehen ihm das Aussehen eines entstellten dummen Augusts. Auch den Mann in der Luft gab es wirklich. Der Schlüssel dazu war ganz einfach: Er bewegte sich auf Stelzen und redete mit den Baumwipfeln, als hätte er endgültig den festen Boden unter seinen Füßen verlassen und das Geheimnis der Vögel ergründet.

Anaïs wendete sich dem Hauptgebäude zu, das hell erleuchtet war. Beinahe wäre sie über eine übertrieben geschminkte, alte Frau gestolpert, die auf dem Boden saß. Sie hatte ein Feuer angezündet und kochte Nudeln. Während sie sie mit einem langen Kochlöffel kostete, stöhnte sie auf.

Anaïs begrüßte sie mit einem Kopfnicken und fragte, was geschehen sei, doch alles, was sie zur Antwort bekam, war:

»Ich habe Probleme mit dem Zoll. Wegen meiner Bilder ...«

Sie fragte nicht weiter, sondern betrat einen Raum, der sich als Kantine entpuppte. Auch hier herrschte der Karneval. Ein Pierrot mit schwarz umränderten Augen sprang knurrend auf einen Tisch. Ein anderer trug einen mit Engelshaar verzierten Feenhut, biss sich ständig in seine unter dem Pulloverärmel versteckte Faust und speichelte. Wiederum ein anderer, der einen Strohhut auf dem Kopf hatte, saß im Schneidersitz auf einem Tisch und spielte Flöte – eine sanfte, melancholische Weise mit japanischem Einschlag. Anaïs bemerkte, dass er sich vollgepinkelt hatte.

Was war hier los?

Und wo waren die Verantwortlichen?

Sie ging die Treppe hinauf in die erste Etage und erreichte einen kargen Flur mit Holztüren. Das Ganze erinnerte sie in seiner Kälte und Nacktheit an eine Leichenhalle. Was zunächst nur ein Gefühl gewesen war, wurde allzu schnell zur Gewissheit: Im zweiten Raum rechts lagen drei Leichen. Zwei eher stämmige Männer waren mit einer großkalibrigen Waffe erschossen worden, ein dritter lag nackt und gefesselt hinter einem Schreibtisch und war in einem entsetzlichen Zustand.

Anaïs streifte Latexhandschuhe über und schloss die Tür. Die Verrückten waren ihr gefolgt. Sie versuchte, das Geschehen zu rekonstruieren.

Die Mörder waren gegen 21.00 Uhr angekommen und hatten die beiden Pfleger aus nächster Nähe mit einem Kaliber .44 oder .45 erschossen. Danach hatten sie sich mit dem Mann beschäftigt, der vermutlich der Direktor der Anstalt gewesen war. Anaïs konnte sein Alter kaum einschätzen, vermutete aber, dass er die sechzig überschritten hatte. Er war stark entstellt. Man hatte ihm die Augen zerquetscht, die Nase war nur noch eine blutige Höhle. Durch die zerfetzten Wangen erkannte sie übel zugerichtetes Zahnfleisch und offene Wunden dort, wo man ihm die Zähne ausgerissen hatte. Der Kopf baumelte nach rechts – wahrscheinlich war irgendwo im Nacken etwas gebrochen.

Ob er wohl geredet hatte? Unter einer solchen Folter würde wahrscheinlich jeder auspacken. Warum sollte ausgerechnet ein älterer, hagerer Psychiater den Helden gespielt haben? Und doch gab es immer wieder mutige Menschen, wie alle Kriege bewiesen. Im Übrigen war der gesamte Raum durchsucht und verwüstet worden, was wiederum darauf schließen ließ, dass die Arschlöcher keine Antwort auf ihre Fragen bekommen hatten.

Anaïs wunderte sich über ihre Ruhe und ihre Kaltblütigkeit. Die Barbarei, die sie hier sah, brannte zwar in ihren Augen, berührte aber nicht ihr Herz. Es war wie ein Wiedersehen mit alten Bekannten. Nächtelang hatte sie sich ausgemalt, was ihr Vater mit den politischen Gefangenen in Chile wohl angestellt haben mochte. Jetzt sah sie die Wirklichkeit in Fleisch und Blut vor sich.

Als Anaïs die Trümmer und die heruntergefallenen Bücher betrachtete, wusste sie, dass sie hier nicht weiter zu suchen brauchte. Die Besucher hatten nichts zurückgelassen. Der Computer auf dem Schreibtisch war gewaltsam geöffnet worden. Die Festplatte hatten die Männer mitgenommen, ebenso alle wichtigen Akten.

Anaïs überlegte. In einem früheren Leben musste Freire hier gelebt haben – in einer Einrichtung für geistig Behinderte. War er nach seiner Flucht aus Nizza auf der Suche nach einem Zufluchtsort hierher zurückgekehrt? Zumindest hatten die Mörder es geglaubt. Oder vielleicht gewusst? Ob jemand sie informiert hatte? Aber wer? Ein Pfleger? Ein Patient? Falls Freire sich aber tatsächlich im Haus aufgehalten hatte, waren sie offenbar zu spät gekommen. Sie hatten den Direktor zur Rede gestellt und sich dafür viel Zeit genommen. Anaïs wusste, dass sie vier Stunden in der Klinik verbracht hatten. Vier Stunden reinster Folter.

Sie zog ihr iPhone aus der Tasche und schaltete die Ortung ein. Die Kerle fuhren in Richtung Paris und passierten gerade die Stadt Lyon. Wussten sie, was Freire vorhatte? Sie steckte ihre Waffe wieder ein und beschloss, sich noch kurz in den anderen Gebäuden umzusehen, ehe sie sich ebenfalls auf den Weg machte.

Die Durchsuchung des Anbaus brachte keine besonderen Erkenntnisse. Offensichtlich arbeitete man hier hauptsächlich mit Kunsttherapie, denn sie fand eine komplette Etage mit Ateliers, die die unterschiedlichsten Werke beherbergten. Die Verrückten folgten ihr noch immer. Sie schienen zu hoffen, dass sie sich um sie kümmern würde, aber da irrten sie. Anaïs fühlte sich beinahe wie eine von ihnen.

Als sie die Kantine zum zweiten Mal durchquerte, bemerkte sie die Gruppenfotos an der Wand. Auf dem vom vergangenen Jahr erkannte sie Freire sofort. Er trug einen Künstlerkittel. Zum ersten Mal sah sie ein ehrliches Lächeln auf seinen Lippen. Wie süß er doch aussah!

Plötzlich legte sich ein schmutziger Finger auf Freires Gesicht. Anaïs erschrak. Es war der Pierrot mit den schwarz umränderten Augen.

»Narcisse«, flüsterte er und tippte mit dem Finger auf das Foto. »Narcisse. Narcisse! Er ist weggegangen!«

»Wann?«

Der Pierrot schien mühsam nachzudenken. Mit seinen hervorquellenden Augen erinnerte er an Robert Smith, den Sänger von The Cure.

»Gestern«, presste er schließlich hervor.

Sie riss das Foto von der Wand und steckte es ein. Sie musste verhindern, dass man wieder eine Verbindung zwischen ihrem

Schützling und dem erneuten Massaker herstellte. Plötzlich fiel ihr etwas ein. Crosnier hatte ihr erzählt, dass Freire sich in der Unterkunft in Marseille »Narcisse« nannte. Was das sein neuer Name? Eine frühere Identität aus seiner Zeit in der Villa Corto?

Eilig rannte sie zu ihrem Auto, ohne die Irren zu beachten, die ihr nachliefen. Als sie startete, hätte sie beinahe einen von ihnen überfahren. Während ihr Wagen den Weg entlangholperte, kreiste nur ein Gedanke in ihrem Kopf: Dass dieses Blutbad stattgefunden hatte, musste bedeuten, dass Freire noch lebte. Sie machte sich Vorwürfe, weil sie sich darüber freute, und bekreuzigte sich instinktiv im Andenken an den alten Direktor und die beiden Pfleger.

Im Rückspiegel sah sie, dass einige Insassen ihr immer noch nachliefen. Nein, sie brachte es einfach nicht übers Herz, die armen Kerle sich selbst zu überlassen.

Sie griff zum Handy und tippte auf die Kurzwahl einer eingespeicherten Nummer.

»Crosnier?«

Die Gemälde mit ihren Linien, Noten und Notenhälsen mit Fähnchen sahen aus wie Musikpartituren. Die Linien waren nicht gerade, sondern schlangen sich in Wellen um Köpfe, Gestalten und Symbole, die in diesen Kreis aus Musik eingedrungen zu sein schienen.

Narcisse beugte sich vor, um die einzelnen Elemente besser erkennen zu können. Ein Mann mit Maske. Delfine. Spiralen. Das Ganze schien eine dem Maler enthüllte Kosmogonie in Ocker zu sein. Auf den weißen Wänden der Galerie glühten goldfarbene Gemälde wie riesige Ikonen.

»Nicht anrühren, Sie Unglücksrabe. Das sind Wölflis.«

Narcisse drehte sich um. Ein Mann in einem grauen, perfekt zu seiner Haarfarbe passenden Anzug kam auf ihn zu. Um die sechzig, Markenbrille, gepflegte Erscheinung, Narcisse lächelte ihn an. An diesem Morgen hätte er jeden angelächelt. Er konnte es noch immer nicht fassen, dass er es tatsächlich geschafft hatte, bis hierherzukommen – nach Paris, in die Galerie Villon-Pernathy, Rue de Turenne 18 an der Grenze zum Marais-Viertel.

Am Vorabend war er am Ende des Waldes auf eine Landstraße gestoßen; bereits nach kurzer Zeit kam ein Lastwagen. Narcisse hatte den Daumen gehoben, und der Fahrer hatte tatsächlich angehalten. Er lieferte Kunstharzteile nach Aubervilliers in der Nähe von Paris und war gern bereit, ihn mitzunehmen, wenn er ihn im Gegenzug von Zeit zu Zeit am Steuer ablösen würde. Etwas Besseres hätte Narcisse nicht passieren können. Sie waren die ganze Nacht hindurch gefahren und hatten zwischen Schlummer und Wachen das Lenkrad und die eine oder andere Bemerkung getauscht.

Um sechs Uhr morgens hatte Narcisse sich an der Porte de la Chapelle in der Metro wiedergefunden. »Erinnerung« wäre ein zu starkes Wort gewesen, aber er fühlte sich hier zu Hause. Er kannte nicht nur die Metrolinien, sondern auch die Namen und Viertel und konnte sich sofort orientieren. Nachdem er sich eine Fahrkarte gekauft hatte, nahm er die Linie 12 in Richtung Mairie d'Issy. Er sah die einzelnen Stationen vorüberhuschen und konnte noch immer nicht fassen, dass er wieder einmal davongekommen war. Aber für wie lang? Wie hatten die Totengräber ihn gefunden? Würden sie die Villa durchsuchen? Oder den Leiter ausquetschen? Er würde es wohl nie erfahren.

An der Madeleine war er ausgestiegen und zu Fuß die Rue Royale hinaufgegangen. Der Umschlag mit dem Geld in seiner Tasche beruhigte ihn fast noch mehr als die Glock im Gürtel. An der Place de la Concorde war er nach rechts ausgeschert und hatte eines der luxuriösesten Hotels der Stadt aufgesucht: das Crillon. Damit verband er zwei Absichten. Erstens würde man in einem solchen Palast nicht gleich nach seinen Papieren fragen, denn bei diesen Preisen zeigte man sich in aller Regel diskret, und zweitens glaubte er, dass das Crillon so ungefähr der letzte Ort war, wo man nach einem vermeintlichen Obdachlosen auf der Flucht suchen würde.

Narcisse hatte behauptet, seine Brieftasche verloren zu haben, und die fast tausend Euro für sein Zimmer im Voraus bezahlt. Außerdem hatte er sich verpflichtet, am nächsten Tag die Verlustmeldung zu präsentieren. Das Personal am Empfang hatte beim Anblick seines zerrissenen Jacketts nicht einmal mit der Wimper gezuckt. Aus einer spielerischen Laune heraus hatte er Namen und Adresse von Mathias Freire angegeben. Jetzt fürchtete er sich nicht mehr. Seit er die Metro betreten hatte, war ihm klar, dass ihn hier in Paris niemand suchte. Dinge, die in Bordeaux oder Marseille als nationale Katastrophe galten, gingen im Pariser Trubel unter.

Als er in seinem Hotelzimmer duschte, stellte er fest, dass

er an den Fünfsterneluxus gewöhnt zu sein schien. Die Ermittlungsakte hatte er im Safe verstaut. Alles war wie in einem Traum. Er war den Mördern entkommen, hatte die Taschen voller Geld und verfügte in Paris über eine unverhoffte Bewegungsfreiheit.

Von der Rezeption ließ er Rasierzeug kommen und brachte sein Äußeres endlich wieder in einen menschenwürdigen Zustand. Nachdem er zwei Stunden geschlafen hatte, ließ er sich mit einem Taxi in die Rue François-I zu einer schicken Herrenboutique fahren. Er kaufte einen dunklen, nüchternen Anzug aus reiner Schurwolle und ein himmelblaues Hemd, das er ohne Krawatte trug, sowie Mokassins aus schwarzem Wildleder. Endlich sah Narcisse wieder wie ein Mensch aus. In der Umkleidekabine, wo er sich vor neugierigen Blicken geschützt fühlte, hatte er das Heftchen mit den Farbangaben und den Handschellenschlüssel, den er dem Sicherheitsmann in Marseille abgenommen und als Glücksbringer behalten hatte, in die Tasche seines neuen Anzugs gesteckt. Er hatte auch zwei Gürtel erstanden: den einen, um seine Hose und die Pistole zu halten, den anderen, um ihn um seine rechte Wade zu schlingen und damit das Eickhorn zu befestigen. Wie ein Messer für die Unterwasserjagd.

»Narcisse? Sie sind es doch, oder?«

Der Mann in Grau – zweifellos der Galerist – stand jetzt vor ihm. Sein Gesichtsausdruck hatte sich verändert.

»Ja, ich bin es. Kennen wir uns?«

»Ich kenne Ihre Selbstporträts. Corto hat mir erzählt, dass Sie verschwunden sind.«

»Das war nur vorübergehend.«

Dem Galeristen schien nicht wohl in seiner Haut zu sein. Halbherzig hielt er Narcisse die Hand hin.

»Ich bin Philippe Pernathy. Mir gehört die Galerie. Ihre Ausstellung war ein unglaublicher Erfolg.«

»Das habe ich auch gehört.«

»Malen Sie immer noch?«

»Nein.«

»Was wollen Sie dann hier?«

Mit jeder Sekunde wuchs Narcisses Überzeugung, dass Pernathy über sein Erscheinen nicht gerade erfreut war. *Aber warum?*

»Ich möchte meine Bilder sehen.«

Der Galerist reagierte sichtlich erleichtert. Er nahm Narcisses Arm und zog ihn hinter sich her in sein Büro am Ende der Ausstellungsräume.

»Kein Problem. Ich habe hier Fotos von allen …«

»Nein. Ich will die Originale sehen.«

»Unmöglich. Ich habe alle Gemälde verkauft.«

»Ich weiß. Deshalb brauche ich die Liste und Adressdaten aller Käufer.«

»Das geht nicht. Diese Dinge sind streng vertraulich.«

Endlich begriff Narcisse. Der Gauner hatte die Gemälde vermutlich sehr viel teurer verkauft, als er Corto gegenüber zugeben wollte. Natürlich wäre es ihm unangenehm, wenn der Künstler mit den Kunden in Kontakt käme.

»Ihre Verkaufspreise interessieren mich nicht«, erklärte er. »Ich muss sie sehen, sonst nichts.«

»Nein. Es ist … Es ist unmöglich.«

Narcisse griff nach dem Revers seines Jacketts.

»Sie wissen, wer ich bin, nicht wahr? Bei uns Verrückten passiert schnell einmal ein Missgeschick.«

»Aber ich kann Ihnen die Liste nicht geben«, stotterte der Galerist. »Meine Kunden sind einflussreiche Leute, die auf meine Diskretion vertrauen und …«

Er brach ab. Narcisse hatte seine Glock aus dem Gürtel gezogen und hielt sie dem Mann unter die Kinnlade.

»Die Liste«, zischte er zwischen den Zähnen. »Nicht, dass uns ein verirrter Windstoß noch beide hier wegweht!«

Pernathy schien plötzlich zu schrumpfen, als ob seine Wirbelsäule nachgegeben hätte. Zitternd und hochrot im Gesicht ging er um den Schreibtisch herum und griff nach der Maus. Er klickte ein paarmal. Narcisse konnte die Liste sehen, die sich in seiner Brille spiegelte. Mit zitternden Händen schaltete der Galerist den Drucker ein.

»Trinken Sie einen Schluck«, riet Narcisse ihm freundlich. »Dann geht es besser.«

Gehorsam öffnete der Galerist einen kleinen Kühlschrank, der hinter einem Trinkbrunnen in einer Ecke des Büros stand, und nahm eine Dose Cola Zero heraus.

»Haben Sie vielleicht auch eine für mich?«

Surrealistisch anmutende Sekunden verrannen. Immer noch zielte Narcisse auf den Galeristen. Schweigend tranken sie ihre Cola, während der Drucker schnurrte. An der rechten Wand entdeckte Narcisse eine große Schwarz-Weiß-Aufnahme, die einen kahlköpfigen Mann mit stechendem Blick zeigte. Er trug eine Hose mit Hosenträgern und hielt eine Papiertrompete in der Hand.

»Wer ist das?«

»Adolf Wölfli. Ich habe eine Retrospektive organisiert. Er ist einer der begabtesten Vertreter der Art Brut überhaupt.«

Narcisse fixierte die glühenden Augen.

»War er verrückt?«

Pernathy antwortete so hastig, dass er alle Satzzeichen wegzulassen schien.

»Das kann man wohl sagen. Nach mehreren Vergewaltigungsversuchen an Kindern hat man ihn für unzurechnungsfähig erklärt und in einer Anstalt bei Bern untergebracht, die er zeitlebens nicht mehr verließ. In der Anstalt hat er angefangen, sich künstlerisch zu betätigen. Jede Woche bekam er einen Bleistift und zwei Blatt unbedrucktes Zeitungspapier zugeteilt. Manchmal zeichnete er mit einer nur wenige Millimeter breiten Mine. Auf diese Weise hat er Tausende Bilder gemalt. Als er starb, war seine Zelle von der Decke bis zum Boden mit Zeichnungen und selbst zusammengehefteten Büchern vollgestopft.«

»Und was bedeutet die Papiertrompete?«

»Darauf musizierte er. Er war zwar kein Musiker, aber er behauptete, in seinem Gehirn Noten zu hören.«

Narcisse wurde von einem Schwindel gepackt. Ein krimineller Verrückter, der seine gewalttätigen Regungen in unendlichen Linien und Arabesken ertränkte. War er auch so?

»Meine Liste«, sagte er mit dumpfer Stimme.

Der Galerist reichte ihm die ausgedruckte Seite. Die hektische Röte in seinem Gesicht wich allmählich einer normaleren Tönung. Sein Körper in dem teuren Anzug richtete sich wieder auf. Vor allem schien er es jetzt eilig zu haben, sich des Wahnsinnigen zu entledigen.

Narcisse warf einen Blick auf die Namen. Er kannte keinen davon. Die meisten Käufer schienen in Paris zu wohnen und waren sicher nicht schwer zu finden. Neben jedem Namen stand der Titel des erworbenen Gemäldes. *Der Senator. Der Briefträger. Der Admiral.*

Narcisse steckte die Pistole ein und ging rückwärts Richtung Tür, als ihm plötzlich eine Idee kam.

»Erzähl mir etwas über Courbet«, befahl er dem Galeristen, den er mit einem Mal duzte.

»Courbet? Wieso Courbet?«

»Mich interessiert vor allem das Bild *Der Verletzte*.«

»Auf diese Epoche bin ich nicht spezialisiert.«

»Sag einfach alles, was du weißt.«

»Ich glaube, Courbet hat das Selbstbildnis irgendwann in der Zeit zwischen 1840 und 1850 gemalt. So ungefähr jedenfalls. Es ist ein berühmtes Beispiel für ein Repentir.«

»Wie bitte? Was hast du da gerade gesagt?«

»Ein Repentir. So nennt man ein Gemälde, das vom Künstler entweder sehr grundlegend korrigiert oder übermalt wurde.«

Der Satz explodierte in Narcisses Gehirn. *Meine Malerei ist ein Repentir.* Seine Selbstbildnisse waren also nur Tarnung.

»*Der Verletzte.* Erzähle davon.«

»Bei dem Bild handelt es sich um ein klassisches Beispiel dafür«, begann Pernathy etwas ruhiger als zuvor. »Kunsthistoriker hatten sich schon lang gefragt, warum Courbet sich mit einer Wunde in der Herzgegend unter einem Baum liegend darstellte. Erst viel später erkannte man, dass das Gemälde ein Geheimnis beherbergte. In der ursprünglichen Version hatte der Maler sich mit seiner Verlobten gemalt, bis das Bild jedoch fertig wurde, hatte das Mädchen ihm den Laufpass gegeben. In seinem Schmerz hat Courbet sie übermalt und sie sozusagen symbolisch durch den Blutfleck auf dem Herzen ersetzt. Die Wunde ist also eine Wunde der Liebe.«

Trotz seiner Aufregung gefiel Narcisse die Geschichte.

»Und wie hat man davon erfahren?«

»Das Bild wurde im Jahr 1972 geröntgt. Unter der Oberflächenfarbe kann man genau die Gestalt der Verlobten erkennen, die an Courbets Schulter in seinem Arm liegt.«

Narcisse wurde immer unruhiger. Innerlich zitternd machte er sich klar, dass unter jedem seiner Selbstporträts ein anderes Bild existieren musste – die Darstellung einer Wahrheit, die entweder seine ursprüngliche Identität oder die Verbrechen des Obdachlosenmörders betraf. Eine Wahrheit, die man mit Röntgenstrahlen nachweisen konnte.

Ehe er die Galerie verließ, wandte er sich noch einmal um.

»Ich denke, es ist besser für uns beide, wenn wir uns nie im Leben gesehen haben.«

»Verstehe.«

»Du verstehst überhaupt nichts, aber das ist auch gut so. Und wehe, du warnst deine Kunden vor meinem Besuch. Wenn du das tust, komme ich zurück.«

Narcisse hatte den Eindruck, die Mitgliederliste eines Geheimclubs zu besitzen, einer Gruppe von Eingeweihten, die sich an seiner Verrücktheit ergötzten. Vampire der Seele. Perverse Voyeure. Neben den Namen der Sammler verzeichnete die Liste nicht nur die Adresse, sondern auch den Code der Eingangstür, die Zugangskontrolle zur Sprechanlage und die Handynummer. Da die Galerie die Werke frei Haus geliefert hatte, waren sämtliche praktischen Hinweise in das Dokument aufgenommen worden. Narcisse brauchte nur noch zu klingeln.

Er spürte, dass er in Paris wieder auflebte. Es war einer dieser grauen Tage, wie sie nur in der französischen Hauptstadt vorkamen. Weder Wolken noch Regen, nur ein fader, feuchter, schmuddliger Vorhang, der sich wie ein ungewaschenes Tuch über die Stadt breitete. Etwas, das weder Anfang noch Ende besaß und das den ganzen Tag so bleiben würde. Er frohlockte. Der Schmutz und die Monotonie schienen ihm seit Ewigkeiten vertraut.

Der erste auf der Liste verzeichnete Käufer hieß Whalid El-Khoury und wohnte am unteren Ende der Avenue Foch. Narcisse bat den Taxifahrer, vor dem Haus zu warten, und überwand geduldig ein Hindernis nach dem anderen. Den Code der Eingangstür. Den Zugang zum Haus. Die Sprechanlage. Weiter kam er nicht. El-Khoury war abwesend. Narcisse versuchte mit dem Butler zu verhandeln. Ob er vielleicht ein Päckchen in der Wohnung abliefern könne? Er hoffte, auf diese Weise zumindest Zugang zu den Räumen zu bekommen und sein Gemälde sehen zu können. Doch der Diener riet ihm, sein Päckchen beim Hausmeister abzugeben.

Wieder im Taxi, nannte Narcisse dem Fahrer die Adresse, die der Avenue Foch am nächsten lag. Es war eine Sackgasse an der Avenue Victor Hugo.

In der kleinen Straße lagen Villen und Wohngebäude sorgfältig hinter Tannen und Zypressen verborgen. Hier lebte man nach dem Grundsatz, möglichst wenig von seinem Reichtum zur Schau zu stellen. Das vornehme Haus von Simon Amsallem jedoch, Narcisses zweites Ziel, machte hier eine Ausnahme. Es stammte aus dem frühen 20. Jahrhundert und war mit üppigem maurischen und italienischen Zierrat in weißem Stuck versehen. Eine Fülle an Türmchen, Kuppeln, Karyatiden, Balkonen und Balustraden ohne Rücksicht auf Ausgewogenheit und Logik. Der Anblick knallte einem entgegen wie ein Champagnerkorken.

Narcisse sprach an der Sprechanlage vor und wurde sogleich von einem philippinischen Butler in Empfang genommen, dem er seinen Künstlernamen nannte. Wortlos entfernte sich der Diener, um seinen Herrn zu benachrichtigen. Narcisse blieb allein in einem mit schwarzen und weißen Fliesen ausgestatteten Vestibül. An den Wänden hingen Gemälde, die von einfachen LED-Bändern beleuchtet wurden. Art Brut, und zwar vom Feinsten.

Ein großes Werk, das aus mit Bleistift bemalten Verpackungskartons bestand, stellte die Luftansicht eines von Straßen und Wegen durchzogenen kleinen Dorfes dar. Wenn man sich weit genug entfernte, erkannte man, dass die Gassen das Gesicht einer Hexe bildeten, die mit offenem Mund das Dorf zu verschlucken drohte. Ein Triptychon in Kreide zeigte das gleiche, durch drei unterschiedliche Ausdrücke verzerrte Gesicht: Bestürzung, Angst, Entsetzen. Die unterlaufenen Augen, düsteren Schatten und malträtierten Hintergründe schienen wie mit Blut gemalt.

Andere, im Stil amerikanischer Comics der 1960er Jahre gemalte Bilder zeigten Szenen aus dem französischen Alltag: Einkäufe auf dem Markt, den Aperitif im Café und Picknicks im Grünen. Die Gemälde hätten tröstlich wirken können, aber die dargestellten Personen schienen zu schreien, zeigten ihre Zähne und waren umgeben von verwesenden Leichen und gehäuteten Tierkadavern.

»Du bist also Narcisse?«

Er drehte sich um und stand einem korpulenten Mann im fortgeschrittenen Alter gegenüber, der ein weißes Jackett, eine Ray-Ban-Pilotenbrille und eine im ergrauenden Haar festgesteckte Kippa trug. Er schwitzte und hatte sich ein weißes Handtuch um den Hals geschlungen. Vermutlich hatte er Sport getrieben. Narcisse fragte sich, ob er wohl die Kippa während der Übungen aufbehalten hatte.

Der Mann schloss ihn in die Arme, als hätten sie sich lange Zeit nicht gesehen, um ihn anschließend lachend zu mustern.

»Ich freue mich, dich endlich einmal in natura zu sehen, mein Junge. Immerhin schlafe ich schon monatelang mit deinem Konterfei über meinem Bett.«

Mit einer Handbewegung lud er ihn in ein großes Wohnzimmer zur Rechten ein. Narcisse betrat das Zimmer, dessen Stil der überladenen äußeren Erscheinung des Hauses entsprach. Sofas aus goldbraunem Samt. Weiße Fellkissen. Orientteppiche, die kreuz und quer auf dem weißen Marmorboden lagen. Auf dem Kaminsims thronte eine überdimensionale Menora, der siebenarmige Leuchter der Juden.

Und überall fand sich Outsider Art. Skulpturen aus Konservendosen. Naive Gemälde auf wiederverwendeten Materialien. Skizzen mit mysteriösen Inschriften. Narcisse musste an eine Blaskapelle denken, die aus Leibeskräften spielte, aber nichts als Misstöne hervorbrachte. Irgendwie passte das Ganze zum kitschigen Ambiente des Hauses.

Der Sammler ließ sich auf eine der Couchen fallen. Unter dem offenen Jackett trug er ein T-Shirt mit der Aufschrift FAITH in Frakturschrift.

»Setz dich. Zigarre?«

»Nein danke«, sagte Narcisse und ließ sich seinem Gastgeber gegenüber nieder.

Amsallem nahm eine dicke Zigarre aus einem chinesischen Lackkästchen, dessen Deckel er sofort wieder schloss. Mit einem Schnappmesser mit Elfenbeingriff beschnitt er das Ende der Zigarre, die er sich schließlich zwischen die blitzenden Zähne steckte und anzündete. Zufrieden paffte er dicke, blaue Wolken. Es konnte losgehen.

»An der Art Brut gefällt mir vor allem ihre Freiheit«, erklärte er, als würde er interviewt. »Und die Reinheit. Weiß du, wie Dubuffet sie definiert hat?«

Höflich schüttelte Narcisse den Kopf.

Sein Gegenüber fuhr spöttisch fort:

»›Wir verstehen darunter künstlerische Werke, die von Personen geschaffen werden, die nie mit künstlerischer Kultur zu tun hatten. Kunst, in der sich ausschließlich Erfindungsgabe manifestiert und nicht etwa die in der kulturellen Kunst immer vorherrschende Nachahmung.‹ Nicht schlecht, wie?«

Er paffte einen dicken Rauchring und wurde plötzlich ernst.

»Das einzige Gift«, fuhr er fort, »ist die Kultur. Sie erstickt jegliche Originalität, Individualität und Kreativität.« Er schwenkte seine Zigarre. »Und außerdem zwingt sie uns ihre politische Scheißbotschaft auf.«

Narcisse nickte nur. Er gab sich fünf Minuten, ehe er auf den Grund seines Besuchs zu sprechen kommen würde. Sein Gastgeber legte die Füße auf den Couchtisch. Er trug mit Gold abgesetzte Nikes.

»Willst du ein Beispiel? Du brauchst nur an die Madonnendarstellungen der Renaissance zu denken. Da Vinci, Tizian, Bellini. Sie sind zugegebenermaßen wunderschön, aber trotzdem stimmt etwas nicht. Der kleine Jesus ist niemals beschnitten. *Mazel tov!* Für die Katholen ist Christus nicht einmal mehr ein Jude.«

Amsallem nahm die Beine vom Tisch und beugte sich mit konspirativer Miene zu Narcisse.

»Jahrhundertelang ist die Kunst der Macht in den Arsch gekrochen und hat die dicksten Lügen aufrechterhalten. Sie hat den Hass auf die Juden in Europa geschürt. All diese Bilder mit den kleinen Goj-Pimmelchen haben dem Antisemitismus Tür und Tor geöffnet.«

Er blickte auf die Uhr und fragte unvermittelt:

»Was willst du eigentlich von mir?«

»Mein Bild sehen«, antwortete Narcisse wie aus der Pistole geschossen.

»Nichts einfacher als das. Es ist in meinem Schlafzimmer. Sonst noch was?«

»Ja. Ich möchte es mir für einen Tag ausleihen.«

»Warum?«

»Weil ich etwas überprüfen will. Danach gebe ich es Ihnen sofort zurück.«

Ohne das geringste Zögern streckte Amsallem ihm über den Couchtisch hinweg seine Hand entgegen.

»In Ordnung. Du kriegst es, mein Junge. Ich vertraue dir.«

Verwirrt schlug Narcisse ein. Er hatte mit mehr Widerstand gerechnet. Amsallem erriet seine Überraschung. Er nahm die Zigarre aus dem Mund und sagte durch eine Rauchwolke:

»In Frankreich gibt es etwas, das sich Urheberrecht nennt. Ich finde das gut. Zwar habe ich dein Bild gekauft, aber du hast es gemalt, und deshalb wird es immer dir gehören – immer, hörst du?« Er sprang auf. »Komm mit!«

Narcisse folgte ihm durch einen mit schwarzer Seide ausgeschlagenen Flur. An jeder Tür waren Gold, Behänge und Marmor zu sehen. Überall standen italienische Büsten, Teppiche und lackierte Möbel herum wie in einem venezianischen Antiquitätenladen.

Amsallem betrat ein Zimmer mit einem riesigen, weißgoldenen Bett. Über dem Kopfende hing in einem hundert mal sechzig Zentimeter großen Rahmen das Bild *Der Clown*. Wie es sich gehörte, hatte der Clown ein weiß geschminktes Gesicht, zwei schwarze Linien, die sich an den Augen kreuzten, eine Trompete und einen Luftballon.

Narcisse trat näher an das Bild heran. Er erkannte die rötlichen Töne, die wilden Pinselstriche und die sarkastische Verzerrung des Gesichts wieder, doch erst jetzt entdeckte er das auffällige Relief seines Gemäldes. *Bilder, die man nicht nur betrachten, sondern auch betasten kann.* Die Farbe war erhaben wie ein Lavastrom und in wütenden Furchen und Rillen aufgetragen. Der Clown schien in seiner Darstellung aus der Froschperspektive die Welt zu dominieren.

Auf der anderen Seite nahm ihm sein lächerlich geschminktes Gesicht mit dem ängstlichen, unglücklichen Ausdruck jede Souveränität. Das Bild zeigte gleichzeitig einen Tyrannen und einen Sklaven, einen Beherrscher und einen Beherrschten. Vielleicht war dies das Symbol für sein Schicksal?

Amsallem versetzte ihm einen freundschaftlichen Klaps auf den Rücken.

»Du bist ein Genie, mein Junge – keine Frage!«

»Sagt Ihnen das Wort ›Matrjoschka‹ etwas?«, fragte Narcisse plötzlich.

»Du meinst die russischen Puppen? Nein. Warum?«

»Nur so.«

Amsallem nahm das Bild von der Wand und fragte schmunzelnd im unterwürfigen Tonfall eines Verkäufers:

»Soll ich es Ihnen ein wenig einschlagen, mein Herr?«

»Was war heute mit Narcisse los?«

Philippe Pernathy in seinem grauen Flanellanzug wirkte unruhig. An den weißen Wänden rings um ihn hingen merkwürdige Bilder – eine Art seltsamer Partitionen mit kreisförmigen Notenlinien, Tausenden von Noten und beunruhigenden Gesichtern.

Anaïs fühlte sich in Topform. Die Amphetamine wirkten noch immer. Nachdem sie Crosnier informiert hatte, war sie auf dem schnellsten Weg zum Flughafen von Nizza gefahren. Der Polizist aus Marseille würde sich um die Morde in der Villa Corto kümmern und war sogar einverstanden gewesen, ihre Anwesenheit am Tatort zu verheimlichen. Sie hatte einen Flug um 10.20 Uhr bekommen. Nach wie vor verfolgte sie die Söldner auf ihrem iPhone. Als sie an Bord der Maschine ging, kamen sie gerade an der Porte de la Chapelle an.

Eine Stunde später landete sie in Paris. Die Killer hatten inzwischen zwanzig Minuten in der Rue de Turenne verbracht. Anaïs beschloss, einen Wagen zu mieten. Einen Augenblick lang fürchtete sie, dass die junge Dame am Avis-Schalter sich weigern würde, ihr ein Auto zu überlassen. Sie sah zugegebenermaßen ziemlich wüst aus. Aber schließlich konnte sie dann doch ihren Weg in einem Opel Corsa fortsetzen. Sie hatte ein Auto mit Navi genommen, weil sie sich in Paris kaum auskannte.

Die Männer waren inzwischen von der Rue de Turenne in die Avenue Foch weitergefahren. Offensichtlich folgten sie einem genauen Plan, den Anaïs allerdings noch nicht durchschaute. Sie hoffte nur, dass sie ihren Weg nicht mit Leichen pflastern würden.

In der Rue de Turenne hatte sie aus einem reinen Bauchgefühl heraus die Galerie aufgesucht. Guter Riecher! Der Mann hatte ihr wertvolle Informationen gegeben. Narcisse war Maler und hatte in der Villa Corto gewohnt. Vor einiger Zeit hatte Pernathy fast alle bekannten Werke des Meisters an Sammler in Paris verkauft. Es waren etwa dreißig zwischen September und Oktober 2009 entstandene Stücke.

Diese Antworten hatte Anaïs mehr oder weniger erwartet. Ehe der gutaussehende, dunkle Mann zum Psychiater Mathias Freire geworden war, hatte er als obdachloser Victor Janusz und als verrückter Maler Narcisse sein Dasein gefristet.

Der Galerist hatte ihr Fotos von Narcisses Gemälden gezeigt. Es waren bizarre Selbstdarstellungen, auf denen der Künstler sich in den unterschiedlichsten Kostümen gemalt hatte. Sämtliche Bilder waren in einem rötlichen Grundton gehalten – Anaïs definierte es als Blut – und ließen sowohl eine tiefgründige als auch eine sarkastische Interpretation zu. Sie wirkten wie Hymnen, die von einem falsch spielenden Orchester massakriert wurden.

»Wer war heute hier, um über Narcisse zu sprechen?«

»Narcisse selbst.«

»Um wie viel Uhr?«

»Gegen elf.«

Genau die Zeit, in der die Mörder vor der Galerie geparkt hatten. Sie hatte also richtig getippt – sie waren ihrem Opfer wieder auf der Spur und würden Narcisse folgen, bis sie eine Möglichkeit fanden, ihn niederzuschießen. Ihr Herz begann heftig zu klopfen.

»Was wollte er?«

»Seine Bilder sehen.«

»Haben Sie sie ihm gezeigt?«

»Das war leider nicht möglich. Sie sind alle verkauft. Er hat mich um die Liste der Käufer gebeten.«

»Und die haben Sie ihm gegeben?«

»Er war bewaffnet.«

Anaïs warf einen Blick auf ihr iPhone. Der Q7, der in der Avenue Victor Hugo geparkt hatte, war jetzt in Richtung Trocadéro unterwegs. Sie vermutete, dass Freire dabei war, jeden Käufer aufzusuchen, und dass seine Jäger ihm von einem zum anderen folgten.

»Ich brauche eine Kopie dieser Liste. Und zwar sofort.«

»Die Daten sind vertraulich. Ich kann …«

»Ich rate Ihnen, die Liste auszudrucken, ehe alles noch schlimmer wird. Schlimmer für Sie!«

Der Galerist ging um seinen Schreibtisch herum, beugte sich über seinen Computer und klickte ein paarmal. Sofort begann der Drucker zu surren. Anaïs konsultierte erneut das Display ihres Handys. Die Mörder waren auf die linke Seite der Seine hinübergewechselt.

»Bitte sehr.«

Der Galerist legte die Liste auf den Schreibtisch.

»Haben Sie einen Marker?«, fragte Anaïs.

Pernathy gab ihr einen orangefarbenen Highlighter. Auf der Liste standen etwa zwanzig Namen, die meisten Adressen befanden sich in Paris. Anaïs markierte die Adressen von Whalid El-Khoury in der Avenue Foch und die von Simon Amsallem in der Nähe der Avenue Victor Hugo. Wer mochte der nächste sein? Ein Blick auf den Tracker zeigte an, dass die Mörder den Seine-Kais in Richtung des Boulevard Saint-Germain folgten.

»Wollte Narcisse sonst noch etwas von Ihnen?«, erkundigte sie sich bei Pernathy.

»Nein, er ist mit seiner Liste abgezogen, und das war's.«

»Sonst war heute Morgen niemand hier?«

»Nein.«

Irgendetwas stimmte da nicht. Wenn die Kerle Freire hätten erschießen wollen, hätten sie es längst getan. Worauf warteten sie? Wollten sie wissen, wonach er suchte? Und er selbst – warum wollte er seine Gemälde sehen? Vielleicht, weil sie eine

Information enthielten? Ein Geheimnis, das Narcisse selbst hineingemalt hatte? *Ein Geheimnis, das er vergessen hatte und wiederfinden wollte?*

Der Q7 fuhr immer noch. Ging man nach der Liste, hätten sie vor dem Haus von Hervé Latannerie in der Rue Surcouf Nummer 8 im 7. Arrondissement halten müssen, doch sie fuhren an dieser Straße vorüber und erreichten die Place des Invalides.

»Hat Narcisse Ihnen sonst noch irgendetwas gesagt?«

»Nein. Oder doch. Er hat mir Fragen über Gustave Courbet gestellt.«

»Worum ging es?«

»Er interessierte sich für eines von dessen Selbstporträts mit dem Namen *Der Verletzte*.«

»Bitte etwas genauer. Ich möchte Wort für Wort wissen, wonach er gefragt hat.«

»Er wollte wissen, was ein Repentir ist.«

»Gut, dann frage ich Sie das Gleiche.«

»Es ist ein Bild, das der Maler entweder stark korrigiert oder sogar übermalt.«

In ihrem Nacken kribbelte es. Sie näherte sich einem wichtigen Punkt.

»Ist *Der Verletzte* ein solches Repentir?«

»Eines der berühmtesten. Man hatte sich immer schon gefragt, warum Courbet sich als sterbenden Mann unter einem Baum mit einer Wunde im Herzen darstellte. In den 1970er Jahren hat man das Gemälde geröntgt und festgestellt, dass der Maler sich ursprünglich mit seiner damaligen Verlobten im Arm abgebildet hatte. Nachdem das Mädchen ihn verließ, hat er das Gemälde umgestaltet und sich als tief im Herzen Getroffenen gemalt. Das Symbol spricht für sich.«

Ein Gedanke durchzuckte Anaïs. Narcisses Gemälde waren also Repentirs. Unter seine Selbstporträts hatte er etwas anderes gemalt. Ein Geheimnis, das er herauszufinden versuchte und das wohl auch die Männer in Schwarz interessierte. Narcisse wollte vermutlich alle seine Bilder abholen, um sie röntgen zu lassen. Das iPhone! Die Jäger befanden sich in der Rue du Bac und hielten an der Ecke der Rue de Montalembert an. Anaïs konsultierte die Liste. Ein gewisser Sylvain Reinhardt wohnte in dieser Straße, in der Nummer 1.

Sie wollte bereits auf die Straße stürmen, als ihr etwas einfiel.

»Haben Sie vielleicht eine Abbildung des *Verletzten*?«

»Gut möglich. Vermutlich in einer Monografie. Ich ...«

»Holen Sie sie.«

»Aber ...«

»Machen Sie schnell!«

Pernathy verschwand. Anaïs versuchte gar nicht mehr, ihre Gedanken zu ordnen. Sie folgte nur noch ihrer Intuition.

»Hier!«

Pernathy hielt ihr einen aufgeschlagenen Bildband hin. Der Verletzte lag unter einem Baum. Sein Mantel war wie eine Decke über ihn gebreitet. Über der Szene flirrte ein goldenes, wie durch Blätter gefiltertes, feierliches Licht. Der Kopf des Mannes ruhte auf der schwarzen Baumrinde, mit der linken Hand umfasste er eine Falte des Stoffs, die Rechte war unter dem Mantel verschwunden.

Auf der linken Seite des weißen Hemdes breitete sich ein roter Fleck aus. Neben dem Maler lag ein Schwert.

Anaïs reagierte als Polizistin. Für sie war das Bild ein Tatort und die Klinge ein Köder. Das Opfer wollte seinen wahren Mörder vor den Augen der anderen verbergen. Es war nicht etwa ein Rivale, mit dem er sich duellierte, sondern eine Frau, die ihm Schmerz zugefügt hatte.

»Haben Sie auch das Röntgenbild des Gemäldes?«

»Ja, hier.«

Pernathy blätterte die Seite um. Anaïs erkannte das gleiche Gemälde in Schwarz-Weiß. Es schien zu strahlen und hatte sich in eine Art Traumlandschaft verwandelt. Der Unterschied war unverkennbar: Anstelle des Mantels schmiegte sich eine Frau an die Schulter des Malers. Sie sah aus wie ein Geist. Das Ganze wirkte wie die gefälschten Fotos, die man zu Beginn des 20. Jahrhunderts angeblich bei spiritistischen Séancen aufgenommen hatte.

Die Frau war unter der Farbe verschwunden.

Anaïs bedankte sich bei dem Galeristen und verließ die Galerie mit unsicheren Schritten. In ihrer Verwirrung begriff sie, dass sie eine Möglichkeit mehr fürchtete als alle anderen.

Sie hatte Angst, dass Narcisses Gemälde ebenfalls den Geist einer Verflossenen verbargen.

Sylvain Reinhardt lebte im Dunkeln.
Er hatte seine Tür nur vorsichtig geöffnet und war ein Stück aus dem Schatten aufgetaucht, ließ aber die Sicherheitskette vorgelegt. Wandleuchter verbreiteten im Treppenhaus ein schwaches Licht, das an Paraffinlampen in einem Bergwerk erinnerte.

»Ich kenne Sie«, sagte der Mann. »Sie sind Narcisse.«

Narcisse nickte.

»Ich kaufe niemals direkt von Künstlern«, warnte Reinhardt.

Narcisse trug sein in Luftpolsterfolie gewickeltes Gemälde unter dem Arm.

»Ich will nichts verkaufen.«

»Worum geht es dann?«

»Dürfte ich vielleicht kurz reinkommen?«

Widerwillig hakte Reinhardt die Kette los, öffnete die Tür und zog sich in die Diele zurück. Narcisse tauchte in die Dunkelheit ein. Er erahnte den Raum, das Parkett, die hohen Decken und die weitläufigen Linien einer von Haussmann entworfenen Wohnung.

Reinhardt schloss die Tür und legte die Kette wieder vor. Langsam gewöhnten sich Narcisses Augen an die Dunkelheit. Er stand in einem riesigen, zweigeteilten Wohnzimmer. Die Fensterläden waren geschlossen, die Möbel mit grauen Hussen abgedeckt, und es herrschte eine geradezu erstickende Hitze.

»Was wollen Sie?«

Der Tonfall des Mannes war aggressiv. Narcisse betrachtete ihn genauer. Er trug eine verwaschene Jeans, einen Pullover und Bootsschuhe. Sein Gesicht konnte Narcisse noch nicht erkennen.

»Ich möchte Sie kennenlernen«, begann Narcisse vorsichtig.

»Ich vermeide jeglichen Kontakt mit den Künstlern, deren Werke ich kaufe. Eine meiner Grundregeln! Ganz gleich, was allgemein behauptet wird – die künstlerischen Gefühle müssen neutral, objektiv und sachlich bleiben.«

Reinhardt wies auf den rechten Teil des Wohnzimmers. Narcisse wandte sich dorthin. Das Zimmer war zwar nicht unordentlich, wirkte aber vernachlässigt. Überall lag Staub, und es roch, als wäre lange nicht gelüftet worden. Narcisse lief über dunkle Teppiche, die vermutlich schmutzig und mit Haaren bedeckt waren.

Er ging weiter. Lüster, Sessel und kleine Tische schienen in der Finsternis zu schwimmen. An der rechten Wand hing ein Basrelief, das die Umrisse von Kolossen darstellte und an ägyptische Hieroglyphen erinnerte. *Familieneigentum*, dachte Narcisse. Die Wände, Möbel und Teppiche gehörten ebenso zu Sylvain Reinhardt wie die Form seiner Nase oder ererbte Ticks seiner Vorfahren. Die Wohnung war ein Ausfluss seines Erbguts.

Er drehte sich um und lächelte.

»Sammeln Sie Art Brut?«

Inzwischen konnte er seinen Gastgeber besser erkennen. Reinhardts Gesicht wirkte tatsächlich wie ein Totenschädel. Die feine, pergamentartige Haut spannte sich über Muskeln und Knochen und zeichnete jede Unebenheit ab. Die Stirn war kahl, die Augen lagen tief in den Höhlen, Kieferknochen und Zähne traten hervor. Es war unmöglich, sein Alter zu schätzen. Wenn man ihn ansah, rechnete man weniger in Jahren als vielmehr in Generationen. *Die schiere Dekadenz.*

»Aber natürlich. Sie sehen sie ringsum.«

Und da sah er sie. Die Bilder waren weder gerahmt noch aufgehängt, sondern nur an der Wand aufgestellt. Im Halbdunkel traten sie gegenüber der düsteren Tapete kaum hervor. Unentwirrbare, in krummen Linien verhaspelte Verschachtelungen, kleine Kreidegestalten mit Vogelköpfen, runde Gesichter mit unzähligen Zähnen.

»Warum leben Sie hier im Dunkeln?«

»Wegen meiner Bilder. Das Licht zerstört die Farben.«

Narcisse fragte sich, ob der Mann scherzte. Seine Aussprache klang hochmütig, als ob jede Silbe ihn anekelte.

»Das Licht ist die Grundlage der Malerei.«

Der Satz war ihm einfach entschlüpft. Hier hatte der Künstler gesprochen. Reinhardt antwortete mit einer Art missbilligendem Glucksen.

Narcisse betrachtete die anderen Bilder. Männer mit Katzengesichtern. Kleine Mädchen, die wie Gespenster aussahen. Masken aus braunem Karton mit weit aufgerissenen Augen.

»Mein Vater war mit Dubuffet befreundet«, sagte Reinhardt, als wolle er sich entschuldigen. »Ich vervollständige seine Sammlung.«

Narcisse hatte sich nicht getäuscht. Dieser reiche Sohn war sowohl ein Gefangener seiner Herkunft als auch seiner Sammlung. Die Gemälde an den Wänden waren wie die schwarzen Blütenblätter einer fleischfressenden Pflanze, die ihn nach und nach verschlang.

»Was willst du, Arschloch?« Reinhardts Ton wurde plötzlich bösartig. »Was hast du hier zu suchen?«

Verblüfft drehte Narcisse sich um. Reinhardt hielt eine kleine Pistole auf ihn gerichtet. In der Dunkelheit war nur der Lauf zu sehen, doch das Ding wirkte nicht echt.

»Du willst mich berauben, nicht wahr?«

Ohne aus der Ruhe zu geraten, ging nun auch Narcisse zum Du über.

»Eines Tages überraschten die Aufseher im Musée du Luxembourg einen alten Mann mit Palette und Pinsel, der ein ausgestelltes Gemälde von Pierre Bonnard kopierte. Der Alte wurde sofort hinausgeworfen. Es war Bonnard selbst.«

Reinhardt lachte erneut. Er hatte sehr schlechte Zähne.

»Die gleiche Geschichte erzählt man sich von Oskar Kokoschka.«

»Ein Maler wird mit seinem Werk nie wirklich fertig.«

»Will heißen?«

»Ich möchte ein paar Veränderungen an meinem Bild vornehmen. An dem, das du gekauft hast. *Der Briefträger*. Ich brauche es nur ein, zwei Tage.«

Auf eine solche Bitte war Reinhardt nicht gefasst. Er passte eine Sekunde lang nicht auf. Narcisse schlug ihm mit der Handkante auf die Faust und entwaffnete ihn. Der Erbe stieß einen spitzen Schrei aus, der sich anhörte wie der Ruf eines Wiesels. Narcisse packte ihn am Hals, drückte ihn an die Wand und hielt ihm seine Pistole unter die Nase. Die Glock wirkte deutlich überzeugender als die winzige Waffe.

»Wo ist mein Bild?«

Er erhielt keine Antwort. Reinhardt sackte zusammen, wurde aber nicht ohnmächtig.

»Her mit meinem Bild«, zischte Narcisse zwischen zusammengebissenen Zähnen. »Dann überlasse ich dich gerne deinem Vivarium.«

Die personifizierte Dekadenz lag auf den Knien und blickte ihn stumpfsinnig an. In den Augen des Mannes standen Tränen. Sie funkelten wie zwei Kerzen und gaben ihm plötzlich etwas Feierliches.

»Wo zum Teufel ist mein Bild?«

»Nicht hier.«

»Wo dann?«

»In meinem Lager.«

»Und wo ist dieses Lager?«

»Unten im Hof. Ein Atelier.«

Narcisse zog ihn mit einer einzigen Bewegung auf die Füße und zeigte auf die Tür.

»Nach dir!«

Die Polizei von Nizza hat sich bei mir gemeldet. Sie stellen immer noch die Villa Corto auf den Kopf.«

»Und?«

»Nichts. Keine Spuren, keine Indizien. Es ist geradezu unmöglich herauszufinden, wer den Psychiater und die Pfleger getötet hat. Und was die Augenzeugen angeht – nun, du hast sie ja selbst gesehen.«

»Hat jemand von mir gesprochen?«

»Niemand ist in der Lage, von irgendwem zu sprechen.«

Anaïs saß in ihrem Mietwagen. Crosniers Stimme schien von einem anderen Planeten zu kommen. Seit zehn Minuten wartete sie in der Rue du Bac an der Ecke zur Rue de Montalembert. Die schräge, relativ kurze Straße lief auf ein auffälliges Gebäude zu. Es war der Verlag Gallimard, der lediglich mit der Abkürzung »NRF« gekennzeichnet war.

»Und sonst?«

»Fer-Blanc ist tot.«

Anaïs war nie davon ausgegangen, dass er sich noch einmal erholen würde. Außerdem war das alles längst Schnee von gestern. Ihre Waffe lag auf ihren Knien. Die beiden Jäger standen zehn Meter weiter neben dem Q7 an der Ecke der Rue du Bac. Sie hatte das Kennzeichen bereits verglichen, und auch die Männer entsprachen der Personenbeschreibung. Mäntel aus schwarzer Schurwolle, Anzüge von Hugo Boss, das blasierte Verhalten von Beamten, die sich ihrer Sache sicher waren.

Sie schlenderten um ihr Fahrzeug herum wie ganz normale Chauffeure und blickten von Zeit zu Zeit zur Fassade des Hauses Rue Montalembert 1 hinauf. Narcisse musste dort drinnen sein. Irgendwo in diesem Haus bei Sylvain Reinhardt.

»Ich rufe dich zurück.«

Soeben verließ Narcisse das Gebäude. Unter dem Arm trug er zwei Bilder. Das eine war in Luftpolsterfolie verpackt, das andere in ein mit Kordel zusammengehaltenes Betttuch. Die Söldner setzten sich in Bewegung. Anaïs öffnete die Wagentür. Victor Janusz alias Mathias Freire alias Narcisse wandte dem Verlag Gallimard den Rücken zu und ging in Richtung Rue du Bac.

Er passierte das Hotel Montalembert, das Hotel Pont-Royal, das Restaurant *Atelier de Joël Robuchon*. Mit seinen Gemälden in der Hand wirkte er wie ein Schlafwandler. Obwohl er starr vor sich hinblickte, schien er nichts zu sehen. Seit ihrem Treffen in seinem anonymen Haus in Bordeaux hatte er einige Kilo abgenommen.

Die Mörder überquerten bereits die Straße. Durch die Auspuffdünste schlängelten sie sich zwischen stehenden Autos hindurch. Anaïs schloss lautlos die Wagentür und entsicherte ihre Waffe. Die Jäger waren nur noch wenige Meter von ihrer Beute entfernt. Anaïs legte ihren Finger auf den Abzug. Sie bewegte sich in die Richtung der drei Männer, bereit, die Straße zu überqueren. Die Mörder ließen die Hände in ihre Mäntel gleiten. Anaïs hob den Arm.

Doch nichts geschah.

Die Jagdhunde blieben wie erstarrt stehen.

Narcisse hatte eine Röntgenpraxis betreten, die sich gleich neben einer Apotheke in der Rue de Montalembert Nummer 9 befand. Anaïs ließ ihre Waffe in ihrem Blouson verschwinden. *Radiologie und Nuklearmedizin* stand auf dem Schild an der Tür.

Narcisse setzte seine Idee in die Tat um. Er hatte bei Simon Amsallem und Sylvain Reinhardt seine Bilder abgeholt und würde sie jetzt röntgen lassen.

Die beiden Männer in Schwarz kehrten zu ihrem Auto zurück. Auch Anaïs ging wieder zu ihrem Opel und setzte sich hinein. Sie war sich sicher, dass man sie nicht gesehen hatte. Der Verkehr war inzwischen fast zum Erliegen gekommen. Die Autos standen Stoßstange an Stoßstange. Immer wieder wurde gehupt. Die Gesichter hinter den Windschutzscheiben wirkten angespannt. Was war hier bloß los?

Anaïs beobachtete Narcisses Verfolger aus dem Augenwinkel. Im Grunde bewunderte sie ihre Ruhe, ihre Eleganz und ihre stumme Vertrautheit mit dem Tod. Beide maßen über einen Meter fünfundachtzig und hatten breite Schultern. Die Jacketts unter ihren Mänteln waren geschlossen, die Bügelfalten ihrer Hosen saßen makellos. Einer der beiden hatte silbernes Haar und trug eine Schildpattbrille der Marke Tom Ford. Das rotblonde Haar des anderen lichtete sich bereits. Beide waren schöne Männer mit regelmäßigen Zügen. Man sah ihnen die Nähe zur Macht und die Sicherheit, ungestraft davonzukommen, förmlich an.

Im Gegensatz dazu fühlte sie sich wie der letzte Dreck. Sie roch übel, schwitzte und sah völlig zerknittert aus. Ihre Hände zitterten. Sie dachte an die Western, die sie früher gern mit ihrem Vater gesehen hatte, an die Duelle auf Sandplätzen oder feierlichen Friedhöfen. Immer hatten die Helden sich absolut im Griff, und nie geriet ihre Kaltblütigkeit ins Wanken. Die beiden Söldner besaßen das nötige Phlegma – sie nicht.

Einen winzigen Augenblick spielte sie mit dem Gedanken, die Polizeiwache des Viertels zu informieren. Nein! Die Kerle würden die Ankunft der Bullen sofort bemerken und verschwinden. Sie aber wollte unbedingt herausfinden, wer sie waren, was sie antrieb und für wen sie arbeiteten.

Sie konnte natürlich auch in die Radiologiepraxis gehen und Narcisse überzeugen, mit ihr durch einen Seiteneingang zu fliehen. Aber auch das ging nicht. Sicher würde er in Panik geraten und seine Waffe benutzen. Amateure waren unberechenbar.

Sie legte ihre Pistole wieder auf ihre Knie und krallte sich mit aller Kraft ins Lenkrad. *Mit einer Lexomil ginge alles viel besser.* Den Angstlöser jedoch mit Amphetaminen zu kombinieren wäre etwa so, wie in ein loderndes Feuer zu pinkeln.

Warten.

Sie musste warten.

M onsieur Narcisse?«
Mit seinen Bildern unter dem Arm sprang er auf. Er hatte an der Anmeldung den Namen genannt, ohne darüber nachzudenken. Zwar konnte er weder Krankenkassenkarte noch Rezept vorweisen, doch die Arzthelferinnen hatten sich verständnisvoll gezeigt, als er ihnen erklärte, dass er nach einem Sturz unter starken Schmerzen im Ellbogen leide. Er wurde ins Wartezimmer gebeten; die anderen Patienten zollten ihm keinerlei Aufmerksamkeit.

»Hier entlang bitte.«

Die Arzthelferin bog in einen Flur ab, der nach rechts führte. Narcisse stieß mit den Bildern an der Ecke an.

»Lassen Sie sie doch vorne bei uns an der Anmeldung. Es wäre bestimmt bequemer in der Umkleidekabine.«

»Vielen Dank, aber ich möchte sie bei mir behalten.«

Müde folgte er der Frau. Er fühlte sich alles andere als wohl. Der unerwartete Gewaltausbruch bei Reinhardt hatte seine Angst bereits verstärkt, doch der Anblick seines zweiten Gemäldes, das er schließlich aus dem Lager geholt hatte, gab ihm den Rest. Auf diesem Bild hatte er sich in der Uniform eines Briefträgers aus den 1980er Jahren dargestellt. Er trug Mütze und Jacke in Blaugrau mit dem damaligen Emblem der Post, einem Flugzeug, das wie in Origami-Technik gefaltet aussah. Was mochten diese absurden Selbstporträts verbergen?

Die Arzthelferin öffnete die Tür und ließ ihn in eine enge Kabine treten, die auf der anderen Seite eine weitere Tür hatte.

»Ziehen Sie sich bitte aus. Sie werden dann gleich hineingerufen.«

Narcisse schloss sich ein und wartete, ohne auch nur das

Jackett abzulegen. Seine Bilder lagen auf der Bank. Kaum eine Minute später wurde die zweite Tür von innen geöffnet.

»Sie sind ja noch nicht ausgezogen«, stellte die Frau im Röntgenraum trocken fest.

Narcisse schätzte sie mit Blicken ab. Eine dunkelhaarige Frau in weißem Kittel, aber stark geschminkt und mit hohen Absätzen. Einerseits Wissenschaft und Strenge, auf der anderen Seite eine sinnliche weibliche Ausstrahlung.

Er entschied sich für die sanfte Methode.

»Mein Anliegen ist ein wenig ungewöhnlich«, sagte er lächelnd. »Ich will diese beiden Gemälde röntgen lassen und ...«

»Unmöglich«, schnitt ihm die Röntgentechnikerin das Wort ab. »Unsere Geräte sind dafür nicht geeignet.«

»Aber so etwas ist gängige Praxis. In den Laboratorien des Musée de France macht man ...«

»Tut mir leid. Sie haben sich in der Adresse geirrt.«

Sie schob ihn in die Kabine zurück. Narcisse geriet ins Schwitzen. Mit einem verkniffenen Lächeln sagte er:

»Ich muss darauf bestehen. Es genügt ...«

»Nehmen Sie bitte Rücksicht. Hier warten auch noch andere Patienten. Wir ...«

Plötzlich wich sie zurück. Narcisse richtete seine Glock auf sie. Mit der Linken ergriff er seine Bilder, betrat den Röntgenraum und schloss die Tür hinter sich mit einem Fußtritt.

»Was ... was ...?«

Immer noch mit der Linken begann Narcisse, die Luftpolsterfolie von seinem Clownsbild zu reißen.

»So helfen Sie mir doch in Gottes Namen!«

Sie tat wie geheißen. Mit ihren lackierten Fingernägeln brachte sie die Luftblasen zum Platzen, riss die Folie auf und entblößte das blutfarbene Gemälde. Der Clown mit seinem blass geschminkten Gesicht und seinem traurigen Lächeln erschien.

Narcisse trat einen Schritt zurück. Er hielt beide Hände am Lauf der Glock und zielte auf die Radiologin.

»Und jetzt legen Sie das Bild auf das Gerät!«

Mit fahrigen Bewegungen justierte sie das Gemälde auf dem Untersuchungstisch.

»Und jetzt die Kassette! Ab damit ins Säulenstativ.«

Ohne darüber nachzudenken, hatte er die Worte ausgesprochen – Worte, wie sie von Medizinern benutzt wurden. Die Frau warf ihm einen verblüfften Blick zu. Sie schaltete das Gerät ein. Der Clown auf dem Tisch fixierte Narcisse mit seinen schwarzen Augen. Er schien sich über ihn zu mokieren, als kenne er die Überraschung längst, die unter Farbe und Lack verborgen lag.

»Und jetzt das andere. Schnell!«

Die Technikerin riss die Kassette aus der Lade. Sie glitt ihr aus den Händen und schepperte zu Boden. Sie bückte sich, hob sie auf und nahm eine neue. In der Zwischenzeit hatte Narcisse die Schnur durchtrennt, mit der das Tuch um den *Briefträger* zusammengebunden war.

»Beeilen Sie sich.«

Die Frau gehorchte. Narcisse hatte den Eindruck, die Strahlendosis im eigenen Körper zu spüren. Sie öffnete das Stativ und entnahm ihm die Kassette.

»Wo können wir uns das Ganze ansehen?«

»Nebenan.«

Neben dem Röntgenraum befand sich ein Büro. Narcisse, die Glock in der Hand, ließ die Frau vor sich hergehen. Sie setzte sich vor die Bildschirme und schob die Kassetten in ein großes Gestell, das wie ein altmodischer Fotokopierer aussah.

»Dauert ein paar Sekunden«, flüsterte sie atemlos.

Narcisse beugte sich über ihre Schulter und starrte auf den schwarzen Bildschirm.

»Wissen Sie, was die Gnostiker behauptet haben?«, fragte er, während er der Frau den Lauf in den Rücken presste.

»Nein ... Nein.«

»Die Welt ist nicht ein Angesicht Gottes, sondern die Lüge des Dämons.«

Sie antwortete nicht. Es gab nichts zu antworten. Er hörte sie keuchen und spürte, wie sie schwitzte. Sogar das nervöse Klopfen ihres Herzens konnte er spüren. Sein Wahnsinn schärfte seine Sinne, seine Intuition und sein Bewusstsein. Er hatte das Gefühl, die geheime Natur des Kosmos in sich aufzunehmen.

Und dann flackerte ein Bildschirm auf und enthüllte das erste Röntgenbild.

Tatsächlich befand sich unter dem Bild ein weiteres Bild, oder eher eine Zeichnung. Sie war im Stil der Federzeichnungen gehalten, die man häufig in den Feuilletons des frühen 20. Jahrhunderts fand. Die Darstellung wirkte theatralisch. Schatten, Bewegungen und Abstufungen zwischen Hell und Dunkel waren fein gestrichelt.

Die Zeichnung stellte einen Mord dar.

Einen Mord, der sich unter einer Seine-Brücke abspielte – Pont d'Iéna oder Pont Alexandre III.

Der Mörder stand triumphierend über einem nackten Körper. In der einen Hand hielt er eine Axt, mit der anderen schwenkte er ein Stück Fleisch. Narcisse näherte sich dem Monitor und betrachtete das Beutestück. Es waren Geschlechtsorgane. Der Mörder hatte sein Opfer entmannt. Unwillkürlich suchte er nach der rituellen Bedeutung dieser Geste und versuchte sich zu erinnern, ob es in der Mythologie eine Kastrationsszene gab. Doch es gelang ihm nicht.

Der Grund dafür lag im Gesicht des Mörders.

Das Gesicht war asymmetrisch und verzog sich nach rechts zu einer hässlichen Fratze. Ein Auge war rund, das andere nur ein Schlitz. Der Mund war zu einem scheußlichen Lachen aufgerissen und zeigte unregelmäßige Zähne. Das Schlimmste aber begriff er nur nebelhaft: Auch hier handelte es sich um ein Selbstporträt. Dieser Mörder war er selbst.

»Wollen Sie das andere Bild auch sehen?«

»Zeigen Sie es mir«, sagte er mit einer Stimme, die er kaum noch erkannte.

Das andere Bild zeigte die gleiche Szene, allerdings einige Sekunden später. Der Mörder, der mit grausam präzisen Federstrichen dargestellt war, warf die Organe in den schwarzen Fluss, während er in der anderen Hand noch immer die Axt schwenkte. Narcisse stellte fest, dass es sich bei der Waffe um ein primitives Werkzeug handelte, das aus einem angeschliffenen Feuerstein, Lederschnüren und Holz bestand.

Er wich zurück, bis er die Wand berührte, und schloss die Augen. Fragen brüllten so laut in seinem Schädel, dass sie alles andere übertönten. Wie viele Obdachlose hatte er auf dem Gewissen? Warum hatte er es auf Penner abgesehen? Warum hatte er sich selbst mit dieser verzerrten, hässlichen Fratze dargestellt?

Verzweifelt riss er die Augen auf. Er fürchtete, ohnmächtig zu werden. Die Röntgenassistentin beobachtete ihn. Ihr Gesichtsausdruck hatte sich verändert. Jetzt bemitleidete sie ihn. Sie hatte keine Angst mehr um sich selbst, sondern um ihn.

»Soll ich Ihnen ein Glas Wasser bringen?«

Gerne hätte er geantwortet, doch er brachte es nicht fertig. Mit zitternden Fingern wickelte er die beiden Gemälde in das Tuch und verschnürte sie mit der Kordel zu einem Paket.

»Machen Sie mir Abzüge und stecken Sie sie in einen Umschlag«, stieß er schließlich mühsam hervor.

Wenige Minuten später verließ er die radiologische Praxis wie ein Roboter. Er lief mit dem Gefühl, gleich hinzufallen, ohnmächtig zu werden oder sich aufzulösen. Der Himmel über ihm schien einzustürzen. Dicke Wolken rollten auf ihn zu.

Er senkte den Blick und bemühte sich, sein Gleichgewicht zu wahren.

Die beiden Mörder in Schwarz standen ihm gegenüber.

Mit wehenden Mänteln kamen sie auf ihn zu, die Hände bereits am Gürtel.

Er ließ die Bilder fallen. Griff nach der Glock in seinem Rücken.

Er schloss die Augen und drückte mehrmals ab.

Anaïs sah die Flamme aus der Mündung der Automatikwaffe explodieren.
Sie ließ sich auf den Bürgersteig fallen. Erneut wurde geschossen. Sie richtete sich auf. Passanten hatten sich auf den Boden geworfen, Autos waren ineinandergekracht. Menschen flüchteten. Wieder knallte es. Sie glitt zwischen zwei Autos hindurch und streckte den Kopf hinaus. Auf der Fahrbahn lag einer der Mörder. Er war tot. Sie fragte sich, ob es Verletzte gab – irgendwelche Kollateralschäden. Das Wort erschien ihr absurd, aber es war ihr plötzlich eingefallen.

Es war ihr unmöglich zu schießen. Überall rannten Leute herum, überall standen Autos. Irgendwann entdeckte sie Narcisse vor einer Apotheke. Auge in Auge mit dem zweiten Mörder. Beide hielten ihre Waffe im Anschlag. Sie schubsten sich, um die Schüsse abzulenken, trampelten auf den Gemälden herum und versuchten sich gegenseitig zu Fall zu bringen. Es sah aus wie ein ungeschickter Catchkampf.

Wieder ertönte ein Schuss. Eine Scheibe ging zu Bruch. Glassplitter regneten auf die beiden Kontrahenten hernieder. Narcisse glitt auf einem Umschlag mit Röntgenbildern aus. Er fiel nach hinten und riss seinen Gegner im Fallen mit. Beide zielten immer noch aufeinander. Sie verschwanden hinter einem Auto. Anaïs konnte nur noch ihre Füße sehen, die sich wild bewegten. Überall wurde geschrien. Die Leute duckten sich und klammerten sich aneinander wie auf einem untergehenden Schiff.

Anaïs versuchte zum Angriff überzugehen, stieß aber mit einer Frau zusammen, die ihre Tasche umklammert hielt. Sie fiel hin, verlor ihre Waffe, fand sie unter einem Auto wieder. Als sie sich wieder aufrichtete, sah sie, wie der zweite Söldner mit gezückter Waffe losstürmte. Narcisse saß wie betäubt ohne Pistole auf seinem Hinterteil.

Anaïs umschloss mit der Linken ihre rechte Faust und zielte. Als sie gerade schießen wollte, lief eine Menschengruppe vor ihr vorbei. Zwei Schüsse peitschten. Ein weiteres Schaufenster ging zu Bruch und eine Windschutzscheibe wurde weiß, als wäre sie plötzlich überfroren. Anaïs sprang nach links, rollte über eine Motorhaube ab und nahm ihr Ziel wieder ins Visier.

Narcisse hatte das Handgelenk seines Gegners gepackt. Der Lauf der Waffe sprühte Funken. Der Asphalt zerbarst. Aber Narcisse ließ nicht locker. Er hing wie eine Klette am Arm seines Gegners. Anaïs zielte auf die Beine des Mörders. Der Rückstoß müsste es ihr ermöglichen, seine linke Seite zu erreichen. Als sie den Abzug betätigte, jaulten die ersten Polizeisirenen um die Ecke.

Reifen quietschten, Türen knallten. Über die allgemeine Panik hinweg peitschten Befehle.

Anaïs konzentrierte sich auf ihr Ziel. Narcisse lag auf dem Boden und hatte seinem Gegner ein Schnappmesser in den Bauch gestoßen. Der Mann im schwarzen Hugo-Boss-Mantel versuchte ihn ins Gesicht zu beißen. Plötzlich sprang er auf. Die Schöße seines Mantels flatterten. Taumelnd und zusammengekrümmt wich er zurück. Lautsprecherstimmen forderten die beiden Kämpfer auf, sich zu ergeben. Auch Narcisse richtete sich jetzt auf. Er hielt immer noch das Messer in der Hand.

Anaïs sah, wie ein uniformierter Polizist auf ihn zielte. Ohne nachzudenken, gab sie in Richtung des Polizisten einen Schuss in die Luft ab. Sofort hagelte es Kugeln um sie herum. Sie ließ sich fallen und presste sich auf den Bürgersteig. Die Kugeln drangen in Karosserien ein, zerfetzten die Fassade des Supermarkts und peitschten gegen die Andockstation des städtischen Fahrradverleihs. Die Polizisten hatten einen weiteren Feind erkannt und ließen keine Rücksicht walten.

Sie hob den Kopf und sah, wie der Kampf zu Ende ging. Eine Gruppe Polizisten knüppelte mit aller Gewalt auf Narcisse ein. Anaïs wollte ihm etwas zurufen, doch nicht ein Ton drang aus ihrem Mund. Stattdessen spürte sie lauwarme Flüssigkeit auf ihren Lippen. Sofort dachte sie an Blut, doch es war nur Speichel. Alles drehte sich um sie. Sie hörte nichts mehr. Alles Blut schien in ihren Kopf gedrungen zu sein und selbst die winzigsten Äderchen zu füllen.

Eine Art Vorahnung zwang sie, sich umzudrehen. Behelmte Männer stürzten sich auf sie. Sie wollte die Arme heben, ihre Waffe fallen lassen, ihre Marke vorweisen – alles gleichzeitig. Ehe sie jedoch auch nur eine Bewegung machen konnte, krachte ihr ein Schlagstock mitten ins Gesicht.

Ich will etwas zu essen, ihr Arschlöcher! Ich kenne meine Rechte!«
Der Mann trommelte mit Fäusten an die Panzerglasscheibe. Als das nichts nützte, trampelte er mit den Füßen dagegen. Anaïs hätte ihn gern zum Schweigen gebracht, war jedoch damit beschäftigt, dem Erbrochenen auszuweichen, das sich über den Boden ergoss. Ein Obdachloser war von der Bank gerutscht und wand sich in Krämpfen. Bei jeder Konvulsion übergab er sich in hohem Bogen.
»Nazibande! Ich will mit meinem Anwalt sprechen.«
Anaïs stützte ihren Kopf in beide Hände. Ihre Kopfschmerzen wollten nicht nachlassen. Seit mehr als drei Stunden war sie in eine fünf mal fünf Meter große Zelle des Kommissariats in der Rue Fabert am Park vor dem Invalidendom eingesperrt.
Man hatte dafür gesorgt, dass sie wieder zu sich kam, sie ausgezogen, sie durchsucht, sie fotografiert und ihre Fingerabdrücke abgenommen. Anschließend hatte man sie in Gesellschaft eines tobenden Sammelsuriums von Gesindel in diesen gläsernen Käfig gesperrt.
Anaïs wusste, was sie erwartete. Im Jahr 2010 näherte sich die Zahl der in Polizeigewahrsam Genommenen allmählich der Millionengrenze. Man sperrte Fahrer ohne Führerschein ebenso ein wie lauthals streitende Paare, Typen, die sich mit einem Joint erwischen ließen, Obdachlose und Ladendiebe. Sie konnte sich wahrhaftig nicht beklagen, jetzt dazuzugehören. Immerhin hatte sie das Feuer auf die eigenen Kollegen eröffnet; außerdem war in ihrer Tasche Speed gefunden worden.
Sie betrachtete ihre Finger, die noch schwarz von Tinte wa-

ren. Merkwürdigerweise fühlte sie sich eher ruhig und schicksalsergeben. Ihr wichtigstes Ziel hatte sie erreicht: Narcisse war verhaftet worden und damit in Sicherheit. Irgendwann würde die Wahrheit sicher ans Licht kommen. Man würde die beiden Widerlinge identifizieren und das Durcheinander Stück für Stück entwirren. Vielleicht würde es sogar gelingen, den Obdachlosenmörder dingfest zu machen.

Sie nahm an, dass der Fall bald gelöst sein würde.

Aber auch sie war dem Ende nah.

»Arschlöcher! Bastarde! Ich will sofort den Kommissar sprechen.«

Wieder hob Anaïs die Füße hoch. Der Obdachlose hatte eine neue Salve ausgespien. Der Gestank nach billigem Fusel war überwältigend, zumal er sich mit Urindünsten und dem üblen Geruch der Zelle mischte. Sie warf ihren Zellengenossen einen zerstreuten Blick zu. Abgesehen von dem Stänker und dem Wrack am Boden gab es noch zwei Stadtstreicher, die völlig erschöpft auf der Bank hockten. Ein Punk schlotterte am ganzen Leib und kratzte sich die Arme blutig. Ein Mann im Anzug starrte stumpfsinnig vor sich hin – vermutlich ein Fahrer ohne Führerschein. Zwei jugendliche Rocker in sorgfältig zerrissenen Jeans mit Farbklecksen – offenbar Sprayer – lachten und spielten sich auf.

Sie war die einzige Frau.

Normalerweise wurden die Geschlechter im Aquarium getrennt, doch dieses Prinzip galt in Paris offenbar nicht mehr. Oder man hielt sie für einen Kerl. Möglicherweise war es auch Absicht, um sie gefügig zu machen. Doch sie hatte weder Widerstand geleistet noch protestiert. Das Verfahren gegen sie war eingeleitet. Sie würde vor dem Richter erscheinen müssen. Und dann würde sie alles erklären.

Im Schloss drehte sich ein Schlüssel. Alle Blicke wandten sich zur Tür – die einzige Richtung, wo etwas passieren konnte. Ein Uniformierter und ein Polizist in Zivil traten ein. Anaïs schätzte den Zivilen mit einem Blick ab: ein Muskelmann, der Steroide nahm und mit dem sicher nicht zu spaßen war.

Der Kommissar trat auf sie zu.

»Komm mit.«

Anaïs ging weder auf die vertrauliche Anrede noch auf den geringschätzigen Tonfall ein. Der Kerl in seiner Baggy-Jeans, dem Lederblouson und der offen getragenen Glock brachte bestimmt hundert Kilo auf die Waage. In der Zelle breitete sich eine gewisse Furcht aus.

Anaïs stand auf und folgte dem Bodybuilder. Sie erwartete, in die große Halle und von dort aus zu den Büros der Kommissare gebracht zu werden. Doch der Riese wandte sich nach rechts in einen engen Flur, der nach Staub roch, und bog dann abermals nach rechts ab. Der üble Geruch verwandelte sich. Jetzt stank es nach Scheiße.

Sie hörte Schreie und dumpfe Schläge. Die Türen waren aus Eisen, Stromschalter und Wasserspülung befanden sich außen. Das waren die Ausnüchterungszellen. Der Polizist in Uniform griff nach seinem Schlüsselbund. Eine Tür wurde geöffnet. Vier Betonwände. Es roch nach Erbrochenem und Exkrementen, Kakerlaken stoben davon.

»Setz dich.«

Anaïs gehorchte. Die Tür fiel hinter ihr und dem Bodybuilder ins Schloss.

»Wir haben dich überprüft. Du bist tatsächlich Polizistin.«

»Würde es Ihnen etwas ausmachen, mich nicht zu duzen?«

»Schnauze. Aber eines hast du vergessen.«

»Nämlich?«

»Du bist seit heute Morgen vom Dienst suspendiert. Auf Anweisung der Dienstaufsichtsbehörde in Bordeaux.«

Anaïs lächelte erschöpft.

»Ich habe um eine Verlegung auf die Krankenstation gebeten. Ich wurde geschlagen und ...«

»Halt die Schnauze. Du hast das Feuer auf deine Kollegen eröffnet, und zwar mit einer Waffe, die du nicht mehr benutzen durftest.«

»Ich wollte ein polizeiliches Fehlverhalten verhindern.«

Der Mann steckte die Daumen in den Gürtel und lachte. Anaïs senkte den Kopf und zwang sich, ruhig zu bleiben.

»Das Fehlverhalten, das bist du.«

»Wann sehe ich den Richter?«

»Das Verfahren ist eingeleitet. Aber glaube ja nicht, dass du hier so schnell rauskommst. Eine Glock und Speed, das geht gar nicht!«

Dem Bodybuilder schien es großen Spaß zu machen, auf einer Polizistin herumzuhacken.

»Bei dem Einsatz haben Sie einen Mann verhaftet. Wo ist er?«

»Willst du die Ermittlungsakte einsehen? Sollen wir dir vielleicht auch ein Büro einrichten?«

»Ist er verletzt? Haben Sie ihn verhört?«

»Ich glaube, du hast mich nicht richtig verstanden, Mädchen. Du bist hier ein Niemand. Sogar weniger als ein Niemand. Eher eine Art Judas.«

Anaïs antwortete nicht. Sie hatte Angst vor diesem brutalen Riesen. Schultern und Oberkörper spannten sein Hemd und sein Blouson wie eine Muskelerektion. Sein Gesicht allerdings wirkte gleichmütig. Er besaß die heitere Physiognomie eines Pflanzenfressers.

»Während des Kampfes wurden zwei Männer niedergeschossen«, fuhr Anaïs hartnäckig fort. »Hat man sie identifiziert? Wurde das Fahrzeug der beiden beschlagnahmt? Es ist ein Q7, der vor dem Hotel Pont-Royal abgestellt war.«

Der Bulle nickte ergeben. Längst hielt er Anaïs für eine Verrückte, die man am besten einfach reden ließ.

»Haben Sie sich schon in der Nachbarschaft umgehört?«, fragte sie unbeirrt weiter. »Wichtig wäre es, das Personal der radiologischen Praxis in der Rue de Montalembert zu befragen. Dort ...«

»Ich an deiner Stelle würde jetzt vor allem darüber nachdenken, wie ich einen guten Anwalt finde.«

»Einen Anwalt?«

Mit den Händen auf den Knien beugte er sich zu ihr vor und schlug einen anderen, fast mitleidigen Ton an.

»Ja, was denn wohl, Kleine? Glaubst du allen Ernstes, man könnte einfach so auf Kollegen schießen, ohne dass das Konsequenzen hat? Macht ihr das so in Bordeaux?«

Anaïs wich auf ihrer Bank so weit wie möglich nach hinten zurück.

»Sie müssen unbedingt Sylvain Reinhardt verhören. Er wohnt in der Rue de Montalembert 1. Außerdem Simon Amsallem in der Villa Victor Hugo 18.«

»Wann ich dir so zuhöre, kommen mir begründete Zweifel. Möglicherweise brauchst du gar keinen Anwalt, sondern eher einen guten Psychiater.«

Anaïs sprang mit einem Satz auf und schleuderte den Kerl gegen die Eisentür.

»Das ist mein Fall, Arschloch. Und jetzt beantworte meine Fragen.«

Der Mann stieß sie ohne die geringste Anstrengung brutal zurück. Anaïs knallte gegen die Wand, landete auf der Bank und stürzte zu Boden. Der Bulle hob sie mit einer Hand auf, während er mit der anderen die Handschellen von seinem Gürtel löste. Immer noch mit einer Hand drehte er sie um und legte ihr die Hände auf den Rücken. Die Handschellen klickten. Anaïs spürte eine Welle von Blut in ihrem Mund. Der Mann griff nach dem Kragen ihres Blousons und drückte sie gewaltsam auf die Bank.

»Du solltest dich ein wenig beruhigen, meine Schöne.«

»Sie haben ja keine Ahnung, was Sie da tun!«

Der Polizist lachte auf.

»Dann sind wir ja schon zwei.«

»In der Straße, wo die Schießerei stattgefunden hat, müssten

Sie zwei Gemälde und zwei Röntgenbilder gefunden haben«, sagte sie. Auf ihren Lippen lag der Geschmack von Eisen. »Sie müssen sie unbedingt sicherstellen. Und ich will sie sehen.«

Er ging, ohne sie einer Antwort zu würdigen, zur Tür und klopfte.

»Blödmann! Arschloch! Drecksau! Nimm mir die Handschellen ab!«

Die Tür wurde von außen geöffnet und fiel statt einer Antwort hart wieder ins Schloss.

Anaïs brach in Tränen aus.

Sie hatte gehofft, dass ihr Absturz endlich ein Ende fände.

Aber offenbar begann er erst.

Ich habe zwei Menschen umgebracht.
Es war der einzige Gedanke, der sein Bewusstsein erreichte.
Ein düsterer, glühender, verstörender Gedanke.
Ich habe zwei Menschen umgebracht.
Die Schüsse aus der Glock vibrierten noch in seinem Blut. Nach wie vor spürte er den Rückstoß in seinen Händen. Und das Gefühl, wie er dem zweiten Angreifer sein Eickhorn in die Eingeweide gestoßen hatte, immer und immer wieder.
Ich habe zwei Menschen umgebracht.
Er blinzelte. Weiße Zimmerdecke. Leuchtplatten für Röntgenbilder. Ein blitzender Rollwagen voller steriler Produkte. Ein überheizter Untersuchungsraum in einem Krankenhaus. Er lag unter einer Rettungsdecke auf einer Trage. Sein ganzer Körper schmerzte. In seinem Fleisch steckte Metall.

Er schloss die Augen und zog Bilanz. Sie fiel nicht einmal allzu negativ aus. Um Haaresbreite hätte es ihn erwischt, aber er lebte und konnte sogar laufen. Fast spürte er, wie das Blut in seinem schmerzenden Körper zirkulierte. *Wärme*. Seine Nachforschungen. Die Morde. Die Rätsel. Alles erschien ihm fern, zwecklos und irreal.

Seit Tagen schon warf eine Frage die nächste auf.

Aber die Polizei würde sich um die Antworten kümmern.

Ein leichtes Klirren brachte ihm seine Situation zu Bewusstsein. Sein linker Arm war mit Handschellen an den Rahmen der Trage gefesselt, eine Infusion tröpfelte in eine Nadel in der rechten Armbeuge. Im Gefängnis würde er geduldig darauf warten, dass sein Fall gelöst wurde. Es war an der Zeit auszuruhen.

Erst in diesem Augenblick bemerkte er, dass er nicht allein im Zimmer war. Erneut öffnete er die Augen. Rechts von ihm stand ein Mann im weißen Kittel, der ihm den Rücken zuwandte und leise in ein Diktafon sprach. Vielleicht arbeitete er an seinem Krankenbericht. Er drehte den Kopf und bemerkte die Röntgenbilder auf der Leuchtplatte. Sie zeigten Aufnahmen eines Schädels von vorne und von der Seite. Im Nasenknorpel steckte eine Pistolenkugel. Sie befand sich in der Nähe der linken Nasennebenhöhle und war sehr deutlich weiß auf schwarz zu erkennen.

Die Röntgenbilder seines Opfers.

Er hatte den Mörder in Höhe der Nasenöffnung erwischt.

Schweiß rann über sein Gesicht. Sein Schädel schmerzte. *Ich habe zwei Menschen getötet*. Ihm fielen die Zeichnungen ein, die er im Röntgenbild der Gemälde gefunden hatte. Nein, nicht nur zwei Menschen. Er war auch der Obdachlosenmörder.

»Sind Sie wieder wach?«

Mit den Händen in den Taschen stand der Arzt vor ihm. Seine spiegelnden Brillengläser erschienen ihm wie kristallklares Wasser, in das er am liebsten eingetaucht wäre, um sich von seinen Sünden reinzuwaschen.

»Mein Name ist Doktor Martin. Ich bin Notarzt und habe mich um Sie gekümmert.«

»Wo bin ich?«, gelang es ihm zu fragen.

»Im Krankenhaus Hôtel-Dieu. Ich habe für Ihre Verlegung von der Station Cusco gesorgt.«

»Was bedeutet Cusco?«

»Es ist die forensische Station, auf der Straftäter behandelt werden. Dort wimmelt es nur so von Polizisten.«

»Und als was gelte ich?«

Der Arzt wies auf die Handschellen.

»Was glauben Sie? Sie stehen unter Arrest, und ich erhalte meine Anweisungen von der Staatsanwaltschaft. Genau genommen sind Sie sowohl im Gefängnis als auch im Krankenhaus, aber auf dieser Station hier können Sie sich wenigstens eine Nacht lang richtig ausruhen. Wie fühlen Sie sich?«

»Ich habe ziemlichen Muskelkater.«

»Sie haben ganz schön Prügel bezogen«, meinte der Arzt in vertraulichem Ton. »Aber Sie haben einen ordentlich dicken Schädel.«

Narcisse zeigte auf die Röntgenbilder.

»Ist das der Schädel meines Opfers?«

»Außer Ihnen hat es kein Opfer gegeben.«

»Aber ich habe zwei Männer umgebracht.«

»Sie müssen sich irren. Man hat keine einzige Leiche gefunden. Ich weiß nur, dass auch eine Frau verhaftet wurde. Eine Polizistin aus Bordeaux, wie ich gehört habe. Die Sache ist recht verwirrend.«

Eine Polizistin aus Bordeaux. Narcisse brauchte keine weitere Erklärung. Anaïs Chatelet war mit von der Partie gewesen. Sie hatte die ganze Zeit nicht lockergelassen.

Er versuchte sich zu erinnern. Schüsse. Messerstiche. Die schreiende Menge. Die Sirenen. Wo aber waren die beiden Mörder geblieben? Seine beiden Opfer?

Er richtete sich auf einen Ellbogen auf und zeigte erneut auf die Röntgenbilder.

»Wenn es angeblich keine Opfer gibt, wer ist dann der Kerl mit der Kugel im Kopf?«

»Das sind Sie.«

Narcisse sackte auf sein Lager zurück. Die Handschellen klirrten leise.

»Wir haben diese Aufnahmen von Ihrem Schädel gleich bei Ihrer Einlieferung gemacht.«

Der Arzt wischte mit einem desinfizierenden Wattebausch über die Venen von Narcisses linker Hand.

»Ich spritze Ihnen jetzt ein Beruhigungsmittel. Es tut nicht weh.«

Narcisse rührte sich nicht. Der Geruch des Desinfektionsmittels erschien ihm gleichzeitig tröstlich und aggressiv. Im Raum war es so warm, dass er den Eindruck hatte, seine inneren

Organe seien so heiß wie die Steine auf einem Saunaofen. Das weiße Objekt auf dem Röntgenbild flimmerte geradezu schmerzhaft vor seinen Augen.

»Was ist das für ein Ding da in meinem Schädel?«

»Wenn Sie es nichts selbst wissen, kann ich Ihnen leider auch nicht weiterhelfen. Ich habe ein paar Kollegen gefragt, aber keiner hat so etwas je gesehen. Ich habe auch herumtelefoniert. Es könnte sich um ein Implantat handeln, das Hormone freisetzt, wie man es mit Kontrazeptiva manchmal macht. Oder eine dieser Mikropumpen aus Silizium, wie sie bei manchen Krankheiten eingesetzt werden. Sind Sie zufällig Epileptiker? Oder Diabetiker?«

»Nein.«

»Jedenfalls warten wir erst einmal Ihre Blutwerte ab.«

»Und was ist mit dem Ding? Bleibt es in mir drin?«

»Sie sollen morgen Vormittag operiert werden. Aber ohne Patientenakte müssen wir vorsichtig sein. Wir werden also zunächst einmal die Untersuchungsergebnisse abwarten und dann Schritt für Schritt vorgehen.«

Patientenakte! Der Gedanke rief einen anderen auf den Plan.

»Habe ich Ihnen bei der Einlieferung einen Namen genannt?«

»Nichts Klares. Die Polizei hat Ihre Aufnahmepapiere ausgefüllt.«

»Aber ich habe etwas gesagt?«

»Sie haben fantasiert. Wir dachten zunächst an eine Form von Amnesie aufgrund der Schläge, die Sie abbekommen haben. Aber ich glaube, es ist komplizierter, nicht wahr?«

Narcisse ließ seinen Kopf in die Kissen zurücksinken, ohne die Röntgenbilder aus den Augen zu lassen. Das Ding saß am Anfang der Nasenscheidewand auf der linken Seite. Vielleicht eine Kriegsverletzung? Ein Experiment? Seit wann mochte es sich dort befinden? Eins war auf jeden Fall sicher: Der Fremdkörper erklärte seine häufigen Schmerzen hinter dem linken Auge.

Der Arzt hielt jetzt eine Spritze in der behandschuhten Hand.

»Was ist das?«

»Ich sagte es Ihnen bereits: ein Beruhigungsmittel. Sie haben ein ordentliches Hämatom unter der Schädeldecke. Das hier wird Ihnen Erleichterung verschaffen.«

Narcisse antwortete nicht. Er bemühte sich, ruhiger zu werden und sich nicht mehr zu bewegen. Fast glaubte er, die Flüssigkeit in seinen Adern zu spüren. Es brannte ein wenig, tat aber gut. Der Arzt warf die Spritze in den Mülleimer und wandte sich zur Tür.

»Sie werden gleich in ein anderes Zimmer gebracht. Morgen müssen Sie fit sein, da bekommen Sie nämlich Besuch. Die mit den Untersuchungen betrauten Ermittler, Ihr Pflichtverteidiger und jemand von der Staatsanwaltschaft. Und danach kommt der Ermittlungsrichter, der Sie unter richterliche Aufsicht gestellt hat.«

Narcisse ließ die Handschellen klirren.

»Und das hier?«

»Damit habe ich nichts zu tun, das müssen Sie mit den Polizisten besprechen. Vom medizinischen Standpunkt her sehe ich keine Veranlassung, Ihnen das zu ersparen. Tut mir leid.«

Narcisse wies mit dem rechten Arm auf die Tür.

»Werde ich bewacht?«

»Ja, draußen stehen zwei Polizisten.« Der Arzt lächelte ein letztes Mal. »Angeblich sind Sie sehr gefährlich. Gute Nacht. Schlafen Sie gut.«

Das Licht ging aus, die Tür wurde geschlossen und anschließend verriegelt. Trotz der Spritze spürte Narcisse, wie Ruhe und Wohlbefinden schwanden. Man würde ihn zweier Morde anklagen – Minotaurus und Ikarus. Und dann gab es noch jenen dritten, den man ihm nach den Zeichnungen auf den Röntgenbildern sicher auch bald anhängen würde. Aber war er wirklich ein Mörder? Warum hatte er dieses Ding oben in der Nase? Wer hatte es dort eingesetzt?

Er konnte sich lebhaft vorstellen, dass die Diagnose seines Zustands den Experten nicht schwerfallen würde: Geistesschwäche und Wahnsinn. Angesichts seiner psychischen Fluchten und der mythologischen Morde war die Schlussfolgerung klar. Man würde ihn auf dem schnellsten Weg in die geschlossene Abteilung einer Psychiatrie einweisen.

Er bewegte sich auf seiner Trage und spürte, wie die Handschellen in sein Handgelenk einschnitten. Sein Körper war wie gelähmt vor Schmerzen. Das einzig angenehme Gefühl war die Berührung des weichen Stoffs seiner Hose ...

Er zuckte zusammen. *Er trug noch seine Hose.* Eine geradezu absurde Hoffnung ließ ihn seine freie rechte Hand in seine rechte Hosentasche stecken. Hatte er nicht den kleinen Handschellenschlüssel eingesteckt? Vielleicht war er der Aufmerksamkeit der Polizisten entgangen.

Doch er fand nichts. Die Tasche war leer. Sich drehend und wendend versuchte er sein Glück auch in der linken Hosentasche. Und da spürte er ihn! Mit zitternder Hand zog er den Schlüssel hervor. Wenn das kein Glücksbringer war!

Bei den Schlüsseln handelte es sich vermutlich um ein Standardmodell. Er richtete sich auf und steckte ihn in das Schloss seiner Handschellen. Eine halbe Drehung, und der Mechanismus öffnete sich. Narcisse setzte sich im Dunkeln auf und massierte sich das Handgelenk.

Und dann begann er zu lachen.

Vorsichtig entfernte er die Infusionsnadel aus seiner Armbeuge und sprang zu Boden. Das Linoleum schluckte das Geräusch seiner Schritte. Seine Augen hatten sich bereits an die Dunkelheit gewöhnt. Er tappte zu den Spinden, öffnete sie lautlos und fand sein Jackett, das Hemd und die Schuhe. Das Geld, die Glock und das Eickhorn-Messer sowie das Heftchen, in dem er die Zusammensetzung seiner Farben notiert hatte, waren verschwunden. Man konnte eben nicht alles erwarten!

Leise zog er sich an, dann legte er sein Ohr an die Tür und lauschte.

»Mit dem, was ich ihm gespritzt habe, wird er bis morgen früh schlafen«, hörte er den Arzt zu den beiden Wachpolizisten sagen.

Er musste sich also beeilen, ehe das Mittel zu wirken begann. Hastig huschte er durch das Zimmer und öffnete das Fenster, was keinerlei Problem darstellte. Die Kälte schlug ihm ins Gesicht. Aber eine Flucht war möglich. Nein, er würde sein Schicksal nicht in die Hände der Polizei legen! Er würde die Waffen nicht strecken! Er würde es nicht anderen überlassen, die Antworten auf seine Fragen zu finden!

Als er sich ein letztes Mal umblickte, fiel ihm sein Krankenblatt ins Auge, das am Fußende der Trage hing. Rasch ging er noch einmal zurück und nahm es samt der Plastikunterlage mit. Er wusste schon, was er damit anfangen wollte!

Mit dem Krankenblatt unter dem Arm kletterte er über die Fensterbrüstung und landete auf einem Sims. Unter ihm lag der Innenhof. Der Pariser Verkehrslärm grummelte wie ein fernes Gewitter. Die Kathedrale Notre-Dame ragte wie ein Gebirge in den dunklen Himmel und verursachte ihm fast noch mehr

Schwindel als der leere Raum unter seinen Füßen. Hastig hielt er sich am Fensterbrett fest und konzentrierte sich nur noch auf die nähere Umgebung.

Er befand sich in der zweiten Etage. Der erste Stock wurde vom Kreuzgang eingenommen. Wenn er es schaffte, da hinunterzukommen, konnte er unter einen der Bögen schlüpfen, eine Treppe suchen und verschwinden.

Zwanzig Meter weiter links führte ein Fallrohr bis ins Erdgeschoss. Langsam bewegte er sich vorwärts. Er spürte, wie seine Füße in der nachgiebigen Zinkabdeckung einsanken. Die eisige Kälte half ihm dabei, seiner Müdigkeit nicht nachzugeben.

Innerhalb kurzer Zeit erreichte er das Rohr. Mit den Händen hielt er sich an der ersten Schelle fest, während er mit den Füßen nach der nächsten tastete. Er bückte sich, griff nach dieser Schelle und ließ einen Fuß weiter nach unten gleiten. So ging es immer weiter, bis er schließlich den Steinbalkon in der ersten Etage erreichte und ins Innere der Galerie sprang.

Niemand war zu sehen. Er schlich sich an der Balustrade entlang bis zu einem Treppenhaus. Dort unten im Hof würden mit Sicherheit Polizisten patrouillieren. Er musste eine Verkleidung finden, um unbeschadet die Höhle des Löwen zu durchqueren.

Er entschied sich, die Treppe doch nicht hinunterzusteigen, und wandte sich stattdessen nach rechts. Ein menschenleerer Flur mit Linoleumfußboden, beigefarbenen Wänden und einer Reihe identischer Türen lag vor ihm. Die Türen waren nummeriert. Auf der Suche nach einem Schwesternzimmer, einer Garderobe oder einem Technikraum entdeckte er plötzlich eine Tür mit der Aufschrift »Eintritt verboten«.

Er drückte die Klinke und glitt hinein. Nachdem er den Lichtschalter ertastet hatte, fluchte er. Der Raum enthielt nur Bettzeug und Regale mit Putz- und Reinigungsmitteln. Während er dastand und sich ärgerte, wurde die Tür hinter ihm geöffnet. Jemand schrie erschrocken auf. Narcisse drehte sich um. Vor ihm stand eine afrikanische Putzfrau mit Wagen und Besen.

»Was haben Sie hier zu suchen?«, fragte er mit herrischer Stimme.

»Sie haben mich erschreckt.«

Gerade als die Putzfrau die Tür öffnete, hatte er einen Kittel gefunden und rasch übergezogen. Zwar fehlte ihm das Namensschild, doch seine schlechte Laune verlieh ihm genügend Autorität.

»Noch einmal: Was haben Sie hier zu suchen?«

Die Frau fand ihren Mut wieder und runzelte die Stirn.

»Das Gleiche könnte ich Sie fragen.«

»Ich? Nun, ich erledige Ihre Arbeit. Ich komme gerade aus 113. Die Patientin hat sich übergeben und meinen Kittel beschmutzt. Ich habe mindestens zehn Minuten geklingelt, ohne dass jemand gekommen ist. Unfassbar!«

Die Putzfrau zögerte.

»Also, ich bin eigentlich nur für die Flure zuständig. Ich …«

Narcisse griff nach einem Wischlappen und warf ihn ihr zu.

»Sie sind hier für Sauberkeit zuständig! Also kümmern Sie sich um die 113!«

Ohne sie eines weiteren Blickes zu würdigen, schob er sie beiseite und verließ den Raum. Während er den Flur entlangging und sich den Kittel zuknöpfte, spürte er den Blick der Frau im Rücken. Nur noch wenige Schritte, dann würde er wissen, ob seine List funktioniert hatte.

»Herr Doktor!«

Mit klopfendem Herzen drehte er sich um.

»Sie haben etwas vergessen!«

Sie hielt ihm das Krankenblatt entgegen, das er auf die Betttücher gelegt hatte. Er kehrte um und lächelte sie an.

»Vielen Dank. Und alles Gute.«

Mit entschlossenen Schritten ging er davon. Als er hörte, wie die Frau mit Eimer und Schrubber davoneilte, wusste er, dass er gewonnen hatte.

Er wandte sich nach links und ging die Treppe hinunter.

Die Linie Nummer 7 durchquerte das 9., 10. und 19. Arrondissement. Genau die richtige Gegend. In der Umgebung der Stationen Château-Ladon oder Crimée würde er sicher ein Hotel finden. Die Zeit des Luxus war vorüber. Er besaß nicht einmal mehr genügend Geld, um sich ein Zimmer in der letzten Kaschemme leisten zu können. Sogar in die Metro war er als Schwarzfahrer eingedrungen.

Einigermaßen erleichtert, aber vor allem erschöpft ließ er sich in einen der Plastiksitze der Station La Courneuve sinken. Das Beruhigungsmittel begann zu wirken. Seine Lider schienen Tonnen zu wiegen, seine Muskeln wurden immer schlaffer.

Ohne Aufmerksamkeit zu erregen, hatte er den Kreuzgang des Hôtel-Dieu durchquert und dabei so getan, als studiere er sein eigenes Krankenblatt. Er stellte fest, dass er den Hof der überwachten Stationen für Straftäter nur umgehen konnte, indem er den Haupteingang benutzte. Und das tat er auch. Ohne das geringste Zögern ging er durch die große Eingangshalle. Er wandte sich nach links, ging den Vorplatz vor Notre-Dame entlang und entsorgte Kittel und Krankenblatt in einem unbeobachteten Augenblick in einen Mülleimer.

Er flitzte durch die Rue du Cloître, hinüber auf die Île Saint-Louis, den Quai de Bourbon und den Quai d'Anjou entlang über den Pont de Sully zur Metrostation Sully-Morland auf der rechten Seite der Seine.

Auf dem Bahnsteig herrschte Grabesruhe. Es roch nach verbranntem Gummi. Er ging davon aus, dass bisher noch niemand sein Verschwinden bemerkt hatte. Paris war ruhig. Paris schlief. Paris wusste nicht, dass der mythologische Mörder wieder auf der Flucht war.

Der Zug fuhr ein. Sobald Narcisse saß, wurde sein Betäubungsgefühl schlimmer. Das Schaukeln der Metro wiegte ihn. So würde er nicht lang durchhalten. Um wach zu bleiben, stand er auf, konsultierte den Streckenplan und entschied sich für die Station Poissonnière, den zehnten Halt nach Sully-Morland. Hoffentlich würde er bis dorthin durchhalten. Er schmiegte sich wieder in seinen Sitz und klammerte sich an seine Gedanken, die er in Ordnung zu bringen versuchte. Doch es gelang ihm nicht. Er war nicht mehr in der Lage, folgerichtig zu denken.

Er war bereits fast eingeschlafen, als die Schilder mit der Aufschrift Poissonnière im Tunnel auftauchten. Mit letzter Kraft rappelte er sich auf, verließ die Metro und ging hinaus in die Straßen des 10. Arrondissements. Die klirrend kalte Luft belebte ihn.

Der Mann am Empfang eines kleinen Hotels in der Rue des Petites-Écuries verlangte Vorkasse.

»Es geht erst morgen«, erklärte Narcisse so souverän wie möglich. »Ich habe kein Bargeld bei mir.«

»Eine Kreditkarte tut es auch.«

»Hören Sie«, versuchte Narcisse ihn zu überzeugen, »ich schlafe ein paar Stunden und bezahle gleich morgen früh.«

»Kein Geld, kein Bett.«

Narcisse knöpfte sein Jackett auf und veränderte den Tonfall.

»Hör zu, mein Bester. Allein mit diesem Jackett hier könnte ich mir einen ganzen Monat in deiner Absteige leisten, kapiert?«

»Bleiben Sie gefälligst höflich. Und zeigen Sie mir das Jackett.«

Narcisse zog es ohne mit der Wimper zu zucken aus. Er stand ohnehin schon mit einem Bein im Gefängnis. Natürlich würde der Mann sich sofort an den merkwürdigen Zeitgenossen ohne Geld erinnern, wenn er am nächsten Morgen die Nachrichten hörte. Doch im Augenblick begutachtete er das feine, italienische Gewebe.

»Sie nehmen das Bett, ich behalte die Jacke. Aber nur als Pfand.«

»Abgemacht«, stimmte Narcisse zu.

Der Mann schob einen Schlüssel über den Tresen. Narcisse nahm ihn und stieg die enge Treppe hinauf. Wände, Boden und Decke der Stiege waren mit orangefarbenem Teppichboden ausgeschlagen. Das Gleiche galt für das Zimmer. Ohne Licht anzuknipsen zog Narcisse den Vorhang zu und ging ins Bad.

Über dem Waschbecken war eine Neonröhre angebracht. Narcisse betrachtete sich im Spiegel. Ausgemergelte Züge, tief in den Höhlen liegende Augen, wirres Haar. Er sah schrecklich aus, aber es hätte schlimmer sein können.

Seit er aus dem Krankenhaus geflohen war, dachte er unablässig über den Fremdkörper in seiner Nebenhöhle nach. Natürlich hatte er keine Antwort parat, doch nach den Bemerkungen des Arztes über ein »Implantat, das Hormone freisetzt« oder »eine dieser Mikropumpen aus Silizium« konnte er sich durchaus vorstellen, dass es sich um etwas Ähnliches handelte. Nur dass es in diesem Fall nicht um Heilung ging, sondern im Gegenteil eine Krankheit auslösen sollte. Das Implantat setzte möglicherweise in seinem Gehirn eine chemische Substanz frei, die seine psychischen Fluchten hervorrief. Eine hanebüchene Vorstellung, die an billige Science-Fiction erinnerte! Aber nach allem, was er seit zwei Wochen durchgemacht hatte, würde ihn nichts mehr wundern.

Er zog sein Hemd aus, verschloss den Abfluss des Waschbeckens, hielt den Atem an und musterte sich noch einmal im Spiegel, als betrachte er seinen schlimmsten Feind. Und dann ließ er seine Nase mit aller Kraft gegen den Rand des Waschbeckens krachen.

Sofort wurde ihm schwarz vor Augen. Er sah Sternchen und ging kurz in die Knie. Aber sofort stand er wieder auf und zwang sich, die Augen zu öffnen. Als Erstes sah er sein Blut im Waschbecken, dann seine gebrochene Nase im Spiegel. Wilder

Schmerz strahlte bis tief in sein Gehirn aus. Das Bad schien sich um ihn zu drehen. Er musste sich am Beckenrand festhalten, um nicht zu stürzen.

Seine zitternde Hand tastete sich durch die dunkle Pfütze im Waschbecken. Nichts. Mit Daumen und Zeigefinger griff er nach seinem Nasenrücken und bewegte ihn langsam. Dabei blies er heftig durch die Nase, als wollte er sich schnäuzen.

Doch alles, was dabei herauskam, war lediglich ein weiterer Blutschwall.

Er nahm Anlauf und ließ seine Nase erneut auf den Waschbeckenrand prallen. Dieses Mal zielte er mehr auf Augenhöhe. Die Erschütterung fuhr ihm durch den ganzen Kopf. Eine Welle unglaublichen Schmerzes tobte durch seinen Schädel. Es gelang ihm zwar, stehen zu bleiben, doch er wagte nicht, sich im Spiegel anzuschauen. Halb ohnmächtig und mit brennenden, tränenden Augen griff er nach seiner Nase, verdrehte sie vorsichtig und blies. Wieder geschah nichts.

Ein weiterer Versuch, ein weiteres Betasten. Nichts. Und noch einmal. Als er nach seiner Nase fühlte, spürte er gebrochene Knochen und Knorpel unter seinen Fingern. Sonst aber nichts.

Der vierte Versuch fand nicht mehr statt.

Ohnmächtig sackte Narcisse auf dem Fußboden zusammen.

Als er wieder zu sich kam, spürte er zunächst das Blut, mit dem seine Haut am Linoleum festgeklebt war. Der Schmerz war nicht einmal so schlimm. Eher kam es ihm so vor, als hielte eine heftige Betäubung seinen Kopf umschlungen, presste seinen Schädel zusammen und blendete ihm die Augen. Er richtete sich halb auf. Seine Nase war wahrscheinlich nur noch ein blutiges Loch. Er streckte den anderen Arm aus, griff nach dem Wasserhahn und zog sich mühsam hoch.

Überall war Blut. Auf dem Spiegel, an der Wand, im Waschbecken. Er kam sich vor wie ein Selbstmordattentäter, dessen Bombe in seinem Gesicht explodiert war. Nur langsam fand er den Mut, sich im Spiegel zu betrachten. Sein Gesicht sah nicht einmal entstellt aus. Lediglich die Nase war stark angeschwollen und wirkte schief. Ein Knochen hatte das Fleisch durchdrungen und sich durch die Haut gebohrt.

Vielleicht war das Implantat ja durch diese Öffnung ausgetreten ...

Mühsam überwand er seinen Ekel und tastete in der klebrigen Flüssigkeit im Waschbecken herum. Und da fand er sie! Zwischen seinen bluttriefenden Fingern hielt er die Kapsel. Sie sah aus wie ein etwa zwei Zentimeter langes, ziemlich dünnes Projektil. Nachdem er sie unter fließendem Wasser notdürftig gereinigt hatte, stellte sie sich als chromfarbenes Röhrchen heraus, das weder eine Schweißnaht noch sonst eine erkennbare Öffnung hatte. Der Arzt hatte von Silizium gesprochen, doch er wusste nicht genau, was das war. Das Ding sah irgendwie futuristisch aus, als wäre es aus einem Stück gegossen. Falls es sich tatsächlich um eine Mikropumpe handeln sollte – wo kam dann der Wirkstoff heraus? Auf jeden Fall empfand er es als wahres Wunder, dass dieses Ding so winzig war.

Er musste das Ding unbedingt untersuchen lassen. Aber wo? Wem sollte er es anvertrauen? Darauf wusste er keine Antwort. Schließlich steckte er es in die Tasche, entfernte den Stöpsel aus dem Abfluss und ließ kaltes Wasser über sein Gesicht laufen. Nachdem die Kälte seine Knochen fast gefühllos gemacht hatte, nahm er seine Nase zwischen beide Handflächen und richtete sie mit einer einzigen, kräftigen Bewegung wieder gerade.

Das Letzte, was er hörte, war das Krachen seiner Knochen. In der nächsten Sekunde war er wieder bewusstlos geworden.

Noch nie hatte Anaïs ein derart erschreckendes Gesicht gesehen. Das rechte Auge war rund und schien geradewegs aus dem Kopf kullern zu wollen. Das linke sah aus wie ein hinterhältiger Schlitz und verschwand fast im aufgedunsenen Fleisch. Das gesamte Gesicht wirkte linkslastig. Den Mund konnte man als irres Lachen, aber auch als offene Wunde interpretieren. Ein Gesicht unter dem Bann des Bösen. Des Bösen, das es verursachte. Des Bösen, das es erlitt.

Die Tuschezeichnungen erinnerten an die Illustrationen von Feuilletonromanen zu Beginn des 20. Jahrhunderts. Die Verbrechen des Fantomas. Die Ermittlungen von Harry Dixon. Noch erschreckender wurden sie, wenn man sie sich im Gegenlicht ansah. Sie wirkten dann besonders bösartig, weil der Mörder einer fremdartigen, gespenstischen Sphäre anzugehören schien. Er stand vor einer übergroßen, nackten Leiche und hielt ihre blutenden Geschlechtsorgane in der Hand.

Beide Röntgenbilder zeigten die gleiche Szene in kurzer Zeitabfolge. Im Hintergrund erkannte man eine der Pariser Brücken – entweder Iéna oder Alma, vielleicht auch Invalides oder Alexandre III – und das dunkle Wasser der Seine.

Anaïs lief ein Schauder über den Rücken. Sie hielt die Röntgenbilder von Narcisses Selbstporträts in den Händen. Unter den Gemälden hatte der Künstler Szenen skizziert, deren Zeuge er gewesen war. Oder die er selbst verursacht hatte.

»Was halten Sie davon?«

Anaïs ließ die Bilder sinken und blickte den Kommissar an, der ihr die Frage gestellt hatte. Sie befand sich in einem Büro des Kommissariats für Organisiertes Verbrechen.

Selbst bei der Polizei kommt man irgendwann zur Vernunft.

Um 9.00 Uhr hatte man sie zum Landgericht überführt. Obwohl der Richter ihr nicht gerade viel Verständnis entgegenbrachte, musste er einräumen, dass sie über äußerst wichtige Informationen zu dem Schusswechsel am Vortag verfügte. Daher hatte er sie nach Nanterre in die Zentralstelle bringen lassen. Hier wurde sie nun vom zuständigen Kommissar Philippe Solinas verhört.

Sie ließ die Handschellen klirren.

»Könnte man mir die Dinger abnehmen?«

Geschmeidig erhob er sich.

»Aber gewiss.«

Solinas war ein baumlanger Bursche um die fünfzig, dessen leicht korpulenter Körper in einem billigen schwarzen Anzug steckte. Er war kahl, hatte seine Brille auf die Stirn hinaufgeschoben und trug einen grau melierten Dreitagebart.

Kaum waren ihre Handgelenke wieder frei, als Anaïs auch schon auf die Röntgenbilder zeigte.

»Hier handelt es sich offenbar um ein Verbrechen, das sich im Pariser Obdachlosenmilieu abgespielt hat.«

»Sagen Sie mir etwas, was ich nicht schon weiß.«

»Der Mord muss vor dem Frühjahr 2009 stattgefunden haben.«

»Wieso?«

»Weil die Bilder im Mai oder Juni jenes Jahres gemalt wurden.«

Der Kommissar hatte sich wieder hinter seinen Schreibtisch gesetzt und faltete die Hände vor sich auf dem Schreibtisch. Mit seinen breiten Schultern wirkte er wie ein Rugby-Spieler, der bereit war, sich ins Getümmel zu stürzen. Anaïs bemerkte seinen breiten, goldenen Ehering, den er immerzu berührte. Wie eine Trophäe. Oder eine Bürde. Ruhelos ließ er ihn am Finger auf und ab gleiten.

»Was genau wissen Sie über den Fall?«

»Was bieten Sie mir?«

Solinas lächelte. Sein Ehering glitt am Finger auf und ab.

»Sie sind nicht in der richtigen Position für einen Deal, Frau Hauptkommissarin. Ich habe mit dem Richter gesprochen. Milde ausgedrückt sitzen Sie ziemlich tief in der Tinte.«

»Ich verbringe mein halbes Leben damit, Kompromisse mit irgendwelchen Ganoven zu suchen. Da können Sie doch sicher mit einer Polizistin verhandeln. Immerhin bin ich im Besitz äußerst wichtiger Informationen.«

Solinas nickte langsam. Anaïs' kämpferische Art schien ihm zu gefallen.

»Wie sähe denn Ihr Deal aus?«

»Alles, was ich über den Fall weiß, für eine sofortige Freilassung.«

»Ach nee, sonst nichts?«

»Ich wäre bereit, eine bedingte Haftentlassung zu akzeptieren.«

Solinas schlug einen Hefter mit Vernehmungsprotokollen auf. Ihre Akte. Sie war nicht dick. *Noch nicht.* Während er die Berichte überflog, blickte Anaïs sich um. Der Raum war mit hellem Holz getäfelt und erinnerte an die Kabine eines Segelschiffs. Winzige Strahler setzten weiche Lichtpunkte.

»Ich denke, wir gewinnen beide dabei. Sie bekommen Ihre Infos, ich meine Freiheit. Und das ist noch nicht alles. Ich könnte Ihnen bei der Fortsetzung der Ermittlungen behilflich sein.«

Der Polizist schwenkte einen Stapel aneinandergeheftete Papiere.

»Wissen Sie, was das ist?«

Anaïs antwortete nicht.

»Ihre Suspendierung. Bis auf Weiteres.«

»Ich könnte als externe Beraterin tätig werden.«

Solinas faltete die Hände hinter seinem Nacken und streckte sich.

»Ich kann Ihnen höchstens drei Tage zugestehen. Danach

muss ich die Akte der Dienstaufsicht und dem Strafrichter weiterleiten. Als Polizistin kann ich Sie im Interesse der Wahrheitsfindung unter meiner Aufsicht vorläufig auf freien Fuß setzen.«

Er tippte mit dem Zeigefinger auf den Schreibtisch.

»Aber Vorsicht, meine Schöne. Ihre Informationen müssen hier und jetzt auf den Tisch. Sollte ich feststellen, dass Sie auch nur die geringste Kleinigkeit für sich behalten, reite ich Sie so tief in die Scheiße, dass Ihnen das Zeug aus den Ohren wieder herauskommt.«

»Sehr elegant ausgedrückt.«

Er nahm das Spiel mit dem Ehering wieder auf.

»Du bist hier nicht bei Ladurée.«

»Woher weiß ich, dass Sie Ihr Versprechen halten, wenn ich alles gesagt habe?«

»Du hast mein Ehrenwort als Polizist.«

»Was ist es wert?«

»Fünfundzwanzig gute und loyale Dienstjahre. Die Möglichkeit, einen ganz dicken Knüller zu landen. Die Aussicht, meinen Kollegen bei der Kripo ordentlich eins auszuwischen. Leg das alles in die Waagschale und sieh zu, wohin die Nadel ausschlägt.«

Die Argumente klangen hohl, doch Anaïs hatte keine Wahl. Sie war Solinas' Geisel.

»Einverstanden«, sagte sie. »Aber Sie schalten sowohl Ihr Handy als auch Ihren Computer aus, ebenso wie die Kamera da oben. Sie notieren sich nichts. Von dem, was ich Ihnen sage, darf es nicht die geringste verfolgbare Spur geben. Bisher ist nichts von alledem offiziell.«

Solinas erhob sich wie ein müder Jäger, reckte den Arm nach oben und schaltete die Sicherheitskamera aus. Dann nahm er sein Handy aus der Tasche, deaktivierte es und legte es zum Beweis vor sich auf den Tisch. Schließlich setzte er sich wieder, versetzte seinen Computer in den Stromsparmodus und informierte die Zentrale, dass er einige Zeit nicht gestört werden wolle.

Er machte es sich in seinem Sessel bequem.
»Kaffee?«
»Nein danke.«
»Gut, dann höre ich.«
Sie erzählte alles. Von den Obdachlosenmorden – dem Minotaurus in Bordeaux und Ikarus in Marseille. Von der Flucht Mathias Freires, alias Victor Janusz, alias Narcisse. Vom pathologischen Profil des Verdächtigen und seinen wiederholten psychischen Fluchten. Von seiner Entschlossenheit, selbst Nachforschungen zu betreiben, anstatt Frankreich so schnell wie möglich zu verlassen – eine Haltung, die man entweder als Beweis für seine Unschuld oder als Gedächtnisverlust auslegen konnte. Vielleicht als beides.

Anaïs sprach eine halbe Stunde. Als sie fertig war, hatte sie einen trockenen Mund und bat um Wasser. Solinas öffnete eine Schublade und stellte eine Flasche Evian auf den Tisch.

»Was hatte es mit der Rue de Montalembert auf sich?«

Anaïs trank einen Schluck.

»In einem seiner Leben war Freire Maler«, setzte sie ihren Bericht fort. »Er hieß Narcisse und litt unter psychischen Problemen, die in der Villa Corto im Hinterland von Nizza behandelt wurden.«

Die Erwähnung der Villa Corto war als Test gedacht. Solinas reagierte nicht, wusste also offenbar nichts von dem Gemetzel. Auch sie selbst hatte nicht darüber gesprochen. Abgesehen von Crosnier hatte niemand eine Ahnung, dass sie dort gewesen war.

»Narcisse malte ausschließlich Selbstbildnisse. Freire hat irgendwie herausgefunden, dass sich unter seinen Gemälden andere Bilder verbargen. Sie waren von einer Galerie in Paris verkauft worden. Freire kam hierher, verschaffte sich die Namen der Käufer und besorgte sich zwei seiner Bilder, die er röntgen ließ. Nur so konnte er hinter das Geheimnis der Gemälde kommen.«

»Die Namensliste, die Sie Ribois gegeben haben – sind das die Namen der Kunden?«

»Wer ist Ribois?«

»Der Muskelmann.«

»Richtig. Freire hat ein Selbstporträt von einem Sammler im 16. Arrondissement mitgenommen, ein weiteres aus der Rue de Montalembert. Anschließend suchte er die erstbeste Praxis für Radiologie auf, um herauszufinden, was es mit den Bildern auf sich hatte. Das Ergebnis sind die Röntgenbilder, die Sie mir eben gezeigt haben.«

Solinas nahm einen der Abzüge und betrachtete ihn.

»Glauben Sie, dass dieser Mord auch zu der mythologischen Serie gehört?«

»Zweifellos.«

Anaïs kam ein Gedanke. Das verzerrte Gesicht des Mörders war eine Maske. Eine Anlehnung an eine Sage vielleicht? Oder eine ethnische Besonderheit? Die Kennzeichnung eines primitiven Stammes? Sie erinnerte sich an die Aussage des Obdachlosen Raoul in Bordeaux: Philippe Duruy hatte ihm erzählt, der Mann, der ihm den Schnee geben wolle, habe ein bandagiertes Gesicht gehabt. Der Mörder spielte Rollen. Er versetzte sich in die Gestalten der Sagen.

»Und um welchen Mythos handelt es sich in diesem Fall?«, fragte Solinas gerade.

»Das weiß ich nicht, aber es lässt sich herausfinden. In der griechischen Mythologie dürfte es sicher mehrere Geschichten über Kastrationen geben. Meiner Ansicht nach wäre es allerdings wichtiger, die Spur dieses Mordes hier in Paris zu verfolgen.«

»Danke für den Tipp. Aber das dürfte ganz schön schwierig werden. Obdachlose bringen sich ständig gegenseitig um.«

»Und entmannen ihr Opfer?«

»Denen fällt doch immer etwas ein. Ich denke, wir schalten die Gerichtsmedizin ein.«

Solinas setzte sich wieder zurecht und begann erneut, mit dem Ring zu spielen.

»In deiner Geschichte gibt es eine Menge schwarzer Löcher«, erklärte er skeptisch. »Wieso bist zum Beispiel du hier in Paris?«

Diese Frage hatte Anaïs erwartet. Um zu antworten, musste sie die beiden Hugo-Boss-Mörder ins Spiel bringen.

»Dieser Fall hat noch eine andere Seite«, begann sie nach kurzem Zögern.

»Wir hatten vereinbart, dass du mir alles sagst, Kleine.«

Und so begann Anaïs noch einmal ganz von vorn. Sie erzählte von Patrick Bonfils, dem Mann ohne Gedächtnis, und wie man ihn am Strand von Guéthary samt seiner Frau gewaltsam ausgeschaltet hatte. Sie berichtete von dem am Tatort beobachteten Audi Q7, der einer Firma namens ACSP gehörte, die wiederum Mitglied der Mêtis-Gruppe war.

»Mêtis? Was ist das?«, unterbrach Solinas.

Anaïs fasste die wichtigsten Einzelheiten zusammen: Ein ursprünglich agrarwissenschaftlich orientiertes Unternehmen, das sich in den 1980er Jahren der Pharmazie zugewandt hatte. Zwischen den Forschungsabteilungen und der französischen Armee bestanden möglicherweise obskure Verbindungen. Solinas hob ungläubig die Augenbrauen. Anaïs wandte sich konkreteren Erkenntnissen zu. Sie schilderte den vorgetäuschten Diebstahl des von zwei professionellen Scharfschützen gefahrenen Q7, und dass es ihr der geknackte Tracker-Code ermöglicht habe, den beiden Mördern zu folgen, die es wiederum auf Narcisse abgesehen hatten.

»Klingt wie ein Groschenroman.«

»Und was ist mit den beiden Toten in der Rue de Montalembert?«

»Bei der Schießerei hat es keine Opfer gegeben.«

»Wie bitte?«

»Zumindest keine Toten.«

»Aber ich habe sie mit eigenen Augen gesehen! Freire hat den ersten erschossen und den zweiten mit seinem Messer erledigt.«

»Wenn die Kerle wirklich von dem Kaliber sind, wie du sie beschreibst, trugen sie mit Sicherheit kugelsichere Westen. Dein Narcisse hat keine Erfahrung. Wahrscheinlich hat er einfach blind draufgehalten. Es wäre wirklich ein Wunder, wenn er einen der beiden auch nur gestreift hätte. Außerdem war sein Revolver mit einer Munition ohne große Durchschlagkraft bestückt. Wir haben die Patronen sichergestellt. Eine Lachnummer bei einer Weste aus Kevlar oder Karbonfasern. Das Gleiche gilt übrigens für das Messer. Als dein Freund dem Kerl das Messer in die Rippen rammte, hat er vermutlich nicht einmal die zweite Gewebelage erreicht.«

»Ich habe die Männer aus nächster Nähe gesehen«, widersprach Anaïs. »Sie trugen taillierte, eng geschnittene Anzüge. Darunter hätte eine kugelsichere Weste beim besten Willen keinen Platz gehabt.«

»Ich zeige dir bei Gelegenheit mal, was heute so auf dem Markt ist. Die Dinger sind nicht dicker als eine Taucherkombi.«

»Aber es wimmelte doch nur so von Bullen! Die waren doch überall!«

»Ein Grund mehr. In einem solchen Chaos konnten sie unbemerkt verschwinden. Unsere ersten Leute vor Ort waren Streifenpolizisten, die keine Erfahrung mit Schießereien haben. Was uns betrifft, so kamen wir schlicht zu spät. Als wir eintrafen, warst nur noch du da. Und natürlich dein verrückter Maler.«

Anaïs hakte nicht weiter nach. Jetzt war sie an der Reihe, Informationen zu sammeln.

»Sie haben Narcisse doch sicher verhört. Was hat er denn ausgesagt?«

Solinas grinste ironisch und fummelte wieder an seinem Ring herum. In einer Frauenzeitschrift hatte Anaïs einmal gelesen, dass ein solches Verhalten den Wunsch ausdrücke, dem Joch der Ehe zu entfliehen.

»Man merkt deutlich, dass du nicht ganz auf dem Laufenden bist.«

»Wieso?«

»Dein Süßer ist uns heute Nacht wieder mal entwischt.«

»Das glaube ich nicht!«

Solinas zog eine Schublade auf und reichte Anaïs ein Fax der obersten Dienstbehörde. Der an alle Dienststellen gerichtete Alarm warnte davor, dass es dem Mordverdächtigen Mathias Freire, der sich bei Bedarf auch Victor Janusz oder Narcisse nannte, gelungen war, gegen 23.00 Uhr trotz polizeilicher Bewachung aus dem Krankenhaus Hôtel-Dieu zu fliehen.

Anaïs konnte einen Jubelruf gerade noch unterdrücken. Aber schnell kehrte die Angst wieder zurück. Nun waren sie also erneut am Ausgangspunkt angekommen. Wenn die Söldner wirklich noch lebten, würden sie sich wieder an seine Fersen heften. Solinas beugte sich über den Schreibtisch. Seine Stimme senkte sich vertraulich.

»Wo sollen wir nach ihm suchen?«

»Keine Ahnung.«

»Hat er Kontakte hier in Paris? Leute, die ihm bei der Flucht helfen könnten?«

»Ich glaube nicht, dass er fliehen will. Er versucht, seinen unterschiedlichen Persönlichkeiten auf die Spur zu kommen. Er kennt sie nicht – ebenso wenig wie wir.«

»Gibt es sonst noch etwas Wissenswertes?«

»Nein.«

»Sicher?«

»Ganz sicher.«

Solinas lehnte sich wieder zurück und öffnete einen Schnellhefter.

»Dann habe ich hier etwas für dich.«

Er legte ihr ein Blatt vor.

»Und was ist das?«

»Ein vom zuständigen Richter unterzeichneter Haftbefehl. Du wirst in Fleury-Mérogis eingesperrt, meine Schöne, und zwar sofort.«

»Und was ist mit Ihrem Ehrenwort?«

Statt einer Antwort winkte Solinas zu der Glaswand hin, die das Büro vom Flur trennte. Sekunden später klickten Handschellen um Anaïs' Handgelenke. Zwei uniformierte Polizisten zwangen sie, sich zu erheben.

»Niemand hat das Recht, sich über Gesetze hinwegzusetzen. Schon gar nicht eine kleine Maus, die sich den Kopf zudröhnt und sich für Gott weiß wen ...«

Solinas beendete den Satz nicht. Anaïs hatte ihm mitten ins Gesicht gespuckt.

Er erwachte mit einem heftigen Schmerz zwischen den Augen. Vielleicht war es auch der Schmerz gewesen, der ihn geweckt hatte.

Seine Nase war so dick geschwollen, dass sie sein Gesichtsfeld beeinträchtigte. Unter den gebrochenen Knorpeln brannte es. Am liebsten hätte er aufgeschrien. Seine Nasengänge waren mit geronnenem Blut verstopft. Er bekam kaum Luft.

Mitten in der Nacht war er wieder zu sich gekommen, doch er hatte nur die Kraft gehabt, das Licht zu löschen und sich völlig bekleidet auf das Bett fallen zu lassen. Danach hatte er geschlafen wie ein Toter.

Vorsichtig stand er auf, wobei er sich mehrfach abstützen musste, und taumelte ins Bad. Er stellte fest, dass es heller Tag war. Wie viel Uhr mochte es sein? Er besaß keine Uhr mehr. Als er die Neonröhre über dem Waschbecken einschaltete, wurde er eher angenehm überrascht. Sein Gesicht war zwar geschwollen, aber nicht übermäßig. Auf dem Nasenrücken zeigten sich mehrere verkrustete Platzwunden, die wohl vom Waschbeckenrand stammten. Auf der linken Nasenseite befand sich eine etwas längere und tiefere Verletzung; das war wohl die Spalte, durch die das Implantat ausgetreten war.

Er griff in seine Hosentasche und fand es sofort. Allein bei der Vorstellung, dass er monatelang mit diesem Ding im Kopf gelebt hatte, wurden ihm die Knie wieder weich. Er betrachtete die Hülse ganz genau. Nirgends fand er einen Spalt oder eine Öffnung. Falls es wirklich eine Mikropumpe war, konnte er sich nicht vorstellen, wie sie funktionieren sollte.

Er verstaute das Beweisstück wieder in seiner Hosentasche, hielt ein Handtuch unter kaltes Wasser, presste es sich auf die

Nase und legte sich wieder ins Bett. Sobald er sich bewegte, verstärkte sich der Schmerz. Er schloss die Augen und wartete ab. Nach und nach ebbte der Schmerz ab.

Trotz seines Zustandes wusste er genau, dass er weiterkämpfen wollte. Er würde der Sache auf den Grund gehen – er hatte keine andere Wahl. Aber wie? Sein Geld war weg, Freunde hatte er keine. Und alle Polizisten von Paris waren ihm auf den Fersen. Fürs Erste jedoch wischte er diese Bedenken beiseite und konzentrierte sich auf die neuen Spuren.

Zunächst musste er etwas über den Mord mit der Verstümmelung der Sexualorgane herausfinden, der vermutlich irgendwann im Jahr 2009 in Paris am Ufer der Seine geschehen war. Allerdings wurde ihm sehr schnell klar, dass es keine Möglichkeit gab, von seinem Zimmer aus in dieser Richtung zu forschen. Vielleicht sollte er zunächst versuchen, etwas über griechische Sagen herauszufinden, in denen eine Kastration vorkam. Doch auch hier musste er passen, denn dazu hätte er ein Internetcafé, eine Bibliothek oder ein Dokumentationszentrum aufsuchen müssen. Er sah sich bereits in Hemdsärmeln durch Paris irren, denn sein Jackett konnte er unmöglich auslösen.

Offenbar war es tatsächlich so, dass er in diesem orange tapezierten Zimmer auf Gedeih und Verderb festsaß. Ein Ausweg fiel ihm beim besten Willen nicht ein.

Während er noch darüber nachdachte, wurde ihm bewusst, dass seine psychischen Fluchten nicht hermetisch voneinander abgeschottet waren. Die Mauern zwischen seinen Persönlichkeiten waren bis zu einem gewissen Grad durchlässig, und immer wieder gab es Dinge, die ihm im Gedächtnis geblieben waren. Seine Ausbildung zum Psychiater. Die Erinnerung an Anne-Marie Straub. Sein Talent als Maler. Fast jeder dieser Linien war er gefolgt, ohne etwas zu erreichen.

Jetzt blieb nur noch die Malerei. Wenn er in einem anderen Leben wirklich einmal Maler gewesen war, hatte er vielleicht die gleichen Farben und die gleiche Technik benutzt wie Narcisse. Die eng beschriebenen Seiten des Heftchens fielen ihm ein – die Zusammensetzung seiner Farben, der prozentuale Anteil der Pigmente. Schade, dass er das Heft nicht mehr besaß, denn an die einzelnen Zahlen konnte er sich beim besten Willen nicht mehr erinnern.

Plötzlich setzte er sich auf. Hatte Corto ihm nicht erklärt, dass Narcisse zum Mischen seiner Farben geklärtes Leinöl benutzte? Und zwar nicht irgendein Öl, sondern ein Industrieöl, das er direkt beim Hersteller kaufte. Es ging um Produzenten, die ihre Ware normalerweise tonnenweise lieferten.

Das war ein möglicher Ansatz. Lieferanten für Leinöl in Paris! Falls er als Maler in Paris gelebt hatte, gab es vielleicht einen Vertrag mit einem Hersteller für chemische oder landwirtschaftliche Produkte. Sicher würde man sich des Malers erinnern, der nur wenige Liter Öl im Jahr abnahm.

Im Zimmer befand sich ein Telefon, das tatsächlich angeschlossen war. Er lächelte unwillkürlich, um sofort stöhnend das Gesicht zu verziehen. Es tat einfach noch viel zu weh.

Zunächst rief er die Zeitansage an. 10.10 Uhr. Dann wählte er die Nummer der Auskunft. Seine neue Stimme überraschte ihn. Sie klang nasal, hohl und fremd. Er musste die Auskunft mehrfach anrufen, bis er nach und nach eine Liste der Leinöllieferanten in der Île-de-France zusammengestellt hatte.

Auf dem Nachttisch lagen ein Schreibblock mit dem Logo des Hotels und ein Stift. Narcisse schrieb sich Namen, Orte und Telefonnummern auf. Es gab ungefähr ein Dutzend Hersteller im Raum Paris, die infrage kamen. Die Firmensitze befanden sich so gut wie alle außerhalb des eigentlichen Stadtgebiets: in Ivry-sur-Seine, Bobigny, Trappes, Asnières oder Fontenay-sous-Bois.

Beim ersten Anruf erklärte Narcisse, er sei Maler und wolle sich direkt vom Produzenten beliefern lassen. Der Chef einer Firma namens Prochemie lehnte freundlich ab: Man beliefere lediglich Hersteller von Kitt, Lacken, Industrietinte und Linoleum. Mit dem Mischen von Farben für künstlerische Zwecke habe man nichts zu tun. Der Mann verwies ihn an Spezialisten wie Old Holland, Sennelier, Talens oder Lefranc-Bourgeois.

Narcisse bedankte sich und legte auf. Die nächste Nummer war die von CDC, einem Produzenten von Wachsen, Lacken und Harzen in Bobigny, wo er die gleiche Antwort erhielt. Auch Kompra, ein Spezialist für Metalle und Kunststoff, konnte ihm nicht weiterhelfen. Und so ging es weiter. Stets wurde ihm nahegelegt, sich an Firmen zu wenden, die das erforderliche Öl in kleineren Mengen verkauften.

Beim siebten Anruf begriff er, dass seine Vorgehensweise ihn nicht weiterbringen würde. Verzweifelt dachte er an die öden Stunden, die vor ihm lagen, als sein Gesprächspartner plötzlich fragte:

»Arnaud, bist du das?«

Er hatte eine Firma namens RTEP am Apparat, die sich auf Naturöle spezialisiert hatte. Narcisse reagierte sofort.

»Ja sicher!«

»Lieber Himmel, wo warst du denn die ganze Zeit?«

Narcisse drückte an seiner Nase herum. Seine Stimme sollte dem Menschen am anderen Ende der Leitung so normal wie möglich erscheinen, doch alles, was er damit erreichte, war eine jähe Schmerzattacke. Mit letzter Mühe erstickte er einen Klagelaut.

»Auf Reisen«, erklärte er dumpf.

»Deine Stimme klingt komisch. Beinahe hätte ich dich nicht erkannt.«

»Ich bin tierisch erkältet.«

»Und? Was macht die Kunst?«

»Alles im grünen Bereich.«

Narcisse bemerkte, dass seine freie Hand unkontrolliert zitterte. Seine Gedanken überschlugen sich. War es ein Wunder oder ein Irrtum? Meinte der Mann ihn selbst oder irgendeine andere seiner vielen Persönlichkeiten?

»Willst du wieder etwas bestellen?«
»Genau.«
»Wie immer?«
»Wie immer.«
»Warte. Ich schaue mal eben in die Unterlagen.«
Narcisse hörte, wie auf einer Tastatur herumgetippt wurde.
»Weißt du eigentlich, dass ich dein kleines Gemälde immer noch hier im Büro hängen habe?«, berichtete der Mann, während er suchte. »Meine Kunden finden es einfach toll. Sie können kaum glauben, dass unser Laden zu so etwas beigetragen hat.« Er lachte. Narcisse antwortete nicht.
»Wohin sollen wir liefern? An die übliche Adresse?«
»Welche hast du denn in den Unterlagen?«
»Rue de la Roquette 188 im 11. Arrondissement.«
Offenbar gab es doch einen Gott, der sich um Flüchtige kümmerte!
»Ja, das ist die richtige«, erklärte er und schrieb sich die Daten auf. »Ich rufe dich später noch mal an, falls ich noch etwas brauche.«
»Kein Problem, Picasso. Wir sollten unbedingt mal wieder zusammen essen gehen.«
»Auf jeden Fall.«
Narcisse legte auf und bemühte sich, sein unverhofftes Glück zu fassen. Der Staub, der aus dem Teppichboden aufstieg, prickelte auf seiner Haut. Der Schmerz seiner gebrochenen Nase trieb ihm noch immer die Tränen in die Augen. Aber er hatte wieder einmal gesiegt. Das geklärte Leinöl hatte ihn zu einer weiteren Facette seines Selbst geführt. Möglicherweise zum unmittelbaren Vorgänger von Narcisse.

In der Rue de la Roquette Nummer 188 befand sich kein Wohnhaus, sondern eine Art Dorf. Man hatte alte Fabriken renoviert und zu Lofts umgebaut, in denen Künstler, Produktionsfirmen und Werbeagenturen untergebracht waren. Die Gebäude waren zweigeschossig und besaßen große, hohe Fenster. Die gepflasterten Wege zwischen den Häusern glänzten in der Sonne.

Narcisse empfand nicht die mindeste Vertrautheit, doch die anheimelnde Umgebung und die tröstliche kleine Welt abseits des Pariser Trubels gefielen ihm. Ein kleines, familiäres Künstlerviertel.

»Nono?«

Er brauchte ein paar Sekunden, ehe ihm klar wurde, dass er gemeint war. Nono als Kosename für Arnaud! Zwanzig Meter entfernt saßen zwei junge Frauen auf der Schwelle eines Gebäudes und gönnten sich eine Zigarettenpause.

»Wie geht's dir? Wir haben dich ja ewig nicht mehr gesehen!«

Narcisse zwang sich zu einem Lächeln, trat aber nicht näher. Er war in Hemdsärmeln. Seine angeschwollene Nase wurde von Minute zu Minute schwärzer. Die Mädchen kicherten.

»Bekommen wir etwa keinen Begrüßungskuss mehr?«

»Ich bin erkältet.«

»Wo warst du überhaupt?«

»Verreist«, erklärte er. »Ausstellungen – ihr wisst schon.«

»Ganz ehrlich: Du hast schon mal besser ausgesehen.«

Sie kicherten wieder und stießen sich gegenseitig an. Bei beiden spürte er eine unterschwellige Erregung, eine Art spöttische Komplizenhaftigkeit. Ob er vielleicht mit einer von ihnen schon einmal geschlafen hatte? Oder sogar mit beiden?

»Du darfst dich bei uns bedanken. Wir haben deine Blumen gegossen.«

»Das habe ich gesehen«, behauptete er. »Danke schön.«

Er schlug den erstbesten gepflasterten Weg ein und hoffte, dass es der richtige war. Die Mädchen sagten nichts, was nur bedeuten konnte, dass er sich nicht geirrt hatte. Der freundliche Empfang hatte ihn überrascht. Er schien also wirklich Arnaud zu sein. Wenn man davon ausging, dass Arnaud der unmittelbare Vorgänger von Narcisse war, hatte er sich mindestens fünf Monate hier nicht mehr blicken lassen.

Doch es war müßig, darüber nachzudenken. Noch stand er ganz unter dem Eindruck einer anderen Nachricht. Auf dem Fußmarsch zur Rue de la Roquette war er vor einem Zeitungskiosk stehen geblieben und hatte die Tageszeitungen durchgeblättert, wobei er sich auf die Titelseite und die Rubrik »Vermischtes« beschränkte. Über seine Flucht aus dem Hôtel-Dieu fand er nichts – dazu war es noch zu früh. Über die Schießerei in der Rue de Montalembert allerdings wurde kurz berichtet.

Aber eine ganz andere Schlagzeile fiel ihm ins Auge. Es ging um eine Katastrophe, die tausend Kilometer entfernt geschehen war und die er hätte voraussehen müssen.

BLUTBAD IN PSYCHIATRISCHER ANSTALT. *Bei einem Amoklauf in der Nähe von Nizza wurden ein Psychiater und zwei Pflegekräfte getötet ...*

Die Gendarmen von Carros hatten gestern gegen 9.00 Uhr die Leichen von Jean-Pierre Corto und zweier seiner Pfleger im Büro des Arztes gefunden. Ersten Untersuchungen zufolge war der Psychiater vor seinem Tod lange gefoltert worden.

»Nehmen Sie die Zeitung oder nicht?«

Narcisse hatte es vorgezogen, dem Zeitungshändler nicht zu antworten, sondern war geflohen. Er stand unter einem Fluch. Er war *Der Schrei* von Edward Munch. Wie hatte er nur davon ausgehen können, dass die Mörder sich damit begnügen würden, der Villa Corto einfach nur einen Besuch abzustatten? *Der*

Arzt war lange gefoltert worden. Bei dem Gedanken drehte sich ihm der Magen um. Er fühlte sich schuldig. Wo immer er auftauchte, zog er Zerstörung und Gewalt nach sich. Er war eine Art menschlicher Blitzkrieg.

Aber trotz seines Entsetzens meldete sich wieder einmal sein Überlebenswille. Nicht mit einem einzigen Satz wurde die Anwesenheit von Narcisse in der Villa Corto während der beiden Tage vor dem Ereignis erwähnt. Er dachte an die Insassen der Anstalt: Ihre Zeugenaussage würde bei den Ermittlungen sicher nicht gewertet werden. Laut dem Zeitungsbericht schien die Polizei davon auszugehen, dass die Bluttat das Werk eines der Patienten war. Daher konzentrierte man sich bei den Ermittlungen auf die in der Villa untergebrachten Künstler. Narcisse wünschte den Bullen viel Glück dabei.

Im Vorübergehen las er die Namen auf den Briefkästen der Ateliers. Einen Arnaud fand er nicht. Am Ende des Weges entdeckte er eine unter Bambus, Lorbeer und Liguster halb verborgene Glasfassade. Waren das etwa Nonos Pflanzen? Er tauchte zwischen das Blattwerk und entdeckte den Briefkasten, der mit *Arnaud Chaplain* beschriftet war.

Der Briefkasten quoll fast über. Alle Briefe waren an Arnaud Chaplain adressiert. Es handelte sich ausschließlich um Anschreiben von Behörden, Kontoauszüge, Reklamesendungen und Angebote von Marketingagenturen – Persönliches war nicht dabei.

Auf der Suche nach einem versteckten Schlüssel hob er einen Terrakottatopf nach dem anderen, fand aber nichts. Blieb nur noch ein gut gezielter Faustschlag. Versteckt hinter einem hohen Bambus versetzte er der nächst dem Schloss gelegenen Scheibe einen heftigen Schlag. Beim dritten Versuch zerbrach das Glas und fiel in den Flur des Ateliers.

Narcisse steckte den Arm durch die Öffnung, schob den Riegel zurück und drückte die Klinke.

Er betrat das Loft, stolperte über einen weiteren Berg Post, der auf dem Boden lag, und schloss sorgfältig die Tür hinter sich.

Die Vorhänge vor den großen Fenstern waren zugezogen. Niemand konnte ihn sehen. Er blickte sich um und atmete genüsslich die abgestandene Luft ein.

Er war zu Hause.

Die Wohnung bestand aus einem einzigen großen Raum von mehr als hundert Quadratmetern. Genietete Stahlträger stützten ein Glasdach. Ein grau gestrichener Betonboden. Die Wände waren aus Ziegeln gemauert. Links ein Spülstein, ein Herd, ein Kühlschrank und ein Geschirrspüler. Zur Rechten sah er unzählige Farbtuben, Paletten, Lösungsmittel, Behälter mit eingetrockneter Farbe, Rahmen und zusammengerollte Leinwände.

Narcisses Aufmerksamkeit wurde von einem Detail angezogen. Am Ende des Lofts stand unter einer Art Zwischengeschoss ein schräg gestellter Zeichentisch vor einer weiteren Fensterwand, deren Ausblick durch wild wuchernden Bambus eingeschränkt wurde. Er trat einen Schritt näher und entdeckte Skizzen für Werbezeichnungen in Bleistift und Kohle. Einige davon hingen sogar über dem Tisch an der Wand.

Chaplain war also nicht nur Maler, sondern auch Illustrator und Art Director und arbeitete in der Werbung. Im Übrigen fand Narcisse weder ein Gemälde noch die kleinste Skizze. Auf den Werbezeichnungen fanden sich weder Logos noch Markennamen. Es ließ sich also nicht feststellen, für wen Chaplain als Art Director tätig gewesen war. Nur eines war sicher: Er arbeitete zu Hause als Selbstständiger.

Narcisse kehrte in die Mitte des Lofts zurück. Halbkugelige New-York-Lampen aus gebürstetem Aluminium hingen von der Decke. Auf dem Boden lagen bunte Teppiche mit abstrakten Motiven. Die wenigen Möbel bestanden aus lackiertem Holz und wiesen klare Linien ohne jeden Schnickschnack auf. Zwischen dem Obdachlosen Victor Janusz und dem verrückten Maler Narcisse lagen Welten. Aber mit welchem Geld hatte Chaplain diesen ganzen Luxus finanziert? Konnte er sich mit dem Honorar eines Werbegrafikers diese Dinge leisten? Oder verkaufte er seine Gemälde ebenso teuer wie Narcisse?

Fragen über Fragen.

Wie lange war Narcisse Chaplain gewesen? Seit wann hatte er dieses Loft gemietet? Wer hatte während der Monate seiner Abwesenheit dafür bezahlt? Er ging zurück zur Tür, wo er den Haufen Post abgelegt hatte. Anhand der Umschlagfenster erkannte er Behördenbriefe, Beitragsforderungen, Mahnschreiben und Sammelrechnungen. Sie kamen von Versicherungen, der Bank und der Telefongesellschaft. Ehe er sich jedoch darum kümmerte, wollte er zunächst einmal einen Rundgang machen.

Er begann mit der Küche. Die Zeile bestand aus lackiertem Holz, die Ablagen aus Chrom und die Geräte waren der letzte Schrei. Alles war in bestem Zustand, allerdings ein wenig staubig. Chaplain schien ein Saubermann zu sein. Ob er wohl eine Haushälterin beschäftigte? Und wenn ja – besaß sie die Schlüssel zu dieser Wohnung? Vermutlich eher nicht.

Er öffnete den Kühlschrank und entdeckte ziemlich verdorbene Lebensmittel. Wie jeder »Reisende ohne Gepäck« war er fortgegangen, ohne zu wissen, dass er nicht wiederkommen würde.

In der Tiefkühltruhe fand er reifbedeckte Tüten mit Dim-Sum-Gerichten, grünen Bohnen und Bratkartoffeln. Beim Anblick der gefrorenen Lebensmittel begann sein Magen zu knurren. Er packte die Dim Sums aus und steckte sie in die Mikrowelle. Nachdem er einige Schränke geöffnet hatte, fand er Soja- und Chilisauce. Wenige Minuten später ergötzte er sich an asiatischen Köstlichkeiten.

Als er schließlich satt war, wurde ihm zunächst schlecht. Er hatte viel zu schnell gegessen. Ihm war längst klar, dass er viel Kraft und Energie brauchen würde, denn das Spiel ging weiter. Er stellte Teller und Tassen in den Spülstein. Offenbar nahm er intuitiv die alten Gewohnheiten eines Singledaseins wieder auf.

Von der Küche aus stieg er die Stahltreppe hinauf. Das Geländer bestand aus Tauen, die ihn an ein Segelschiff erinnerten. Vielleicht waren es sogar wirklich Schiffstaue.

Hinweise darauf, dass ihm viel am Segelsport lag, verstärkten sich in der ersten Etage. An den Wänden hingen Schwarz-Weiß-Fotos von alten Segeljachten. Überall fanden sich Schiffsmodelle mit lackierten Holzrümpfen. Ein großes Bett mit schwarzen Laken und einer orangefarbenen Decke stand vor einem riesigen Fernsehbildschirm. Hinter weiß gekalkten Holztüren verbargen sich begehbare Schränke.

Narcisse unterzog sie einer eingehenden Inspektion. Leinenhemden. Jeans und Tuchhosen. Markenanzüge. Und die Schuhe passten dazu. Stiefel von Weston, Mokassins von Prada, Loafer von Tod's. Chaplain ging mit der Mode und ließ sich seine Eleganz etwas kosten.

Er trat in das Bad, das hinter einer Verbundglastür lag. Die Wände waren in dunklem Zink gehalten und vermittelten den Eindruck, in einen reinen, frischen Tank einzutauchen. Die Doppelwaschbecken waren mit Wasserfall-Armaturen ausgestattet. Bei jedem Schritt fragte sich Narcisse, mit welchem Geld Chaplain diesen ganzen Luxus bezahlt hatte.

Er entschloss sich zu einer kühlen Dusche. Zehn Minuten unter dem harten Wasserstrahl reinigten ihn von allem Blut, der Gewalt und der Angst der vergangenen vierundzwanzig Stunden und hinterließen ein seltsames Gefühl von Unschuld und Stärke. Auf der Suche nach einem Mittel zur Wunddesinfektion stieß er lediglich auf ein Flacon *Eau d'Orange Verte* von Hermès. Damit betupfte er seine Verletzungen, verpflasterte sie und wählte ein legeres Outfit à la Chaplain, bestehend aus einer Jogginghose von Calvin Klein sowie T-Shirt und Kapuzenjacke von Armani.

Als er gerade anfing, sich behaglich zu fühlen, entdeckte er am Fußende des Bettes einen Anrufbeantworter. Er setzte sich auf das Bett. Das Gerät blinkte. Chaplain hatte also doch Freunde gehabt, die sich um ihn sorgten. Er betätigte die Taste, ohne sich um Fingerabdrücke zu kümmern – die waren hier ohnehin überall und seit langer Zeit.

Statt der erwarteten ängstlichen Stimmen meldete sich eine fröhliche Frau.

»Hey, Nono, was ist los?«, gluckste sie. »Schmollst du oder was? Audrey hat mir deine Nummer gegeben. Ruf mich an.«

Die lachende Stimme erinnerte ihn an das affektierte Getue der beiden Raucherinnen vor dem ersten Atelier. Narcisse warf einen Blick auf das Display. Der Anruf stammte vom 22. September. Der nächste Anruf hörte sich fast an wie das Miauen einer Katze. Er stammte vom 19. September.

»Bist du nicht da, Baby?«, flüsterte eine samtene Stimme. »Hier ist Charlene. Wir beide sind noch nicht fertig.«

Der dritte Anruf, vom 13. September, hörte sich ähnlich an.

»Nono? Ich bin gerade bei einer Freundin, und wir haben uns überlegt, ob wir nicht mal vorbeikommen sollten. Ruf einfach zurück.«

Lachen und Kussgeräusche. Und so ging es weiter. Nicht eine einzige Männerstimme war auf dem Band. Auch kein sachlicher, normaler Anruf und schon gar keine beunruhigte Nachfrage.

Noch einmal inspizierte er seine Umgebung. Die Segelschiffe. Die Markenklamotten. Das orangefarbene Federbett und die schwarzen Betttücher. Das Designerbad. Er musste seine Meinung revidieren. Er befand sich hier nicht in einem Künstleratelier, sondern in einer Frauenfalle. Hier lebte kein einsamer, leidender Künstler wie Narcisse. Nono war wohl eher ein Lebemann und Verführer. Und dank irgendeines Tricks hatte er offenbar eine Menge Geld verdient. Sein Leben schien er damit zu verbringen, dieses Geld mithilfe williger Damen auszugeben; an der Erforschung seiner Vergangenheit war er offensichtlich nicht interessiert.

Plötzlich drang eine ernste Stimme aus dem Gerät. Es war ein bereits abgehörter, jedoch nicht gelöschter Anruf.

»Arnaud, ich bin es. Wir treffen uns zu Hause. Langsam wird es beängstigend. Ich bin kurz davor auszuflippen.«

Danach folgte nur noch ein Piepsen. Narcisse blickte auf das Datum. 29. August um 20.20 Uhr. Auch diese Stimme gehörte einer Frau, doch sie hatte nichts mit dem Gurren der anderen Anruferinnen gemein. Auch sagte sie nicht »Nono«, sondern »Arnaud«. Und die Nachricht hörte sich keineswegs nach einer erotischen Verheißung, sondern nach einem Hilferuf an.

Es war der letzte Anruf auf dem Band und damit chronologisch gesehen der erste. Am 29. August. Wie hatte Corto noch gesagt? »Du wurdest Ende August neben der Ausfahrt 42 der Autobahn A 8 gefunden. Die Ausfahrt heißt Cannes-Mougins.«

Wiederholt hörte Narcisse die Nachricht ab. Diese Worte also waren der Grund dafür, dass er seine Wohnung zum letzten Mal verlassen hatte. Nach diesem Datum hatte er sie nie wieder betreten. Alle folgenden Anrufe waren ins Leere gelaufen.

Auf dem Weg nach Cannes war er zu Narcisse geworden.

Lebte diese Frau in Cannes? Oder hatte er sie besucht, ehe er an die Côte d'Azur floh? War seine Krise eingetreten, bevor er mit ihr zusammenkam? Sicher nicht. Denn wäre er nicht am Treffpunkt erschienen, hätte sie sich wahrscheinlich wieder gemeldet. Sie hatten sich also gesehen und danach endgültig getrennt.

Es sei denn, er war zu spät gekommen ...

Er konsultierte das digitale Display, doch die Nummer der Anruferin war unterdrückt. Doch es gab noch eine andere Frage, die ihn beschäftigte. Offenbar kannte er eine ganze Menge Frauen. Aber woher hatte er all diese Eroberungen? Wo lagen seine Jagdgründe?

Unter einer Art Mansardenfenster im Schlafzimmer befand sich ein kleiner Schreibtisch aus lackiertem Holz, wie man ihn zu Beginn des 20. Jahrhunderts häufig in Notarskanzleien sah. Auf diesem Tischchen stand ein MacBook. Und plötzlich wusste Narcisse, wie Nono seine Frauen kennenlernte. Er flirtete per Internet.

Er setzte sich vor den Computer, schaltete ihn ein und zog gleichzeitig den schweren Vorhang vor dem Fenster zu. Sein Instinkt sagte ihm, dass er diese Geste schon Tausende Male ausgeführt hatte.

Der Mac begann zu summen und fragte ihn nach dem Passwort. Ohne zu zögern tippte Narcisse das Wort NONO ein. Der Rechner informierte ihn, dass das Passwort aus mindestens sechs Zeichen bestehen müsse. Er tippte NONONO, wobei er an den Text eines alten Songs von Lou Reed dachte: *And I said no, no, no, oh Lady Day* ... Und schon hatte er es geschafft.

Er klickte Safari an, um die Chronik seiner letzten Sitzungen aufzulisten, und fand sich plötzlich in einer anderen Welt wieder. Es war die Welt des Web 2.0, die Welt der sozialen Netzwerke, der Webseiten für Online-Dating und der virtuellen Labyrinthe. Während der letzten Wochen seiner Existenz hatte Nono einen großen Teil seiner Zeit mit Surfen verbracht, Kontakte geknüpft, gechattet und E-Mails geschrieben. Die unterschiedlichsten Logos flitzten an seinen Augen vorüber: Facebook, Twitter, Zoominfos, 123people, Meetic, Badoo und Match.com.

Nono hatte nicht nur gesucht, sondern sich auch selbst zur Schau gestellt – er war nicht nur Jäger, sondern auch Beute gewesen. Die Online-Zeiten sprachen dafür, dass er ganze Nächte im Netz verbrachte.

Diese zwanghafte Suche sprach dafür, dass Chaplain ganz gezielt auf der Suche nach etwas oder jemandem war. Er notierte die Namen der besuchten Domains, ging sie der Reihe nach durch und fand ebenso viele seriöse Partnervermittlungen wie auch Seiten, die ausschließlich dem sexuellen Vergnügen gewidmet waren. Außerdem entdeckte er Homepages, von denen er noch nie gehört hatte – unter anderem eine, die eine SMS auf das Handy schickte, wenn die »Idealfrau« in einer Entfernung von weniger als fünfzehn Metern an einem vorüberging, oder eine, die angeblich sofort die zu einem Autokennzeichen gehörige Adresse preisgab, wenn man Interesse an der schönen Fahrerin bekundete.

Schließlich widmete er sich den Mails, die Nono auf den unterschiedlichsten Seiten verschickt oder erhalten hatte. Sie zu entziffern fiel ihm schwer, denn Rechtschreibfehler waren offenbar an der Tagesordnung. Außerdem gab es Abkürzungen, deren Bedeutung er kaum erraten konnte, wie »HUND« für »habe unten nichts drunter« oder »bibabu« für »Bis bald, Bussi«. Außerdem erschwerten jede Menge zappelnder, grinsender und zuckender Smileys die Lektüre. Der Aufmacher der Seite ließ keine Fehldeutung zu: »Sieben Minuten, die dein Leben verändern«.

Auf der Webseite gab es ein Forum, in dem man sich vorstellen und miteinander ins Gespräch kommen konnte, ehe man sich tatsächlich irgendwo traf – die Chatter sprachen von »Dates« im »Real Life«.

Narcisse loggte sich ein. Bereits beim Schreiben der ersten Worte stellte er fest, dass er wieder in seine frühere Identität zurückfand.

»Hier ist Nono :-) Bin wieder da!«

ID: 13xj3ct0001e2nb4w9y2wzhwd
4. Nono

„Chatelet, du hast Besuch."

Anaïs reagierte nicht. Niedergeschlagen lag sie auf ihrer Pritsche und betrachtete ihre Häftlingsnummer. Sie war allein in einer Zelle von neun Quadratmetern, ein Luxus, um den sie nicht einmal gebeten hatte. Bett, Tisch und Stuhl waren beweglich. Auch das war Luxus. Hätte man sie in den Hochsicherheitstrakt verlegt, wäre das Mobiliar am Boden verschraubt gewesen.

Tags zuvor war sie mit einem Transporter ins Gefängnis gebracht worden, wo zunächst ein Gespräch mit einer Sozialarbeiterin und später mit dem Gefängnisdirektor anberaumt war, der sie über die Hausordnung aufklärte. Anschließend musste sie sich ausziehen und eine medizinische Untersuchung einschließlich eines Vaginalabstrichs über sich ergehen lassen. Alle Befunde waren negativ, bis auf die Tatsache, dass der Arzt in seinem Bericht ihre zerschnittenen Arme gesondert erwähnt hatte.

»Hey, hörst du vielleicht zu, wenn man mit dir redet?«

Anaïs setzte sich auf. Sie hatte sich für das obere der beiden Etagenbetten entschieden. Steif vor Kälte schaute sie auf ihre Uhr. Man hatte sie ihr gelassen, was ebenfalls eine Vergünstigung war. Noch nicht einmal 9.00 Uhr. Sie hatte das Gefühl, als wäre ihr Gehirn in Beton eingegossen – den gleichen Beton, aus dem die riesigen Blöcke des Gefängnisses Fleury-Mérogis bestanden.

Gefügig folgte sie der Aufseherin. Jeder Flur wurde von einer verschlossenen Tür begrenzt. Im trüben Licht wirkten die Böden, Wände und Decken des Frauengefängnisses entweder grau oder beige – auf jeden Fall farblos. Im ganzen Gebäude hing ein starker Geruch nach Reinigungsmitteln.

Wieder eine Tür, wieder ein Schloss.

Um diese Uhrzeit konnte der Besucher eigentlich nur ein Polizist oder ein Anwalt sein. Jedenfalls irgendetwas Offizielles. Der nächste Flur, das nächste Schloss.

Hinter verschlossenen Türen hörte man laufende Fernseher. Einige Frauen befanden sich bereits bei der Arbeit, andere liefen frei auf den Fluren herum – auch dies war eine Besonderheit im Frauengefängnis. Wärterinnen in weißen Kitteln schoben Kinderwagen in Richtung Krippe. In Frankreich dürfen Frauen, die im Gefängnis niederkommen, ihr Kind bis zum Alter von achtzehn Monaten bei sich behalten.

Eine elektronische Fernbedienung öffnete eine Schleuse, wo die Häftlingsnummer präsentiert werden musste. Anaïs fand sich in einem Gang mit Räumen wieder, deren Glastüren durch Gitter geschützt wurden. In jedem Raum standen ein Tisch und zwei Stühle.

Hinter einer der Türen entdeckte Anaïs ihren Besucher. Es war Solinas, der seine Brille wieder einmal auf seinen kahlen Schädel hochgeschoben hatte.

»Sie sind ja ganz schön dreist«, zischte sie, als sie vor ihm stand.

Hinter ihr fiel die Tür ins Schloss. Solinas öffnete eine Aktentasche, die unter dem Tisch stand.

»Wir können uns gern duzen.«

»Was willst du, Arschloch?«

Solinas grinste und legte eine Akte mit grünem Einband auf den Tisch.

»An unserer Beziehung müssen wir noch ein wenig arbeiten, wie ich sehe. Setz dich.«

»Ich warte auf deine Antwort.«

Er legte die Hand auf den Aktenordner.

»Sie ist hier.«

Anaïs zog sich einen Stuhl heran und setzte sich.

»Was ist das?«

»Der Fall, nach dem du gesucht hast. Ein entmannter Penner, der am 3. September 2009 unter der Brücke Pont d'Iéna am linken Seine-Ufer gefunden wurde.«

Sofort fiel ihr alles wieder ein. Narcisses Zeichnungen. Das verzerrte Gesicht. Die Axt aus Feuerstein. Die verstümmelte Leiche.

»Und warum bringst du mir das?«

Er drehte den Ordner und schob ihn auf sie zu.

»Wirf mal einen Blick hinein.«

Es war eine komplette Verfahrensakte samt Fotos, Plänen, Autopsiebericht und Ermittlungsprotokollen. Zunächst blätterte sie die Farbfotos in Postkartengröße durch. Der Mann war nackt und lag ausgestreckt und mit schwärzlich verfärbtem Schritt unter dem düsteren Brückengewölbe. Der Körper erschien außergewöhnlich lang, die extrem weiße Haut, die einen harten Kontrast zum schmutzigen Boden bildete, wirkte fast durchscheinend. Anaïs fragte sich, ob die Blässe der Leiche ein Zeichen dafür war, dass man dem Mann Blut entnommen hatte. Das unter Bauschutt am Brückenbogen verborgene Gesicht war nicht zu erkennen.

»Wurde er identifiziert?«, fragte sie mit kaum hörbarer Stimme.

»Hugues Fernet, vierunddreißig Jahre alt und ein guter Bekannter der Polizei. Er hat 2007 und 2008 an den Demonstrationen der *Enfants de Don Quichotte* teilgenommen. Eine Riesenklappe. Dem war nicht nur alles egal, sondern er bestand sogar auf sein Recht auf Faulheit.«

»Und der Fall?«

»Wir haben absolut nichts in der Hand. Weder Indizien noch Zeugen. Die Wasserschutzpolizei hat ihn frühmorgens gefunden. Wir hatten gerade noch Zeit, ihn wegzuräumen, ehe die ersten Touristen mit den Ausflugsbooten vorüberkamen.«

Eine Großaufnahme der Wunde zeigte eine grobe Verstümmelung, die Rückschlüsse auf ein barbarisches Werkzeug zuließ. Zum Beispiel die Axt in Narcisses Federzeichnung. Die Waffe schien eine wichtige Rolle im Ritual dieses Verbrechens zu spielen, das vermutlich auf irgendeinen Mythos anspielte.

Anaïs fiel die zweite Zeichnung ein, auf welcher der Mörder mit dem verzerrten Gesicht die Genitalorgane in die Seine warf. Auch diese Geste musste eine symbolische Bedeutung haben. Aber woher kannte Narcisse diese Details? War er der Mörder?

»Wer hat sich darum gekümmert? Gab es eine Sonderkommission?«

»Wegen eines Obdachlosen? Du hast Ideen! Nein, das wurde so nebenher mit erledigt.«

»Gab es irgendwelche Erkenntnisse?«

»Wie schon gesagt, absolut nichts. Alle Protokolle sind da drin, die Befragung der Nachbarn, die Analysen, ein paar der Form halber geführte Vernehmungen von Obdachlosen, und das war's. Es wurde als Abrechnung unter Pennern verbucht, und damit war der Fall abgeschlossen.«

»Hat die Art der Verstümmelung keine Fragen aufgeworfen?«

»Penner sind zu allem fähig. Kein Grund, sich Gedanken zu machen.«

»Weißt du, ob der Leiche Blut fehlte?«

»Nun ja, die Wunde hat stark geblutet.«

»Nein, ich meine die Entnahme von einem oder mehreren Litern Blut.«

»Jedenfalls habe ich nichts darüber gehört.«

Anaïs blätterte den Vorgang durch. In einer Ecke des Hefters stand der Name des Richters. Paul Vollatrey.

»Und jetzt? Soll der Fall wieder aufgerollt werden?«

»Dazu müssten wir erst einmal die Staatsanwaltschaft überzeugen und ihr beweisen, dass dieser Mord in die Serie von Ikarus und Minotaurus passt.«

»Was bedeutet, dass wir die Sage finden müssen, auf die sich dieser Mord bezieht.«

»Richtig. Die beiden Zeichnungen sind vielleicht ein bisschen zu mickrig, um dafür die ganze Maschinerie wieder anzuleiern.«

Anaïs verstand den versteckten Hinweis sofort.

»Du willst also, dass ich mich darum kümmere, die Sage zu identifizieren?«

»Nun ja, du hast doch hier jede Menge Zeit.« Er blickte Anaïs gerade in die Augen. »Dass du eingebuchtet worden bist, heißt ja noch lange nicht, dass ich deinen Vorschlag ablehne.«

»Welchen Vorschlag?«

»Zusammenzuarbeiten.«

»Hier?«

»Ich fürchte, für dich ist es mit der Arbeit da draußen erst einmal vorbei, meine Schöne. Aber zum Nachdenken hast du doch hier gerade die richtige Ruhe.«

Anaïs ahnte, dass sie zumindest einen Trumpf in der Hand hatte.

»Wie geht es mit mir weiter?«

»Du wirst dem Richter vorgeführt.«

Sie beugte sich über den Tisch. Solinas zog sich sofort ein Stück zurück. Er hatte die Spuckattacke nicht vergessen.

»Hol mich hier raus«, flüsterte sie.

»Finde die Sage.«

Die Fakten lagen auf dem Tisch. Beide wussten Bescheid.

»Wer arbeitet an meinem Fall?«

»Im Prinzip ich. Zurzeit kümmern wir uns hauptsächlich um die Schießerei in der Rue de Montalembert.«

Sie zeigte auf die Fotos.

»Und das hier?«

Solinas lächelte.

»Sobald wir eine Verbindung zwischen den drei Morden erkennen, bleibt immer noch genügend Zeit, eine Sonderkommission zu bilden. Aber vielleicht wissen wir ja längst, wer der Mörder ist. Bei der Vorstellung, ihn schon bald schnappen zu können, geht mir echt einer ab, meine Schöne. Das einzige Problem ist, dass mir die Jungs von der Ausländerbehörde Janusz vielleicht streitig machen werden.«

Solinas hielt offenbar sein Wunschdenken für Realität, doch allein kam er bei dem Fall nicht weiter. Er hoffte auf eine rasche Lösung. Und dafür brauchte er sie. Nicht nur für ein paar Recherchen über die griechische Antike, sondern auch für die nötigen Analysen, das Zusammensetzen von Puzzlestücken und die Weiterverfolgung eines Falles, mit dem sie bereits in Bordeaux befasst gewesen war.

Erneut betrachtete sie die Fotos. Dabei fiel ihr ein wichtiges Detail ins Auge.

»Der Mann war ziemlich groß, nicht wahr?«

»Etwa zwei Meter fünfzehn. Der muss einen Riesenprügel gehabt haben. Ein wahres Monstrum. Was wiederum einen dieser Raubmorde ausschließt, bei dem es nur um Klamotten geht. Es sei denn, der Mörder wollte sich ein Zelt nähen.«

»Hat man in seinem Blut Heroin gefunden?«

»Dir kann man auch wirklich nichts verbergen.«

»War er ein Junkie?«

»Eher ein Säufer.«

Es gab keinen Zweifel mehr. Dieser Mann da war Nummer drei auf der Liste des mythologischen Mörders. Eines Mörders, der offenbar sehr überzeugend wirken konnte. Immerhin hatte er den Riesen überredet, sich einen tödlichen Schuss zu setzen. Ihr fiel ein, dass Philippe Duruy von einem bandagierten Mann gesprochen hatte, der an Lepra litt. Sie dachte an die verzerrte Fratze der Zeichnungen. Bei dieser Darstellung handelte es sich vermutlich eher um eine ethnisch inspirierte Übertreibung als um die Maske einer griechischen Tragödie.

Sie klappte die Akte zu. Nach wie vor spürte sie einen verwirrenden Zusammenhang zwischen den einzelnen Elementen, ohne ihn jedoch genau zu erkennen.

»Dann mal los«, sagte sie. »Ich rufe dich heute Abend an.«

Solinas erhob sich und griff nach seinem Aktenordner.

»Morgen wirst du dem Richter vorgeführt.«

Er erwachte auf dem orangen Federbett. Immer noch trug er die Jogginghose und die Kapuzenjacke. Er fühlte sich wohl und sicher. Dieses Atelier, das er nicht kannte, das aber ihn zu kennen schien, beschützte ihn.

Er öffnete die Augen. Über seinem Kopf wölbte sich ein genieteter Stahlträger, der ihn an den Eiffelturm erinnerte. Bücher von Zola fielen ihm ein – leider hatte er die Titel vergessen –, wo Leute in Ateliers dieser Art lebten, schliefen und arbeiteten. Für einige Tage würde er einer dieser Männer sein.

Um ihn herum lagen eine Menge handbeschriebener Blätter. Ihm fiel wieder ein, wie viele Notizen er sich in der vergangenen Nacht gemacht hatte. Die ganze Nacht hatte er sich im Internet herumgetrieben und sich auf Seiten wie *sasha.com* und anderen Partnervermittlungen bewegt, Chaplains letzte Verbindungen nachvollzogen und Namen – natürlich nur Nicknames – und Daten verglichen. Das Ergebnis war gleich null. Später hatte er erfolglos das ganze Loft nach einem Terminkalender oder Adressbuch abgesucht. Eingeschlafen war er erst gegen vier Uhr morgens.

Während seiner Besuche in den Chatrooms hatte sich seine Überzeugung gefestigt, dass Nono nicht etwa ein notorischer Weiberheld, Sexprotz oder vereinsamter Mensch war, sondern dass er nach etwas oder jemand ganz Bestimmtem suchte. Es war dieser Fluch des »Reisenden ohne Gepäck«. Aus einem bestimmten Grund, den er noch nicht begriffen hatte, konzentrierte Nono sich dabei besonders auf das *Matchmaking*. Möglicherweise suchte er im Labyrinth des World Wide Web eine Frau.

Bisher war es ihm allerdings nicht gelungen herauszufinden,

um welche Frau es ging. Die halbe Nacht hindurch waren Nicknames an ihm vorübergezogen. Nora33, Tinette, Betty14, Catwoman, Sissi, Stef, Anna, Barbie, Aphrodite, Nico6, Finou, Kenny. Wieder und wieder hatte er die albernen Dialoge, erotischen Anzüglichkeiten und zärtlichen Liebesworte aller denkbaren Phasen gelesen – von der rohen Lust bis hin zur flüchtigen Hoffnung.

Das Gefühl, das die nächtliche Beschäftigung hinterlassen hatte, war zwiespältig. Alles in allem vermittelte Nono den Eindruck, zwar eine große Schnauze zu riskieren, aber nie zur Tat zu schreiten. Nach dem ersten Treffen meldeten sich die Damen in fast jedem Fall mit der Bitte um Fortsetzung, doch Chaplain hielt sie keiner Antwort mehr für würdig. Narcisse fragte sich zeitweise, ob Nono überhaupt aus dem Haus ging.

Doch es gab eine Ausnahme: sasha.com, die Seite einer Speed-Dating-Agentur. Offenbar hatte Nono fast jedes der von Sasha organisierten Treffen besucht, die in Bars, Restaurants oder Nachtklubs stattfanden. Narcisse konnte den Bewegungsradius des Jägers dank der Mails verfolgen, die den Abonnenten von *sasha.com* die Adressen der Treffpunkte bekannt gaben. Schade nur, dass sich nicht feststellen ließ, was sich im »Real Life« abgespielt hatte.

Was blieb, waren die Nachrichten auf dem Anrufbeantworter. Natürlich hätte er die Frauen zurückrufen, sie treffen und ausfragen können. Vielleicht hätte er dank ihrer Aussagen herausgefunden, wonach er eigentlich suchte. Doch er hatte keine Lust, die Flirts eines Abends aufzuwärmen.

Die einzige Frau, die ihn wirklich interessierte, war die vom 29. August.

Arnaud, ich bin es. Wir treffen uns zu Hause ...

Er musste tatsächlich wieder von vorn anfangen. Musste zu den Treffen von *sasha.com* gehen und der Spur seines eigenen Schattens folgen. Musste herausfinden, wonach sein Alter Ego gesucht hatte, und sich dann selbst auf die Suche machen.

In der Nacht hatte er im Forum mehrere Nachrichten hinterlassen. Als er jetzt seine Mailbox öffnete, stellte er fest, dass er für diesen Abend zu einem Date ins Pitcairn, einer Bar im Marais-Viertel, eingeladen worden war. Er war sich nicht ganz sicher, wie viele der Abonnenten überhaupt wussten, was Pitcairn bedeutete – doch ihm war es merkwürdigerweise bekannt: Es war der Name der Insel, auf der sich die Meuterer der *Bounty* niedergelassen hatten und deren Einwohner sich noch heute auf die berühmten Vorfahren berufen. Lebhaft konnte er sich die tropische Inselatmosphäre der Bar vorstellen.

Im Bad stellte er fest, dass sich der Zustand seiner Nase zusehends verbesserte. Die Schwellung ging zurück, die Verletzungen vernarbten. Trotzdem fand er sein Aussehen nicht gerade ideal für einen abendlichen Flirt mit Single-Frauen. Doch im Vergleich zu seinen Erfahrungen als Obdachloser und verrückter Maler war diese Form der Recherche deutlich angenehmer.

Er bemühte sich, die Dinge auf die leichte Schulter zu nehmen. Allerdings konnte er den Mord an Jean-Pierre Corto, die Schießerei in der Rue de Montalembert und die dumpfen Schläge seiner Nase gegen den Waschbeckenrand nicht wirklich ausblenden.

Er ging nach unten und machte sich einen Kaffee. Es war zehn Uhr morgens. Mit der Tasse in der Hand holte er die Post, die er am Vortag auf der Küchenanrichte zurückgelassen hatte, und setzte sich im Wohnzimmer auf die Couch. Nachdem er die Werbung beiseitegelegt hatte, widmete er sich den Behördenbriefen. Seine lange Abwesenheit hatte offenbar zu einer gewissen Unruhe geführt. Die Bank hatte ihm die Kontoauszüge zugeschickt, und die Wohnungsgesellschaft reklamierte ihre monatlichen zweitausendzweihundert Euro Miete, ohne allerdings mit Maßnahmen zu drohen. Außerdem war eine Versicherungsprämie überfällig. Alles andere wurde als Lastschrift von seinem Konto abgebucht, das deutlich im Plus stand.

Der letzte Kontoauszug wies ein Guthaben von dreiundzwanzigtausend Euro auf – eine geradezu spektakuläre Summe. Nach kurzer Suche in der Wohnung fand er frühere Kontoauszüge und stellte fest, dass Chaplain im Mai des vergangenen Jahres ein Konto bei der HSBC eröffnet hatte und dass sich sein Guthaben seither immer in diesem Bereich bewegte, obwohl Nono weder Überweisungen bekam noch Schecks einlöste. Woher also kam die Kohle? Den Kontoauszügen war zu entnehmen, dass er in mehr oder weniger regelmäßigen Abständen Beträge bar einzahlte: mal waren es zweitausend Euro, mal dreitausend, tausendsiebenhundert oder viertausendzweihundert. Was auch immer Nono tat – er arbeitete auf jeden Fall schwarz.

Einen kurzen Moment lang fragte er sich, ob Nono ein Gigolo war. Doch die Chats mit seinen Flirtpartnerinnen ließen nicht darauf schließen, dass es hier um bezahlte Gunst ging. Eines allerdings war sicher: Er arbeitete weder als Werbezeichner noch als Maler. Der Zeichentisch und das Atelier waren Kulisse, genau wie die Umzugskartons damals in Freires Haus. Aber wer war er dieses Mal? Womit verdiente er seinen Lebensunterhalt?

Das Gespräch mit dem Chef der Firma RTEP fiel ihm ein. Offenbar bestellte er regelmäßig kleinere Mengen geklärten Leinöls. War auch das nur Attrappe, oder brauchte er dieses Öl wirklich? Offenbar benötigte Chaplain den Vorrat für irgendeine Tätigkeit. Eine geheimnisvolle, lukrative Tätigkeit, die etwas mit Chemie zu tun hatte. Produzierte er etwa Drogen in einem Keller?

Jedenfalls gab die mit Cash bezahlte Tätigkeit ihm Anlass zu der Hoffnung, dass irgendwo in der Wohnung Bargeld versteckt sein könnte. Zunächst stieg er hinauf ins Zwischengeschoss. Versteckte man wertvollen Besitz nicht am liebsten in der Nähe seiner intimsten Aufenthaltsorte? Auf der Suche nach einem Safe hob er das Bett an, durchwühlte den Kleiderschrank und stellte den Schreibtisch auf den Kopf. Doch er fand nichts.

Sein Blick fiel auf die Modellflotte. Jeder Schiffsrumpf maß zwischen siebzig Zentimeter und einem Meter. Plötzlich war er sich ganz sicher, dass sich das Geld in einem dieser Schiffsrümpfe befand. Vorsichtig griff er nach dem ersten Boot. Laut der Gravur auf der Messingplatte im Sockel handelte es sich um eine America's Cup J-Class Sloop. Er öffnete sie, fand sie jedoch leer. Er stellte das Modell zurück und öffnete das zweite – eine Zwölf-Meter-Jacht namens *Columbia*. Auch sie war leer, ebenso wie die *Gretel* der Royal Sydney Yacht Squadron, die *Southern Cross* des Royal Perth Yacht Club und die *Courageous* des New York Yacht Club.

Er begann bereits, an seiner Intuition zu zweifeln, als er die Brücke der *Pen Duick I*, des ersten Seglers von Éric Tabarly, öffnete und tief im Schiffsbauch versteckt bündelweise Fünfhundert-Euro-Scheine fand. Er unterdrückte einen Freudenschrei und füllte sich nervös die Taschen. Dieser ganze Wohlstand konnte im Grunde nur eines bedeuten: Drogen!

Nutzte Nono die Flirts, um seine Ware besser an den Mann bringen zu können? Sofort fielen ihm die Morde wieder ein. Hatte der Mörder seinen Opfern nicht reines Heroin injiziert? Hastig schob er diesen Gedanken beiseite.

Als er erneut in den Schiffsrumpf griff, ertastete seine Hand noch etwas anderes. Eine Karte mit Magnetstreifen. Hatte er etwa Chaplains Visa- oder American-Express-Karte gefunden? Er fischte sie heraus und stellte fest, dass er eine Krankenkassenkarte in der Hand hielt, auf der die Nummer seiner Sozialversicherung vermerkt war. Als Nächstes förderte er einen Personalausweis, einen Führerschein und einen Reisepass zutage. Alle Dokumente gehörten Arnaud Chaplain, geboren in Le Mans am 17. Juli 1967.

Er ließ sich zu Boden gleiten. Kein Zweifel, er war ein Krimineller. Er pflegte Kontakte zu Randgruppen. Er hatte sich gefälschte Papiere besorgt. Eigentlich wunderte er sich nicht einmal darüber, dass er zu Betrug, Lüge und einem Leben im Untergrund verdammt war.

Schließlich stand er auf und beschloss, zunächst einmal zu duschen. Anschließend würde er ein Handy kaufen und sich mithilfe der Fachleute bemühen, den Speicher seines früheren Handys – dessen Nummer er von den Rechnungen kannte – so weit wie möglich zu rekonstruieren. Vielleicht fand er anhand der SMS die Namen seiner Kunden und erfuhr so, womit er eigentlich sein Geld verdiente. Er würde die Leute anrufen, mit ihnen verhandeln und vielleicht irgendwann verstehen, was sie von ihm erwarteten. Und abends würde er zum Speed-Dating gehen.

Die Maschine Nono setzte sich allmählich in Gang.

»Ich habe mein Handy verloren.«

»Wie originell.«

Chaplain legte seine letzte Rechnung auf die Ladentheke, ohne auf den trockenen Humor des Verkäufers einzugehen.

»Ich weiß leider nicht mehr, was ich tun muss, um die Mailbox abzuhören.«

Der Mann griff wortlos nach der Rechnung, rieb sein Kinn zwischen Daumen und Zeigefinger und machte ganz auf Fachmann.

»Bei diesem Anbieter ist es eigentlich ganz einfach. Sie rufen Ihre Nummer an, geben bei Aufforderung Ihr Passwort ein und drücken die Sterntaste.«

Damit hätte er rechnen müssen. Die PIN kannte er natürlich nicht.

»Okay«, erklärte er. »Aber ich möchte gern ein anderes Telefon kaufen. Am besten gleich mit einem neuen Vertrag.«

Anstatt sich jedoch der Vitrine mit den neuesten Modellen zuzuwenden, setzte der Verkäufer sich an seinen Computer und tippte Chaplains Kontonummer ein.

»Wozu wollen Sie einen neuen Vertrag? Sie haben eine günstige Flatrate und …«

Chaplain schnappte sich seine Rechnung und steckte sie in die Tasche. Sein Outfit entsprach dem Nono-Look: fünfzig Prozent Ralph Lauren, fünfzig Prozent Armani, das Ganze eingehüllt in einen marineblauen Blazer.

»Vergessen Sie meine Flatrate. Ich will ein neues Handy mit einer neuen Nummer.«

»Aber das kostet Sie eine Stange Geld.«

»Das geht nur mich etwas an.«

Mit missbilligender Miene setzte der Verkäufer zu einem längeren Monolog in einer scheinbar fremden Sprache an, in dem es um »Monoblock«, »Quadband«, »Megapixel«, »Bluetooth« und »Live Messenger« ging. Angesichts der unverständlichen Informationsflut tat Chaplain das, was jeder an seiner Stelle getan hätte: Er entschied sich nach Optik und möglichst einfacher Bedienbarkeit.

»Ich nehme dieses da.«
»Ich an Ihrer Stelle würde …«
»Dieses da, klar?«
Der Verkäufer stieß einen erschöpften Seufzer aus, als wollte er sagen: »Alles Ignoranten.«
»Was kostet es?«
»Zweihundert Euro. Aber wenn Sie …«
Chaplain legte einen Fünfhundert-Euro-Schein auf die Ladentheke. Mit säuerlicher Miene griff der Verkäufer nach dem Schein und zählte das Rückgeld ab. Dann füllten sie den Vertrag aus. Für Chaplain gab es keinen Grund zu lügen. Der Vertrag wurde auf seinen Namen und seine Adresse ausgestellt.

»Ist das Gerät aufgeladen?«, fragte er und zeigte auf die Schachtel. »Ich würde es gern sofort benutzen.«
Der Verkäufer lächelte wissend. Mit knappen Handbewegungen befreite er das Gerät von seiner Verpackung, nahm es auseinander und setzte SIM-Card und Batterie ein.
»Wenn Sie Fotos machen wollen, sollten Sie sich eine Micro-SDHC-Speicherkarte kaufen. Sie …«
»Ich will wirklich nur telefonieren, kapiert?«
»Kein Problem. Aber vergessen Sie nicht, das Gerät heute Abend aufzuladen.«
Chaplain steckte das Handy in die Tasche.
»Wieso bekomme ich eigentlich für meine Rechnungen keine Verbindungsdetails?«, erkundigte er sich.
»Die bekommt niemand. Man kann sie ausschließlich im Internet einsehen.«

»Und was muss ich dafür tun?«

Der Blick des Verkäufers wechselte von Geringschätzung zu Argwohn. Allmählich schien er sich zu fragen, aus welcher Anstalt dieser Irre entflohen war.

»Sie müssen einfach nur die Daten eingeben, die Sie in Ihrem Vertrag finden, um die Liste einzusehen. Und für die andere Nummer nehmen Sie die Daten aus diesem Vertrag.«

»Meinen Sie den neuen Vertrag?«

»Nein. Ihre Rechnung lautet auf ein anderes Konto.«

Chaplain zog die Rechnung aus der Tasche und legte sie auf den Ladentisch.

»Und wo finde ich das?«

»Hier«, erklärte der Verkäufer und tippte mit dem Zeigefinger auf das Blatt.

Chaplain begriff nicht, was der Mann meinte.

»Aber da steht doch keine Nummer.«

»Weil Sie sich für die Option ›Daten verdecken‹ entschieden haben. Warten Sie mal.«

Er nahm die Rechnung und setzte sich an seinen Computer. Irgendwie roch das Ganze nach *Big Brother*. Dieser einfache Verkäufer schien alles sehen und alles entschlüsseln zu können. Dieses Mal jedoch musste er klein beigeben.

»Tut mir leid. Für diese Nummer kann ich gar nichts herausfinden. In Ihrem Vertrag ist festgelegt, dass jede Information unterdrückt wird und auch keine geografische Ortung möglich sein soll. Außerdem haben Sie unterschrieben, dass Sie keine Rechnung wünschen.« Er warf Chaplain einen ironischen Blick zu. »Ihr Vertrag ist sicherer als Fort Knox.«

Chaplain antwortete nicht. Inzwischen hatte er begriffen, dass er nur mit dieser Nummer weiterkam. Mit der Nummer, hinter der sich die Geheimnisse verbargen, nach denen er forschte.

»Aber natürlich«, rief er und schlug sich an die Stirn. »Das hatte ich ja völlig vergessen. Glauben Sie, dass ich im Internet irgendetwas wiederfinden kann? Frühere Anruflisten zum Beispiel?«

»Kein Problem, vorausgesetzt, Sie erinnern sich an das Passwort.« Der Verkäufer zwinkerte ihm zu. »Und dass Sie Ihre letzte Rechnung bezahlt haben.«

Chaplain verließ den Laden, ohne sich noch einmal umzudrehen. Er hatte es eilig, in sein Atelier zurückzukehren und im Internet seinen Geheimnissen nachzuspüren.

An der Place Léon Blum blieb er vor einem Zeitungskiosk stehen. Die Schießerei in der Rue de Montalembert und das Massaker in der Villa Corto waren längst von den Titelseiten verschwunden. Erstaunlicher fand er, dass seine Flucht aus dem Hôtel-Dieu mit keinem Wort erwähnt wurde. Sein Bild war in keiner Zeitung mehr zu sehen, und nirgends stand ein Aufruf an Zeugen, sich zu melden. Was beabsichtigte die Polizei? Hatte man eine Nachrichtensperre verhängt, um in aller Diskretion weiterarbeiten zu können? Oder um eine Panik wegen des entflohenen Irren zu verhindern, der die Stadt unsicher machte?

Die Taktik barg mit Sicherheit eine Falle. Trotzdem fühlte er sich freier und leichter. Er kaufte *Le Figaro* und *Le Monde* und stellte fest, dass er Hunger hatte. Also erstand er auch noch ein Sandwich.

Während er die Rue de la Roquette hinaufschlenderte, hatte er das wohltuende Gefühl, zu reinen, sauberen Gipfeln vorzudringen.

Irgendwo dort oben erwarteten ihn neue Wahrheiten.

Die Schöpfung.
Am Anfang war das Chaos. Es gab weder Götter noch Welt, geschweige denn Menschen. Das Chaos gebar Nyx, die Nacht, Erebos, die Finsternis, sowie Gaia, die personifizierte Erde. Der Erstgeborene von Gaia war Uranus, der Himmel. Zusammen mit seiner Mutter Gaia gebar Uranus viele Kinder, darunter auch die Titanen.

Uranus hasste seine Kinder und verbarg sie in der Tiefe der Erde, im Tartaros. Die darüber erboste Gaia stiftete den jüngsten Titan Kronos an, seinen Vater zu entmannen.

Kronos nahm seine Schwester Rhea zur Gattin und zeugte mit ihr die Kroniden, die er jedoch aus Angst vor Entmachtung gleich nach der Geburt fraß. Nur der jüngste Sohn Zeus wurde von Rhea versteckt und überwand später seinen Vater ...

Anaïs markierte den Abschnitt auf der Fotokopie, die sie gerade gemacht hatte. In der Gefängnisbibliothek hatte sie irgendwo zwischen süßlichen Liebesromanen und juristischen Nachschlagewerken ein Lexikon der griechischen Mythologie gefunden. Der Lesesaal war fast leer, viel besser geheizt als ihre Zelle und bot sogar einen Ausblick auf den Hof – ein mickriges Rasenstück, auf dem sich schwarz glänzende, fette Krähen um die aus den Zellen geworfenen Abfälle zankten.

Noch einmal las sie den Abschnitt durch. Sie war sich ganz sicher, die mythologische Entsprechung des Mordes an Hugues Fernet gefunden zu haben. Zwar gab es noch andere Beispiele von Entmannung in der griechischen Mythologie, doch das Ritual unter der Brücke Pont d'Iéna entsprach am ehesten dem Verbrechen des Kronos. Jedenfalls fanden sich einige Übereinstimmungen. Um seinen Vater zu entmannen, benutzte Kronos eine Sichel aus Adamant, einem sehr harten Mineral. Der Mörder auf der Zeichnung hatte eine Axt aus Feuerstein in der Hand. Der Titan warf die Genitalorgane ins Meer, der Killer in Paris musste mit der Seine vorliebnehmen.

Aber gab es auch eine Verbindung zwischen den drei Morden? Bisher sah Anaïs nur eine einzige: In jeder Sage ging es um eine Vater-Sohn-Beziehung, in der jeweils der Sohn zum Problem wurde. Minos hatte den Minotaurus in ein Labyrinth gesperrt, weil er ein Monster war. Ikarus musste sterben, weil er leichtsinnig wurde und der Sonne zu nah kam, und Kronos war ein Vatermörder, der seinen Vater entmannte, um die Macht über das Universum zu gewinnen.

Bot sich hier etwa ein Anhaltspunkt zur Psychologie des Mörders? War der mythologische Killer ein schlechter Sohn? Oder vielleicht ein wütender Vater? Anaïs blickte in den Hof hinunter. Zu den streitenden Krähen hatten sich streunende Katzen gesellt. Jenseits davon wurde der Himmel durch Hubschrauber-Schutznetze und Stacheldraht unterteilt.

Anaïs stürzte sich wieder in ihre Lektüre. Die Götter der ersten Generation gehörten einem Universum an, das noch nichts mit den späteren Olympiern zu tun hatte. Sie waren primitiv, brutal und blind – Gottheiten, die als Riesen, Zyklopen und vielarmige Wesen für die Urgewalten der Natur standen.

Auch hier zeigte sich ein gewisser Zusammenhang mit dem Pariser Mord, nämlich die Körpergröße des Opfers. Hugues Fernet hatte vielleicht als Symbol für die Riesen und Titanen gedient. Anaïs ging mit ziemlicher Sicherheit davon aus, dass der Mörder sein Opfer genau mit dieser Absicht ausgewählt hatte. Das Schlachtopfer musste überdimensional und außerhalb aller Norm sein, denn es symbolisierte das Zeitalter der Ur-Gottheiten, eine Ära von Chaos und Verwirrung. Außerdem hatte dieser Mord vor den beiden anderen stattgefunden, so, wie die Titanen den Olympiern vorausgegangen waren.

Anaïs stand auf und suchte in den Regalen nach Werken

über primitive Kunst. Die Bücher in dieser Bibliothek waren abgenutzt, zerfleddert und beschmutzt. Man merkte ihnen an, dass sie nur benutzt wurden, um gegen Langeweile, Müßiggang und Verzweiflung anzukämpfen.

Sie fand eine Anthologie über ethnische Masken, die sie rasch durchblätterte. Die Maske des Mörders erinnerte an gewisse Darstellungen in der Kunst der Schwarzafrikaner oder der Inuit. Auch dieses Detail war wichtig. Der mythologische Mörder schauspielerte nicht. Wenn er tötete, befand er sich in einer Sphäre urzeitlicher Götter und Geister und im Bann eines archaischen Glaubens. *In seinen Augen war alles, was geschah, die Wirklichkeit.*

Eine Wärterin erschien und rief Anaïs zum Mittagessen. Bei der Vorstellung, zu den anderen hinuntergehen zu müssen, verspürte sie einen schmerzlichen Widerwillen. Sie fühlte sich bedroht. Polizisten sind im Gefängnis niemals willkommen, doch Anaïs fürchtete etwas anderes. Ihre Angst war gleichzeitig präziser und verschwommener. Es war *die Angst vor einer tödlichen Gefahr.*

Sie verstaute die Bücher im Sammelwagen und folgte der Aufseherin. Ihre Gedanken wanderten zu Mêtis. Eine mächtige, unsichtbare, allwissende Konzerngruppe, die Recht und Ordnung durchsetzen wollte, indem sie Gesetze missachtete. Reichte der Einfluss dieser Männer bis in dieses Gefängnis? Um sie auszuschalten, damit sie endlich Ruhe gab?

Aber was genau wusste sie eigentlich?

Stellte sie überhaupt eine Gefahr dar?

Und wieder einmal Internet.

Er begann mit seiner offiziellen Nummer. Dazu brauchte er lediglich die Kundennummer einzutippen, und schon erschien die Anrufliste auf dem Bildschirm. Er schaltete sein Handy in den verdeckten Modus um und probierte nach dem Zufallsprinzip ein paar Nummern aus. Meistens erreichte er nur die jeweilige Mailbox. Sobald jemand abnahm, legte er sofort auf. Immer waren es Frauenstimmen. Die Nummer war auf jeden Fall die von Nono, dem Aufreißer.

Als Nächstes probierte er es mit der geheimnisvollen anderen Nummer. Dank der Daten im Vertrag konnte er die Liste abrufen. Chaplain benutzte dieses Handy offenbar selten. Innerhalb von vier Monaten hatte er nur wenige Male selbst telefoniert. Die ankommenden Anrufe jedoch waren sehr zahlreich und setzten sich auch nach Ende August bis in den Dezember hinein fort, wurden zum Schluss hin allerdings weniger.

Langsam wählte er eine der angegebenen Nummern.

»Hallo?«

Bereits nach zweimaligem Läuten wurde abgehoben, und eine laute, aggressive Männerstimme meldete sich. Dieses Mal musste er reden, um mehr zu erfahren.

»Hier ist Chaplain.«

»Wer?«

»Nono.«

»Nono? Arschloch! Wo treibst du dich denn rum, du Vollidiot? *Kučkin sin!*«

Der Akzent kam ihm slawisch vor. Er legte auf, ohne zu antworten, und probierte eine weitere Nummer. Wie hasserfüllt die Stimme doch geklungen hatte!

»Hallo?«

»Hier ist Nono.«

»Du hast ja wohl nicht alle Tassen im Schrank, du Nullchecker!«

Wieder eine tiefe Stimme und wieder ein Akzent – dieses Mal aber eher afrikanischer Herkunft.

»Ich konnte dich nicht vorwarnen«, improvisierte Chaplain. »Ich musste ... für einige Zeit weg.«

»Mit meinem Zaster? Sag mal, spinnst du?«

»Ich gebe dir alles zurück.«

Der Mann am anderen Ende der Leitung lachte laut auf.

»Und zwar mit Zinsen, mein Lieber, da kannst du Gift drauf nehmen. Aber erst schneiden wir dir die Eier ab und ...«

Chaplain legte auf. Er schien tatsächlich Dealer zu sein. Ein Dealer, der mit der Kasse abgehauen war.

Wie besessen versuchte er es mit weiteren Nummern. Nicht ein einziges Mal wechselte er mehr als ein paar Worte. Ihm war, als ob allein seine Stimme genügend Indizien liefern würde, ihn zu lokalisieren.

Er hörte alle möglichen Akzente: asiatische, arabische, afrikanische und slawische. Manchmal redete man ihn gleich in einer Fremdsprache an; zwar verstand er die Worte nicht, aber der Sinn wurde ihm auch so klar.

Nono schuldete offenbar sämtlichen Ausländern in Paris Geld. Als ob er ohnehin nicht schon genügend Feinde gehabt hätte!

Der Akku seines Handys machte schlapp.

Da ihm nur noch eine Nummer anzurufen blieb, entschloss er sich, das Festnetztelefon zu benutzen. Mit dem Laptop in Reichweite setzte er sich auf sein Bett und wählte den letzten aufgelisteten Anschluss.

Der Akzent hörte sich irgendwie serbisch an, aber die Stimme klang ruhiger. Chaplain stellte sich vor. Der Mann lachte leise.

»Yussef war sicher, dass du wiederkommen würdest.«
»Yussef?«
»Ich werde ihm sagen, dass du wieder da bist. Bestimmt freut er sich darüber.«

Weil Chaplain mehr erfahren wollte, versuchte er es mit einer Provokation.

»Ich weiß nicht, ob ich ihn überhaupt sehen will.«
»Bist du bescheuert oder was?«, lachte der Slawe. »Schließlich bist du mit unseren Flocken getürmt, Schmalspurwichser.«

Der Mann sprach mit fröhlicher Stimme, aber diese amüsierte Wut war schlimmer als alle anderen Beleidigungen. Offenbar hatte Chaplain die Tür eines Vorzimmers erwischt. Die wahre Hölle wartete erst dahinter. Yussef.

»Heute Abend um acht wirst du hier antanzen.«
»Wo denn?«
»Pass bloß auf, Nono. Langsam ist es nicht mehr witzig.«

Chaplain beschloss, die Provokation noch weiter zu treiben.

»Ich habe euer Geld nicht mehr.«
»Schon gut, um das Geld ist es nicht schade. Hauptsache, du lieferst uns die Ware. Danach werden wir weitersehen.«

Chaplain legte auf, ließ sich rückwärts auf das Bett sinken und betrachtete die Stahlträger. Es gab wohl keinen Zweifel mehr: Er war ein Dealer. *Die Ware.* Die verschlungenen Muster an der Decke schienen sein verworrenes Schicksal zu symbolisieren. Niemals würde er da wieder herauskommen! Das Labyrinth seiner Persönlichkeiten würde ihn früher oder später Kopf und Kragen kosten!

»Möchten Sie darüber sprechen?«
»Nein.«
»Warum nicht?«
»Weil ich schon viel zu viel darüber geredet habe.«
Die Gefängnispsychiaterin betrachtete schweigend die allmählich heilenden Schnitte auf Anaïs' Unterarmen. Sie war noch sehr jung, hatte aber solche Dinge schon häufig zu Gesicht bekommen. Man musste kein Sigmund Freud sein, um zu begreifen, dass in einem Gefängnis der eigene Körper oft die einzige Ausdrucksmöglichkeit bietet.
»Sie müssen aufpassen, dass Sie nicht zu viel Blut verlieren.«
»Vielen Dank, Frau Doktor. Ein bisschen Trost war genau das, was ich hier gesucht habe.«
Die Ärztin lächelte nicht einmal.
»Setzen Sie sich.«
Anaïs gehorchte und beobachtete ihr Gegenüber. Die junge Frau war kaum älter als sie selbst, blond und hübsch. Zwischen diesen Mauern, wo im Gesicht jeder Frau die Härte ihrer Vergangenheit abzulesen war, wirkten ihre Züge unerwartet sanft. Ihre Augen waren goldbraun, sie hatte hohe Wangenknochen und eine zierliche, gerade Nase. In ihren dunklen Augenbrauen vereinten sich Energie und Zärtlichkeit, und ihr kleiner Mund verführte vermutlich alle Männer zum Träumen.
Was hat diese Schönheit hier im Knast zu suchen?, dachte Anaïs. Sie hätte Model oder Schauspielerin sein können! Erst nach und nach dämmerte ihr, dass das eigentlich ein ziemlich blöder Macho-Gedanke war.
»Sie haben um eine Unterredung gebeten. Worüber wollten Sie mit mir sprechen?«

Anaïs antwortete nicht. Die beiden Frauen saßen in einem kleinen Sprechzimmer. Die linke Wand bestand aus Glas und grenzte ans Wartezimmer, in dem ein großes Tohuwabohu herrschte. Frauen in Jogginghosen, Leggins und dicken Pullis grölten herum, stöhnten, beschwerten sich, hielten sich den Bauch, den Kopf oder irgendwelche Gliedmaßen. Es ging zu wie auf dem Jahrmarkt.

»Ich höre«, drängte die Psychiaterin. »Was haben Sie mir zu sagen?«

Nach dem Mittagessen wäre Anaïs gern in die Bibliothek zurückgekehrt, hatte aber nicht die Erlaubnis dazu erhalten. Man gestattete ihr lediglich ein Telefonat. Bei dem Versuch, Solinas anzurufen, war sie aber nur an seine Mailbox geraten. Nach der Rückkehr in ihre Zelle fand sie nicht einmal mehr genügend Kraft für die Lektüre der Romane von Albertine Sarrazin, die sie in der Bibliothek ausgeliehen hatte. Und da war ihr der verzweifelte Gedanke gekommen, um ein Gespräch mit der Psychiaterin zu bitten. Zunächst war niemand darauf eingegangen, doch als sie ihre Arme vorzeigte, bekam sie umgehend einen Termin.

»Ich bin Polizistin«, begann Anaïs. »Aber das hat man Ihnen wahrscheinlich mitgeteilt.«

»Ich habe Ihre Akte gelesen.«

»Ich bin da in eine, sagen wir, ziemlich komplizierte Ermittlung hineingeraten, die meine Kompetenzen in gewisser Weise übersteigt. Abgesehen von der Tatsache, dass der Aufenthalt hier im Haus ohnehin nicht angenehm für eine Polizistin ist, empfinde ich ...«

»Beklemmungen?«

Anaïs hätte beinahe laut aufgelacht, entschloss sich aber dann doch, ganz ehrlich zu sein.

»Ich habe Angst.«

»Wovor?«

»Das weiß ich nicht. Ich empfinde eine Art unklare und unerklärliche Bedrohung.«

»Hinter Gefängnismauern ist so etwas fast normal.«

Anaïs schüttelte den Kopf, konnte aber nicht antworten. Sie bekam keine Luft mehr. Dass sie ihre Angst offen bekannt hatte, machte offenbar alles nur noch schlimmer.

»Wie schlafen Sie?«, erkundigte sich die Psychiaterin.

»Ich glaube, ich habe hier noch nie richtig geschlafen.«

»Ich gebe Ihnen ein Beruhigungsmittel.«

Die Frau erhob sich und wandte ihr den Rücken zu. Anaïs stellte plötzlich fest, dass sie nicht nur keine Handschellen trug, sondern dass sich im gesamten Umkreis – wohl auf Bitten der Ärztin – auch keine Aufseherin befand. Sollte sie es probieren? Aber was überhaupt? Nein, sie fantasierte!

Die Ärztin drehte sich um und hielt ihr eine Tablette und einen Becher Wasser hin. Ihre Jugend und ihre Zerbrechlichkeit wirkten vertrauenerweckend. *Eine Verbündete.* Hastig überlegte Anaïs, worum sie die junge Frau bitten könnte. Dass sie irgendetwas in ihre Zelle schmuggelte? Ein Handy vielleicht? Einen Chip? Eine Waffe? Himmel, sie fantasierte!

»Vielen Dank.«

Anaïs schluckte folgsam die Pille. Sie hatte nicht mehr die Kraft zu kämpfen. Sie warf einen Blick nach links. Die Frauen mit den Magenbeschwerden und chronischen Durchfällen saßen immer noch dort, unförmige Gestalten wie Wäschesäcke mit menschlichen Gesichtern.

Die Ärztin setzte sich wieder an ihren Schreibtisch und schrieb etwas auf.

»Was ist das?«

»Ein Überstellungsgesuch.«

»Verlegen Sie mich etwa zu den Verrückten?«

Die Ärztin lächelte flüchtig.

»Ganz so weit sind Sie noch nicht.«

»Was dann?«

»Ich bitte die Direktion, Sie unter Sonderüberwachung zu stellen.«

»Soll das etwa ein Gefallen sein?«

»Im Augenblick ist es die einzige Möglichkeit, Ihnen mehr Schutz zu bieten.«

Anaïs wusste sehr wohl, was diese Verlegung bedeutete: Sie musste die Zelle wechseln, würde mehrmals täglich durchsucht werden und stand unter ständiger Beobachtung. Zwar war sie damit vor ihren Mitgefangenen geschützt, hatte aber so gut wie keine Handlungsfreiheit mehr.

Enttäuscht kehrte sie in ihre Zelle zurück. Alles, was sie erreicht hatte, war eine strengere Bewachung.

H edonis? Was bedeutet das?«
»Es kommt von Hedonismus. Das ist meine Philosophie. *Carpe diem*. Man muss jeden Tag und jeden Augenblick genießen.«

Chaplain betrachtete die kleine Brünette mit dem spitzen Gesicht. Sie hatte lockiges, fast krauses Haar, dunkle, vorstehende Augen mit dunklen Ringen, die fast wie Hämatome aussahen, und violett geschminkte, dicke, molluskenhafte Lippen. Man konnte sie beim besten Willen nicht als eine Schönheit bezeichnen.

Er saß seinem fünften Date gegenüber. Das Pitcairn trug seinen Namen zu Recht. Die Bar erinnerte an eine Seemannskneipe in einem vergessenen Hafen. In Steingewölben herrschte gedämpftes Licht, und jeder Tisch war mit Vorhängen von den anderen getrennt. In den intimen Separees wiederholte sich in kurzen Abständen immer wieder das Gleiche – die gleichen Hoffnungen, die gleichen Sprüche, die gleichen Unterhaltungen.

»Sie haben völlig recht«, gab er zurück. Er musste gegen seine Zerstreutheit ankämpfen. »Aber ich möchte nicht nur einen, sondern möglichst viele Tage genießen. Für mich steht Langfristigkeit im Vordergrund.«

Hedonis hob die Augenbrauen. Ihre Augen schienen ihr fast aus dem Kopf zu kullern. Sie senkte den Kopf über ihren Cocktail und saugte so gierig an ihrem Strohhalm, als erhoffte sie vom Alkohol eine Anregung für weitere Gesprächsthemen.

Chaplain hatte sich vorgenommen, als ernsthafter Mann aufzutreten, der eine dauerhafte Beziehung suchte.

»Ich bin sechsundvierzig Jahre alt. One-Night-Stands interessieren mich nicht mehr.«

»Wow«, lachte sie. »Ich dachte, dass man diese Art Modell heutzutage nicht mehr produziert.«
Beide lachten verlegen.
»Und Ihr Name? Was bedeutet Nono?«
»Ich heiße Arnaud. Raffiniert, nicht wahr?«
»Pst«, warnte sie und legte den Finger auf die Lippen. »Nennen Sie nie Ihren richtigen Namen.«
Dieses Mal klang ihr Lachen ehrlicher. Chaplain war verblüfft. Er hatte sich Speed-Dating als eine Art Rettung aus höchster Not oder als Krisensitzung vorgestellt – sozusagen als letzte Station vor dem Selbstmord. In Wirklichkeit unterschied sich der Abend kein bisschen von einem beliebigen Cocktailtreffen in einer Bar. Musik, Drinks und Stimmengewirr. Das einzig Originelle war ein tibetanischer Gong, der alle sieben Minuten geschlagen wurde, um die den Paaren zugestandene Zeit zu beenden. Die Idee stammte von Sasha, der Organisatorin.

Hedonis änderte die Taktik. Nach ihren ersten Bemühungen, originell, ein bisschen verrückt und allzeit bereit zu wirken, ging sie jetzt zu Vertraulichkeiten über. Sie war siebenunddreißig Jahre alt, Finanzbuchhalterin und besaß eine Dreizimmerwohnung in Savigny-sur-Orge, die sie auf Kredit gekauft hatte. Kinder hatte sie keine. Ihre bisher einzige wirklich große Liebe war ein verheirateter Mann, der schließlich seine Ehefrau doch nicht verlassen hatte. Nichts Neues also. Seit vier Jahren lebte sie allein und sah mit Grauen ihrem vierzigsten Geburtstag entgegen.

So viel Freimütigkeit erstaunte Chaplain. Eigentlich war man hier darauf erpicht, sich ins rechte Licht zu rücken.

Der Gong erklang. Chaplain stand auf und schenkte seiner Gesprächspartnerin ein wohlwollendes Lächeln. Sie antwortete mit einer Grimasse, denn sie hatte ihren Irrtum erkannt. Sie hatte verführerisch wirken wollen, doch stattdessen hatte sie ihr Innerstes entblößt.

Die Nächste bitte. Sasha hatte das Speed-Dating auf die klassische Art organisiert: Die Damen blieben auf ihrem Platz sitzen, die Herren bewegten sich bei jedem Läuten einen Sitz nach rechts.

Chaplain landete nun bei einer drallen Brünetten, die sich offenbar für diesen Abend in Unkosten gestürzt hatte. Ihr geschminktes und gepudertes Gesicht glänzte unter ihrer toupierten und mit Haarspray befestigten Frisur. Sie trug eine weite Satinbluse, die ihre Formen kaschierte. Ihre sehr weißen, pummeligen Hände bewegten sich ununterbrochen wie Tauben, die aus dem Zylinder eines Zauberers aufflogen.

»Ich heiße Nono«, begann er.

»Diese Nicknames finde ich einfach nur blöd!«

Chaplain musste lächeln. Die nächste Rebellin.

»Und wie heißen Sie?«, erkundigte er sich sanft.

»Vahiné.« Sie prustete los. »Ich sage Ihnen doch, Nicknames sind bescheuert.«

Das Gespräch entwickelte sich in den üblichen Etappen. Nach dem Stadium der Provokation gingen sie zur Charme-Offensive über. Vahiné bemühte sich, im besten Licht zu erscheinen, und zwar sowohl im tatsächlichen wie auch im übertragenen Sinn. Im Licht der Kerzen nahm sie einstudierte Posen ein, erging sich in hohlen Aphorismen und gab sich geheimnisvoll.

Nono wartete geduldig auf die nächste Etappe. Er wusste, dass sie binnen kürzester Zeit in einen melancholischen Epilog abgleiten würde. Sie würde mit ihrem Schicksal hadern, weil ihr nur so wenig Zeit blieb, um einen Fremden für sich einzunehmen.

Interessiert registrierte Chaplain die große Ähnlichkeit dieser Frauen. Der gleiche soziale Status, der gleiche berufliche Werdegang. Die gleichen Erfahrungen mit der Liebe. Und fast dieselben Allüren.

Er selbst stellte sich nur eine einzige Frage: Was hatte Nono vor wenigen Monaten hier gesucht?

»Und Sie?«

»Verzeihung?«

Er hatte den Gesprächsfaden verloren.

»Was halten Sie von Fantasie?«

»Fantasie? Inwiefern?«

»Im täglichen Leben, ganz allgemein.«

Er sah sich wieder in den Duschen des Obdachlosenasyls, als man einen Penner mit Wundbrand an ihm vorbeischleifte. Oder beim Tanzen auf dem Motivwagen der Verrückten. Oder dabei, wie er seine Selbstbildnisse in ein Röntgengerät legte, während er gleichzeitig eine Röntgenassistentin mit einer Glock bedrohte.

»Ja, ich denke, ich habe durchaus Sinn für Fantasie.«

»Das passt ja gut«, erklärte die Frau. »Ich nämlich auch. Wenn es mich packt, dann geht es echt zur Sache.«

Chaplain lächelte höflich. Vahinés angestrengte Versuche, witzig und originell zu erscheinen, stimmten ihn traurig. Tatsächlich gefiel ihm an diesem Abend nur eine einzige Frau wirklich. Es war Sasha selbst, eine athletisch gebaute Mulattin mit bemerkenswertem Busen und seltsamen grünen Augen. Doch sosehr er sich auch bemühte, ihr immer wieder verführerische Blicke zuzuwerfen – sie reagierte einfach nicht.

Wieder erklang der Gong.

Chaplain stand auf. Vahiné schien überrascht, weil sie gar keine Gelegenheit gehabt hatte, ihm ihr Herz auszuschütten. Denn die Damen liebten es, von sich selbst zu sprechen, was ihm durchaus entgegenkam: Er musste sich weniger anstrengen, über das Thema Nono zu improvisieren.

Als er das nächste Separee betrat, spürte er sofort, dass er die Frau ihm gegenüber schon einmal getroffen hatte. Er erkannte sie nicht, doch ihre Augen leuchteten auf. Allerdings nur sehr kurz. Dann erloschen sie so rasch wie eine Kerze, die man ausgeblasen hatte.

Chaplain kam gleich auf den Punkt.

»Guten Abend. Wir kennen uns doch?«

Die Frau senkte den Blick auf ihr Glas. Es war leer. Sie

winkte dem Kellner, der ihr sofort einen frischen Cocktail brachte.

»Nicht wahr, wir kennen uns?«, wiederholte er.

»Mist, dass man hier nicht rauchen darf«, flüsterte sie.

Er beugte sich über den von Kerzen erleuchteten Tisch. Im Separee herrschte ein sanftes Halbdunkel. Immer noch wartete er auf ihre Antwort. Schließlich warf sie ihm einen geradezu mörderischen Blick zu.

»Ich glaube nicht.«

Ihre Feindseligkeit strafte ihre Worte Lügen, doch er hakte nicht nach, sondern spielte sein Spiel genau wie mit allen anderen.

»Wie heißen Sie?«

»Lulu 78«, antwortete sie, nachdem sie einen großen Schluck getrunken hatte.

Er musste sich ein Lachen verkneifen. Sie nickte.

»Sehr komisch, nicht wahr?«

»Und was bedeutet es?«

»78 ist mein Geburtsjahr.« Sie trank noch einen Schluck. Allmählich wich die Blässe aus ihrem Gesicht. »Immerhin lege ich die Karten auf den Tisch.«

»Und Lulu?«

»Das bleibt mein Geheimnis. Jedenfalls heiße ich ganz sicher nicht Lucienne.«

Die Frau lachte nervös auf und schlug sich die Hand vor den Mund wie eine Japanerin. Sie war extrem zierlich und hatte Schultern wie ein Kind. Ihr rotes Haar ringelte sich um die Schläfen wie der goldene Rahmen einer Ikone. Ihr Gesicht war schmal, und sogar ihre Augen wirkten rötlich. Augen und Augenbrauen waren sehr hübsch, passten aber nicht zum Rest. Die lange Nase und der schmale Mund sprachen für eine gewisse Strenge. Sie trug keinen Schmuck und hatte sich auch nicht in Schale geworfen. Jede Einzelheit legte beredtes Zeugnis davon ab, dass sie nicht freiwillig hier war.

»Lulu ist auch mein Nickname im Internet«, fügte sie beinahe entschuldigend hinzu. »Ich benutze ihn so oft, dass er schon fast zu meinem richtigen Namen geworden ist.«

Ihm fiel auf, dass sie ihn nicht nach seinem Namen fragte. *Weil sie ihn kannte.*

Er ging geradewegs auf sein Ziel zu.

»Was erwarten Sie von diesen Dates?«

Die Frau musterte ihn kurz von oben bis unten und schien sagen zu wollen: »Als ob du das nicht wüsstest.« Doch dann antwortete sie altklug:

»Eine Chance. Eine Gelegenheit. Eine Möglichkeit, die mir das Leben bisher verweigert hat.«

Und wie um ihr Unbehagen zu verbergen, hielt sie einen langen Monolog, in dem sie ihre Auffassung von Liebe, Partnerschaft und dem Leben zu zweit darlegte. Chaplain ging folgsam darauf ein. Sie erörterten das Thema wie etwas Abstraktes, Äußerliches, als hätte es nicht das Geringste mit ihnen selbst zu tun.

Allmählich entspannte sich Lulu 78. Sie schwenkte das Getränk in ihrem Glas und folgte der Kreisbewegung mit den Augen. Zwischendurch bezweifelte er, dass sie sich schon vorher begegnet waren. Doch dann blitzte im Gespräch immer wieder kurz ein Déjà-vu-Gefühl auf. Wenn das geschah, glaubte er in ihren Augen nicht nur Wut, sondern merkwürdigerweise auch Angst zu erkennen.

Zwar blieben ihm noch einige Minuten, doch Chaplain interessierte sich nicht mehr für das Gespräch. Er nahm sich vor, dieser Frau draußen zu folgen und sie über ihre gemeinsame Vergangenheit auszufragen.

»Heutzutage wird es fast wie eine Krankheit angesehen, wenn man Single ist«, erklärte sie gerade.

»Aber das war doch schon immer so, oder nicht?«

»Nun, hier werden wir jedenfalls nicht davon geheilt.«

»Danke, dass Sie mir Mut machen.«

»Red doch nicht rum. Du ...« Sofort bereute sie, dass sie ihn geduzt hatte. »Das glauben Sie doch nicht wirklich. Niemand hier glaubt es.«

»Wir können uns gern duzen, wenn Sie möchten.«

Immer noch drehte sie das Glas zwischen ihren Fingern und fixierte es wie ein Orakel.

»Lieber nicht. Mist, dass man hier nicht rauchen darf.«

»Rauchen Sie viel?«

»Ich glaube nicht, dass Sie das etwas angeht.«

Die Antwort war wie eine Ohrfeige. Sie öffnete den Mund, bereit, ihm reinen Wein einzuschenken. In diesem Augenblick erklang der Gong. Man hörte Stühle rücken, Lachen ertönte, und Stoff raschelte. Es war vorbei. Das schmale Gesicht der Frau wirkte nun so gleichmütig wie das Antlitz einer Madonna.

Chaplain warf einen Blick nach links.

Ein Mann wartete bereits am Eingang des Separees.

Lulu 78 ging die Rue Saint-Paul hinauf.
Die Luft roch nach Schnee, die Bordsteinkanten glitzerten vom Reif. Jeder Schritt hallte laut in der Straße wider. Chaplain folgte der Frau in etwa hundert Metern Abstand. Es machte ihm Spaß, sie zu beschatten. Und alles hier draußen wirkte so sauber! Der Bürgersteig erschien unter den Bogenlampen wie lackiert. Er hatte den Eindruck, eine Negativ-Version seines Traums von der weißen Mauer und dem dunklen Schatten zu erleben: Die Mauern, an denen er entlangging, waren schwarz, sein Schatten war weiß. Sein Atem schimmerte im milchigen Licht der Straßenlaternen.

Die Frau wandte sich nach rechts in die Rue Saint-Antoine. Chaplain beschleunigte den Schritt. Als er die Straße erreichte, war sie bereits auf dem gegenüberliegenden Trottoir, um erneut nach rechts in die Rue de Sevigné abzubiegen. Auch Chaplain überquerte die Fahrbahn. Er hatte die Bar verlassen, ohne sich eine einzige Telefonnummer geben zu lassen. Ihn interessierte nur noch Lulu 78.

»Scheiße«, fluchte er leise vor sich hin.

Sie war verschwunden. Die gerade Straße mit den schönen, alten Stadthäusern aus dem 17. Jahrhundert war leer. Er begann zu rennen. Entweder wohnte sie in einem der Häuser, oder sie war in ihr Auto gestiegen.

»Was willst du?«

Chaplain fuhr zusammen. Sie hatte sich in einer Toreinfahrt versteckt. Er konnte nur die Umrisse ihrer Gestalt erkennen. Die winzige Frau mit Schal und Mütze erinnerte an eine verirrte Schülerin.

»Keine Angst«, sagte er und hob die Hände.

»Ich habe keine Angst.«

In der Hand hielt sie einen Elektroschocker, den sie kurz betätigte. Das Gerät versprühte einen blendenden Blitz. Nur als Warnung.

»Was willst du?«

Er zwang sich zu einem Lachen.

»Das ist doch absurd. Unser Treffen hat nicht das gebracht, was ...«

»Ich habe dir nichts zu sagen.«

»Ich dachte eigentlich, dass wir unsere Beziehung da wieder aufnehmen könnten, wo wir ...«

»Idiot. Wir sind schon zusammen ausgegangen, aber eben in der Bar hast du mich nicht einmal erkannt.«

Er hatte es sich also doch nicht nur eingebildet.

»Könnten Sie das Ding da vielleicht wegtun?«

Sie wich noch tiefer in ihre Nische zurück. Das Gewölbe der Einfahrt glitzerte vor Kälte. Ihr Gesicht war von einer Dunstwolke umgeben wie von einem bläulichen Heiligenschein.

»Hören Sie«, redete er mit ruhiger Stimme auf sie ein, »ich hatte einen Unfall und habe teilweise das Gedächtnis verloren.«

Er spürte ihre Nervosität. Sie schien ihm nicht zu glauben.

»Es stimmt wirklich. Ich schwöre es. Und es ist auch der Grund, warum ich monatelang nicht zu Sashas Treffen kommen konnte.«

Lulu 78 zeigte keine Reaktion. Noch immer verschanzte sie sich in ihrer Verteidigungshaltung. Aber ihr Verhalten verriet nicht nur Groll. Da war noch etwas anderes. Etwas Tiefergehendes. Eine Angst, die der Situation nicht angemessen schien.

Chaplain wartete. Er hoffte, dass sie sich äußern würde. Gerade wollte er es aufgeben, als sie plötzlich flüsterte:

»Damals warst du ganz anders.«

»Ich weiß«, bestätigte er. »Der Unfall hat mich sehr verändert.«

»Du warst Nono der Witzige. Nono der Charmeur.«

Ihre Stimme klang bitter. Er könnte hören, dass sie ihm böse war:

»Und du hast es nie ernst gemeint.«

»Nicht ernst?« Chaplain blickte sie fragend an.

»Ich habe mit den anderen gesprochen.«

»Welchen anderen?«

»Den anderen Frauen. Eigentlich kommt man zu Sasha, um einen Kerl zu finden. Aber manchmal zieht man mit neuen Freundinnen wieder ab.«

Chaplain steckte die Hände in die Manteltaschen.

»Und wieso soll ich es nicht ernst gemeint haben?«

»Hinter der Fassade war gar nichts. Du hast nie eine von uns auch nur angerührt.«

»Das verstehe ich nicht.«

»Wir auch nicht. Du wolltest immer nur Fragen stellen, sonst nichts. Immer nur Fragen.«

»Und worum ging es bei diesen Fragen?«, wagte er sich vor.

»Wir hatten den Eindruck, dass du auf der Suche nach jemandem warst. Ich weiß auch nicht recht.«

»Nach einer Frau?«

Lulu antwortete nicht. Chaplain trat einen Schritt näher. Sie zuckte zurück und schwenkte ihren Elektroschocker. Aus ihrem Mund drang Atemdunst wie das Gespenst ihrer Angst.

»Aber deswegen bin ich doch noch lange kein Monster.«

»Es gibt da gewisse Gerüchte«, gab sie mit dumpfer Stimme zurück.

»Gerüchte? Über mich?«

»Einige weibliche Clubmitglieder sind spurlos verschwunden.«

Chaplain musste schlucken. Damit hatte er nicht gerechnet.

»Bestimmte Frauen?«

»Ich weiß es nicht. Es gibt auch keine Beweise.«

»Was genau weißt du darüber?«

Nun duzte er sie auch, um seiner Frage Nachdruck zu verleihen. Lulu zuckte die Schultern. Die Absurdität dieser Geschichte schien ihr jetzt selbst aufzufallen.

»Wenn wir Mädels unverrichteter Dinge von Sasha kommen, gehen wir manchmal im Anschluss noch einen trinken. Ich weiß nicht, wer von uns diese Sache zum ersten Mal erwähnte, aber dann wurde ständig darüber geredet.«

»Hast du auch mit Sasha gesprochen?«

»Natürlich. Sie war entsetzt.«

»Glaubst du, sie hat etwas unternommen?«

»Keine Ahnung. Vielleicht hat sie die Polizei benachrichtigt.«

»Aber du hast weiter an den Treffen teilgenommen.«

Zum ersten Mal lachte sie. Doch es war kein frohes Lachen.

»Die Hoffnung stirbt zuletzt.«

»Hast du immer noch Angst vor mir?«, fragte er.

»Wie schon gesagt: Ich habe keine Angst«, antwortete sie brüsk.

Und als wollte sie ihren Worten Gewicht verleihen, verstaute sie die Waffe wieder in ihrer Tasche.

»Aber irgendetwas stimmt doch nicht.«

Sie trat aus dem Schatten des Torbogens. Ihr Gesicht war tränennass.

»Ich suche einen Mann, verstehst du das? Keinen Serienmörder, keinen Typ, der sein Gedächtnis verloren hat, und auch sonst keinen Spinner. Einfach nur einen Kerl, kapiert?«

Sie spie ihm diese Worte geradezu ins Gesicht. Jetzt hatte sie nichts Entrücktes mehr, sondern erinnerte eher an einen Fisch, der verzweifelt auf dem Trockenen zappelte.

Er sah ihr nach, als sie über den glitzernden Asphalt flüchtete. Gerne hätte er sie zurückgehalten, doch außer seiner eigenen Leere hatte er ihr nichts anzubieten.

Sie war im Hungerstreik. Man hatte sie auf einen Untersuchungstisch geschnallt. Ein Spreizer aus Stahl hielt ihren Mund geöffnet. Jemand schob ihr einen Schlauch für die Nahrungszufuhr in den Schlund. Als sie genauer hinschaute, war der Schlauch eine Schlange mit glänzenden Schuppen. Sie wollte schreien, doch schon drückte der Kopf des Reptils auf ihre Zunge und schnürte ihr die Luft ab ...

Anaïs schreckte aus dem Schlaf auf. Sie war schweißgebadet. Ihre Halsmuskeln waren so angespannt, dass sie kaum Luft bekam. Wie betäubt rieb sie sich den Hals. Wie oft hatte sie diesen Albtraum in dieser Nacht schon geträumt? Immer wieder lag sie wach, und wenn sie dann wegdämmerte, griff der Traum nach ihrem Gehirn wie die Klaue eines Raubvogels. Es gab auch Varianten. Manchmal befand sie sich nicht im Gefängnis, sondern in einer Irrenanstalt, wo maskierte Mediziner sie einem Speicheltest unterzogen und dazu eine Schraube in ihre Wange bohrten.

Anaïs klammerte sich an ihr Bettgestell und schlotterte vor Angst und Kälte. Allein bei der Vorstellung, wieder einschlafen zu müssen, überfiel sie Panik.

Die Sonderüberwachung hatte begonnen. Das Guckloch an ihrer Tür klapperte ständig. Um zwei Uhr morgens waren die Aufseherinnen erschienen, hatten das Licht angeknipst, die Zelle durchwühlt und waren wortlos wieder verschwunden. Ohne es zu wissen, hatten sie Anaïs einen Aufschub bis zum nächsten Schlangentraum gewährt.

Jetzt aber kauerte sie in ihrem Bett und beobachtete ihre Umgebung. Sie spürte die Zelle mehr, als dass sie sie sah. Die Enge. Den Geruch von Schweiß, Urin und Reinigungsmitteln.

Das Waschbecken an der Wand. Lauerte er dort im Schatten? *El Cojo? La Serpiente?*

Anaïs drehte sich zur Wand mit den in den Putz geritzten Graffiti, die sie bereits auswendig kannte. *Claudia y Sandra para siempre. Sylvie, ich streiche diese Wand mit deinem Blut. Ich zähle die Tage, doch die Tage zählen nicht mehr auf mich.* Sie strich mit dem Finger über die Inschriften und kratzte Teile der Farbe ab. Die Mauern – sie hatten schon viel zu lang ihren Dienst getan.

Solinas hatte nicht zurückgerufen. Vielleicht hatte er eine neue Spur gefunden. Oder er hatte Freire verhaftet. Das jedenfalls würde sein Schweigen erklären. Was machte es noch für einen Sinn, eine neurotische Gefangene anzurufen, wenn der Hauptverdächtige eines Verbrechens längst hinter Schloss und Riegel saß?

Seit Stunden schon wälzte sie zwischen Schlaf und Wachen die widersprüchlichsten Gedanken. Manchmal glaubte sie, alles sei längst vorüber. Man hatte Freire verhaftet. Er hatte alles gestanden. Doch nach und nach kehrte die Hoffnung zurück. Freire befand sich noch in Freiheit. Es war ihm gelungen, seine Unschuld zu beweisen. Neue Zuversicht keimte in ihr auf. Sie wagte nicht, sich zu bewegen, um das Gefühl nicht zu verscheuchen.

Wieder klapperte es am Guckloch, doch dieses Mal hörte Anaïs es nicht. Sie war wieder eingeschlafen.

Die Schlange näherte sich ihren Lippen.

»*Te gusta?*«, fragte ihr Vater.

Chaplain ging den gleichen Weg zurück, den er gekommen war. Er überquerte den Boulevard Beaumarchais und ging die Rue du Chemin-Vert und den Boulevard Voltaire entlang zur Place Léon-Blum. Die Kälte hatte die Straßen leer gefegt. Einsame Laternen beschienen den Asphalt. Angesichts der warmen, heimeligen Ausstrahlung der wenigen noch erleuchteten Fenster fror ihn tief im Herzen.

Er dachte an das, was er an diesem Abend erfahren hatte. Frauen, die bei Sasha verschwunden waren. Nono, der verdächtigt wurde. Nono, der den Damen beim Speed-Dating Fragen stellte und etwas zu suchen schien. Was mochte es sein? Immer wieder ging er die neuerlichen Rätsel durch. War er etwa doch kein Obdachlosenmörder, sondern tötete Single-Frauen? Oder beides? Wütend versuchte er diese Gedanken zu verscheuchen. Er musste sich zwingen, Neutralität zu wahren und sich selbst das zuzugestehen, was man jedem Verdächtigen gewährte: die Unschuldsvermutung bis zum Beweis des Gegenteils.

Das aus Lofts bestehende Dorf in der Rue de la Roquette schlief tief und fest. Chaplain genoss es, das Pflaster unter den Sohlen zu spüren. Es war ein tröstliches Gefühl. Er fühlte sich in seinem Atelier inzwischen richtig zu Hause. Vorsichtig ließ er die Hand durch die Bambusstängel und die zerbrochene Scheibe gleiten. Einen Schlüssel zu seiner Unterkunft hatte er bisher nicht gefunden. Er schob den Riegel zurück, drückte die Klinke und tastete nach dem Lichtschalter. Im selben Augenblick bekam er einen heftigen Schlag auf den Schädel. Er sackte auf dem Betonboden zusammen, brennender Schmerz durchzuckte seinen Kopf, und er sah tausend Sternchen. Doch er war bei Bewusstsein. Dem Angreifer war es nicht gelungen, ihn k.o. zu schlagen.

Er nutzte seinen winzigen Vorteil und hechtete zur Treppe. Da zog es ihm die Beine weg. Er sah fast nichts mehr. Er hatte das Gefühl, dass man das Blut in seinem Schädel durcheinanderschüttelte. Flach auf dem Bauch liegend drehte er sich um und erhaschte ein unscharfes Bild seines Widersachers. Der Mann stand unmittelbar hinter ihm und hielt seine Beine umklammert. Chaplain befreite einen seiner Füße und versetzte dem Mann einen heftigen Tritt mitten ins Gesicht. Der Kerl sprang wie von der Tarantel gestochen auf und stürzte erneut auf Chaplain los. Ein Messer blitzte in seiner Hand auf. Chaplain rannte die Treppe hinauf, verfehlte eine Stufe, richtete sich wieder auf und kroch auf allen vieren weiter.

Doch der Mann warf sich wieder auf ihn. Chaplain holte mit dem Ellbogen aus und stieß den Angreifer nach hinten, wo er sich in den Stahltauen verfing, die als Geländer dienten. Gut so! Die Taue vibrierten wie Harfensaiten. Bei diesem Geräusch kam ihm eine Idee. Er ging zu dem Kerl zurück, der benommen in den Seilen hing, packte ihn am Kragen, steckte seinen Kopf zwischen die Taue und wickelte sie ihm ein paarmal um den Hals, wie es die Catcher im Ring manchmal machten. Der Mann schrie auf, doch Chaplain ließ nicht locker. Hier gab es nur eine Alternative: töten oder getötet werden.

Er zog noch einmal kräftig, dann ließ er plötzlich los.

Sein Gegner hatte ihm mit dem Knie einen heftigen Stoß in den Unterleib versetzt. Er spürte nicht einmal Schmerz. Jedenfalls nicht nur. Ihm war, als hätte man ein riesiges Loch in sein tiefstes Inneres gerissen. Sein Atem stockte, sein Herzschlag auch. Er konnte nichts mehr sehen. Mit beiden Händen griff er an seine Genitalien, als könnte er den Schmerz herausreißen, strauchelte und fiel rückwärts die Treppe hinunter.

Er stieß sich irgendwo den Kopf und kollerte über den Boden. Tuben und Pinsel regneten auf ihn herab. Die Ablage für seine Malutensilien! Er streckte einen Arm aus, zog sich an dem schwankenden Regal hoch und drehte sich um. Der Mann nahm schon wieder Anlauf. Chaplain parierte den Aufprall mit der rechten Seite, ohne hinzufallen. Gemeinsam krachten sie in das Regal. Flaschen, Tiegel und Behältnisse polterten zu Boden, zersprangen oder rollten davon.

Chaplain stieß den Angreifer zurück, rutschte dabei aber auf einer Pfütze aus. Er erkannte den Geruch sofort. Leinöl. Offenbar eine unterschwellige Erinnerung. Außerdem fiel ihm ein, dass Leinöl sich bei Zimmertemperatur leicht selbst entzündete. Er tastete nach der Flasche, deren Verschluss sich geöffnet hatte, griff nach einem der herumliegenden Tücher, tränkte es mit Öl und begann mit der Kraft der Verzweiflung zu reiben.

Der Schatten setzte erneut auf ihn an.

Chaplain rieb weiter. Der Stoff wurde bereits warm.

In dem Augenblick, als der Mann nach ihm griff, ging das Tuch in Flammen auf. Plötzlich wurde es sehr hell im Raum. Chaplain drückte dem Kerl das brennende Stück Stoff auf Gesicht oder Hals – genau konnte er es nicht sehen, weil die Flamme ihn geblendet hatte. Die Jacke des Mannes fing Feuer. Er wich zurück, glitt auf einer Pfütze aus und fiel zu Boden. Sofort stand auch die Pfütze in Flammen. Der Mann schlug wild um sich wie eine Spinne mit glühenden Beinen.

Chaplain stand auf und griff nach einem langen Pinsel, um seinem Gegner die Augen auszustechen. Als er sich jedoch auf den brennenden Mann stürzte, fühlte er sich an den Haaren gepackt.

Das Nächste, was er spürte, war der eisige Lauf einer Pistole im Nacken.

Ein bisschen Kühle konnte schließlich nicht schaden!

»Der Spaß ist vorbei, Nono.«

Die Deckenbeleuchtung wurde eingeschaltet und erhellte das verwüstete Atelier, in dem nicht nur die Spuren des Kampfes, sondern auch einer rücksichtslosen Durchsuchung zu erkennen waren. Jemand hatte im Loft das Unterste nach oben gekehrt. Chaplain erstarrte und betrachtete seinen ersten Angreifer, der vor ihm auf dem Boden lag. Der Mann brannte nicht mehr. Schwärzlicher Rauch stieg von seinen Gliedmaßen auf, wogte bis zur Decke und verbreitete einen grässlichen Gestank.

Die Hand in seinen Haaren riss ihn herum und schob ihn zu einem der wenigen noch stehenden Barhocker. Endlich konnte Chaplain sich umdrehen und seinem Angreifer Nummer zwei in die Augen sehen.

Es war ein noch recht junger Mann, dünn wie ein Aal, der fast in seiner braunen Fliegerjacke aus Leder versank. In der rechten Hand hielt er eine Automatikpistole. Sein Gesicht unter einem Wust fettigen Haars war fein geschnitten und hätte schön sein können, wären da nicht die schweren Aknenarben gewesen. Seine Mundwinkel wurden dadurch fast anormal nach oben gezogen; es sah aus, als würde er dauernd lächeln. Seine tiefliegenden Augen blinzelten ununterbrochen wie die einer Schlange oder einer Eidechse.

»Schön, dich wiederzusehen.«

Er hatte einen slawischen Akzent. Chaplain begriff, dass die beiden Jungs zu den Kunden gehören mussten, die er im Lauf des Tages angerufen hatte. Er brachte keine Antwort zustande, weil er am ganzen Körper zitterte.

Der Mann mit den Reptilaugen sagte etwas zu dem anderen, der sich immer noch am Boden wälzte. Der Kerl zog seine Jacke aus, trampelte wütend darauf herum, ging zum Spülstein, hielt den Kopf unter kaltes Wasser und öffnete schließlich die Glastür des Ateliers.

Man wusste sofort, wer hier der Chef war.

»Wirklich schön, dich wiederzusehen.«

Der ironische Unterton war nicht zu überhören. Chaplain fragte sich unwillkürlich, ob der junge Mann ihn im nächsten Moment erschießen würde – einfach so, aus Spaß an der Freude. Die Waffe, die auf ihn gerichtet war, erinnerte ihn an seine

Glock. Sie hatte den gleichen kurzen Lauf, den gleichen eckigen Abzugsbügel und bestand aus demselben nicht metallischen Material. Er stellte fest, dass die Waffe unter dem Lauf über eine Schiene verfügte, an der man vermutlich ein Licht oder einen Laserpointer befestigen konnte. In was war er da hineingeraten?

»Wie habt ihr mich gefunden?«, fragte er, um Zeit zu gewinnen.

»Du Fehler gemacht. Du Amar von Festnetz angerufen. Nummer ist unterdrückt, aber für uns ist einfach, Adresse zu finden.«

Der Mann sprach gebrochen und mit sanfter Stimme. Chaplain hatte nur ein einziges Mal vom Festnetz aus telefoniert, und zwar mit dem Slawen, der Yussef erwähnt hatte. Er war ziemlich sicher, dass genau dieser Yussef jetzt vor ihm stand. Und der andere, der ihn angegriffen hatte, war vermutlich Amar.

Moslemische Vornamen. Möglicherweise handelte es sich bei den beiden um Bosnier.

»Aber ihr kanntet meine Adresse doch nicht, oder?«

»Nono immer sehr vorsichtig. Du anders geworden.« Seine sanfte Stimme wurde härter. »Wo du gewesen, Arschloch?«

»Auf Reisen.«

Der andere reagierte nicht. Sein Gesicht schien wie aus Stein gemeißelt. Die Aknenarben sahen aus wie von saurem Regen geätzte Löcher.

»Wo?«

»Das weiß ich nicht mehr. Ich habe mein Gedächtnis verloren.«

Yussef stieß ein gurrendes Lachen aus. Seine Augenlider flatterten geradezu. Klick-klick-klick, wie der Sekundenzeiger eines Countdowns. Chaplain, der darauf hoffte, den Mann mit seinem Geschwätz in Schach halten zu können, redete weiter.

»Ehrlich. Ich hatte einen Zusammenstoß.«

»Mit den Bullen?«

»Wenn es so wäre, stünde ich heute nicht hier vor dir.«

»Außer du hast gesungen.«

»Dann wärst du schon längst nicht mehr da und könntest mir nicht mehr zuhören.«

Wieder lachte Yussef. Seine Körperhaltung war irgendwie merkwürdig. Zu gerade und zu steif, als hätte er Eisenstangen anstelle von Muskeln und Wirbeln. Auch sein Kumpel war jetzt wieder da. Er hatte Brandblasen im Gesicht und im Feuer die Hälfte seines schwarzen Haarschopfs eingebüßt. Schmerzen schien der athletische Ein-Meter-achtzig-Mann jedoch nicht zu verspüren. Chaplain war verblüfft, dass er ihm so lange hatte Kontra bieten können. Der Riese schien nur darauf zu warten, endlich kurzen Prozess mit ihm zu machen.

»Du immer schön reden, Nono. Aber jetzt du uns geben musst, was du schuldig bist.«

Jetzt bestand wirklich kein Zweifel mehr: Nono hatte entweder eine Drogenlieferung oder das zugehörige Geld unterschlagen – vielleicht sogar beides. Möglicherweise war die Ware sogar hier im Loft versteckt. Hatte er seine Krise im Zuge der Lieferung erlitten? Dann allerdings wäre es ein wahres Wunder, dass er noch lebte.

Chaplain bemühte sich um Kaltblütigkeit. Er musste so viel wie möglich über sich selbst erfahren, ehe die Unterhaltung zur Folter mutierte.

»Ich habe dich nicht betrogen, Yussef.«

»Umso besser. *Bolje ikad nego nikad.* Gib Ware her. Wegen Strafe wir sehen später.«

Der Vorname schien zu stimmen. Der blinzelnde Mann musste Yussef sein.

Aber die Ware? Vermutlich Drogen. Chaplain ließ jede Vorsicht fahren.

»Wie haben wir uns kennengelernt?«

Er warf dem Gorilla einen Blick zu. Der Riese grinste.

»Du sein *glupo*, kleiner Nono. Ich dich aus Scheiße holen, mein Lieber.«

»Und was heißt das genau?«

»Ich dich gefunden, du nur räudiger Hund gewesen.« Er spuckte auf den Boden. »Ein Penner. Eine Scheiße. Du ohne Papiere, ohne Vergangenheit, ohne Job. Ich dir alles beigebracht.«

»Was denn beigebracht?«

Yussef stand auf. Sein Gesicht wirkte wie versteinert. Offenbar hatte er die Faxen dicke. Seine hohen Wangenknochen warfen Schatten auf die verzerrten Mundwinkel. Sein Dauerlächeln verlieh ihm das Aussehen einer japanischen Maske.

»Das nicht mehr zum Lachen ist, Nono. Gib unsere Sachen, dann wir verschwinden.«

»Aber was denn für Sachen?«, schrie Chaplain.

Der Koloss wollte sich auf ihn stürzen, doch Yussef beschwichtigte ihn mit einer Geste. Er packte Chaplain und hielt ihm den Lauf seiner Waffe direkt vor die Nase.

»Schluss mit Ausrede. Ich keine Geduld mehr, Bruder.«

Zum ersten Mal sah Chaplain die Augen des Bosniers aus der Nähe. Zwischen zwei Wimpernschlägen verengten sich die Pupillen in der kalten blassgrünen Iris.

»Ich kann dir nicht alles jetzt sofort zurückgeben«, bluffte Chaplain.

Yussef zuckte heftig mit dem Kopf, als wollte er seine Tolle aus der Stirn zurückwerfen.

»Du anfangen mit den Pässen. Anderes geht später.«

In diesem Moment fiel es Chaplain wie Schuppen von den Augen. Fälscher! Er war Fälscher. Mit einem Mal bekamen die zwiespältigen Eindrücke aus dem Atelier eine Bedeutung. Die Tatsache, dass der Zeichentisch mit den Skizzen und die Malutensilien wie eine Kulisse wirkten. Er war weder Werbegrafiker noch Künstler, und er führte kein legales Leben: Er fabrizierte Fälschungen.

Deswegen also waren alle Ausländer von Paris hinter ihm

her. Clans, Gruppierungen und Netzwerke hatten ihn bezahlt, um Pässe, Personalausweise, Aufenthaltsgenehmigungen und Kreditkarten zu erhalten.

»Du bekommst sie gleich morgen«, versprach er, ohne zu wissen, wie es weitergehen würde.

Yussef ließ ihn los und versetzte ihm einen freundschaftlichen Klaps. In seinem Gesicht zeigte sich wieder eine gewisse Wärme.

»Super! Aber keine Dummheiten. Amar in der Nähe bleibt.« Er zwinkerte ihm zu. »Besser ihm nicht Möglichkeit geben, dass du musst bezahlen für kleinen Scherz von eben.«

Er drehte sich um, doch Chaplain hielt ihn am Arm zurück.

»Wie nehmen wir Kontakt auf?«

»Wie immer. Handy.«

»Ich habe deine Nummer nicht.«

»Du alles vergessen oder was?«

»Ich habe dir doch gesagt, dass ich Probleme mit meinem Gedächtnis habe.«

Yussef starrte ihn lange an. Misstrauen lag in der Luft wie ein gefährliches Gas. Schließlich nickte der Bosnier leicht, diktierte ihm die Ziffern und fügte ein geheimnisvolles »*glupo*« hinzu. Zwar ahnte Chaplain, dass es sich um eine Beleidigung handelte, aber Yussef sprach das Wort geradezu freundschaftlich aus.

Die beiden Besucher verschwanden und ließen ihn in seinem verwüsteten Atelier zurück. Er hörte nicht einmal, wie die Tür zufiel. Mit starrem Blick nahm er seine neue Situation in sich auf, wie man einen scharfen Schnaps in sich hineinkippt.

Ihm blieb eine Nacht, um seine Werkstatt zu finden.

Und seine Kunstfertigkeit.

Chaplain begann mit der einfachsten Hypothese – einer Werkstatt im Keller.

Er hob einen Teppich nach dem anderen hoch, fand aber nichts, das auf eine Falltür schließen ließ. Dann griff er nach einem Besen, der bei den herausgerissenen Küchenutensilien lag, und begann den Boden abzuklopfen. Doch nirgends hörte er einen hohlen Klang; nichts als das Geräusch solider Fliesen.

Er suchte das ganze Zimmer ab. Allmählich stieg Angst in ihm auf. Die Erleichterung darüber, dass er die beiden Quälgeister losgeworden war, wich der Furcht vor dem, was die kommenden Stunden bringen würden. Er hatte nur eine einzige Nacht, um seine Werkstatt zu finden, seine Kunstfertigkeit zu beweisen und Pässe zu fälschen – der Plan war einfach nur absurd.

Was tun? Wieder fliehen? Aber Amar hielt sich sicher irgendwo in der Nähe auf.

Während er die Schubladen nach Schlüsseln, einer Adresse oder einem anderen Hinweis durchsuchte, dachte er über seine neue Persönlichkeit nach. *Fälscher*! Wo mochte er das Handwerk gelernt haben? Woher hatte er das Geld gehabt, um überhaupt damit anzufangen? Yussef hatte erzählt, er habe ihn von der Straße aufgesammelt. Er musste also eine seiner Krisen gehabt haben und war ohne Namen, ohne Vergangenheit und ohne Zukunft gewesen. Der Slawe hatte ihm in den Sattel geholfen, aber hatte er ihn auch ausgebildet?

Fälscher. Während er weitersuchte, wiederholte er das Wort immer wieder mit leiser Stimme. Wie durch ein Wunder hatten die Bosnier das Geld im Rumpf der *Pen Duick I* nicht gefunden. Seine Ankunft hatte sie bei ihrer Suche gestört. Sie waren im Obergeschoss nicht fertig geworden.

Fälscher. Für einen chronischen Hochstapler wie ihn konnte man sich keinen besseren Job vorstellen. Hatte er nicht im Grunde seine gesamte Existenz gefälscht?

Als ihm die Vergeblichkeit seiner Bemühungen bewusst wurde, hielt er inne. Hier gab es nichts zu finden. Erschöpft setzte er sich. Seine Schmerzen meldeten sich wieder. Im Gesicht. Am Bauch. Im Schritt. Er betastete seine Rippen und hoffte, dass nichts gebrochen war. Wie schon zwei Abende zuvor ging er ins Bad, befeuchtete ein Handtuch und legte es sich über die Nase. Sofort fühlte er sich ein wenig besser.

Nachdem ihm klar geworden war, dass es wohl keine Werkstatt in einem Untergeschoss gab, konzentrierte er sich auf die ebenso absurde Idee eines geheimen Zimmers. Die tragenden Wände waren mehrere Meter dick, und es gab weder Winkel noch Ecken, wo man einen Raum hätte verbergen können. Trotzdem stand er auf und ging ins Erdgeschoss hinunter. Er schob den Kühlschrank beiseite, untersuchte die Rückseite der Schränke, stöberte in der Garderobe herum und öffnete die Lüftungsschlitze.

Er ertappte sich bei dem Bedürfnis, sich in sein Bett zu legen, einzuschlafen und nie mehr aufzuwachen. Doch er musste durchhalten. Er trat in die Küche und machte sich einen starken Kaffee. Inzwischen war ihm die Idee gekommen, es könnte irgendwo auf dem ehemaligen Fabrikgelände einen Anbau geben ... unmöglich. In einem solchen Fall hätte er Rechnungen und Mietquittungen gefunden.

Trotzdem stellte er sich mit der Tasse in der Hand ans Fenster und blickte hinaus. Draußen war es still. Die Bewohner des Loft-Dorfes ahnten nicht, was sich hier abspielte. Plötzlich fiel ihm eine zweiflügelige Stahlplatte etwa fünf Meter vor seiner Schwelle auf. Er suchte kurz im Regal mit den Malutensilien und fand einen Hammer und einen Schraubendreher. Wahrscheinlich diente das Werkzeug dazu, die Leinwände auf ihrem Untergrund zu befestigen – oder zumindest so zu tun.

Leise ging er hinaus, steckte den Schraubendreher in die mittlere Rille und versetzte ihm einen leichten Schlag mit dem Hammer. Einer der Flügel sprang auf. Chaplain sah eine Betontreppe. Er stieg hinunter, zog die Metalltür hinter sich zu und tastete nach einem Lichtschalter. Schließlich flammte Licht auf. Am Fuß der Stufen gelangte er in einen langen Flur mit staubigen, leicht angeschimmelten Holztüren. Die Keller der Lofts! Welcher Keller mochte ihm gehören?

Doch schon wenige Schritte weiter erkannte er ihn. Es gab nur eine einzige Metalltür, und die war nicht mit einem Vorhängeschloss, sondern mit einem richtigen Türschloss gesichert. Dahinter musste sich das verbergen, wonach er suchte.

Noch immer hielt er seinen Schraubenzieher und seinen Hammer in der Hand. Angesichts der drängenden Zeit musste er jede Vorsicht außer Acht lassen. Er steckte die Spitze des Schraubendrehers so tief wie möglich in den Türspalt und versetzte ihm heftige Hammerschläge. Irgendwann verbog das Metall und hob sich. Er setzte die Spitze seines Werkzeugs darunter und hebelte.

Endlich gab das Schloss nach. Was Chaplain hinter der Tür entdeckte, entlockte ihm einen triumphierenden Schrei. Mehrere Drucker. Einen Arbeitstisch mit einem Mikroskop, Minen, Pinzetten, Cutter. Regale mit Flüssigkeiten, verschiedenen Tinten und Stempeln. Unter Planen fand er einen Scanner, ein Laminiergerät und ein mobiles Erfassungssystem für biometrische Merkmale.

Er knipste die Deckenlampe an, löschte das Flurlicht und schloss die Tür. In diesem Keller befand sich eine komplette Druckerwerkstatt. An den Wänden standen verpackte Papierbögen, Plastik zum Laminieren, Toner, Farbwalzen und eine Ultraviolettlampe.

Und dann geschah das nächste Wunder. Er erinnerte sich. Alle seine Kenntnisse als Fälscher tauchten mühelos an der Oberfläche seines Gedächtnisses auf. So wie man sich an Schwimmbewegungen erinnert, auch wenn man dreißig Jahre lang nur festen Boden unter den Füßen gehabt hat. Aber wie war dieses Phänomen zu erklären? Musste man handwerkliche Kenntnisse gleich neben dem kulturellen Gedächtnis ansiedeln? Oder lag es vielleicht daran, dass er sich des Implantats entledigt hatte? Möglicherweise hatte die schmerzhafte Prozedur sein Gedächtnis befreit?

Jetzt aber blieb keine Zeit, darüber nachzudenken. Er schaltete die Drucker und alle anderen Maschinen ein. Sofort kehrten die Erinnerungen daran zurück, wie man einen Pass oder ein anderes Ausweispapier scannte, wie man die feinen Inschriften oder fluoreszierenden Linien entfernte, mit denen ein bestimmtes Dokument identifiziert werden konnte, und wie man sie ersetzte. Er erinnerte sich, dass er eigenhändig seine Maschinen so umgebaut hatte, dass sie die feinen Linien kopierten, die dazu dienten, ein Papier fälschungssicher zu machen. Dass er die in Druckern und Scannern integrierten Einrichtungen entfernt hatte, mit denen Fälschungen verhindert werden sollen. Dass er die an jedem Kopierer angebrachten Seriennummern unlesbar gemacht hatte, die für das menschliche Auge unsichtbar anzeigen, aus welchem Gerät eine Reproduktion stammt.

Jetzt verstand er, warum Yussef ihn nicht erschossen hatte. Er war ein Virtuose seines Fachs. Ein Ass auf seinem Gebiet. Seine Hände waren unbezahlbar.

Und dann entdeckte er den nächsten Schatz. In einer etwa ein mal ein Meter großen, in Fächer aufgeteilten Holzkiste fand er jungfräuliche Ausweispapiere. Darunter waren die Yussef versprochenen Pässe. In jedem Exemplar steckte ein ordentlich gefalteter Zettel mit Namen, Anschrift und einem Foto des zukünftigen französischen Staatsbürgers. Alle Namen waren slawischer Herkunft, die Konterfeis hätten irgendwelchen Yetis gehören können.

Chaplain entledigte sich seiner Jacke, schaltete die Lüftung ein und setzte sich an seinen Arbeitstisch. Er hatte eine Nacht, um dreißig Pässe herzustellen, und konnte nur hoffen, dass mit dem Wissen auch die nötigen Handgriffe, das Geschick und die Sicherheit zurückkamen.

Er streifte sich Latexhandschuhe über und griff nach den neuen Dokumenten. Es waren Pässe, die alle das Symbol für den integrierten Chip trugen. Das Neueste vom Neuen.

Jetzt musste er sich an die Arbeit machen und Nonos Haut retten.

Fleury-Mérogis, Frauengefängnis.

Geräusche rissen sie aus ihrem unruhigen Schlaf. Aus dem Flur drangen Rascheln, Worte und Geräusche von Schritten. Sie warf einen Blick auf ihre Uhr: Es war zehn. Leise stand sie auf und legte ein Ohr an die Tür. Das Stimmengewirr wurde lauter. Die Gefangenen schienen erregt. Freitag schien Besuchstag zu sein.

Sie wollte gerade wieder ins Bett steigen, als sie zusammenzuckte: Der Schlüssel knirschte im Schloss. Auf der Schwelle stand eine Aufseherin. Nun würde man sie doch in eine andere Zelle verlegen. Oder in ein Verlies werfen. Vielleicht wartete auch der Strafrichter auf sie. All diese Möglichkeiten schossen ihr in Sekundenbruchteilen durch den Kopf.

»Chatelet. Sprechzimmer.«

»Habe ich Besuch?«

»Ja, jemand von deiner Familie.«

Etwas in ihrer Brust schien zu zerreißen. Familie? Das konnte nur einer sein.

»Kommst du endlich?«

Sie streifte ihre Kapuzenjacke über und folgte der Aufseherin. Draußen im Flur erblickte sie merkwürdige Gestalten in Jogginghosen, Tschadors oder Boubous. Gelächter ertönte. Füße in Turnschuhen schlurften vorbei. Der Weg zum Sprechzimmer erschien ihr endlos. Nur ihr Herzschlag trieb sie vorwärts. Ihr war speiübel.

Plötzlich befand sie sich wieder im gleichen Flur wie am Vortag. Verglaste Räume. Vergitterte Fenster. Türen aus Verbundglas. Doch die Atmosphäre hatte sich verändert. Man hörte Kinderlachen, irgendwo wurde ein Ball gegen die Wand gekickt.

Ein Baby weinte. Geräusche, die man eher in einer Kinderkrippe als in einem Gefängnis erwartete.

Die Aufseherin blieb stehen und öffnete eine Tür.

Der Mann, der am Tisch saß, drehte sich um.

Es war nicht ihr Vater.

Es war Mathias Freire.

Wie durch ein unerklärliches Zauberkunststück war es ihm gelungen, bis hierher vorzudringen, Kontrollen zu passieren, Identitätsprüfungen über sich ergehen zu lassen und die Eingangsschleusen zu überwinden ...

»Sie kommen hier nie wieder raus«, sagte sie und setzte sich ihm gegenüber an den Tisch.

»Vertrauen Sie mir«, erklärte er bedächtig.

Anaïs zog den Kopf zwischen die Schultern, ballte die Fäuste zwischen den Knien und holte tief Luft. Das war ihre Art, tief aus ihrem Innern die Energie zu schöpfen, um eine solche Überraschung zu verdauen. Ihr Äußeres bereitete ihr Kummer. Ungewaschen, unfrisiert und völlig erschöpft.

Sie hob den Kopf und sagte sich, dass diese Dinge nicht zählten. Wesentlich war er nur, dass er ihr gegenübersaß. Er wirkte abgemagert und verstört. Zwar trug er teure Klamotten, aber sein Gesicht sah aus, als wäre er unter die Metro geraten. Mein Gott – wie sehnsüchtig hatte sie auf diesen Augenblick gewartet! Aber wirklich geglaubt hatte sie nie daran.

»Wir beide haben eine Menge zu besprechen«, begann er mit ruhiger Stimme.

Erinnerungsfetzen schossen ihr durch den Kopf. Freire, wie er durch die Eingangshalle des Landgerichts Marseille floh, wie er zwischen den Straßenbahnen in Nizza flüchtete, wie er auf die Mörder in der Rue de Montalembert schoss.

»Leider haben wir nur eine halbe Stunde Zeit«, fuhr er fort und zeigte auf Uhr, die hinter ihm an der Wand hing.

»Wer sind Sie heute?«

»Ihr Bruder.«

Anaïs musste lachen.

»Wie haben Sie das mit den Papieren hingekriegt?«

»Das ist eine lange Geschichte.«

»Ich höre dir zu«, sagte Anaïs und ging damit zum vertraulichen Du über.

Mathias Freire – sie nannte ihn noch immer so – erklärte, dass er am Syndrom des »Reisenden ohne Gepäck« litt, und berichtete von den drei Persönlichkeiten, deren Leben er bisher gelebt hatte. Seit Januar 2010 war er der Psychiater Freire gewesen, von November bis Dezember 2009 der Obdachlose Janusz und davor, von September bis Oktober, Narcisse, der verrückte Künstler.

Das meiste war für Anaïs nichts wirklich Neues. Fast alles hatte sie sich bereits selbst zusammengereimt. Doch einiges wusste sie noch nicht. So etwa, dass Freire laut Aussage von Fer-Blanc als Erster bei der Leiche von Ikarus gewesen war. Oder auch, dass das russische Wort »Matrjoschka« eine Schlüsselrolle in diesem Fall zu spielen schien – welche allerdings, das konnte auch Freire nicht sagen.

»Und welche Identität haben Sie jetzt im Moment?«

»Ich bin jetzt der Vorgänger von Narcisse. Jemand, der sich Nono nennt.«

Anaïs lachte nervös auf. Er lächelte sie an.

»Arnaud Chaplain«, fügte er hinzu. »Der bin ich mindestens fünf Monate lang gewesen.«

»Und Ihr Job?«

»Darüber reden wir lieber nicht.«

Er zählte die Mordanschläge auf, denen er seit seiner Flucht aus Bordeaux entkommen war. Es waren insgesamt fünf. Entweder war er unbesiegbar, oder er hatte einfach nur ein schier unglaubliches Glück gehabt. Aber ganz gleich, wo er hinging und wie seine Identität sich veränderte – die Männer in Schwarz fanden ihn. Sie waren deutlich bessere Ermittler als die Polizei. Zumindest aber agierten sie schneller.

Die nächste Information erschien Anaïs äußerst wichtig. Nach Freires Festnahme hatte man im Hôtel-Dieu Röntgenaufnahmen seines Kopfes gemacht und dabei ein Implantat unter der Nasenscheidewand gefunden, das er sich selbst entfernt hatte, indem er sich die Nase brach.

Während er sprach, öffnete er die Hand, in der eine winzige, silbrige Kapsel glänzte.

»Und was ist das?«

»Der Arzt im Hôtel-Dieu meinte, es könnte eine Art Mikropumpe sein. Man benutzt sie manchmal bei Epilepsie oder Diabetes. Sie werden unter die Haut verpflanzt und setzen im richtigen Moment die richtige Menge eines Medikaments frei. Wir müssten wissen, was dieses Ding hier enthält und welche Wirkung es hat.«

Die Geschichte klang abenteuerlich, aber Anaïs entsann sich, dass Unbekannte dem toten Patrick Bonfils im Leichenschauhaus die Nase aufgeschnitten hatten. Womöglich war auch ihm irgendwann ein Implantat eingesetzt worden, das nach seinem Tod entfernt werden musste.

Freire sprach jetzt immer schneller. Wie ein Besessener beteuerte er seine Unschuld. Um jeden Preis wollte er widerlegen, dass er der mythologische Mörder war.

»Ich bin dabei, den Mörder auf eigene Faust zu verfolgen. Ich bin nicht der Mörder – ich suche nach ihm.«

»Aber gefunden hast du ihn noch nicht?«

»Ich weiß es nicht. Ich habe den Eindruck, dass ich jedes Mal, wenn ich ihm zu nahe komme, das Gedächtnis verliere. Als ob das, was ich entdecke, einen Kurzschluss in meinen Nervenbahnen verursacht. Und dann muss ich wieder ganz von vorn anfangen.«

Anaïs stellte sich vor, was passieren würde, wenn er diese Erklärungen einem Richter vortrüge: Man würde ihn sofort einbuchten. Entweder im Gefängnis oder in einer Anstalt. Sie sah ihn an und konnte immer noch nicht fassen, dass er vor ihr saß, in natura und nicht nur als Vorstellung in ihrem Kopf. So oft hatte sie von ihm geträumt!

Innerhalb von zwei Wochen war er um mehrere Jahre gealtert. Seine glühenden Augen lagen tief in den Höhlen. Seine Nase war gebrochen, verschwollen und verpflastert. Ob er von jeder seiner Persönlichkeiten eine Art Brandzeichen zurückbehielt? Zwar ähnelte er noch dem Psychiater, den sie kennengelernt hatte, aber ein Rest von dem Obdachlosen war nach wie vor spürbar, und auf dem Grund seiner Augen erkannte sie einen Funken Wahnsinn. In ihm war viel mehr Vincent van Gogh als Sigmund Freud.

Noch war es zu früh, um zu erkennen, welches Vermächtnis Arnaud Chaplain hinterlassen würde. Vielleicht eine gewisse Eleganz. Seine Kleidung jedenfalls verriet einen ausgesuchten Geschmack, der mit den anderen drei Persönlichkeiten nicht das Geringste zu tun hatte.

Einem Impuls folgend griff sie nach seiner Hand. Die Berührung fühlte sich so süß an, dass sie die Hand sofort zurückzog, als hätte sie sich verbrannt.

Vor Überraschung geriet Freires Redefluss ins Stocken. Anaïs sah auf die Uhr. Ihnen blieben nur wenige Minuten. Hastig berichtete sie von Mêtis und der militärischen Vergangenheit der Unternehmensgruppe, die sich später der chemischen und pharmazeutischen Industrie zugewandt hatte und zu einem der größten Produzenten von psychotropen Substanzen in Europa geworden war.

Anaïs erwähnte die möglichen geheimen Verbindungen zwischen dem Unternehmen und den Streitkräften und sprach zum ersten Mal eine Vermutung aus, die sich während ihres Gesprächs gefestigt hatte: Sie glaubte, dass Mêtis an ihm, an Patrick Bonfils und sicher auch noch an anderen Versuchskaninchen eine neuartige chemische Substanz erprobt hatte – ein Produkt, das ihre Persönlichkeit spaltete und eine Art Kettenreaktion hervorrief – eine dissoziative Flucht nach der anderen.

Für Freire waren diese Enthüllungen wie Faustschläge mitten ins Gesicht. Und um alles noch schlimmer zu machen, berichtete Anaïs von der Macht des Unternehmens, das sich weder Gesetzen noch der Autorität des Staates beugen musste, weil seine Macht just durch diese Gesetze und die staatliche Autorität gestützt wurde.

Ihre Schlussfolgerung lief darauf hinaus, dass Mêtis sich aus einem bisher noch unbekannten Grund seiner Versuchskaninchen entledigen wollte. Offenbar hatte das Unternehmen Sniper angeheuert, um die betreffenden Personen zu töten – ihn, Patrick Bonfils und sicher noch einige andere, die vermutlich auf einer Art schwarzer Liste standen.

Freire lauschte mit zusammengebissenen Zähnen. Anaïs verstummte. Sie hatte den Eindruck, auf einen Krankenwagen zu schießen. Ihnen blieben nur noch zwei Minuten. Plötzlich kam ihr der Leichtsinn ihres Verhaltens zu Bewusstsein. Sie hatten weder auf Sicherheitskameras noch auf Mikrofone geachtet, die ihr Gespräch vielleicht aufgezeichnet hatten. Und was wäre, wenn die Wärter Freire erkannt hätten oder von außerhalb gewarnt worden wären?

»Es tut mir leid«, sagte Freire schließlich.

Anaïs verstand nicht, was er meinte. Hatte sie ihn nicht gerade ans Messer geliefert? Erst mit einer gewissen Verspätung begriff sie, dass er von den Gefängnismauern sprach, von den Auswirkungen des Falles auf ihre Karriere und von dem Schlamassel, in das sie sich freiwillig gestürzt hatte.

»Ich habe meine Wahl getroffen«, flüsterte sie.

»Beweise es.«

Freire nahm ihre Hand und ließ einen klein gefalteten Zettel zwischen ihre Finger gleiten.

»Was ist das?«

»Datum und Uhrzeit eines Anrufs, den Chaplain im August auf seiner Festnetzleitung bekommen hat. Es ist ein Hilferuf. Ich muss unbedingt den Namen der Anruferin erfahren.«

Anaïs fuhr auf.

»Es handelt sich um eine unterdrückte Nummer«, sagte er. »Der letzte Anruf, den ich erhalten habe, als ich noch Chaplain war. Am nächsten Tag bin ich jemand anders geworden. Ich muss diese Frau unbedingt finden.«

Anaïs senkte den Kopf und starrte auf ihre geschlossene Faust. Ihr Herzschlag hatte kurz ausgesetzt. Sie fühlte sich unendlich enttäuscht.

»Ich habe dir noch eine andere Nummer aufgeschrieben – die von meinem neuen Handy. Kann ich auf dich zählen?«

Anaïs ließ den Zettel diskret in ihre Hosentasche gleiten und wich seiner Frage mit einer Gegenfrage aus:

»War Chaplain ebenfalls auf der Suche nach dem Mörder?«

»Ja, aber auf andere Art. Er benutzte Dating-Seiten. Vor allem eine Speed-Dating-Agentur namens *sasha.com*. Sagt dir das etwas?«

»Nein.«

»Aber diese Nummer ist wirklich wichtig, Anaïs. Ich muss sie in Erfahrung bringen und mit dieser Frau sprechen. Wenn es nicht schon zu spät ist.«

Anaïs blickte in seine geröteten Augen. Für einen kurzen Moment wünschte sie dieser Rivalin die Pest an den Hals, aber dann riss sie sich zusammen.

»Bist du nur deshalb gekommen?«, gelang es ihr zu fragen.

Die Glocke erklang, die Besuchszeit war zu Ende. Er lächelte müde und stand auf. Trotz des Gewichtsverlusts, der Tatsache, dass er jetzt deutlich älter wirkte, seiner fiebrig glänzenden Augen und seiner zerschlagenen Nase versprühte er noch immer einen unwiderstehlichen Charme.

»Dummerchen!«

Kaum dass sie das Sprechzimmer verlassen hatte, bat Anaïs um die Genehmigung für ein Telefongespräch. Da dies lediglich einen Umweg über den nördlichen Flügel bedeutete, wo eine ganze Reihe öffentlicher Telefone an der Wand befestigt waren, stimmte die Aufseherin zu.

Weil es Zeit für den täglichen Spaziergang war, standen ausnahmsweise keine Schlangen vor den Apparaten. Anaïs wählte eine Nummer, die sie im Kopf hatte. Sie musste jetzt tätig werden, um nicht endgültig in ihrer Niedergeschlagenheit zu versinken. In ihrer Zelle Rotz und Wasser heulen konnte sie später immer noch. Endlich hatte sie Mathias Freire wiedergesehen, und was war passiert? Gar nichts. Ein bisschen Polizeiarbeit. Ein beruflicher Austausch. Und das war's auch schon.

»Hallo?«

»Le Coz, hier ist Chatelet.«

»Anaïs? Was um Himmels willen ist da los?«

Die Nachricht von der Schießerei und ihrer Verhaftung war natürlich längst in den Südwesten vorgedrungen.

»Ich habe jetzt keine Zeit, dir das zu erklären.«

»Können wir irgendetwas tun?«

Anaïs warf einen Blick zu ihrer Aufseherin hinüber, die vor dem vergitterten Fenster auf und ab ging. Sie zog den Zettel aus der Tasche und faltete ihn auseinander.

»Ich sage dir Datum und Zeit eines Anrufs von einer unterdrückten Nummer sowie den angerufenen Anschluss. Du identifizierst den Anrufer, und zwar sofort.«

»Immer mit der Ruhe. Du hast dich kein bisschen verändert«, lachte Le Coz.

Anaïs diktierte ihm, was auf dem Zettel stand, und hörte, wie er ein anderes Telefon abhob. Nachdem er die Daten durchgegeben hatte, kehrte er zu ihr zurück.

»Ich habe einen Anruf von Abdellatif Dimoun bekommen.«

Anaïs brauchte ein paar Sekunden, um den Namen einzuordnen. Der Mann von der Spurensicherung in Toulouse. Der schöne Araber.

»Was wollte er?«

»Du hast ihm angeblich einen Haufen Zeug von einem Strand in Marseille zugeschickt.«

Sie hatte diese Spur völlig vergessen. Es war der Krempel, den man rings um die Leiche des Ikarus sichergestellt hatte.

»Hat er es untersucht?«

»Ja, allerdings nur die Stücke, die von der Brandung angeschwemmt wurden. Es gibt nur ein Teil, das nicht zu den anderen passt. Ein Spiegelfragment. Er sagt, es müsse anderswo herkommen. Vielleicht aus der Tasche des Mörders.«

»Wieso?«

»Weil sich an dieser Spiegelscherbe keine Spur von Salz findet. Sie stammt mit Sicherheit nicht aus dem Meer.«

Eine Spiegelscherbe! Das war wirklich eine Entdeckung!

»Aber das ist noch nicht alles«, fuhr Le Coz fort. »Die Untersuchung hat ergeben, dass sich Spuren von Silberjodid an diesem Spiegelstück befinden.«

»Und was bedeutet das?«

»Der Spiegel wurde behandelt. Man hat ihn in diese chemische Verbindung getaucht, um ihn lichtempfindlich zu machen. Angeblich ist es ein sehr altes Verfahren, das man schon vor hundertfünfzig Jahren benutzte. Man nennt es Daguerreotypie-Verfahren.«

»Wie bitte?«

»Es ist ein Vorläufer der Fotografie. Ich habe mich schlaugemacht: Der polierte und versilberte Spiegel bewahrt das von einem Objektiv projizierte Abbild. Anschließend setzt man ihn Joddämpfen aus und erhält so ein Bild. Als die Silberabzüge erfunden wurden, gab man die alte Technik auf, da mit ihr keine Vervielfältigung möglich war. Bei einer Daguerreotypie wird sofort ein Bild erzeugt, ohne vorher ein Negativ zu erstellen.«

»Und Dimoun glaubt, dass es sich bei dieser Spiegelscherbe um ein Teil einer Daguerreotypie handelt?«

»Richtig. Und damit haben wir ein verdammt gutes Indiz, denn heutzutage arbeiten nur noch ein paar passionierte Hobbyfotografen nach dieser Methode.«

»Hast du dich schon umgehört?«

»Bin dabei.«

»Such mir den Club, wo sich diese Typen treffen. Ich brauche eine Liste der Leute, die das Verfahren heute noch benutzen.«

Während sie sprach, hatte sie plötzlich eine ganz genaue Vision von der Vorgehensweise des Mörders. Er tötete. Dann inszenierte er eine Szene aus der griechischen Mythologie. Und anschließend verewigte er sie ein einziges Mal auf einem silbernen Spiegel. Ein Schauder lief ihr über den Rücken. Irgendwo musste ein Raum existieren, wo diese schrecklichen Bilder aufgehängt waren. Im Geiste sah sie sie vor sich. Den Minotaurus mit der durchschnittenen Kehle. Den verbrannten Ikarus. Den entmannten Uranus. *Wie viele davon gab es noch?*

»Deine Nummer ist da. Hast du etwas zu schreiben?«

»Oh ja. In meinem Kopf.

Le Coz gab ihr Namen und Adresse der geheimnisvollen Gesprächspartnerin von Arnaud Chaplain. Die Informationen sagten Anaïs nicht das Geringste. Aber in diesem Fall war sie nur die Vermittlerin. Sie bedankte sich bei Le Coz. Seine Warmherzigkeit rührte sie.

»Wie kann ich dich erreichen?«

»Überhaupt nicht. Ich werde zusehen, was ich tun kann.«

Sie schwiegen. Le Coz fiel nichts mehr ein. Anaïs legte eilig auf, um nicht in Tränen auszubrechen.

Schließlich bat sie ihre Aufseherin um einen weiteren Gefallen: Sie wolle gern an den letzten Minuten des Spaziergangs teilnehmen. Die Wärterin seufzte und musterte Anaïs von Kopf bis Fuß. Doch dann schien ihr einzufallen, dass es sich bei der jungen Frau um eine Polizistin handelte, und sie schlug die Richtung des Gefängnishofs ein.

Anaïs hatte das Gefühl, innerlich zu brennen. Das Indiz der Daguerreotypie gab ihr neuen Auftrieb. Zugleich war sie wütend, im Gefängnis sitzen zu müssen, während es in ihrem Fall neue Erkenntnisse gab. Eins aber wusste sie genau: Diese Spur würde sie für sich behalten. Sie würde Solinas kein Sterbenswörtchen verraten.

Der Lärm draußen riss sie aus ihren Gedanken. Die Aufseherin hatte gerade die letzte Tür geöffnet. Die Frauen spazierten auf dem Hof umher, den Sportplätze mit Basketballkörben und einer Tischtennisplatte aus Beton umgaben. Dennoch konnte man nie vergessen, wo man sich befand: Stacheldrahtbewehrte Mauern begrenzten das Blickfeld. Die Körper der Frauen im Hof wirkten welk und kraftlos. Ihre verbrauchten Gesichter erinnerten an Löffelstiele, die man abfeilte, schmirgelte und schärfte, um schließlich eine mörderische Waffe daraus zu machen. Selbst der eisige Wind roch nach der schlechten Luft in den Zellen, nach Gemeinschaftsessen und nachlässig gewaschenem Schambereich.

Anaïs steckte die Hände in die Taschen und war nun wieder ganz Polizistin. Auf der Suche nach einem geeigneten Opfer beobachtete sie Gruppen, Paare und Einzelpersonen. Die Gefangenen teilten sich in zwei Gruppen, deren Zugehörigkeit man an ihren Gesichtern, ihren Gesten und ihrem Gang ablesen konnte. Wilde Tiere und Besiegte. Anaïs ging auf eine Gruppe von vier arabischstämmigen Frauen zu, die nicht aussahen, als hätte ein Justizirrtum sie hierher verschlagen. Man sah ihnen an, dass der Gefängnisalltag noch nicht allen Saft aus ihren Adern gesaugt hatte. Jede von ihnen konnte auf mehrere Jahre Knast zurückblicken, und für die Zukunft sah es auch nicht viel besser aus. Trotzdem glühte ihre Wut unvermindert weiter.

»Hallo.«

Eisiges Schweigen schlug ihr entgegen. Nicht einmal ein Kopfnicken. Man starrte sie aus harten schwarzen Augen an.

»Ich brauche ein Handy.«

Die Frauen blickten sich an, dann brachen sie in lautes Gelächter aus.

»Willst du nicht vielleicht auch unsere Papiere sehen?«

Nachrichten verbreiteten sich im Gefängnis wie ein Lauffeuer. Man wusste, dass sie Polizistin war, und machte einen Bogen um sie.

»Ich muss unbedingt eine SMS schicken. Natürlich bezahle ich dafür.«

»Und wie viel, Fickschlampe?«

Eine der Frauen hatte die Rolle der Sprecherin übernommen. Sie trug eine Wolljacke offen über einem einfachen T-Shirt, das ihre Drachentattoos und Maorizeichen am Hals erkennen ließ.

Anaïs versuchte gar nicht erst zu bluffen.

»Im Moment gar nichts. Ich habe keinen Cent bei mir.«

»Dann mach dich gefälligst vom Acker.«

»Aber ich kann euch draußen helfen. Ich werde hier schließlich keinen Rost ansetzen.«

»Das glauben sie alle.«

»Schon, aber ich bin die einzige Polizistin hier auf dem Hof. Bullen bleiben nie lange im Knast.«

Wieder entstand drückendes Schweigen. Die vier wechselten verstohlene Blicke.

»Was willst du?«, fragte schließlich die Drachenfrau.

»Organisiert mir ein Handy. Sobald ich draußen bin, setze ich mich für euch ein.«

»Du gehst mir voll am Arsch vorbei«, fauchte eine der Frauen sie an.

»Was du mit deinem Arsch machst, ist mir ziemlich schnuppe. Aber ich biete dir eine Gelegenheit, die so schnell nicht wiederkommt. Dir, deinen Brüdern, deinem Kerl, wem auch immer. Sobald ich wieder draußen bin, kann ich zum Richter, zum Staatsanwalt oder zu den ermittelnden Polizisten gehen.«

Das Schweigen wurde womöglich noch beklemmender. Anaïs konnte fast das Räderwerk hören, das sich in den Köpfen der Frauen drehte. Für keine von ihnen gab es auch nur den geringsten Grund, ihr zu glauben. Aber im Gefängnis hangelt man sich von Hoffnung zu Hoffnung, ob man es nun will oder nicht.

Anaïs ließ nicht locker.

»Eine einzige SMS. Das dauert höchstens ein paar Sekunden. Ich schwöre, dafür tue ich auch etwas für euch.«

Die Frauen sahen einander an. Sie verständigten sich mit kurzen Gesten und Blicken. Drei von ihnen rückten näher an sie heran. Zunächst fürchtete sie eine gehörige Abreibung, doch man schirmte sie lediglich von den Aufseherinnen ab.

Plötzlich trat die Drachenfrau in die Mitte des Kreises. In der Hand hielt sie ein mit Klebeband zusammengeflicktes Handy.

Anaïs griff nach dem Telefon und schrieb ihre SMS vor den Augen der Frauen. Nachdem sie die identifizierte Nummer eingegeben hatte, tippte sie: »Medina Malaoui, 64 Rue de Naples, 75009 Paris.« Sie zögerte kurz, ehe sie noch hinzufügte: »Viel Glück.«

Dann wählte sie Freires Nummer und drückte den Sendeknopf.

Sie war wirklich bescheuert!

Chaplain erhielt die SMS von Anaïs an der Porte d'Orléans. Sie hatte nicht lang gefackelt, und die prompte Info besiegelte ihre Zusammenarbeit. Es sei denn, dass ihn vor der Rue de Naples Nummer 64 ein komplettes Einsatzkommando Bullen erwartete ...

Er teilte dem Taxifahrer Medina Malaouis Adresse mit und wählte dann die Nummer, die Anaïs ihm geschickt hatte. Eine Mailbox meldete sich. Die ernste Stimme war die der Anruferin vom 29. August. Chaplain hinterließ keine Nachricht. Ihm war es lieber, die Frau in ihrer Wohnung zu überraschen oder – noch besser – die Wohnung in ihrer Abwesenheit zu durchsuchen.

Der Wagen fuhr über den Boulevard Raspail. Chaplain dachte an seinen Besuch am Morgen. Tatsächlich war es die im Gefängnis einsitzende Anaïs gewesen, die mit ihren kaum dreißig Jahren den Schlüssel zu seinem Schicksal entdeckt hatte: Er war das Opfer eines Versuchs. Einerseits fand er die Tatsache niederschmetternd, doch auf der anderen Seite keimte eine gewisse Hoffnung in ihm auf. Er war also nicht chronisch krank, seine Ausfälle waren auf eine Vergiftung zurückzuführen. Gegen ein Gift aber gab es immer auch ein Gegengift. Wenn man sein Syndrom künstlich herbeigeführt hatte, konnte man es auch wieder kurieren. Vielleicht war er ja schon auf dem Weg der Genesung, seit er sich von der mysteriösen Kapsel befreit hatte. Er betrachtete das winzige, metallisch glänzende Objekt. Nur allzu gerne hätte er es geöffnet, untersucht und analysieren lassen.

Das Taxi erreichte die Rue Saint-Lazare, fuhr um den Cours d' Estienne d'Orves mit der Kirche Trinité und bog in die Rue de Londres ein. Plötzlich überkam Chaplain ein verworrenes

Gefühl. Er erinnerte sich, dass er das 9. Arrondissement nicht mochte. In diesem Teil von Paris tragen die Straßen Namen europäischer Städte, aber die Häuser wirken düster und abweisend. Die Karyatiden über den Toreinfahrten fixieren einen wie Wachen in Habachtstellung. Nur wenige Menschen sind zu sehen; in den Gebäuden befinden sich hauptsächlich Büros von Versicherungsgesellschaften, Notariate und Anwaltskanzleien.

Seine Gedanken kehrten zu Anaïs zurück. Es war schön gewesen, sie wiederzusehen – ihren milchigen Teint, ihre dunkel brennenden Augen. Ihre eigentümliche Kraft, die sich dem Leben nicht zu unterwerfen schien, sondern ihm ihren glühenden Stempel aufzuprägen suchte. Liebte er sie? Weder in seinem Kopf noch in seinem Herzen war im Augenblick Platz für eine solche Frage. Er fühlte sich leer. Oder besser noch: voll mit Unbekanntem. Trotzdem verspürte er eine sanfte Wärme, wenn er an sie als seine Verbündete dachte.

Der Taxifahrer hielt vor dem Haus in der Rue de Naples 64. Chaplain bezahlte und stieg aus.

Das Haus war eine für dieses Viertel typische steinerne Festung mit Erkerfenstern in der dritten und vierten Etage. Natürlich kannte er den Eingangscode nicht. Die Straße war menschenleer. Er begann, vor dem Haus hin und her zu gehen.

Nach etwa zehn Minuten traten endlich zwei Männer im Anzug aus der Toreinfahrt. Der vom langen Warten halb erfrorene Chaplain schlüpfte ins Innere des Hauses. Die gewölbte Eingangshalle öffnete sich links und rechts zu zwei Treppenfluchten. Am Ende der Halle blickte man auf einen Innenhof mit Bäumen und einem Springbrunnen hinaus, der sozusagen das Herzstück des Gebäudes darstellte. Chaplain wandte sich den Briefkästen zu.

Medina Malaoui wohnte im dritten Stock, linker Treppenaufgang. Eine Gegensprechanlage existierte nicht. Er stieg zu Fuß hinauf. In der dritten Etage befanden sich zwei Wohnungstüren. Das Flurfenster bestand aus buntem Glas. Der an der Tür angebrachten Karte entnahm er, dass Medina Malaoui rechts wohnte.

Er klingelte. Einmal. Zweimal. In der Wohnung rührte sich nichts. Medina war offenbar außer Haus. Oder ihr war etwas zugestoßen ... Diesen Gedanken hatte er bisher ganz bewusst verdrängt, jetzt aber meldete er sich mit Macht zurück.

Chaplain drehte sich um und beobachtete die Tür gegenüber. Ob ihn dort jemand durch den Spion ausspähte? Auf Zehenspitzen trat er an die Tür und lauschte. Auch hier war nichts zu hören.

Weder rechts noch links war jemand zu Hause.

Die Lösung lag in der Mitte.

Chaplain öffnete das Flurfenster. Ein Sims, auf dem man sich problemlos fortbewegen konnte, verlief um das gesamte Stockwerk herum. Chaplain hatte sich erst vor wenigen Tagen am Hôtel-Dieu an einem solchen Sims entlangbewegt.

Er zog sich in den Flur zurück und beobachtete einige Minuten lang die gegenüberliegenden Fassaden, die den Innenhof begrenzten. Hinter den Fenstern war keine Bewegung zu sehen. Alles blieb ruhig. Am späten Vormittag – es war 11.30 Uhr – herrschte in der Rue de Naples Nummer 64 eine Stille wie in einer Kirche.

Er stieg über die Brüstung, betrat das Sims und hangelte sich an der Fassade entlang, wobei er dem drei Etagen unter ihm gelegenen Hof den Rücken zuwandte. Schon wenige Sekunden später erreichte er das erste Fenster von Medinas Wohnung. Ein kurzer, harter Schlag spaltete zwar die Scheibe, doch der Fensterkitt hielt sie an Ort und Stelle. Immer noch fürchtete Chaplain, dass ein unerwarteter Zeuge im Hof auftauchen könnte.

Vorsichtig ließ er den Arm durch den Spalt im Glas gleiten und drehte den Griff. Hastig schlüpfte er durch die Gardinen, schloss das Fenster wieder und beobachtete die umliegenden Fassaden. Nichts hatte sich bewegt. Er zog die Vorhänge zu. Ende der Vorstellung!

Sofort fiel ihm der staubige Geruch auf. Kein gutes Zeichen! Die Wohnung gehörte offenbar einer gut situierten Single-Frau. Ein großes Wohnzimmer, eine Hightechküche. Rechts zweigte ein Flur ab, der vermutlich zu einem oder zwei weiteren Zimmern führte. Die großzügig aufgeteilten Räume wirkten luftig und angenehm.

Vor einem großen, an der Wand befestigten Flachbildschirm stand eine L-förmige Couch. Die Einrichtung war schick, teuer und raffiniert, aber so staubig, dass seine Sorge zurückkehrte. *Langsam wird es beängstigend. Ich bin kurz davor auszuflippen.* War der 29. August für Medina ein verhängnisvolles Datum gewesen?

Auf einem Möbelstück stand das Foto einer Frau. Wie üblich weckte das Gesicht in ihm keinerlei Erinnerung. Sie war etwa dreißig Jahre alt und hatte dünnes blondes Haar. Ein slawischer Typ mit hohen Wangenknochen. Große schwarze Augen blickten sehnsüchtig in die Welt. Ihre Lippen waren rot und sinnlich. Chaplain musste an Schneewittchens vergifteten Apfel denken. Das Bild dieser Frau verströmte eine unglaubliche Erotik.

Dabei hatte er etwas ganz anderes erwartet. Die Stimme hatte eher nach kühler Eleganz und gebieterischer Schönheit geklungen, dem Namen nach hingegen hätte sie ein dunkles, üppiges Geschöpf arabischer Herkunft sein können. Was er jedoch sah, war ein hübsches Mädchen vom Land, aus einer Kolchose vielleicht. Möglicherweise stammte sie aus der Kabylei. Das Foto war auf einem Schiff aufgenommen. Chaplain fragte sich, ob er es vielleicht selbst auf einem gemieteten Segelboot gemacht hatte.

Er nahm das Bild aus dem Rahmen, steckte es in die Tasche und begann seinen Rundgang. Überraschende Entdeckungen machte er nicht. Er befand sich in der Wohnung einer modernen, wohlhabenden, intellektuellen Pariserin. Allerdings fand sich nirgends ein Hinweis auf einen Beruf oder irgendeine Tätigkeit. Hingegen gab es einige Anzeichen dafür, dass Medina Studentin war. In Regalen im Wohn- und Schlafzimmer sowie im Flur standen alphabetisch sortierte Bücher, die sich mit Philosophie, Literatur, Ethnologie und Philologie befassten. Schwere Kost.

In einer Schublade entdeckte Chaplain schließlich auch einen Studentenausweis. Medina Malaoui war achtundzwanzig Jahre alt und in den Promotionsstudiengang Philosophie an der Sorbonne eingeschrieben. Beim Weitersuchen fand er auch das Studienbuch. Sie stammte aus Nordfrankreich, hatte ihr Abitur in Saint-Omer und ihren Magister in Philosophie in Lille gemacht. In ihrer Doktorarbeit ging es um die Werke von Maurice Merleau-Ponty. Der Titel der Arbeit war drei Zeilen lang und klang ziemlich unverständlich.

Chaplain dachte nach. Womit verdiente Medina ihren Lebensunterhalt? Hatte sie einen reichen Papi? Einen Nebenjob? Antworten fand er keine, aber der Kleiderschrank warf neue Fragen auf. Prada, Chanel, Gucci, Barbara Bui. In den oberen Regalen lagen Handtaschen vom Feinsten, auf den unteren fand sich eine illustre Schuhsammlung. Wie konnte sich Medina diesen Luxus leisten? Seit wann war Philosophie derart einträglich? Oder war sie etwa die Komplizin seiner Machenschaften gewesen? *Langsam wird es beängstigend. Ich bin kurz davor auszuflippen.*

Er suchte weiter, fand aber nichts Persönliches. Weder Taschenkalender noch Laptop. Keine Rechnungen. Keine Behördenbriefe.

An der Eingangstür lag ein dicker Packen ungeöffneter Post. Der älteste Brief stammte von Ende August. Wie bei ihm selbst handelte es sich hauptsächlich um Werbesendungen. Auch hier fand er weder Rechnungen noch Kontoauszüge. Wahrscheinlich erledigte sie diese Dinge komplett im Internet. Aber wo war Medina? War sie tot? Viele Fragen drängten sich Chaplain auf. Wo hatte er diese Frau kennengelernt? Bei *sasha.com*? Oder auf einer Dating-Seite? Er stellte sich das Mädchen vom Foto bei einem von Sashas Abenden mit dem tibetanischen Gong vor. Sie hätte bestimmt Furore gemacht.

Ein letztes Mal suchte er nach Hinweisen auf eine überstürzte Abreise. Oder etwas noch Endgültigeres. Wie etwa verdorbene Lebensmittel im Kühlschrank. Oder ein wildes Durcheinander im Bad. Die vollen Schränke ließen darauf schließen, dass Medina sich nicht die Mühe gemacht hatte, einen Koffer zu packen.

Chaplain verließ die Wohnung auf dem gleichen Weg, wie er gekommen war. Seine einzige Beute steckte in der Innentasche seines Jacketts: das Foto einer hübschen, slawisch aussehenden Frau mit arabischem Namen. Mehr brauchte er nicht. Er hatte den traurigen Verdacht, dass Medina nicht mehr unter den Lebenden weilte.

Unter dem Deckengewölbe des Erdgeschosses tauchte wie aus dem Nichts eine etwa sechzigjährige Frau in blauem Kittel vor ihm auf, die einen Schrubber und einen Eimer Putzwasser durch den Flur schleppte.

»Zu wem wollen Sie?«

Zunächst wollte Chaplain lügen, doch dann besann er sich. Die Hausmeisterin konnte ihm vielleicht wichtige Informationen liefern.

»Zu Medina Malaoui.«

»Sie ist nicht da.«

»Verreist?«

»Ja, schon seit einiger Zeit.«

»Wie lange etwa?«

Die Frau warf ihm einen argwöhnischen Blick zu.

»Sind Sie ein Freund?«, fragte sie schließlich.

»Nein, einer ihrer Professoren«, improvisierte er. »Seit wann ist sie fort?«

»Schon seit ein paar Monaten. Aber die Miete ist bezahlt.«

»Hat sie denn gar nichts gesagt?«

»Sie sagt nie etwas, die Kleine.«

Ihr Tonfall klang verächtlich.

»Ein sehr zurückhaltendes Mädchen. Und ausgesprochen ... eigenwillig.«

Chaplain heuchelte Besorgnis.

»Aber eine derart lange Abwesenheit ist doch nicht normal! An der Universität hat sie niemandem Bescheid gesagt.«

»Ach, machen Sie sich keine Sorgen. Dieser Art Mädchen passiert schon nichts.«

»Wie meinen Sie das?«

Die Hausmeisterin stützte sich auf ihren Schrubber.

»Wenn Sie ihr Professor sind, gebe ich Ihnen einen guten Rat.«

Chaplain zwang sich zu einem Lächeln.

»Schauen Sie sich die Taschen Ihrer Studentinnen an. Wenn das Mädchen eine Umhängetasche, einen Rucksack oder eine Tasche aus Jeansstoff bei sich hat, gibt es kein Problem. Aber wenn eine Studentin mit Chanel, Gucci oder Balenciaga bei den Vorlesungen auftaucht, hat sie einen anderen Job, das können Sie mir glauben. Als Nachtarbeiterin, wenn Sie wissen, was ich meine.«

Die gute Frau schien nicht nur über Luxusmarken, sondern auch über das studentische Leben ausgezeichnet informiert zu sein. Aber sie hatte wohl recht. Medinas gesamte Wohnung ließ derartige Rückschlüsse zu. Ein Inbegriff der neureichen Protzerei des Pariser Nachtlebens. Hatte Medina vielleicht als Escort-Girl gearbeitet? War er selbst einer ihrer Kunden gewesen?

Er gab sich entrüstet.

»Medina war ausgesprochen seriös und ...«

»Aber offensichtlich führt sie ein Doppelleben.«

»Haben Sie irgendeinen Beweis für Ihre Behauptung?«

»Sie ging jeden Abend aus und kehrte nie vor dem frühen Morgen zurück. Glauben Sie vielleicht, dass sie als Nachtwächterin arbeitete?«

Chaplain wollte sich entfernen, doch die Hausmeisterin hielt ihn zurück.

»Wenn ich sie sehe, soll ich sagen, dass Sie da waren?«

Er nickte zerstreut.

»Und wie heißen Sie?«

»Ach, vergessen Sie es.«

Nur Sekundenbruchteile später drückte er den Türöffner des Eingangstores und hatte gerade noch Zeit, nach links zu verschwinden. Ein Zivilfahrzeug parkte in der zweiten Reihe. Zwei Männer stiegen aus, die Chaplain sofort als Bullen erkannte.

Im Weggehen hörte er, wie sich das Tor hinter ihm öffnete. Die Polizisten mussten einen Universalschlüssel besitzen. In seinem Kopf überschlugen sich die Gedanken. Hatte Anaïs ihn verraten? Nein, unmöglich. Sorgte man sich plötzlich um Medina Malaouis Schicksal? Eher unwahrscheinlich. Es gab nur eine einzige Erklärung: Anaïs wurde im Gefängnis überwacht. Als sie die Auskunft über die unterdrückte Nummer einholte, war das Telefonat mitgeschnitten worden, und man wollte wissen, warum die Polizistin sich ausgerechnet für diese Nummer interessierte.

Chaplain rannte auf der Suche nach einer Metrostation oder einem Taxi den Boulevard Malesherbes hinunter. Er dachte an das hübsche Gesichtchen mit den hohen Wangenknochen. Das alles klang sehr deutlich nach Leichenrede. Was war am 29. August geschehen? War er zu spät gekommen? Hatte er sie etwa selbst getötet?

Es gab nur eine Möglichkeit, es zu erfahren.

Er musste Medinas Kolleginnen finden.

Sich in die Welt der It-Girls einführen.

Die Eintrittskarte dazu besaß er.

Er legte die nagelneuen Pässe auf das Armaturenbrett.
»Hier sind schon einmal zwanzig Stück. Die restlichen zehn bekommst du morgen.«

Chaplain hatte die ganze Nacht hindurch an den Dokumenten gearbeitet und nach und nach die richtigen Handgriffe, Praktiken und Anforderungen eines wahren Fälschers wiederentdeckt. Er wurde erneut zu Nono dem Experten, Nono mit den goldenen Fingern.

Yussef, der am Steuer seiner Mercedes S-Klasse saß, griff vorsichtig nach den Papieren. Er blätterte sie durch, studierte sie bis ins Detail und betastete sie. Chaplain saß neben ihm. Amar auf der Rückbank sah aus, als ob er sich ausruhte. In Wirklichkeit jedoch war er in voller Alarmbereitschaft.

Yussef nickte und reichte die Pässe seinem Adlatus, der sie durch ein Gerät laufen ließ – vermutlich irgendein Detektor.

Sekunden tropften wie glühendes Blei. Chaplain versuchte sich auf den verschwenderischen Luxus der Fahrgastzelle zu konzentrieren: die Täfelung aus Vogelaugenahorn, die schwarzen Ledersitze, das integrierte Navigationssystem ...

Durch die abgedunkelte Windschutzscheibe sah er das Asyl Saint-Maurice im Schatten der Metro, die auf dem Boulevard de la Chapelle oberirdisch verkehrte. Welten lagen zwischen dem pompösen Wagen und den illegalen Einwanderern, die sich ängstlich und ärmlich dort draußen drängten.

Gegen 13.00 Uhr hatte er Yussef angerufen. Der Bosnier hatte sich mit ihm vor dem Asyl verabredet, wo man Männer, Frauen und ganze Familien untergebracht hatte, die ohne Papiere nach Frankreich eingewandert waren und kein Dach über dem Kopf hatten. Aus diesen Menschen bestand die Klientel des Bosniers.

Amar streckte den Arm zwischen den Vordersitzen hindurch und gab Yussef die Pässe zurück.

»In Ordnung«, sagte er.

Die merkwürdigen Mundwinkel Yussefs verzogen sich zu einem Lächeln.

»Du noch immer gut.«

»Morgen bekommst du den Rest.«

»Ist okay, jetzt nicht von Bezahlen reden?«

»Ich bin schon froh, dass ich so davongekommen bin.«

Yussef fächerte die Pässe, als handelte es sich um ein Kartenspiel.

»Unser Nono! Glaubt immer, dass ein bisschen schlauer ist als andere!«

Fasziniert betrachtete Chaplain dieses Fliegengewicht von Mann, das so viel natürliche Autorität verströmte. Yussef trug einen weiten olivfarbenen Pullover aus Beständen der britischen Armee, der an Schultern und Ellbogen mit Stoffapplikationen verstärkt war. Der Mercedes war sein Panzer.

»Aber ich möchte dich um einen Gefallen bitten.«

»Sicher«, sagte Yussef und beobachtete die Gestalten vor dem Auto.

»Ich brauche eine Waffe.«

»Das aber teuer.«

»Ich biete dir Aufenthaltsgenehmigungen für einen ganzen Transport.«

»Wozu du willst Waffe?«

»Persönliche Gründe.«

Yussef antwortete nicht. Immer noch musterte er die Illegalen, die sich unsichtbar zu machen suchten. Schließlich machte er Amar ein Zeichen. Der Koloss stieg aus. Chaplains Eindruck verstärkte sich: Der Bosnier konnte ihn ganz gut leiden, und das musste auch früher schon so gewesen sein.

Der Kofferraum ging auf.

Die Szene hatte etwas Surreales. Auf der einen Seite die Festung aus Karbon und Edelholz, auf der anderen die Illegalen, die draußen auf der Straße warteten. Der Mercedes diente gleichzeitig als Verwaltungsbüro, Arsenal, Bank und Safe.

»Habe ich dir erzählt, dass ich Probleme mit meinem Gedächtnis habe?«

»Hast du. Auch erzählt, dass du warst sehr durch den Wind.«

»Ich habe keine Ahnung mehr, wie wir uns kennengelernt haben.«

Yussef nickte und zwinkerte. Nonos Problem schien ihn zu amüsieren.

»Ich dich getroffen auf Place de Stalingrad im März. Du mit Kreide auf Boden gemalt. Leute geben dir Geld dafür, du davon leben. Dein Kopf ganz, ganz leer. Du nicht wissen deinen Namen.«

»Und warum hast du mir geholfen?«

»Wegen Bildern, die du gemalt hast. Erinnern mich an *stećci*, alte Grabsteine bei mir zu Hause.«

Amar kam zurück. Er hielt eine Pistole in der Hand, die er mit dem Lauf nach vorn über den Gangwähler reichte.

»Ist ein CZ 75«, erklärte Yussef. »Arschlöcher in Tschechien machen gute Arbeit.«

Die Waffe unterschied sich von der Glock, aber Chaplain steckte sie in die Tasche, ohne sich weiter darum zu kümmern. Missmutig gab Amar ihm drei Schachteln Munition.

Er wollte sich gerade bedanken, als Yussef mit unverwandtem Blick auf die Leute draußen fortfuhr:

»Du bei uns gewohnt, Freund. Wir dich gewaschen, dir Essen und Bett gegeben. Dein Kopf immer noch leer, aber du gut zeichnen. Du viel gelernt von meinen Fälschern.«

»Beschäftigst du noch mehr Fälscher?«

»Was du glauben? Dass ich auf dich warten, um französischen Staat reich machen?«

»Und ich war einverstanden?«
»Du angefangen zu arbeiten, *glupo*. Nur zwei Wochen und du waren besser als andere. Du begabt, du Instinkt. Kennen Tinte, Drucken, Stempel ...« Er zählte an den Fingern ab. »Du sofort alles kapiert. Ein Monat später, du viel Bezahlung. Du eigenes Labor eingerichtet, ganz allein. Bei anderem Mann ich vielleicht wütend. Aber du – ich dir vertrauen. Deine Arbeit immer pünktlich kommt.«

Nono hatte also länger existiert als die anderen. Von März bis September 2009. Er hatte Zeit gehabt, sich eine Wohnung zu suchen und einen offiziellen Status zu erlangen. Er hatte das Atelier angemietet, ein Bankkonto eröffnet und seine Gebühren bezahlt. Und das alles mit falschen Papieren.

»Und ich habe dir nie meinen Namen gesagt?«
»Nach viel Zeit du gesagt, dass heißen Nono. Du kommen aus Le Havre und dort arbeiten als Drucker. Dummes Zeug. Aber deine Lieferungen immer gut. Nie Probleme. Aber eines Tages du verschwunden.«

Er lachte kurz auf und packte Chaplain am Nacken.
»Saukerl!«

Chaplain verstand das Wunder Mathias Freire immer besser. Wahrscheinlich hatte er sich selbst Papiere auf diesen Namen ausgestellt. Allerdings hätte dies bedeutet, dass er diese Dokumente auch bei sich gehabt hatte, als er Victor Janusz und Narcisse war. Unmöglich. Eher war es so, dass er seine Begabung wiederentdeckt hatte, als er sich abermals auf dem Grund eines großen Nichts wiederfand. Er hatte Mathias Freire erfunden, einen Ausweis und die nötigen Papiere hergestellt und sich um den Job in Pierre-Janet beworben.

Yussef schnalzte mit den Fingern. Im Handumdrehen erschienen zwei winzige Gläser auf der Armlehne, die die beiden Vordersitze voneinander trennten. Amar beugte sich mit einer Flasche in der Hand nach vorn. Yussef schwenkte sein Glas.

»Živjeli!«

Chaplain kippte seinen Schnaps in einem Zug. Das Gebräu war so sämig wie Lack. Er hustete heftig. Der Alkohol verbrannte seine Kehle, wärmte ihm die Brust und betäubte seine Gliedmaßen.

Yussef brach in sein zu kurzes Lachen aus, das sofort wieder von seinen Jokerlippen verschwand.

»*Polako*, Nono. Das Spezialität, du vorsichtig kosten.«

Er winkte Amar, ihm erneut einzuschenken. Chaplain standen Tränen in den Augen. Nur noch verschwommen erkannte er die Gestalten, die mit hängenden Schultern und gekrümmten Rücken draußen warteten. Sie gehörten allen möglichen Ethnien an: Schwarze, Nordafrikaner, Schlitzaugen, Inder, Slawen.

»Wie schaffen sie es?«, fragte er.

»Was? Überleben?«

»Die Pässe zu bezahlen.«

Yussef lachte.

»Du die Leute angesehen? Diese da kaufen Aufenthaltsgenehmigung.«

»Aber das beantwortet nicht meine Frage: Wie schaffen sie es?«

»Sie in Raten zahlen oder machen Schulden. Irgendwie geht immer.«

Chaplain verspürte eine leichte Übelkeit. Er hatte an diesem Handel teilgenommen und zur Versklavung dieser Leute beigetragen. Wie konnte er nur so tief sinken?

»Habe ich dir nie etwas anderes erzählt?«, fragte er erneut. »Etwas über meine Vergangenheit? Oder wie ich gelebt habe?«

»Nichts. Du Bestellung annehmen und verschwinden. Später kommen wieder mit Papiere. Die immer *u redu*.«

»Und das ist alles?«

»Du dich verändert.«

»In welcher Hinsicht?«

Yussef ließ den Zeigefinger unter das Revers seiner Paul-Smith-Jacke gleiten.

»Du immer besser angezogen. Gekämmt. Sogar Parfüm benutzen. Ich glaube, du großer Hurenbock.«

Die Gelegenheit war zu verlockend. Chaplain nippte an seinem Schnaps und spielte seinen Trumpf aus.

»Ich suche nach Mädchen.«
»Mädchen?«
»Professionelle.«
Yussef lachte.
»Was mit deinen Verbindungen?«
»Leider erinnere ich mich nicht mehr an die Nummern.«
»Ich dir vorstellen kann. Mädchen von meinem Land. Die besten.«
»Nein danke. Ich möchte Mädchen aus dem Süden. Aus Nordafrika.«

Yussef schien verärgert. Seine Reptilaugen blitzten auf. Ihre Farbe erinnerte Chaplain an das gefährliche Leuchten des zähflüssigen Schnapses in den kleinen Gläsern. Er bekam es mit der Angst zu tun, doch plötzlich hoben sich die Mundwinkel wieder, und die Augen blinzelten.

»Du gehen zu Sophie Barak.«
»Wer ist das?«
»Alle Mädchen aus Nordafrika bei ihr.«
»Und wo finde ich sie?«
»Hotel Theodor. Dort ihr Hauptquartier. Ist eine Sackgasse bei der Rue d'Artois. Du sagen, kommen von mir. Sie bei mir kaufen Papiere für Mädchen.«
»Ist sie nett?«

Yussef kniff ihn in die Wange.

»Mit dir kein Problem. Sie mögen kleine Arschlöcher wie du bist.«

»Und was tue ich, wenn ich selbst auf die Jagd gehen möchte?«

Yussef blickte Amar an. Zum ersten Mal war auf den Lippen des Riesen eine Art Lächeln zu erkennen.

»Wenn Gazelle jagen, muss zur Tränke gehen. Bei Johnny's in der Rue Clément Marot. Dort du finden. Wir treffen morgen. Du bringen andere Pässe. Dann weitersehen.«

»Weiter?«

»Die ganze Ladung, *glupo*. Du haben selbst gesagt. *Odjebi*.« Mit diesen Worten steckte er ihm zwei Fünfhundert-Euro-Scheine in die Jackentasche.

»Du eine auf meine Gesundheit vögeln.«

»Was hast du da bloß angerichtet?«

Anaïs saß wieder im Sprechzimmer. Ein zorniger Solinas spielte zum wiederholten Mal eine Reihe von Bildern auf seinem Laptop ab. Es handelte sich um ihr Treffen mit Freire, das von einer Sicherheitskamera gefilmt worden war.

»Ich kann nichts dafür«, sagte Anaïs. »Ich ...«

»Schnauze. Dir ist klar, dass du dran bist, oder?«

»Aber ich kann doch wirklich ...«

Solinas schob seine Brille auf seinen Schädel. Seine Kiefermuskeln zuckten nervös.

»Als man mir das hier vorgespielt hat, glaubte ich an eine Halluzination. Der Kerl ist doch gestört!«

»Er hat Angst.«

»Angst?« Der Polizist lachte bitter. »Ich würde eher sagen, dass er der dreisteste Schweinehund ist, dem ich je begegnet bin. Was wollte er überhaupt?«

»Eine Telefonnummer identifizieren.«

»Sonst nichts?«

»Sonst eigentlich nichts. Wenn ich dir sage, dass er unschuldig ist und auf eigene Faust ermittelt, weiß ich ja ohnehin, was du mir antwortest.«

»Wenn er sich nichts vorzuwerfen hat, soll er sich stellen. Wir tun dann schon unsere Arbeit.«

Mittagessenszeit war fast vorüber. Ein unangenehmer Geruch legte sich wie ein Fettfilm auf die Haut.

Sie betrachtete die Bilder auf dem Bildschirm. Freire, der ihre Hände nahm. In diesem Augenblick hatte er den Zettel zwischen die Finger gleiten lassen, doch das war auf dem Bild nicht zu erkennen.

»Er hat kein Vertrauen«, murmelte sie.

»Ach nein?« Solinas klappte den Laptop zu. »Ich auch nicht. Immerhin wissen wir jetzt, auf wessen Seite du stehst.«

»Tatsächlich?«

»Man hat mir erzählt, dass ihr miteinander schlaft. Ich habe es nicht geglaubt, aber da habe ich mich wohl geirrt.«

»Sag mal, spinnst du? Dieser Mann hat ein unglaubliches Risiko auf sich genommen, um ...«

»Genau das meine ich ja. Da, wo ich herkomme, nimmt man solche Risiken nur aus zwei Gründen auf sich: für Kohle oder für einen Fick.«

Anaïs wurde rot, musste aber grinsen. In der ordinären Sprache von Solinas war das ein Kompliment.

»Was hat er dir über das Mädchen gesagt?«

»Gar nichts.«

»Wusste er nicht, dass sie eine Nutte war?«

»Medina Malaoui?«

»Aktenkundig seit 2008. Seit September 2009 ist sie allerdings wie vom Erdboden verschluckt.«

»Habt ihr euch nach ihr umgesehen?«

»Was glaubst du wohl? Die Telefone hier im Gefängnis werden überwacht. Meine Jungs sind natürlich sofort hingefahren, aber sie waren nicht die Ersten. Gleich heute Morgen ist laut Hausmeisterin schon jemand dort gewesen. Der Personenbeschreibung nach könnte es dein Freund gewesen sein. Er und wir suchen also das Gleiche.«

»Nämlich?«

»Vielleicht das hier.«

Solinas legte einen Schnellhefter auf den Tisch. Anaïs kannte diese Art von Akte. So sahen Protokolle von eingestellten Ermittlungen aus. Sie schlug den Hefter auf und erblickte grauenhafte Fotos einer ertrunkenen Frau. Nackt, das Gesicht zerstört, der Unterkiefer aus den Gelenken gerissen, die Finger abgeschnitten.

»Die Leiche könnte die des Mädchens sein. Hast du die Verstümmelungen gesehen? Ganz schön schrecklich.«

»Warum glaubt ihr, dass es sich um Medina handelt?«

»Weil man diese Tote am 7. September aus der Seine gefischt hat. Größe, Haar- und Augenfarbe stimmen überein. Das ist zwar nicht viel, aber meine Jungs haben gesagt, dass ihre Wohnung schon lang nicht mehr benutzt worden ist. Unseren Quellen zufolge ist sie seit Ende August nicht mehr gesehen worden. Daraufhin haben wir alle nicht geklärten Todesfälle seit diesem Datum überprüft. Und das da ist dabei herausgekommen. Wenn du mich fragst, ist sie es.«

Anaïs zwang sich, genauer hinzusehen. Die Verstümmelungen und die Veränderungen durch die Zeit im Wasser hatten die Tote stark entstellt. Ihr vom Wasser aufgedunsenes Gesicht trug Bissspuren von Fischen und Würmern. Die Augenhöhlen sahen aus wie Pestbeulen, der Mund war nur noch eine klaffende Wunde.

Auch Bauch und Gliedmaßen waren aufgequollen. Leichenflecken, Verletzungen und Hämatome verliehen der Haut ein gelblich blaues Leopardenmuster.

»Was genau war die Todesursache?«

»Sie ist nicht ertrunken, wenn du das meinst. Als man sie ins Wasser warf, war sie bereits tot. Laut Gerichtsmedizin hat sie ungefähr eine Woche im Wasser gelegen. Die Leiche ist von der Strömung mitgerissen worden und hat einige ordentliche Stöße abbekommen. Leider ist nicht mehr feststellbar, was man ihr vor ihrem Tod angetan hat und was danach kam. Eines allerdings ist sicher: Dass man ihr den Kiefer herausgerissen und die Finger abgeschnitten hat, sollte die Identifikation erschweren.«

»Gibt es irgendeinen Zusammenhang mit unseren Morden? Ich meine den Modus Operandi.«

»Im Prinzip nicht. Wir haben nicht den geringsten Hinweis auf ein wie auch immer geartetes Ritual, und in ihrem Blut wurde kein Heroin gefunden. Allerdings wurde sie auch erst sehr spät entdeckt.«

»Hatte sie eine Verletzung an der Nase?«

Solinas starrte sie verblüfft an. Der Eingriff an der Leiche von Patrick Bonfils war ihm offenbar nicht bekannt. Anaïs hielt es für besser, das Thema fallen zu lassen.

»Der Doc sagt, dass man ihr das Gesicht mit irgendeinem schweren Gegenstand zertrümmert hat.«

»Habt ihr ihre Kunden unter die Lupe genommen?«

»Die Ermittlungen gehen gerade erst los. Und ganz ehrlich: Nach mittlerweile sechs Monaten sind die Aussichten, den Täter zu schnappen, ziemlich gering.«

»Und die Wohnung?«

»Wurde durchsucht. Man fand dort auch Fingerabdrücke von deinem Spinner. Sonst nichts, was uns weiterhilft.«

Anaïs klappte die Akte zu.

»Und was ist deine Meinung?«

»Ein verrückter Freier, der genau wusste, was er tat. Oder irgendwelche professionellen Killer.«

»Aber wer könnte sie beauftragt haben? Und warum?«

Solinas machte eine hilflose Geste.

»Klassisch wäre die Nutte, die zu viel wusste.«

Eine mögliche Spur. Trotzdem war sich Anaïs fast sicher, dass die Mörder in den Reihen von Mêtis oder den militärischen Partnern des Konzerns zu suchen waren. Die gleichen Leute, die Patrick Bonfils und seine Frau ermordet und im Leichenschauhaus das Implantat entfernt hatten. Die Jean-Pierre Corto zu Tode gefoltert hatten. War Medina Malaoui über die Versuche des Unternehmens informiert gewesen? Und wenn ja, warum? Worin könnte die Verbindung zwischen einem Escort-Girl und einer medizinischen Versuchsreihe bestehen?

»Es gibt noch eine andere Hypothese«, fuhr Solinas fort.

Anaïs warf ihm einen fragenden Blick zu.

»Dein Schatz hat sie auf dem Gewissen.«

»Unmöglich.«
»Er wird verdächtigt, die Penner kaltgemacht zu haben. Warum nicht auch eine Kanakenfotze?«
Anaïs schlug mit der flachen Hand auf den Tisch.
»Das ist doch alles Lüge!«
Solinas lächelte. Das sadistische Grinsen eines Folterers, der eine Wunde quetscht. Anaïs spürte, wie ihr Kinn zitterte. Sie ballte die Fäuste. Bloß jetzt nicht weinen. Schon gar nicht vor diesem Schwein. Ihre Wut half ihr über die Schwäche hinweg.
»Hat er dir gesagt, wonach genau er sucht?«
»Nein.«
»Und wo er sich versteckt?«
»Was glaubst du wohl?«
Der Bulle zuckte die Schultern unter seiner schlecht sitzenden Jacke.
»Hat er dir eine Nummer oder eine Kontaktadresse gegeben?«
»Natürlich nicht.«
»Wie hast du ihm die Informationen über die Malaoui zukommen lassen?«
Anaïs biss sich auf die Unterlippe.
»Vergiss es. Von mir erfährst du nichts.«
Ihre Verteidigung war mehr als dürftig. Plötzlich wurde ihr klar, dass sie auch nicht mehr Fantasie an den Tag legte als die kleinen Gauner, denen sie tagtäglich in ihrem Büro in Bordeaux gegenübergesessen hatte. Solinas massierte sich den Nacken, als sei ihm ihre Antwort völlig egal.
»Es geht mich ohnehin nichts mehr an«, erklärte er. »Der Fall wurde von der Vermisstenabteilung übernommen.«
Er unterbrach seine Massage und griff mit beiden Händen nach dem Tischrand.
»Mir ist wichtig, den verrückten Mörder zu erwischen – ob es nun Janusz oder ein anderer ist. Bist du mit der anderen Sache weitergekommen?«

»Welcher anderen Sache?«

Er zog ein weiteres Foto aus seiner Aktentasche. Es zeigte die Leiche von Hugues Fernet, dem Riesen von der Brücke Pont d'Iéna.

»Um welchen Mythos handelt es sich in diesem Fall?«

Anaïs sah sich nicht in der Lage, ihn auszutricksen.

»Um die Sage von Uranus, einem der Urgötter. Er wurde von seinem Sohn Kronos entmannt, der dadurch die Macht übernahm.«

Der Polizist beugte sich nach vorn. Seine Stirn unter der Brille furchte sich. Anaïs legte noch einen drauf – nur so würde sie es schaffen, aus diesem Gefängnis herauszukommen.

»Es handelt sich um einen Serienmörder, Solinas. Im August 2009 tötete er in Paris Hugues Fernet. Dabei ließ er sich vom Uranus-Mythos inspirieren. Im Dezember 2009 brachte er in Marseille Tzevan Sokow um und machte ihn zum Ikarus. Im Februar 2010 ermordete er Philippe Duruy und machte ihn zum Minotaurus. Wir haben hier einen mythologischen Mörder – einen einmaligen Fall in der Kriminalgeschichte. Aber um seiner habhaft zu werden, brauchst du mich.«

Solinas saß wie erstarrt da. Er fixierte Anaïs, als wäre sie das Orakel von Delphi und hätte ihm gerade sein Schicksal als Held einer Sage verkündet.

»Nach Ikarus und dem Minotaurus geht es in der Geschichte von Uranus auch wieder um einen Vater-Sohn-Konflikt«, fuhr sie fort. »Es ist zwar eine dünne Grundlage, aber dort müssen wir ansetzen. Unser Mörder ist entweder ein enttäuschter Vater oder ein wütender Sohn. Und jetzt hol mich hier raus, in Gottes Namen! Ich bin die Einzige, die dir helfen kann, diesem Irren das Handwerk zu legen.«

Solinas beachtete sie nicht mehr. Sie aber erkannte in seinen Augen, was in seinem Kopf vorging: ein Fall wie ein weihnachtlich dekoriertes Schaufenster, eine spektakuläre Beförderung, ein direkter Aufzug in die oberste Etage.

Solinas stand auf und klopfte an die Glastür.

»Ich lasse dir die Akte da. Mach deine Hausaufgaben. Ich melde mich.«

Mit diesen Worten war er draußen. Anaïs fuhr sich mit beiden Händen über das Gesicht, als wollte sie ihre Züge glätten. Sie wusste nicht mehr genau, worum sie eigentlich kämpfte. Aber sie hatte eine Runde gewonnen.

Chaplain hatte einen Palast aus Gold und Marmor erwartet, doch das Theodor war ein kleines, etwas zurückgesetztes Gebäude im Art-déco-Stil und lag in einer Sackgasse, die von der Rue d'Artois abging. Als er sich dem Haus aber näherte, begriff er, dass die wenig üppigen Ausmaße, die Lage und die offensichtliche Bescheidenheit des Anwesens einen viel größeren Luxus darstellten als bei großen Häusern im Stil des George V oder des Plaza Athénée.

Er durchquerte einen mit Kies bestreuten Hof und erreichte den unter einer Markise liegenden Eingang. Es gab weder einen Portier noch ein Schild oder Fähnchen. Alles an diesem Haus wirkte äußerst diskret. Die Halle war mit dunklem Holz getäfelt; am Ende des Raums knisterte ein offenes Kaminfeuer, vor dem einige Sessel standen. Der Empfang ähnelte einer minimalistischen Holzskulptur. In hohen Glasvasen blühten weiße Orchideen.

»Kann ich Ihnen behilflich sein, mein Herr?«

»Ich bin mit Madame Sophie Barak verabredet.«

Der Mann, der eine dunkelblaue Seidenjacke mit Maokragen trug, hob ein Telefon ab und sprach leise in den Hörer. Chaplain beugte sich über die Empfangstheke.

»Mein Name ist Nono, und ich komme auf Empfehlung von Yussef. Sagen Sie ihr das bitte.«

Der Mann hob die Augenbrauen. Widerstrebend wiederholte er Nonos Worte und lauschte aufmerksam der Antwort, während er Chaplain aus dem Augenwinkel beobachtete. Schließlich legte er auf.

»Madame Barak erwartet Sie«, erklärte er mit sichtlichem Unwillen. »Zweite Etage, Suite 212.«

Chaplain nahm den Aufzug. Im ganzen Haus herrschte eine gewisse Zen-Atmosphäre: indirekte Beleuchtung, dunkle Wände, weiße Orchideen. Die Ausstattung war geeignet, entweder die Nerven zu beruhigen oder aber einen Tobsuchtsanfall auszulösen.

Als er aus dem Aufzug stieg und in Richtung der Suite ging, sah er im Flur drei ziemlich üppige Damen, die herumkreischten wie wohlgenährte Papageien. Sie küssten einander, tätschelten sich die Schultern und lachten viel zu laut. Alle drei waren über fünfzig, trugen farbige Schneiderkostüme, mit Haarspray betonierte Frisuren und viel glitzerndes Geschmeide, das wie ein Feuerwerk funkelte. Vermutlich waren es libanesische oder ägyptische Ehefrauen, die in Paris auf Shoppingtour gingen. Oder sie befanden sich im Exil und warteten darauf, dass ihre Ehemänner in ihrem Land wieder an die Macht kamen.

Langsam ging er auf sie zu und neigte grüßend den Kopf. Die kleinste der Damen, die auf der Schwelle des Zimmers stehen geblieben war, lächelte ihn strahlend an. Die blitzenden Zähne in ihrem dunkelhäutigen Gesicht erinnerten ihn an die antiken Skulpturen Babylons, an mit Elfenbein eingelegten Marmor.

»Komm rein, Kleiner. Ich bin gleich bei dir.«

Chaplain lächelte, um seine Überraschung zu verbergen. Der vertrauliche Ton ließ darauf schließen, dass sie sich kannten. Wieder ein Puzzlestück, das er vergessen hatte?

Er trat ein. Das erste Zimmer der Suite war im klassischen Stil eines hochpreisigen Hotels eingerichtet. Weiße Wände, beigefarbene Polstermöbel, Vorhänge in Goldtönen. Überall standen und lagen Gepäckstücke mit dem LV-Emblem von Vuitton herum. Aus einem halb geöffneten Schrankkoffer quollen Abendkleider. Die Ausstattung einer Abenteurerin, die nur fürstliche Gefilde bereiste.

Hinter sich hörte er das Lachen der Frauen auf dem Flur, dann wurde die Tür geschlossen. Als er sich umdrehte, funkelte Sophie Barak ihn böse an.

»Was hast du hier zu suchen? Hat Yussef dich geschickt?«

Verblüfft registrierte Chaplain den veränderten Tonfall. Doch zunächst wollte er sich Sicherheit verschaffen.

»Entschuldigen Sie, aber kennen wir uns?«

»Ich warne dich! Ich verhandle niemals direkt. Wenn du Yussef hintergehen willst ...«

»Ich bin auf der Suche nach Informationen.«

»Informationen?« Sie lachte kalt. »Das wird ja immer besser!«

»Ich mache mir Sorgen um eine Freundin.«

Sophie zögerte. Irgendetwas in Chaplains Auftreten schien sie zu verunsichern. Vielleicht, dass er so ehrlich wirkte. Auf jeden Fall sah er nicht aus wie ein Bulle. Sie ging quer durch das Zimmer, öffnete einen Schrank, nahm einen Arm voll Kleider heraus und stopfte sie ohne jegliche Umstände in eine große Tasche. Die hölzernen Kleiderbügel klapperten. Die Libanesin schien abreisen zu wollen.

Chaplain betrachtete sie. Ihre Haut war braun und ihr Haar schwarz und glänzend. Sie trug es toupiert wie in den sechziger Jahren. Ihre kleine, rundliche Gestalt versprühte eine atemberaubende Erotik. Unter der Kostümjacke blitzte eine weit ausgeschnittene weiße Bluse hervor. Die dunkle Spalte, die sie enthüllte, wirkte noch sinnlicher als ihr Lachen. Er konnte kaum die Augen abwenden.

Inzwischen stand sie wieder vor ihm, die Hände auf die Hüften gestützt. Mit der Höflichkeit einer Königin hatte sie ihm den kurzen Augenschmaus gegönnt.

»Und wie heißt deine Freundin?«

»Medina Malaoui.«

Ohne ihm zu antworten, öffnete sie die Tür und verschwand im Nebenzimmer. Vermutlich war es das Schlafzimmer. Chaplain wagte nicht, sich vom Fleck zu rühren.

»Kommst du?«

Er trat über die Schwelle und stand vor einem riesigen Bett, das mit orientalisch bestickten Kissen geschmückt war. Sophie Barak war verschwunden. Als er sich umsah, entdeckte er sie. Sie saß rechts von ihm vor einem Frisiertisch. Gerade wollte er seine Frage wiederholen, als sie sich plötzlich mit einer knappen Bewegung das Haar vom Kopf riss. Sophie Barak war vollständig kahl.

»Stell dich nicht so an«, schmunzelte sie und warf ihm im Spiegel einen Blick zu. »Es ist nichts dabei. Brustkrebs, Bestrahlung und Chemo.«

Sie zog die Kostümjacke aus und begann ohne die geringste Schamhaftigkeit ihre Bluse aufzuknöpfen.

»Seit ich krank bin, ist mir alles egal. Die Abendveranstaltungen, das Geld, die Kunden. Ich habe nichts mehr damit zu tun. Ich verschwinde. Meine Mädchen können tun, was sie wollen. Und diejenigen, die keine Papiere haben – na ja, sollen sie eben nach Hause zurückkehren, sich Kinder machen lassen und Ziegen hüten. *Inschallah!*«

Chaplain lächelte. Sie warf ihre Bluse über einen Stuhl und begann sich die Schultern einzucremen. Ihr schwarzer Büstenhalter hatte Mühe, die üppige Fülle zurückzuhalten. Auf ihrer braunen Haut sah man noch die Spuren der Markierungen, die für die Strahlentherapie angebracht worden waren.

»Was willst du von Medina?«

»Sie ist am 29. August verschwunden. Wir stehen uns zwar nicht übermäßig nah, aber ... Es ist jetzt ein halbes Jahr her, und ich habe nie wieder etwas von ihr gehört.«

Sophie musterte Chaplain mit ihren samtigen, mit Kajal umrandeten Augen, die ihn an *1001 Nacht* denken ließen. Er betrachtete die Markierungen auf ihrer Haut, die fast wie zarte Hennazeichnungen aussahen. Hier mischten sich der Orient, die Wüste und der Tod.

Schließlich stand sie auf und warf sich einen weißen Morgenmantel über die Schultern, den sie mit einem Frotteegürtel schloss.

»Leider weiß ich auch nicht mehr als du.«

»Hat sie Ihnen auch keine Nachricht hinterlassen?«

»Nein.«

Sie verschwand im Bad und drehte den Wasserhahn an der Wanne auf. Erst jetzt bemerkte Chaplain, dass sich noch jemand anders im Zimmer aufhielt. Es war eine kleine, unscheinbare, ohne jede Eleganz gekleidete Frau. Sie saß am Schreibtisch und arbeitete diskret und bescheiden wie eine Sklavin am Computer. Chaplain hielt sie für die Buchhalterin des Unternehmens Barak. Hier wurden nicht nur Koffer gepackt, sondern auch Konten verwaltet und vielleicht geschlossen.

Sophie kehrte ins Schlafzimmer zurück und wählte ein schwarzseidenes Abendkleid, das sie vorsichtig über das Bett breitete. Nach einem auf Arabisch gegebenen Befehl an ihre Gehilfin kniete sie sich vor einen der offenen Koffer, in dem sich Schuhe befanden.

»Was auch immer ihr passiert ist«, erklärte sie, während sie ein Paar getigerte Pumps auswählte, »sie ist selbst schuld. Wenn du sie wirklich kennst, weißt du es wahrscheinlich ebenso gut wie ich. Medina ist eine verdammte Idiotin.«

»Sagt Ihnen *sasha.com* etwas?«

»Woher kennst du diesen Namen?«

»Sie hat davon gesprochen.«

Sophie zuckte die Schultern und suchte aus einem anderen Koffer einen mit silbernen Buchstaben bestückten Gürtel heraus.

»Eine merkwürdige Mode«, murmelte sie.

»Eine Mode?«

»Einige Mädchen haben sich im vergangenen Frühjahr in diesen Club eingeschrieben. Ich verstehe es nicht. Dort kann man doch wirklich nur Loser kennenlernen. Typen ohne Geld. Scheiße eben!«

»Vielleicht waren sie auf der Suche nach einem Ehemann. Oder einem Lebensgefährten.«

Sophie lächelte nachsichtig.

»Das glaube ich kaum.«

»Haben Sie eine andere Idee?«

Nachdem sie Schuhe und Gürtel zum Kleid gelegt und begutachtet hatte, schien sie zufrieden. Das Badewasser lief noch immer.

»Keine Ahnung«, sagte sie und drehte sich zu ihm um. »Ich weiß etwas. Glaubst du allen Ernstes, ich lasse meine Mädchen umsonst vögeln? Ich habe mich natürlich auch umgehört.«

»Und was haben Sie gefunden?«

»Dass sie sich sehr wohl bezahlen lassen.«

»Und von wem?«

Sie breitete die Arme aus.

»Ich weiß nur, dass einige von ihnen nie mehr aufgetaucht sind. Drei Durchgänge bei Sasha, und man ist weg vom Fenster. So ist es.«

Chaplain dachte an die Gerüchte, von denen ihm Lulu 78 erzählt hatte. Trieb sich im Dating-Club ein Serienmörder herum? Jemand, der sich nur an den Escort-Girls vergriff, die dort nichts zu suchen hatten? Oder ging es um Menschenhandel? Aber warum machte man dann den Umweg über einen Club wie *sasha.com*?

»Ich kann mir nicht vorstellen, dass Sie sich so schnell zufriedengeben«, sagte er.

Sie trat ganz nah an ihn heran und strich zärtlich die Aufschläge seines Jacketts glatt.

»Ich habe dich gern, mein Kleiner. Deshalb möchte ich dir einen Rat geben: Lass die Finger davon. Es gibt ein unfehlbares Mittel, sich Ärger zu ersparen – man darf ihn einfach nicht provozieren.«

Mit diesen Worten begleitete sie ihn zur Tür. Die Audienz war beendet, die Pythia hatte gesprochen.

An der Tür wagte Chaplain eine letzte Frage.

»Sagt Ihnen der Name Mêtis etwas?«

Erneut lächelte Sophie. Ihre Nachsicht war zu Zärtlichkeit geworden. Er konnte sich sehr gut vorstellen, wie Sophie ihre Leute bei Laune hielt. Sie verströmte eine Art mütterlicher Wärme, die eine Gruppe fester zusammenschmieden konnte, als jede Drohung es vermocht hätte.

»Dass ich mein Geschäft so lange ausüben konnte, habe ich einer gewissen Protektion zu verdanken.«

»Von wem?«

»Von Leuten, die mir Schutz bieten können.«

»Das verstehe ich nicht.«

»Umso besser. Das System funktioniert nämlich in beide Richtungen. Sie schützen mich, ich schütze sie. Hast du das verstanden?«

Sie war eine orientalische Madame Claude.

»Mit anderen Worten: Mêtis hat etwas mit Macht zu tun.«

Sophie hauchte einen Kuss auf ihren Zeigefinger und drückte ihn Chaplain auf die Lippen. Gerade wollte sie die Tür schließen, als er sie ein letztes Mal zurückhielt.

»Medina war also nicht das einzige Mädchen, das zu den Treffen bei *sasha.com* ging. Können Sie mir vielleicht einen weiteren Namen nennen?«

Sie schien nachzudenken. Schließlich antwortete sie:

»Leila. Sie ist Marokkanerin, und ich glaube, dass sie den Unfug noch mitmacht. *Barak allahu fik!*

Sie hatte bis 17.00 Uhr warten müssen, ehe sie wieder in die Bibliothek durfte. Wie alle anderen hatte sie sich den Regeln des Gefängnisses zu unterwerfen – die jedoch wechselten von Tag zu Tag, um Fluchtmöglichkeiten zu unterbinden.

Als Erstes suchte sie nach Büchern über die Geschichte der Fotografie. Seit Le Coz von Daguerreotypien gesprochen hatte, setzte sie ihre ganze Hoffnung auf diese Spur. Wenn sie annahm, dass der mythologische Mörder diese Methode benutzte, um seinen Taten zur Unsterblichkeit zu verhelfen, musste sie sich zumindest mit der Materie vertraut machen.

Eigentlich war ihre Idee ganz einfach. Bisher war der Mörder ausgesprochen vorsichtig gewesen. Sie hatten weder die Herkunft des Heroins noch die des Wachses, der Federn oder der Flügel des Gleitschirms nachweisen können. Auch das Anästhetikum, mit dem der Opferstier betäubt wurde, hatte keine Spur geliefert. Zwischen dem Mörder und seinen Tatwerkzeugen war nicht die geringste Verbindung herzustellen. Aber vielleicht war er bei seinen Daguerreotypien weniger aufmerksam gewesen. Möglicherweise verrieten ihn die für eine so spezifische Technik notwendigen Produkte.

In den Büchern stand, dass die Erfindung des Pariser Malers Louis Jacques Mandé Daguerre aus der Mitte des 19. Jahrhunderts stammte. Die Technik beruht auf einer polierten, versilberten Kupferplatte, die durch Joddampf lichtempfindlich gemacht wurde. Man setzte sie dem durch das Objektiv einer Kamera einfallenden Licht aus, anschließend wurde das Bild mit Quecksilberdämpfen entwickelt und mit einer Hyposulfitlösung fixiert.

In den Büchern befanden sich Illustrationen, die zwar nicht

besonders qualitätsvoll waren, aber trotzdem wie Quecksilber zu glänzen schienen. Sie erinnerten Anaïs an die Widersprüchlichkeit von Träumen: gleichzeitig dunkel und hell, verschwommen und genau.

Als Nächstes wandte sie sich einer professionellen Abhandlung zu. Zwar begriff sie längst nicht alles, aber immerhin genug, um zu verstehen, dass die Technik langwierig und kompliziert war und die Belichtung sehr lange dauerte. War es wirklich möglich, dass der Mörder sich am Tatort die Zeit nahm, sein Werk mit einer derartigen Methode zu verewigen? Kaum zu glauben. Und doch existierte das Spiegelfragment, das man neben Ikarus gefunden hatte. Der Mörder musste die erste Platte zerbrochen und mit einer anderen weitergearbeitet haben. Er hatte die Scherben eingesammelt, aber ein Stück war offenbar seiner Aufmerksamkeit entgangen.

Jäh fragte sie sich, ob man Solinas eine detaillierte Abschrift ihres Gesprächs mit Le Coz gegeben hatte. Sie hielt es für unwahrscheinlich, denn er hatte das Wort Daguerreotypie nicht erwähnt. Mit anderen Worten: Sie allein verfolgte diese Spur.

Sie klappte die Bücher zu, schloss die Augen und stellte sich die Daguerreotypien der Tatorte vor. Der Minotaurus, Ikarus, Uranus ...

Plötzlich öffnete sie die Augen wieder. Sie sah die Platten nicht silbern, sondern golden. Oder vielmehr rötlich. Unbewusst hatte sie die chemische Abfolge der alten Technik mit einem bisher nicht gelösten Rätsel bezüglich der Leiche von Philippe Duruy in Zusammenhang gebracht. Mit dem Blut, das man ihm entnommen hatte. Wie, wenn der Mörder das Hämoglobin seines Opfers in den Entwicklungsprozess einbrachte? Wenn er den Lebenssaft nutzte, um die Leuchtkraft seiner Bilder zu verstärken?

Schon immer hatte Anaïs sich für Kunst begeistert. Geschichten fielen ihr ein. Legenden über Tizian, der angeblich Blut in seine Bilder eingearbeitet hatte. Auch Rubens sollte angeblich Blut benutzt haben, um Licht wärmer und Fleisch lebendiger darzustellen. Und da war noch ein anderer Mythos: Es hieß, dass im 17. Jahrhundert menschliches Blut gemischt mit Öl und bestimmten Farben dazu verwendet wurde, Leinwände zu grundieren. Die Qualität einer solchen Grundierung sollte alles andere in den Schatten gestellt haben.

Im Grunde war es ihr gleich, ob die Geschichten stimmten oder nicht – ihre Gedanken kreisten ununterbrochen um dieses Szenario. Sie hatte zu wenig Ahnung von Chemie, um sich vorstellen zu können, an welcher Stelle das Hämoglobin und das Eisenoxid ins Spiel kamen, aber sie war sich sicher, dass der Olymp des Mörders eine Kunstgalerie war, in der mit getrocknetem Blut und Goldchlorid behandelte Trägerplatten hingen.

»Chatelet, es ist Zeit.«

Die Aufseherin stand vor ihr. Anaïs' Frage, ob sie noch einige Seiten fotokopieren dürfe, wurde strikt verneint. Sie fügte sich.

Auch auf dem Weg den Gang entlang und an verschlossenen Türen vorbei wurde ihre Erregung nicht geringer. Daguerreotypien. Alchemie. Und Blut. Sie war überzeugt, etwas Wesentliches gefunden zu haben – doch wie sollte sie es überprüfen?

Statt einer Antwort krachte die Zellentür hinter ihr ins Schloss. Anaïs ließ sich auf ihr Bett fallen. Durch die Zellenwand hindurch hörte sie das Radio ihrer Nachbarin. Auf dem Sender NRJ wurde Lily Allen interviewt, die sich gerade in Paris aufhielt. Die englische Sängerin erzählte, dass sie Frankreichs First Lady Carla Bruni gut kenne.

»Könnten Sie sich vorstellen, einmal mit ihr im Duett zu singen?«, fragte der Moderator.

»Ich weiß nicht recht. Carla ist sehr groß, und ich bin winzig. Vielleicht sollte ich lieber mit Sarkozy singen.«

Unwillkürlich musste Anaïs lächeln. Sie bewunderte Lily Allen. Vor allem gefiel ihr der Song 22, der in wenigen Worten die Verzweiflung einer Dreißigjährigen schildert, die feststellen muss, dass ihre besten Zeiten vorüber sind. Jedes Mal, wenn sie den Videoclip des Songs sah – Mädchen, die sich im Waschraum eines Nachtclubs zurechtmachen und dabei auf einen Neuanfang in ihrem Leben hoffen –, erkannte sie sich selbst.

Sie schloss die Augen und kehrte in Gedanken zu ihren mythischen Bildern zurück.

Daguerreotypien, auf denen Blut glänzte.

Sie musste unbedingt hier raus.

Sie musste die Spur dieses Ungeheuers finden.

Sie musste diesem blutgierigen Raubtier das Handwerk legen.

Das nächste Speed-Dating fand in einer angesagten Bar im 9. Arrondissement statt. Das Vega hatte nichts mit der tropischen Atmosphäre des Pitcairn gemein. Die Inneneinrichtung bestand aus Chrom und LED-Lampen. Die Bar war von innen beleuchtet und verströmte blaues Aquariumslicht. Die Sitzgelegenheiten, zwischen denen silberne Würfel als Tische aufgestellt waren, hatten die Form von Einzellern.

Auf der Bar standen mehrere Gläser mit Blue Lagoon, einem Cocktail auf der Basis von Curaçao, die im Halbdunkel zu fluoreszieren schienen. Aus der Musikanlage tönte sanfter Elektropop.

In der Garderobe hingen Edelstahlrahmen mit Bildern von Vega, einer Figur aus dem japanischen Manga *Goldorak* aus den späten 1970er Jahren. Die Ausstattung der Bar stand ganz im Zeichen des hässlichsten Jahrzehnts des 20. Jahrhunderts – den Achtzigern.

Das Treffen sollte um 21.00 Uhr beginnen. Chaplain erschien bereits um 20.30 Uhr. Er wollte Sasha überraschen. Die Mulattin stand noch im Mantel in der leeren Bar und verteilte nummerierte Karten auf jedem Tisch. Sie hatte ihn nicht gehört, und er nutzte diesen Vorteil, um sie zu beobachten.

Mit ziemlicher Sicherheit stammte Sasha von den niederländischen Antillen. Sie trug ihr Haar kurz geschnitten, war fast einen Meter achtzig groß und hatte eine athletische Figur mit ungewöhnlich langen Armen. Trotz ihrer Schönheit wirkte ihre Gestalt schwer und massiv. Man hätte sie sogar für einen Transvestiten halten können.

»Hallo, Sasha«, ließ er sich aus dem Halbdunkel vernehmen. Sie fuhr zusammen. Doch sofort hatte sie sich wieder im

Griff, lächelte und schlüpfte in ihre Lieblingsrolle – die einer gütigen Göttin, die über eine Legion einsamer Herzen herrschte.

Als sie jedoch Chaplain erblickte, wich ihr Wohlwollen sofort eisiger Feindseligkeit. Er trat zu ihr, um sie zu begrüßen, wusste jedoch nicht, ob er sie küssen oder ihr nur die Hand schütteln sollte. Sasha wich einen Schritt zurück. Unter ihrem dunklen Mantel trug sie ein strenges schwarzes Kleid und dazu ebenfalls schwarze, sehr edle Pumps. Unter den LED-Lampen wirkte ihre karamellfarbene Haut wunderbar golden, und ihre smaragdgrünen Augen nahmen die Farbe klarer Bergseen an.

Auch sie musterte ihn. Sein Outfit schien sie zu bestürzen. Er trug ein violettes Hemd, einen Flanellmantel, eine gerade geschnittene Hose aus Wollserge und schicke, sehr spitze Lackschuhe. Er hatte angezogen, was ihm in Nonos schriller Garderobe gerade in die Hände gefallen war.

»Schnelle Abspritzer haben in meinem Club keinen Zutritt. Ich dachte, ich hätte mich da klar ausgedrückt.«

Wahrscheinlich hatte Sasha ihm irgendwann früher die Teilnahme an ihren Abenden verboten.

»Aber seit damals ist viel Wasser die Seine hinuntergeflossen«, sagte er aufs Geratewohl.

»Gerüchte sind aber nicht so schnell totzukriegen.«

Sie sprach mit einem ganz leichten kreolischen Akzent. Chaplain setzte auf Provokation.

»Für dich zählt immer nur dein Club, nicht wahr?«

»Was denn sonst? Männer? Dass ich nicht lache!«

»Aber immerhin ist die Liebe die Grundlage deines Geschäfts.«

»Nicht die Liebe. Die Hoffnung.«

»Wir verstehen uns.«

Sasha trat einen Schritt auf ihn zu.

»Was willst du, Nono? Wieso kommst du nach allem, was passiert ist, hierher zurück und schwingst schöne Reden?«

»Was genau ist denn passiert?«

Die junge Frau schüttelte resigniert den Kopf.

»Du hast den Frauen Angst gemacht und die Männer in den Schatten gestellt. Und mir raubst du den letzten Nerv.«

Chaplain zeigte auf die beleuchtete Bar.

»Erlaubst du, dass ich mir etwas anderes einschenke als dieses blaue Zeug?«

»Fühl dich ganz wie zu Hause«, antwortete sie und wandte sich wieder ihren Tischkarten zu.

Chaplain ging hinter die Bar. Auf dem Tresen stand Sashas Handtasche, die er gleich bei seiner Ankunft entdeckt hatte. Eine taupefarbene Birkin Bag von Hermès – die klassische Trophäe einer Pariserin, die es zu etwas gebracht hat.

Er tat, als suchte er eine Flasche aus. Soeben schoben die ersten Clubmitglieder den schweren Vorhang vor der Eingangstür beiseite. Sasha nahm zwei der bereitgestellten Cocktailgläser und ging ihnen entgegen.

Rasch öffnete Chaplain die Birkin, griff nach der Brieftasche und entnahm den Personalausweis. Sasha hieß Véronique Artois und wohnte in der Rue de Pontoise Nummer 15 im 5. Arrondissement. Er prägte sich die Adresse ein und steckte die Brieftasche zurück in die Tasche. Und jetzt die Schlüssel.

»Was machst du da?«

Sasha stand auf der anderen Seite der Bar. Ihre hellgrünen Augen waren jadegrün geworden. Er stellte eine Flasche auf den Tresen.

»Einen Cocktail, wie ich ihn mag. Willst du auch einen?«

Ohne ihm zu antworten warf sie einen Blick auf die beiden Kandidaten, die sich auf zwei verschiedene Sofas gesetzt hatten und mit ihrem Cocktail in der Hand ein wenig verloren wirkten. Die Pflicht rief, aber sie war noch nicht mit ihm fertig.

»Was machst du hier, Nono? Was suchst du?«

»Nichts anderes als auch früher schon.«

»Genau. Aber was denn bloß?«

Er öffnete die Flasche und füllte zwei Gläser. Ehe sie kam,

hatte er gerade noch Zeit gehabt, die Schlüssel in seine eigene Tasche zu stecken. Die Birkin stand nicht mehr auf dem Tresen, er hatte sie auf den Boden gleiten lassen, was Sasha offenbar nicht bemerkte. Sie sah ihm forschend in die Augen. Gerne hätte er in ihrem Blick Sehnsucht oder verschleierte Trauer erkannt – irgendetwas, das an gute, alte Zeiten erinnerte. Doch er nahm nur Unruhe und unterdrückten Zorn wahr.

»Willst du wirklich keinen Drink?«

Sie schüttelte den Kopf und blickte zur Tür, wo die nächsten Clubmitglieder auftauchten.

»Ich habe mich gerade gefragt, ob Leila heute Abend hier sein wird.«

Sasha funkelte ihn böse an.

»Verschwinde!«

Chaplain hob besänftigend beide Hände. Mit Gläsern in der Hand ging Sasha auf die nächsten Bewerber zu. Er stellte die Tasche wieder auf den Tresen. Als er zur Tür ging, kam ihm Sasha mit ihren Gästen entgegen.

Er schob den Vorhang beiseite und stieß fast mit den nächsten Kandidaten zusammen. Gern hätte er ihnen Glück gewünscht, doch stattdessen murmelte er lediglich:

»Nur Mut.«

Er musste fast zehn Minuten warten, ehe die Eingangstür der Rue de Pontoise Nummer 15 sich öffnete und ein Mieter das Haus verließ. Zitternd vor Kälte schlängelte sich Chaplain durch den Türspalt. Drinnen allerdings stand er vor einem ebenfalls mit einem Code gesicherten Gitter. Es war weiß Gott nicht leicht, in Wohnhäuser einzudringen.

»Scheiße«, murmelte er.

Dann eben wieder warten. Durch die Gitterstäbe blickte er auf einen gepflasterten Hof, der mit winterharten Pflanzen verschönert war. Die Fassaden der Gebäude wirkten nüchtern – gerade Gesimse ohne Zierrat und Balkone mit schmiedeeisernen Gittern. Die Häuser stammten seiner Schätzung nach aus dem 17. oder 18. Jahrhundert.

Das Tor zur Straße öffnete sich erneut. Der Mann, der den Kragen hochgeschlagen hatte, warf ihm einen argwöhnischen Blick zu und klingelte dann an der Gegensprechanlage. Das Gitter öffnete sich. Chaplain folgte dem Mann, der ihn feindselig musterte. Den Briefkästen nach zu schließen wohnte Véronique Artois im Gebäude B in der dritten Etage.

Ein enger Treppenaufgang, der Boden mit Klinkern ausgestattet. Eine schiefe Tür vermittelte Chaplain den Eindruck, Voltaire höchstpersönlich zu besuchen. Vorsichtshalber klingelte er kurz bei Sasha, doch als sich drinnen nichts rührte, drehte er den Schlüssel lautlos im Schloss.

In der Wohnung blickte er auf die Uhr. Seit seinem Aufbruch im Vega hatte er vierzig Minuten verplempert. Sashas Abende verliefen immer nach dem gleichen Ritual. Sieben mal sieben Minuten Dating ergaben insgesamt neunundvierzig Minuten. Hinzu kamen ein paar Anfangsformalitäten, und am

Schluss wurden die Vordrucke eingesammelt, auf denen jeder die Nummern der Kandidaten eintrug, die ihn interessierten. Auch Sashas Rückfahrt nach Hause musste er noch einrechnen. Alles in allem waren das gut zwei Stunden.

Damit blieb ihm etwa eine Stunde Zeit, die Wohnung zu durchsuchen.

Auf den ersten, flüchtigen Blick handelte es sich um eine kleine, oberflächlich renovierte Zwei- oder Dreizimmerwohnung. Klinkerboden, Deckenbalken, unregelmäßige, weiß getünchte Wände. Die Wohnung sah so aus, wie er sich die wirkliche Sasha vorstellte: Eine Single-Frau von etwa vierzig Jahren, die vor etwa zehn Jahren auf die Mode der Speed-Datings aufgesprungen war und dank ihres Clubs gerade so überleben konnte.

Er war sicher, dass sie kein anderes Büro besaß, sondern die Abende per Internet von zu Hause aus organisierte, um Geld zu sparen. Auf eine enge Garderobe folgte ein arabisch ausgestattetes Wohnzimmer. Die Wände waren rosa und mandarinfarben gestrichen, an der Decke hingen Kupferlaternen, und am Fenster stand eine mit Kissen übersäte Chaiselongue. Der Anblick schmerzte ihn. Das Möbelstück war das Refugium einer einsamen Frau, die sich hier verkroch, um traurige Bücher zu lesen. Er hätte sich nicht gewundert, eine Katze oder einen Zwergpudel vorzufinden, doch Tiere gab es hier offenbar nicht.

Er ging weiter ins Schlafzimmer. Paravents aus Holz und Perlmutt schirmten die Fenster ab. Mitten im Zimmer stand ein rotes Bett, scheinbar bereit für einen Regen aus Rosenblättern. Hier jedoch wartete eine Überraschung auf Chaplain: Auf der rückwärtigen Wand hatte Sasha die Porträts aller Clubmitglieder wie auf einer riesigen Anschlagtafel aufgehängt.

Bei näherer Betrachtung zeigte sich, dass sie die Köpfe mit Linien, Pfeilen und Pünktchen untereinander verbunden hatte. Sasha überwachte die Beziehungen, die aus ihren Treffen hervorgingen, wie ein Admiral, der Flotten aus Schiffsmodellen über eine Seekarte schiebt. Die stummen Münder der Gesichter, die auf Kommando gelächelt hatten, schienen nur ein einziges Wort herauszuschreien: Einsamkeit. Und noch viel mehr als alles andere verwiesen diese Gesichter auf Sashas eigene Seele, die noch viel lauter schrie. EINSAMKEIT!

Er stellte sich vor, dass Sasha nur durch die Treffen lebte, die sie organisierte. Sie kümmerte sich um jedes Mitglied, spionierte ihm nach und manipulierte es. Vielleicht masturbierte sie angesichts dieser mit Gesichtern bedeckten Wand und der sexuellen Verbindungen, die diese untereinander hatten. Sie war eine Gefangene ihrer Fantasievorstellungen, ihrer leeren Existenz und dieser Galaxie, die zwar durch sie am Leben erhalten wurde, deren Wärme sie aber nie zu spüren bekam.

Irgendwo verwahrte sie mit Sicherheit die genauen Aufzeichnungen aller Verbindungen zwischen den Mitgliedern ihres Clubs. Auf einem kleinen Schreibtisch unmittelbar an der Wand stand ein MacBook. Chaplain setzte sich und schaltete es ein. Es war nicht gesichert. Sasha fühlte sich hier in ihrem Reich sicher.

Er öffnete den Ordner *sasha.com* und klickte auf das Icon, hinter dem sich die Clubmitglieder verbargen. Es gab zwei unterschiedliche Dateien. Einmal eine Auflistung der Nicknames in alphabetischer Reihenfolge und einmal eine ebensolche Liste nach Familiennamen. Chaplain entschied sich für die Nicknames. Auch hier fand er wieder zwei Dateien – die männlichen Mitglieder und die weiblichen. Er öffnete die Datei der Frauen. Vor seinen Augen zogen digitalisierte Porträts vorbei, zu denen immer persönliche Informationen über Herkunft, Familienstand, Beruf, Einkünfte, Musikgeschmack und Erwartungen gehörten. Sasha organisierte ihre Treffen nach bestimmten Vorlieben.

Unter den Gesichtern waren einige, die sich stark von den anderen abhoben. Die Regelmäßigkeit ihrer Züge und die Intensität ihrer Augen verwiesen sie in eine andere Kategorie – die der Traumfrauen. Chaplain fragte sich, ob diese Mädchen wirklich existierten. Immerhin ist es auf Flirtseiten Usus, Lockvögel zu platzieren, um Kundschaft anzulocken.

Oder es handelte sich bei diesen Frauen um die Hostessen, von denen Sophie Barak gesprochen hatte. Professionelle Escort-Girls, die eigentlich in diesem Club nichts zu suchen hatten und mit Sicherheit nicht von Sasha bezahlt wurden. Aber wer entlohnte sie dann? Und wofür? Die Mädchen hatten sich völlig natürlich zurechtgemacht, ohne Make-up und ohne dick aufzutragen; trotzdem blieben sie zeitlos schön.

Er schrieb sich ihre Nicknames auf. Chloe. Judith. Aqua-84. Und dann fand er Medina. Obwohl sie sich sichtbar zurücknahm, sprang ihre erotische Ausstrahlung dem Betrachter geradezu ins Auge. Sie hätte nicht die geringste Chance gehabt, bei Sashas Abenden Mauerblümchen zu bleiben.

Auch Leila entdeckte er. Sie war eine junge Marokkanerin mit lockigem Haar, dunklen Lippen und schwarzen Augen. Auch sie hatte sich dezent zurechtgemacht, trug weder Make-up noch Schmuck und hatte eine einfache beige Bluse an. Doch die dunklen Ringe unter ihren wahrhaft glühenden Augen verliehen ihrem Blick die Leuchtkraft von Quarz. Offenbar legten diese übernatürlich schönen Mädchen es darauf an, in der Masse zu verschmelzen. Aber wonach suchten sie?

Plötzlich geschah etwas. Chaplain fing noch einmal von vorn an und ließ die Aufnahmen langsamer an sich vorüberziehen. Er hatte noch ein anderes Gesicht erkannt. Es war oval, sehr blass und von schwarzem Haar eingerahmt, das so glatt wie schwarze Seide schimmerte. Ihre hellen Augen strahlten wie Kerzen. Unwillkürlich dachte er an eine religiöse Zeremonie und Weihrauchdüfte. Sie war wie ein Engel, sanft wie ein Gebet und aufwühlend wie eine Erscheinung.

Als Chaplain den Nickname des Engels las, drehte sich alles vor seinen Augen.

Feliz.

Es war das Wort, das er in seinem Traum vom Schatten auf

der weißen Mauer gehört hatte. Nie hatte er verstanden, was dieser Begriff, der im Spanischen »glücklich« bedeutet, in seinem Traum zu suchen hatte. Feliz. Er kannte das Gesicht. Die leise, warme, hoffnungsvolle Stimme seines Traums hatte er nie vergessen können. Und jetzt war ihm klar, dass diese Stimme dieser Frau gehörte.

Wenn man das Foto anklickte, gelangte man direkt zu den Daten der betreffenden Person. Als Chaplain den bürgerlichen Namen des Mädchens las, schüttelte er fassungslos den Kopf. Es war einfach nicht zu fassen – es war völlig verrückt! Er erstickte ein schmerzliches Stöhnen. Aber die Wahrheit stand vor seinen Augen, und es war unmöglich, einen Rückzieher zu machen.

Feliz hieß Anne-Marie Straub.

Und jetzt erkannte er sie auch. In seiner Erinnerung waren die Gesichtszüge der erhängten jungen Frau immer nach einer Seite verzogen. Aber sie war es wirklich. Die Tote. Der Geist, der seine Träume heimsuchte. Anne-Marie Straub. Die einzige Frau, die er vermutlich je geliebt hatte, war nicht Patientin einer psychiatrischen Klinik gewesen, sondern ein Escort-Girl, das er wahrscheinlich bei einem von Sashas Treffen kennengelernt hatte. Eine Jägerin, die wohl dafür bezahlt wurde, an diesen Dates teilzunehmen. Und seine Erinnerungen – die Liebesnächte in Anne-Maries Zelle, die Wahnvorstellungen seiner Geliebten, ihre Gestalt, die aufgehängt mit seinem Gürtel über ihm baumelte – waren nichts als Verzerrungen und Halluzinationen. Bis zum heutigen Tag hatte er nicht viel besessen. Aber das Wenige hatte sich mit einem Mal in nichts aufgelöst.

Chaplain schloss die Augen und bemühte sich, zu einer gewissen Kaltblütigkeit zurückzufinden. Als er sich wieder ein wenig gefangen hatte, öffnete er die Augen und las die Einzelheiten.

Feliz war dem Club im März 2008 beigetreten. Sie wohnte in der Rue de Lancry im 10. Arrondissement und war siebenundzwanzig Jahre alt. Alle anderen Fragen hatte sie nicht beantwortet. Weder die nach ihrem Beruf noch die nach Einkünften, Hobbys oder Freizeittätigkeiten. Wahrscheinlich hatte Sasha nicht darauf bestanden. Angesichts einer solchen Kandidatin durfte man nicht zu pingelig sein.

Chaplain stellte fest, dass Anne-Marie Straub im folgenden Jahr ihre Mitgliedschaft nicht erneuert hatte. Er versuchte eine chronologische Reihenfolge aufzustellen. Irgendetwas schien nicht zu stimmen. Von März 2008 bis Februar 2009 war sie Clubmitglied gewesen. Zu dieser Zeit aber hatte Nono noch gar nicht existiert. Laut Yussef war er im März 2009 aufgetaucht. Wann aber hatte er dann Anne-Marie Straub kennengelernt? In welchem Leben?

War es möglich, dass er sie bereits im Jahr 2008 getroffen hatte? Zu einer Zeit, als er noch ein anderer war, aber vielleicht schon damals unter einem anderen Namen bei Sasha eingeschrieben war?

Mit einem weiteren Klick gelangte er zum Überblick über die Dates von Feliz. Er erfuhr, an wie vielen Treffen sie teilgenommen und nach wessen Telefonnummern sie gefragt hatte. Sollte er mit seiner Vermutung recht haben, musste er sich in dieser Liste befinden.

Bis zum Dezember 2008 hatte Feliz an fast vierzig Treffen teilgenommen, sich jedoch nur zwölf Telefonnummern geben lassen. Chaplain rief die Nicknames der Telefonkontakte auf, aber keiner weckte bei ihm auch nur die leiseste Erinnerung. Dann öffnete er die Akte mit dem Foto jedes angerufenen Kandidaten, doch sein Konterfei war nicht darunter.

Als er hier nicht weiterkam, nahm er sich die Eroberungen von Feliz genauer vor. Am 21. März 2008 hatte sie sich die Nummer eines gewissen Rodrigo geben lassen, der im richtigen Leben Philippe Desprès hieß, dreiundvierzig Jahre alt, geschieden und kinderlos war. Am 15. April interessierte sie sich für Sandokan alias Sylvain Durieu, einen einundfünfzigjährigen Witwer. Am 23. Mai 2008 war es Gentil-Michel alias Christian Miossens, neununddreißig Jahre alt und Single. Am 5. Juni 2008 fragte sie nach Alex-244, dessen bürgerlicher Name Patrick Serena lautete und der einundvierzig Jahre alt und Single war.

Und so ging es weiter. Sowohl Namen als auch Profile boten nichts Besonderes. Was mochte Feliz an diesen Männern fasziniert haben? Sie war Profi und daran gewöhnt, ihre außergewöhnliche Schönheit in klingende Münze zu verwandeln. Ein zynisches Geschöpf. Was wollte sie nur von diesen mittelmäßigen Spießern?

Inzwischen war es 22.45 Uhr. Sasha würde jeden Moment eintreffen. Chaplain notierte die Namen der Männer auf seinem Block. Anschließend steckte er den USB-Stick, den er am Nachmittag erstanden hatte, in den Mac, kopierte sämtliche Dateien und brachte alles wieder in Ordnung.

Als er die Wohnung verließ, war ihm klar, dass die Suche bei den Klienten von *sasha.com* noch einige Zeit in Anspruch nehmen würde. Zum Beispiel hatte er sein eigenes Profil noch nicht überprüft – das von Arnaud Chaplain alias Nono, der im Jahr 2009 Mitglied gewesen war. Auch Medinas Daten hatte er sich noch nicht angesehen. Ob er sie bei Sasha kennengelernt hatte? Hatte er zweimal dasselbe erlebt, mit zwei unterschiedlichen Hostessen? Medinas Stimme kam ihm wieder in den Sinn. *Langsam wird es beängstigend. Ich bin kurz davor auszuflippen.* War Medina tot? Und Feliz? Hatte sie sich wirklich erhängt?

Die erste Nummer, die von Philippe Desprès, existierte nicht mehr.

Sylvain Durieu alias Sandokan hingegen hob nach viermaligem Läuten ab.

»Monsieur Durieu?«

»Am Apparat.«

»Ich rufe wegen Anne-Marie Straub an.«

»Wer ist das?«

»Feliz.«

Nach kurzem Schweigen fragte der Mann:

»Wer sind Sie?«

Die Frage erwischte Chaplain auf dem falschen Fuß. Er improvisierte.

»Ich bin Kommissar bei der Kripo.«

Der Mann atmete tief durch, ehe er mit fester Stimme antwortete:

»Ich will keinen Ärger bekommen und keinesfalls wissen, was sie getan hat. Eigentlich möchte ich am liebsten nie wieder von ihr hören.«

»Wissen Sie, dass sie verschwunden ist?«

»Ich habe sie seit anderthalb Jahren nicht mehr gesehen. Nach drei Treffen hat sie mich ohne Erklärung einfach fallen lassen.«

»Wissen Sie noch, wann Sie sie das erste Mal gesehen haben?«

»Wenn Sie mich verhören wollen, laden Sie mich bitte vor.«

Durieu legte auf. Chaplain trank einen Schluck Kaffee. Er saß in einer Brasserie am Boulevard Saint-Germain. Kunstlederbänke, gelbliche Hängelampen und leises Gemurmel. Die Kneipe war fast menschenleer.

Chaplain wählte die nächste Nummer. Nach zweimaligem Läuten meldete sich eine Frauenstimme.

»Hallo?«

Darauf war Chaplain nicht vorbereitet. Er konsultierte seinen Notizblock und landete beim Namen Nummer drei.

»Ist Christian Miossens zu sprechen?«

»Wollen Sie mich auf den Arm nehmen?«

Er schien sich geirrt zu haben, erkannte aber seinen Fehler nicht. Um Zeit zu gewinnen, nannte er der Frau die Nummer, die er gewählt hatte.

»Das ist wirklich Christians Nummer«, erklärte die Frau deutlich weniger aggressiv.

Chaplain sprach mit sanfter Stimme.

»Vielleicht habe ich mich missverständlich ausgedrückt. Ich rufe wegen Monsieur Miossens an und ...«

»Wer sind Sie?«

Wieder stellte er sich als Kriminalkommissar vor, ohne einen Namen zu nennen.

»Gibt es Neuigkeiten?«

Statt Ärger lag nun Hoffnung in ihrer Stimme.

»Möglicherweise«, erwiderte er vorsichtig.

»Inwiefern?«

Chaplain brauchte eine Eingebung. Wieder einmal ging er auf gut Glück vor, aber mittlerweile hatte er sich daran gewöhnt.

»Entschuldigen Sie, aber würden Sie mir bitte zunächst Ihren Namen verraten?«

»Nathalie Forestier. Ich bin seine Schwester.«

Seine Gedanken überschlugen sich. Wenn die Schwester von Miossens an sein Handy ging, konnte das nur bedeuten, dass er entweder tot, sehr krank oder vermisst war. Die Frage an einen Polizisten, ob es Neuigkeiten gebe, schloss eine Krankheit aus.

Er räusperte sich und verfiel in einen offiziellen Tonfall.

»Ich würde gern zunächst gewisse Fakten mit Ihnen erörtern.«

»Du lieber Gott!« Ihre Stimme klang jetzt erschöpft. »Wir haben doch alles schon so oft durchgekaut!«

»Entschuldigen Sie, Madame«, entgegnete er, »ich bin soeben erst damit betraut worden, einige Punkte zu vertiefen, und muss jeden wichtigen Zeugen erneut befragen.«

Die Sache hatte einen gewaltigen Haken, denn er hatte die Nummer eines Toten oder Vermissten gewählt. Aber die Frau bemerkte es nicht.

»Gibt es nun Neuigkeiten oder nicht?«, fragte sie.

»Antworten Sie bitte zunächst auf meine Fragen.«

»Müssen Sie mich noch einmal vorladen?«

»Leider ja. Aber im Augenblick geht es nur um Dinge, die wir am Telefon besprechen können.«

»Na gut, ich höre«, sagte sie mit tonloser Stimme.

Chaplain zögerte, ehe er seine erste Frage so offen wie möglich formulierte.

»Wie haben Sie von der Sache mit Ihrem Bruder erfahren?«

»Beim ersten oder beim zweiten Mal?«

Da man nicht zweimal sterben konnte, musste Christian Miossens also verschwunden sein. *Und zwar gleich zweimal!*

»Sprechen wir zunächst vom ersten Mal.«

»Ich wurde von der Polizei informiert. Christians Arbeitgeber hatte dort angerufen, weil er seit zwei Wochen nicht zur Arbeit gekommen war. Er hatte sich weder entschuldigt noch eine Krankmeldung geschickt, was absolut nicht seiner Art entspricht.«

»Wann genau wurden Sie informiert?«

»Am 10. Juli 2008. Ich erinnere mich noch ganz genau.«

Chaplain notierte das Datum und verglich es mit seinen Aufzeichnungen. Miossens hatte sich am 23. Mai 2008 zum ersten Mal mit Anne-Marie Straub getroffen. Nicht einmal zwei Monate später verschwand er. Bestand da ein Zusammenhang?

»Haben Sie sein Verschwinden nicht bemerkt?«

»Haben Sie meine Aussage nicht gelesen?«

»Nein. Wenn ich Zeugen vernehme, möchte ich mir nicht schon im Vorfeld eine Meinung bilden.«

»Eine merkwürdige Methode!«

»So arbeite ich nun einmal. Warum haben Sie das Verschwinden Ihres Bruders nicht bemerkt?«

»Weil wir seit zwölf Jahren nicht mehr miteinander reden.«

»Und warum das?«

»Eine dumme Geschichte. Es geht um eine Erbschaft. Eine Wohnung in Paris. Wie gesagt – dumme Sache.«

»Und was ist mit den Leuten, die ihm nahestanden? Haben sie nichts bemerkt?«

»Christian hat niemanden, der ihm nahesteht.« Ihre Stimme zitterte. »Er war immer ganz allein, verstehen Sie? Er verbrachte sein Leben vor dem Computer, mit Chats bei Kontaktbörsen im Internet. Das haben wir aber erst später erfahren. Er traf sich mit Frauen. Mit Professionellen, wenn Sie wissen, was ich meine...«

Chaplain notierte jede Information und versuchte sie in das Puzzle zu integrieren. Nathalie Forestier hatte von zweimaligem Verschwinden gesprochen.

»Wann hat man ihn wiedergefunden?«

»Im September. Tatsächlich hat die Polizei ihn bereits Ende August aufgegriffen, mich aber erst Mitte September informiert.«

»Warum so spät?«

Nathalie antwortete nicht sofort. Sie schien sich in zunehmendem Maß über die Wissenslücken Ihres Gesprächspartners zu wundern.

»Weil Christian behauptete, David Longuet zu heißen. Er konnte sich nicht mehr daran erinnern, wer er war.«

Die Information traf Chaplain wie ein Schlag. Christian

Miossens, einer der Auserwählten von Feliz, hatte ein dissoziatives Syndrom durchgemacht. Er war also auch ein »Reisender ohne Gepäck«.

»Wo wurde er aufgegriffen?«

»Zusammen mit anderen Obdachlosen in Paris-Plage. Er hatte das Gedächtnis verloren und wurde zunächst in die psychiatrische Station der Präfektur von Paris eingeliefert.«

»Das ist die übliche Vorgehensweise.«

»Anschließend kam er nach Sainte-Anne.«

»Erinnern Sie sich an den Namen des Psychiaters, der ihn behandelte?«

»Soll das ein Witz sein? Christian hat mehr als einen Monat in dieser Klinik verbracht, und ich war jeden Tag bei ihm. Der Arzt heißt François Kubiela.«

Chaplain notierte den Namen und versah ihn mit einem Ausrufezeichen. Vordringlich befragen!

»Ein sehr charmanter, äußerst verständnisvoller Mann«, fuhr die Frau fort. »Offenbar ein Experte für diese Art Krankheit.«

»Hat Kubiela Ihnen mitgeteilt, wie die Krankheit heißt, an der Ihr Bruder litt?«

»Er hat mir etwas über die dissoziative Flucht erzählt und von Realitätsverlust durch Amnesie und ähnlichen Phänomenen gesprochen. Er teilte mir mit, dass er einen ähnlichen Fall behandelte; es war ein Patient aus Lorient, den er eigens nach Paris hatte verlegen lassen.«

Chaplain unterstrich Kubielas Namen dreimal. Der Mann schien ein Experte zu sein. Er musste unbedingt mit ihm sprechen.

»Kubiela wirkte ziemlich fassungslos«, fuhr Nathalie fort. »Er meinte, dass dieses Syndrom ausgesprochen selten sei. Bisher ist in Frankreich wohl kein einziger Fall aufgetreten. Irgendwann sagte er einmal scherzhaft: ›Wir haben es da mit einer amerikanischen Spezialität zu tun.‹«

»Wie hat er Ihren Bruder behandelt?«
»Das weiß ich nicht genau. Ich weiß nur, dass er alles versucht hat, um sein Gedächtnis wieder zu beleben. Allerdings ohne Erfolg.«
Chaplain wechselte das Thema.
»Auf welche Weise hat man Ihren Bruder schließlich identifiziert? Wie kam man auf Sie?«
»Sie wissen ja wirklich überhaupt nichts ...«
Innerlich bedankte sich Chaplain bei dieser Frau, dass sie nicht einfach aufgelegt hatte. Seine Ahnungslosigkeit war fast schon beleidigend.
»Christian wurde anhand seiner Fingerabdrücke identifiziert«, berichtete sie. »Im Jahr davor war er einmal kurz in Polizeigewahrsam, wegen Alkohol am Steuer. Seine Fingerabdrücke waren also bekannt. Ich habe keine Ahnung, warum, aber der Abgleich hat über zwei Wochen gedauert.«
»Und wie ging es dann weiter?«
»Man hat Christian mir anvertraut. Professor Kubiela äußerte sich ziemlich pessimistisch über seine Heilungschancen.«
»Und dann?«
»Christian zog bei uns ein. Ich wohne mit meinem Mann und den Kindern in einem Einfamilienhaus in Sèvres. Es war ziemlich unpraktisch.«
»Glaubte er zu diesem Zeitpunkt immer noch, dass er David Longuet hieß?«
»Oh ja. Es war einfach schrecklich!«
»Konnte er sich auch nicht an Sie erinnern?«
Nathalie Forestier antwortete nicht. Chaplain kannte diese Art Schweigen nur allzu gut. Die Frau weinte.
»Hat er so in Ihrer Familie gelebt?«, hakte er ein paar Sekunden später nach.
»Einen Monat später ist er geflohen. Und dann ...«
Wieder schwieg sie. Er hörte ihr ersticktes Schluchzen.
»Schließlich fand man seine Leiche vor einer Fabrik für

Baubedarf am Quai Marcel-Boyer in Ivry-sur-Seine. Sie war schrecklich verstümmelt.«

Chaplain schrieb beharrlich mit, obwohl seine Hand zitterte. Endlich betrat er bekanntes Terrain.

»Entschuldigen Sie die Frage, aber können Sie mir die Verstümmelungen beschreiben?«

»Das können Sie doch im Autopsiebericht nachlesen.«

»Ich möchte Sie inständig bitten, mir zu antworten.«

»Ganz genau weiß ich es nicht mehr. Ich wollte es auch gar nicht wissen. Er hatte ... Ich glaube, sein Gesicht war von oben bis unten aufgeschlitzt.«

Christian Miossens, alias Gentil-Michel, alias David Longuet gehörte also zu denen, die ein Implantat hatten. Wie Patrick Bonfils und wie er selbst. Anaïs Chatelet hatte recht gehabt. Das Implantat setzte ein Produkt im Körper frei, das zu den Symptomen eines »Reisenden ohne Gepäck« führte. Und es war dieses Gerät, das die Mörder unbedingt zurückhaben wollten.

»Hören Sie«, sagte Nathalie schließlich, »ich habe genug von Ihren Fragen. Wenn Sie noch etwas wissen wollen, laden Sie mich vor. Aber wenn Sie Neuigkeiten haben, dann möchte ich sie wissen.«

Er murmelte, dass neue Erkenntnisse der Polizei ermöglichten, die Ermittlungen wieder aufzunehmen. Natürlich wollte er der Frau keine falschen Hoffnungen machen.

»Wir haben Ihre Adresse«, erklärte er schließlich in amtlichem Ton. »Morgen stellen wir Ihnen eine Vorladung zu. Im Büro teile ich Ihnen dann unsere neuen Erkenntnisse mit.«

Chaplain bezahlte seinen Kaffee und ging auf der Suche nach einem Taxi in die Nacht hinaus. Er wandte sich in Richtung Seine und schlenderte den Quai de la Tournelle entlang. Die Straße war menschenleer. Die Autos auf der Fahrbahn schienen es eilig zu haben; wahrscheinlich wollten die Fahrer so schnell wie möglich nach Hause. Die Silhouette von Notre-Dame ragte wie ein wuchtiger Schatten in der eisigen, trostlosen

Nacht auf. Auch Chaplain wäre gern nach Hause gegangen, aber zunächst musste er die neuen Informationen auswerten.

Christian Miossens, alias David Longuet.
Patrick Bonfils, alias Pascal Mischell.
Mathias Freire, alias ...
Drei Versuchskaninchen.
Drei »Reisende ohne Gepäck«.
Drei Männer, die eliminiert werden mussten.
Welche Rolle aber spielten Anne-Marie Straub oder Medina in dieser Sache? Waren sie Treiberinnen? Oder Jägerinnen, die einsame Beute stellten?

Für Christian Miossens mochte diese Hypothese zutreffen, nicht aber für Patrick Bonfils, den armen Fischer von der baskischen Küste. Und er selbst? War der Mann, dessen Identität er vor der Arnaud Chaplains innegehabt hatte, auch Mitglied in Sashas Club gewesen? War er von Feliz hereingelegt worden? Unter den Opfern der Amazone hatte er sein eigenes Konterfei nicht finden können.

Endlich hielt zwanzig Meter vor ihm ein Taxi und setzte seinen Fahrgast an der Ecke Rue des Grands Augustins ab. Chaplain rannte los und stieg steif vor Kälte in den Wagen.

»Wohin soll es gehen?«

Er blickte auf seine Uhr. Es war nach Mitternacht – die ideale Uhrzeit, um auf die Jagd nach Mädchen zu gehen.

»Zu Johnny's. Rue Clément Marot.«

Es gibt etwas Neues, meine Schöne.«
Schlaftrunken hörte Anaïs Solinas am Telefon zu, ohne es wirklich zu glauben. Man hatte sie aus dem Bett geholt, zum Zimmer der Aufseherinnen gescheucht und ihr einen Hörer in die Hand gedrückt. So etwas war noch nie vorgekommen.
»Dein Arm reicht offenbar weiter, als ich gedacht habe.«
»Was soll denn das heißen?«
»Dass du morgen entlassen wirst. Anordnung des Richters.«
Anaïs wusste nicht, was sie sagen sollte. Die Vorstellung, den engen Mauern endlich zu entkommen, überwältigte sie.
»Weißt du, warum?«
»Kein Kommentar. Anweisung von ganz oben. Und da behaupte noch jemand, dass die Rechtsprechung für alle Bürger gleich ist!«
Anaïs wechselte den Tonfall.
»Wenn du etwas weißt, dann sag es mir gefälligst. Wer hat da interveniert?«
Solinas lachte. Es klang eher wie ein Zähneknirschen.
»Spiel nur weiter die Unschuld vom Lande, es steht dir. Auf jeden Fall will ich, dass du mir hilfst. Wir ermitteln weiter. Nennen wir es einfach unseren kleinen privaten Krisenstab.«
»Gibt es in dieser Hinsicht etwas Neues?«
»Nein. Wir haben absolut nichts gefunden, was mit Medina zu tun hat. Weder Aktivitäten noch Kontakte. Janusz ist und bleibt unauffindbar. Keine Spur, kein Indiz, nichts.«
Verwirrt begriff Anaïs, dass Solinas und seine Männer offenbar unfähig waren, erfolgreich in diesem Fall zu ermitteln. Selbst die Experten, die ständig mit Flüchtigen zu tun hatten, waren an Leute vom Schlage Freires nicht gewöhnt.

»Schickst du mir einen Wagen?«
»Nicht nötig. Du wirst erwartet.«
»Ich kenne aber niemanden in Paris.«
Solinas lachte höhnisch.
»Keine Sorge. Dein Alter hat sich höchstpersönlich auf den Weg gemacht.«

Am ersten Abend habe ich gar nichts gemacht. Ich habe da meine Prinzipien.«
»Aber du hast mit ihm geschlafen.«
»Schon. Na ja. Aber du weißt, was ich meine.«
Die drei Mädchen prusteten vor Lachen. Chaplain saß am Tisch gleich nebenan im Johnny's, einer Bar im amerikanischen Stil mit viel lackiertem Holz und Ledersesseln. Die spärliche Beleuchtung schmeichelte mit einem an Vermeer gemahnenden goldenen Licht sowohl den Möbeln als auch den Beinen der Mädchen. Chaplain wandte ihnen den Rücken zu, lauschte aber interessiert ihren Gesprächen. Das Trio entsprach genau dem, was er suchte. Die Mädchen waren keine Professionellen, nahmen aber dann und wann freudig eine Gelegenheit wahr und hechelten abwechselnd Mode und ihre Freier durch.
»Trägst du keine Brille mehr?«
»Nein, ich habe jetzt Kontaktlinsen. Brille sieht so nach Porno aus.«
Solche Antworten überraschten ihn. Er verfügte nicht über Nonos Erfahrung. Aber die Art der drei, Sex, Geld und Jungmädchenträume zu vermischen, rührte ihn zutiefst.
»Ich gehe mir mal die Nase pudern.«
Chaplain warf einen Blick über die Schulter und sah den Rücken einer zierlichen Gestalt, die zu einem duftigen schwarzen Tüllrock ein dunkles Satinbustier trug. Selbst von seinem Platz aus konnte er das Mädchen schnüffeln hören. Der erwähnte Puder hatte nichts mit Schminke zu tun.
»Warst du auf der Party dieses Prinzen?«
»Welcher Prinz?«

Die beiden Püppchen hatten ihre Unterhaltung wieder aufgenommen.
»Den Namen habe ich vergessen. Er kommt aus den Emiraten.«
»Ich war nicht eingeladen«, antwortete die andere schmollend.
»Da war eine Russin – also ich schwöre dir, ich habe noch nie eine solche Nutte gesehen. Sie hat sich echt geprügelt, um als Erste dranzukommen.«
»Als Erste?«
»Ja. Wir waren alle wie geplättet, aber sie hatte recht. Sie war innerhalb von fünf Minuten fertig mit dem Kerl und um geschätzte dreitausend Euro reicher. Wir dagegen haben die ganze Nacht geackert, um ihn wieder steif zu kriegen.«
Sie kicherten. Chaplain bestellte ein zweites Glas Champagner. Gern hätte er den Mädchen eine Runde ausgegeben, doch er traute sich nicht. Die Zeiten von Nono waren wirklich lange vorbei.
Miss Coco kam mit tänzelnden Schritten zurück. Ein schmales Gesicht unter einer Kleopatrafrisur, das eine fast animalische Grazie verströmte. Wenn man sie näher betrachtete, sah man, dass die Drogen bereits Spuren hinterlassen hatten. Ihre Wangen und Augenhöhlen wirkten eingefallen, noch aber überwog die Schönheit, die sie mit einem dunkel schimmernden Makeup zu unterstreichen wusste.
Als sie an ihm vorüberkam, lächelte sie ihm zu.
»Spannend, was wir so reden, nicht wahr?«
»Verzeihung?«
»Schon gut. Du renkst dir doch fast den Hals aus, um uns zu belauschen.«
Er lächelte gezwungen.
»Darf ich euch einen ausgeben?«
»Warum? Bist du ein Bulle?«
Die Frage brachte ihn aus dem Konzept. Offenbar konnte er

den Leuten nichts vormachen. Daher beschloss er, mit offenen Karten zu spielen.

»Ich bin auf der Suche nach Leila.«

»Leila wie?«

»Einfach nur Leila.«

»Kennst du sie?«

»Nein. Aber man hat mir von ihr erzählt.«

Kleopatra lächelte verführerisch.

»Da kommt sie gerade.«

Chaplain wandte den Kopf und sah die Frau hereinkommen, die er bereits auf Sashas Profilseiten bewundert hatte. Ihr abendliches Erscheinungsbild hatte nichts mit dem hübschen Mädchen von der Anschlagtafel zu tun. An ihrem Arm hing eine riesige Chanel-Tasche, und unter einer Winterjacke mit Fellkragen trug sie ein Musselinkleid in frühlingshaftem Weiß. Die jungmädchenhafte Aufmachung kontrastierte heftig mit der sinnlichen Erotik ihres muskulösen Körpers.

»Hallo, Leila, du scheinst Furore zu machen. Der Typ hier hat nach dir gesucht.«

Leila lachte.

»So etwas nennt man eben Klasse, meine Süße.«

Sie lächelte und beugte sich zu Chaplain hinunter. Der verlockende Anblick ihres Dekolletés traf ihn wie ein Faustschlag.

»Was willst du von mir, Kleiner?«, fragte sie und bewegte dabei sanft die Schultern, was ihre Brüste zum Schwingen brachte. »Wer mich sucht, der findet mich«, fügte sie im Flüsterton hinzu und leckte sein Ohrläppchen.

Chaplain schluckte heftig. Zwischen seinen Beinen breitete sich eine brennende Hitze aus. Es war ihm unmöglich, sich ein derart verführerisches Wesen bei einem von Sashas Speed-Datings vorzustellen. Alle Männer hätten Schlange gestanden, um mit Haut und Haaren verspeist zu werden.

»Ich möchte mit dir über Medina sprechen«, sagte Chaplain mit fester Stimme.

Das Lächeln verschwand. Leila richtete sich auf. Chaplain erhob sich aus seinem Sessel und blickte ihr gerade ins Gesicht. Aus der Nähe besehen wirkten ihre dunklen Augenschatten noch beeindruckender. Ein violetter Lidstrich verstärkte die Glut ihrer Iris.

»Wo ist Medina? Was ist mit ihr geschehen?«

»Hau ab. Ich habe nichts mit Medina zu schaffen.«

»Wir suchen uns jetzt ein ruhiges Eckchen, wo wir ungestört miteinander plaudern können.«

»Davon träumst du wohl! Geschissen!«

»Ich habe eine Waffe.«

Sie senkte den Blick auf seinen Hosenlatz.

»O ja, das sehe ich.«

»Ich meine es ernst.«

Die Frau mit dem arabischen Blut warf ihm einen zögernden Blick zu. Ihr provokatives Verhalten war wie weggeblasen. Die anderen Mädchen starrten sie mit großen Augen an.

»Wie bist du hergekommen?«, fragte er im Polizistentonfall.

»In meinem Auto.«

»Wo parkst du?«

»Im Parkhaus François I.«

Ihre Stimme klang rau und trocken. Von ihrer verführerischen Art war nichts geblieben, so als hätte man plötzlich ihre Seele abgeschminkt. Chaplain ließ einen Hundert-Euro-Schein auf den Tisch der Mädchen fallen, ohne Leila aus den Augen zu lassen.

»Die Getränke gehen auf mich.«

Er zeigte auf die Eingangstür.

»Los jetzt.«

»Darf ich rauchen?«
»Das Auto gehört dir.«
»Womit soll ich beginnen?«
»Am besten mit dem Anfang – das hätte was!«
Leila saß auf dem Fahrersitz. Sie zündete sich eine Marlboro an und inhalierte tief. Da alle Fenster geschlossen waren, füllte sich der Innenraum schnell mit Rauch.
»Wir sind Freundinnen. Eine ganze Gruppe.«
»Alle im gleichen Beruf?«
Leila wollte lächeln, doch heraus kam nur eine Grimasse.
»Wir sind Schauspielerinnen.«
»Schauspielerinnen, aha.«
»Irgendwoher müssen wir schließlich Geld bekommen. Und etwas für die Karriere tun. Unser eigentliches Ziel ist natürlich die Kunst. Aber hier in Paris ist kein Durchbruch zu schaffen.«
Sie zündete den nächsten Glimmstängel an. Ihre Lippen bibberten über dem Filter. Mit der freien Hand strich sie sich ununterbrochen die seidigen Strümpfe glatt. Chaplain vermied es, den Blick zu senken, um sich nicht von den schwarz umsponnenen Schenkeln verwirren zu lassen.
»Aber ihr habt doch Sophie Barak.«
»Die Muttersau. So nennen wir sie. Sie hat uns zwar ins Geschäft gebracht, aber es war einfach zu schäbig.«
»Und dann habt ihr von *sasha.com* erfahren.«
Leila antwortete nicht, sondern stieß eine Rauchwolke aus. Für einen kurzen Moment wurde sie wieder die Aufschneiderin aus dem Johnny's. Nur war sie jetzt zornig. Ihre Augen sahen aus wie zwei Krater, die kurz davorstanden, Feuer zu spucken.
»Wer bist du eigentlich?«

»Ein Opfer dieser ganzen Geschichte. Genau wie Medina. Und wie du.«

»Wir sind keine Opfer.«

»Wie du meinst. Aber gib mir wenigstens die Infos, die ich brauche.«

»Warum sollte ich das tun?«

»Um Medinas willen.«

»Sie ist seit Monaten verschwunden.«

»Wenn du meine Fragen beantwortest, erzähle ich dir, was ihr passiert ist.«

In ihrem Blick mischten sich Wut und Angst. Trotz ihrer Winterjacke mit dem Pelzkragen schlotterte sie vor Kälte. Sie drückte ihre Zigarette im Aschenbecher aus und zündete die nächste an. Ihr Feuerzeug war aus mit Gold bestäubtem Chinalack. Chaplain hielt es für eine Trophäe, ähnlich wie Sashas Birkin. Frauen in Paris sind Kriegerinnen. Sie prunken mit ihrer Beute, wie Indianer Skalps an ihren Gürtel knüpfen.

Plötzlich drehte Leila den Zündschlüssel und schaltete das Gebläse der Heizung auf Höchststufe.

»Mann, ist das kalt hier. Wo waren wir stehen geblieben?«

»Bei *sasha.com*. Wie bist du darauf gekommen?«

»Durch einen von Medinas Kunden. Ein schicker Typ. Wohnte in einem Hotel im 8. Arrondissement.«

»Im Theodor?«

»Nein, es war ein anderes. An den Namen kann ich mich nicht erinnern.«

»Wann war das?«

»Vor ungefähr einem Jahr.«

»Und was war der Deal?«

»Wir sollten an Speed-Datings teilnehmen und uns um die Kerle kümmern, die beim Briefing nicht durch die Maschen fielen.«

Wenn man das Unwahrscheinliche ausgeschlossen hatte, was blieb dann noch? Das Unmögliche!

Ein Casting für Versuchskaninchen.
»Wie genau sah dieses Briefing aus?«
»Der Typ musste allein leben und durfte keine Familie in Paris haben. Er sollte unsicher und möglichst labil sein, und wenn irgend möglich auch nicht der Allerschlaueste.« Sie lachte zwischen zwei Zügen. »Eben ein absoluter Loser.«

Alles passte zusammen. Wie kam man am besten an zurückgezogen lebende Männer ohne familiären Halt heran? Indem man sich unter einsamen Menschen umsah, die nach einer verwandten Seele suchten. Auf diese Weise wurde man nicht nur fündig, sondern lernte sie auch besser kennen. Und mit Frauen wie Leila, Medina oder Feliz war es ein Leichtes, sie in die Falle zu locken. Die Methode war so alt wie die Welt.

Trotz der aufgedrehten Heizung zitterte Leila immer noch. Von der strahlenden Siegerin aus dem Johnny's war nichts mehr übrig. Sie schien um die Hälfte geschrumpft zu sein, und sah jetzt so aus, wie sie vermutlich in Wirklichkeit war: ein Mädchen aus der Vorstadt, das sich mit Fernsehen und Hochglanzmagazinen zudopte und dessen Träume nicht über die Starlounge eines angesagten Clubs hinausreichten. Eine junge Frau mit arabischen Wurzeln, der klar war, dass es nur eine Möglichkeit gab, dieses Ziel zu erreichen, aber auch, dass sie sich beeilen musste.

»Hast du die Männer getroffen, die sich an diesem Projekt beteiligen?«

»Ja natürlich.«

»Wie waren sie?«

»Manche wirkten wie Bodyguards, andere wie Lehrer. Aber insgesamt verhielten sie sich wie Bullen.«

»Hat man euch gesagt, wozu dieses Casting diente?«

»Sie suchten nach Leuten, um ein Medikament zu testen. Sie erklärten, dass es schon immer auch Tests an Menschen gab und dass diese Phase unmittelbar nach den Tierversuchen kommt.« Sie lachte düster auf. »Sie meinten, dass wir uns auf einer Stufe zwischen Tieren und Menschen befänden. Ich bin mir nicht sicher, ob das ein Kompliment war.«

»Haben sie euch auch erzählt, dass diese Versuche verdammt gefährlich sind?« Chaplain wurde laut. »Dass diese Medikamente das Gehirn kaputt machen? Dass die Versuchskaninchen keine Ahnung hatten, was man ihnen antat?«

Leila blickte ihn erschrocken an. Chaplain räusperte sich, zwang sich zur Ruhe und öffnete das Fenster. Die Luft war unerträglich geworden.

»Hattet ihr keine Angst, euch zu Handlangern zu machen? Oder dass es illegal oder gefährlich sein könnte?«

»Aber ich habe doch schon gesagt, dass die Kerle wie Bullen aussahen.«

»Dann hätte es sogar noch gefährlicher werden können.«

Leila gab keine Antwort. Irgendetwas stimmte da nicht. Es gab keinen Grund dafür, dass die angehenden Escort-Girls keine Angst vor derart zwielichtigen Machenschaften hätten haben sollen.

Leila lehnte den Kopf an die Scheibe und blies einen Rauchstrom in die Luft.

»Es lag an Medina. Sie hat uns überzeugt. Sie sagte, man könne richtig viel Kohle verdienen, ohne mit den Kerlen schlafen zu müssen. Und dass man das Geld nicht ausschlagen dürfe, wenn es einem schon fast nachgetragen würde. Dass wir stärker wären als das System. So Zeug eben.«

»Wie viele von euch machen dabei mit?«

»Ich weiß es nicht genau. Vier oder fünf, die ich kannte.«

»Und wie genau läuft es ab?«

»Wir gehen zu Sashas Speed-Datings und lassen die Kerle Revue passieren.«

»Warum ausgerechnet in diesem Privatclub?«

»Keine Ahnung.«

»Glaubst du, dass andere Mädchen in anderen Clubs suchen?«

»Das weiß ich nicht.«
»Weiter.«
»Wenn wir einen Kandidaten mit entsprechendem Potenzial finden, bitten wir um seine Nummer und treffen uns ein- oder zweimal mit ihm. Mehr nicht.«
»Sucht ihr diese Burschen aus?«
»Nein, sie.«
»Wer sie?«
»Die Typen, die uns bezahlen. Diese Bullen.«
»Aber wie schaffen sie es, sie auszusuchen?«

Sie lächelte zweideutig. Trotz ihrer Angst schien sie die Erinnerung an ihre Verabredungen zu amüsieren. Ständig stieg Rauch von ihren Lippen auf. Man konnte im Wageninnern kaum noch die Hand vor Augen sehen.

»Wir tragen ein Mikrofon und einen winzigen Kopfhörer wie im Fernsehen. Wir stellen die Fragen, die uns die Leute über den Kopfhörer zuflüstern. Und sie sagen uns dann, um wessen Nummer wir bitten sollen.«

Chaplain stellte sich das Gremium im Dunkel vor. Psychologen, Neurologen und Militärs. Sie hatten sieben Minuten, um einen Kandidaten zu beurteilen. Das war zwar nicht viel, aber es reichte aus, um den Mädchen bei Bedarf grünes Licht zu geben.

Plötzlich kam ihm ein erschreckender Gedanke. Er packte Leila, hob ihre Haare hoch, griff in ihr Dekolleté und betrachtete die goldene Haut. Nein, sie trug weder ein Mikro noch ein digitales Abhörsystem.

»Spinnst du?«

Chaplain ließ sie los. Sie nahm eine neue Zigarette aus der Packung und schimpfte:

»Ich bin clean, verdammt!«

Geringfügig erleichtert fuhr er fort:

»Was passiert, wenn ihr jemanden gefunden habt, der infrage kommt?«

»Habe ich doch schon gesagt! Wir treffen uns ein- oder zweimal mit ihm, und zwar an vorher vereinbarten Orten. Bei dieser Gelegenheit werden wir überwacht, fotografiert und gefilmt.« Sie kicherte. »Wie Stars.«

»Und weiter?«

»Das ist alles. Nach den Dates sehen wir den Typ nie wieder. Wir kassieren, und dann geht es zum Nächsten.«

»Wie viel?«

»Dreitausend, wenn wir uns bei Sasha anmelden. Und dreitausend pro abgeschlepptem Typen.«

»Habt ihr euch nie gefragt, was mit den armen Kerlen passiert?«

»Junge, ich bin mit dem Motto großgeworden, dass jeder sich selbst der Nächste ist. Soll ich mir etwa Sorgen um einen Schlappschwanz machen, den ich vielleicht dreimal im Leben gesehen habe und der an nichts anderes denkt, als mich zu bespringen?«

»Geht ihr noch immer zu Sasha?«

»Das ist vorbei. Die Sache wurde gestoppt.«

»Seit wann?«

»Seit einem oder zwei Monaten vielleicht. Ich hatte sowieso keine Lust mehr dazu.«

»Wieso?«

»Zu gefährlich.«

»Wieso gefährlich?«

»Zwei Mädchen sind verschwunden.«

»Wie Medina?«

Leila antwortete nicht. Im Auto herrschte Stille und eine unglaubliche Anspannung. Endlich wagte Leila, mit zitternden Lippen zu fragen:

»Was ist mit ihr?«

Chaplain blieb stumm. Leila fuhr ihn an:

»Du hast es mir versprochen, Arschloch. Wir hatten einen Deal.«

»Sie ist tot«, behauptete er.

Die junge Frau sackte in ihrem Sitz zusammen. Das Leder quietschte. Sie schien nicht überrascht zu sein. Chaplains Worte bestätigten, was sie zweifellos schon seit Wochen befürchtete. Wieder griff sie nach einer Zigarette.

»Und auf welche Weise?«

»Die Details kenne ich nicht. Ich weiß nur, dass sie von euren Auftraggebern ermordet wurde.«

Sie stieß einen Seufzer aus und zitterte am ganzen Körper.

»Aber warum?«

»Das weißt du ebenso gut wie ich. Sie hat zu viel geredet.«

»So wie ich jetzt?«

»Du hast nichts zu befürchten. Wir beide sitzen im gleichen Boot.«

»Das hast du auch zu Medina gesagt. Und jetzt sehen wir das Ergebnis.«

»Was faselst du da?«

»Glaubst du, ich hätte dich nicht erkannt? Unser kleiner Nono. Medina hat mir Fotos von dir gezeigt. Aber ich sage dir: Mich wickelst du nicht so ein wie sie.«

»Erzähl es mir.«

»Wieso sollte ich dir etwas erzählen? Jetzt bist du mit Reden dran.«

»Ich habe mein Gedächtnis verloren.«

Leila warf ihm einen zweifelnden Blick zu und musterte ihn dann forschend. Schließlich fuhr sie mit leiser Stimme fort:

»Medina hat dich bei Sasha kennengelernt und sich Hals über Kopf in dich verliebt. Ich frage mich, warum.«

»Gefalle ich dir nicht?«, fragte Chaplain lächelnd.

»Angeblich gibt es bei dir nur die Missionarsstellung, ein Nachtgebet und dann ab in die Heia.«

Chaplain musste grinsen. Seine flotte Aufmachung schien sie nicht zu täuschen. Wie lange hatte er schon keinen Sex mehr gehabt? Auch daran konnte er sich nicht erinnern.

»Und die Typen mit den Kopfhörern? Haben sie mich nicht in Betracht gezogen?«

Mit fast unhörbarer Stimme antwortete sie:

»Hätten sie es getan, würdest du hier nicht den Jack Bauer geben.«

Er versuchte seine Gedanken zu ordnen. Arnaud Chaplain war damals also nicht ausgewählt worden. Aber irgendwann mussten sie sich dann doch für ihn entschieden haben, und zwar als er sich mit Feliz traf. Wie mochte er damals geheißen haben?

»Weiter.«

»Du hast ihr den Kopf verdreht. Und du hast sie überzeugt, gegen jemanden unter irgendeinem anderen Namen auszusagen.«

»Auszusagen?«

»Du hast nach etwas gesucht. Du wolltest den ganzen Schwindel auffliegen lassen. Als Rächer der Erniedrigten und Beleidigten. Ich habe Medina gewarnt, die Finger von der Scheiße zu lassen. Aber sie wollte nicht auf mich hören. Sie ist voll auf diese Gerechtigkeitskiste abgefahren.«

»Wann genau war das?«

»Letztes Jahr im Juni.«

Im August hatte Medina ihre Nachricht auf Band gesprochen. *Langsam wird es beängstigend. Ich bin kurz davor auszuflippen.* Nono hatte sie nicht retten können. Sie hatten mit dem Feuer gespielt, und die junge Frau hatte ihren Leichtsinn mit dem Leben bezahlt.

Inzwischen war er felsenfest davon überzeugt, dass er genau das Gleiche schon einmal mit Anne-Marie Straub, alias Feliz, erlebt hatte. Noch eine Frau, die er davon überzeugt hatte, gegen seine Widersacher auszusagen. Auch Anne-Marie war getötet worden – wahrscheinlich hatte man sie erhängt. Aber wie war Medina gestorben?

»Sagt dir der Name Feliz etwas?«

»Nein. Wer ist das?«

»Ein Mädchen, das kein Glück gehabt hat.«
»Ist sie dir auch über den Weg gelaufen?«
Chaplain antwortete nicht.
»Erinnerst du dich an die Männer, die du ausgesucht hast?«
»Nicht wirklich.«
Leila log, doch er bohrte nicht weiter. Er dachte an Medinas Opfer. Noch hatte er nicht die Zeit gehabt, ihr Profil zu lesen, aber der USB-Stick steckte in seiner Tasche.
»Wie viele waren es?«
»Vielleicht fünf oder sechs.«
Inzwischen hatte Mêtis also aus irgendeinem Grund sein Projekt gestoppt. Und jetzt kam das große Aufräumen. Die Versuchskaninchen waren liquidiert worden, die Mädchen, die zu viel geredet hatten, ebenfalls. Blieben die mythologischen Morde. Wie passten sie in dieses Bild?
»Du hast mir eben erzählt, dass das Projekt nicht weitergeführt wird. Woher weißt du das?«
»Die Auftraggeber rufen nicht mehr an. Es gibt keinerlei Kontakt mehr.«
»Kannst du auch mit ihnen in Verbindung treten?«
Ihre Stimme war vom Rauch ganz rau geworden.
»Nein. Und wenn ich es könnte, würde ich es nicht tun. Schließlich möchte ich nicht so enden wie Medina. Und jetzt? Wie geht es weiter?«
Die Frage verblüffte ihn. Erst jetzt verstand er, dass Leila, so hochnäsig sie sich auch gab, auf Rat und Hilfe hoffte. Er aber war der Letzte, der ihr helfen konnte.
Er hatte Feliz ins Unglück gestürzt.
Er hatte Medina ins Unglück gestürzt.
Er würde nicht auch noch Leila ins Unglück stürzen.
Er legte die Hand auf den Türgriff.
»Vergiss mich«, befahl er. »Vergiss Medina und vergiss Sasha. Wo kommst du her?«
»Aus Nanterre.«

»Geh wieder dorthin zurück.«
»Damit sie mir mein Auto abfackeln?«
Chaplain fühlte sich plötzlich hilflos. Leilas Schicksal war eine Einbahnstraße.
»Pass gut auf dich auf.«
Sie hielt ihre Zigarette wie eine Waffe vor sich.
»Du aber auch. Medina hat einmal gesagt, dass du Schlimmes durchgemacht hast.«
»Was habe ich denn durchgemacht?«
Ihre Stimme wurde so leise, dass er sie kaum noch verstehen konnte.
»Sie sagte, dass in dir der Tod wohnt. Dass du ein Zombie bist.«

Als er die Tür zu seinem Loft öffnete, begriff er, dass alles sich wiederholte. *Eine ewige Wiederkehr.* Er warf sich zur Seite und wich so einem Angreifer aus, der sich auf ihn stürzen wollte. Schon hatte er seine Waffe in der Hand. Er drehte sich zu dem Mann um, der immer noch taumelte, entsicherte die Pistole, zielte und schoss. Im Mündungsblitz erkannte er einen der beiden Männer in Schwarz, dessen Hals zu roten Spritzern zerfetzt wurde. Der Schuss hallte in der Wohnung wider.

Es wurde wieder dunkel. Und dann folgte die Antwort. Mehrere Schüsse zerfetzten die Vorhänge und zertrümmerten die Fenster, von denen ein Splitterregen niederging. Chaplain lag am Boden und schlitzte sich die Hände an den Scherben auf. Zwischen den Schüssen sah er einen Strahl durch die Wohnung streichen – vermutlich ein Taclight, das auf eine Waffe montiert war. Trotz seiner Panik schoss ihm die Frage durch den Kopf, wie sie ihn wohl wiedergefunden hatten.

Zweimal schoss er blind in die Wohnung hinein, ehe er vorsichtig aufstand und in die Küchenzeile huschte. Weitere Schüsse folgten.

Der Lampenstrahl glitt durch den Raum, beleuchtete die zerbrochene Scheibe, fuhr über die Regale und suchte in allen Ecken nach ihm. Die Treppe befand sich rechts, genau zwischen dem Angreifer und ihm. Er erkannte, dass er ins Zwischengeschoss hinaufsteigen musste, wenn er mit dem Leben davonkommen wollte. Genau genommen war das seine einzige Chance. Würde er zur Tür laufen, bekäme er zwei oder drei Kugeln in den Rücken, ehe er auch nur die Schwelle erreichte.

Pulvergeruch hing im Raum. Im Hof, hinter den zerrissenen Vorhängen, gingen Lichter an. Stimmen waren zu hören. Die

Schüsse hatten ihre Wirkung getan. Sollte er einfach in seinem Versteck warten, bis Hilfe kam? Aber sein Gegner würde sicher keine wertvollen Sekunden verstreichen lassen.

In diesem Augenblick sah er, wie der erste Mörder – der, den er niedergeschossen hatte – sich auf seinen Ellbogen stützte. Um ihn herum hatte sich eine Blutlache ausgebreitet. Der nächste Schuss traf ihn mitten ins Gesicht.

»Michel?«, rief der andere.

Die Anrede mit dem Vornamen verlieh den beiden Mördern eine gewisse Menschlichkeit und damit auch eine Schwäche. Diese Männer hatten Vornamen. Vielleicht sogar Frauen und Kinder.

Vom Taclight geblendet hob der Verwundete den Arm, um seinem Kumpel zu zeigen, wo Chaplain sich aufhielt. Dieser wich noch weiter hinter die Küchenzeile zurück und schoss dreimal in Richtung des Verletzten. Bei den beiden letzten Kugeln sah er, wie der Schädel aufplatzte und Hirnmasse aufspritzte.

Ohne dem anderen Mörder Zeit zum Reagieren zu lassen, sprang er auf und rannte zur Eisentreppe. Der Lichtstrahl fand ihn. Wieder wurde geschossen. Chaplain drückte auf den Abzug, als könnten seine eigenen Kugeln ihn schützen. Als er nach dem Tau griff, das als Geländer diente, sah er einen Funken am Kabel entlangtanzen. Er verbrannte sich. Hastig zog er die Hand zurück und erklomm die Stufen. Bei jedem seiner Schritte sprühten Funken. Kugeln pfiffen durch den Raum. Irgendwann würde er einen Querschläger abbekommen.

Im Zwischengeschoss ließ er sich auf den Boden fallen. Der Lichtstrahl unten irrte in Richtung Treppe. Wieder schoss er, ohne zu zielen, und fragte sich, wie viele Kugeln ihm noch bleiben mochten. Die zwei Magazine in seiner Tasche beruhigten ihn ein wenig. Seine Lippen schmeckten nach Blut.

Verzweifelt suchte er nach einem Versteck. Sein Gegner war dabei, die Treppe zu erklimmen. Chaplain spürte die Vibration der Stufen und hörte das Klicken eines neu eingelegten Magazins. Er hätte das Gleiche tun müssen, aber jetzt war es erst einmal wichtiger, in Deckung zu gehen. Zunächst dachte er an das Bad, doch dort würde der Mörder ihn sicher als Erstes vermuten. Ihm fiel etwas Besseres ein. Er glitt zur entgegengesetzten Seite des Raums und duckte sich zwischen Wand und Bett.

Zusammengekauert und mit angehaltenem Atem überlegte er. Sein Widersacher würde in wenigen Sekunden ebenfalls oben auftauchen, mit seiner Lampe den Raum absuchen und wahrscheinlich ziemlich schnell ins Bad weitergehen. Sobald der Mann in der Nasszelle war, würde Chaplain durch die Scheibe schießen. Die Kugel würde nur auf die schusssichere Weste treffen, aber durch ihre Wucht den Mann an die gegenüberliegende Wand schleudern. Im selben Moment würde Chaplain aufspringen, sich auf den Kerl stürzen und auf seinen Kopf schießen. Er hoffte lediglich, dass ihm noch genügend Kugeln blieben. Laden konnte er jetzt nicht; das Geräusch hätte ihn sofort verraten.

Der Mörder stand jetzt im Zimmer. Chaplain erstarrte. Er hörte den Mann schnaufen, knurren und stöhnen wie ein wahnsinnig gewordenes Raubtier. Das Herz klopfte ihm bis zum Hals. Intuitiv spürte er jede Einzelheit: die zögernden Schritte seines Verfolgers, seine Atemlosigkeit, seine Angst. In gewisser Weise genoss er es, dieses kaltblütige Tier am Rand der Panik zu erleben.

Der Mann in Schwarz ließ langsam den Lichtkegel durch den Raum gleiten und schlich schließlich weiter in Richtung Bad. Chaplain kroch aus seinem Versteck, folgte ihm und schoss mehrmals, bis der Abzug sich verklemmte. Das Verbundglas der Abtrennung zerbröselte. Auch das Fenster über dem Schreibtisch war zertrümmert, die Reste der Verdunkelung flatterten im Wind. Aber das Schwein lebte noch; der Kerl hatte sich beim ersten Schuss gleich wieder in den Treppenabgang geflüchtet.

Ohne zu überlegen warf Chaplain seine Waffe fort und stürmte ins Bad. Während er zum Dachfenster emporblickte, rannte der Mörder schon wieder die Treppe hinauf und ballerte dabei ununterbrochen.

Plötzlich wurde es still. Im ganzen Loft war die Luft schwer von Pulver und Rauch. Chaplain sah den Lichtstrahl, der im Zimmer umherirrte. Sein Widersacher hatte ihn noch nicht entdeckt. Und dafür gab es einen triftigen Grund: Er lag in der Badewanne. In der Hand hielt er einen Glassplitter als letzte Waffe. Knirschende Schritte näherten sich. Er durfte sich keinesfalls bewegen. Die Wanne war voller Glasbrösel, die bei der geringsten Bewegung knisterten.

Wie weit war der Mörder noch entfernt?

Fünf Meter?

Drei Meter?

Ein Meter?

Das nächste Geräusch war ganz nah. Chaplain umklammerte den Rand der Badewanne, zog sich auf die Beine und fuchtelte mit seiner Klinge blindlings in der Luft herum, traf jedoch auf nichts. Dann glitt er aus, stürzte und krachte mit dem Hinterkopf gegen die Mischbatterie.

Als er die Augen wieder öffnete, hielt ihm der Mörder die Waffe an die Stirn und drückte wütend auf den Abzug. Intuitiv hielt sich Chaplain die Hände vors Gesicht, hörte jedoch nur ein Klicken. Die Pistole hatte eine Ladehemmung. Vom Taclight geblendet ließ er den Arm vorschnellen und traf den Mörder irgendwo im Gesicht. Der Kerl bemühte sich noch immer, die verkeilte Kugel zu lösen. Chaplain gelang es, sich auf ein Knie hochzurappeln, er packte seinen Gegner im Nacken und rammte die Scherbe tief in sein Gesicht. Im Licht des Taclights erkannte er, dass die scharfe Spitze in seine rechte Wange eingedrungen war und aus der linken Augenhöhle wieder austrat. Der Mann in Schwarz hatte seine Waffe nicht losgelassen. Er schwankte und wurde von Krämpfen geschüttelt. Der Strahl seiner Waffe zuckte und tanzte auf dem Grund der Badewanne, die ihrerseits das Leuchten reflektierte und die ganze Szene in ein diffuses Licht tauchte.

Im Spiegel erkannte Chaplain das bleiche Gesicht des Mannes und sein eigenes, verzerrtes Abbild. Zwei Gegner, deren Augen stumm schrien. Noch im Hinuntersinken versuchte der Mörder seine Waffe auf Chaplain zu richten. Doch seine Finger verloren schnell an Kraft. Schließlich sackte er zusammen. Chaplain stieg aus der Wanne. Der Sterbende bäumte sich noch einmal auf und klammerte sich an sein Bein. Arnaud trat ihm auf den Kopf und drückte die Glasscherbe noch tiefer in sein Gehirn, bis sie zerbrach. Blut spritzte empor.

»Was ist denn hier los? Alles okay da drinnen?«

Chaplain warf einen Blick nach unten. Nachbarn standen im Hof und bemühten sich, durch die zerrissenen Vorhänge zu spähen. Er hob seine Waffe und vorsichtshalber auch die des Mörders auf. Das Taclight leuchtete in seiner Hosentasche weiter. Hastig öffnete er einen Schrank, riss sich den blutbefleckten Mantel vom Leib und zog einen anderen an.

»Jemand da?«

Er drehte das Modell der *Pen Duick I* um und zertrat den Schiffsrumpf mit dem Absatz. Fünfhundert-Euro-Scheine wirbelten durch die Luft. Er steckte so viele davon ein, wie in seine Taschen passten, und nahm auch die Ausweispapiere und die Krankenkassenkarte an sich. Anschließend stieg er auf den Schreibtisch, steckte den Kopf durch die zerbrochene Scheibe und blickte auf Zinkdächer, Regenrinnen und Simse.

Vorsichtig kletterte er über den Träger und sprang auf das erste Flachdach.

Künstlereingang.«
So hatte der Taxifahrer die verborgene Tür der Klinik Sainte-Anne genannt, die sich in der Rue de Cabanis Nummer 7 befand. Es handelte sich um einen diskreten Einlass in der langen, fensterlosen Mauer der Festung für Wahnsinnige. Der Umstand kam Chaplain durchaus zupass, denn er hatte nicht vor, die Klinik durch den Haupteingang zu betreten. Er zahlte und stieg aus. Die Luft war eisig.

Es war 8.30 Uhr.

Nach seiner Flucht war er in seinen Mantel gehüllt durch die Straßen geirrt und hatte versucht, die Blutspuren an seiner Kleidung so gut wie möglich zu verbergen. Auch jetzt spürte er noch, wie der Lebenssaft, der durch sein kalt und steif gewordenes Hemd gesickert war, an seiner Haut klebte. Verstört und benommen war er blindlings drauflosmarschiert, ehe er sich mit dem Unausweichlichen abfand. Seine Zukunft war ihm endgültig verbaut. Ihm blieb nur noch eine einzige Möglichkeit: sich als Notfall in der Klinik Sainte-Anne aufnehmen zu lassen, endgültig zusammenzubrechen und zu kapitulieren.

Wie ein Mantra wiederholte er in Gedanken den Namen des Arztes, von dem Nathalie Forestier gesprochen hatte. François Kubiela.

Dieser Mann würde ihn verstehen, ihn schützen und vielleicht sogar heilen. Und deswegen hatte er bis zum Morgen gewartet. Er wollte den Professor höchstpersönlich treffen.

Er tappte durch die Gärten des Innenhofs, während sich der Morgenhimmel blutrot färbte. Die Gärten lagen verlassen da. Die Hainbuchenhecken waren akkurat getrimmt, die kahlen Äste der Bäume ordentlich geschnitten. Schmucklose Gebäude mit glatten, schwärzlichen Fassaden ragten vor ihm auf. Hier war alles darauf ausgerichtet, verbogene Seelen wieder ins Lot zu bringen.

Aufs Geratewohl ging Chaplain die Wege entlang. Sein Mund fühlte sich trocken an, und er hatte Hunger. Ein leichter Schwindel überkam ihn. Er spürte das Gewicht der beiden Waffen in seinen Taschen – eine CZ und eine SIG Sauer. Er hatte den Namen auf dem Lauf gelesen. Wahrscheinlich war Kubiela der Einzige, der nicht gleich die Polizei rufen würde. Er würde ihm Zeit geben, alles zu erklären. Immerhin kannte er eine Seite des Falles.

Die Wege trugen die Namen berühmter Geistesgestörter: Guy de Maupassant, Paul Verlaine, Vincent van Gogh. Chaplain betrachtete die Hinweisschilder, fand aber nicht, was er suchte. Vielleicht sollte er sich an einen Pfleger wenden.

Einige Schritte weiter entdeckte er einen Mann im blauen Overall, der das Pflaster kehrte. Er war noch sehr jung und trug einen hellblonden Bart. Locken und Wimpern waren von gleicher Farbe. Der Mann war so in seine Tätigkeit vertieft, dass er ihn noch nicht bemerkt hatte. Chaplain kam zu dem Schluss, dass es sich um einen Kranken handelte, dem man diese Aufgabe anvertraut hatte.

Er war nur noch wenige Schritte entfernt und wollte den jungen Mann gerade ansprechen, als dieser aufblickte. Mit einem Schlag hellte sein Gesicht sich auf.

»Guten Tag, Professor Kubiela. Sie haben sich ja schon lange nicht mehr hier blicken lassen.«

5. François Kubiela

Die Welt der Psychiatrie und der Kunst trauert. Am Dienstag, den 29. Januar 2009, kam François Kubiela gegen 23.00 Uhr auf der Autobahn A 31 in der Nähe der luxemburgischen Grenze ums Leben. Bisher ist nicht bekannt, warum er die Kontrolle über sein Fahrzeug verlor. Der bekannte Psychiater rammte kurz vor der Ausfahrt Thionville-Metz Nord die Leitplanke mit einer Geschwindigkeit von etwa hundertvierzig Stundenkilometern. Das Fahrzeug fing sofort Feuer. Bis zum Eintreffen der Sicherheitskräfte war der Körper bereits bis zur Unkenntlichkeit verbrannt ...«

Gänsehaut. Nach dem ersten Schock über seine neue Identität – vermutlich die einzig echte – musste Kubiela nun auch noch den Nachruf auf seinen eigenen Tod verdauen.

Kopflos war er durch die Straßen des 13. Arrondissements geirrt, ehe er in der Nähe der Metrostation Glacière ein Internetcafé betrat. Er setzte sich und gab seinen neuen Namen ein.

Der erste Treffer bei Google war ein Nachruf vom 31. Januar in *Le Monde*. Und es schien sich tatsächlich um ihn zu handeln. Auf Seite fünfundzwanzig der Tageszeitung fand sich ein Schwarz-Weiß-Foto des verunglückten Psychiaters. Es war er selbst in einem weißen Kittel, mit weniger Falten, dafür aber einem umwerfenden Lächeln.

Tot und zugleich am Leben? Fassungslos über diese neue Wendung vertiefte er sich in die Biografie des verstorbenen François Kubiela, eines bekannten Psychiaters und Malers, die in einem schwarz umrandeten Kasten abgedruckt war.

18. November 1971: Geboren in Pantin, Seine-Saint-Denis
    1988: Aufnahme des Medizinstudiums
    1992: Erste Ausstellungen eigener Werke
    1997: Veröffentlichung der Doktorarbeit im Fach Psychiatrie zum Thema der Identitätsentwicklung bei Zwillingen
    1999: Aufnahme der Tätigkeit als Psychiater in der Klinik Paul-Guiraud in Villejuif
    2003: Ausstellung des Gesamtwerks in der Galerie MEMO in New York
    2004: Berufung zu Frankreichs jüngstem medizinischen Direktor an der Klinik Sainte-Anne, Paris
    2007: Veröffentlichung von *Das Spiel der Ichs*, einem Werk über das Syndrom multipler Persönlichkeiten
    29. Januar 2009: Tod auf der Autobahn A 31

Seine Vermutungen bestätigten sich. Er war etwa so alt, wie die falschen Papiere es angaben, und hatte sich zweigleisig sowohl in der Psychiatrie als auch in der Kunstszene betätigt. Was das Privatleben anging, so hatte er offenbar weder Frau noch Kinder, noch nicht einmal eine offizielle Lebensgefährtin. Wenn er allerdings sein Lächeln betrachtete, war er sicher, dass er seine Nächte nur selten allein verbracht hatte.

Die Erinnerungsfetzen, die ihn in Cortos Garten heimgesucht hatten, kehrten wieder zurück. Skilaufen in den Winterferien. Gemütliche Abende in einer Pariser Wohnung. Abenddämmerungen im französischen Süden. Kubiela hatte ein Leben in Glanz und Wohlstand geführt, ohne sich je zu binden oder zu verpflichten. War er ein einsamer Sucher oder ein egozentrischer Jäger gewesen? Wahrscheinlich lag die Antwort irgendwo dazwischen. Auf jeden Fall war Kubiela ein Mann, der sich seiner wissenschaftlichen und künstlerischen Fähigkeiten sicher sein konnte.

1997.

Seine Doktorarbeit hatte ihn berühmt gemacht. Als Schüler des Kinderpsychologen René Zazo, der einige Arbeiten über Zwillinge veröffentlicht hatte, beobachtete er über mehrere Jahre hinweg das Verhalten eineiiger Zwillinge. Wie Zazo richtete er sein Augenmerk auf die Persönlichkeitsentwicklung im Lauf der Jahre und analysierte die unsichtbare Verbindung zwischen ihnen, die sie füreinander empfänglich machte. Kubielas Arbeitsfeld waren Charakterähnlichkeiten, vergleichbare Reaktionen und manchmal sogar telepathische Fähigkeiten, die die Wissenschaft schon seit Jahrhunderten an Zwillingspaaren faszinierten.

Doch bereits bei der Beschäftigung mit Zwillingen wandte sich sein Interesse der Identitätsproblematik zu. Wodurch entsteht Persönlichkeit? Worauf gründet sich der Ich-Begriff? In welcher Beziehung steht die ererbte DNA zur Lebenserfahrung?

Kubielas Schlussfolgerungen hatten die Wissenschaft aufgerüttelt. Ohne Pardon verwarf er nicht nur das Grundprinzip der Psychoanalyse, demzufolge man das ist, was man während seiner Kindheit erlebt, sondern auch das Credo der Neuropsychologie, dass Verhalten und Erleben aufgrund physiologischer Prozesse zu beschreiben und zu erklären sind. Ohne die Berechtigung der beiden Strömungen zu leugnen, verwies Kubiela zur Erklärung der menschlichen Persönlichkeit auf ein geheimnisvolles, angeborenes Etwas, das aus einer höheren, möglicherweise göttlichen Sphäre stamme. Diese Theorie ließ alle wissenschaftlichen und rationalen Erklärungsversuche hinter sich.

Natürlich hatten zahlreiche Stimmen gegen diese »billigen metaphysischen Spekulationen« gewettert, doch niemand konnte die Qualität von Kubielas Studien ernsthaft in Zweifel ziehen. Im Übrigen gestaltete sich seine Karriere in den Kliniken von Villejuif und Sainte-Anne ohne Fehl und Tadel.

Zehn Jahre nach der Veröffentlichung seiner Doktorarbeit schrieb Kubiela ein weiteres Buch, in dem er seine Erfahrungen bei der Arbeit mit Kranken zusammenfasste, die unter multipler Persönlichkeit litten. Auch dieses Buch erregte Aufsehen, weil dieses Syndrom in Europa nicht offiziell als Krankheit anerkannt ist. Hinzu kam, dass Kubiela jede der einzelnen Persönlichkeiten als eigenständiges Individuum anerkannte, anstatt sie wie bisher als Teilstück einer Psychose zu behandeln. Auch in diesem Werk vertrat er die These von einer Art himmlischen Hand, die einem Menschen jede dieser Persönlichkeiten verlieh.

Kein Wunder, dass der Fall Christian Miossens und seine psychische Flucht den Forscher fasziniert hatten. Ihm verdankte er einen völlig neuen Ansatz. Nach den Zwillingen und den Schizophrenen hatte der Psychiater sein Auge auf die »Reisenden ohne Gepäck« geworfen.

Der weitere Ablauf war leicht zu erraten. Kubiela hatte nach anderen Fällen in Frankreich geforscht. Dabei war er auf den Kranken gestoßen, den Nathalie Forestier erwähnt hatte – den Mann aus Lorient. Er hatte eine Verbindung zwischen den beiden Fällen vermutet, hatte gesucht, geforscht und war schließlich auf *sasha.com* gestoßen. Nachdem er dem Club beigetreten war, hatte er Feliz kennengelernt und war später durch Umstände, die ihm noch nicht klar waren, selbst zum Versuchskaninchen für die Medikamententests von Mêtis geworden.

Natürlich wurden diese Recherchen in dem Artikel mit keinem Wort erwähnt. Man fragte sich lediglich, was der Psychiater mitten in der Nacht auf der Autobahn A 31 zu suchen hatte. Und wirklich – was hatte er dort getan? Darauf gab es keine Antwort, denn er war ja nicht tot.

Noch lange dachte Kubiela über die Inszenierung nach. Wer mochte die verkohlte Leiche im Auto gewesen sein? Ein weiteres Versuchskaninchen von Mêtis? Ein Mann, den man mit einer Giftspritze getötet hatte? Sicher hätten die Verbrennungen ausgereicht, um die wahre Todesursache zu verschleiern. Allem Anschein nach war die Untersuchung nur flüchtig gewesen. Es gab keinen Grund, an der Identität des Fahrers zu zweifeln. Autokennzeichen, äußere Merkmale, Kleidung, Uhr und die

Reste der mitgeführten Dokumente passten zu François Kubiela. Aber warum hatte Métis so viel Aufwand betrieben? Glaubten die Drahtzieher, dass das Verschwinden eines bekannten Psychiaters größere Probleme bereiten würde als das der üblichen »Verwirrten«?

Als Nächstes widmete er sich der künstlerischen Seite seines Lebens. Während seines Medizinstudiums hatte Kubiela angefangen zu malen – als Autodidakt; daher also war er bei seiner Crossover-Studie nicht fündig geworden! Ende der 1990er Jahre hatte er der Öffentlichkeit seine ersten Bilder in Gemeinschaftsausstellungen präsentiert. Er war dem Publikum sofort aufgefallen.

Kubiela sah sich im Internet einige seiner Gemälde an. Sie erinnerten entfernt an die Selbstporträts von Narcisse, doch die Themen unterschieden sich. Zwar war er selbst immer Bestandteil des Bildes, doch verlor er sich meist in einer weiten, häufig surrealistisch anmutenden Umgebung wie etwa leeren Plätzen, die an Chirico erinnerten, antiken Stätten oder seltsamen Architekturen jenseits von Raum und Zeit. In diesen Landschaften war Kubiela immer halb von hinten zu sehen, hielt einen Spiegel in der Hand und beobachtete sich aus dem Augenwinkel. Auf diese Weise sah man sein Gesicht zweimal – drei Viertel von vorne und drei Viertel von hinten. Was hatte er mit dieser *Mise en abyme* ausdrücken wollen?

Die Preise für seine Gemälde waren stetig gestiegen, um nach seinem Tod geradezu zu explodieren. An wen mochte dieses Geld gegangen sein? Wer war sein Erbe? In diesem Zusammenhang fiel ihm Narcisse wieder ein. Merkwürdig, dass niemand den Zusammenhang zwischen den Werken des verrückten Malers und denen Kubielas gesehen hatte, zumal immer die gleiche Person dargestellt wurde. Aber vermutlich unterschieden sich die Vertriebsnetze.

Schließlich wandte er sich seiner Herkunft zu. François Kubiela entstammte einer polnischen Immigrantenfamilie, die in

Pantin lebte. Der Vater war Arbeiter, die Mutter Hausfrau, die vermutlich ab und zu auch anderen im Haushalt half, um am Ende des Monats über die Runden zu kommen. Das Paar hatte sich das Geld für das Studium des einzigen Sohnes buchstäblich vom Munde abgespart. Der Vater, Andrzej, war 1999 gestorben. Über die Mutter, Franciszka, sagte der Artikel nichts – man konnte also davon ausgehen, dass sie noch lebte. Dem Bericht zufolge hatte François keine Verbindungen mehr nach Polen, verspürte aber angeblich manchmal noch Sehnsucht nach seiner Kindheit in den Vororten und den einfachen Werten, die seine Eltern ihm vorgelebt hatten. Im Übrigen machte Kubiela nie einen Hehl aus seiner linken Gesinnung, verabscheute allerdings den Kommunismus, was darauf schließen ließ, dass er seine Herkunft nicht vergessen hatte.

Er hörte auf zu lesen, denn plötzlich wurde er sich seines Zustandes bewusst. Er war weder rasiert noch gekämmt und hatte sich eng in seinen Mantel gehüllt, um das zerrissene, von getrocknetem Blut ganz steif gewordene violette Hemd zu verbergen. Dieses Mal hatte er wirklich zwei Tote auf dem Gewissen.

Er holte sich einen Kaffee, denn er fühlte sich angeschlagen, groggy und fiebrig. Aber die Gewalt der letzten Nacht, die Nachricht von seinem eigenen Tod und die Entdeckung seiner wahren Identität konnten selbst den stärksten Mann aus dem Konzept bringen.

Er trank einen Schluck des geschmacklosen, aber glühend heißen Kaffees, der ihn an die Brühe aus den Automaten in Henry-Ey erinnerte. Wie viel Zeit war seit seiner Flucht aus Bordeaux verstrichen? Zwei Wochen? Drei? Und wie viele Leben und Tode hatte er seither durchgemacht? Er setzte sich wieder vor seinen Bildschirm, wo ein Foto von François Kubiela in weißem Kittel und mit schwarzer Haarmähne auf ihn wartete. Er prostete ihm mit dem Kaffeebecher zu.

Irgendwie musste es jetzt weitergehen. Ihm blieb keine andere Wahl. Er hatte sein Schicksal in Kubielas Hände legen wollen, dabei aber nur sich selbst gefunden. Also musste er weiter auf die Jagd gehen.

Zunächst galt es, ein Versteck zu finden. Zwar hatte er Geld, aber er konnte nicht mehr in ein Hotel gehen. Auch seine falschen Papiere nutzten ihm nichts. Sobald man die beiden Leichen in seinem Loft gefunden hatte, würde sein Name binnen kürzester Zeit in sämtlichen Medien auftauchen.

Da kam ihm eine Idee. Die einfachste überhaupt.

Er würde zu seiner Mutter zurückkehren.

Wer würde schon auf die Idee kommen, ihn bei Franciszka Kubiela, der Mutter eines verstorbenen Psychiaters, zu suchen? Er löschte die Chronik seiner Recherche und klickte das Telefonbuch der Île-de-France an.

Und tatsächlich: In Pantin gab es eine Franciszka Kubiela. Sie wohnte in der Impasse Jean Jaurès 37.

Der Name sagte ihm nichts. Seine persönlichen Erinnerungen blieben ihm nach wie vor fast komplett verschlossen. Sein Gehirn schien aus Gips zu sein, doch er war daran gewöhnt.

Aber was war mit seiner Mutter? Wie würde sie reagieren? Was würde geschehen, wenn sie ihrem seit einem Jahr tot geglaubten Sohn die Tür öffnete? Würde sie der Schlag treffen?

Und war sie überhaupt noch fit?

Oder würde er auf eine senile Alte stoßen?

Es gab nur ein Mittel, es herauszufinden.

Er packte seine Sachen zusammen und ging zur Tür.

Anaïs Chatelet verließ das Frauengefängnis Fleury-Mérogis um zehn Uhr morgens. Die dazu nötigen Formalitäten hatten mehr als vierzig Minuten gedauert. Sie hatte Fragen beantwortet und Papiere unterschrieben. Anschließend hatte man ihr ihre Stiefel, den Blouson, ihre Ausweispapiere und ihr Mobiltelefon ausgehändigt. Im Prinzip war sie jetzt frei, allerdings mit der Auflage, sich am kommenden Montag beim Richter zu melden und Paris nicht zu verlassen. Von diesem Tag an stand sie unter richterlicher Aufsicht. Einmal in der Woche musste sie bei der Wache an der Place des Invalides vorstellig werden, wo man sie festgenommen hatte.

Auf der Schwelle schloss sie die Augen und sog die kühle Luft ein. Schon dieser eine Atemzug schien ihr gesamtes Atemsystem zu reinigen.

Etwa hundert Meter weiter wartete ein Wagen vor dem Wartehäuschen einer Bushaltestelle. Ein schwarzer Mercedes, der an einen Leichenwagen erinnerte. Ihr Vater – halb Großunternehmer, halb General einer Militärdiktatur.

Sie ging auf den Wagen zu. Immerhin verdankte sie ihrem Vater ihre Freilassung. Als sie auf fünf Meter herangekommen war, sprang Nicholas aus dem Auto.

»Mademoiselle Anaïs!«

Der kleine, untersetzte Mann hatte Tränen in den Augen. Manchmal fragte sie sich, wie ein Folterer vom Kaliber ihres Vaters zu einem derart sensiblen Adjutanten kam. Sie küsste Nicholas auf die Wange und ließ sich auf den Rücksitz fallen.

Jean-Claude Chatelet, braun gebrannt und schön wie immer, saß im Fond und erwartete sie.

»Ich nehme an, ich muss mich bei dir bedanken.«
»Nicht, dass ich so etwas von dir erwarten würde.«
Die Tür fiel ins Schloss. Nicholas setzte sich ans Steuer. Sie machten sich auf den Weg zur N 104 in Richtung Paris.

Aus dem Augenwinkel beobachtete Anaïs ihren Vater, der ein türkises Leinenhemd und einen marineblauen Pullover trug. Er schien direkt von der Brücke seiner Jacht zu kommen.

Tief im Innern war Anaïs froh, ihn hier zu treffen. Ihn wiederzusehen bedeutete, ihrem Hass neue Nahrung zu geben. Mit anderen Worten: ihr Rückgrat zu stärken.

»Hast du wieder eine Botschaft für mich?«
»Dieses Mal ist es ein Befehl.«
»Der Witz ist gut!«

Er öffnete den Behälter im Armpolster, in dem sich Erfrischungsgetränke und eine glänzende Thermoskanne befanden.

»Möchtest du etwas trinken? Kaffee? Cola?«
»Gern einen Kaffee.«

Chatelet schenkte heißen Kaffee in ein mit Rattan eingefasstes Glas ein. Anaïs kostete einen Schluck und schloss unwillkürlich die Augen. *Der beste Kaffee der Welt.* Aber schnell nahm sie sich wieder zusammen. Auf keinen Fall wollte sie sich durch das vertraute Gift der Wärme, der Sanftheit und der Raffinesse einlullen lassen, das diese Mörderhände ihr anboten.

»Du wirst einige Tage in Paris bleiben müssen«, erklärte der Henker in seiner gepflegten Ausdrucksweise. »Ich habe dir ein Hotel reserviert. Du wirst deinen ›Bewährungshelfer‹ und den Richter aufsuchen. Wir lassen deine Akte nach Bordeaux überstellen, und ich nehme dich mit nach Hause.«

»In deinen Hoheitsbereich?«
»Der ist überall. Du erkennst es daran, dass du in diesem Auto sitzt.«
»Ich bin beeindruckt«, erklärte sie ironisch.

Chatelet wandte sich ihr zu und schaute ihr gerade in die Augen. Sein Blick war hell, verführerisch und bestechend.

Glücklicherweise hatte sie die Augen ihrer Mutter geerbt. Die anthrazitgrauen Augen einer Chilenin.

»Ich übertreibe nicht, Anaïs. Das Spiel ist aus.«

Nach der Ankündigung vom vorigen Sonntag wurde es jetzt also ernst. Rückkehr ins traute Heim, und damit basta. Sie hatte Fleury nur unter der Voraussetzung einer überwachten Freiheit verlassen dürfen und tauschte die Gitterstäbe des Gefängnisses gegen den goldenen Käfig ihres Vaters ein.

»Ich habe es dir schon einmal gesagt«, fuhr er fort. »Diese Leute sind nicht zu Scherzen aufgelegt. Sie erfüllen einen Auftrag und repräsentieren ein System.«

»Was für ein System? Erkläre es mir.«

Chatelet seufzte und ließ sich in seinen Sitz zurücksinken. Er schien zu begreifen, dass auch er keine Wahl hatte. Wenn er seine Tochter überzeugen wollte, musste er Klartext mit ihr reden.

Ein plötzlicher Platzregen prasselte auf die Windschutzscheibe nieder. Chatelet öffnete eine Coladose.

»Es gibt kein Komplott«, begann er mit leiser Stimme. »Und auch keine Intrige oder einen Geheimplan, wie du zu glauben scheinst.«

»Ich glaube gar nichts. Ich höre dir zu.«

»Mêtis wurde in den 1960er Jahren von französischen und belgischen Söldnern gegründet. Seither ist viel geschehen. Schon seit Langem hat die Firma nichts mehr mit der ursprünglichen Zielsetzung zu tun, sondern arbeitet auf dem Gebiet der psychotropen Medikamente. Die Wissenschaftler des Konzerns forschen im Bereich des menschlichen Gehirns.

Mêtis ist ein Chemie- und Pharmaziegigant, in etwa vergleichbar mit Hoechst oder Sanofi-Aventis. Man kann wirklich keiner dieser Firmen vorwerfen, Manipulationen an Menschen vorzunehmen.«

»Und wozu dann die Sicherheitsunternehmen?«

»Sie schützen die Produktionsstätten. Eine rein interne Angelegenheit.«

Anaïs hatte die Liste der Kunden der ACSP überprüft und wusste, dass ihr Vater log. Oder sich irrte. Der Sicherheitsdienst war in der gesamten Region tätig.

»Ich habe zwei Männer kennengelernt, die etwas merkwürdige Vorstellungen von der Arbeit eines Sicherheitsdienstes haben.«

»Damit hat Métis nichts zu tun. Verantwortlich für dieses Durcheinander sind die Leute, die die ACSP dazu benutzt haben, ihre ... ausführenden Organe zu decken.«

Er war also über die Einzelheiten der Angelegenheit informiert. Draußen donnerte es. Der Himmel sah aus, als wäre er aus Granit.

»Und wer soll das sein?«, erkundigte sie sich mit nervöser Stimme.

»Métis entwickelt neue Produkte. Anxiolytika, Antidepressiva, Schlafmittel und Neuroleptika. Ehe die Medikamente in die Produktion gehen, werden sie in Labors genau analysiert. Anschließend werden sie ins Arzneibuch eingetragen. So zumindest sieht der normale Ablauf bei einer pharmazeutischen Firma aus.«

»Und was hat das mit den Handlangern der ACSP zu tun?«

Chatelet trank langsam einen Schluck Cola. Er beobachtete die Regentropfen, die grau über die Scheiben rannen. Nur manchmal wurde der triste Anblick durch bunte Flecken unterbrochen – Fabriken, Lagerhäuser, Supermärkte.

»Die Armee behält die Forschungen im Auge, denn das menschliche Gehirn war immer schon ein vorrangiges Ziel, andererseits aber auch eine Waffe, wenn du so willst. Wir haben die zweite Hälfte des letzten Jahrhunderts damit verbracht, Nuklearwaffen zu entwickeln, um sie möglichst nie anwenden zu müssen. Den menschlichen Geist zu kontrollieren ist eine andere Art, Kriege zu verhindern. Frei nach der Erkenntnis von Laotse, dass der größte Sieger derjenige ist, der ohne Kampf gewinnt.«

Anaïs hasste Leute, die Zitate anführten. Für sie war das ein hinterhältiger Trick, sich zur Höhe des zitierten Denkers aufzuschwingen. Doch davon würde sie sich nicht beeindrucken lassen.

»Mêtis hat irgendeine neue Substanz entdeckt.«

»Nicht Mêtis, sondern eines der angeschlossenen Labors. Es gehört zu einer Forschungsgruppe, deren Aktionär Mêtis ist.«

»Und wie heißt dieses Labor?«

»Das weiß ich nicht.«

»Hältst du mich für blöd?«

»Es käme mir nie in den Sinn, meine Familie zu beleidigen. In den Sitzungen, an denen ich teilnehme, werden solche Einzelheiten nicht besprochen. Ich weiß nur, dass sich das Labor irgendwo in der Vendée befindet und klinische Blindversuche durchführt, die in aller Regel zu nichts taugen.«

»Ein Serum, das eine Spaltung des Geistes hervorruft? Das soll nichts taugen?«

»Zumindest hat man es uns so vermittelt. Tatsächlich ist diese Substanz nicht sehr stabil, und ihre Auswirkungen sind daher nicht zu kontrollieren.«

»Aber du kannst nicht in Abrede stellen, dass es menschliche Versuchskaninchen gegeben hat, die aufgrund dieses nicht zugelassenen Medikaments eine Amnesie erlitten haben.«

Chatelet nickte langsam, was alles und nichts bedeuten konnte. Der Regen trommelte auf den Mercedes.

»Was uns interessiert, ist lediglich die Kontrolle des Gehirns.«

»Wer ist wir?«

»Die Verteidigungskräfte dieses Landes.«

»Gehörst du etwa zum Militär?«

»Ich bin lediglich Berater. Ein Vermittler zwischen Mêtis und der Regierung. Außerdem halte ich eine Minorität der Aktien. Und natürlich kenne ich die Dinosaurier, die in der Armee noch immer das Sagen haben. Aus diesem Grund habe ich an der Ausarbeitung der Versuchsprotokolle teilgenommen. Das ist alles.«

»Wie lautet der Name dieser Versuchsprotokolle?«
»Matrjoschka. Russische Puppe. Weil das Serum eine Spaltung nach der anderen hervorruft. Aber das Projekt ist längst zu den Akten gelegt worden. Du suchst nach etwas, das es nicht mehr gibt. Der Skandal hat längst stattgefunden – in unseren eigenen Reihen. Die ganze Angelegenheit hat sich als kompletter Blindgänger entpuppt.«

»Und die Menschen, die getötet wurden? Die Entführungen? Die Qualen, die diese Leute ertragen mussten? Braucht ihr euch nicht an die Gesetze zu halten?«

Chatelet trank noch einen Schluck Cola. Anaïs hatte den Eindruck, in hellen Flammen zu stehen.

»Wer ist denn schon gestorben?«, fragte er süffisant. »Ein paar einsame Verrückte. Eine oder zwei Nutten, die den Mund nicht halten konnten. Hör mal, Anaïs, du bist zu alt, um noch die Idealistin zu spielen. In Chile sagt man: ›Schäle die Frucht nicht, wenn sie verdorben ist.‹«

»Dann soll man sie also so essen, wie sie ist?«

»Ganz genau. Wir befinden uns im Krieg, mein Liebling. Ein paar Versuche an Menschen haben angesichts der erwarteten Resultate keine Bedeutung. Jedes Jahr sterben Tausende von Menschen bei Attentaten von Terroristen, die ganze Nationen destabilisieren und die Weltwirtschaft gefährden.«

»Dann ist also der Terrorismus der Feind?«

»Bisher ja.«

Anaïs schüttelte den Kopf. Sie konnte beim besten Willen nicht verstehen, dass so etwas in Frankreich straflos geduldet wurde.

»Wie konntet ihr es wagen, Zivilisten zu entführen, ihnen irgendwelche Seren einzuflößen, deren Folgen nicht bekannt sind, und sie später einfach zu massakrieren, als ob es eine Alltäglichkeit wäre?«

»Menschliche Versuchskaninchen sind so alt wie die Welt. Die Nazis testeten an Juden, wie widerstandsfähig ein Mensch sein kann, die Japaner infizierten Chinesen mit Krankheiten, und Koreaner und Russen probierten ihre Gifte an Amerikanern aus.«

»Aber du sprichst hier von Diktaturen und totalitären Regimes, für die Menschenwürde keine Rolle spielt. Frankreich hingegen ist eine Demokratie, deren Leben von Gesetzen und moralischen Werten bestimmt wird.«

»In den 1970er Jahren hat ein tschechischer General namens Jan Šejna in den Vereinigten Staaten öffentlich gemacht, was er hinter dem Eisernen Vorhang erlebt hatte. Es ging um Experimente mit GIs, Gehirnmanipulation, die Verabreichung von Drogen oder Giften an Gefangene. Aber niemand hat gewagt, diese Abscheulichkeiten zu verurteilen. Aus einem ganz einfachen Grund: Die CIA hatte genau das Gleiche getan.«

Anaïs schluckte. Ihre Kehle brannte.

»Dein Zynismus ist entsetzlich«, fügte sie hinzu.

»Ich bin ein Mann der Tat. Mich schockiert nichts. Solche Gefühlsduseleien sind vielleicht etwas für Politiker oder zeternde Journalisten. Es gibt keine Friedenszeiten. Der Krieg geht immer weiter, wenn auch in kleinerem Rahmen. Und psychoaktive Substanzen kann man nun einmal nicht an Tieren testen.«

Jean-Claude Chatelet hatte mit fester, fast heiterer Stimme gesprochen. Am liebsten hätte Anaïs ihm sein Lächeln aus dem Gesicht geprügelt, aber sie war sich darüber im Klaren, dass es dieser Hass war, der sie daran hinderte, endgültig in ihrer Depression zu versinken. *Danke, Papa.*

»Wer ist für das Projekt verantwortlich? Wer ist der Drahtzieher?«

»Wenn du Namen erfahren willst, muss ich dich enttäuschen. Solche Dinge verlieren sich auf den verschlungenen Wegen der Macht. In Romanen und Geschichtsbüchern werden Komplotte und Geheimoperationen immer als rational, organisiert und koordiniert dargestellt, aber im wirklichen Leben herrscht nun einmal Chaos. Vergiss die Liste der Schuldigen. Und was die derzeitige Situation angeht, so sehe ich in dem, was du vollmundig ›Massaker‹ nennst, einen gangbaren Weg, die Verluste möglichst zu begrenzen. Sozusagen die Amputation einen brandigen Gliedes.«

Im Wagen herrschte tiefstes Schweigen. Nur der Regen prasselte weiter auf das Autodach. Sie hatten die Stadtumgehung erreicht. Durch die nassen Scheiben sah die Stadt weder einladender noch menschlicher aus als die Stahl- und Betonwüste, durch die sie bisher gefahren waren.

Einen letzten Punkt wollte Anaïs aber noch klären.

»Während der Versuchsreihe wurden mehrere Morde begangen, die alle einen mythologischen Hintergrund hatten.«

»Dabei handelt es sich um eines der großen Probleme dieses Projekts.«

»Dann weißt du also auch darüber Bescheid?«

»Matrjoschka hat ein Ungeheuer geboren.«

Auf diese Enthüllung war Anaïs nicht gefasst.

»Bei einem der Patienten hat die Substanz eine unbezähmbare Mordlust hervorgerufen. Der Kerl tötete nach einem verrückten, auf griechischen Sagen basierenden Ritual, aber das weißt du ja selbst.«

»Habt ihr diesen ... Patienten ... identifiziert?«

»Stell dich nicht dümmer als du bist. Wir alle kennen ihn. Und wir müssen ihn stellen und unschädlich machen, ehe uns alles um die Ohren fliegt.«

Das war es also. Freire galt als Hauptschuldiger. Er war nicht einfach nur ein Name unter vielen anderen auf der schwarzen Liste, sondern derjenige, den zu beseitigen die vorrangige Aufgabe war. Anaïs öffnete das Fenster und hielt ihr Gesicht in den Regen. Inzwischen fuhren sie an der Seine entlang. Ein Straßenschild kündigte das Stadtzentrum an.

»Lass mich raus.«

»Wir sind noch nicht an deinem Hotel.«

»Nicholas«, schrie Anaïs, »halt den Wagen an oder ich springe raus!«

Der Adjutant warf seinem Chef im Rückspiegel einen Blick zu, den dieser mit unmerklichem Kopfnicken beantwortete. Nicholas fuhr an den rechten Straßenrand und hielt. Anaïs stieg aus und blieb auf einem winzigen Gehweg stehen. Eine unaufhörliche Autoschlange brauste die Schnellstraße entlang.

Anstatt sich zu verabschieden, beugte sie sich zum geöffneten Fenster hinunter und schrie ihrem Vater durch den strömenden Regen zu:

»Er ist nicht der Mörder!«

»Ich habe den Eindruck, dass dieser Fall zu einer sehr persönlichen Angelegenheit für dich geworden ist.«

Anaïs lachte auf.

»Und das sagst ausgerechnet du?«

Das Viertel erinnerte ihn an eine Art magnetischen Pol. Einen Punkt auf der Karte, der die Kraft hatte, Gewitter, Not und Verzweiflung anzuziehen. Das Taxi setzte ihn am Anfang der Sackgasse vor dem Haus Rue Jean Jaurès Nummer 54 ab. Der Regen prasselte nieder wie Geschützhagel. Der Teer platzte unter seinen Schritten auf. Die Umgebung war kaum zu erkennen. Es donnerte. Ein Blitz erleuchtete eine Ansammlung aus Kalkstein erbauter ärmlicher Häuser, die sich an die Flanke eines flachen Hügels klammerten.

Kubiela begann mit dem Aufstieg. Mit jedem Schritt wurde das Umfeld hässlicher. Triefende Mauern und verfaulte Zäune schützten halb zugewachsene Häuser. Die Hausnummern waren mit der Hand auf Karton geschrieben. Hunde warfen sich gegen Zaungitter und bellten sich die Kehle wund. Betonpfähle für Stromleitungen standen in Pfützen.

Nachdem Kubiela seinen Nachruf gelesen hatte, war ihm klar, dass er aus einfachen Verhältnissen stammte, doch das, was er hier sah, legte die Latte noch um einiges tiefer. Er war in eine bittere Not hineingeboren, die er seit Langem besiegt glaubte – die der Slums und Elendsviertel, der Gettos ohne Strom und fließendes Wasser.

Nachdem er den Hügel etwa zur Hälfte erklommen hatte, endete der feste Straßenbelag. Rostiges Eisen, alte Herde und Autoteile steckten im Schlamm. Kubiela ertappte sich bei Ängsten, wie sie brave Spießbürger umtreiben. Fast schon erwartete er, auf dem elterlichen Grundstück einen von zahnlosen, verdreckten Roma bewohnten Wohnwagen vorzufinden.

Tatsächlich handelte es sich bei Nummer 37 um ein Einfamilienhaus aus Backsteinen. Jahrzehnte der Vernachlässigung hatten ihre Spuren hinterlassen. Es stand ganz oben auf dem Hügel, umgeben von Quecken und ausrangierten Kaninchenställen. Das rote Dach sah aus wie eine blutige Wunde.

Geschlossene Fensterläden und der allgegenwärtige Zerfall ließen darauf schließen, dass das Haus schon lange nicht mehr bewohnt wurde. Seine Mutter war weggezogen. Angesichts der Umgebung konnte er sich nicht vorstellen, dass sie ihre alten Tage irgendwo an der Côte d'Azur genoss – es sei denn, sie hatte den Erlös aus seinen Gemälden eingestrichen.

Er zerriss den Draht, der das Grundstück absperrte, und berührte im Vorübergehen die Glocke, die unter der Gewalt des Regens zitterte. Der nur wenige Quadratmeter große Garten, wo nur alte Autoreifen und Betonblöcke herumlagen, trug noch zum Eindruck tiefster Verzweiflung bei. Kubiela watete bis zur Treppe, über der eine halb zerrissene Markise hing. Der Regen pikste ihn mit tausend Nadeln, bis er den schützenden Eingang erreicht hatte.

Er läutete, doch nichts geschah. Trotzdem klopfte er noch einmal an das Eisengitter, das zum Schutz vor der Luke in der Tür angebracht war. Drinnen rührte sich nichts. Er riss einen der Gitterstäbe aus der Verankerung, stemmte den Laden des nächstgelegenen Fensters auf und zertrümmerte die Fensterscheibe, die mit einem trockenen Splittern zerbrach. Allmählich bekam er Übung in diesen Dingen.

Er klammerte sich an das Fenstersims und blickte sich um. Keine Menschenseele weit und breit. Rasch schlüpfte er ins Innere. Das Haus war völlig leer. Kurz streifte ihn der Gedanke, dass seine Mutter nach seinem Tod ebenfalls verstorben sein könnte – immerhin war seine einzige Informationsquelle ein über ein Jahr alter Artikel in *Le Monde* gewesen.

Windfang. Küche. Wohnzimmer. Kein Möbelstück, keine Lampe, kein Vorhang. Die Wände waren beige und braun gestrichen und wirkten modrig. Der Holzboden war so zersprungen, dass man die Trägerbalken sehen konnte. Bei jedem Schritt knackte etwas unter seinen Füßen. Es waren dattelgroße Kakerlaken. Kubiela wusste, dass er hier seine Kindheit verbracht hatte, und konnte sich lebhaft vorstellen, wie er sich angestrengt haben musste, dieses Loch so schnell wie möglich hinter sich zu lassen. Und das beste Mittel dazu waren eine gute Schulbildung und ausgezeichnete Zeugnisse.

In sozialer und materieller Hinsicht hatte er auf der ganzen Linie gesiegt. Aber nicht nur das. Indem er sich im Studium auf die Psychiatrie spezialisierte, hatte er versucht, auch seinem geistigen Horizont, seinen Ambitionen und seinem Alltag eine neue Qualität zu verleihen. Und noch etwas wusste er genau: Niemals hatte er seine Eltern und ihre handwerklichen Tätigkeiten verachtet. Im Gegenteil. Eine seiner wichtigsten Triebfedern war die Dankbarkeit gewesen – einschließlich der Hoffnung darauf, sich eines Tages revanchieren zu können. Er hatte sich vorgenommen, seine Eltern aus dem Elend zu holen und sie für ihr Randgruppendasein zu entschädigen. Hatte er ihnen vielleicht ein anderes Haus gekauft? Er konnte sich nicht erinnern.

Er erreichte eine Treppe. Das Holz war zu einer weichen Masse verschimmelt, aus der bei jedem Schritt eine grünliche Flüssigkeit quoll. Irgendwelche Krabbeltiere stoben im Halbdunkel davon. Er klammerte sich an das Geländer, fürchtete aber, dass es unter seinen Händen zerbröckeln könnte. Doch es hielt stand. Plötzlich kam ihm der absurde Gedanke, dass das Haus ihn akzeptierte – dass es ihn geradezu einladen wollte, seine Besichtigung fortzusetzen.

Vom Flur trat er in das erste Zimmer. Die Läden waren geschlossen, es war dunkel und vollständig leer. Das nächste und übernächste Zimmer boten das gleiche Bild. Schließlich erreichte er eine verschlossene Tür, die sogar mit einem nagelneuen Schloss ausgestattet war. Diese Besonderheit machte ihm wieder ein wenig Hoffnung. Er versuchte die Tür mit der Schulter einzudrücken, wobei er befürchtete, die Trümmer könnten ihm um die Ohren fliegen. Doch der Ansturm erwies sich als schwieriger als erwartet. Kubiela musste sogar ins Erdgeschoss zurückkehren und seine Eisenstange holen. Er brauchte zehn mühevolle Minuten, ehe er die Tür endlich aus den Angeln heben konnte.

Auch dieses Zimmer war leer, bis auf zwei Kartons, die mit Müllsäcken bedeckt in der Ecke standen. Vorsichtig hob Kubiela einen der Müllsäcke hoch. Er fürchtete, dass ihm Ratten oder Würmer entgegenkommen könnten. Stattdessen war der Karton mit Spiralheften neueren Datums gefüllt. Er nahm eins heraus und blätterte es durch. Das Herz klopfte ihm bis zum Hals. Zwischen den blauen Plastikdeckeln befanden sich persönliche Aufzeichnungen von François Kubiela über Fälle psychischer Fluchten.

Einen kostbareren Schatz hätte er kaum finden können.

Hastig riss er den Müllsack vom zweiten Karton und fand Umschläge, Fotos und Unterlagen. Das ganze Leben der Kubielas in Zahlen, Bescheinigungen, Negativen und Formularen. Derjenige, der die Papiere hier deponiert hatte, war bestrebt gewesen, sie vor Feuchtigkeit zu schützen. Auch das Innere der Kartons war mit Müllsäcken ausgelegt.

Wer mochte dieses Archiv an dieser Stelle untergebracht haben?

Er selbst. Während seiner Forschungen hatte er die Gefahr gespürt, sein Hauptquartier im Haus seiner Eltern aufgeschlagen und alle Beweisstücke von seiner Suche sowie seine persönlichen Papiere hier verborgen.

Er öffnete das Fenster und stieß die Läden zur Seite. Regen sprühte ins Zimmer. Schnell schloss er das Fenster wieder und drehte sich um. Ein mit einer Stahlplatte verschlossener Kamin nahm die rechte Wand ein. Die Tapete zeigte noch die Spuren der Möbel, die früher einmal hier gestanden hatten. Ein Bett, ein Schrank, eine Kommode. Helle Rechtecke an der Wand sprachen für Poster. Kubiela ahnte, dass dies sein Zimmer gewesen sein musste. Hier hatte er seine frühe Jugend verbracht.

Er wandte sich wieder den Kartons zu. Sicher würde es ihn viele Stunden kosten, ihren Inhalt zu studieren.

Kubiela rieb sich die Hände wie vor einem warmen Feuer und kniete sich vor seinem Schatz hin. Er lächelte.

Seinem Schicksal wohnte eine bittere Logik inne.

Mit leeren Kartons hatten seine Nachforschungen in Bordeaux angefangen.

Und sie endeten mit vollen Kartons in Pantin.

Das Gesicht von Solinas war allein schon den Abstecher wert. Zwar wusste der Kommissar, dass Anaïs aus dem Gefängnis entlassen werden sollte, doch er rechnete nicht damit, dass sie prompt darauf in seinem Büro aufkreuzen würde. Vermutlich war er davon ausgegangen, dass sie ihre Ermittlungen wieder im Alleingang aufnehmen wollte.

»Komm wieder zu dir, Solinas. Ich bin es nur.«

Der Kommissar schob seine Brille auf die Stirn.

»Ehrlich gesagt überraschst du mich.«

»Wir haben schließlich einen Deal, oder?«

Er machte eine wegwerfende Handbewegung.

»Ach, weißt du, die Deals heutzutage ...«

Anaïs setzte sich ihm gegenüber an den Schreibtisch. Beide blieben sehr höflich und ein wenig unterkühlt. Sie stützte die Ellbogen auf den Schreibtisch und begann.

»Ich stehe unter richterlicher Aufsicht. Am Montag muss ich zum Richter, der mich vielleicht sofort wieder ins Kittchen schickt. Wenn nicht, werde ich dank der Gunst meines Herrn Vaters nach Bordeaux zurückgeschickt. Das bedeutet, dass mir nur der heutige Tag und das Wochenende bleiben, um in unserer Angelegenheit weiterzukommen.«

Solinas schmunzelte. Er begann zu begreifen.

»Du hast ja ganz schön Feuer unterm Hintern.«

»Und ich muss mich sputen, ehe man mir wieder Knüppel zwischen die Beine wirft.«

Sein Lächeln wurde breiter.

»Wie weit bist du inzwischen?«, erkundigte sie sich.

Solinas verzog das Gesicht und fummelte wieder an seinem Ehering herum.

»Nicht viel weiter als vorher. Wir wissen jetzt, dass die Leiche tatsächlich die von Medina Malaoui ist, nachdem wir in ihrer Wohnung DNA-Spuren sichergestellt haben.«

»Wird sie exhumiert?«

»Wozu? Diese Leiche können wir getrost vergessen. Es gibt hier nicht die geringsten Anhaltspunkte.«

»Habt ihr ihre letzten Kontakte unter die Lupe genommen?«

»Wir wissen nicht einmal genau, wann die Dame verschwunden ist. Außerdem haben wir in ihrer Wohnung weder ein Notizbuch noch einen Computer gefunden. Entweder hat Janusz sie mitgenommen, oder andere waren vor ihm da.«

»Die Anruferliste?«

»Da sind wir dran. Aber irgendwie habe ich das ungute Gefühl, dass sie für ihre Kundenkontakte ein anderes Handy benutzte.«

»Bankkonten?«

»Nichts Auffälliges. Aber Freizeitnutten lassen sich ohnehin nur schwarz bezahlen.«

»Nachbarschaftsbefragung?«

»Hat nichts ergeben. In ihrem Viertel kannten sie nur wenige. Man sah sie so gut wie nie, weil sie ihr Leben bei Nacht führte.«

»Aber sie war doch auch als Studentin eingeschrieben.«

»Ihre Kunden haben vermutlich ihren Arsch öfter gesehen als die Profs ihre blonden Locken.«

Die vulgäre Ausdrucksweise des Kommissars störte Anaïs ein wenig, aber bei der Polizei ist es wie im richtigen Leben: Man sucht sich seine Familie nicht aus.

»Hatte sie einen Zuhälter? Oder gehörte sie einem Netzwerk an?«

»Danach suchen wir noch.«

»Habt ihr die Sitte schon eingeschaltet?«

»Nein«, antwortete Solinas. »Ich will keine Hilfe von außen.«

»Dann weiß also niemand, dass die Leiche inzwischen identifiziert ist?«

»Niemand.«

Anaïs musste lächeln. Da dieser Kommissar den Fall im Alleingang lösen wollte, durfte er niemanden um etwas bitten. Er brauchte sie also mehr denn je.

»Weißt du was, Sol?« Es war das erste Mal, dass sie ihn so nannte, und der Name passte zu ihm. »Ich will ein Büro, einen funktionstüchtigen Computer, ein Zivilfahrzeug und zwei richtig gute Männer. Außerdem rufst du gleich die Wache an der Place des Invalides an und sorgst dafür, dass du zu meinem ›Bewährungshelfer‹ ernannt wirst.«

»Sonst aber nichts?«

»Wenn du mich ans Ruder lässt«, fuhr sie fort, als hätte sie seinen Einwurf nicht gehört, »hast du innerhalb der nächsten vierundzwanzig Stunden erste Resultate.«

Schweigend sah Solinas sie an, während er pausenlos seinen Ring auf und ab schob. Fast sah es aus, als masturbierte er.

»Du bist auf mich angewiesen«, bekräftigte sie. »Deine Jungs haben keine kriminalistische Erfahrung, du kannst niemanden um Hilfe bitten, und am Montag wird der Staatsanwalt einen Ermittlungsrichter ernennen, der wiederum die Kripo einschaltet.«

Solinas schwieg noch immer.

»Du hast das alles von Anfang an gewusst. Und nur deshalb hast du mich im Knast besucht.«

Der Kommissar runzelte die Stirn, was bei seinem kahlen Schädel gut zu beobachten war. Man konnte seine Gedanken wie in einem offenen Buch lesen.

»Ja oder nein?«

Solinas' Gesicht entspannte sich plötzlich, und er brach in schallendes Gelächter aus.

»Was ist denn daran so komisch?«, fragte Anaïs pikiert.

»Ich denke gerade an deinen Alten.«

»Wieso an den?«

»Du warst bestimmt keine ganz einfache Tochter.«

»Er war ein unmöglicher Vater. Kriege ich jetzt das, was ich brauche, oder nicht?«

»Geh dir einen Kaffee holen. Ich muss ein paar Dinge organisieren.«

Wortlos verließ Anaïs das Büro. Die mit Teppichboden ausgelegten Flure, die Klimaanlage und die trüben Deckenleuchten erinnerten sie an das Gefängnis, allerdings in einer Hightechversion.

Vor dem Kaffeeautomaten suchte sie nach Kleingeld. Zwar zitterten ihre Hände, doch es war eine positive Erregung. Sie hatte sich längst entschieden, die Ermittlung aufzuteilen. Mit Medina sollten sich Solinas und seine Leute befassen, während sie selbst sich um etwas anderes kümmern würde, von dem sonst niemand wusste: die Daguerreotypien. Solinas gegenüber würde sie natürlich kein Sterbenswörtchen davon erwähnen. Wäre doch gelacht, wenn sie der Macho-Bande nicht eine Nasenlänge vorausbliebe.

Der Kaffee gurgelte in den Becher. Gleich beim ersten Schluck verbrannte sie sich die Zunge. Der zweite Schluck war schon erträglicher, doch der Kaffee hatte nicht das geringste Aroma. Ihr Bauch knurrte und rumorte. Sie hatte nichts mehr gegessen, seit … ja, seit wann eigentlich?

Als sie in Solinas' Büro zurückkehrte, war dieser nicht mehr allein. Neben ihm standen zwei Kleiderschränke, die wie ausgemachte Ganoven aussahen.

»Darf ich dir Fiton und Cernois vorstellen? Zwei meiner besten Jungs. Sie werden dir bis Montag zur Hand gehen.«

Anaïs musterte die beiden Muskelmänner. Der eine war groß und dürr, nicht rasiert, trug eine verdreckte Jeans, dunkle Turnschuhe und eine schwarze Jacke, unter der ein T-Shirt mit dem Konterfei von Iggy Pop hervorlugte. Er hatte sein Haar zu einem Entenschwanz frisiert, die Augen mit Kajal betont und sah aus, als wäre er komplett zugedröhnt. Der andere war ebenso groß wie der erste, aber locker doppelt so schwer. Er trug einen fadenscheinigen Markenanzug, eine fleckige Krawatte und einen Dreitagebart, der heftig mit seinem Bürstenschnitt kontrastierte. Beide trugen die Waffe gut sichtbar an ihrem Gürtel.

Sie gefielen Anaïs auf Anhieb, denn sie erinnerten sie an ihr Team in Bordeaux. Allerdings ahnte sie, dass die beiden Typen für kriminaltechnische Ermittlungen ungefähr so geeignet waren wie sie selbst für ein Strickkränzchen.

»Und mein Büro?«

»Das ist gleich nebenan. Dann kann ich dich besser im Auge behalten. Du wirst keinen Schritt tun, ohne mich auf dem Laufenden zu halten.«

Sie dachte an die Daguerreotypien und suchte nach einem Ausweg. Aber vergeblich.

»Friss oder stirb«, grinste Solinas. »Ich denke, du hast keine Wahl.«

Innerhalb von zwei Stunden erkannte François Kubiela, dass die Aufzeichnungen seine neuesten Vermutungen im Großen und Ganzen bestätigten. In fünf kleinformatigen Spiralheften, deren karierte Seiten er mit seiner engen Kugelschreiberschrift vollgeschrieben hatte, fand sich sein komplettes Logbuch. Er hatte ganz altmodisch gearbeitet – ohne Computer, ohne USB-Stick, ohne Internet. In seiner Hand befanden sich nur Schulhefte, die er selbst in einem Zimmer eines baufälligen Einfamilienhauses versteckt hatte.

Sein Tagebuch begann mit dem 4. September 2008, als er in der Klinik Sainte-Anne einen etwa vierzigjährigen Mann aufnahm, der sein Gedächtnis verloren hatte. Er entschloss sich, die Entwicklung im Fall dieses Kranken Schritt für Schritt zu dokumentieren. Der Mann, der weder Röntgen noch CT zulassen wollte, berichtete schon sehr bald wieder von Erinnerungen. Er hieß David Gilbert, war Ingenieur und lebte in einem der südlichen Pariser Vororte.

Kubiela überprüfte seine Angaben, die sich samt und sonders als falsch herausstellten.

Gleichzeitig war die Polizei auf der Suche nach dem verschollenen Christian Miossens in Sainte-Anne aufgetaucht und hatte in Gilbert den Vermissten erkannt. Nur langsam und offenbar widerstrebend hatte der Patient seine ursprüngliche Identität wieder angenommen. Nach einem Monat in der Klinik war er zu seiner Schwester Nathalie Forestier zurückgekehrt. Kubiela hatte die Diagnose schriftlich festgehalten: Miossens litt unter einer psychischen Flucht, einem in Frankreich bis dahin fast unbekannten Syndrom.

Daraufhin beschäftigte sich der Psychiater mit der angelsächsischen Fachliteratur und besprach sich mit seinen Kollegen. Dabei hörte er von einem anderen Fall, einem gewissen Patrick Serena, der in der Spezialklinik Les Châtaigners bei Lorient betreut wurde. Man hatte den Mann im September 2008 an einer Nationalstraße in der Nähe von Saint-Nazaire aufgegriffen. Er behauptete, Alexandre zu heißen, arbeitete aber als leitender Angestellter in einem digitalen Verlag, war unverheiratet, wohnte in Puteaux bei Paris und war im April 2008 bei einer Verkaufstour spurlos verschwunden. Wie war der Mann in die Bretagne gekommen? Wodurch wurden seine Symptome ausgelöst? Was hatte er zwischen April und September 2008 gemacht? Jedenfalls hatte er selbst um Einweisung gebeten und wurde seither stationär in Les Châtaigners behandelt.

Kubiela hatte die Übereinstimmungen zwischen den beiden Fällen notiert. Anschließend war er nach Lorient gefahren und hatte mit Serena gesprochen. Er konnte den Patienten überzeugen, ihn nach Sainte-Anne zu begleiten, wo er weiterhin stationär behandelt werden sollte. Der Patient war zur Zusammenarbeit bereit und beantwortete gern alle Fragen des Psychiaters, doch weigerte er sich ebenso wie Miossens, bildgebende Verfahren jeglicher Art über sich ergehen zu lassen.

Der Arzt hatte das Erinnerungsvermögen der beiden Männer bis ins Detail durch die Gabe von Medikamenten, durch Hypnose und in Gesprächen untersucht. Nach und nach traten weitere Parallelen zutage. Da war vor allem der Gebrauch eines Nicknames. Christian Miossens nannte sich selbst häufig »Gentil-Michel«, Serena »Alex-244«. Der Psychiater konnte sich diese Namen nicht erklären. Auch die Orte, die sie auf eine etwas konfuse Weise beschrieben, ähnelten sich. Da war zum Beispiel eine Fischerbar mit Boxen, an deren Wänden Segel hingen, oder ein silberfarbenes Souterrain mit Möbeln, die wie Einzeller aussahen.

Kubiela war durch die Bars von Paris gestreift und hatte das

Pitcairn im 4. Arrondissement sowie das Vega im 9. entdeckt, wo die Speed-Dating-Agentur *sasha.com* ihre Mitgliedertreffen organisierte. Er erinnerte sich der Nicknames und hatte daraus geschlossen, dass sowohl Miossens als auch Serena, beide ledig, Clubmitglieder waren und hier ihre Traumfrau kennenzulernen hofften.

Im Dezember 2008 war der Psychiater bereits beim dritten Heft seiner Aufzeichnungen angekommen, als ein Kollege aus Sainte-Anne ihm von einem weiteren Fall psychischer Flucht berichtete, von dem er bei einer Weiterbildung in Blois gehört hatte. Kubiela hatte den Patienten in der Anstalt von La Ferté bei Tours kennengelernt. Die Übereinstimmungen mit den anderen Fällen waren frappierend.

Auch bei ihm handelte es sich um einen unter Amnesie leidenden Mann, der sein Gedächtnis wiedergefunden zu haben glaubte. Ebenso wie die anderen hatte er alle bildgebenden Verfahren abgelehnt und war schließlich von seiner wahren Herkunft eingeholt worden. Er hieß Marc Kazarakian, stammte ursprünglich aus Armenien und hatte in einer ganzen Reihe von Jobs gearbeitet, ehe ihn eine schwere Depression zur Untätigkeit verurteilte. Aus seinem Heimatort Sartrouville war er im Juli 2008 verschwunden, um irgendwann ohne die geringste Erinnerung im Departement Indre-et-Loire aufzutauchen.

Kubiela hatte ihn auf seine Station verlegen lassen. Auch dieser Mann benutzte einen Nickname, »Andromak«, und kannte sowohl das Pitcairn als auch das Vega. Schließlich gab es keinen Zweifel mehr. Drei Männer, alle einsam, sensibel und labil, hatten die Dienste von *sasha.com* in Anspruch genommen, weil sie sich nach einer dauerhaften Beziehung sehnten.

Kubiela hatte darauf verzichtet, die Verantwortlichen des Clubs zur Rede zu stellen oder die Polizei einzuschalten. Stattdessen trat er selbst dem Club bei. In den ersten Wochen konnte er keine Erfolge verbuchen. Schließlich begann er schon daran zu zweifeln, dass hier wirklich Entführungen, Manipulationen des Gehirns und Menschenversuche stattfanden. Doch dann lernte er eines Tages Feliz alias Anne-Marie Straub kennen.

Von diesem Moment an nahmen seine Nachforschungen eine unerwartete Wendung. Kubiela mochte zwar ein unerfahrener Ermittler sein, aber seiner Wirkung auf Frauen konnte er sich sicher sein. Die hinreißende dunkelhaarige Feliz, die sich kühl und geheimnisvoll gab, war seinem Charme schließlich erlegen und hatte ihn ins Vertrauen gezogen. Sie arbeitete als Escort-Girl und wurde dafür bezahlt, unter den Kandidaten von *sasha.com* nach alleinstehenden Männern ohne Familie und andere Bindungen zu suchen, die zudem möglichst psychisch labil sein sollten. Mehr wusste sie nicht. Weder kannte sie ihre Auftraggeber persönlich, noch wusste sie, was sie mit dieser Suche beabsichtigten.

Der Hobbyermittler war verblüfft über das merkwürdige System, Escort-Girls in eine Partnervermittlung einzuschleusen. Genau genommen waren sie Treiberinnen auf der Suche nach Beute. Fanden sie ein geeignetes Opfer, wurde es entführt und psychisch manipuliert. Aber von wem? Wie? Und wozu?

Als er dann das fünfte und letzte Heft seiner Aufzeichnungen begann, war François Kubiela offensichtlich nachdenklich geworden. Wie sollte er seine Nachforschungen weiterführen? Die Situation überforderte ihn. Er entschloss sich, die Polizei einzuschalten, zumal er von Miossens' Schwester Nathalie Forestier erfahren hatte, dass ihr Bruder nach seinem zweiten Verschwinden tot und verstümmelt aufgefunden worden war. Er überredete Feliz, ihm als Zeugin zur Seite zu stehen ...

Hier endeten die Notizen des Psychiaters. Den Rest konnte Kubiela sich denken. Die Männer von der ACSP waren tätig geworden. Ende Januar 2009 hatten sie Feliz aufgehängt und den Arzt entführt, um ihn der Behandlung mit dem Namen »Matrjoschka« zu unterwerfen. Diesen Punkt der Geschichte begriff Kubiela nicht. Warum hatte man ihn nicht ebenfalls getötet? Warum hatte man stattdessen das Risiko auf sich genommen, ihn in das Projekt aufzunehmen, obwohl er vom Fach war und nicht dem Psychogramm der Versuchskaninchen entsprach? Oder täuschte er sich da? Immerhin lebte er allein und hatte nie einen Hausstand gegründet. Und was sein psychisches Gleichgewicht anging, so war es ihm nicht möglich, über sich selbst zu urteilen. Vielleicht passte er ja tatsächlich perfekt ins Profil.

Mit achtunddreißig Jahren war François Kubiela zur Versuchsperson von Mêtis geworden. Nach seiner ersten psychischen Flucht war er im März 2009 am Ufer des Kanals de l'Ourcq aufgetaucht, felsenfest davon überzeugt, Arnaud Chaplain zu heißen. Was anschließend geschah, war ihm mehr oder weniger bekannt. Eine Flucht folgte der anderen, während die von Mêtis beauftragten Mörder versuchten, ihn zu eliminieren, und die mythologischen Morde verübt wurden. Mit jeder neuen Identität hatte Kubiela sich Fragen gestellt und von Neuem mit seinen Nachforschungen begonnen. Immer wieder war er den gleichen Spuren gefolgt, hatte nach und nach die Maschinerie Matrjoschka enthüllt und war dem mythologischen Mörder näher gekommen. Aber wie weit hatte er es geschafft? Kannte er die Identität des Mörders? Die ewigen Fragen. Leider fand sich in den Heften keine Antwort darauf.

Als Nächstes widmete er sich dem zweiten Karton, dessen Inhalt die Familie Kubiela betraf. Aus den Dokumenten erfuhr er lediglich zwei wichtige Dinge. Erstens: Seine Mutter Franciszka war 1973, zwei Jahre nach seiner Geburt, in eine Anstalt eingeliefert worden, aus der sie nie wieder herauskam. Den Unterlagen nach zu schließen lebte sie noch, und zwar in der Klinik Philippe-Pinel in Amiens. Diese Information rief in Kubiela nicht die geringste Gefühlsregung hervor. Neben der Erinnerung schien man ihm auch die Emotionen genommen zu haben.

Franciszkas ärztliche Gutachten sprachen sowohl von akuter Schizophrenie als auch von wiederkehrenden bipolaren Störungen sowie von Angstzuständen. Die Diagnosen waren vielfältig und manchmal sogar widersprüchlich. Flüchtig überflog Kubiela die Auflistung der verschriebenen Medikamente und der Zwangseinweisungen. Bis zum Jahr 2000 hatte sein Vater Andrzej die Einweisungen unterschrieben, danach hatte François den Papierkram erledigt.

Dieser Umstand erklärte sich durch die zweite wichtige Information, die Kubiela in den Akten fand. Sein Vater war im März 1999 im Alter von 62 Jahren gestorben. Der Totenschein ließ auf einen Unfall im Haus von Freunden schließen. Kubiela senior war von einem Dach gefallen, als er eine Regenrinne anbrachte. Dass es sich um eine Baustelle handelte, wo der Pole schwarz gearbeitet hatte, ließ sich nur zwischen den Zeilen erraten; seine Auftraggeber hatten sich als Freunde ausgegeben, um Ärger mit den Versicherungen und der Polizei zu vermeiden. *Ruhe in Frieden, Papa …*

Kubiela fand ein Foto, das seine Eltern bei der Ankunft in Frankreich auf der Esplanade des Trocadéro zeigte – zwei Hippies, die trotz ihrer langen Haare und Schlaghosen ein wenig bäuerlich und provinziell wirkten und direkt aus Schlesien kamen. Franciszka wirkte zart, blond und fragil und sah aus wie die Mädchen auf den Fotos von David Hamilton. Andrzej hingegen entsprach mit seiner dichten Mähne, einem Rasputinbart und buschigen Augenbrauen einem ganz anderen Klischee – dem des polnischen Holzfällers. Sein mächtiger Brustkorb war in ein fadenscheiniges Samtjackett gezwängt. Die beiden Flüchtlinge hielten sich liebevoll umarmt und sahen ihrem Schicksal in Frankreich optimistisch entgegen.

Die restlichen Dokumente sagten nicht viel über den Alltag der Kubielas aus, bis auf die Tatsache, dass Andrzej ein geradezu begnadeter Mehrfachverdiener war. Nach seiner Ankunft als politischer Flüchtling in Frankreich bekam er schnell einen Job im Tiefbau. 1969 hatte er einen Arbeitsunfall, nach dem er eine Invalidenrente bezog. Nur wenige Jahre später erhielt er zusätzlich einen Zuschuss wegen der geistigen Behinderung seiner

Frau, außerdem bekam er mehrere Beihilfen und Unterstützung vom Staat. Trotzdem hatte er nie aufgehört, auf Baustellen zu arbeiten.

François Kubiela ging zu den Dokumenten über, die ihn selbst unmittelbar betrafen. Hauptschule und Gymnasium hatte er in Pantin absolviert, anschließend besuchte er die Medizinische Fakultät in Paris. Keine Nebenjobs neben dem Studium. François war aufgewachsen wie ein reiches Papasöhnchen. Andrzej hatte nur schwarz gearbeitet, um seinen Sohn zu unterstützen, und François lohnte es ihm. Vom ersten Schuljahr bis zu seiner Doktorarbeit hatte er stets nur Bestnoten erhalten.

Ganz unten im Karton stieß er auf eine große, flache Schachtel, die möglicherweise vor vielen Jahren einmal einen Kuchen enthalten hatte. Darin fand er Zeitungsausschnitte und Fotos in umgekehrter chronologischer Reihenfolge. Die ersten Umschläge waren auf das Jahr 2000 datiert. Wissenschaftliche Artikel, Besprechungen seiner Arbeiten, manchmal sogar mit Fotos versehen, flatterten ihm entgegen. Kubiela betrachtete die Bilder von sich. Immer hatte er dieses Aussehen eines begabten Wissenschaftlers mit schwarzer Mähne und verführerischem Lächeln.

In den folgenden Umschlägen fand er ausschließlich Fotos. 1999: Bilder eines sichtlich angeheiterten Kubiela in der Runde fröhlicher Kumpel. Eine Feier anlässlich seines gelungenen Abschlusses. 1992: ein jugendlicher Kubiela, der lächelnd mit einer Tasche unter dem Arm vor der Medizinischen Fakultät in Paris stand. Er trug eine Levis 501, ein T-Shirt von Lacoste und Bootsschuhe. Ein adretter, junger Student, der mit seiner Herkunft aus der Arbeiterklasse gebrochen hatte.

1988: Die Bilder zeigten ihn als Siebzehnjährigen mit seinem Vater, der ihn um einen guten Kopf überragte und inzwischen eine gepflegtere Frisur und einen ordentlich getrimmten Bart trug. Vater und Sohn lächelten komplizenhaft und offenbar glücklich ins Objektiv.

Kubiela wischte sich fluchend die Tränen aus dem Gesicht. Mit Melancholie hatte seine Wehmut allerdings nichts zu tun. Er weinte aus Wut und Enttäuschung. Selbst angesichts seiner ganz persönlichen Fotos erinnerte er sich an rein gar nichts! Seit seiner Flucht vor zwei Wochen war er mit Mördern konfrontiert gewesen, hatte mehrere Identitäten durchlaufen und einen Killer gejagt, von dem er sich immer wieder fragte, ob er es nicht selbst war. Und bei alledem hatte er sich nur an eine einzige Hoffnung geklammert: dass ihm alles wieder einfiele, sobald er seine ursprüngliche Persönlichkeit wiedergefunden hatte.

Aber er hatte sich geirrt. Er hatte sich die ganze Zeit geirrt. Er war ein ewiger Reisender. Für ihn gab es keine Endstation. Zwar hatte er seine ursprüngliche Identität wiedergefunden, doch auch die war nichts als eine Etappe. Bald würde er erneut sein Gedächtnis verlieren, sich eine neue Persönlichkeit erschaffen und irgendwann begreifen, dass er nicht wirklich derjenige war, der er zu sein vorgab. Und dann würden seine Nachforschungen wieder von vorn beginnen – immer in der Hoffnung, das wahre »Ich« zu finden.

Dieses »Ich« aber existierte nicht mehr.

Er hatte es für immer verloren.

Traurig wandte er sich den Kinderfotos zu. François mit dreizehn im Judoanzug. Ein Junge, der tapfer in die Kamera lächelte, allerdings mit jenem Anflug von Einsamkeit und Hilflosigkeit, die schon auf anderen Fotos zu erkennen waren. Ein Detail fiel Kubiela auf: Damals waren seine Haare noch nicht dunkel, sondern eher blond gewesen. Der kleine Kubiela hatte während der Pubertät seine Haarfarbe verändert.

1979: François mit acht Jahren auf einer Kirmes. Ein Hemd mit Schulterpolstern, Karottenhosen, weiße Socken – es war der Beginn der Achtziger. Er stand vor den Karussells mit den Händen in den Hosentaschen und dem bedrückten Lächeln eines Jungen, der nur ja nicht stören will.

1973: Hier war er mit seiner Mutter abgebildet – sicher eines der letzten Fotos von ihr, ehe sie eingewiesen wurde. Franciszka hielt den Kopf gesenkt, sodass man ihr Gesicht nicht sehen konnte, doch der Blick des zweijährigen Kindes spiegelte ihr Bild wider. Bereits in diesem Alter war die Traurigkeit zu erkennen.

Kubiela blickte auf. Der Regen hatte aufgehört. Irgendwo strahlte eine noch unsichtbare Sonne. Eigentlich hätte der Anblick ihn trösten müssen, doch er stürzte ihn noch tiefer in seine Melancholie. Warum hinterließ er auf all diesen Fotos den Eindruck eines geprügelten Hundes? Woher kam diese Hilflosigkeit? War es der Schatten, den die Geisteskrankheit seiner Mutter auf ihn warf?

Nun blieb nur noch ein großer Umschlag mit dem Stempel eines Krankenhauses. Vielleicht fand sich ja hier die Erklärung. Eine wie auch immer geartete Krankheit in seiner Kindheit? Er öffnete den Umschlag, doch die Dokumente im Innern klebten durch die Feuchtigkeit zusammen. Es waren Negative.

Vorsichtig zog er sie heraus. In der Hand hielt er Ultraschallbilder, die im Mai 1971 bei seiner Mutter gemacht worden waren – das Datum stand in einer Ecke. Die Technik war damals noch ganz neuartig gewesen.

Endlich gelang es ihm, die Bilder aus dem Umschlag zu lösen. Was er entdeckte, versetzte ihm einen Schlag.

Im Fruchtwasser schwammen nicht ein, sondern zwei Föten. Zwei Embryonen, die einander mit geballten Fäusten zu bedrohen schienen. In zusammengekauerter Haltung beobachteten sie sich gegenseitig.

Franciszka und Andrzej Kubiela erwarteten Zwillinge.

Entsetzen durchfloss ihn, als hätte man einen Hahn geöffnet. Er betrachtete die anderen Ultraschallbilder. Drei Monate, vier, schließlich fünf ... Auf den aufeinanderfolgenden Bildern war eine Anomalie zu erkennen. Die Föten entwickelten sich nicht auf die gleiche Weise. Einer war dem anderen deutlich überlegen.

Sofort identifizierte sich Kubiela mit dem kleineren, der sich angesichts seines so viel stärkeren Zwillings sichtlich zurückzuziehen schien.

Und plötzlich wurde ihm etwas klar. Der dominante Fötus war sein verborgener Bruder. Ein Kind, das aus der Familie Kubiela entfernt worden war, aus Gründen, die ihm bisher noch verborgen blieben. Der Gedanke wuchs in ihm und breitete sich aus, bis er alles andere überdeckte.

Doch es war reine Theorie.

Er war der unterdrückte Fötus im Leib seiner Mutter.

Und doch war er von seinen Eltern erwählt worden, die Rolle des einzigen Sohnes zu spielen.

Der andere war abgelehnt, vergessen und verleugnet worden.

Und nun kehrte er aus dem Limbus zurück, um sich zu rächen.

Um ihm die Verantwortung für die Morde aufzuhalsen, die er begangen hatte.

Das Museum für zeitgenössische Fotografie von Marne-la-Vallée war in einem Ziegelbau aus dem 19. Jahrhundert untergebracht, der vermutlich früher einmal eine Fabrik gewesen war. Es war einer dieser Orte, wo die Arbeiter jener Zeit Blut und Wasser geschwitzt hatten und die man heutzutage zu schicken Ateliers für selbst ernannte »Kunstschaffende« umfunktionierte. Konzertsäle, Museen für zeitgenössische Kunst und Bewegungstheater lagen im Trend.

Normalerweise verachtete Anaïs auf Schickimicki getrimmte Domizile, aber dieses Gebäude hatte etwas. Zierrat, kleine Giebel und helle Einfassungen verliehen der Fassade eine künstlerische Vornehmheit. Mit ihrem Fayenceschmuck hätte die ehemalige Fabrik auch in einem altmodischen Badeort stehen können, wie man sie in der Nähe von Istanbul am Bosporus findet.

Es war Anaïs nicht schwergefallen, Solinas' Bütteln zu entkommen. Gegen 15.00 Uhr, nachdem sie ihnen einige Informationen über den Fall Medina Malaoui gegeben hatte, tat sie so, als wollte sie sich einen Kaffee holen, nahm aber stattdessen den Aufzug. Ganz einfach. Sie hatte einen Hausausweis und Autoschlüssel. Um das zugehörige Fahrzeug zu finden, brauchte sie bloß das Funkschloss zu betätigen. Ihre Erschöpfung wich einem Adrenalinstoß.

Sie machte sich keine Illusionen über die Arbeit ihrer beiden Wachhunde. Aber das war nicht schlimm. Sie setzte ohnehin all ihre Hoffnungen auf die Spur der Daguerreotypien.

Anaïs betrat einen riesigen Raum von mehr als dreihundert Quadratmetern mit Holzboden und lackierten Säulen. Es roch angenehm nach Sägespänen, Klebstoff und frischer Farbe. Eine Ausstellung wurde aufgebaut, und genau die war es, für die sich

Anaïs interessierte. Sie sollte das Werk des Fotografen Marc Simonis zeigen, der derzeit die Präsidentschaft der Daguerreotypie-Vereinigung innehatte. Die Eröffnung würde am nächsten Tag stattfinden. Anaïs hoffte, den Künstler bei den Vorbereitungen anzutreffen.

Als sie einen dicken Mann entdeckte, der gelangweilte Arbeiter anbrüllte, die auf den Knien im Sägemehl herumkrochen oder auf Trittleitern herumhantierten, wusste sie, dass sie ihn gefunden hatte. Langsam ging sie auf ihn zu. Sie wollte ihm Zeit lassen, seine Tirade zu beenden.

Einige Werke hingen bereits an den Wänden. Interessiert blieb Anaïs stehen, denn ihr fiel etwas auf, was die Reproduktionen in den Büchern nur unvollkommen wiedergegeben hatten: Bei den Daguerreotypien handelte es sich um Spiegel – reflektierende silbrige oder goldene, blank polierte Oberflächen. Es war diese Besonderheit, die dem Mörder mit Sicherheit gefallen hatte. Er konnte sein Werk, die Ablichtung seines Verbrechens, bewundern und sich dabei selbst betrachten.

Auch die Bilder selbst wirkten in natura viel klarer. Licht und Schatten mischten sich in ihnen zu einem gedämpften Hell-Dunkel. Die Bildplatten waren zwar rechteckig, doch der belichtete Teil war eher oval; er lief nach außen hin zu einem silbrigen Nebel aus. Das erinnerte an die aparten, unruhigen Bilder eines Stummfilms. Das glasklare, gestochen scharfe Zentrum schmerzte fast in den Augen.

Simonis beschäftigte sich hauptsächlich mit Porträtfotografie. Musiker, Akrobaten, Börsianer, Sekretärinnen und Immobilienmakler, die in ihrer Alltagskleidung in einem Licht eingefangen wurden, das dem 19. Jahrhundert zu entstammen schien. Die Wirkung war ambivalent: Plötzlich hatte man den Eindruck, sich in einer noch ungewissen Zukunft zu befinden, in der die Gegenwart längst vergangen war.

»Sie da, was haben Sie hier zu suchen?«

Mit wütender Miene hatte der dicke Fotograf sich vor ihr

aufgebaut. Plötzlich fiel ihr ein, dass sie keinen Dienstausweis mehr besaß. Für einen kurzen, sprachlosen Moment musterte sie ihr Gegenüber. Er war über ein Meter neunzig groß und brachte locker seine hundertzehn Kilo auf die Waage. Ein Riese, der sein Leben genossen hatte und jetzt, mit etwa fünfzig Jahren, wie ein Fleischberg wirkte. Er trug einen schwarzen Rollkragenpullover und eine XXL-Jeans, die wie ein Kartoffelsack aussah. Anaïs ahnte den Grund für den Rolli: Der Mann wollte sein Doppelkinn verbergen.

Simonis stützte die Hände auf die Hüften.

»Warum antworten Sie nicht?«

Anaïs schenkte ihm ihr charmantestes Lächeln.

»Entschuldigen Sie. Mein Name ist Anaïs Chatelet, und ich bin Hauptkommissarin bei der Kriminalpolizei.«

Der Satz wirkte sofort. Der Mann erstarrte und schluckte. Anaïs konnte sehen, wie sein Doppelkinn sich aufblies und wieder flach wurde. Der Anblick erinnerte sie an eine riesige Boa, die eine Gazelle verschlingt.

»Keine Sorge«, beruhigte sie ihn. »Ich brauche lediglich ein paar Informationen über die Technik der Daguerreotypie.«

Simonis entspannte sich. Seine Schultern sackten hinunter, und sein Doppelkinn kam zur Ruhe. Mit lauter Stimme, um den Lärm der Schleifmaschinen und Hämmer zu übertönen, begann er einen Vortrag, dem sie nicht zuhörte. Sie nahm sich vor, ihm fünf Minuten Geschwafel zu gönnen, ehe sie zur Sache kam.

Während er sprach, überlegte sie. Konnte dieser Mann der Mörder sein? An Körperkraft fehlte es ihm sicher nicht, dafür aber an Schnelligkeit. Zwar konnte sie sich gut vorstellen, dass er einem Stier den Kopf absägte oder einen Obdachlosen entmannte, aber ... Die fünf Minuten waren vorbei.

»Entschuldigen Sie«, unterbrach sie seinen Redefluss, »aber wie viele Fotografen in Frankreich arbeiten noch mit Daguerreotypien?«

»Höchstens ein paar Dutzend.«

»Geht es etwas genauer?«
»Etwa vierzig.«
»Und in der Umgebung von Paris?«
»Vielleicht zwanzig.«
»Könnten Sie mir eine Liste erstellen?«
Der Dicke beugte sich zu ihr hinunter. Er überragte sie um mindestens zwanzig Zentimeter.
»Wozu?«
»Sie haben sicher genügend Krimis gesehen, um zu wissen, dass die Kommissare zwar Fragen stellen, aber niemals welche beantworten.«
Er fuchtelte mit seiner fetten Hand vor ihrer Nase herum.
»Entschuldigen Sie, aber haben Sie überhaupt ein Mandat oder so etwas?«
»Mandate sind Sache der Post. Sollten Sie ein von einem Richter unterzeichnetes Rechtshilfeersuchen meinen, so habe ich es nicht bei mir. Ich könnte es natürlich holen, aber damit würde ich wertvolle Zeit verlieren. Dafür aber müssten Sie zahlen, das versichere ich Ihnen.«
Der Mann schluckte erneut, wobei sich die verdauende Boa erneut zeigte.
»Zum Ausdrucken müssen wir in mein Büro.«
»Okay, gehen wir.«
Simonis sah sich um. Die Arbeiter werkelten weiter, ohne ihn eines Blickes zu würdigen. Der Lärm der Schleifmaschinen und Bohrer war ohrenbetäubend. Der Geruch weißglühenden Eisens lag in der Luft. Der Künstler schien seine Baustelle nur ungern zu verlassen, doch dann wandte er sich einem verglasten Büro am Ende des Saals zu. Anaïs folgte ihm.
»Ich muss Sie allerdings warnen: Nicht alle Künstler haben sich unserer Vereinigung angeschlossen.«
»Das kann ich mir denken, aber wir verfügen über Mittel und Wege, sie ausfindig zu machen. Zum Beispiel, indem wir die Lieferanten der notwendigen Utensilien kontaktieren.«

»Wir?«
Sie zwinkerte ihm zu.
»Macht es Ihnen keinen Spaß, ein bisschen Detektiv zu spielen?«
Die Boa zuckte schon wieder. Anaïs nahm es als Zustimmung.
Eine Stunde später hatten die beiden Verbündeten eine vollständige Liste aller Fotografen erstellt, die mit Daguerreotypien arbeiteten. Und zwar für ganz Frankreich. Achtzehn von ihnen waren in der Region Paris tätig, mehr als zwanzig im übrigen Frankreich. Anaïs schätzte, dass sie alle Pariser Künstler bis zum folgenden Abend aufsuchen konnte. Was die anderen anging, so würde man später weitersehen.
»Kennen Sie alle persönlich?«
»So gut wie«, antwortete der Fotograf.
»Kommt Ihnen von diesen Namen einer verdächtig vor?«
»Inwiefern verdächtig?«
»Ein Mörder zu sein.«
Seine Augenbrauen hoben sich, und seine Hängebacken schwabbelten entrüstet.
»Nein. Nie im Leben!«
»Macht einer von diesen Leuten vielleicht brutale Bilder?«
»Nein.«
»Und was ist mit Fotos nicht ganz astreinen Inhalts? Oder mythologischen Bildern?«
»Nein. Das sind doch völlig absurde Fragen! Sprechen Sie wirklich von Daguerreotypien?«
»Oh ja.«
»Bei dieser Technik muss das abgelichtete Objekt zumindest einige Sekunden lang völlig unbeweglich bleiben. Eine bewegte Szene kann man so nicht aufnehmen.«
»Ich dachte eher an Stillleben. Leichen zum Beispiel.«
Simonis rieb sich die Stirn. Anaïs trat einen Schritt vor und drängte ihn damit gegen die Scheibe.

»Hatte eines Ihrer Mitglieder schon einmal Ärger mit der Justiz?«

»Aber nein! Jedenfalls nicht, dass ich wüsste.«

»Gab es auch nie bizarre Neigungen?«

»Nein.«

»Psychische Störungen?«

Der Koloss starrte Anaïs mit schweren Augen an, antwortete aber nicht. Zwischen den Glaswänden seines Büros wirkte er ein bisschen wie ein Wal im Aquarium.

Anaïs ging zum wesentlichen Thema über.

»Wenn ich Sie richtig verstanden habe, spielt die Chemie eine wichtige Rolle bei dieser Technik.«

»Richtig. Zunächst wird die Platte mit Jod bedampft, später mit Quecksilber. Anschließend ...«

»Wäre es möglich, zwischen diesen Arbeitsschritten Blut aufzubringen? Menschliches Blut?«

»Ich verstehe Ihre Frage nicht.«

»Blut enthält unter anderem auch Eisenoxid. Ist es möglich, damit eine chemische Reaktion auf der Platte hervorzurufen? Zum Beispiel während des letzten Arbeitsschrittes, wenn Goldchlorid aufgebracht wird?«

Marc Simonis schien verwirrt. Er begriff, dass Anaïs mehr über das Verfahren wusste, als sie zugegeben hatte.

»Schon möglich. Aber ich weiß es nicht.«

»Hat jemand auf Ihrer Liste schon einmal von Versuchen in diese Richtung gesprochen?«, fragte Anaïs und schwenkte das Papier.

»Natürlich nicht.«

»Gibt es vielleicht Mitglieder, die sich auf dem Gebiet der Chemie besser auskennen als andere? Die ihre Forschungen auf organisches Gebiet ausdehnen könnten?«

»Ich habe jedenfalls noch nie davon gehört.«

»Vielen Dank, Monsieur Simonis.«

Sie drehte sich um, doch der Mann hielt sie am Arm zurück.

»Verdächtigen Sie eines unserer Mitglieder, einen Mord begangen zu haben?«

Anaïs zögerte, verzichtete aber dann ganz plötzlich auf ihren autoritären Ton.

»Ehrlich gesagt weiß ich es nicht. Es ist eine Spur, die sich einzig und allein auf Vermutungen gründet.« Sie blickte sich um. Auf den Regalen standen Behälter mit Quecksilber, Jod und Brom. »Vermutungen, die flüchtiger sind als einer Ihrer Dämpfe.«

Fünf Minuten später stand sie auf dem Parkplatz des Museums, konsultierte den Stadtplan und versuchte anhand der Adressen ihre Marschroute festzulegen.

Ihr Handy klingelte. Solinas. Sie hielt ihr Telefon in der Hand und überlegte, ob man sie überwachte. Am besten hätte sie das Ding gleich bei der Freilassung aus dem Gefängnis weggeworfen.

Beim fünften Klingeln hob sie schließlich ab und schloss die Augen, als erwartete sie eine Detonation.

»Du bist wirklich die blödeste Fotze, die mir je über den Weg gelaufen ist!«

»Es war nötig. Ich habe eine andere Spur gefunden, die ich unbedingt verfolgen muss.«

»Was für eine Spur?«

»Darüber kann ich nicht reden.«

»Umso schlimmer für dich.«

»Du kannst mir nicht drohen.«

»Und was ist mit zwei noch ganz warmen Leichen?«

»Wer?«

»Sie sind noch nicht identifiziert. Zwei Typen in schwarzen Maßanzügen. Einer ist mit einem Kaliber 45 erschossen worden, dem anderen hat man einen Glassplitter ins Gesicht gerammt. Sie wurden in einem Loft in der Rue de la Roquette 188 gefunden. Der Mieter heißt Arnaud Chaplain. Sagt dir der Name etwas?«

»Nein«, log sie.

Sie hatte den Eindruck, keinen Tropfen Blut mehr im Gehirn zu haben.

»Ihr Auto steht zwei Blocks weiter in der Rue Bréguet. Ein schwarzer Q7 mit dem Kennzeichen 360643 AP 33. Klingelt da immer noch nichts?«

Stumm bemühte sich Anaïs, ihre Neuronen wieder miteinander zu verbinden. Freire war also wieder einmal entkommen. Die einzigen guten Nachrichten, die sie jetzt noch von ihm erwarten konnte, waren Leichenfunde.

»Nach den ersten Vernehmungen gehen wir davon aus, dass der Mieter des Lofts Janusz ziemlich ähnlich sah.«

»Woher weißt du das alles?«

»Eine kleine Indiskretion auf dem Flur. Die Mauern dieses Ladens sind so porös wie ein Schwamm.«

»Wer weiß Bescheid?«

»Die Kripo. Aber ich rufe gleich den Staatsanwalt an. Diese Geschichte hängt mit der Schießerei in der Rue de Montalembert zusammen und gehört daher in mein Ressort.«

»Kannst du das beweisen?«

»Ich beweise es, wenn man mir den Fall übergibt.«

»Wo sind die Leichen jetzt?«

»Was glaubst du wohl? Natürlich in der Gerichtsmedizin.«

Anaïs hatte zwar keine Ahnung, wo sich die Gerichtsmedizin befand, aber sie würde sie schon finden.

»Treffen wir uns da?«

»Ich weiß nicht, was du mit mir angestellt hast«, lachte er. »Ständig ballerst du mir eine rein, und ich will immer noch mehr. Vielleicht sollten wir über eine SM-Beziehung nachdenken.«

»In einer halben Stunde?«

»Bin schon auf dem Weg. Ich warte dort auf dich.«

Zwei kleine Föten schwimmen im Fruchtwasser wie kleine Astronauten. Zwischen Wasser und Blut, Luft und Geist. Sie sind leicht und schmiegen sich ineinander. Einer ist größer als der andere und schwimmt oben. Der kleinere duckt sich an die hintere Wand der Gebärmutter wie ein Besiegter. Über ihnen zeichnen sich die Arabesken eines Netzwerks aus Gefäßen ab, Spuren wie die spiralförmig gedrehten Wurzeln der Pflanzen, die man in der Schwerelosigkeit von Raumstationen züchtet.

»Es gibt ein Problem.«

Eine Arztpraxis. Der Arzt sieht den Mann und die schwangere Frau an, die ihm am Schreibtisch gegenübersitzen. Die junge Frau ist zart und hat blondes, fast weißes Haar, der stattliche Mann trägt einen Bart. Der Raum ist in herbstlichen Farben gestrichen, in Rot, Ocker und dunklem Gold.

»Was für ein Problem?«

Die Frau hält die Hände über ihrem vorgewölbten Leib gefaltet und stellt die Frage in einem aggressiven Tonfall, der ihre Angst nur schlecht verbirgt. Ein slawischer Typus mit hohen Wangenknochen, Katzenaugen und so feinem Haar, dass es in den Sonnenstrahlen irisiert. Zwischen ihren vollen Brüsten blitzt ein Kruzifix.

Der Mann ist die männliche Version des slawischen Typs. Seine breiten Schultern stecken in einem Holzfällerhemd. Auf seinem starken Kinn wuchert ein dichter Bart.

Dem Arzt scheint unbehaglich zumute zu sein. In seinem Gesicht liegt keine Freundlichkeit. Trotz seiner Jugend hat er fast keine Haare mehr. Seine hohe, glänzende Stirn bildet die Verlängerung eines knochigen Gesichts, das wie der Fortsatz einer eigensinnigen Idee wirkt. Aus seinem schmallippigen Mund dringen trockene, nüchterne Worte.

»Ach, wissen Sie, so etwas kommt häufig vor«, sagt er mit kaltem Lächeln.

»Was für ein Problem?«

»In Ihrem Fall handelt es sich um eine monochorial-diamniote Zwillingsschwangerschaft.«

Der Mann und die Frau blicken sich an.

»Nicht, dass wir Ihre Sprache nicht verstünden«, murmelt die Frau mit einem starken Akzent, in den sich kalter Groll mischt.

»Entschuldigen Sie, das war gerade medizinischer Fachjargon. Was ich sagen wollte, ist, dass Sie eineiige Zwillinge tragen. Sie entwickeln sich beide aus demselben befruchteten Ei. Das hat man Ihnen sicher schon öfter erklärt. Bei Ihnen aber ist es so, dass die Zwillinge sich zwar in getrennten Fruchtblasen entwickeln, aber nur eine gemeinsame Plazenta besitzen, was bedeutet, dass sie aus der gleichen Quelle ernährt werden.«

»Ja und?«

»Normalerweise ist jeder Fötus durch seine eigenen Blutgefäße mit der Plazenta verbunden. Es kann aber passieren, dass die Blutgefäße sich verbinden, sodass beide Kinder die gleiche Verbindung benutzen. Man nennt so etwas Anastomose. In einem solchen Fall kann ein Ungleichgewicht entstehen; ein Zwilling ernährt sich auf Kosten des anderen.«

»Und das geschieht gerade in meinem Bauch?«

Der Arzt nickt.

»Das Problem kommt nicht übermäßig häufig vor, ist aber bekannt. Warten Sie, ich zeige es Ihnen.«

Er steht auf, nimmt einige Ultraschallbilder von einem Regal und breitet sie vor dem Paar auf dem Schreibtisch aus.

»Der eine Embryo ist deutlich größer als der andere. Er ernährt sich auf Kosten seines Bruders. Allerdings kann sich die Situation noch verändern.«

Die Augen der Mutter sind fest auf die Ultraschallbilder geheftet.

»Er macht es absichtlich«, faucht sie böse. »Er will seinen Bruder töten.«

Der Arzt macht eine beschwichtigende Geste und lächelt wieder.

»Nein, nein, ganz bestimmt nicht. Das Kind kann nichts dafür. Es liegt einzig und allein an der Verteilung der Blutgefäße. Hier zum Beispiel kann man genau sehen, dass die Gefäßbildung ...«

Der Vater unterbricht:

»Gibt es eine Therapie dagegen?«

»Leider nein. Wir können nur eines tun: abwarten. Es ist möglich, dass sich die Gefäßbildung noch normalisiert und ...«

»Er macht es absichtlich«, wiederholt die Mutter mit tonloser Stimme und betastet ihr Kruzifix. »Er will seinen Bruder töten. Er ist böse.«

Einige Wochen später. Die werdenden Eltern fahren wieder zum Frauenarzt. Der Mann umklammert das Lenkrad, als wollte er es aus der Verankerung reißen. Die Frau, deren Pupillen so weit sind wie die einer Katze bei Nacht, starrt auf die Straße.

Der Frauenarzt lächelt nicht mehr.

»Es tut mir leid«, sagt er, »aber die Situation wird allmählich kritisch.«

Mit abwesendem Blick faltet die Frau ihre verkrampften Hände über dem Leib. Ihre Gesichtshaut wirkt fast durchsichtig. Man kann die blauen Äderchen an ihren Schläfen erkennen.

Auf dem Schreibtisch liegen die neuesten Ultraschallbilder. Die beiden Föten liegen in Embryonalstellung. Einer der beiden nimmt zwei Drittel der Gebärmutter ein. Er scheint seinen von ihm dominierten Bruder zu verhöhnen. *Den Donor.*

»Er nimmt sich den größten Teil der Nahrung. Genau genommen erhält er so gut wie alles. Wenn es so weitergeht, wird der Kleinere nur noch wenige Wochen überleben.«

»Kann man irgendetwas tun?«

Der Arzt steht auf und betrachtet die Landschaft vor dem Fenster. Das Sprechzimmer wirkt röter und goldener denn je.

»Die Entscheidung müssen Sie selbst treffen. Entweder überlässt man es der Natur, oder ...«

Er bricht ab und wendet sich dem Paar zu. Seine Worte aber richtet er ausschließlich an die Frau.

»Wir können auch dem Kind helfen, das nicht genügend Nahrung bekommt. Allerdings gibt es nur eine einzige Möglichkeit, es zu retten. Was ich sagen will, ist ...«

»Schon gut. Ich habe verstanden.«

In der folgenden Nacht wird die Mutter von einem heftigen Schmerz geweckt. Mühsam schwankt sie ins Bad, wo sie stöhnend zusammenbricht. Der Vater wird wach, springt auf, läuft hinter ihr her und schaltet das Licht an. Seine Frau kauert auf dem Boden. Ihr Bauch ist so angeschwollen, dass ihr Nachthemd zerrissen ist. Die Haut spannt sich ruckweise. Einer der Föten tobt. Er ist wütend. Er will hinaus. Er will allein sein.

»Wir müssen ihn töten!«, schreit die Mutter. Tränen laufen über ihr Gesicht. »Es ist ... Es ist der Geist des Bösen! *To jest duch złego!*«

Kubiela schreckte aus dem Schlaf auf. Er hatte zusammengekrümmt auf dem verschimmelten Parkett gelegen. Sein Gesicht war nass von Tränen. Die Feuchtigkeit des Bodens drang durch seine Kleidung. Draußen war es fast dunkel.

Ein Blick auf die Uhr zeigte ihm, dass es kaum 16.00 Uhr war. Trotzdem war die Nacht schon fast hereingebrochen. Der Regen hatte wieder eingesetzt und trommelte an die Scheiben. Auch die Kakerlaken waren wieder aktiv. Wie hatte er hier nur einschlafen können? War er etwa nicht in der Lage, der Wahrheit ins Gesicht zu sehen? Jener Wahrheit, die er nach der Durchsicht der medizinischen Gutachten ahnte?

Er schleppte sich ans Fenster, sah aber nichts als die rinnenden Tropfen an den Scheiben. Es gab weder Straßenlaternen noch anderes Licht. In seinem Kopf herrschte ein wildes Durcheinander. Er konnte keinen vernünftigen Gedanken fassen, hatte aber gleichzeitig den Eindruck, klarer zu sehen denn je. In seinem Albtraum hatte er die Geschichte der Zwillinge Kubiela neu geschrieben. Zwar war es nur ein Traum gewesen, doch er wusste, dass es sich so abgespielt hatte. Zu seinen Füßen lagen die Gutachten und Ultraschallfotos, die er im zweiten Karton gefunden hatte. Sein Bauchgefühl sagte ihm, welche Entscheidung seine Mutter getroffen hatte. Er wusste, dass er sein Leben einem Mord verdankte. Er war der kleinere Zwilling gewesen, und der Entschluss seiner Eltern hatte ihn im letzten Moment gerettet.

Was sollte er nun tun? Ihm fiel nichts mehr ein. Er war ein Gefangener im eigenen Elternhaus, ein Gefangener der Finsternis. Erst jetzt entdeckte er, dass an der Decke eine nackte Glühbirne hing. Er betätigte den Lichtschalter. Nichts tat sich. Aber er ließ sich nicht entmutigen, ging nach unten und suchte nach dem Sicherungskasten. Ein Druck auf den roten Knopf erzeugte ein trockenes Klicken, was er für ein gutes Zeichen hielt.

Als er in sein Zimmer zurückkehrte, brannte die Lampe.

Er ließ sich auf die Knie nieder und sammelte die Dokumente ein.

Eine Minute später hatte er sich wieder in die Geschichte seiner Herkunft vertieft.

Wo finde ich Kommissar Solinas?«

Es war 18.00 Uhr. Auf dem Weg zur Gerichtsmedizin hatte Anaïs sich ein paarmal verfahren, schließlich aber doch mit Blaulicht und Sirene den Quai de Bercy gefunden. Nun stand sie vor dem Schreibtisch der Empfangssekretärin.

»Wo ist Solinas?«

»Drinnen, aber leider dürfen Sie nicht ...«

Doch schon war Anaïs auf dem Weg durch die Halle. Die Marmorbüsten schienen ihr mit Blicken zu folgen.

»Das dürfen Sie nicht!«, schrie die Sekretärin hinter ihr, als Anaïs bereits die weißen Türen erreicht hatte.

Ohne sich umzudrehen schwenkte sie ihren Hausausweis und betrat einen hell erleuchteten Flur mit vielen geschlossenen Türen. Alles wirkte makellos. Nirgendwo stand eine Bahre, geschweige denn eine vergessene Leiche herum. Lediglich der starke Geruch nach Desinfektionsmitteln und die Eiseskälte verrieten, dass man sich hier nicht mit lebenden Körpern beschäftigte.

Eine, zwei, drei Türen.

Hinter der vierten Tür fand sie schließlich, wonach sie suchte. Ein Mann im weißen Kittel rannte ihr durch den Flur nach. Schnell trat sie in den Raum, wo sich ihr ein verblüffendes Schauspiel bot.

In dem von OP-Lampen hell erleuchteten Zimmer standen drei bullige Typen ganz in Schwarz zwischen den mit Tüchern bedeckten Leichen. Einer von ihnen war Solinas. Der Kontrast zwischen den schwarzen Anzügen und der strahlend weißen Umgebung schmerzte in den Augen.

Anaïs konzentrierte sich auf das, was gesagt wurde. Der Angestellte, den man hinter ihr hergeschickt hatte, blieb ebenfalls wie angewurzelt stehen, als er die sich über den Leichen streitenden Raben im XXL-Format erblickte.

»Was hast du hier eigentlich zu suchen?«, blaffte einer der Typen.

»Die beiden Leichen hier stehen in direktem Zusammenhang mit der Schießerei in der Rue de Montalembert.«

»Ach ja? Und woher willst du das wissen?«

Solinas war nicht schnell genug gewesen. Die beiden vom Staatsanwalt informierten Kriminalkommissare hatten die Nase vorn gehabt. Der Kahlkopf hatte daher eigentlich nichts mehr im Leichenschauhaus zu suchen, doch er verteidigte lebhaft seinen Anteil am Kuchen.

»Der Staatsanwalt hat sich klar und deutlich ausgedrückt.«

»Der Staatsanwalt kann mich mal. Ich werde mich mit dem Ermittlungsrichter meines Falles in Verbindung setzen.«

»Lass deine Scheißfinger aus der Angelegenheit!«

»Welcher Angelegenheit? Bisher weiß doch niemand, um was es eigentlich geht. Und wenn jemand abgeknallt wird, ist das mein Bier.«

Mit jeder Replik stieg die Lautstärke. Die Männer schienen kurz davor, sich an die Gurgel zu gehen. Anaïs sah interessiert zu. Mittlerweile hatten sich mehrere Helfer in weißen Kitteln eingefunden, die allerdings nicht einzuschreiten wagten.

Das von Testosteron geprägte Schauspiel inmitten von Äthergeruch und kaltem Licht amüsierte Anaïs. Drei zur Konfrontation bereite Alphamännchen. Solinas reckte den Hals, als wollte er seinen Kopf als Keule benutzen. Einer seiner Gegner, ein sehr dunkler, schlecht rasierter Typ mit Ohrring, schien nur mit seinem Schwanz zu denken. Sein Kumpel griff bereits zur Waffe.

Im nächsten Moment wurde Anaïs von einer Bahre an der Hüfte getroffen. Sie rutschte aus und fiel hin. Jetzt machten die Männer ernst. Man schrie sich an, man beleidigte einander, man schubste sich. Solinas packte einen der Kommissare, während der andere die Waffe aus dem Halfter zog, weil er keine andere Möglichkeit sah, die Kampfhähne zu trennen. Nun griffen auch die Angestellten ein, konnten aber ebenfalls nichts ausrichten.

Schon befürchtete Anaïs eine neuerliche Schießerei, als zwei weitere Männer den Saal betraten. Beide trugen einen Bürstenschnitt, und ihre Muskeln spannten sich unter den grauen, wie Uniformen wirkenden Anzügen. Ruhig richteten sie ihre halbautomatischen 9-Millimeter-Waffen mit Laufverlängerung auf die tobenden Polizisten.

»Schluss mit lustig, meine Täubchen.«

Solinas und sein Kontrahent erstarrten mitten in der Bewegung. Der eine blutete aus der Nase, der andere hielt sich das Ohr. Sein Gesicht war blutverschmiert. Solinas hatte ihm den Ohrring abgerissen.

»Wer sagt das?«, schimpfte Solinas.

»Die Armee, Blödmann«, säuselte der erste Soldat. »Ihr verschwindet jetzt, und zwar ein bisschen plötzlich. Dann vergessen wir, dass ihr euch an kaltem Fleisch aufgeilt.«

Solinas zögerte. Die beiden Kriminalkommissare traten einen Schritt zurück, um ihre neuen Kontrahenten besser einschätzen zu können. Die Angestellten machten sich aus dem Staub. Anaïs saß wie erstarrt am Boden und beobachtete die Szene aus der Kleinkindperspektive. Genauso fühlte sie sich: wie ein kleines Mädchen, das Erwachsenen zuschaut, ohne etwas zu begreifen. Nicht irgendwelchen Erwachsenen. *Dies war die Welt ihres Vaters.*

»Jetzt sind wir zuständig«, sagte der zweite Soldat und schwenkte ein offiziell aussehendes Dokument.

»Haut ab und lasst euch behandeln. Das hier geht euch nichts mehr an.«

Der Kommissar, der sich immer noch das Ohr hielt, konnte es noch immer nicht fassen.

»Wer seid ihr überhaupt?«, erkundigte er sich mit heiserer Stimme.

»Lest einfach den Papierkram der Staatsanwaltschaft. Da steht bestimmt irgendeine Bezeichnung für uns drin. Obwohl – solche Bezeichnungen saugen sie sich jeden Tag aus den Fingern. Genau genommen heißt das gar nichts.«

»Nein, das heißt gar nichts, wie du so schön sagst«, erklärte Solinas und trat einen Schritt vor. »Also was?«

Der zweite Bürstenkopf trat zu einer der Leichen, die mit einem Tuch bedeckt war, entblößte ihren linken Unterarm und zeigte ihn den Polizisten. Im toten Fleisch steckte eine Kanüle.

»Du weißt, was das bedeutet, nicht wahr?«

Niemand antwortete. Elitesoldaten erhalten manchmal vorsorglich Venenverweilkatheter, damit man sie bei einer schweren Verwundung schneller behandeln konnte. Bei diesen beiden allerdings war die Maßnahme verlorene Liebesmühe gewesen.

»Sie gehören zu uns«, fuhr der Soldat fort, rollte seinen eigenen Ärmel auf und zeigte seine Kanüle vor. »Deshalb ist es auch unsere Aufgabe, den Mistkerl zu finden, der sie kaltgemacht hat. Und für euch heißt es: husch, husch ins Körbchen.«

»Und was wird aus dem Verfahren?«

Die beiden Militärs lachten auf. Auch Anaïs musste grinsen. Im Grunde freute sie sich, dass die beiden gekommen waren. Soldaten. Söldner. Killer. Diese Leute waren es, die seit zwei Wochen ihr Leben bestimmten.

Sie hatten die Fäden gezogen, und jetzt kappten sie sie. Ganz einfach so.

Das Projekt Matrjoschka wurde auf der Schwelle dieser Leichenhalle zu Grabe getragen.

Wir sind immer die Verarschten. So ist es nun einmal. Das Leben fickt uns von hinten.«

Solinas, in dessen Nase Wattebäusche steckten, fand das Schlusswort, das seiner Analphilosophie entsprach.

Vor dem gerichtsmedizinischen Institut hatte Anaïs den Kommissar überredet, mit ihr ins Auto zu steigen. Sie waren ein paar Hundert Meter gefahren, hatten eine Brücke überquert und vor dem großen Tor eines Parks angehalten, den Anaïs für den Jardin des Plantes hielt.

Hier hatte sie Solinas die letzten Informationen mitgeteilt. Das Matrjoschka-Projekt. Das Serum. Die menschlichen Versuchskaninchen. Den ganzen Schlamassel, den die Armee unter dem Deckmantel von Mêtis angerichtet hatte.

»Ende des Coups«, schloss sie.

Solinas schüttelte langsam den Kopf. Er schien zwar niedergeschlagen, nicht aber erstaunt zu sein.

»Ehrlich gesagt überrascht es mich, dass du deine Beute so schnell loslässt.«

»Ich lasse überhaupt nichts los. Aber die Mauscheleien von Mêtis und der Armee bringen uns nicht weiter. Eine Krähe hackt der anderen kein Auge aus, und eigentlich ist das auch nicht das Ziel meiner Ermittlung.«

»Wonach genau suchst du denn? Ich habe offenbar den Faden verloren.«

»Ich will Freire retten.«

Solinas lachte grimmig.

»Also damit werde ich es nicht zum Präfekten bringen.«

»Hinter Janusz verschanzt sich der Mörder. Und den müssen wir fassen.«

Solinas sah sie mit hochgezogenen Augenbrauen an.

»Jeder geht seinen Weg so, wie er es für richtig hält. Auch wenn es sich merkwürdig anhört: Ich bin überzeugt, dass es eine Verbindung zwischen Medina Malaoui und dem Projekt Matrjoschka gibt.«

»Du hast mir doch selbst nahegelegt, mich von diesen Komplottgeschichten zu verabschieden.«

»Nur dass der Mörder, der mythologische Killer, irgendwie mit der Sache zusammenhängt. Die Leute bei Mêtis sind überzeugt, dass ihre Substanz aus einem ihrer Versuchskaninchen einen Massenmörder gemacht hat. Sie denken, es ist Freire. Ich bin überzeugt, dass sie sich irren, allerdings nur zum Teil. Mit Sicherheit ist der Mörder einer der Probanden.«

»Und was hat das alles mit der Malaoui zu tun? Sie war eine Nutte.«

Anaïs seufzte. Die Beleidigung schien allen Frauen zu gelten.

»Sie hatte irgendetwas mit dem Netzwerk zu tun, aus dem die Versuchskaninchen rekrutiert wurden. Deshalb ist Freire auch zu ihr zurückgekehrt.«

»Nachdem du ausgebüchst bist, sind meine Jungs ihren Internetverbindungen und Telefonkontakten nachgegangen.«

»Und?«

»Nichts. Ihre Freier hat sie jedenfalls so nicht gefunden. Nur eine Sache erschien uns merkwürdig. Sie war Mitglied eines Speed-Dating-Clubs.«

»Was für eine Art Club ist das?«

»Etwas ganz Banales. Er heißt *sasha.com*. Ein Portal für Loser.«

Ein solches Netzwerk passte nun ganz und gar nicht zu einer Edelprostituierten aus dem 8. Arrondissement und ihren gut betuchten Kunden.

»Wer ist für die Homepage zuständig?«

»Eine Dame, die sich Sasha nennt. Ihr richtiger Name lautet Véronique Artois. Ehe sie sich auf die Partnervermittlung verlegte, hatte sie schon ein paar Firmenpleiten hingelegt. Sie wird im Augenblick gerade von Fiton und Cernois vernommen.«

Anaïs wechselte das Thema.

»Was weißt du über Arnaud Chaplain?«

»Ich dachte mir schon, dass du mich das fragen würdest.«

Solinas steckte die Hand in den Mantel. Anaïs zuckte zusammen. Eine Aura von Gewalt und animalischer Brutalität umgab diesen Mann, der mit seinen Haaren in den Nasenlöchern wie ein Blödian aussah. Doch er nahm nur einen zusammengelegten Hefter aus der Tasche, legte ihn auf seine Knie und strich ihn glatt. Das auf die Vorderseite geheftete Foto überraschte Anaïs nicht.

»Arnaud Chaplain«, dozierte Solinas. »Gesicht bekannt, andere Identität. Arbeitet angeblich als Werbezeichner und abstrakter Maler.«

»Wieso angeblich?«

»Dieses Mal waren wir schneller als die Typen von der Kripo. Wir haben die Unterlagen, die Chaplain im Mai 2009 dem Makler überlassen hat. Alles getürkt.«

»Und womit verdiente er sein Geld?«

»Ich habe ein paar Leute darauf angesetzt. Auf seinem Bankkonto gingen lediglich Bareinzahlungen ein. Niemals Schecks, niemals Überweisungen. So etwas riecht meilenweit nach Schwindel.«

Anaïs öffnete die Akte und stieß auf weitere Fotos. Es waren sowohl offizielle Dokumente als auch Abzüge von den Sicherheitsvideos in der Rue de la Roquette. Die Zeiten des nachlässigen Psychiaters, des ungepflegten Clochards und des verrückten Malers waren vorbei. Er erinnerte auch nicht mehr an den Mann, der sie in Fleury besucht hatte.

Auf einem der Bilder glänzte seine Gürtelschnalle wie ein Sheriffstern.

»Er ist unschuldig«, wiederholte Anaïs. »Er muss beschützt werden.«

»Die Soldaten von vorhin werden ihn bestimmt kaltmachen.«

»Nicht, wenn wir ihn vorher verhaften. Wir erpressen sie einfach mit unserer Akte. Sobald Freire in Sicherheit ist, drohen wir ihnen, die Medien auf sie anzusetzen.«

»Eben hast du noch selbst gesagt, dass wir gegen diese Kerle nichts ausrichten können.«

»Niemand mag solche Drohungen. Und wenn es uns gelingt, den wahren Mörder zu entlarven, wird uns das zugutekommen.«

»Allerdings hat Janusz gerade erst zwei von ihren Leuten erledigt.«

»Aus Notwehr. Es war ein Kollateralschaden. Soldaten sollten das verstehen.«

Solinas antwortete nicht. Vielleicht erkannte er die vage Möglichkeit, sich mit der Verhaftung des wirklichen Mörders die begehrten Sporen verdienen zu können.

»Trotzdem weiß ich noch immer nicht, wo du heute Nachmittag abgeblieben bist.«

Es machte keinen Sinn mehr, Versteck zu spielen. Mit wenigen Worten schilderte Anaïs ihre Recherchen zu den Daguerreotypien. Sie sprach von der mit Jod bedampften Spiegelscherbe, die man bei Ikarus gefunden hatte, und ihrer Hypothese, dass der Mörder seine Werke fotografierte. Sie erklärte die hundertfünfzig Jahre alte Methode und dass es in Frankreich noch vierzig Fotografen gab, die diese Technik benutzten.

»Aha, Anaïs und die vierzig Wichser.«

»Das, was ich angefangen habe, bringe ich auch zu Ende. Zumindest die zwanzig Fotografen in der Umgebung von Paris werde ich besuchen und ihre Alibis für den Zeitpunkt der Morde überprüfen. Danach sehen wir weiter.«

Solinas räusperte sich, zog seinen Mantel zurecht und wurde sichtlich ruhiger. Die Energie seiner kleinen Kollegin schien ihn zu ermutigen.

»Setzt du mich am Büro ab?«

»Tut mir leid, aber dafür habe ich keine Zeit. Ruf dir einen Dienstwagen. Oder nimm ein Taxi. Wenn ich die Nacht durchmache, kann ich die Liste bis morgen Mittag erledigt haben.«

Der Kommissar grinste und betrachtete die Umgebung – das Gitter des Jardin des Plantes, den Boulevard de l'Hôpital mit seinem dichten Verkehr, den Bahnhof Austerlitz, der frisch renoviert war und wie eine Kulisse aus Stuck aussah.

Schließlich öffnete er die Wagentür und zwinkerte Anaïs zu.

»Dieser Spinner geht dir ganz schön unter die Haut, nicht wahr?«

Endlich sah Kubiela ganz klar. Im Licht der Glühlampe in seinem Zimmer – die Läden hatte er geschlossen – analysierte er die medizinischen Gutachten, die er in dem Umschlag gefunden hatte. Namen, Zahlen, Daten. Jetzt konnte er rekonstruieren, was sich tatsächlich während Franciszkas Schwangerschaft abgespielt hatte. Seine Erfahrungen auf dem Gebiet der Zwillingsforschung kamen ihm dabei zugute.

Eineiige Zwillinge entstehen aus derselben befruchteten Eizelle. Ihre Erbinformationen sind identisch. Im Mutterleib sind sie nur durch eine dünne Membran getrennt. Sie stehen ununterbrochen miteinander in Kontakt, berühren und stoßen sich und sehen einander an. Jeder bildet ein Erfahrungsgebiet für den anderen. Sie entwickeln eine besondere Verbindung; obwohl sie zwei Wesen sind, empfinden sie sich zeitweise als eines. Vom vierten Schwangerschaftsmonat an arbeiten die fünf Sinne der Föten. Sie empfinden Gefühle und Emotionen und teilen sie. Jeder Fötus wird zur Quelle und zur Resonanz des anderen.

Die Grundlage solcher Verbindungen ist normalerweise Liebe. Bei den Kubiela-Zwillingen war es Hass.

Vom dritten Schwangerschaftsmonat an zeigten die beiden Föten ein unterschiedliches Verhalten. Einer wirkte kraftlos, der andere breitete sich aus, bewegte sich und forderte Raum. Im vierten Monat verbarg der Kleinere sein Gesicht zwischen den Händen. Der Größere trommelte mit Fäusten und Füßen gegen die trennende Membran. Im fünften Monat wurden die ohnehin schon gravierenden Unterschiede durch das Ernährungsproblem verschlimmert.

Wie in Kubielas Albtraum hatte der Frauenarzt die Eltern

von der Komplikation in Kenntnis gesetzt. Sie mussten sich entscheiden, entweder die Natur ihr Werk vollenden zu lassen oder einen der Föten abzutöten. Franciszkas Leib war zu einem Schlachtfeld auf Leben und Tod geworden.

Die Eltern hatten nicht gezögert. Ein erster Arztbericht im Juli 1971 sprach von der Planung eines selektiven Fetozids. Ein handgeschriebener Brief des behandelnden Gynäkologen erwähnte, dass die sehr fromme Polin Franciszka das dominante Kind als diabolisches, mit paranormalen Fähigkeiten begabtes Wesen empfand, dessen übermäßige Aktivität nur ein Ziel hatte – seinen Bruder zu töten. Sie hielt den größeren Zwilling für feindselig, böse, lasterhaft und nicht bereit, seinen Platz zu teilen.

Zwischen den Zeilen stand aber noch etwas anderes. Die geistige Gesundheit Franciszkas verschlechterte sich von Tag zu Tag. Die Aussicht auf den Eingriff schien keine Wende herbeizuführen, obwohl es sich nach Ansicht der jungen Frau um die Beseitigung der Verkörperung des Bösen handelte. Wie eigentlich immer verschleierten die medizinischen Begriffe die grausame Realität, denn das, was man selektive Abtreibung nennt, bedeutet nicht mehr und nicht weniger als die Abtötung eines Föten, um einen oder mehrere andere zu retten.

Mit dem ersten Brief, der von dieser Möglichkeit sprach, endete die Akte. Keine Untersuchungsergebnisse, keine Ultraschallfotos, keine Berichte mehr. Hatte das polnische Ehepaar alle Spuren tilgen wollen? Kubiela kam noch eine andere Erklärung in den Sinn. Der Fetozid hatte nie stattgefunden. Die Lage in der Gebärmutter hatte sich normalisiert, die Ernährung der Föten war auf natürliche Weise wieder ins Gleichgewicht gekommen, und die Zwillinge wurden ausgetragen.

Am 18. November 1971 gebar Franciszka zwei Kinder. Für sie jedoch blieb der dominante Sohn ein Kind des Teufels. Sie wollte ihn weder aufziehen noch ihn auch nur in ihrer Nähe haben. Andrzej brachte ihn irgendwo unter.

Und so wurden die Kubielas zu einer Familie. Belastet von einem Geheimnis, einem nicht angenommenen Kind, einer Lüge.

Der dunkle Zwilling hatte überlebt. Er war herangewachsen, gereift und hatte die Wahrheit geahnt. Während er in Heimen und bei Pflegeeltern aufwuchs, dachte er über seine Abstammung nach, als Erwachsener schließlich forschte er genauer. Nachdem er seine Geschichte herausbekommen hatte, beschloss er, dort wieder anzufangen, wo er 1971 im Bauch der Mutter aufgehört hatte.

Konnte sich Rache aus einer tieferen Quelle speisen?

Noch einmal nahm sich François die Ultraschallfotos vor. Vor seinem inneren Auge färbten sie sich rot. Als hätte man sie in Blut und Hass getränkt, als glühten sie wie ein Vulkan. Er sah zwei feindliche Brüder, Kain und Abel, die sich im schwerelosen Zustand auf ihr Duell vorbereiteten.

François war der schwache Zwilling, das kraftlose Geschöpf, das sich die Augen mit den Händen zuhielt. Nach der Geburt hatte sich alles umgekehrt. Er war zum Auserwählten geworden, zum Bevorzugten, zum Sieger. Er war im warmen Schoß einer Familie aufgewachsen, während der Bruder sein Dasein in Heimen und vom Staat bezahlten Pflegefamilien fristete.

Und jetzt bezahlte er dafür. Niemand kann seinem Schicksal entfliehen. Es war wie in der griechischen Mythologie. Franciszkas Schwangerschaft war das Orakel gewesen, aus dem man die Zukunft hatte ablesen können.

Es gab nicht den geringsten Beweis dafür, dass Kubielas Annahmen richtig waren, doch sein Bauchgefühl bestätigte ihn. Im Grunde hatte er es immer gewusst. Auch die Namen, die er sich bei jeder psychischen Flucht gegeben hatte, verwiesen darauf. »Janusz«, »Freire«, »Narcisse« und »Nono« drückten auf die eine oder andere Weise Dualität aus.

Daran hätte er schon früher denken sollen. Freire klang wie das französische Wort für Bruder. Janus war der Gott mit den zwei Köpfen. Narziss hatte sich in sein eigenes Spiegelbild verliebt. Und die beiden gleichlautenden Silben von Nono symbolisierten das Gegenüber der beiden Föten im Uterus.

Die Namen waren Signale gewesen, die den anderen aufforderten, endlich in Erscheinung zu treten. Und der Aufruf war erhört worden. Der dunkle Zwilling hatte durch die Serienmorde auf sich aufmerksam gemacht. Der ungeliebte, verstoßene Sohn, das Kind des Teufels, beging Morde, bei denen er sich an uralten Mythen orientierte, weil er sich für den gerechten Helden einer universellen Geschichte hielt. Es war die Rückkehr des verlorenen Sohns. Die Rache des bedrängten Idols. Ödipus. Jason. Odysseus.

Und er hatte alles so eingefädelt, dass man François die Schuld an den Morden anlasten musste und dass er entweder hinter Schloss und Riegel oder im Kugelhagel der Polizei enden würde.

Amiens. Es war 11.00 Uhr vormittags.

Die Klinik Philippe-Pinel ist eine Backsteinfestung, in der ausschließlich psychisch Kranke behandelt werden. Die Zitadelle stammt aus dem 19. Jahrhundert, einer Zeit also, in der solche Anstalten noch in sich abgeschlossene Ortschaften waren, wo die Kranken ihr eigenes Gemüse anbauten, Vieh züchteten und sogar untereinander Familien gründeten. Damals hielt man Geisteskrankheiten für unheilbar. Sie galten als Anomalie, die man aus der Gesellschaft verbannen musste und tunlichst vor ihr versteckte.

Das Gelände von Philippe-Pinel umfasst mehr als dreißig Hektar.

Nachdem er das erste Tor passiert hatte, ging Kubiela eine lange, baumbestandene Allee entlang zur zweiten Umfriedung, die mit ihren rotbraunen Backsteinen wie die Mauer einer Festungsstadt wirkte.

Mitten in der Nacht war er zwischen seinen Papieren und den Ultraschallfotos eingeschlafen. Er hatte nicht einmal mehr die Energie gehabt, seine Lampe auszuknipsen. Wieder hatte er von Föten geträumt, die einander in einem Wald aus Blutgefäßen bekämpften. Als er schweißgebadet aufgewacht war, herrschte noch finstere Nacht. Nur seine nackte Glühbirne umgab ihn mit ihrem Licht, das an ranzige Butter erinnerte. Trotz seines Muskelkaters und seiner düsteren Gedanken war ihm eins klar geworden. Er konnte nicht weiterkommen, ohne zu seinem Ursprung zurückzukehren. Zu seiner Mutter. Am Bahnhof Gare du Nord hatte er sich in den Zug gesetzt, war nach Amiens gefahren und hatte ein Taxi nach Dury genommen, wo die Klinik in der Nähe der Präfektur der Picardie liegt.

Zweite Umfriedung. Als Psychiater war er an die Sicherung der Kliniken gewöhnt, doch die Dicke der Mauern beeindruckte ihn. Sie waren so breit, dass man einen Tunnel hätte hineingraben können. Rings um eine Kapelle waren Gebäude unterschiedlicher Größe angeordnet, die tatsächlich wie eine kleine Stadt wirkten. Es gab einen Bahnhof, ein Rathaus und Geschäfte.

Kubiela mied den Empfang und versuchte sich anhand der Hinweisschilder zu orientieren. Doch das war nicht möglich. Die einzelnen Blocks trugen lediglich Nummern, boten aber keinen Anhalt zur geografischen Herkunft oder dem Leiden ihrer Insassen.

Aufs Geratewohl bewegte er sich vorwärts. Keine Menschenseele war zu sehen. In den über hundert Jahren ihres Bestehens waren die Häuser zwar umgebaut worden, doch der Eindruck der schmucklosen Fassaden, der mit römischen Ziffern gekennzeichneten Fronten und der Gewölbe war derselbe geblieben. Alles wirkte sehr solide – genau wie in Sainte-Anne.

Eine fahle Wintersonne hatte sich durch die Wolken gekämpft. Obwohl er zügig ging, fröstelte ihn. Noch war er nicht in der Lage, die neuerliche Wendung wirklich zu erfassen. Er würde seine Mutter sehen. Der Gedanke jagte ihm zwar einerseits Angst ein, auf der anderen Seite jedoch fühlte er sich gewappnet. Seine Erinnerung war so verschlossen wie die Backsteinmauern, die ihn umgaben.

Schließlich begegnete er zwei Krankenschwestern. Er erklärte, dass er seine seit Jahren hier lebende Mutter besuchen wolle. Die beiden Frauen wechselten einen Blick. Mit seiner zerknitterten Kleidung und dem unrasierten Gesicht sah Kubiela eher wie jemand aus, der selbst eingewiesen worden war. Wie ging es außerdem an, dass ein Sohn nicht wusste, wo seine Mutter untergebracht war, wenn sie tatsächlich schon so lang hier lebte? Den Namen kannten sie nicht, was angesichts von fünfhundert Patienten kein Wunder war. Doch sie erklärten ihm, dass die chronisch Kranken den Pavillon mit der Nummer 7 drei Blocks weiter im Westen der Anlage bewohnten.

Kubiela schlug diese Richtung ein. Er spürte die Blicke der Krankenschwestern im Rücken. Aber es hätte durchaus schlimmer kommen können. Was, wenn sie ihn erkannt hätten? Als er noch ganz offiziell existierte, hatte er seine Mutter sicher regelmäßig besucht. Das Personal der Station, auf der seine Mutter untergebracht war, hatte sicher von seinem Tod erfahren. Und wenn nun ein Pfleger sein Bild in den Nachrichten gesehen hatte?

Pavillon 7. Er kannte die Gitterzäune und die mit Doppelschlössern gesicherten Tore. Man benutzte sie für die Räumlichkeiten, in denen gefährliche Patienten bewacht werden mussten. Er läutete. Eine breitschultrige Frau mit unfreundlichem Gesicht kam auf ihn zu. Sie verzog keine Miene; offenbar hatte sie ihn nicht erkannt. Er nannte den Namen seiner Mutter. Franciszka Kubiela lebte tatsächlich in diesem Pavillon. Die Krankenschwester war neu hier.

Durch das Gitter hindurch erklärte Kubiela sein Anliegen. Er erfand Auslandsaufenthalte und andere Ausreden für seine Abwesenheit, wobei er ständig befürchtete, das Mannweib könnte nach seinen Papieren fragen. Um Eindruck zu schinden, ließ er ein paar psychiatrische Fachausdrücke fallen. Es wirkte. Die Krankenschwester entriegelte das Tor.

»Ich begleite Sie«, sagte sie mit ausdrucksloser Stimme.

Sie gingen durch Alleen, die von hundertjährigen Bäumen und Rasenflächen gesäumt wurden. Die nackten Äste sahen aus wie ausgerissene Stromkabel. Unterwegs trafen sie auf einige Insassen, die sie mit apathischen Blicken, hängenden Armen, triefendem Mund oder rissigen Lippen anstarrten. Das Übliche eben.

»Dort ist sie«, sagte die Krankenschwester. Kubiela sah eine in einen knallblauen Anorak gehüllte Gestalt auf einer Bank. Das Gesicht konnte er unter den starren grauen Haaren nicht erkennen. Sie trug riesige Turnschuhe, unter deren Sohlen Federn montiert zu sein schienen. Er ging auf die seltsame Frau zu. Die Krankenschwester folgte ihm.

»Schon gut«, sagte er, »Sie können mich jetzt allein lassen.«

»Leider nein. Ich muss Sie begleiten. Wir haben unsere Vorschriften.« Sie lächelte ihn an, um die Wirkung ihrer Worte abzumildern. »Sie ist gefährlich.«

»Ich bin Manns genug, mich zu verteidigen.«

»Sie bringt sich selbst in Gefahr. Man weiß nie, wie sie reagiert.«

»Gut, dann bleiben Sie eben hier stehen. Falls irgendetwas passiert, können Sie ja eingreifen.«

Die Krankenschwester verschränkte die Arme und beobachtete wachsam die Frau. Kubiela ging weiter. Er erwartete ein bleiches Gespenst aus Haut und Knochen mit ausgemergelten Gesichtszügen, aber seine Mutter war eher aufgedunsen. Das ganze Gesicht wirkte fett. Vermutlich eine Nebenwirkung der Medikamente. Außerdem fielen ihm die ersten Anzeichen eines malignen neuroleptischen Syndroms auf: Muskelsteife und zitternde Finger.

Franciszka rauchte eine Zigarette und hielt dabei die Hand ganz nah an ihr Gesicht. Ihre Züge wurden durch eine Art unbestimmter Wut verzerrt. Ihre Haut wies dunkle Flecken auf. In der freien Hand hielt sie ein Paket Zigaretten und ein Feuerzeug.

»Mama?«

Sie zeigte keine Reaktion. Noch ein Schritt. Erneut sprach er sie an. Das Wort schnitt in seine Zunge wie eine Rasierklinge. Schließlich blickte sie ihn an, ohne den Kopf zu bewegen. Sie sah aus wie eine Besessene.

Kubiela setzte sich neben sie auf die Bank.

»Ich bin es, Mama. François.«

Sie musterte ihn genauer. Ihr Gesicht verzog sich noch mehr, ehe sie langsam nickte. Und plötzlich entdeckte er noch etwas anderes: Ihre Miene spiegelte Entsetzen. Mühsam kreuzte sie die

Arme und verschränkte sie über ihrem Leib. Ihre Lippen zitterten. Kubiela spürte, wie seine Haut zu prickeln begann. Er hatte auf Geständnisse gehofft, doch er würde Elektroschocks erhalten.

»Co chcesz?«

»Ich verstehe kein Polnisch.«

»Was willst du?«

Ihre Stimme klang feindselig. Sie krächzte wie ein Motor, der lange nicht gelaufen war. Ihre schmalen Lippen wirkten wie ein Schnitt in ihrem geschwollenen Fleisch.

»Ich möchte über meinen Bruder sprechen.«

Sie umklammerte ihren Bauch noch fester, als wolle sie den Uterus schützen, der ihn und seinen dunklen Bruder beherbergt und in dem es nur Hass und Bedrohung gegeben hatte – ihren Bauch, in dem heute vermutlich nur noch die Medikamente ein gequältes Gurgeln erzeugten.

»Welcher Bruder?«, fragte sie und zündete sich die nächste Zigarette mit dem Stummel der vorigen an.

»Der Bruder, der mit mir zusammen geboren wurde.«

»Du hast keinen Bruder. Ich habe ihn rechtzeitig getötet.«

Kubiela beugte sich vor. Trotz des Windes roch er ihren Gestank nach altem Schweiß, Urin und Einreibemitteln.

»Ich habe den Arztbericht gelesen.«

»Er wollte dich töten. Ich habe dich gerettet.«

»Nein, Mama«, entgegnete er sanft. »Die Operation hat nie stattgefunden. Es war nicht mehr nötig. Warum weiß ich auch nicht. Es gibt keine Berichte über diese Zeit.«

Sie antwortete nicht.

»Ich war in deinem Haus«, fuhr er fort. »In der Rue Jean Jaurès in Pantin, erinnerst du dich? Ich habe Ultraschallbilder und Untersuchungsberichte gefunden, aber nichts über die Entbindung. Noch nicht einmal Geburtsurkunden. Was genau ist damals passiert?«

Stumm und starr saß sie auf der Bank.

»Sag es mir bitte«, drängte er. »Warum hat mein Bruder überlebt?«

Franciszka schwieg. Ab und zu zog sie hastig an ihrer Zigarette

»Bitte, Mama. Erzähl es mir!«

Doch Franciszka blieb wie versteinert. Mit starren Augen blickte sie vor sich hin. Ziemlich verspätet fiel ihm auf, dass er sich völlig falsch verhielt. Anstatt als verständiger Psychiater redete er mit ihr wie ein erregter Sohn. Er versuchte in ihr Gehirn einzudringen, ohne vorher anzuklopfen. Er hatte kein Wort über seine einjährige Abwesenheit verloren und auch nichts über die Gründe gesagt, die ihn dazu brachten, die Vergangenheit so brutal wiederzuerwecken.

»Erzähl es mir, Mama«, wiederholte er ruhiger. »Am 18. November 1971 bin ich in einem Krankenhaus in Pantin geboren. Ich war nicht allein. Aber du hast es abgelehnt, meinen Bruder aufzuziehen. Er ist woanders aufgewachsen, weit weg von uns, und hat bestimmt unter seiner Einsamkeit gelitten. Wo ist er jetzt? Ich muss mit ihm reden.«

Ein leichter Wind erhob sich. Der unangenehme Geruch seiner Mutter schlug ihm mit voller Wucht ins Gesicht. Kühle und Wärme vereinigten sich und verstärkten den Pesthauch. Franciszka schwitzte in der Sonne.

»Mein Bruder ist wieder da«, flüsterte Kubiela nur wenige Zentimeter von ihrem fettigen Haar entfernt. »Er rächt sich. Er tötet Obdachlose und versucht mir die Schuld dafür anzulasten. Er ...«

Kubiela verstummte. Die schizophrene Frau hörte ihm nicht zu. Oder sie verstand nicht. Immer noch starrte sie vor sich hin und zog dann und wann an ihrer Zigarette. Hier würde er keine Antwort bekommen.

Als er aufstehen wollte, krallte sich eine Hand in seinen Arm. Er sah seine Mutter an. Franciszka hatte ihr Feuerzeug fallen lassen. Mit eiskalten Fingern hielt sie ihn am Ärmel fest. Kubiela griff nach der krallenartigen Hand und löste sie vorsichtig aus dem Stoff, wie er es mit der erstarrten Hand einer Toten getan hätte.

Franciszka lachte. Sie schüttelte sich geradezu vor Lachen.

»Was ist denn daran so lustig?«

Zunächst lachte sie weiter, doch dann brach sie unvermittelt ab, um hastig an ihrer Zigarette zu saugen, als wäre es eine Sauerstoffmaske.

»Was ist los, um Himmels willen?«

»Der Zwilling ist geboren«, stieß sie schließlich hervor. »Gleichzeitig mit dir. Aber er war tot. Er wurde drei Monate zuvor getötet, mit einer langen, langen Nadel. *Psiakrew!*« Mit einer heftigen Geste griff sie nach ihrem Bauch. »In meinem Bauch war ein toter Teufel. Er ist verfault und hat das Fruchtwasser vergiftet. Auch dich hat er vergiftet.«

Kubiela sank auf die Bank zurück.

»Was ... Was sagst du da?«

Er zitterte und hatte den Eindruck, dass sein Kopf kurz vor dem Platzen war.

»Die Wahrheit«, murmelte Franciszka zwischen zwei Zügen. Sie wischte sich ausgiebig die Lachtränen aus den Augen.

»Er wurde getötet, *kotek*. Aber man konnte ihn vor der Geburt nicht entfernen. Es wäre für dich zu riskant gewesen. Und so ist sein Geist dort drinnen geblieben.« Sie drückte auf ihren Bauch. »Er hat dich angesteckt, *moj syn* ...«

Wieder zündete sie sich eine Zigarette an der vorigen an, dann schlug sie ein Kreuzzeichen.

»Er hat dich angesteckt. Und mich auch.«

Sie betrachtete das glühende Ende ihrer Zigarette und pustete darauf wie ein Feuerwerker auf seine Zündschnur.

»Das Gift ist noch immer in meinem Bauch. Ich muss mich davon reinigen.«

Sie öffnete ihren Anorak. Darunter trug sie ein schmuddeliges Nachthemd. Mit einer einzigen Bewegung hob sie es hoch.

Ihre Haut war bedeckt mit Brandwunden und Narben in Form eines christlichen Kreuzes.

Bis Kubiela begriffen hatte, war die Krankenschwester schon bei ihr. Doch sie kam zu spät. Franciszka hatte die Zigarette auf ihrer grauen Haut ausgedrückt und dabei auf Polnisch ein Gebet gemurmelt.

Jede Daguerreotypie ist ein einzigartiges Kunstwerk. Man kann es nicht vervielfältigen, verstehen Sie? Sobald Sie die Platte in den Fotoapparat einsetzen, haben Sie keine zweite Chance.«

11:00 Uhr vormittags.

Am Vortag hatte Anaïs nur vier Fotografen angetroffen. Alle waren sehr sympathisch und mit Sicherheit unschuldig. Dank eines Navis, das nur in einem von fünf Fällen funktionierte, war sie stundenlang in den Pariser Vororten herumgekurvt und schließlich gegen zwei Uhr morgens erschöpft in einem Ibis-Hotel gestrandet.

Jetzt saß sie bei einem gewissen Jean-Michel Broca in Le Plessis-Robinson. Es war der dritte Besuch dieses Vormittags. Broca, ein angesagter Künstler, nahm für sich in Anspruch, die Sprache der Fotografie neu entdeckt zu haben. »Die einzig wahre Sprache! Die Sprache der flirrenden Kontraste, des schimmernden Schwarz-Weiß, der atemberaubenden Einzelheiten!« Sie hatte nichts in Erfahrung gebracht, abgesehen von der Überzeugung, dass auch er nicht der Mörder sein konnte, denn er war gerade erst von einer viermonatigen Reise nach Neukaledonien zurückgekehrt.

Schließlich gelang es ihr, die heikle Frage unterzubringen: »Ist es Ihrer Meinung nach möglich, menschliches Blut in den chemischen Prozess der Daguerreotypie einzubinden?«

»Wie bitte? Menschliches Blut?«

Zum soundsovielten Mal erklärte sie ihre Hypothese. Hämoglobin. Eisenoxid. Die Abfolge der Entwicklung des Bildes. Broca wirkte zwar schockiert, doch Anaïs spürte, dass die Idee ihn interessierte. In der zeitgenössischen Kunst war die Arbeit mit Dejektionen organischer Substanzen gerade sehr aktuell.

793

Damien Hirst hatte Ganzkörperquerschnitte von Rindern in einer Schnittreihe angeordnet, und Andres Serrano stellte Fotos von einem Kruzifix aus, das in einen mit Urin befüllten Plexiglasbehälter getaucht war. Warum also sollte man keine Bilder mit Blut überziehen?

»Damit muss ich mich erst eingehender beschäftigen und Versuche machen«, stammelte er.

Eine weitere Irrfahrt führte sie um die Mittagszeit zu Yves Peyrot, der jenseits der Marne in einem versteckten Häuschen in Neuilly-Plaisance wohnte. Er war der achte auf ihrer Liste. Nahm man die beiden seit mehreren Monaten auf Auslandsreisen befindlichen Fotografen aus, musste sie nach diesem noch acht weitere Künstler aufsuchen.

Nach Broca, dem Visionär, traf sie in Peyrot einen Handwerker an. Er zeigte ihr jedes einzelne Utensil, das er für seine Arbeit benötigte, und betonte, dass er alles selbst hergestellt hatte. Anaïs blickte auf die Uhr. Peyrot war mit seinen siebzig Jahren und höchstens sechzig Kilo Lebendgewicht sicher nicht der Mörder.

»Ich bemühe mich, die Perfektion der Meister um 1850 zu erreichen«, erklärte der alte Mann und holte seine Sammlung hervor. »Sie allein brachten eine derart weit gefächerte Tonskala zustande, angefangen bei strahlendem Licht bis hin zu den dunkelsten Schatten.«

Anaïs beglückwünschte ihn und ging zur Tür.

13:00 Uhr.

Sie fuhr wieder in Richtung Paris. Ihr nächstes Opfer war ein Fotograf, den sie am Vortag nicht angetroffen hatte. Er hieß Remy Barille und wohnte im 11. Arrondissement. In seiner Begeisterung für Geschichte textete er sie mit Daten, Namen und Anekdoten zu. Erst nach 15.00 Uhr konnte sie ihre Frage nach dem menschlichen Blut anbringen, erntete aber lediglich einen entrüsteten Blick. Höchste Zeit zu verschwinden.

Als sie sich verabschiedete, fuchtelte der Historiker mit den Armen:

»Aber wir sind doch noch gar nicht fertig! Ich muss Ihnen noch die Techniken der Prä-Daguerreotypie, der Heliochromie und des Dioramas erklären!«

Anaïs war bereits im Treppenhaus.

Der Frauenarzt, der Franciszka entbunden hatte, lebte nicht mehr. Die zuständige Hebamme war unauffindbar. Schließlich machte sich Kubiela auf den Weg zum Einwohnermeldeamt, um die Archive einzusehen. Die Büros waren geschlossen – er hatte ganz vergessen, dass es Samstag war.

Enttäuscht war er in das Haus seiner Mutter zurückgekehrt und hatte sich wieder mit den Papieren beschäftigt. Bei dieser Gelegenheit war ihm ein Detail aufgefallen: In den letzten Untersuchungsberichten hatte man oben rechts in der Ecke die Namen der Personen vermerkt, die eine Kopie erhalten hatten. Unter ihnen war ein Psychiater, der als externer Arzt für die psychiatrischen Anstalten von Paris gearbeitet hatte. Er hieß Jean-Pierre Toinin und war Leiter des Medizinischen Zentrums Esquirol gewesen.

Kubiela ahnte, was geschehen war. Franciszka hatte ab dem fünften Schwangerschaftsmonat so massive psychische Probleme bekommen, dass man sich an einen Spezialisten wenden musste.

Sofort machte er sich auf die Suche nach dem Arzt und war erfolgreich. Toinin wohnte noch immer in Pantin, in der Rue Benjamin-Delessert. Sozusagen gleich um die Ecke. Vielleicht war das ein gutes Zeichen. Möglicherweise erinnerte sich der Psychiater noch an Einzelheiten.

Zu Fuß machte er sich auf den Weg. Mit in den Taschen vergrabenen Händen und hochgeklapptem Mantelkragen drückte er sich an den Mauern entlang. Noch einmal überdachte er seine eigene Version der Geschichte. Seine Mutter war verrückt geworden. Sein Bruder hatte 1971 überlebt und war weggegeben worden, weil seine Eltern ihn ablehnten. Nach seinem Besuch bei dem Psychiater würde er sich erneut auf die Spur seines Zwillings begeben und versuchen, ihn zu finden.

Am Ende seines Weges durch ein Labyrinth aus schmalen Gassen und zwielichtigen Baracken stand Kubiela schließlich vor einem Eisentor. Er stellte sich auf die Zehenspitzen. Im Gemüsegarten kniete ein alter Mann und kümmerte sich um die Pflanzen. Die Arbeit mit der Gartenschere schien ihn ganz und gar in Anspruch zu nehmen. Ob er sich erinnern konnte? Wahrscheinlich war er der letzte Mensch auf der Welt, der wusste, was sich am Tag von Kubielas Geburt abgespielt hatte.

Kubiela läutete. Eine Minute verging. Erneut stellte er sich auf Zehenspitzen und sah, dass der Alte unbeirrt weiterarbeitete. Er drückte ein zweites Mal auf den Klingelknopf. Deutlich länger. Schließlich richtete der Gärtner sich auf, warf einen Blick zur Tür und nahm seine Kopfhörer ab – er hatte mit Musik gearbeitet. Kubiela winkte ihm über das Tor hinweg zu. Der Mann legte seine Gartenschere fort und stand auf. Er war groß, stämmig und hielt sich ein wenig gebückt. Außer einem unförmigen Anorak trug er einen mit Erde verkrusteten blauen Overall, Gummistiefel, Gartenhandschuhe und einen uralten Panamahut. Er öffnete.

»Entschuldigen Sie«, sagte er lächelnd, »ich hatte Sie nicht gehört.«

Obwohl er über siebzig sein musste, war sein Blick wach und lebhaft. Sein gut geschnittenes, ein wenig an Paul Newman erinnerndes Gesicht war von vielen Falten durchzogen, als ob jedes Lebensjahr eine Markierung hinterlassen hätte. Unter seinem Hut lugten glänzende silberne Strähnen hervor. Er roch nach frischer Erde und Insektenvernichter.

»Sind Sie Jean-Pierre Toinin?«

»Der bin ich.«

»Mein Name ist François Kubiela.«

Der alte Mann streifte einen Handschuh ab und schüttelte ihm die Hand.

»Sie werden entschuldigen – aber kennen wir uns?«

»Sie haben meine Mutter Franciszka Kubiela 1971 behandelt. Sie war mit Zwillingen schwanger, von denen nur einer die Schwangerschaft überlebte.«

Toinin fuhr mit der Hand unter seinen Hut und kratzte sich am Schädel.

»Ach ja, Kubiela ... Es ist schon eine ganze Weile her.«

»Ich bin jetzt 39 Jahre alt. Könnte ich ... Könnten wir uns unterhalten?«

»Aber natürlich«, antwortete der alte Mann und trat einen Schritt zurück. »Kommen Sie doch bitte herein.«

Kubiela folgte seinem Gastgeber und betrat den Garten. Alte Bäume wachten über frisch gestutzte Hecken. Neben Erdlöchern standen niedrige Büsche, die Winterschlaf zu halten schienen. Alles wirkte naturbelassen und ein wenig zufällig, doch das war offenbar Absicht.

»Im Februar müssen die Pflanzen zurückgeschnitten werden«, erklärte der alte Mann. »Allerdings nur die Sommerblüher. Finger weg von denen, die im Frühling blühen.«

Er ging auf ein etwas größeres Loch zu, neben dem sich ein kleiner Erdhaufen türmte, setzte sich daneben und griff nach einer Tuchtasche, aus der er eine Thermoskanne und zwei Becher holte. Es duftete nach frisch umgegrabener Erde und geschnittenem Gras.

»Kaffee?«

Kubiela nickte und suchte sich eine Stelle, wo er sich setzen konnte. Sie sahen aus wie zwei Totengräber, die am offenen Grab Pause machten.

»Sie haben Glück, dass Sie mich antreffen«, sagte Toinin, während er vorsichtig die Plastiktassen füllte. »Ich komme nämlich nur am Wochenende.«

»Dann wohnen Sie gar nicht in Pantin?«

Er reichte Kubiela eine Tasse. Seine Fingernägel waren schwarz, seine Hände gebräunt.

»Nein, mein Freund«, lächelte der Alte. »Ob Sie es glauben oder nicht: Ich praktiziere noch.«

»In einem medizinischen Zentrum?«

»Nein. Ich leite eine kleine Praxis in einer psychiatrischen Klinik bei La Rochelle.« Er zuckte die Schultern. »Immerhin eine Beschäftigung auf meine alten Tage. Unheilbare Fälle – genau wie ich.«

Während er den Becher an die Lippen hob, musterte Kubiela Toinins Gesicht. Es sah aus wie eine Satellitenkarte mit Höhenlagen, Flüssen und Erosionsrinnen.

»Was genau kann ich für dich tun?«, fragte der Arzt.

Kubiela war etwas überrascht, dass der alte Mann ihn duzte, doch dann freute er sich sogar darüber. Immerhin kannte der Arzt ihn seit seiner Geburt.

»Ich bin auf der Suche nach meiner Herkunft und nach den genauen Umständen meiner Geburt.«

»Das ist nur natürlich. Haben deine Eltern dir nie etwas erzählt?«

Kubiela entschloss sich zur Kurzversion.

»Mein Vater ist tot, und was meine Mutter angeht, so …«

Toinin nickte ernst, während er in seinen Kaffee starrte.

»Nach deiner Geburt habe ich deine Entwicklung verfolgt. Damals leitete ich eine öffentliche Station hier in Pantin. Deine Mutter litt unter schweren Verwirrungszuständen, aber das weißt du ja selbst. Im Einverständnis mit deinem Vater haben wir sie zwangseingewiesen. Du weißt, was das bedeutet?«

»Ich bin selbst Psychiater.«

Der Mann lächelte und hob seinen Becher, als wollte er ihm auf ihrer beider Wohl zuprosten. In seinem Gesicht lag ein gewisser Zynismus, fast eine desillusionierte Grausamkeit, doch seine sehr hellen Augen verliehen ihm gleichzeitig eine klare Heiterkeit. Sie waren wie kleine Seen in einer kargen Berglandschaft.

»Lebt deine Mutter noch?«

»Sie lebt noch, aber ihr geistiger Zustand hat sich keineswegs verbessert. Sie ist überzeugt, dass die selektive Abtreibung tatsächlich stattgefunden hat und dass mein Zwillingsbruder im Mutterleib getötet wurde.«

Der alte Mann hob die Augenbrauen.

»Du etwa nicht?«

»Nein.«

»Warum?«

»Es gibt Beweise dafür, dass mein Zwillingsbruder noch lebt.«

»Was für Beweise?«

»Darüber möchte ich mich nicht äußern.«

Toinin schob wie ein Cowboy seinen Hut mit dem Zeigefinger zurück und stieß einen tiefen Seufzer aus.

»Tut mir leid, mein Freund, aber du irrst dich. Ich war bei der Prozedur anwesend.«

»Wollen Sie etwa behaupten ...«

»Ich erinnere mich nicht des genauen Datums. Deine Mutter war etwa im sechsten Monat. Nur einer der Föten konnte überleben, und man musste eine Wahl treffen. Das hat deine Mutter getan, allerdings mit einer ... sagen wir, recht konfusen Begründung. Aber dein Vater hat ihre Entscheidung bestätigt.«

Kubiela schloss die Augen. Seine Finger krampften sich um den Becher. Kaffee rann über seine Hände, doch er spürte die Hitze nicht. Ihm war, als stünde er am Rand einer Klippe mit einem Fuß über der Kante.

»Sie müssen sich irren.«

»Ich war dabei«, wiederholte Toinin und trat mit dem Absatz in die lockere Erde. »Ich habe die Operation begleitet. Als ihr Psychiater musste ich deiner Mutter bei dieser Zerreißprobe beistehen. Ich denke allerdings, dass ihr ein Priester lieber gewesen wäre.«

Kubiela ließ den Kaffeebecher fallen und vergrub seinen Kopf zwischen die Hände. Nun versank er also doch in dem Abgrund, den er so gefürchtet hatte. Drei Morde, und nur einer trug die ganze Schuld. *Er selbst.*

Schließlich hob er den Kopf. Er klammerte sich an einen letzten Strohhalm.

»In den Unterlagen meiner Eltern findet sich nicht der geringste Hinweis auf den Eingriff. Weder Untersuchungsberichte noch Rezepte für Medikamente – nichts dergleichen. Es gibt kein Dokument, das den Fetozid bestätigt.«

»Wahrscheinlich haben sie alles vernichtet. Schließlich ist das nicht die Art von Erinnerung, die man gern bewahrt.«

»Aber ich habe auch nichts über die Entbindung gefunden«, fuhr Kubiela trotzig fort. »Weder einen Nachweis über den Krankenhausaufenthalt noch eine Geburtsurkunde.«

Der alte Mann stand auf und kniete sich vor Kubiela hin, als wollte er ein Kind trösten.

»Du musst das verstehen«, flüsterte er und legte dem jungen Mann die Hände auf die Schultern. »Deine Mutter hat nicht nur dich geboren, sie musste auch deinen toten Bruder zur Welt bringen. Als der Eingriff stattfand, war es unmöglich, den Fötus zu entfernen, weil du sonst auch gestorben wärst. Sie musste also abwarten und hat schließlich zwei Kinder geboren, ein lebendes und ein totes.«

Kubiela unterdrückte ein Stöhnen. Es gab also keinen diabolischen Bruder. Keinen Rächer. Nur er selbst war übriggeblieben. Aber der andere Zwilling hatte ihm seinen Stempel aufgedrückt. Er wurde heimgesucht, er war besessen. Er war gleichzeitig der Dominante und der Dominierte.

Mühsam stand er auf. Die Erde schien sich unter seinen Füßen aufzutun. Er nickte dem alten Mann einen Gruß zu und ging zum Tor.

Lange lief er blindlings wie durch einen Nebel. Als er schließlich aus seiner Trance erwachte, befand er sich in einer ihm unbekannten Straße. Er sah seinen Schatten, der ihm über Mauern, Backsteinfassaden und den Bürgersteig folgte. Der

Traum von Patrick Bonfils fiel ihm ein. Der Traum, den auch er selbst geträumt hatte. Der Traum, in dem er seinen Schatten verlor ... Jetzt erlebte er das Gegenteil. Er war der Mann, der seinen Schatten wiedergefunden hatte. Seine dunkle Seite. Sein negatives Double. Seine Mutter hatte recht gehabt. Der böse Zwilling hatte ihn im Mutterleib durchdrungen, infiltriert und angesteckt.

Sein ganzes Leben lang hatte er diese Bedrohung auf Abstand gehalten. Sein ganzes Leben lang war es ihm gelungen, das Böse in sich zu unterdrücken. Daher auch der hilflose Ausdruck auf den Fotos! Vielleicht hatte der kleine François Angst vor anderen Menschen, aber vor allem hatte er Angst vor sich selbst. Auch seine Entschlüsse im Leben sprachen dafür. Er hatte sich für die Psychiatrie entschieden und seine Doktorarbeit über Zwillinge geschrieben. Als Arzt hatte er sein Hauptaugenmerk auf Themen wie multiple Persönlichkeiten und Schizophrenie gerichtet.

Indem er den Wahnsinn anderer studierte, konnte er seine eigene geistige Störung unterdrücken. Die Ironie lag darin, dass seine Leidenschaft ihn zur Quelle des Übels zurückgeführt hatte. Er hatte sich für die Fälle von Christian Miossens, Patrick Serena und Marc Karazakian interessiert und seine eigenen Recherchen geführt. Er hatte sich in das Matrjoschka-Netzwerk eingeschlichen und war so zum Versuchskaninchen unter vielen anderen geworden. Ein »Reisender ohne Gepäck«.

Aber nicht nur das.

Das Serum von Mêtis hatte den dunklen Zwilling wiedererweckt. Unter dem Einfluss des Medikaments war seine Kontrolle über die dunkle Seite in ihm geschwunden. Das bösartige Double hatte seine Rechte an Kubielas Seele zurückgefordert.

Er selbst war der mythologische Mörder. Auf irgendeine Weise führte das Phantom seines Bruders ein reales Leben innerhalb seiner eigenen Existenz. Aber wie war es möglich, dass Kubiela immer wieder zu einem anderen Menschen wurde, ohne sich je zu erinnern? War er eine Art Doktor Jekyll und Mister Hyde?

Er hob den Kopf und wurde gewahr, dass er mit hochgezogenen Knien in einer Toreinfahrt saß und bitterlich weinte.

Plötzlich aber lächelte er unter Tränen. Mit einem Mal wurde ihm klar, dass es eine ganz selbstverständliche Lösung für seine Situation gab. Wenn er den mythologischen Mörder ausschalten wollte, musste er sich selbst töten.

Sasha hat ausgepackt.«
Anaïs begriff nicht gleich.
»Sasha?«
»Die Chefin der Partnerschaftsvermittlung.«
»Okay. Und was ist dabei herausgekommen?«
»Nicht gerade viel. Die Dame ist völlig am Ende. Sie hat uns erzählt, dass Leute aus ihrem Club auf mysteriöse Weise verschwunden sind.«
»Frauen?«
»Nicht nur. Auch Männer. Sie kapiert überhaupt nichts und will nicht wahrhaben, dass ihr Laden so gut wie pleite ist. Die Frau steht auf dem sinkenden Schiff und klammert sich noch immer ans Ruder.«

18.00 Uhr.

Anaïs war beim zwölften Namen. Wenn sie so weitermachte, würde sie es vielleicht bis Mitternacht schaffen. Sie war auf dem Boulevard Périphérique in Richtung Norden unterwegs, als Solinas anrief.

»Was hat Sasha zu Medina gesagt?«
»Die Kleine ist dem Club Anfang 2009 beigetreten und irgendwann im August nicht mehr gekommen. Mehr weiß sie nicht.«
»Ist ihr nicht aufgefallen, dass Medina nicht dem üblichen Stil des Clubs entsprach?«
»Schon, aber das war ja nicht ihr Problem.«
»Weiß sie, wonach Medina suchte?«
»Nein. Es muss da noch ein anderes Mädchen gegeben haben, eine gewisse Anne-Marie Straub alias Feliz. Sasha meint, dass beide Hostessen waren.«

»Und sie hat wirklich nicht die geringste Ahnung, was diese Frauen bei ihr suchten?«

»Ganz offensichtlich nicht. Eins ist sicher: Sashas Netzwerk ist eher für die kleinen Leute gedacht. Damen dieses Kalibers dürften sich eher nicht dafür interessieren.«

»Und diese Feliz? Sollten wir sie vielleicht verhören?«

»Geht nicht. Sie hat sich im Januar 2009 das Leben genommen.«

Zwei tote Escort-Girls innerhalb weniger Monate, die zudem beide im gleichen Kennenlern-Portal registriert waren. Das konnte kein Zufall sein.

»Weiß man den Grund?«

»Gar nichts weiß man. Sie hat sich erhängt. Laut Sasha wirkte sie aber nicht depressiv.«

»Wurde eine Ermittlung eingeleitet?«

»Natürlich. Dadurch hat Sasha davon erfahren.«

»Hast du mit ihr über Freire gesprochen?«

»Ich habe ihr sein Foto gezeigt.«

»Kannte sie ihn?«

»Ja, allerdings unter anderem Namen. Zwei anderen Namen, um genau zu sein. Im Januar 2009 ist er unter dem Namen François Kubiela das erste Mal Mitglied geworden. Irgendwann verschwand er und trat dem Club dann im Mai erneut bei. Dieses Mal als Arnaud Chaplain. Der Mann aus dem Loft.«

»Hat das Sasha nicht gewundert?«

»Sie nahm an, er hätte seine Gründe für dieses Inkognito gehabt. Im Übrigen will sie sich offensichtlich nicht genauer über ihre Beziehung zu ihm äußern. Möglicherweise standen die beiden sich ja näher, als sie zugeben möchte.«

Anaïs verspürte einen eifersüchtigen Stich, verscheuchte dieses Gefühl aber sofort. Warum wurde jemand zweimal Mitglied in demselben Club? Freires Nachforschungen mussten ihn jedes Mal in diese Richtung geführt haben. Kein Zweifel: Es gab eine Verbindung zwischen *sasha.com* und Matrjoschka.

»Habt ihr euch auch nach François Kubiela erkundigt?«
»Wir arbeiten daran. Bisher wissen wir nur, dass er ein sehr renommierter Psychiater war.«
»War?«
»Er starb am 29. Januar 2009 bei einem Autounfall auf der A 31.«

Anaïs dachte fieberhaft nach.

»Glaubst du, dass Freire seine Identität angenommen hat?«
»Nein. Ich habe Kubielas Foto vor mir. Es ist unser Mann. Keine Ahnung, auf welche Weise er wiederauferstanden ist.«

Der vorgetäuschte Unfall passte nicht zu Freires Methoden. War der Übergang von Kubiela zu Chaplain etwa eine bewusst geplante Täuschung gewesen?

»Nehmt ihr seine Vergangenheit unter die Lupe?«
»Was glaubst du wohl?«
»Vielleicht hat Kubiela für Mêtis gearbeitet. Oder für die Leute des Matrjoschka-Projekts.«
»Alles längst in die Wege geleitet. Es gibt übrigens noch ein Highlight: Vor ein paar Tagen ist er wieder im Club aufgetaucht.«

Auf diese Nachricht hatte Anaïs insgeheim schon gewartet. Freire setzte seine Nachforschungen fort. Besser gesagt: Er fing jedes Mal wieder bei null an. Matrjoschka. Medina. Sasha. Alles gehörte zusammen.

»Und welchen Namen hat er dieses Mal benutzt?«
»Nono. Also Arnaud Chaplain.«
»Hat er nach einer bestimmten Person gesucht? Nach Medina?«
»Nein. Dieses Mal folgte er der Spur einer gewissen Leila. Eine vom gleichen Schlag wie die beiden anderen.«
»Edelnutte?«
»Sasha war sich nicht ganz sicher. Auf jeden Fall ein ziemlich scharfes Weibsbild. Nordafrikanische Abstammung. Alles zusammengenommen müssen wir der Möglichkeit ins Auge bli-

cken, dass dein Typ die beiden anderen Damen kaltgemacht hat. Vielleicht ist er nicht der mythologische Mörder, sondern einfach nur ein Hurenkiller. Oder – ganz verrückter Gedanke – er ist beides!«

Anaïs bekämpfte eine aufsteigende Bitterkeit. Warum war Freire hinter diesen Mädchen her?

Im letzten Augenblick erkannte sie die Ausfahrt, nach der sie gesucht hatte. Sie riss das Steuer herum. Hinter ihr wurde wütend gehupt. Sie brauchte ein paar Sekunden, ehe sie den Gesprächsfaden wiederfand.

»Und Sasha?«

»Die halten wir uns warm, bis wir den Spuren der anderen Verschwundenen nachgegangen sind, von denen sie gesprochen hat.«

»Den Männern?«

»Genau. Sie hat uns die Namen genannt. Wir werden jeden Einzelnen überprüfen. Irgendetwas verbirgt sich hinter diesem Club, aber meiner Meinung nach hat sie tatsächlich keine Ahnung. So merkwürdig es klingen mag: Offenbar haben diese Vorfälle mit dem Matrjoschka-Projekt zu tun, ohne dass Sasha davon in Kenntnis gesetzt wurde.«

Der Ansicht war Anaïs auch.

»Und du? Was ist mit deinen Fotografen?«, hakte Solinas nach.

Sie warf einen Blick auf die Liste und den Vorortstadtplan, die ausgebreitet auf ihren Knien lagen.

»Es geht voran. Noch besser ginge es allerdings, wenn dein Navi funktionieren würde.«

»Spezialanfertigung für die Präfektur von Paris. Und die Typen? Sind sie sauber?«

»Bisher ja. Aber mir bleiben noch sechs Besuche. Vor Mitternacht werde ich wohl nicht fertig.«

»Viel Erfolg. Wir sehen uns dann im Büro.«

Sie legte auf und fragte sich wohl schon zum tausendsten Mal an diesem Tag, ob sie nicht wertvolle Zeit vergeudete. Aber wie schon zuvor wischte sie ihre Zweifel mit dem Gedanken beiseite, dass Serientäter grundsätzlich anhand ihrer Fehler überführt wurden. Und entgegen landläufigen Ansichten gab es keine andere Möglichkeit, ihrer habhaft zu werden. Der mythologische Mörder hatte eine mit Silber bedampfte Platte zerbrochen, als er Ikarus fotografierte. Er hatte alle Spuren beseitigt, doch dieser eine Splitter war ihm entgangen – und das würde ihm zum Verhängnis werden.

Sie konzentrierte sich auf die Straße. Es war bereits dunkel, doch der Verkehr lief ohne Störung. Sie folgte der Beschilderung. Zwei Ecken weiter fand sie ohne Probleme ihr Ziel. Aber einmal ist keinmal. Angesichts der Resultate, die Solinas vorzuweisen hatte, erschien ihr ihre eigene Spur plötzlich nebensächlich. Viel wichtiger waren die verschwundenen Escort-Girls.

Ein Parkplatz direkt vor dem Haus: Ihre Glückssträhne hielt an. Anaïs stieg aus und schwor sich, hier noch schneller vorzugehen. Sie klingelte am Tor des Einfamilienhauses und rieb sich die Hände, um sie zu wärmen. Der feuchte Nebel ihres Atems blieb unter den Bogenlampen hängen.

Das Eisentor bewegte sich. Als sie den alten Mann mit seinem abgetragenen Panamahut sah, war ihr klar, dass sie ihre Fragen gar nicht erst zu stellen brauchte. Undenkbar, dass dieser Siebzigjährige der Mörder war.

Am liebsten wäre sie sofort wieder ins Auto gesprungen, doch der Alte lächelte sie warmherzig an.

»Was kann ich für Sie tun, Mademoiselle?«

Zwei Fragen, dachte sie. *Und dann nichts wie weg.*

»Sind Sie Jean-Pierre Toinin?«

Ein Akku-Bohrschrauber DS 14DL.
Zwölf unbehandelte Eichenbretter, 160 Millimeter breit, 2 Meter lang.
Zweihundert selbstbohrende Schrauben TF Philips 4.2 × 38.
Eine digitale Videokamera Handycam.
Ein Stativ, 143 Zentimeter, 3500 Gramm.
Sechs SD-Speicherkarten, 32 GB.
Eine Projektionslampe.
Eine Gymnastik-Bodenmatte aus Schaumstoff.
Ein Gänsedaunen-Deckbett 220 × 240.
Eine Augenmaske.
Kubiela legte seine Einkäufe auf den Fußboden seines Zimmers. Er hatte alles im Einkaufszentrum Bercy 2 unweit seines Unterschlupfs gekauft. Die Waffen seines Gegenangriffs.

Lange hatte er nachgedacht. Wenn der Andere wirklich in seinem Innern existierte, gab es nur einen Zeitpunkt, zu dem er tätig werden konnte: während er schlief. Sobald der helle Zwilling einschlief, wurde der dunkle Zwilling aktiv.

Er machte sich an die Arbeit. Zunächst verrammelte er die Tür mit Brettern und Schrauben. Kreischend fraß sich der Bohrer ins Holz. Staub und Späne flogen herum.

Kubielas Plan war ganz einfach. Er würde sich in einem vollständig abgeschlossenen Raum schlafen legen und sich dabei von einer laufenden Kamera beobachten lassen. Das Tier wäre gefangen, und nichts Schlimmes konnte passieren. Beim Aufwachen würde Kubiela dann zum ersten Mal das Gesicht des Anderen im Display der Videokamera sehen; das Gesicht des bösartigen Zwillings, der bereits im Mutterleib Besitz von ihm ergriffen hatte und ihn seither wie ein Krebsgeschwür auffraß.

Weiter ging es mit den Fenstern. Bretter, Schrauben, Sägespäne. Das Zimmer wurde zur Isolationszelle, zur Büchse der Pandora, die nicht geöffnet werden konnte.

Kubiela zweifelte nicht mehr an seiner Schuld. Die Fakten waren zu klaren Beweisen geworden. In der Grube des Minotaurus hatte man seine Fingerabdrücke gefunden. Er war an den Tatorten der Morde an Ikarus und Uranus gewesen. Wie viel Mühe hatte er sich gegeben, die Beweise zu entkräften! Er hatte Indizien umgedeutet, Zeichen missachtet und seine Schuld standhaft geleugnet. Aber jetzt würde er die Maske ablegen. Er selbst war der Täter. Der mythologische Mörder.

Er nahm das zweite Fenster in Angriff. Noch nie hatte er sich so stark gefühlt. Der Andere wartete ab, bis er schlief, um zu handeln und zu morden. Doch er würde ihn mit seinen eigenen Waffen schlagen. Er erinnerte sich einer Sage aus der griechischen Mythologie. Thanatos, der Gott des Todes, hatte einen Zwillingsbruder: Hypnos, den Gott des Schlafes. Diese Anlehnung an die Antike passte haargenau zu seiner Situation.

Er schaltete den Bohrschrauber aus und begutachtete sein Werk im Schein der nackten Birne. Das Zimmer hatte keinen Ausgang mehr. Er war eingemauert. Gefangen. Zusammen mit dem Anderen. Im Lichtschein wirkte das mit Sägemehl und Gips bestäubte Zimmer strahlend weiß. Kubiela wusste, dass auch sein Gesicht so aussah. Weiß wie Kokain. Bei jedem Schritt hinterließ er einen Abdruck, als liefe er über frischen Schnee.

Kubiela räumte das Werkzeug beiseite und widmete sich der Videokamera. Er schloss das Gerät an, stellte das Stativ auf und wartete, bis die Kamera vollständig aufgeladen war. Den Strahl der Projektionslampe richtete er auf den Boden zwischen den beiden Fenstern, legte die Schaumstoffmatte mitten ins Licht und entfernte die Plastikumhüllung der Daunendecke.

Als sein Bett gemacht war, befestigte er die aufgeladene Kamera auf dem Stativ. In der Gebrauchsanweisung stand, dass man mit der Speicherkarte etwa zehn Stunden bei normaler Qualität aufzeichnen könne. Er schaltete das Gerät ein und filmte im Weitwinkelmodus mit dem Bett in der Mitte.

Zum Schluss packte er die Augenmaske aus, eines jener Dinger, die man manchmal auf Langstreckenflügen bekommt. Nachdem er es sich unter der Decke bequem gemacht hatte, schob er die Maske über die Augen und konzentrierte sich aufs Einschlafen. Sein Telefon hatte er ausgeschaltet. Niemand wusste, wo er sich aufhielt. Niemand konnte ihn stören. Niemand würde ihn an seinem großen Sprung hindern.

Bald schon würde er Bescheid wissen ...

»Im Namen und in der Kraft unseres Herrn Jesu Christi beschwören wir dich, jeglicher unreine Geist, jegliche satanische Macht, jegliche feindliche Sturmschar der Hölle, jegliche teuflische Legion, Horde und Bande: Ihr werdet ausgerissen und hinausgetrieben ...«

Franciszka Kubiela liegt mit nacktem Bauch auf dem Operationstisch und murmelt ihr Gebet. Zwei Ärzte und mehrere Krankenschwestern in grüner OP-Kleidung scheinen sich unbehaglich zu fühlen. Ein dritter Mann, der ebenfalls eine Chirurgenmaske trägt, steht ein Stück abseits. Einer der Gynäkologen trägt Gel auf den Bauch der Frau auf und greift zur Ultraschallsonde.

»Was erzählt sie da?«, fragt er seinen Kollegen auf der anderen Seite des Operationstisches.

Der zuckt die Schulter. Er hält eine Spritze mit einer langen Nadel in der Hand.

»Es ist ein Exorzismus«, erklärt der abseits stehende Mann leise. »Sie hat ihn auswendig gelernt.«

»Dir gebietet Gott, der Allerhöchste, dem du in deinem großen Hochmut noch immer gleichgestellt sein willst ...«

»Wir hätten ihr eine Vollnarkose geben sollen«, knurrt der Frauenarzt unter seiner Papiermaske. »Stört es dich?«

Der Arzt mit der Nadel schüttelt den Kopf. Der erste fährt mit der Sonde über den vorgewölbten Leib der Frau.

Die Zwillinge zeichnen sich auf dem Bildschirm ab. Man sieht den schnellen Schlag ihrer Herzen. Franciszka Kubiela ist im siebten Schwangerschaftsmonat. Einer der Föten misst mehr als vierzig Zentimeter, der andere nicht einmal zwanzig. Über ihnen wuchert ein Wald aus Blutgefäßen.

»Dir gebietet Christus, das ewige Wort Gottes, das Fleisch geworden ist ...«

»Beruhigen Sie sich, Franciszka«, sagt der Arzt leise. »Sie werden nichts spüren.«

Die junge Polin, deren Haar unter einer grünen Haube verborgen ist, scheint nichts zu hören. Der Gynäkologe konzentriert sich auf den Bildschirm. Die beiden Föten schwimmen im Fruchtwasser. Der dominante bewegt sich leicht, der kleinere verkriecht sich im Hintergrund. Mit ihren dicken Köpfen und ihren durchscheinenden Augen sehen sie wie zwei Glasskulpturen aus, die sich lediglich durch ihre Größe unterscheiden.

»Hat sie ihre Spasmolytika genommen?«

»Ja, Herr Doktor«, antwortet eine Krankenschwester.

Die sanften Stimmen passen nicht zu dem grellen Licht der OP-Lampen, die keinen Schatten dulden. Die Augen fest auf den Bildschirm geheftet, sticht der Chefarzt langsam mit der langen Nadel durch die Bauchdecke.

Franciszkas Stimme wird lauter.

»Dir gebietet das heilige Zeichen des Kreuzes und die Kraft aller Geheimnisse des christlichen Glaubens ...«

»Bleiben Sie ruhig. Gleich ist alles vorbei.«

»Dir gebietet die glorreiche Jungfrau und Gottesmutter Maria, die vom ersten Augenblick ihrer Unbefleckten Empfängnis an dein über alle Maßen stolzes Haupt in ihrer Demut zertreten hat ...«

»Festhalten! Sie darf sich nicht bewegen!«

Auf dem Bildschirm nähert sich die Nadel dem deutlich weiter entwickelten linken Fötus. Der Herzschlag beider Zwillinge beschleunigt sich.

»Haltet sie fest, um Himmels willen!«

Die Krankenschwestern greifen nach den Armen der Patientin und pressen ihre Schultern auf die Unterlage. Der dritte Mann hilft ihnen. Mit schweißglänzender Stirn treibt der Arzt die Spritze weiter vor. Sie befindet sich jetzt kurz vor dem Thorax des Föten.

»Dir gebietet der Glaube der heiligen Apostel Petrus und Paulus und der übrigen Apostel ...«

Die Spitze berührt den Körper. Genau in diesem Moment dreht der Fötus den Kopf und starrt die Ärzte mit seinen riesigen Augen an. Wild fuchtelt er mit den Fäusten.

»DIR GEBIETET DAS BLUT DER MÄRTYRER! ZMIŁUJ SIĘ NAD NAMI!«

Franciszka bäumt sich plötzlich auf. Die Hand des Gynäkologen gleitet aus, die Nadel durchsticht das Amnion, das die Zwillinge trennt, und erreicht den zweiten Fötus, der unbeweglich zusammengekauert die perfekte Zielscheibe bietet.

»Scheiße!«

Er reißt die Nadel zurück, doch es ist zu spät. Die Injektion hat das Herz des Föten getroffen. Die Frau betet schluchzend weiter. Speichel rinnt aus ihrem Mund. Sie hat beide Hände über ihrem Bauch gekreuzt.

Der überlebende Zwilling auf dem Bildschirm scheint zu grinsen.

Das Böse hat den Sieg davongetragen.

Kubiela schreckte aus dem Schlaf auf. Sekundenlang hatte er das Gefühl, unendlich verloren zu sein – im freien Fall in einem Raum ohne Konturen und ohne Grenzen. Aber schließlich kam er zu sich. Widersprüchliche Empfindungen suchten ihn heim. In seinem Kopf mischte sich absolute Klarheit mit einer unbestimmten Verwirrung.

»So ist es nicht gewesen«, murmelte er.

Er zog die Maske von den Augen. Die Projektionslampe war so hell, dass er kurz aufschrie und unwillkürlich die Hände vor die Augen hob. Unmöglich, die Lider zu öffnen. Das Licht war zu weiß.

So ist es nicht gewesen. Er wusste es. Schließlich war er Arzt.

Zunächst einmal hätte man eine derart nervöse Patientin unter Vollnarkose gesetzt. Außerdem hätten die Spasmolytika die Bewegungen des Uterus unterbunden, und im Übrigen wurde der zu eliminierende Fötus grundsätzlich zuvor anästhesiert.

Er konnte sich nicht bewegen wie in seinem Traum, ganz zu schweigen davon, dass er den Kopf drehte.

Langsam senkte Kubiela die Hände und gewöhnte sich an das Licht. Mit zusammengekniffenen Augen nahm er schließlich die Umrisse des Zimmers im grellen Schein der Projektionslampe wahr. Auch die Videokamera auf dem Stativ sah er.

Und jetzt erinnerte er sich.

Der Albtraum war vergessen. Wichtig war jetzt nur noch, was er während des Schlafes getan hatte. Führte er wirklich ein Doppelleben? Nur deswegen hatte er sich in diesem Zimmer eingeschlossen und vor dem Einschlafen die Kamera eingeschaltet. Er wollte den Anderen überraschen. *Der reine Wahn!*

In diesem Augenblick stellte er fest, dass es ins Zimmer regnete. Medizinische Berichte, Ultraschallfotos und Umschläge lagen auf dem mit Sägespänen und Gips überpuderten Boden und flatterten bei jedem Windstoß.

Aber das war unmöglich! Er hatte doch alle Öffnungen mit Brettern verbarrikadiert und die Büchse der Pandora versiegelt!

Er sah sich um. Das Fenster zu seiner Linken stand sperrangelweit offen. Die Läden klapperten im Wind. Die Bretter lagen zerbrochen auf dem Boden, als ob ein wildes Tier oder ein Werwolf sie mit roher Gewalt herausgerissen hätte.

Kubiela konnte es nicht fassen. Als er aufstand, um die Kamera zu überprüfen, erstarrte er. Sein Hemd war mit kaum getrocknetem Blut getränkt. Er knöpfte es auf, schlug es auseinander und tastete sich ab. Nein, keine Verletzung. Nicht die Spur einer Wunde.

Es war das Blut eines anderen.

Er riss die Kamera vom Stativ und drückte mit zitternden Fingern den Abspielmodus. Bei dieser Gelegenheit stellte er fest, dass seine Hände sauber waren. Aber das war nur ein winziger Trost. Verbissen forschte er auf dem Grund seines Gehirns nach einer Erleuchtung, einem Beweis, einer Erinnerung, doch er fand nichts.

Er ließ die Aufzeichnung im Schnelldurchlauf abspielen. Der Anfang war richtig komisch. Mit kurzen, abgehackten Bewegungen legte er sich auf seine Matte und schlief tief unter seine Daunendecke gekuschelt ein. Danach passierte erst einmal gar nichts. Fast wie ein Standbild, abgesehen davon, dass er ab und zu zuckte, sich umdrehte oder seine Lage veränderte. Aber er wachte nicht auf.

Er überprüfte den Zähler. Er war in der 94. Minute. Immer noch war nichts geschehen. In der 102. Minute flatterten plötzlich Papiere ins Bild. *Der Wind.* Jemand befand sich im Zimmer. Kubiela stoppte den Schnellvorlauf und spulte einige Sekunden zurück. Man sah nichts, aber man hörte etwas. Jemand schlug gegen das Fenster. Glas zerbrach. Dann krachten Schläge gegen die Bretter. Kubiela konnte hören, wie das Holz einriss, aus der Verankerung gerissen wurde und ins Zimmer krachte.

Aber alles geschah außerhalb des Bildes. Intuitiv bewegte er die Kamera, als könnte er durch eine Stellungsänderung mehr sehen.

In diesem Augenblick erschien eine behandschuhte Hand.

Dann sah er nichts mehr.

Das Display wurde schwarz.

Der Eindringling hatte die Aufzeichnung in der 105. Minute angehalten. Kubiela drückte noch einmal auf den Schnellvorlauf, für den Fall, dass die geheimnisvolle Hand die Aufzeichnung wieder eingeschaltet hätte. Doch da war nichts. Er blickte auf und war fast überrascht, dass nicht sein eigener Körper vor ihm auf der Schlafmatte lag.

Wer war in dieses Zimmer gekommen?

Wer kannte sein Versteck?

Er schaltete die Projektionsleuchte aus und die Glühbirne ein, deren Licht angenehmer war. Dann schloss er das Fenster. Seine Gliedmaßen gehorchten ihm nur widerwillig; sein ganzer Körper wurde von schmerzhaften Verspannungen gequält.

Bei allem Schrecken hatte der Vorfall etwas Tröstliches. Ein Fremder im Zimmer – das konnte bedeuten, dass er vielleicht doch nicht der Mörder war. Möglicherweise gab es ja eine ganz andere Erklärung.

Kubiela war so in Gedanken versunken, dass er erst nach einiger Zeit feststellte, dass es irgendwo im Zimmer klingelte. Aber er hatte sein Handy ausgeschaltet. Außerdem war ihm der Klingelton unbekannt.

Er wandte sich von der Kamera ab und suchte nach dem Telefon. Dabei trampelte er über die Arztberichte, die Fotos und die Ultraschallbilder hinweg, die im feuchten Sägemehl lagen. Schließlich entdeckte er ein Handy auf dem Boden und hob es auf.

»Hallo?«

»Hör mir genau zu.«

»Wer sind Sie?«

»Du sollst mir zuhören. Sieh aus dem Fenster.«

Kubiela beugte sich aus dem zerbrochenen Rahmen. Ein heftiger Nachtwind war aufgekommen. Regen peitschte ihm ins Gesicht. Es war außergewöhnlich warm – deutlich wärmer als tagsüber.

»Vor deinem Gartentor parkt ein A5.«

Kubiela erkannte die schwarze Karosserie, deren Lack im Regen glänzte. Vielleicht träumte er ja noch?

»Der Schlüssel steckt. Du fährst jetzt los, und wir treffen uns.«

»Wo?«

»In La Rochelle.«

Kubiela brachte kein Wort heraus. Seine Halsmuskeln waren wie gelähmt. Vor seinen Augen drehten sich glühende Räder. Er brachte keinen vernünftigen Gedanken zustande.

Endlich stieß er hervor:

»Und warum sollte ich das tun?«

»Ihretwegen.«

Im Hintergrund hörte er Stöhnen und erstickte Schreie. Die Person musste geknebelt sein. *Das Blut auf seinem Hemd.*

»Ich nenne sie Eurydike. Du kennst sie als Anaïs.«

In seinem Kopf hörte er kreischende Bremsen, Hubschraubergeräusche und Sturmgewehre – das Knattern des Todes.

»Du bluffst«, sagte er, indem er zur vertraulichen Anrede überging. »Anaïs sitzt im Gefängnis.«

»Du bist nicht ganz auf dem Laufenden, mein Freund.«

Mein Freund. Er kannte diese schleppende, tiefe Stimme! Aber er konnte sich beim besten Willen nicht erinnern, wo er sie gehört hatte.

»Was hast du ihr getan?«

»Bis jetzt noch nichts.«

»Gib sie mir. Ich will mit ihr reden.«

Die Antwort war ein stimmloses Lachen. Wie das Schnurren einer Katze.

»Sie kann nicht mit dir reden. Ihre Lippen brennen.«

»Mistvieh! Was hast du ...«

»Mach dich auf den Weg nach La Rochelle. Ich rufe wieder an.«

»Wer zum Teufel bist du?«

Wieder erklang das weiche Lachen.

»Ich bin derjenige, der dich erschaffen hat.«

Kubiela war noch nicht lang auf der Autobahn, als er feststellte, dass sich etwas am Himmel zusammenbraute. Heftige Windböen rüttelten den A5 wie Riesenfäuste. Die Bäume an beiden Seiten bogen sich, als hätten sie fürchterliche Krämpfe. Eine unerklärliche Wärme breitete sich in der Fahrgastzelle aus. Was passierte da draußen? Er war völlig allein auf der Autobahn.

Er schaltete das Radio ein.

»Wegen des von Südwesten heranziehenden Sturmtiefs Xynthia wurde in den Departements Charente-Maritime, Vendée, Deux-Sèvres und Vienne Katastrophenalarm ausgelöst. Der Wetterdienst rechnet mit erheblichen Risiken, wie Überschwemmungen, umgestürzten Bäumen und Stromausfällen. Bereits am frühen Abend wurden Windgeschwindigkeiten von mehr als hundertfünfzig Stundenkilometern gemessen.«

Kubiela umklammerte das Lenkrad. Das fehlte jetzt gerade noch! Die himmlischen Kräfte mischten sich ein. Eigentlich kaum verwunderlich. Von Anfang an stand diese ganze Geschichte im Zeichen der Götter.

Ich bin derjenige, der dich erschaffen hat.

Kubiela wechselte den Sender.

»Der bereits seit einigen Tagen angekündigte Sturm schlägt nun mit voller Wucht zu. Seit dem 23. Februar beobachtete der Wetterdienst die Entstehung eines außergewöhnlichen Tiefdrucksystems auf dem Atlantik. Am 25. fotografierte der Wettersatellit Eumetsat die Entwicklung dieses Systems zu einem Orkantief, das bereits auf der portugiesischen Insel Madeira zu einer Katastrophe geführt hat ...«

Die Bocksprünge und das Schaukeln des Autos waren Kommentar genug. Kubiela fuhr mehr als zweihundert Stundenkilometer. Er beobachtete die Anzeigen auf dem Armaturenbrett. Das Auto war ein wahres Wunderwerk neuester Technologie, doch hatte es den Naturgewalten nichts entgegenzusetzen.

»Das Tiefdrucksystem bewegte sich etwa vom 30. Breitengrad in Richtung Norden und wurde zum außertropischen Zyklon, der auf den Kanarischen Inseln großen Schaden anrichtete. Mittlerweile hat der Sturm das Festland erreicht. Im Vorfeld des Orkans wurden im Tagesverlauf außergewöhnlich hohe Temperaturen gemessen. An der baskischen Küste stieg das Thermometer mitten im Winter auf fünfundzwanzig Grad, was nichts mit der allgemeinen Klimaerwärmung zu tun hat, sondern als Vorbote für einen Jahrhundertsturm anzusehen ist.«

Der Moderator klang, als verkünde er die Apokalypse. Kubiela wurde nervös. Er hörte kaum noch hin. Immer noch lagen zweihundert Kilometer vor ihm, und er hatte das Gefühl, geradewegs in den weit aufgerissenen Rachen eines Ungeheuers zu brausen. Sollte er die Fahrt unterbrechen? Sich in ein Hotel flüchten und warten, bis die Lage sich beruhigte? Unmöglich! Der Anrufer hatte sich da unmissverständlich ausgedrückt. Wieder fielen ihm die unbeantworteten Fragen ein. Wer war der Mörder? Wie war es möglich, dass er Anaïs als Geisel nahm? Wann war sie aus dem Gefängnis gekommen? Hatte sie ihre Ermittlungen weitergeführt und ihre Nase in Dinge gesteckt, um die sie sich besser nicht gekümmert hätte? Welchen Deal hatte der Mörder ihr vorgeschlagen? Und vor allem: Wo hatte er diese Stimme schon einmal gehört?

Nachdem er Tours passiert hatte, fuhr er an der nächsten Raststätte ab. Das Vordach der Tankstelle schwankte. Abgerissene Schilder schepperten über den Parkplatz. Die Bäume entlang der Parkbuchten bogen sich fast waagerecht. Lediglich die Zapfsäulen schienen solide in ihrer Verankerung zu stehen. Zwar hatte er noch genügend Kraftstoff im Tank, um bis La Rochelle zu kommen, doch ihm war danach, Kontakt mit Menschen aufzunehmen.

Aber er wurde enttäuscht. Nicht ein einziger Wagen parkte an der Raststätte, keine Menschenseele war im hell erleuchteten Supermarkt zu sehen. Schließlich entdeckte er hinter den vibrierenden Schaufensterscheiben ein paar Gestalten in der roten Uniform der Servicekräfte. Sie räumten gerade in aller Hast ihre Siebensachen zusammen.

»Sind Sie lebensmüde? Sie sollten keinesfalls mehr fahren«, sagte eine Frau, als er eintrat.

»Der Sturm hat mich unterwegs überrascht.«

Sie schloss ihre Kasse ab.

»Haben Sie denn die Warnmeldungen im Radio nicht gehört? Wir haben Katastrophenalarm.«

»Aber ich muss dringend weiter nach La Rochelle.«

»La Rochelle? Haben Sie nicht gesehen, wie es schon hier zugeht? Stellen Sie sich mal vor, was an der Küste los ist! Inzwischen dürfte dort alles unter Wasser stehen und …«

Kubiela wartete das Ende des Satzes nicht ab. Er brauchte jetzt wirklich keine Kassandra, um sich zu motivieren. Als er weiterfuhr, fühlte er sich wie ein Held aus der Mythologie, der seinem Schicksal nicht entgehen kann.

Um drei Uhr morgens erreichte er die N 11. Für die vierhundertfünfzig Kilometer von Paris nach La Rochelle hatte er sechs Stunden gebraucht. Verrückt. Während er noch darüber nachdachte, begann es zu regnen. Eine unglaubliche Sintflut löschte die Landschaft geradezu aus. Der Wind peitschte das Wasser, das von überall gleichzeitig herzukommen schien, gegen Motorhaube und Windschutzscheibe.

Nicht ein Schild war mehr zu erkennen. Ob er das Navi benutzen sollte? Doch er konnte sich beim besten Willen nicht vorstellen, in diesem Tohuwabohu anzuhalten, die Gebrauchsanweisung zu suchen und das Gerät zu programmieren. Alles um ihn herum schien sich aufgelöst zu haben. Ihm war, als wäre er allein auf der Welt. Plötzlich entdeckte er Scheinwerfer. Der Anblick tröstete ihn jedoch nur kurz. Autos trieben rückwärts dahin, schlingerten am Straßenrand entlang und vollführten Hundertachtzig-Grad-Wendungen. Die Menschen hatten die Kontrolle über die Wirklichkeit verloren.

Plötzlich riss sich ein Schild mit der Aufschrift *La Rochelle 20 km* wie ein Eisenflügel von seinem Pfosten los und krachte auf die Motorhaube. Kubiela kam mit dem Schrecken und einem Riss in der Windschutzscheibe davon. Äste und Steine donnerten auf das Wagendach, doch er fuhr noch immer weiter. Die Nacht hatte sich in einen Mahlstrom aus Trümmern und Müll verwandelt.

Und plötzlich lag wie durch ein Wunder die Stadt vor ihm. In regelmäßigen Abständen huschten Lichter vorbei. Häuser erzitterten auf ihren Grundmauern. Dachkonstruktionen klapperten. Dann und wann entdeckte er hektische Menschen, die sich bemühten, eine Satellitenschüssel zu verankern, die Scheiben ihrer Autos zu schützen oder ihre Fensterläden zu schließen. Trotz ihres Muts war es verlorene Liebesmühe. Die Natur behielt die Oberhand.

Das Handy auf dem Beifahrersitz läutete. Der Lärm des Orkans war so ohrenbetäubend, dass er es beinahe nicht gehört hätte. Er brauchte mehrere Anläufe, ehe er einschalten konnte.

»Hallo?«

»Wo bist du?«

»In La Rochelle.«

»Ich erwarte dich in der U-Boot-Anlage von La Pallice.«

Die Stimme hallte wie in einer Kirche. Im Hintergrund hörte Kubiela einen dumpfen Lärm in einem wahnwitzigen Rhythmus. Es war der Atem des wütenden Meeres.

»Was ist das?«

»Ein Bunker in der Nähe der Einfahrt zum Handelshafen. Du kannst ihn nicht verfehlen.«

»Ich kenne mich in La Rochelle nicht aus.«

»Sieh zu, wie du zurechtkommst. Geh an der Ostseite des Gebäudes entlang. Die letzte Tür – sie liegt nach Norden hin – ist offen. Ich erwarte dich.«

Kubiela setzte seinen Weg geradeaus fort und erreichte den alten Hafen. Das Erste, was er deutlich erkennen konnte, war eine blinkende elektronische Anzeige. »Sturmwarnung 22.00 Uhr. Halten Sie sich nicht im Freien auf.« Er folgte einem Boulevard und fuhr an einem Hafenbecken entlang, das er für den Jachthafen hielt. Schiffsrümpfe stießen in wildem Durcheinander und mit gekreuzten Masten aneinander. Im Hintergrund donnerten mehrere Meter hohe Wellen über die Kaimauern.

Noch nie hatte Kubiela ein derartiges Schauspiel gesehen. Sturm, Meer und Nacht machten einander die Stadt streitig. Wasser überspülte die Ufer, die Fahrbahn und die Bürgersteige. Er fuhr immer noch. Wie aber sollte er diesen U-Boot-Bunker finden? Wahrscheinlich war es das Vernünftigste, immer an den Hafenbecken entlangzufahren. Irgendwo würde er dann schon ein Hinweisschild finden. In diesem Augenblick sah er im zitternden Rückschlag des Scheibenwischers etwas Unfassbares: Drei Gestalten, bis zu den Knien im Wasser, kämpften gegen den Sturm an.

Doch sofort verschwand die Vision wieder. Fing er etwa an, Gespenster zu sehen? In diesem Augenblick brach der Wagen aus und prallte gegen eine Bordsteinkante. Der Schreck gab ihm neuen Antrieb. Nur mit großer Mühe gelang es ihm, die Tür zu öffnen. Unnatürliche Wärme schlug ihm entgegen. Sie machte ihm die größte Angst. Die Welt war heißgelaufen, der Erdkern würde explodieren.

Er hatte sich nicht getäuscht. Ein Stück weiter entfernten sich drei Gestalten. Sie stemmten sich mit den Händen in den Taschen gegen den heulenden Sturm. Kubiela folgte ihnen.

Die Straßenlaternen schwankten ebenso stark wie die Schiffsmasten. Elektroleitungen rissen wie Gitarrensaiten. Die Erde rutschte unter seinen Füßen weg. Das Meer holte sie zurück.

»Hallo, Sie da!«

Obwohl sie höchstens zwanzig Meter entfernt waren, schienen sie unerreichbar. Schwankend watete er weiter. Es waren zwei Männer und eine Frau, die ihre Handtasche fest umklammert hielt. Alle drei hatten ihre Kapuzen tief ins Gesicht gezogen.

»Entschuldigen Sie!«

Kubiela war es gelungen, einen der Männer an der Schulter zu berühren. Der Typ wirkte beinahe erleichtert, als er ihn sah; sicher hatte er fast damit gerechnet, eine Laterne oder einen Mastbaum auf den Kopf zu bekommen.

»Ich suche die U-Boot-Anlage von La Pallice.«

»Sind Sie verrückt? Der Bunker ist am Handelshafen, aber da dürfte inzwischen alles unter Wasser stehen.«

»Wie weit ist es?«

»Mindestens drei Kilometer. Aber in die andere Richtung.«

»Ich bin mit dem Auto unterwegs.«

»Mit dem Auto?«

»Zeigen Sie mir bitte die Richtung.«

»Fahren Sie die Avenue Jean Guitton hinunter. Immer geradeaus. Irgendwann ist der Handelshafen ausgeschildert. Wenn Sie den Schildern folgen, landen Sie in La Pallice. Aber ganz ehrlich – ich glaube kaum, dass Sie es schaffen.«

Der Mann sagte noch etwas, aber Kubiela hatte sich bereits umgedreht und watete zu seinem Auto zurück. Doch der A5 war nicht mehr da. Schließlich entdeckte er den Wagen fünfzig Meter weiter in einer Ansammlung von Fahrzeugen. Das Wasser reichte ihm inzwischen bis über die Knie. Er zerrte an der Beifahrertür – die andere war blockiert –, öffnete sie und ließ sich ins Wageninnere gleiten. Als er den Zündschlüssel drehte, stellte er dankbar fest, dass der Motor nicht abgesoffen war. Mit

Schieben und Stoßen befreite er das Auto aus der Blechlawine und fuhr los.

Zunächst ging es minutenlang durch eine Straße, in der Häuser und Bäume ihn vor den schlimmsten Auswirkungen der heftigen Böen schützten. Irgendwann entdeckte er das versprochene Schild und bog nach rechts ab. Fast sofort veränderte sich die Umgebung. Großtanks, Fabrikanlagen, Bahngleise – und obendrein der Sturm, der ihn hier wieder mit voller Wucht traf. Der Wagen schwankte. Er wurde ein Stück rückwärts geschoben, dann wieder nach vorn. Die Reifen drehten durch. Als Kubiela bereits dachte, er käme nicht weiter vorwärts, tauchten rechts und links der Straße hohe Erdwälle auf. Eine lange Baustelle schützte ihn über eine Strecke von fast einem Kilometer.

Irgendwann erreichte er den Freihafen. Im Empfangsgebäude brannte kein Licht. Kubiela sah so gut wie nichts, mit Ausnahme einer rot-weißen Schranke, an der ein Schild hing: *Zugang für Fußgänger und Fremdfahrzeuge untersagt.* Im Chaos dieser Nacht wirkte das Verbot irgendwie lächerlich. Aber der Anrufer hatte recht gehabt: Den Bunker konnte man wirklich nicht verfehlen. Links erhob sich eine wahre Festung. Drohend ragten ihre Schutzwälle aus Stahlbeton in die Finsternis.

Der Sturm hatte die Ausfahrtschranke weggerissen. Kubiela fuhr im Rückwärtsgang auf das Gelände. Kräne. Behälter. Die riesigen, fest am Boden vertäuten Flügel von Windrädern. Kubiela schlängelte sich um alle Hindernisse herum. Zwar tobte der Sturm mit unverminderter Heftigkeit, doch der Hafen schien ihm Widerstand zu bieten.

Schließlich fand sich Kubiela am Fuß des Bunkers neben einem Eisenbahngleis wieder. Vor ihm öffnete sich ein weitläufiges Hafenbecken. Hundert Meter lange Frachtschiffe mit tonnenschwerer Ladung tanzten wie Nussschalen auf den wütenden Wellen. Meterhohe Wogen prallten gegen die Kaimauern.

Kubiela betrachtete den Bunker. Die Mauern waren über

zwanzig Meter hoch. Zum Hafenbecken hin erkannte er zehn genau gleich große Öffnungen.

Wie hatte die Stimme noch gesagt? »Geh an der Ostseite des Gebäudes entlang. Die letzte Tür ist offen.«

Nun endlich schaltete er das Navi ein, das ihm die Himmelsrichtungen anzeigte. Er befand sich an der Südseite des Bunkers, das Becken lag im Westen. Also hatte er alles falsch gemacht.

Er legte den Rückwärtsgang ein, umrundete das Gebäude und fuhr schließlich in Richtung Norden an der Ostseite entlang.

Die fensterlose Mauer war mindestens zweihundert Meter lang. Ganz am Ende der Festung erblickte Kubiela eine schwarze Eisentür. *Die letzte Tür ist offen.* Er griff nach den beiden Pistolen, ließ sie hinten in seinen Gürtel gleiten, verließ seinen Wagen und ging auf die kahle Wand zu. Der Kai war leer. Kubiela schwankte in Wind und Regen, doch er fühlte sich stark. Die Stunde der Konfrontation war gekommen.

Ein Satz des Anrufers fiel ihm wieder ein.

»Ich nenne sie Eurydike. Du kennst sie als Anaïs.«

Eurydike. Aber wer war dann Orpheus? Er oder der Mörder? Was hatte dieser Verrückte vor? Erneut betrachtete er das Gebäude, in dem sich eine ganze Armee samt ihren U-Booten verstecken konnte. Langsam wurde ihm klar, dass er Orpheus sein musste – denn diese Festung beherbergte die Hölle. Fast schon suchte er im sintflutartigen Regen nach dem Zerberus, jenem schrecklichen Hund, der den Eingang zur Unterwelt bewachte.

Halb wahnsinnig und bis auf die Haut durchnässt stieß er mit der Schulter gegen die schwarze Eisentür.

Sie war offen.

Es war gar nicht so schwierig, in die Hölle zu gelangen.

Das Erste, was er sah, war ein langer, dunkler Tunnel, der in das tosende Meer zu münden schien. Schäumende Wellen drangen machtvoll in die Röhre, beruhigten sich nach und nach und wurden schließlich zu schaumigen Lachen. Kubiela tastete sich durch die Pfützen am Boden vorwärts. Das Innere des Bunkers wirkte wie eine gigantische rechteckige Höhle. Vom Ende der Röhre ertönte in regelmäßigen Abständen ein wütendes Grollen, das anschwoll, um dann wieder zu verebben.

Kubiela hatte den Eindruck, sich im Rachen eines Ungeheuers zu befinden, dessen Speichel das Meer war. Seine noch vom Regen getrübten Augen konnten nichts unterscheiden. Ihm fiel ein, dass er das Handy im Auto vergessen hatte. Wie dumm von ihm! Zweifellos würde der Mörder ihn anrufen, um ihn in den endlosen Gewölben zu finden.

Plötzlich flammte zu seiner Rechten ein Licht auf. Es konnte fünfzig Meter, vielleicht aber auch deutlich weiter entfernt sein – die schwarze Unendlichkeit war schwer abzuschätzen. Gleichzeitig hallte ein Fauchen durch den Raum. Kubiela kniff die Augen zusammen und erkannte eine flackernde orangefarbene Flamme mit bläulichen Rändern. Die Flamme eines Schweißgeräts, die dann und wann Reflexe auf einen durchnässten Regenmantel warf.

Ein Mann kam auf ihn zu.

Ein Hochseefischer.

Nach und nach konnte Kubiela ihn besser erkennen. Der Mann war groß, trug einen Regenmantel, eine Latzhose mit Hosenträgern, eine aufblasbare Rettungsweste und hüfthohe Anglerstiefel. Sein Gesicht war unter einer tief heruntergezogenen Schirmkapuze verborgen.

Der Mann war nur noch wenige Meter entfernt. In der einen Hand hielt er den Schweißbrenner, mit der anderen zog er die Gasflasche auf Rollen hinter sich her, aus der sich der glühende Strahl speiste.

Kubiela bemühte sich, einen Blick auf das Gesicht zu erhaschen. Die Größe und die leicht gebückte Haltung des Mörders kamen ihm vertraut vor.

»Schön, dich wiederzusehen«, sagte der Mann und streifte die Kapuze ab.

Es war Jean-Pierre Toinin. Der Psychiater, der bei seiner tragischen Geburt anwesend war und den Wahnsinn seiner Mutter betreut hatte. Der Mann, der an der Opferung seines Bruders teilgenommen hatte. Der Greis, der seine ganze Geschichte kannte, weil er sie wahrscheinlich selbst ersonnen hatte. *Ich bin derjenige, der dich erschaffen hat.*

»Entschuldige, aber ich muss diese vermaledeite Tür schließen.«

Kubiela trat einen Schritt zur Seite und ließ die Schreckensgestalt vorbei. Er spürte den glühenden Hauch des Schweißbrenners und versuchte die Kraft des Mannes abzuschätzen. Trotz seines Alters wirkte er durchaus in der Lage, den Minotaurus oder Ikarus auf seinen Schultern zu tragen.

Mit einer knappen Bewegung zog er die Tür zu, ehe er die Gasflamme so einstellte, dass sich ihre Farbe zu einem fruchtigen Orange wandelte. Das Fauchen wurde ohrenbetäubend. Toinin verschweißte den Türfalz auf der Höhe des Schlosses. Kubiela hielt die Luft an. Jede Fluchtmöglichkeit schmolz im wahrsten Sinn des Wortes dahin. Jenseits der zugeschweißten Tür brüllte und wütete der Ozean.

»Was machen Sie da?«

Er sprach mit dem Mörder. Ihm war, als träumte er.

»Ich verschließe diesen Ausgang.«

»Wegen des Wassers?«

»Unseretwegen. Dort können wir nun nicht mehr hinaus.«

Der Strahl war mittlerweile so weiß wie Eis. Wie mehrere hundert Grad heißes Eis. Kubiela sah, wie das Metall rotglühend zerschmolz und sofort wieder schwarz wurde. Und in diesem Moment verschwand jegliche Apathie.

Er trat neben den Greis, der auf den Knien arbeitete, und riss ihn hoch.

»Wo ist sie?«

Toinin drehte den Schweißbrenner und rief mit gespieltem Schrecken:

»Unglückseliger! Du wirst dich noch verbrennen!«

Kubiela ließ ihn los, wiederholte aber seine Frage.

»Wo ist Anaïs?«

»Da drüben.«

Der alte Mann wies mit der Flamme in Richtung einer Seitentür zur Linken. Ein Zugang zu den Hangars. Kubiela glaubte eine von Kopf bis Fuß durchnässte Gestalt zu erkennen, die am Boden kauerte. Von der Figur her konnte es Anaïs sein, doch das Gesicht wurde von einer Sturmhaube verborgen.

Kubiela wollte losstürmen, doch Toinin versperrte ihm den Weg mit dem tödlichen Strahl, der seinen Augen gefährlich nahe kam.

»Geh nicht zu ihr«, zischte er. »Noch nicht.«

»Willst du mich etwa hindern?«, schrie Kubiela und ließ die Hand hinten in seinen Gürtel gleiten.

»Wenn du ihr zu nahe kommst, wird sie sterben. Das kannst du mir glauben.«

Kubiela blieb sofort stehen und ließ den Griff seiner CZ los.

»Beweise mir, dass es Anaïs ist.«

»Komm mit.«

Mit seiner Gasflasche auf Rädern wendete sich der Alte dem Schatten zu. Kubiela folgte ihm misstrauisch. Das Spiegelbild der Schweißflamme tanzte in den Pfützen. Das Fauchen des Brenners mischte sich mit dem Grollen der Wogen.

Wenige Schritte vor seiner Gefangenen blieb der Mörder

stehen. Er ließ die Gasflasche los und streckte den Arm aus. Kubiela glaubte, er würde ihr die Sturmhaube abnehmen, doch stattdessen schob er ihre Ärmel hinauf. Die Narben früherer Selbstverstümmelungen zogen sich über ihre klatschnasse Haut.

Kubiela fiel ihr kurzer Abend in Bordeaux ein. *Sind Sie ganz sicher, dass wir meine Flasche nicht doch öffnen sollten?*

Anaïs' Handgelenke waren mit Kabelbinder gefesselt. Sie schien langsam wach zu werden. Kraftlos regte sie ihre Gliedmaßen. Ihre Bewegungen verrieten große Erschöpfung, Schwäche – oder Betäubung.

»Hast du ihr Drogen verabreicht?«
»Ein einfaches Beruhigungsmittel.«
»Ist sie verletzt?«
»Nein.«

Kubiela öffnete seine Jacke und zeigte auf das blutige Hemd.
»Und das da?«
»Ist nicht ihr Blut.«
»Wessen Blut sonst?«
»Wen interessiert das? Blut haben wir weiß Gott genug.«
»Trägt sie unter der Sturmhaube einen Knebel?«
»Ich habe ihre Lippen zusammengeklebt. Mit Sekundenkleber.«
»Mistkerl!«

Er wollte sich auf den Alten stürzen, doch der hob nur den Schweißbrenner in seine Richtung.

»Nicht der Rede wert. Sie kann es entfernen lassen, wenn ihr hier rauskommt.«

»Soll das heißen, wir kommen wieder raus?«
»Das hängt ganz von dir ab.«

Kubiela wischte sich mit der Hand über die Stirn. Die Gischt und sein Schweiß hatten sich auf seiner Haut zu einem salzigen Schleim verbunden.

»Was willst du?«, fragte er ergeben.
»Dass du mir zunächst einmal zuhörst.«

Ich habe deine Mutter 1970 in einem medizinischen Zentrum kennengelernt. Damals leitete ich ein Mittelding zwischen Sozialstation und psychiatrischer Einrichtung. Franciszka und ihr Mann waren aus Schlesien geflohen und bettelarm. Andrzej arbeitete auf dem Bau. Franciszka entwickelte eine psychische Störung. Später wurde behauptet, dass ihre Probleme erst in der Schwangerschaft entstanden, aber das ist nicht richtig. Ich kann dir versichern, dass sie auch vorher schon krank war.«

»Worunter litt sie?«

»Sie war gleichzeitig manisch-depressiv und schizophren, und das Ganze schön katholisch verbrämt.«

»Hast du sie behandelt?«

»Das war mein Job. Aber vor allem konnte ich an ihr meine Forschungen vornehmen.«

Kubiela gefror das Blut in den Adern.

»Was für Forschungen?«

»Ich bin ein Produkt der 1970er Jahre. Wir gingen damals davon aus, dass in der Chemie die Zukunft der Psychiatrie läge, und wollten alles mit Medikamenten kurieren. Neben meiner Tätigkeit als Psychiater baute ich ein Versuchslabor auf. Nichts Großartiges – ich war arm wie eine Kirchenmaus. Trotzdem habe ich mehr oder weniger zufällig eine neuartige Substanz entdeckt. Ich habe den Vorläufer von DCR-97 synthetisiert.«

»Den Vorläufer von was?«

»Des Serums im Reihenversuch Matrjoschka.«

»Und wogegen wurde dein Serum eingesetzt?«

»Gegen gar nichts. Es unterstützte den Wandel gewisser Launen und Triebe und verursachte eine Art verstärkter bipolarer Störung.«

»Und du hast es Franciszka injiziert?«
»Nicht ihr. Ihren Föten.«
Allmählich kristallisierte sich die verborgene Logik der Geschichte heraus. Die Zwillinge, deren unterschiedliche Temperamente sich schon im Mutterleib so deutlich entwickelt hatten, waren bereits damals Versuchskaninchen gewesen. Man hatte sie sozusagen als Probelauf für spätere Versuchsreihen benutzt.

»Die Resultate waren außergewöhnlich. Noch heute kann ich die Wirkungsweise nicht genau erklären. Die Substanz veränderte nicht etwa die genetische Struktur der Embryonen, sondern ihr Verhalten im Mutterleib. Bei einem der Kinder zeigten sich schnell sehr negative Triebe. Es wurde feindselig, aggressiv und hyperaktiv und schien seinen Bruder töten zu wollen.«

Kubiela starrte ihn sprachlos an.

»Ich hätte es gern gesehen, wenn beide Kinder zur Welt gekommen wären, doch das war rein körperlich nicht durchführbar. Die Gynäkologen haben den Eltern die Wahl gelassen, den Dominanten oder den Dominierten abzutreiben. Natürlich hat Franciszka sich für das schwächere Kind entschieden. Für dich. Sie hielt dich für einen unschuldigen Engel. Das ist natürlich Quatsch. Du warst auch nur ein Teil meiner Forschungen.«

Tief im Innern verspürte Kubiela eine merkwürdige Erleichterung: Er war also wirklich der helle Zwilling.

»Von diesem Zeitpunkt an interessierte mich deine Entwicklung nicht weiter. Ich hörte mit den Injektionen auf und brachte Franciszka in einer Einrichtung unter, wo ich als Konsiliararzt arbeitete. Nach einigen Jahren habe ich Andrzej wiedergesehen. Er berichtete mir, dass du unter Albträumen und unerklärlichen Aggressionsschüben littest. Ich habe dich untersucht und entdeckt, dass der dunkle Zwilling in dir weiterlebte. Das, was mein Serum getrennt hatte, war in deiner Psyche wieder zusammengeführt worden. Und das alles in ein und demselben Geist.«

»Hast du mich behandelt?«

»Wozu? Du warst nicht krank. Du warst ein Resultat meiner Forschungen. Leider half dir deine Charakterstärke, den Geist deines Bruders im Unterbewusstsein zu halten.«

Kubiela versuchte sich in Toinins Gedankenwelt zu versetzen.

»Warum hast du mir nicht erneut die Substanz injiziert?«

»Weil es nicht ging. Ganz einfach. Andrzej misstraute mir. Trotz meiner Hilfe – zum Beispiel war ich es, der euer Haus in Pantin bezahlt hat – ging er auf Abstand zu mir. Er hat mir sogar den Preis für das Haus zurückgezahlt. Außerdem gelang es ihm, Franciszka nach Ville-Évrard verlegen zu lassen und damit meinem Einfluss zu entziehen.«

»Hatte er deine Machenschaften durchschaut?«

»Das nicht, aber er spürte, dass irgendetwas nicht stimmte. Bauernschläue.«

»Und was wurde aus mir?«

»Ich habe keine Ahnung. Dein Fall interessierte mich nicht mehr, und ich widmete mich anderen Aufgaben. Deine Entwicklung inspirierte mich dahingehend, es mit einer Substanz zu versuchen, die im erwachsenen Gehirn eine Spaltung verursacht, wobei jeder Teil eine eigene Persönlichkeit beherbergt.«

»Das Serum von Mêtis.«

»So schnell ging das nicht. Mehr als zehn Jahre habe ich allein geforscht, ohne Mittel und ohne Team. Aber ich kam nicht weiter. Es dauerte bis in die 1990er Jahre, bis sich endlich Mêtis für meine Arbeiten interessierte.«

»Warum kam es dazu?«

»Es war eine einfache Modeerscheinung. Mêtis war Marktführer im Bereich Anxiolytika und Antidepressiva. Der Konzern interessierte sich für alles, was eine noch unerforschte Wirkung auf das menschliche Gehirn zeigte. Ich stellte ihnen mein DCR-97 vor, das damals noch nicht so hieß. Es bestand auch noch nicht in seiner endgültigen Version.«

»Haben sie dir Mittel zur Verfügung gestellt?«

»Nicht gerade üppig, aber ich konnte meine Experimente zu Ende bringen und ein Serum herstellen, das im menschlichen Geist eine Kettenreaktion verursacht.«

»Und wie genau funktioniert dieses Produkt?«

»Ich habe nicht die geringste Ahnung. Bis heute kann ich das Wirkprinzip der Substanz nicht erklären. Die Auswirkungen allerdings habe ich genau beobachtet und dokumentiert. Das Ganze spielt sich ab wie eine nukleare Kernspaltung. Allerdings besitzt das menschliche Gehirn eine eigene Logik. Es gibt da eine Art Schwerkraft, die dafür sorgt, dass sich Begierden, Triebe und Erinnerungsfragmente zusammengruppieren und eine neue Persönlichkeit bilden.«

Kubiela begriff, dass er bei seinen Forschungen an Zwillingen und multiplen Persönlichkeiten genau nach diesem Schwerkraftgesetz gesucht hatte.

»Hast du klinische Versuche gemacht?«

»Genau da lag mein Problem. Für meine Arbeit brauchte ich menschliches Material. Diese Art von Substanz kann man nicht an Affen oder Ratten austesten. Nun ist Mêtis ein mächtiger Konzern, aber in dieser Beziehung sind auch diesen Leuten die Hände gebunden.«

»Also?«

»Also hat man mir ermöglicht, eine Spezialklinik aufzubauen, wo ich mit Geisteskranken zu arbeiten begann – mit Menschen, die bereits unter einem instabilen Geist litten. Die Forschungen wurden von Mêtis finanziert und streng geheim gehalten. Hier hatte ich freie Hand.«

»Was bringt es, eine solche Substanz an Kranken zu testen? Sollte es ihr Krankheitsbild verstärken?«

»Die Macht, eine Krankheit zu verschlimmern, birgt bereits die Möglichkeit ihrer Heilung in sich. Aber so weit waren wir noch längst nicht. Zunächst einmal dokumentierten wir nur.«

Die Gespenster der Vergangenheit erhoben ihr hässliches

Haupt. Menschenversuche in Konzentrationslagern. Manipulationen an menschlichen Gehirnen in sowjetischen Irrenanstalten. All diese verbotenen Forschungen im Dienste der Militärspionage, deren Ergebnisse mit Gold aufgewogen werden.

»Die Resultate waren chaotisch. Manche Patienten delirierten, andere vegetierten nur noch vor sich hin. Wiederum andere fanden zu einer vergleichsweise gefestigten Persönlichkeit, die allerdings nach einiger Zeit wieder kollabierte.«

»Wie Patrick Bonfils?«

»Offenbar beginnst du zu verstehen. Bonfils war einer meiner ersten Patienten.«

»Und wieso fingst du irgendwann an, mit gesunden Menschen zu arbeiten?«

»Die Armee wollte meine Forschungsergebnisse vertiefen. Man schlug mir vor, ein richtiges Programm auf die Beine zu stellen. Matrjoschka. Ein echtes, menschliches Panel. Psychisch gesunde Leute, die wir behandeln konnten. Mein Budget gestattete mir, ein Mikrosystem zu entwickeln, mit dem man DCR-97 ohne äußerliches Eingreifen verabreichen konnte. Dank des ausgeklügelten Implantats konnten wir unsere Versuchskaninchen in die Freiheit entlassen und beobachten, wie sie reagierten. Natürlich beinhaltete das Projekt ein gewisses Risiko. Selbst bei den Militärs war es nicht unumstritten, aber einige hohe Chargen wollten wissen, wohin das Experiment führen würde.«

»Du sprichst zwar von Mêtis und von der Armee, aber wer war eigentlich letztlich verantwortlich?«

»Das weiß ich nicht. Niemand weiß es. Nicht einmal sie selbst. Alles funktioniert mit Beiräten und Komitees. Entscheidungen werden abgeschwächt und zerredet. Zum Schluss weiß niemand mehr, wer den Anstoß gegeben hat.«

Kubiela übernahm die Rolle des Advocatus Diaboli.

»Und warum habt ihr die Substanz nicht an Strafgefangenen, Verbrechern und Terroristen ausprobiert?«

»Weil sie diejenigen sind, die am besten geschützt werden. Anwälte, Medien und Komplizen kümmern sich um sie. Es ist deutlich leichter, irgendwelche Nobodys zu entführen und verschwinden zu lassen. Mêtis und die Armee haben sich etwas einfallen lassen, wie man an solche Leute herankommt. Ich persönlich habe mich um diese Dinge nie gekümmert.«

Sasha.com. Feliz, Medina, Leila. Über diese Seite des Projekts wusste Kubiela sehr viel mehr als Toinin.

»Die ›Freiwilligen‹ kamen zu mir, und ich behandelte sie. Auch konditioniert habe ich sie: Was immer auch geschah – sie durften keinesfalls ihre Zustimmung zu Röntgenaufnahmen oder CTs des Kopfes geben, weil man sonst das Implantat sofort gefunden hätte. Danach ließen wir sie laufen und beobachteten, was passierte.«

Um sie herum bebten die Mauern in ihren Grundfesten. Das Donnern draußen ließ darauf schließen, dass sich manche Wellen über dem Dach des Bunkers brachen, das immerhin mindestens zwanzig Meter hoch war.

»Und wie weit seid ihr heute mit euren Experimenten?«

»Es ist vorbei. Matrjoschka existiert nicht mehr.«

»Warum?«

Der alte Mann schüttelte missbilligend den Kopf.

»Meine Resultate konnten sie nicht überzeugen. Die Probanden erleiden sporadische Krisen. Sie verändern die Persönlichkeit, aber ohne jeden Zusammenhang. Einige sind unseren Kontrollen sogar entwischt. Die Armee und Mêtis haben entschieden, dass es für meine Arbeit kein Anwendungsgebiet gäbe. Weder militärisch noch in der freien Wirtschaft.«

»Ich nehme an, dass du anderer Ansicht bist.«

Der alte Mann zuckte die Achseln.

»Ihre Entscheidungen interessieren mich nicht. Ich bin ein Demiurg. Ich spiele mit dem Schicksal der Menschen.«

Kubiela beobachtete sein Gegenüber. Toinin war ein schöner Mann mit unzähligen Falten im hochmütigen Gesicht, in dem die Jahre nur das Nötigste hinterlassen hatten: Knochen und Muskeln, kein Fleisch. Der Mann war ein echter Psychopath, der sich über Gesetze und Menschlichkeit hinwegsetzte.

»Wurden die Probanden alle eliminiert?«

»Nicht alle. Du bist noch da.«

»Warum?«

»Weil ich dich beschütze.«

»Wie?«

»Indem ich die Leute töte.«

Nun verstand Kubiela gar nichts mehr. Immer noch donnerte das Meer mit wilder Wucht gegen die Mauern des Bunkers. Der Lärm setzte sich als Echo in jedem Hangar fort.

»Kannst du deutlicher werden?«

»Ende 2008 erfuhr ich von einem Psychiater, der seine Nase in alle möglichen Dinge steckte. Ich war nicht einmal erstaunt. Einige Patienten waren unserer Überwachung entwischt. Dass sie irgendwann eingewiesen würden, lag in der Natur der Sache.«

»Hast du mich wiedererkannt?«

»Man hat mir eine Ermittlungsakte zukommen lassen und wollte wissen, ob ich gehört hätte, dass du Psychiater geworden bist. Was glaubst du wohl? Der Zwilling Kubiela! Ich war absolut verblüfft, dich nach über dreißig Jahren wiederzufinden. In diesem Augenblick habe ich verstanden, dass unsere Schicksale miteinander verbunden sind. Das antike Fatum!«

»Wollten sie mich damals auch schon eliminieren?«

»Das weiß ich nicht. Ich habe vorgeschlagen, dass wir mit dir experimentieren, doch das lehnten sie ab. Es war ihnen zu riskant. Ich habe die Umstände deiner Geburt beschrieben, die Dualität deiner Ursprünge und die Komplexität deiner Psyche und ihnen bewiesen, dass du das ideale Profil hattest. Denn tief in deinem Innern gab es bereits zwei Persönlichkeiten.«

Kubiela nickte langsam und nahm den Faden auf:

»Und dann wurde ich tatsächlich in das Projekt aufgenommen und habe meine Identitäten vervielfacht. Nono, Narcisse,

Janusz ... Das Problem war nur, dass ich jedes Mal wieder Kubielas Nachforschungen aufgenommen habe, weil ich wissen wollte, woher meine Krankheit stammte und was meine wahre Persönlichkeit war.«

»Dadurch wurdest du noch gefährlicher. Zumal in der Zwischenzeit das Komitee beschlossen hatte, das Projekt zu beenden. Seit dem Frühjahr 2009 fingen sie damit an, jegliche Spur von Matrjoschka auszulöschen. Da ist mir eine Idee gekommen, wie man dich vor dem Massaker in Sicherheit bringen könnte.«

»Ein Mord?«

»Ein Verbrechen, in das du verwickelt wärst und das zu deiner Festnahme führen sollte. Im Gefängnis wärst du unantastbar gewesen. Mit ein bisschen Medienrummel, einem guten Anwalt und einem ausgezeichneten Psychiater hätte ich dich von ihrer schwarzen Liste tilgen können.«

Kubiela begann die verworrene Logik des Psychiaters zu begreifen.

»Hast du deshalb Uranus getötet?«

»Es war unbedingt nötig, dass der Mord so verrückt wie möglich erschien. Also habe ich mich der griechischen Mythologie bedient, für die ich mich schon immer begeistern konnte. Immer schon haben Menschen diese Mythen durchquert wie große Säle, die einen Rahmen für ihr Schicksal bildeten und sie gleichzeitig schützten.«

Kubiela hakte nach:

»Ich habe den Mord beobachtet und ihn immer und immer wieder gemalt. Wie konnte es sein, dass ich zum Zeugen wurde?«

»Wir waren miteinander verabredet – schließlich hatte ich dich nie mehr ganz aus den Augen verloren. Ich habe dir ein Anästhetikum gespritzt, den Obdachlosen getötet und die Polizei gerufen. Leider hat nicht alles wie vorgesehen geklappt. Du bist viel zu spät eingeschlafen, hast alles mit angesehen, und diese Penner von Polizisten sind nicht aufgekreuzt.«

»Ich konnte mich retten, aber der Schock dieses Mordes hat

eine weitere dissoziative Flucht verursacht«, sagte Kubiela. »Irgendwann habe ich mich in Cannes und später in Nizza wiedergefunden und mich nur noch dieses Mordes erinnert.«

»Du warst bei Corto. Dem Künstlerpsychiater.« Der Alte schüttelte konsterniert den Kopf. »Geisteskrankheit durch Kunst zu heilen!« Doch dann nickte er. »Warum eigentlich nicht? Er ist halt auch durch die Schule der Siebziger gegangen.«

Kubiela fuhr fort:

»Ich weiß nicht, ob ich wieder ein traumatisches Erlebnis hatte – jedenfalls habe ich erneut das Gedächtnis verloren und mich als Obdachloser in Marseille wiedergefunden. Ich war zu Victor Janusz geworden. Das war im November 2009.«

Toinin wurde plötzlich lebhaft.

»Du warst unser bester Proband! Alle zwei Monate eine Amnesie! Immer wieder habe ich sie darauf hingewiesen. Bei dir hatte die Substanz eine geradezu verblüffende Wirkung.« Er fuchtelte mit dem Zeigefinger vor Kubielas Nase herum. »Du warst der perfekte Patient, um den Ablauf der Spaltung zu erforschen.« Seine Stimme wurde leiser. »Aber es war zu spät. Das Projekt wurde abgebrochen.«

»Die Killer, die mir auf den Fersen waren, haben in Marseille eine Gang von Asozialen angeheuert, um mich umzubringen.«

»Die genauen Umstände sind mir unbekannt, aber ich musste in Aktion treten, um dich zu retten.«

»Und du hast Ikarus getötet.«

»Ja, um im mythologischen Kontext zu bleiben. Ich habe alles getan, damit du verhaftet wirst.«

»Hast du dich auch dort mit mir verabredet?«

»Ich habe dich in Marseille ausfindig gemacht und mich mit dir in der Felsbucht von Sormiou verabredet, indem ich dir wichtige Informationen über deine Herkunft in Aussicht stellte. Auch in diesem Fall rief ich im Vorfeld die Polizei an, aber niemand erschien. Es ist zum Verzweifeln, was man uns Steuerzahlern zumutet.«

»Ich machte eine erneute Amnesie durch und wurde zu Mathias Freire.«

»Du hattest inzwischen eine gewisse Übung in dissoziativer Flucht. Deine neue Persönlichkeit war so gut wie perfekt. Es ist dir gelungen, dich mit gefälschten Papieren in dieser Klinik in Bordeaux einstellen zu lassen. Die Männer, die dich ausschalten sollten, haben über einen Monat gebraucht, um dich zu finden. Man informierte mich über deine neue Identität und wollte wissen, ob du deine Nachforschungen wieder aufgenommen und Erkundigungen bei anderen Psychiatern eingezogen hättest. Ich habe herumtelefoniert. Es war Ende Januar. Du bist völlig in deiner neuen Identität aufgegangen, aber sie war ja auch deiner ursprünglichen Persönlichkeit am nächsten. Ich habe ihnen zu erklären versucht, dass du keinerlei Gefahr darstellst, aber man wollte die Angelegenheit ein für alle Mal regeln.«

»Und da hast du wieder gemordet.«

»Ich wollte einen richtigen Coup landen. Den Minotaurus! Dieses Mal habe ich deine Fingerabdrücke in der Reparaturgrube hinterlassen. Ich war ganz sicher, dass die Polizei die Verbindung zu Victor Janusz herstellen würde, weil du in Marseille einmal verhaftet worden warst. Und des Mordes an Ikarus würde man sich bestimmt entsinnen. Es stand zu hoffen, dass man dich der mythologischen Mordserie überführen, psychiatrisch untersuchen und aufgrund deiner Amnesie für unzurechnungsfähig erklären würde.«

»Hätte es nicht einen einfacheren Weg gegeben, mich zu schützen? Du hättest mir ein geringeres Verbrechen anlasten oder mich wegen einer Geisteskrankheit einweisen lassen können.«

»Nein. Es war wichtig, dich in einer Spezialklinik für psychisch gestörte Schwerverbrecher unterzubringen, um dich aus der Reichweite der Killer zu bringen. Irgendwie hätte ich es fertiggebracht, Zugang zu bekommen und dein Verhalten weiter zu studieren. Niemand hätte dir je Glauben geschenkt. Ich hätte ungestört weiter an meinen Forschungen über dein Gehirn arbeiten können.«

Toinins Wahnsinn hatte Methode. Doch jetzt wollte Kubiela die Antwort auf jedes Rätsel erfahren.

»Du hast deine Opfer mit einer Überdosis Heroin getötet. Woher hattest du den Stoff?«

»Ich habe ihn selbst hergestellt. Heroin ist, wie du weißt, ein Morphinderivat. Und Morphin gibt es in meiner Klinik mehr als genug. Seit dreißig Jahren beschäftige ich mich mit der Synthetisierung bestimmter Substanzen. Heroin zu entwickeln war geradezu ein Kinderspiel.«

»Was hatte es mit Patrick Bonfils auf sich? Wieso trieb er sich am Bahnhof in Bordeaux herum?«

»Das war ein Kollateralschaden. Bonfils gehörte der ersten Patientengeneration an. Er hatte sich in seiner Persönlichkeit als Fischer stabilisiert, und niemand dachte mehr an ihn. Aber dann begann er sich Gedanken über seine Herkunft zu machen. Seine Nachforschungen führten ihn bis in meine Klinik in der Vendée, wo er sich mehrmals aufgehalten hatte. Ich traf alle Vorbereitungen, um das Implantat aus seinem Kopf zu entfernen, nachdem ich ihm eine große Menge der Substanz verabreicht hatte. Ich wollte ihm das Leben retten. Doch kurz vor der Operation bekam er plötzlich eine Panikattacke und ist geflohen. Dabei hat er mehrere Pfleger verletzt.«

»Und ein Telefonbuch und einen Schraubenschlüssel mitgenommen.«

»Was dann geschah, war fast komisch. Bonfils versteckte sich in einem kleinen Lieferwagen – genau dem, den ich für meine Opfer benutzte. Auf diese Weise brachte ich ihn, ohne es zu ahnen, nach Bordeaux. Er ist mir auf das Bahnhofsgelände gefolgt. In der Grube kam es zu einer Schlägerei, aber es gelang mir, ihm eine Spritze zu verabreichen. Schließlich ließ ich ihn in einem Bahnwärterhäuschen neben den Gleisen zurück.«

Allmählich sah Kubiela klarer, doch noch fehlte die wichtigste Information.

»Warum um alles in der Welt wolltest du mir unbedingt das Leben retten? Bloß, weil ich dein bestes Versuchskaninchen war?«

»Dass du diese Frage stellst, zeigt mir, dass du die Hauptsache nicht verstanden hast. Warum, glaubst du wohl, habe ich ausgerechnet die Mythen von Uranus, Ikarus und dem Minotaurus ausgesucht?«

»Keine Ahnung.«

»Es geht jedes Mal um einen ungeschlachten, täppischen oder zerstörerischen Sohn.«

Das Donnern des Ozeans schien noch zuzunehmen. Die Brecher wurden höher und stärker. Ob der Bunker diesen Naturgewalten standhalten konnte? Und plötzlich tauchte aus dem irrwitzigen Wirbel eine unfassbare Wahrheit an die Oberfläche.

»Willst du etwa behaupten ...«

»Du bist mein Sohn, François. Während meiner Zeit am medizinischen Zentrum habe ich nichts anbrennen lassen. Alle meine Patientinnen mussten dran glauben. Bei einigen nahm ich eine Abtreibung vor, manchmal trieb ich auch Forschungen an den Föten. Ich injizierte ihnen meine Substanz und beobachtete, was passierte.«

Kubiela hörte nicht mehr zu. Die letzte russische Puppe war gerade zwischen seinen Fingern zerbrochen. Er machte einen letzten Versuch, diesem äußersten Albtraum zu entkommen.

»Ist es so unmöglich, dass ich doch Andrzej Kubielas Sohn bin?«

»Schau in einen Spiegel, und die Antwort ist klar. Wohl aus diesem Grund hat Andrzej mit mir gebrochen, als du acht Jahre alt warst. Wegen der großen Ähnlichkeit. Ich bin sicher, er wusste Bescheid. Trotzdem hat er dich aufgezogen wie einen eigenen Sohn.«

Nun nahm die ganze Geschichte eine völlig andere Wendung. Jean-Pierre Toinin hielt sich für einen Gott, der seinem Sohn höchstens die Rolle eines Halbgottes zugestand. Der Sohn jedoch war ihm immer wieder entkommen und hatte versucht, sein Werk zu zerstören. Ein ungeschickter, zerstörerischer Sohn. Kubiela war der Minotaurus von Toinin, der monströse Stiefsohn, der im Verborgenen gehalten wurde. Er war auch sein Ikarus, der zu nah an der Sonne flog. Und sein Kronos, der ihn entmachten wollte ...

Der alte Mann trat zu Kubiela und packte ihn am Nacken.

»Diese Morde sind eine Huldigung, mein Sohn. Im Übrigen besitze ich ganz einzigartige Bilder von ...«

Toinin brach ab. Kubiela hatte seine Waffe gezückt und presste den Lauf in die Falten von Toinins Regenmantel.

Der Greis lächelte nachsichtig.

»Wenn du das tust, wird sie sterben.«

»Wir werden ohnehin alle sterben.«

»Nein.«

»Nicht?«

Kubiela nahm den Finger vom Abzug.

»Ich habe nicht die Absicht, euch zu töten. Ihr könnt überleben.«

»Unter welcher Bedingung?«

»Dass ihr die Spielregeln einhaltet.«

E s gibt nur noch eine Möglichkeit, hier hinauszukommen. Und zwar am anderen Ende des Bunkers, auf der Südseite. Um diese Seite zu erreichen, musst du die im Krieg von den Deutschen erbauten zehn Zellen überqueren.«

»Was für Zellen?«

»Die Liegeplätze ihrer berüchtigten U-Boote.«

Toinin zog eine kleine Tür innerhalb der hohen eisernen Abtrennung auf. Sofort sprühte ihm eine wahre Stichflamme aus Gischt ins Gesicht. Gleichgültig öffnete er die Tür noch ein Stück weiter. Kubiela gewahrte ein großes, von Kais umgebenes Becken, über das sich eine weiß gestrichene, mindestens zehn Meter hohe Betonbrücke spannte. Unmittelbar über dem Steg kreuzten sich die Metallträger, die das Dach stützten.

»Ihr werdet diesen Laufgang dort benutzen und ihm einfach geradeaus folgen. Er überquert alle Liegeplätze. Mit etwas Glück könnt ihr so die andere Seite des Bunkers erreichen.«

»Ihr?«

»Du und Anaïs. Die einzige Schwierigkeit bildet das Meer. Bei diesem Sturm dürften die einzelnen Zellen fast komplett überflutet werden, aber wie du siehst, gibt es eine Art Brüstung, die euch Schutz bietet.«

»Und du lässt uns einfach so gehen?«

»Unter einer Bedingung. Du gehst vor. Anaïs wird dir folgen. Aber wenn du dich auch nur ein einziges Mal umdrehst, um nachzuschauen, ob sie wirklich hinter dir ist, stirbt sie.«

Ich nenne sie Eurydike. Damit war ihm wohl die Rolle des Orpheus zugedacht. Kubiela versuchte sich an den genauen Hergang der Geschichte des Lyraspielers und seiner Frau zu erinnern. Eurydike starb nach einem Schlangenbiss. Orpheus, der nur über die Macht seiner Musik verfügt, überschreitet den Styx, schlägt den Zerberus in seinen Bann und schafft es, Hades, den Herrscher der Unterwelt, dazu zu bewegen, Eurydike freizulassen. Der Totengott stellt allerdings eine Bedingung. Auf dem Weg nach oben muss Orpheus vor Eurydike hergehen und darf sich nicht umdrehen.

Der Rest ist bekannt. Kurz vor dem Verlassen der Unterwelt hält Orpheus es nicht mehr aus und wirft einen Blick zurück. Eurydike geht zwar hinter ihm, aber es ist zu spät. Der Held hat seinen Schwur gebrochen. Seine Geliebte verschwindet für immer in der Unterwelt.

»Und du?«, fragte er.

»Wenn du Wort hältst, werde ich davongehen.«

»Dann endet der Fall also hier?«

»Für mich sicher. Die Probleme in der Welt der Sterblichen musst du selbst regeln.«

Toinin bückte sich und hob eine dicke, in Plastik geschweißte Akte auf.

»Hier ist deine Versicherung für die Zukunft. Auszüge aus dem Matrjoschka-Projekt. Daten, Opfer, die Substanz und die Verantwortlichen.«

»Die Polizei wird den Fall totschweigen.«

»Bestimmt. Die Medien allerdings nicht. Aber Achtung! Du solltest die Papiere nicht unters Volk bringen. Lass Mêtis lediglich wissen, dass sie sich in deinem Besitz befinden und dass du sie irgendwo an einem sicheren Ort verwahrst.«

»Und was ist mit deinen Morden?«

»Die Akte enthält auch mein Geständnis.«

»Kein Mensch wird es glauben.«

»Ich habe gewisse Details erwähnt, die nur die Polizei und der Mörder kennen können. Des Weiteren habe ich Dokumente beigefügt, aus denen hervorgeht, wo und wie ich die Utensilien für jede Inszenierung besorgt habe. Außerdem enthülle ich den geheimen Ort, an dem ich meine Daguerreotypien versteckt habe.«

»Deine was?«

»Anaïs wird es dir erklären. Falls sie überlebt. Und das tut sie nur, wenn du die Regeln befolgst.«

Kubiela schüttelte den Kopf.

»Seit dem Beginn dieser Geschichte verfolgen mich zwei Männer, um mich zu töten. Irgendwann saß ich am längeren Hebel. Aber sicher werden andere kommen.«

»Die Wogen werden sich glätten. Ganz bestimmt.«

»Und jetzt willst du mich nicht mehr beschützen? Mich ins Gefängnis werfen oder einweisen lassen?«

»Du hast bis jetzt überlebt. Du bist für das Überleben geschaffen – mit mir oder ohne mich.«

Kubiela nahm die Akte in die Hand. Vielleicht enthielt sie wirklich die Möglichkeit, endlich wieder ein normales Leben zu führen. Blieb noch ein Detail. Eine fundamental wichtige Einzelheit.

»Was ist mit meiner Krankheit?«

»Du hast das Implantat entfernt und stehst daher nicht mehr unter dem Einfluss der Substanz. Eigentlich gibt es keinen Grund mehr, dass du noch einmal eine Amnesie erleidest. Natürlich kann ich es nicht beschwören. Du bist ein unbeendetes Experiment. Rette deine Haut, François. Und die von Eurydike. Das ist jetzt deine einzige Aufgabe.«

Toinin trat zu Anaïs. Kubiela begriff, dass er nicht bluffte. Er wollte sie tatsächlich freilassen. Ein Gott des Olymp, der zwei Sterblichen einen Aufschub gönnte.

»Warum haben wir nicht gleich mit dieser Akte begonnen?«, schrie er gegen die tobenden Wellen an. »Dann hätte kein Unschuldiger sein Leben lassen müssen.«

»Du darfst nicht vergessen, dass Götter gerne spielen. Und dass sie eine Schwäche für Blut haben.«

Toinin zog Anaïs die Sturmhaube vom Kopf. Ihre Lippen

sahen aus, als hätte man sie mit einem Brandeisen malträtiert. Der Klebstoff hatte eine Schwellung verursacht und die Haut um die Mundwinkel stark gereizt. Kubiela musste an einen entstellten Clown denken. Ihrem Körper fehlte es an Spannkraft – sie war zwar nicht ohnmächtig, aber sehr schläfrig.

»In diesem Zustand ist sie keinesfalls in der Lage, den ganzen Bunker zu durchqueren.«

Toinin zog eine in Plastik eingesiegelte Spritze aus der Tasche, zerriss die Umhüllung mit den Zähnen und versenkte die Spitze in einem winzigen Fläschchen. Anschließend ließ er einige Tropfen nach oben entweichen.

»Ich wecke sie.«

»Und die Fesseln?«

»Die behält sie. Das gehört zu den Spielregeln.«

»Und woher weiß ich, dass sie wirklich hinter mir ist?«

Tonin entblößte Anaïs' Arm und setzte die Spritze.

»Ich erwarte von dir nur eines: Vertrauen. Vertrauen ist der Schlüssel, der dir hinaus in die Freiheit hilft.«

Erneut musste Kubiela feststellen, dass für seinen wahnsinnigen Vater ganz eigene Zusammenhänge existierten. Wie bei seinen Morden folgte er dem Wortlaut der Mythen bis ins Detail. Er würde sich genauso verhalten wie Hades, nachdem er Eurydike freigegeben hatte. Kubiela hingegen musste versuchen, den von Orpheus begangenen Fehler zu vermeiden.

Auf keinen Fall umdrehen.

Der alte Mann injizierte Anaïs das Gegenmittel. Dann trat er auf Kubiela zu und zeigte auf die halb geöffnete Tür, durch die immer noch wirbelnde Gischt in den Raum drang.

»Steig die Treppe hinauf. Wenn eine Welle kommt, hältst du die Luft an. Am Ende der Liegeplätze winkt die Freiheit.«

Zum letzten Mal betrachtete Kubiela den wahnsinnigen Alten mit seinen gebräunten, gegerbten Zügen. Plötzlich kam es ihm vor, als betrachtete er sich selbst in einem fleckigen alten Spiegel. Hinter ihm schien Anaïs langsam aufzuwachen.

»Geh jetzt«, murmelte Toinin. »In ein paar Sekunden wird sie dir folgen.«
»Wirklich?«
Der Mörder zwinkerte ihm zu.
»Die Antwort bekommst du am Ausgang des Bunkers.«

Schon seit langer Zeit waren die Liegeplätze tote, öde Hallen. Unterseeboote gab es hier schon seit Kriegsende nicht mehr. In dieser Nacht jedoch erweckten wütend tosende Wellen die vergessenen Höhlen zu neuem Leben.

Hinter einer Mauer verborgen stand Kubiela unbeweglich auf dem Laufgang und beobachtete den Kampf der Elemente. Ungeheure Brecher rasten in den Hangar hinein, erfüllten ihn, überspülten jeden Zentimeter Beton mit schwarzem Wasser, zogen sich zornig zurück, tobten gegen die Seitenmauern und schäumten über die Kais. Danach gönnte der Ozean der leeren Höhle einen wenige Sekunden dauernden Aufschub, ehe er mit verdoppelter Kraft zurückkehrte.

Diese Atempause musste er nutzen, um die zwanzig Meter Laufgang oberhalb eines jeden Liegeplatzes zurückzulegen. Und zwar schnell. Die Wellen entwickelten eine derartige Kraft, dass sie ihn ohne Weiteres von den Füßen reißen und über die Brüstung spülen würden.

Kubiela wartete ab, bis sich die Wellen zurückzogen, und rannte in Richtung des nächsten Mauervorsprungs. Doch er hatte sich verschätzt. Mitten auf dem Laufgang überraschte ihn eine Wand aus Gischt, die ihn zu Boden schmetterte und ihm nur noch wenige Möglichkeiten ließ. Die Augen zu schließen. Den Atem anzuhalten. Sich gegen den Sog der Brandungswelle zu stemmen.

Er wartete, bis das Wasser sich zurückzog, und stand wieder auf. So schnell er konnte, taumelte er auf die nächste Mauer zu. Er war bis auf die Haut durchnässt. Die eingesiegelte Akte hatte er sich vorn in die Hose gesteckt. Ob die beiden Pistolen noch da waren, wusste er nicht. Aber es war ihm auch egal.

Er erreichte die Mauer und verschanzte sich hinter dem zwei Meter dicken Betonblock, der ihn von der nächsten Höhle trennte. Das Donnern im Becken ließ die Wände erzittern. Kubiela hatte den Eindruck, vom Ozean selbst verfolgt zu werden. Ob Anaïs wirklich hinter ihm war? Bei diesem ohrenbetäubenden Lärm konnte er ihre Schritte nicht hören. Und umdrehen durfte er sich nicht ...

Die zweite Höhle wurde gerade von einem Brecher heimgesucht. Sobald der Weg frei war, rannte Kubiela auf den nächsten Mauervorsprung zu. Doch wieder einmal täuschte er sich. Kaum dass der Laufgang einigermaßen wasserfrei war, bäumte sich bereits die nächste Woge auf. Im letzten Augenblick krallte er sich an der Brüstung fest.

Die Welle wich zurück. Endlich bekam er wieder Luft. Das Wasser hatte ihn über die Brüstung gerissen. Festgeklammert an dem Geländer des Laufganges baumelte er meterhoch über dem tosenden, brodelnden Abgrund. In einer verzweifelten Anstrengung hob er ein Bein und verkeilte seinen Fuß in der Brüstung. Ein erster Sieg! Mühsam zog er sich weiter hoch, ließ das Bein auf die andere Seite gleiten und schob Hüften und Oberkörper nach. Am Ende seiner Kräfte, völlig durchnässt und zitternd vor Kälte, sackte er auf dem Laufgang zusammen. Seine Hände waren wie gelähmt. Salz brannte ihm in den Augen. Das Wasser stand ihm bis zu den Knien. Er hatte Wasser in den Ohren und Wasser im Mund.

Es machte keinen Sinn, die Strecke abzuschätzen. Wie ein Roboter bewegte er sich auf den nächsten Hangar zu. Seine nasse Kleidung wog tonnenschwer. Wo war Anaïs? Er fühlte sich versucht, einen Blick über die Schulter zu werfen, doch er riss sich zusammen. Mit Sicherheit hatte Toinin Mittel und Wege gefunden, ihn zu beobachten und festzustellen, ob er seinen Teil der Vereinbarung einhielt.

Der vierte Hangar. Er schaffte es. In seinem Nacken verspürte er einen brennenden Schmerz, doch der ganze Rest seines Körpers zitterte vor Kälte. Steckte die Akte noch in seinem Hosengurt? Woran lag ihm eigentlich mehr? An diesem Dokument oder an seinem Leben? Im Grunde kam es auf das Gleiche heraus.

Der fünfte Hangar. Langsam meldete sich ein nagender Zweifel. War Toinin vielleicht schon längst mit seiner Geisel geflohen, während er hier noch das Spielchen des wahnsinnigen Mörders spielte? Der Drang nachzusehen wurde übermächtig. Doch mitten in der Bewegung hielt er inne. Nein. Er würde Orpheus' Fehler nicht wiederholen ...

Als er den sechsten Hangar erreichte, donnerte es drohend bis unter das Dach. Das Wasser war bereits da; sprudelnd und schäumend drängte es sich mit Macht in den Raum. Mit dem Rücken zur Wand kauerte Kubiela sich hin. Die Welle überspülte ihn und drang bis in die kleinsten Winkel vor, doch er klammerte sich an den Beton und hielt stand.

Sobald sich die Woge zurückzog, startete er wieder durch. Kaum hatte er die zwanzig Meter über den Laufgang geschafft, brach sich hinter ihm eine weitere Welle und erfüllte erneut den ganzen Raum. Anaïs musste sich noch auf der anderen Seite befinden. *Oder tief unter ihm.* Konnte sie dem Aufprall des Wassers standhalten? Würde es ihr gelingen, sich mit ihren gefesselten Händen am Geländer festzuhalten? Ein einziger Blick! Nur ein Blick!

Die nächste Welle aber verhinderte, dass er sich umdrehte. Das Wasser schäumte, brodelte, stieg, tobte um ihn herum und schlug über seinem Kopf zusammen. Er spürte, wie der Sog die Akte wegriss. Er streckte den Arm aus, besann sich aber sofort. Er benötigte beide Hände, um sich festzuklammern. Als das Wasser zurückschwappte, wurde ihm klar, dass ihm nichts als sein Atem geblieben war. Aber das war schon viel.

Er stürmte auf den nächsten Hangar zu. Der wievielte war es? Der siebte? Oder der neunte? War er schon am Ende des Bunkers angekommen? Er hatte den Überblick verloren.

Anaïs! Die Chancen standen eins zu drei, dass er und sie Toinins Spiel gewannen. Entweder war sie hinter ihm und er drehte sich nicht um – dann entkamen sie alle beide. Oder sie war nicht hinter ihm. Dann hatte er bereits verloren. Oder sie war zwar da, aber er beging den Fehler, sich nach ihr umzuschauen. Nur ein einziges Mal nach ihr umzuschauen ...

Plötzlich erblickte er vor sich eine geschlossene Mauer. Es gab keinen weiteren Hangar. Er war angekommen. Ein Blick nach unten zeigte ihm eine halb geöffnete Tür, die am Fuß der Treppe vom letzten Kai abging. Toinin hatte nicht gelogen. Dort unten war der Ausgang, nur wenige Meter unterhalb seines Standortes. Er brauchte nur noch hinunterzugehen und zu fliehen.

Der Abstieg jedoch würde höllisch werden. Nein! Dabei musste er Anaïs helfen! Die letzten Meter würden sie gemeinsam zurücklegen. Er drehte sich um und erblickte die junge Frau am anderen Ende des Laufgangs. Er sah ihre dunklen Augen und ihr weißes Gesicht und erinnerte sich ihres ersten Zusammentreffens. Der Schrei. Die Milch. Alice im Albtraumland ...

Im gleichen Augenblick begriff Kubiela, dass er versagt hatte. Genau wie in der Sage.

Schon tauchte der Mörder hinter Anaïs auf. Er trug die Maske des Uranus-Mordes – das nach einer Seite hin verzerrte Gesicht, der Mund wie eine Kreissäge –, war in einen pelzigen Mantel gehüllt wie ein anatolischer Hirte und schwenkte eine altertümliche Waffe aus geschmiedeter Bronze oder Feuerstein.

Kubiela stürzte auf Anaïs zu, doch es war zu spät. Toinin ließ seine Axt niedersausen. Ehe die tödliche Klinge jedoch den Schädel des Opfers erreichte, wälzte sich eine düstere Wasserwand brüllend über den Laufgang. Der Ozean riss Henker und Opfer mit sich fort.

Die Welle hatte die Ausmaße eines mehrstöckigen Hauses. Kein Mensch und kein Gott kann diesen Tausenden Kubikmetern tosenden Wassers trotzen, fuhr es Kubiela durch den Kopf, ehe er selbst weggeschwemmt wurde. Mit dem Kopf voran rauschte er über das Geländer und versank im Nichts.

In der brodelnden Wasserhölle glaubte Anaïs Arme und Beine zu verlieren, ohne Schmerzen zu empfinden. Sie schwebte, schwamm, bewegte und drehte sich, ohne dass ihr etwas geschah. Sie löste sich in der Welle auf. Sie zerschmolz mit ihr, wurde flüssig, lang und glatt.

Noch einmal sah sie die Daguerreotypien vor sich, die Toinin ihr gezeigt hatte, ehe er sie betäubte. Sie waren gleichzeitig hell und dunkel gewesen. Durch den Kontrast hindurch schauten die Opfer sie an. Der Minotaurus, Ikarus und Uranus. Ihre eingefrorenen Gesichter schimmerten im Wasser wie Leuchtalgen. Sie waren Helden in einer Welt der Götter und Sagen. *Ich bin tot*, dachte sie. *Oder ich träume.*

Die Welle fegte alle Bilder fort. Anaïs spürte, wie sie hochgehoben, gedreht und fallen gelassen wurde. Der Sog zerrte sie in einem Wirbel von salzigem Schaum über Betonkanten.

Sie versuchte zu begreifen. Das Meer hatte sie eingeatmet, aus dem Bunker mitgerissen und schließlich einige Meter weiter oben auf eine glatte, harte Oberfläche katapultiert. *Das Dach des Bunkers.* Sie war der Falle entkommen. Auf die harte Tour.

Ihr erster Gedanke galt Freire. Wo mochte er sein? Sie war ihm durch das wild tobende Wasser über den Laufgang gefolgt und hatte sich mehr schlecht als recht festgehalten. Freire hatte sich nicht umgeblickt. Er hatte Wort gehalten. Innerlich dankte sie ihm dafür. Toinin folgte ihr wie ein böser, nach Blut dürstender Geist auf dem Fuß und belauerte seinen Orpheus, jederzeit bereit, den erwarteten Ausgang des Mythos herbeizuführen. Im allerletzten Moment war Freire schwach geworden. Er hatte sie angeschaut. Noch immer sah sie vor sich die Bestürzung und Verzweiflung in seinen Augen, als er begriff, dass er versagt hatte.

Die Welle brach sich an einer Betonwand. Wasserblasen wurden zu tausend Sternen in ihrem Schädel. Plötzlich stand sie aufrecht, ohne zu wissen, wieso. Irgendwie hatte sie Körper, Gliedmaßen und Kraft wiedergefunden. Das Wasser, das noch Augenblicke zuvor hart wie Stein gewesen war, zog sich schäumend zurück.

Anaïs versuchte sich zurechtzufinden. Sie befand sich auf dem Dach der U-Boot-Basis, umgeben von Betonmauern, als ob die Fläche in Kammern aufgeteilt wäre. Ja, richtig – es handelte sich um ein System zur Dämpfung des Aufpralls von Bomben, das zur Zeit der alliierten Angriffe konzipiert worden war. Zwischen den Quadern wuchsen Bäume. Anaïs fühlte sich fast wie in einem verlassenen Gefängnis im tiefsten Dschungel.

Vorsichtig tastete sie sich an der Wand entlang, bog Zweige zur Seite und bekam Gischtfetzen ins Gesicht. Wo war der Mörder? Wahrscheinlich irgendwo hier in diesem Labyrinth. Immer noch schnitt die Fessel aus Kabelbinder in ihre Handgelenke. Sie musste schnell handeln, den Ausgang suchen, eine Leiter finden, auf den Kai hinunterklettern. Schon sammelte das Meer in der Ferne neue Kraft für den nächsten Ansturm.

Hinter einer Ecke entdeckte sie einen Ausweg. Hier sah das Dach anders aus, flach und zersprungen wie die Erde nach einem Beben. Ein Blick nach links zeigte ihr das aufgewühlte Hafenbecken. Übereinandergeworfene Frachtkähne, blinkende Schlepper. Ohne lange nachzudenken, schlug sie die entgegengesetzte Richtung ein. Nur fort vom Wasser! Sie musste die Parkplätze und Lagerhäuser finden.

In einer Pfütze glitt sie aus, fiel, stand wieder auf. Als sie kaum noch dreißig Meter vom Rand des Bunkers entfernt war, kam die nächste Welle. Anaïs wurde zu Boden geschleudert und vorwärtskatapultiert. Schon glaubte sie, sie würde abstürzen, da zog die gleiche Kraft sie wieder nach hinten und trug sie an ihren Ausgangspunkt zurück.

Anaïs rang um Atem. Es war eine rohe, heftige Gewalt, die

da mit ihr spielte. Sie rollte sich zusammen und schaffte es, langsamer zu werden und den Kopf aus dem Wasser zu heben. Luft! Ihre zusammengeklebten Lippen verhinderten das Atmen durch den Mund. Mit aller Kraft sog sie die Luft durch die Nase ein. Salzwasser brannte auf ihren Schleimhäuten. Ihre Ohren rauschten wie große Muscheln. Sie musste den Rand erreichen und eine Leiter finden, ehe sich die nächste Welle über dem Dach brach und sie mit sich riss. Doch diese Lösung konnte sich als zweischneidiges Schwert entpuppen. Das Ende des Daches konnte ebenso gut die Rettung wie auch der sichere Tod sein.

Sie versuchte zu rennen. Vergeblich. Hinter ihr baute sich mit Getöse die nächste Wasserwand auf. Wie ein Theatervorhang. Noch zwanzig Meter. Verzweifelt suchte sie nach einer Leiter oder irgendetwas anderem, das sie nach unten bringen könnte. Zehn Meter. Das Grollen brachte den Boden zum Erzittern. Die Brandungswelle kam näher, wurde schneller, würde sie gleich berühren … Es war zu spät, dem Sturz auszuweichen.

Doch dann sah sie sich mit einer anderen Bedrohung konfrontiert.

Plötzlich stand der Mörder neben ihr. Sein Gesicht war zu einem irren Lachen verzerrt. Er holte mit seiner Feuersteinaxt aus.

Für Anaïs gab es genau zwei Möglichkeiten. Sie konnte sich ihren Tod aussuchen. Auf der einen Seite die Welle und das Nichts, auf der anderen Toinin mit seiner Axt.

Den Kopf voran stürzte sie sich auf Toinin und traf ihn mit voller Wucht in den Bauch. Er krümmte sich. Beide stürzten zu Boden. Anaïs war die Schnellere und sprang sofort wieder auf die Beine. Sie versuchte die Gefahr einzuschätzen. Hier die Sogwelle, die herandonnerte, dort der mythologische Mörder, der sich langsam wieder aufrichtete …

Es war wie ein Zeichen. Ein Ruf aus dem Unterbewusstsein. Irgendetwas brachte sie dazu, den Kopf nach links zu drehen.

Die Befestigung einer Eisenleiter! Zwei Griffe, die die Arme nach ihr auszustrecken schienen! Anaïs rannte um ihr Leben. Doch der Mörder folgte ihr mit erhobener Axt.

Es war das Letzte, was sie sah. Die Welle verschlang sie beide. Anaïs schloss die Augen. Tausende Gischtfinger hielten sie unbeirrbar fest. Überall, an der Taille, an der Brust, am Kopf. Sie tauchte in eine dumpfe Wasserwelt. Schleifte über Steine. Dass sie nicht durch die Schläge des Mörders starb, war bereits ein Sieg. Doch für den zweiten Sieg – den Sieg, zu überleben – war sie nicht mehr stark genug.

Als letztes Bild sah sie einen Überwachungsmonitor für die Lebensfunktionen eines Kranken. Die leuchtende grüne Linie zeigte keine Ausschläge mehr. Sie glaubte sogar, den schrillen Alarm der Maschine zu hören. Doch alles schien bereits weit fort zu sein. Überdeckt vom finsteren Lärm des Ozeans.

Ein Stoß in den Rücken riss sie aus ihrer Betäubung. In einem Aufflackern von Klarheit begriff sie, dass es die Leiter war, in der sie sich verkeilt hatte. Ohne sich ihrer Bewegungen bewusst zu sein, drehte und wendete sie sich, bewegte die Arme und griff blindlings nach dem Geländer. Sekundenbruchteile später hing sie triefend und zappelnd über dem Abgrund. Das Meer hatte sie nicht gewollt. Mit den Füßen erwischte sie eine Sprosse. Sie war am Ende ihrer Kräfte, aber gleichzeitig fühlte sie sich merkwürdig erneuert, gereinigt und wiederhergestellt.

Trotz ihrer tauben Finger und zitternden Beine gelang es ihr, die Leiter hinabzusteigen. Mit weiten Nüstern atmete sie tief durch. Ihre Lunge brannte. Das Feuer des Meeres. Sie stieg und stieg und stieg. Die Leiter schien kein Ende zu nehmen.

Als endlich fester Boden unter ihr war, ließ sie sich fallen. Sie schwankte. Kaum konnte sie es fassen. Die Erde hatte sie zurück. Sie sah die Schienen der Eisenbahn, die großen Kessel und die dunklen Hafengebäude. Dann wurde ihr schwarz vor Augen. Sie verlor das Gleichgewicht. Als ihre Knie den Asphalt berührten, erkannte sie, dass Toinin weniger Glück gehabt hatte als sie. Sein Leichnam lag zerschmettert am Boden. Der Schädel unter der Maske war zerplatzt. Sie sah aus wie ein ekelhafter Sack voller Hirnmasse.

»Was ist mit Ihnen, Mademoiselle?«

Zwei Männer mit Regenmänteln leuchteten ihr mit Taschenlampen ins Gesicht. Durch das Knattern ihrer Kapuzen waren ihre Stimmen kaum zu verstehen. Einer der Männer entdeckte den Kabelbinder, mit dem ihre Handgelenke gefesselt waren, und wies seinen Kollegen darauf hin. Gerne hätte Anaïs etwas gesagt, doch ihre Lippen klebten unbarmherzig aufeinander.

Sie dachte an ihren Helden. Wo mochte er sein? Hatte er sich retten können? Hatte er den großen Sprung gewagt?

Die Männer halfen ihr aufzustehen. Wie sollte sie sich verständlich machen? Man musste nach Mathias Freire suchen. Nach Victor Janusz. Narcisse. Arnaud Chaplain. Und François Kubiela …

Tief in ihrer Seele jedoch gab sie ihm einen anderen Namen. Sie wollte ihn rufen. Ihn suchen. Ihn retten.

Verzweifelt wiederholte sie immer wieder ein einziges Wort: Orpheus … Orpheus … Orpheus …

Aber kein Laut drang über ihre versiegelten Lippen.

Die Verwüstungen des Orkans spiegelten sich in den Pfützen, dem zerbrochenen Glas und in den kaum ruhiger gewordenen Hafenbecken. Die Sonne schien und machte alles noch schlimmer. In ihrem hellen Licht traten die Zerstörungen noch deutlicher zutage. Überall glitzerte Wasser, aber sein Glanz wirkte düster und trostlos. Die Luft war lau, doch sie verströmte die ungesunde Wärme von Fieber, Krankheit und Tod.

Vorsichtig richtete er sich auf. Er steckte halb zwischen wild übereinandergeworfenen Baumstämmen und vermied die Frage, wie er hierhergekommen war. Er zog sich hoch, setzte sich auf ein Fass und betrachtete seine Umgebung. Die riesigen Flügel von Windrädern lagen auf dem Boden. Kräne waren umgestürzt. Auf dem überschwemmten Parkplatz schwammen Autos und stießen sich gegenseitig an. Entwurzelte Bäume dümpelten wie Leichen auf dem Wasser. Ein verstörender Anblick!

Er griff nach einem herabhängenden Kabel und benutzte es als Kletterseil. Langsam ließ er sich von den Stämmen heruntergleiten und landete schließlich auf dem Boden. Aber seine Beine hielten ihn nicht mehr. Sein ganzer Körper fühlte sich schwammig an. Mühsam stand er schließlich doch auf und entdeckte neue Einzelheiten. Überall waren Steine, Taue und Maststücke verteilt. Die Straße wies tiefe Löcher auf. Große Teerbrocken lagen herum. Im Hafenbecken hatten Frachtschiffe die Ecken ausgeschlagen. Ein Zollboot streckte das Heck in die Luft, ein anderes lag auf der Seite.

Er taumelte den Kai entlang und versuchte, ausgerissenen Bodenplatten, Segelfetzen, Holz- und Eisentrümmern so gut wie möglich auszuweichen.

Auf den Pollern saßen Seeleute und hielten sich den Kopf.

Gendarmen und Feuerwehrleute versuchten einen Überblick über die Schäden zu bekommen. Über dem Hafengelände lag eine mit Angst gepaarte Stille. Die Natur hatte gesprochen, und darauf gab es keine Antwort.

Plötzlich schwindelte ihn. Er beugte sich nach vorn und legte die Hände auf die Knie. Auch er war nur ein Bruchstück unter vielen anderen.

»Alles in Ordnung mit Ihnen?«

Er hob den Kopf und versuchte die Herkunft der Stimme auszumachen. Vor ihm standen zwei Feuerwehrleute in schwarzen Anoraks mit fluoreszierenden Streifen.

»Geht es Ihnen nicht gut?«

Er antwortete nicht. Er hatte keine Ahnung, wie er sich fühlte.

»Woher kommen Sie? Wo wohnen Sie?«

Er öffnete den Mund und spürte, wie Hände nach ihm griffen. Geblendet von der Sonne hatte er kurz das Bewusstsein verloren.

»Wie heißen Sie?«

Er starrte sie an, ohne zu antworten. Mühsam überlegte er, was nicht mit ihm stimmte. Er hatte ein Problem, das ihn sozusagen zum Schiffbrüchigen machte.

»Nennen Sie mir bitte Ihren Namen, Monsieur.«

Endlich begriff er. Und mit trostlosem Lächeln murmelte er: »Ich habe keine Ahnung.«

Ein Krimi, der seinem Titel vollauf gerecht wird: Hochspannend und hypnotisierend

Lars Kepler
DER HYPNOTISEUR
Kriminalroman
Aus dem Schwedischen
von Paul Berf
656 Seiten
ISBN 978-3-404-16343-4

Vor den Toren Stockholms wird die Leiche eines brutal ermordeten Mannes entdeckt. Kurz darauf werden auch dessen Frau und Tochter aufgefunden. Offenbar wollte der Täter die ganze Familie auslöschen. Doch der Sohn überlebt schwer verletzt. Als Kriminalkommissar Joona Linna erfährt, dass es ein weitere Schwester gibt, wird ihm klar, dass er sie vor dem Mörder finden muss. Er setzt sich mit dem Arzt Erik Maria Bark in Verbindung, der den kaum ansprechbaren Jungen unter Hypnose verhören soll. Bark gelingt es schließlich, den Jungen zum Sprechen zu bringen. Was er dabei erfährt, lässt ihm das Herz gefrieren ...

»*Intelligent, originell, Furcht einflößend*« SIMON BECKETT

Bastei Lübbe Taschenbuch

»Ausgelöscht verliert seine Spannung auf keiner Seite – bis hin zum wahrhaft überraschenden Ende.« 3SAT.DE

Cody Mcfadyen
AUSGELÖSCHT
Thriller
Aus dem kanadischen
Englisch von
Angela Koonen,
Dietmar Schmidt
480 Seiten
ISBN 978-3-404-16581-0

Smoky Barrett und die anderen Hochzeitsgäste blicken auf das Brautpaar vor dem Altar. Plötzlich durchbricht Motorenheulen die Stille. Ein schwarzer Mustang hält vor der Kirche. Die Tür öffnet sich, und eine Frau wird auf die Straße gestoßen. Ihr Kopf ist kahl geschoren, die Haut von blutigen Ritzern übersäht. Sie taumelt auf den Altar zu, fällt auf die Knie und stößt einen lautlosen Schrei aus. Die Frau ist vor sieben Jahren spurlos verschwunden. Aber sie kann nicht über das reden, was ihr zugestoßen ist: Jemand hat eine Lobotomie an ihr durchgeführt und zentrale Nervenbahnen ihres Gehirns durchschnitten. Sie ist nicht tot, vegetiert aber als leblose Hülle vor sich hin.
Es wird weitere Opfer geben.

Bastei Lübbe Taschenbuch

Nur einer ist besser als der teuerste Lügendetektor. Sein Name ist Geiger

Mark Allen Smith
DER SPEZIALIST
Thriller
Aus dem amerikanischen
Englisch von
Dietmar Schmidt
352 Seiten
ISBN 978-3-7857-6060-4

Sie brauchen eine Information? Sie kennen die Person, die diese Information hat, aber sie hüllt sich in Schweigen? Lassen Sie das meine Sorge sein. Ich hole immer die Wahrheit aus meiner Zielperson heraus. Denn ich bin ein Spezialist. Dabei befolge ich stets meinen Kodex.
Eines Tages bekam ich den Auftrag, gegen meinen Kodex zu verstoßen. Die Folgen waren schrecklich. Für meinen Auftraggeber.
Mein Name ist Geiger.
Ich spiele Violine.
Und foltere Menschen.

Lübbe Paperback